诗词曲新論

杨景龙/著

当一个时代的诗歌抒情性达到饱满的程度，难以为继时，后起的诗人总要转向叙事写实。李白之后的杜甫，盛唐诗歌之后的中唐诗歌，唐诗之后的宋诗，宋词之后的元散曲，都是如此。与抒情向叙事转换相伴生的，是诗歌风貌发生的重大变化。

中国文史出版社

图书在版编目（CIP）数据

诗词曲新论 / 杨景龙著 . — 北京：中国文史出版社，2017.9

ISBN 978 - 7 - 5034 - 9368 - 3

Ⅰ . ①诗… Ⅱ . ①杨… Ⅲ . ①古典诗歌–诗词研究–中国–文集 ②散曲–文学研究–中国–文集 Ⅳ . ①I207.2 - 53

中国版本图书馆 CIP 数据核字（2017）第 150804 号

责任编辑：方云虎

封面设计：杰瑞设计

出版发行：中国文史出版社

网　址：www.chinawenshi.net

社　址：北京市西城区太平桥大街 23 号　邮编：100811

电　话：010–66129236

传　真：010–66192703

印　装：廊坊市海涛印刷有限公司

经　销：全国新华书店

开　本：710 毫米 ×1000 毫米　1/16

印　张：27.75　　字数：410 千字

印　数：1–2500 册

版　次：2017 年 12 月北京第 1 版

印　次：2017 年 12 月第 1 次印刷

定　价：68.00 元

目 录

第一辑

试论《诗经》作品的意境

《诗》有境否？两千多年来的《诗经》研究者，或无意忽略，或有意回避，多不谈这个问题。偶有谈及，在古代是些印象式的片言只语，在现代是些单篇鉴赏文字。正面系统地揭橥《诗》境的文章似还未看到。这在古代尚情有可原，因为古人多把《诗经》当作圣学来研治，故其注意力多放在名物训诂、笺传注疏、典章考据等方面。现代学者在撩去《诗经》的圣学纱幕，还它以文学的本来面目以后，探讨它的思想艺术成就时仅仅论及重言迭字、复沓章法等显性表现技巧，或在谈论赋比兴之外，强调一下《诗经》的现实主义精神，显然是不够的。对于意境（或曰境界）这一普遍存在于中国古典诗歌中的美感现象，理应视为阐释《诗经》思想艺术的一个重要方面去深入探寻，忽略和回避都是不应该的。笔者认为，《诗经》中占相当比重的作品是有境界的，正是这些作品标志着这一部古老诗集的最高思想艺术成就，使其焕发出永久迷人的艺术生命力。本文拟对《诗》境作一分类并进行具体的论析，试图从正面较为完整地展示《诗》境的客观风貌，进而论及《诗》境的一般特征及其对后世诗歌的影响。

《诗》境分类

《诗经》作品的境界可分为三种类型：一曰赋境，二曰兴境，三曰局部之境。

先说赋境。赋境即用赋的手法构成的作品境界。挚虞说：“赋者，敷陈之称也。”[1]刘勰说：“赋者，铺也。”[2]钟嵘说：“直书其事，尽言写物，赋也。”[3]朱熹说：“赋者，敷陈其事而直言之者也。”[4]。诸家说法小异而大同。即都认为“赋”是一种直接铺写的创作方法，用现代写作学的概念来理解，大致相当于描写、叙述及直接抒情等。孔颖达说“赋直而兴微”，陈奂说“赋显而兴隐”，都指出了赋这种手法的直接、明显特性。在铺陈事物、描景抒情方面，赋法重模写再现，一般不作变形处理。那么是不是说，《诗经》中使用赋法的作品，由于不存在“寄兴深微，归趣难求”的意旨，就形不成意境呢？显然不是。事实上，《诗经》中用赋的手法直接铺叙事件，或直接描写场面，或直接抒发情感，侧重客观地再现事物情感的本来面目，不联类比兴假借他物，皆由直寻而非曲致，所以，赋境一般都呈现出时空上的宽展豁亮和内涵上的显明质实，不似兴境深曲隐约，真幻离合。赋境在引发读者审美再创造的鉴赏品评能动性时，作品本身的制约和规定性较强，读者不能超乎作品去任意地联想发挥抽绎引申，而必须是基于作品所提供的事物情景的本来样子，在大脑心灵里再现作品的画面形象。其间虽然有读者主观的丰富或补充，掺入了个人的经验或感受，但总的来说，赋境的画面形象的寓意是较具体固定的，一般不具备暗示、象征的作用，这是赋境和兴境的根本区别所在。

以赋法构成境界的作品，有《周南·芣苢》《邶风·静女》《鄘风·桑中》《王风·君子于役》《郑风·将仲子》《褰裳》《溱洧》《魏风·陟岵》《十亩之间》《秦风·无衣》《豳风·七月》《东山》等。

次说兴境。兴境指以兴的手法构成的作品境界。郑众说：“兴者，托事于物。”[5]钟嵘说：“文已尽而意有余，兴也。”[6]孔颖达说：“兴者，起也。取譬引类，起发已心，《诗》文诸举草木鸟兽以见意者，皆兴辞也。”[7]朱熹

① 挚虞《文章流别论》，郭绍虞主编《中国历代文论选》一，上海古籍出版社2001年10月版，第190页。

② 刘勰《文心雕龙·诠赋》，王利器《文心雕龙校证》，上海古籍出版社1980年8月版，第49页。

③ 钟嵘《诗品序》，曹旭《诗品集注》，上海古籍出版社1994年10月版，第39页。

④ 朱熹《诗集传》，上海古籍出版社1980年2月版，第3页。

⑤ 阮元校刻《十三经注疏·周礼注疏》，中华书局1980年10月版，第752页。

⑥ 钟嵘《诗品序》，曹旭《诗品集注》，上海古籍出版社1994年10月版，第39页。

⑦ 阮元校刻《十三经注疏·毛诗正义》，中华书局1980年10月版，第271页。

说："兴者，先言他物以引起所咏之词也。"[1]综合各家所言，比诸赋的铺写描叙，比的局部譬喻，可知兴的手法主要起一种寓意、联想、暗示、象征的作用，既可于篇首发端起情，又使全诗含蕴有余不尽之意。两相比较，赋境主要靠直接铺叙、描写、抒情形成，或在叙描事物中见情意，或在抒情议论中见形象，作品中的事物、场面或情感、心态本身客观地显现出一种境界，其间情、景（事物场面）的关系混同于一，妙合无垠。兴境则主要是一种"景中情"[2]，由起兴的景物触发一种情绪、气氛，这种情绪、气氛往往笼罩、渗透全诗，缘景起情，情景互生，构成作品虚实相间、真幻互含、情景交融、情韵悠远的境界。比较而言，赋境的客观显示性较明显，而兴境中由起兴触动的情感，多是主体长期积郁于心，不能释然，睹物兴感，一朝引发，便有春水决堤、不可遏止之势。因此，兴境的主观色彩往往更浓烈。由不同的表现方法所决定，赋境重真实而兴境较虚幻；赋境实指性较强，而兴境象征性更丰富；赋境多为一境一意，景与意一一对应，不容歧解；兴境之佳者则往往一景多意，兴感多端，在理解其基本意蕴之外还可寻绎境界的情韵义、启示义；赋境之意多为象内之意，兴境往往生出象外之意。兴境对解读来说，弹性限度较大，它为读者提供了更广阔的审美再创造的天地，读者解读作品时可以更多地融入自己的经验感受，展开丰富的联想想象，结合个人的审美好尚，去见仁见智地领略作品的内蕴，再造作品的境界，沉潜于兴境的暗示象征意蕴中流连忘返、妙悟三昧。

《诗经》中较典型的兴境作品，有《周南·关雎》《桃夭》《汉广》《葛覃》《召南·摽有梅》《邶风·燕燕》《郑风·风雨》《魏风·伐檀》《唐风·绸缪》《鸨羽》《陈风·月出》《秦风·蒹葭》《豳风·鸱鸮》《小雅·鹿鸣》《伐木》《鹤鸣》等。

再说局部之境。《诗经》中还有一些作品，从总体上看，似乎形不成一个浑融完整、笼罩全篇的境界，但其中的一个或几个章节写得很精彩，从局部看，也能构成形象生动可见可感的意境，有意境的章节都是全诗中最动人的部分，名章俊语，为全诗增光添色，提高知名度。后世读者之

① 朱熹《诗集传》，上海古籍出版社 1980 年 2 月版，第 1 页。

② 王夫之《姜斋诗话》，《清诗话》，上海古籍出版社 1978 年 9 月版，第 11 页。

所以还经常提到某篇作品，率皆因其有传诵已久的章句，人们以代代相传的阅读欣赏的审美实践，印证了诗词“以有境界为最上”的评价标准的正确性。也许会有人诘问：几句诗或一两个章节能形成意境吗？回答是肯定的。高倡境界说（意境）的王国维，在《人间词话》中谈论有我之境、无我之境、境界大小、人生三境界等命题时，都是用句摘的方式引录诗词中的某一二句作为例证的。在此仅举大家很熟悉的一段话：“‘红杏枝头春意闹’，著一‘闹’字，而境界全出。‘云破月来花弄影’，著一‘弄’字，而境界全出矣。”[①] 王氏所谓的“境界全出”，显然是指章句之境而非篇境，古典诗歌的境界原有整体与局部，全篇与章句的种种不同，不可一概而论。至于认定意境必须涵盖全篇，否则即无意境，这种看法既不符合王氏意境说的原意，也不符合古典诗歌中无数例证的实际，当属偏执狭隘之见。

局部之境如《召南·野有死麇》第三章，《卫风·硕人》第二章，《伯兮》第二章，《氓》第二、三、四章，《郑风·女曰鸡鸣》首章，《齐风·东方未明》首、二章，《小雅·采薇》第六章，《无羊》第一、二章，《十月之交》第三章，《北山》第四、五、六章等。

《诗》境例释

《周南·芣苢》和《豳风·七月》，是较为典型的赋境作品。

《芣苢》全诗三章，纯用赋笔，变换使用六个动词，描写风日晴和天气，田家妇女三五结伴到田野上采摘芣苢的劳动过程。乍看这首小诗，直赋其事，略无余蕴，语言简单，韵律也简单，只是对劳动场景的直接再现。除了字面意义外，似无更多的内涵可供嚼味。但是，当你循着作品明快的反复所形成的节奏，深入体验此诗的情调，就会感到洋溢全诗的轻盈欢快的情绪，仿佛看到她们那轻快利索的动作，听到她们悠扬婉转的歌声。变换的六个动词有层次地写出了她们的喜悦心情向高潮的发展，反复的咏唱又把这种收获愈丰的快意渲染得十分浓郁。这首小诗中，语

① 王国维《人间词话》，《蕙风词话·人间词话》，人民文学出版社 1960 年 4 月版，第 193 页。

言、韵律、动作、心情达到了高度的适应和统一，从而构成了优美、明朗、欢快的意境。方玉润用十分精彩的文字形容过读此诗的感受："此诗之妙，正在其无所指实而愈佳也。夫佳诗不必尽皆征实，自鸣天籁，一片好音，尤足令人低回无限……读者试平心静气，涵咏此诗，恍听田家妇女，三三五五，于平原绣野、风和日丽中群歌互答，余音袅袅，若远若近，忽断忽续，不知其情之何以移而神之何以旷。"[①] 闻一多先生也说："揣摩那是一个夏天，芣苢都结子了，满山谷都是采芣苢的妇女，满山谷响着歌声。"[②] 他们立足于文本所提供的材料，用阅读过程中审美再创造的想象，复活了原诗的优美境界，可谓浸润濡染、深造有得之论。元吴师道《吴礼部诗话》说："此诗终篇言乐，不出一乐字，读之自见意思。" 诗中洋溢而出的欢快情调正是得力于赋法对劳动过程、劳动场面的真实再现。王夫之谈论情景关系时说："情景名为二，而实不可离。神于诗者，妙合无垠。"[③] 可以说，《芣苢》是达到了情景俱化、妙合无垠的境界的。这首诗是单纯的极致，也是优美的极致。

《七月》是十五《国风》最长的作品，全诗八章八十八句，全用赋法，按时令的先后，逐月逐季地铺写男女农奴们的劳动和生活，展示了广阔的社会全景画面。首章写冬去春来，一年农事开始，接写种田、采桑、纺织、打猎、修屋、收获等各种繁重劳动，至第七章写一年农事结束，末章写农奴们为领主年终祝福，这些是全诗的主干、正笔。正笔之外铺以"闲笔"，以一连串的物候特征，来表现节令的演变，如"七月流火，九月授衣""春日载阳，有鸣苍庚""春日迟迟，采蘩祁祁""四月秀葽，五月鸣蜩"，特别是第五章前六句通过昆虫的不同情态写节令的变化，"无寒字而觉寒气逼人"，最为出色。吴闿生《诗义会通》说："《七月》篇生动处，太史所本。全篇点缀时景，都与本事相映"。闲笔的点染使全篇充满了鲜明的自然风貌和浓烈的乡土气息，为正笔生色不少。全诗正笔闲笔杂用，以赋法叙描铺写，多角度全方位地展示了细致如绘的事境、物境，姚际恒《诗经通论》评这首诗说："鸟语、虫鸣、草荣、木实，似《月令》；妇子入室，茅綯升屋，似风俗书；流火、寒风，似《五行志》；养老慈幼，跻

① 方玉润《诗经原始》，中华书局 1986 年 2 月版，第 85 页。

② 闻一多《匡斋尺牍》，《闻一多全集》三，湖北人民出版社 1993 年 12 月版，第 208 页。

③ 王夫之《姜斋诗话》，《清诗话》，上海古籍出版社 1978 年 9 月版，第 11 页。

堂称觥，似庠序礼；田官、染织、狩猎、藏冰、祭献、执功，似国家典制书。其中有似《采桑图》、《田家乐图》、《食谱》、《谷谱》、《酒经》。一诗之中无不具备，洵天下之至文也。”姚氏指出了《七月》赋笔囊括事物无所不备的详切真细工夫，但他说《田家乐图》则显系失误。《七月》叙事写景之中透出的是凄苦的情绪，化入物境事境之中的是沉重悲哀的心境。这在诗的第一、二、五章表现得最充分。读这首诗，透过朴实无华的语句，我们就像面对一个饱经风霜的老农奴，听他絮说一年四季的种种遭际，平缓沉浊的语调中时而夹杂一两声深深的叹息。

此外，如《魏风·十亩之间》再现桑园中的安闲气氛和劳动者的愉快心情;《郑风·溱洧》展示溱洧岸边，三月上巳青年男女欢快游乐、嬉笑谈情的动人场面;《魏风·陟岵》中士兵对家乡父母兄弟的思念;《王风·君子于役》中思妇日夕怀人的怨情;《郑风·将仲子》中少女情感与理智的矛盾；都是用赋笔或铺叙或描写或抒情，相当成功地构成作品境界的。

兴境中较典型的作品，如《周南·关雎》和《汉广》。《关雎》鸟鸣起兴，触发“求女”之情。春水涣涣的河畔，沙白草绿的洲渚，一只雎鸠鸟在鸣叫，仿佛很焦灼，又很执着，甚至很凄伤，终于，另一只鸟应和了，一声，数声，声声相迭，雌雄应答，关关和鸣。这意绪渗透全诗。诗的第二章即以荇菜在水中左右飘动，兴淑女之难求。第三章写“求之不得”的情况下，男子的焦灼，夜以继日寝寐难安的思念。这一章处在全诗的关键地位，对诗境的形成至关重要，姚际恒《诗经通论》指出：“今夹此四句于‘寤寐求之’之下，‘友之’‘乐之’二章之上，承上递下，通篇精神全在此处。盖必着此四句，方使下‘友’‘乐’二义快足满意。若无此，则上之云‘求’，下之云‘友’‘乐’，气势弱而不振矣”。正是由于第三章对男子单相思的动作心理生动传神的描写，振起文势。坠入情网的男子辗转反侧之际，思极成幻，在想象中和河边相遇的采荇姑娘结成美满婚姻，钟鼓相乐，琴瑟谐和。全诗情感在此涌向高潮，是梦是醒，真耶幻耶？梦幻般的境界读来令人陶醉。当然，也可把后两章作实写看待，即通过追求达成婚姻。但作幻境理解似更有情味，这也显示了兴境的理解弹性。

《汉广》以“南有乔木，不可休思”兴“汉有游女，不可求思”。首章四曰“不可”，二、三章复沓咏唱，又各有两个“不可”，一首小诗，一片“不可”声。陈启源《毛诗稽古编》说：“夫悦之必求之，然唯可见而不可求，则慕悦益至。”正是缘于“可见而不可求”，对感情产生更强烈的刺激，使人顿觉游女之难求犹如眼前浩浩江汉不可逾越，于是就“迭咏江汉，觉烟水茫茫，浩渺无际，广不可泳，长更无方，唯有徘徊瞻望，长歌浩叹而已”[①]。这种徘徊瞻顾、长歌浩叹的境况，把歌者那企慕不已而又无可奈何的惆怅情怀表露无遗。此种情怀对人生历程来说，又岂止“求女”之一端！魅力无穷的“游女”对读者便生出某种象征意味，给人以多方的启悟与感发。事实上，到屈原的《离骚》中，“求女”即成为诗人上下求索美政理想的象征，男女之事中包蕴的已纯然是社会政治意义和理想人格追求，这一点是人所共知的，“求女”构成了《离骚》后半部分比兴象征系统的主体。从《楚辞》所受《诗经》比兴手法影响的角度考察，《离骚》之“求女”与《汉广》之“求女”恐怕不会是毫无干系的。《汉广》的境界“极离合缥缈之致”[②]，具有强烈的流注人心、摇荡性情的艺术力量。

兴境中更有代表性的作品是《秦风·蒹葭》。全诗三章均以秋景起兴，苍苍的芦苇，浓重的霜露，浩渺的秋水，迷蒙的晨雾，物色萧瑟冷落，朦胧凄迷。这是诗中凄婉怅惘的怀人心情的客观化，是这种情感的客观对应物。诗人的惆怅心绪，正是借助水边秋晨清冷的景物得到渲染、烘托、具体化。王夫之说：“关情者景，自与情相为珀芥也。情景虽有在心、在物之分，而景中情，情中景，哀乐之触，荣悴之迎，互藏其宅。”[③]在这首诗中，由蒹葭白露之景触发秋水伊人之思，可望而不可及的思念追求的痛苦又是借助起兴发端的景物得以表达，景情相生，二者交融成幽深凄迷的意境，那种痴迷者的心态宛然如现，感人至深。蒹葭白露，秋水伊人，溯回溯游，若远若近，真不知情何以寄而人何以堪！《蒹葭》的境界内蕴还不止于此，它的深层启示意义在于象征了困扰人类心灵的理想与现实的永恒矛盾。《蒹葭》中的“伊人”和《汉广》中的“游女”一样，可以作为美好理想的象征，她可望而不可及，可遇而不可求。诗中的企恋心态，是人类追求真善美极境的形象表现。人类世代生生不息，人类追求永无止境，真善美的极境是人类社会的终极彼岸。在进化完善自我的漫长过程中，人类一步步地接近它，但却永远不能完全进入这种境界。“伊人”作为真善美理想的化身，吸引人们永不疲

① 方玉润《诗经原始》，中华书局 1986 年 2 月版，第 87 页。

② 方玉润《诗经原始》，中华书局 1986 年 2 月版，第 87 页。

③ 王夫之《姜斋诗话》，《清诗话》，上海古籍出版社 1978 年 9 月版，第 6 页。

倦地追求她，这首诗也因此获得了不朽的生命。

兴境作品佳者尚多。如《郑风·风雨》中风雨鸡鸣的暗淡气氛渲染对风雨故人来的喜出望外之情的衬托；《周南·葛覃》中优美的风景描写兴起的女子归宁的快乐情绪；《召南·摽有梅》中望见梅子纷纷落地，引起少女青春易逝的感伤，油然生出的“急婿”渴求；《周南·桃夭》中艳丽的桃花摇曳的桃枝与新娘子漂亮的容貌窈窕的身姿的映衬；等等，都是以景起情，景情相生，二者交融成美妙动人的意境的佳构。

局部之境如《小雅·采薇》末章：“昔我往矣，杨柳依依。令我来思，雨雪霏霏。行道迟迟，载渴载饥。我心伤悲，莫知我哀。”是全诗的精彩段落。《宋景文笔记》卷中云：“‘杨柳依依，雨雪霏霏’，写物态慰人情也，谢玄爱之。”宋祁的看法是对的。“杨柳依依”数句，妙在物态描写中见人情，物中有我，景中含情，创造了“以乐景写哀，以哀景写乐，一倍增其哀乐”①的诗美境界。《采薇》成为名篇与末章的动人境界是分不开的，正如方玉润所说：“此诗之佳全在末章，真情实景，感时伤事，别有深情，非可言喻。”②

《小雅·无羊》首章：“尔羊来思，其角濈濈，尔牛来思，其耳湿湿”，写牧群聚集，但见无数羊角攒聚，一片牛耳翕动，十分传神。二章：“或降于阿，或饮于池，或寝或讹。尔牧来思，何蓑何笠，或负其糇”，写散处的牛羊有的走下山坡，有的去池塘边饮水，有的饱食思睡，有的来往撒欢。牧人们悠悠地走过来，身披蓑衣头戴斗笠，有的还背着干粮包。铺写放牧场景，历历如绘，宛然在目。清方玉润读罢此诗不禁赞叹道：“人物杂写，或牛羊并题，或牛羊浑言……其体物入微处，有画手所不能到，晋唐田家诸诗何能梦见此境……真化工之笔也。”③王士祯《渔洋诗话》在称赞“《诗三百篇》真如画工之肖物”时，亦举《无羊》二章作为例证，评价道：“字字写生，恐史道硕、戴嵩画手，未能如此极妍尽态也。”④

再如《卫风·硕人》次章写卫庄姜的美丽：“手如柔荑，肤如凝脂，领如蝤蛴，齿如瓠犀，螓首蛾眉。巧笑倩兮，美目盼兮。”前五句以比为赋，从细部描写庄姜的双手、肤肌、颈项、牙齿、额头和眉毛，如工笔重彩仕

① 王夫之《姜斋诗话》，《清诗话》，上海古籍出版社 1978 年 9 月版，第 4 页。

② 方玉润《诗经原始》，中华书局 1986 年 2 月版，第 87 页。

③ 方玉润《诗经原始》，中华书局 1986 年 2 月版，第 386 页。

④ 王士祯《渔洋诗话》，《清诗话》，上海古籍出版社 1978 年 9 月版，第 181 页。

女图；后两句换一副笔墨，写其姣好的笑靥，顾盼的眼波，传美人之神。这一节赋美人形神俱佳，妙境诱人，清孙联奎《诗品臆说》认为："《卫风》之咏硕人也，曰'手如柔荑'云云，犹是以物比物，未见其神。至'巧笑倩兮，美目盼兮'，则传神写照，正在阿睹，直把个绝世美人活活请出来在书本上滉漾。千载而下，犹如亲见其笑貌。"观其赞叹备至的语气，大有目视神遇、叹为观止之意。

《诗》境特质

诚如论者所言：有诗人之意境，有诗歌之意境，有读者之意境。我们在这里所说的《诗》境，侧重于诗歌之意境和读者之意境。也就是读者立足于《诗经》作品的文本之上，通过联想、想象等能动的审美再创造活动，于其眼前、心中、大脑屏幕上所映现出的事景画面和感受到的情绪摇曳。《诗》境和后世诗歌意境的区别在于一个"真"字。首先是情感表达的纯真。《诗经》民歌的众多作者，主要是生活在二三千年前北方中原地区的劳动人民，他们从事着农桑生产劳动，简朴的生活决定了他们浑厚的性格和单纯的思想。日常生活中的各种遭遇触动他们心中的喜怒哀乐，"饥者歌其食，劳者歌其事"，他们的歌唱是他们生活遭遇和思想感情的自然流露。像《七月》就是对一年繁重劳动和痛苦生活的凄怆诉说，《伐檀》《硕鼠》对劳动成果被剥夺的满腔愤怒不平，《芣苢》《十亩之间》体验到的劳动中的欢快愉悦，《溱洧》《狡童》品尝到的爱情欢乐和痛苦，等等。《诗经》作者生活的时代，去太古未远，儒家学派及其所衍生的思想禁锢尚未产生，大众的心理意识较少受到压抑窒息，天性尚能够得到较为自由的舒展，华夏民族还没有泯灭载歌载舞的激情，《诗经》的时代是我们古老民族的春天，人们的精神世界一片盎然生机。与社会发展阶段实际相适应，当时的律令制度亦较宽疏，如《周礼·地官·媒氏》规定："媒氏（媒官）掌万民之判（匹配）……中春之月，令会男女，于是时也，奔者不禁。若无故而不用命者，罚之。司男女之无夫家者而会之。"[①] 这不啻是对一种

① 阮元校刻《十三经注疏·周礼注疏》，中华书局1980年10月版，第733页。

风俗习尚的来自官方的公开鼓励。因此，人们尤其是青年男女在情感生活领域里较少顾忌，在歌唱自己的愿望欲求时也多率真大胆，这在《国风》中表现得最充分，确如朱熹所说："凡诗之所谓风者，多出于里巷歌谣之作，所谓男女相与咏歌，各言其情也。"① 如《关雎》中青年男子的焦灼，《摽有梅》中少女欲嫁的急迫，《野有死麕》所写"有女怀春，吉士诱之"的情事，《褰裳》中对于情感所持的豁达开朗近于满不在乎的态度，其真的程度绝非后世诗歌所能想望。《诗经》中情感抒发的高度真实构成的诗境，天籁自鸣，一片好音，自有一种摇撼心魄、直逼灵魂的艺术穿透力。

与情感表达的纯真赤诚相适应，《诗》境多为再现式的写境，而非表现式的造境。赋境一类作品的客观再现性固不必说，即使是兴境一类作品有较浓的主观情感色彩，但其情感表达也是"摅至情，发至性"，直道其本来面目、天然形态，不加雕饰、不加掩藏的。一些境界较为朦胧惝恍的作品，如《蒹葭》《汉广》《月出》等，亦非作者有意去制造一种"雾里看花""帘中窥美"的"烟水迷离之致"。作者唱出的也无非是那即目所见的自然景物，自己心中的所感所思，自己此时的所作所为。思念、追寻又可望而不可及，思慕之深、渴望之切导致失望至极，所以心中生出无限的凄迷怅惘之情，这情怀与沾满霜露的苍苍芦苇，与江汉浩渺瀚漫的水波，与一片清幽皎洁的月光相触相融，相感相生，此景也此情，使得这几首古朴的民歌境界几与宋代婉约词的意境相追似，但必须明白，这只是一种客观上的自然显示，而非创作者的匠心经营，是写境而非造境。

《诗》境由于是写境而非造境，所以，在形成意境的具体手法技巧上，《诗经》的作者们也绝不像后人那样去呕心沥血，切磋琢磨，精雕细刻，锻句炼字，营构篇章。"语不惊人死不休""新诗改罢自长吟""晚节渐于诗律细""二句三年得，一吟双泪流""吟安一个字，捻断数茎须"等刻意求工苦吟推敲的情形，对《诗经》的作者们来说，简直是无法想象的，因而也是根本不存在的。《诗经》中那些形象、传神、生动、逼真的动词，尤其是那些重言双声迭韵的形容词，或绘声绘色，或摹形状物，或传情达意，无不鲜活逼肖，典型者像"'灼灼'状桃花之鲜，'依依'尽杨柳之貌，'杲杲'为日出之容，'瀌瀌'拟雨雪之状，'喈喈'逐黄鸟之音，'喓

① 朱熹《诗集传》，上海古籍出版社 1980 年 2 月版，第 2 页。

嘤’学草虫之韵”[①]。但这些极富表现力的词汇，绝非后世文人惨淡经营文字所能得，而是出于劳动者对事物的深入观察，稔熟了各种事物的特点，因而才能找到最准确的语言来描摹它们，语言的准确性来源于事物的天然形态，和后世文人琢炼所得有着根本的区别。重章迭句的复沓章法也不是像某些后世文人理解的那样，是为了追求章法上的“奇变”，而是出于民歌“群歌互答”的咏唱需要，既能抒情尽兴，又便于记忆传诵。在一唱三叹的反复过程中诗意悠然不尽，形成深厚的《诗》境。如果是单纯追求形式的新奇，不但于《诗》境的形成无补，反而会闹出笑话，袁枚在《随园诗话》卷三中就谈到过这种情况。至于《诗经》的韵律，正如江永《古韵标准例言》所说：“里巷童谣，矢口成韵，古岂有韵书哉！韵即其时之方音，是以妇孺犹能知之协之也。”因此，和谐自然就成为《诗经》音韵的特点。明陈第《读诗拙言》说：“《毛诗》之韵，动乎天机，不费雕刻。”近人刘师培《论文杂记》也说：“上古之时……谣谚之音，多循天籁之自然。”这种区别于后世动辄犯禁的森严声律的天籁之音，对构成《诗》境“真”的特质，无疑也起着重要作用。

王国维在《人间词话》中指出：“境非独谓景物也，喜怒哀乐，亦人心中之一境界。故能写真景物，真感情者，谓之有境界。否则谓之无境界。”在《宋元戏曲考》中，他又强调说：“何以谓之有意境？曰：写情则沁人心脾，写景则在人耳目，述事如其口出是也。”可知王氏标举的境界说（意境），包括情境、物境、事境三类，当然，在艺术上成功的作品中，情景事三者尽管各有侧重，总归是统一于意境的。境界的核心是一个“真”字，情真、景真、事真，做到这一点，即是有意境，反之则无。正是在写景、抒情、叙事的高度真实性方面，《诗经》显示了它无可比拟的优越性，以其纯朴天然的原生状态，形成了许多作品的动人境界。以真为根本，以真为核心，以真包蕴善美，使《诗》境往往成为真善美统一的极境，为后人所仰慕追攀。近人任中敏先生云：“《三百篇》之所以成为吾国韵文之极轨者，不必以其‘六义’也，而实以其‘六义’之外一总义，‘真’是也。”任先生所谓“真”的“总义”，也就是我们所说的由真情真景真事所

① 刘勰《文心雕龙·物色》，王利器《文心雕龙校证》，上海古籍出版社1980年8月版，第278页。

决定，《诗经》作品那种超乎“六义”细琐手法之上，整体显示出的真善美统一的境界，其中起决定作用的是“真”。后世诗人写景、抒情、叙事非为不真，但与《诗经》相比，一为人工之真，一为天然之真，虽难以高下优劣论，然其境界的差别甚大，则是不言自明的。

《诗》境流韵

《诗经》作为中国文学的光辉源头，其沾溉后世文学非止一端。从意境的角度看，《诗》境对后世诗人的创作实践产生的启示作用和借鉴意义是巨大的，流风余韵，邈远绵长。后世诗人、诗论家不仅在一般的意义上标举学习《诗经》的风雅比兴，他们更具体地认识到学习《诗》境的重要性：“《三百篇》之体制音节，不必学，不能学；《三百篇》之神理意境，不可不学也。”[①]事实也正是如此，历代诗人几乎无不从《诗》境吸取营养，或在广度上拓宽，或在细部上深化，或增饰文采，或展衍声情，或正面添色，或背面翻新，来营构自己作品的境界，尽管林林总总，千姿百态，但一些基本范型并没有改变。仔细寻绎其脉络，对于我们认清后世文学与前代文学之间的继承创新关系，深入体察《诗》境与后世受其影响的作品境界的相同和差异，从而提高分析评价的准确性和审美鉴赏的精微度，都是很有意义的。限于篇幅，笔者在此无法作出过细的论析，只举数例，将《诗》境笼罩后世几类作品的大致轮廓勾画出来。

赋境名篇《王风·君子于役》，借助黄昏时分村景的描写，渲染了浓郁的气氛，思妇怀人念远的情感浸润于整个空间画面，构成了迷茫怅惘、深沉绵缈的意境。这种日夕起愁、情景互生的艺术境界，令后世作家纷起仿效。司马相如《长门赋》：“日黄昏而绝望兮，怅独托于空堂。”潘岳《寡妇赋》：“时暧暧而向昏兮，日杳杳而西匿。雀群飞而赴楹兮，鸡登栖而敛翼。归空馆而自怜兮，抚衾裯而叹息。”白居易《闺妇》：“斜凭绣床愁不动，红绡带缓绿鬟低。辽阳春尽无消息，夜合花开日又西。”韩偓《夕阳》：“花前洒泪临寒食，醉里回头问夕阳。不管相思人老尽，朝朝容易下

① 潘德舆《养一斋诗话》，《清诗话续编》四，上海古籍出版社2016年6月版，第1903页。

西墙。”赵德邻《清平乐》：“断送一生憔悴，只消几个黄昏。”钱钟书先生指出这些诗词的“取景造境，亦《君子于役》之遗意”①，是十分正确的。许瑶光《雪门诗抄·再读〈诗经〉四十二首》之十四云：“鸡栖于桀下牛羊，饥渴萦怀对夕阳。已启唐人闺怨句，最难消遣是昏黄。”道出了唐人闺怨对《君子于役》意境的承袭，其实，日夕起愁的意境濡染后人又岂止是唐人闺怨一体。

兴境佳构《陈风·月出》对望月怀人意境的开辟，使一轮皓月的清幽辉光洒满了此后二千余年的诗歌史。焦竑《焦氏笔乘》说：“《月出》见月怀人，能道意中事。太白《送祝八》‘若见天涯思故人，浣溪石上窥明月’；子美《梦太白》‘落月满屋梁，犹疑照颜色’；常见《宿王昌龄隐处》‘松际露微月，清光犹为君’；王昌龄《送冯六元二》‘山月出华阴，开此河渚雾。清光比故人，豁然展心悟’；此类甚多，大抵出自《陈风》也”。其实，从《古诗十九首》“明月何皎皎”开始，历代诗词歌赋咏月怀人寄情，涌现了难以数计的作品，其间杰作迭出，如谢庄《月赋》、张若虚《春江花月夜》、张九龄《望月怀远》、李白《静夜思》《长相思》、杜甫《月夜》、苏轼《水调歌头·中秋》等，那皎洁的光影，迷幻的色彩，清幽的氛围，绵缈的情怀，高远的寄托，深邃的境界，莫不受惠于《陈风·月出》的首创之功。

《周南·卷耳》和《魏风·陟岵》，一为思妇怀念征夫，一为征人思念父母兄弟，皆设想对方如何惦念自己，虚笔取影，以客代主，透过一层，使得诗中怀人之情弥笃而思亲之念愈切。这种构思取境启示了后世无数诗人，如徐陵写征夫思念家室的《关山月》，王维登高思亲的《九月九日忆山东兄弟》，杜甫身陷长安怀念妻儿的《月夜》，郑会写旅途思家的《题邸间壁》等。六朝以下，仿效《卷耳》《陟岵》构思取境的例子极多，或游子怀乡，或闺中念远，或征夫思亲，或朋友相忆，或情人相思，往往为了加倍抒情，设想对方如何如何，此类作品多到不胜枚举。

《周南·摽有梅》中深感于青春易逝因而渴求爱情的情怀，对后世诗人诗作的渗透也是深广的，最明显者如北朝民歌《地驱乐歌》“驱羊入谷”、《折杨柳歌》“门前一树枣”，唐杜秋娘《金缕曲》皆是。《卫风·伯

① 钱钟书《管锥编》，中华书局1979年8月版，第102页。

兮》中思妇以其憔悴显现的对爱情的忠贞，这种心理带有普遍性，后世诗人多袭用其意。如徐干《室思》《情诗》，晋乐府《清商曲辞·攀杨枝》，刘宋孝武帝《拟徐干》，鲍令晖《题书后寄行人》，张九龄、雍裕之《自君之出矣》等，皆步其踵武之作。《豳风·鸱鸮》作为诗歌史上第一首禽言诗，它的意境直接影响了汉乐府中的《雉子班》《乌生》《艳歌何尝行》《枯鱼过河泣》《蛱蝶行》等民歌。魏晋以降，又由禽言诗衍生出禽言赋，且由民间创作发展为文人模拟。唐代诗人中杜甫曾作《义鹘行》，韩愈有《病鸱》，柳宗元有《跂乌词》，白居易有《燕诗示刘叟》。宋元以下，代有佳作，这一诗体正是从《鸱鸮》发轫的。

此外，《诗经》中《七月》《伐檀》《硕鼠》一类诗对“感于哀乐，缘事而发”的汉乐府民歌及杜甫、白居易等人反映民瘼的现实主义诗作的影响，已为人们反复论及，兹不赘述。需要注意的是，白居易《新乐府》《秦中吟》的直切颇似《伐檀》《硕鼠》，而杜甫《三吏》《三别》等于平缓中见沉痛的诗作则深得《七月》之遗意。它如《邶风·燕燕》之于送别，王士禛《分甘余话》说：“《燕燕》之诗，许彦周以为可泣鬼神。合本事观之，家国兴亡之感，伤逝怀旧之情，尽在阿睹中，《黍离》《麦秀》未足喻其悲也。宜为万古送别之祖。”[①]《周南·桃夭》之于咏美，姚际恒《诗经通论》说：“桃花色最艳，故以喻女子，开千古词赋咏美人之祖。”《唐风·葛生》之于悼亡，《王风·黍离》之于吊古，《唐风·蟋蟀》之于惜时，《小雅·采薇》之于边塞诗，《鄘风·载驰》《秦风·无衣》之于爱国诗，《卫风·氓》《邶风·谷风》之于弃妇诗，等等，其写境命意在古代诗歌史上均有开创意义。篇境之外，《诗经》中的一些章句之境对后世诗歌的影响也是巨大而深远的，如《七月》二章春日采桑的描写对汉乐府民歌《陌上桑》及其后历代采桑诗词的影响；《采薇》末章“杨柳依依”的句境对后世无数优美的咏柳寄情诗词的影响；《硕鼠》中“乐土”的境界诱发了陶潜《桃花源诗并记》中的理想社会构想，此后又有多少诗人词客对桃源乐土心向往之，发为唱叹。西人云：“说不尽的莎士比亚。”就《诗经》境界的首创意义和对后世的深远影响而言，我们也可以说：“说不尽的《诗》境。”

---

① 王士祯《带经堂诗话》卷一，人民文学出版社1963年11月版，第18—19页。

试论先秦散文与诗歌一体不分的“原型”形态

文体之间的相互渗透是中国文学史上的普遍现象。在各种文体的萌生成长、发展演变过程中，交叉影响的情况经常发生。文学史上各种文体之间，特别是历代诗文之间“以文为诗”“以诗为文”的交叉互渗状况，与先秦时代诗文一体不分的“原型”形态密切相关。追溯中国文学源头的先秦时代，文学科目尚未独立，后世的文笔之辨、骈散之辨尚未兴起，对文体的细致辨析尚未提上日程，文体意识和诗文之间的界限，尚处于混沌不明、涵容交叠的状态。一方面，此期诗歌部分承担散文和戏剧的叙事、表演功能，如《诗经》雅颂中的商周民族史诗，国风中《七月》一类以赋法铺叙描写的长诗，《楚辞》中《离骚》的情节因素，《九章》的纪实性质，《九歌》的戏剧样态，以及《卜居》《渔父》的接近散体等。另一方面，不论是哲学性质的诸子散文，还是记事性质的历史散文，均多有韵语，深于取象，妙用比兴，具有突出的抒情倾向，放任虚构和想象，行文结体灵动而跳宕，显示出鲜明的诗体特征。这种散文与诗歌一体不分的情形，作为中国文学源头的先秦文学所呈现出的“原型”形态，对秦汉以下历代散文创作产生了深远的影响，形成了中国文学史上“以诗为文”的悠久传统。本文拟从用韵、比兴、取象、抒情性、想象力、跳跃性等方面，对先秦散文与诗歌一体不分的“原型”形态加以初步考察，以期引起并加深我们对文学史相关现象和规律的关注与探究。

一

先秦散文与诗歌一体不分的“原型”形态，首先体现在散文作品中大量使用诗歌韵语方面。论者认为“最早的散文有时韵散不分”[1]，指的就是先秦文学史上的这一重要现象。《周易》卦爻辞448则，大多取象鲜明，语言生动，又多用韵，如：

贲如，皤如，白马翰如。匪寇，婚媾。(《贲·六四》)
鸿渐于陆，夫征不复，孕妇不育。(《渐·九三》)
明夷于飞，垂其翼；君子于行，三日不食。(《明夷·初九》)

以及《井·九三》:“井渫莫食，为我心恻。可用汲。王明，并受其福”,《归妹·初九》:“归妹以娣，跛能履”,《困·六三》:“困于石，据于蒺藜；入其室，不见其妻”,《离·九四》:“突如其来如，焚如，死如，弃如”,《中孚·九二》:“鹤鸣在阴，其子和之；我有好爵，吾与尔靡之”等，就常常既被视作散文萌芽期的雏形，又被目为上古时代的歌谣。游国恩等把这些例子放在散文萌芽期来举证[2]，林庚则认为《周易》爻辞里“有许多句子是从人民口头诗歌中片段采用来的，我们今天通过这些还能够看见一些早期诗歌原来的面貌。”[3]刘大杰指它们是“一些古代优美的歌谣，或是近似歌谣的作品。”[4]文耶诗耶？实难区分。类似的情形还有对甲骨卜辞“四方来雨”性质的认识：

癸卯卜，今日雨：其自东来雨？其自西来雨？其自南来雨？其自北来雨？（郭沫若《卜辞通纂》第375片）

陆侃如、冯沅君感觉它“体裁很近于汉乐府的《江南》:‘江南可采莲，莲叶何田田，鱼戏莲叶间：鱼戏莲叶东，鱼戏莲叶西，鱼戏莲叶南，鱼戏莲叶北。’上边引的‘其’字表示疑问，到《诗经》里还有‘其雨？其雨？杲杲日出’的句子。这首简单而朴素的古歌，恐怕是我们诗史上年代

① 郭预衡《中国散文史》上，上海古籍出版社2000年3月版，第17页。
② 游国恩等《中国文学史》一，人民文学出版社1963年7月版，第43—45页。
③ 林庚《中国文学简史》，北京大学出版社2007年8月版，第3页。
④ 刘大杰《中国文学发展史》上，上海古籍出版社1982年5月版，第14—16页。

最早而又最可靠的作品了。”[①] 林庚也说它“颇有点后世《相和歌》中‘江南可采莲’的情调。”[②] 刘大杰认为它“已具备朴素的诗歌形式”[③]，甚至有论者干脆把它称为产生于“中华第一都”的“中华第一诗”[④]。但有些学者的观点却恰恰相反，仅把它“看作一种十分幼稚的散文”，[⑤]“可说是记叙散文的萌芽”[⑥]，是“最简单、最朴素的散文形式”[⑦]。还有学者基于“散文和诗是最早出现的文体，而且差不多是孪生姊妹”的认识，而持折中的态度，说这段甲骨刻辞“既像诗，又像散文，或者说是诗和散文处于胚胎期的混沌未分状态”。[⑧]

用韵与否，一般认为是区分诗文的形式标志，韵脚被公认为诗歌专有的外在形式。先秦散文却往往如诗歌般用韵，而以《老子》一书最突出。清人邓廷桢指出：“诸子多有韵文，唯《老子》独密。《易》、《诗》而外，斯为最古。”[⑨] 如《老子》的如下章节：

> 五色令人目盲，五音令人耳聋，五味令人口爽，驰骋畋猎令人心发狂，难得之货令人行妨。（十二章）
>
> 孔德之容，唯道是从。道之为物，唯恍唯惚。惚兮恍兮，其中有象。恍兮惚兮，其中有物。窈兮冥兮，其中有精。其精甚真，其中有信。（二十一章）
>
> 天得一以清，地得一以宁，神得一以灵，谷得一以盈，万物得一以生，侯王得一以为天下正。（三十九章）

它如“道冲，而用之或不盈。渊兮似万物之宗。挫其锐，解其纷，和其光，同其尘。湛兮似或存”（四章），“不自见，故明；不自是，故彰；不自伐，故有功；不自矜，故长”（二十二章），“跂者不立，跨者不

① 陆侃如、冯沅君《中国诗史》上，人民文学出版社 1956 年 9 月版，第 7 页。

② 林庚《中国文学简史》，北京大学出版社 2007 年 8 月版，第 3 页。

③ 刘大杰《中国文学发展史》上，上海古籍出版社 1982 年 5 月版，第 11 页。

④ 扬子《安阳地域文化与地域诗歌》，《中原文学》1998 年第 4 期。

⑤ 游国恩等《中国文学史》一，人民文学出版社 1963 年 7 月版，第 44 页。

⑥ 谭家健《先秦文学史》，人民文学出版社 1998 年 11 月版，第 164 页。

⑦ 郭预衡《中国散文史》上，上海古籍出版社 2000 年 3 月版，第 13 页。

⑧ 张世英《中国散文学通论》，安徽教育出版社 1995 年 12 月版，第 4 页。

⑨ 邓廷桢《双砚斋笔记》卷二，民国十一年（1922 年）群碧楼邓氏家刻本。

行；自见者不明，自是者不彰；自伐者无功，自矜者不长”（二十四章）等。统观《老子》全书，“犹如辞意洗练的哲理诗，采用大量的韵语，排比、对偶句式，行文参差错落，犹如鱼龙蔓衍，变化多端，像诗，也像歌谣。”[①] 对《老子》一书的用韵情况，宋吴棫、清顾炎武、江慎修都有研究，江晋三的《老子韵读》、刘师培的《老子韵表》、沅君的《老子韵例初稿》、高本汉的《老子韵考》、朱谦之的《老子韵例》等，皆是研究《老子》一书用韵的专著，指出了《老子》用韵与《诗》韵、《易》韵、《骚》韵异同的现象。所以，有不少学者直接称《老子》一书为“诗”，如朱谦之称之为“哲学诗”[②]，任继愈称之为“哲理的诗篇”[③]，陆永品称之为“散文诗”[④]，汤漳平称之为“先秦诗歌中的鸿篇巨制”，“《诗经》之后《楚辞》之前的一部重要诗作”[⑤]。《老子》一书不仅用韵，而且使用类似《诗经》作品的“复沓”章法，如第二十八章：

> 知其雄，守其雌，为天下溪。为天下溪，常德不离，复归于婴儿。
> 知其白，守其黑，为天下式。为天下式，常德不忒，复归于无极。
> 知其荣，守其辱，为天下谷。为天下谷，常德乃足，复归于朴。

明人钱福即指出过“此章变文叶韵，反复吟咏，亦与《诗》体相类”的章法“复沓”特点[⑥]。

发挥《老子》旨意的《庄子》散文亦多用韵，音调自然，节奏和谐，如《逍遥游》末段：“惠子谓庄子曰：‘吾有大树，人谓之樗。其大本臃肿而不中绳墨，其小枝卷曲而不中规矩，立之途，匠者不顾。今子之言，大而无用，众所同去也。’庄子曰：‘子独不见狸牲乎？卑身而伏，以候遨者；东西跳梁，不避高下；中于机辟，死于网罟。今夫斄牛，其大若垂天之云。此能为大矣，而不能执鼠。今子有大树，患其无用，何不树之于无何有之乡，广莫之野，彷徨乎无为其侧，逍遥乎寝卧其下。不夭斧斤，物无

① 袁行霈《中国文学史》一，高等教育出版社 1999 年 8 月版，第 110 页。
② 朱谦之《老子校释》，中华书局 1963 年 9 月版，第 201 页。
③ 任继愈《老子今译》，古籍出版社 1956 年版，第 2 页。
④ 陆永品《老子的散文》，《齐鲁学刊》1982 年第 2 期。
⑤ 汤漳平《论老子在我国文学史上的地位》，《中州学刊》1981 年第 2 期。
⑥ 汤宾尹编《再广历子品粹》卷一，四库全书本。

害者，无所可用，安所困苦哉！’”还有《德充符》末段：“惠子谓庄子曰：‘人故无情乎？’庄子曰：‘然。’惠子曰：‘人而无情，何以谓之人？’庄子曰：‘道与之貌，天与之形，恶得不谓之人？’惠子曰：‘既谓之人，恶得无情？’庄子曰：‘是非吾所谓情也。吾所谓无情者，言人之不以好恶内伤其身，常因自然而不益生也。’惠子曰：‘不益生，何以有其身？’庄子曰：‘道与之貌，天与之形，无以好恶内伤其身。今子外乎子之神，劳乎子之精，倚树而吟，据梧而瞑。天选子之形，子以坚白鸣。’”均是惠子、庄子二人对话，一唱一和，全用韵语，可谓诗意盎然的“天籁”之文。《秋水》篇中河伯与北海若的一段对话，也是有韵之文：

> 河伯曰：“何谓天？何谓人？”
>
> 北海若曰：“牛马四足，是谓天；落马首，穿牛鼻，是谓人。故曰：无以人灭天，无以故灭命，无以得殉名。谨守而勿失，是谓反其真。”

庄子是一位深具诗人气质的思想家，这位彻底批判否定现实、“独与天地精神相往来”的哲人，同时又是一位极度关怀现实的性情中人，故其行文之间多有感情投入，随着内在感情的起伏变化，自然形成庄文抒情诗般的节奏和韵律，这是《庄子》一书语言形式上的普遍现象。

与诗性鲜明的《庄子》不同，《荀子》浑朴平实，是典型的“学者之文”，但亦时用类似诗歌的韵语行文，如《劝学》中句段：“无冥冥之志者，无昭昭之明；无惛惛之事者，无赫赫之功。行衢道者不至，事两君者不容。目不能两视而明，耳不能两听而聪。螣蛇无足而飞，鼫鼠五技而穷。”论者指出：“像这样的文字，既排且骈而又用韵。”[①]《儒效》中句段：“井井兮其有理也，严严兮其能敬己也，介介兮其有始终也，厌厌兮其能长久也，乐乐兮其执道不殆也”，仿佛《老子》《楚辞》句法，已与诗赋区别无多。至于《成相》篇，凡五十六节，每节五句，每句字数依次为三、三、七、四、七，第四句外，每句押韵，则是全用歌谣的体式。峭刻犀利的《韩非子》中，也时见韵语，《主道》、《扬权》皆通篇用韵，或句句押，或隔句押，或多句押，换韵自如。特别是长达一千三百余字的《扬权》，多

① 郭预衡《中国散文史》上，上海古籍出版社2000年3月版，第10页。

为《诗经》体的四言句式，用韵更为规律，更富于节奏感，多譬善喻，隐语象征，又颇似《周易》卦爻辞。凡此，皆说明“散文而杂韵语”，确是先秦散文一个重要的语言特征。

二

先秦散文与诗歌一体不分的“原型”形态，其次体现在散文作品的比兴取象方面。作为“诗之用”的“比兴”手法，在先秦时代并非诗歌所专有。《诗经》、《楚辞》的“比兴寄托”，先秦散文在说理、言志、抒情时也大量使用。《易经》卦爻辞如上举《渐・九三》《明夷・初九》《井・九三》等，均是比兴象征，若认定其时代早于《诗经》，可视其为《诗经》作品“比兴”手法的艺术渊源。刘大杰即指其为“从卜辞到《诗经》的桥梁”[①]。南宋朱熹指出：《易经》中的“立象以尽意”与《诗经》中的“兴”相一致[②]，清章学诚也认为“易象通于诗之比兴”[③]。再如《老子》第五章：“天地不仁，以万物为刍狗；圣人不仁，以百姓为刍狗”，第八章：“上善若水，水善利万物而不争。处众人之所恶，故几于道……夫唯不争，故无尤”，第二十三章：“飘风不终朝，骤雨不终日。孰为此者？天地。天地尚不能久，而况于人乎”，第六十四章：“合抱之木，生于毫末；九成之台，起于累土；千里之行，始于足下”，第六十六章：“江海所以能为百谷王者，以其善下之，故能为百谷王。是以圣人欲上民，以其言下之。欲先民，以其身后之”等，都是比兴名章，表现出对自然、人事的辩证看法和高度智慧。《论语》中的比兴更多，像“岁寒，然后知松柏之后凋也”（《子罕》），“子贡曰：‘有美玉于斯，韫椟而藏诸？求善贾而沽诸？’子曰：‘沽之哉！沽之哉！我待沽者也’”（《子罕》），“子在川上曰：‘逝者如斯夫！不舍昼夜’”（《子罕》），“子之武城，闻弦歌之声。夫子莞尔而笑曰：‘割鸡焉用牛刀？’”（《阳货》）“子曰：‘人而无信，不知其可也。大车无輗，小车无軏，其何以行之哉？’”（《为政》）“子夏问曰：‘“巧笑倩兮，美目盼兮，素以

① 刘大杰《中国文学发展史》上，上海古籍出版社1982年5月版，第14—16页。

② 朱熹《答何叔京》，《晦庵集》卷四十，四库全书本。

③ 章学诚《易教》下，《文史通义》，中华书局1985年5月版，第20页。

为绚兮。”何谓也？’子曰：‘绘事后素。’”（《八佾》）“子曰：‘天何言哉？四时行焉，百物生焉，天何言哉？’”（《阳货》）“譬之宫墙，赐之墙也及肩，窥见室家之好。夫子之墙数仞，不得其门而入，不见宗庙之美，百官之富。得其门者或寡矣”（《子张》）等，莫不言近旨远，含蓄隽永，富于抒情气息，所以钱穆叹赏“读二十篇《论语》，亦如诵一首诗”[①]。

《孟子》文章“有风人之托物，二雅之正言”，与《诗》为近，更是“长于比喻”。[②]使用简短的比喻如“以战为喻”“缘木求鱼”等，整段用比如“牛山之木”一段，整章用比如“晋人有冯妇者”章，寓言正言互叠如“礼与食孰重”章，正意寓意并列如“鱼我所欲也”章，至于“齐人乞墦”“揠苗助长”等，则是生动有趣的寓言故事。多譬善喻，使有“辩士”之称的孟子文章更加雄辩滔滔，所向披靡。《庄子》“则任何情况、任何事物都可以用作比喻，也可以容纳比喻。它不但比喻多，而且运用灵活，在先秦诸子中是最突出的”[③]。《庄子》文章更加引人注目的是他那大量的虚构性质的寓言故事，《寓言》篇自称“寓言十九”，《史记·老庄申韩列传》也称庄子“著书十余万言，大抵率寓言也。”寓言，是《庄子》一书以比兴来说理、达志、抒情的最主要的表现方式，内、外、杂篇的许多篇目，都以虚构的寓言故事连缀而成。浑朴严谨的《荀子》文章，除了句法整饬、排比偶对、词汇丰富之外，引物连类、巧譬善喻也是其显著特点。以《劝学》为例，前半篇几乎全用譬喻构成，设喻方式亦灵活多样，有单独设喻，有连续设喻，有正面设喻，有反面设喻，有以比喻互相映衬，有以比喻进行对比。像用“木受绳则直，金就砺则利”作比，引出“君子博学而日三省乎己，则知明而行无过矣”，这与《孟子·离娄上》用“为渊驱鱼者，獭也；为丛驱雀者，鹯也”作比，引出“为汤武驱民者，桀与纣也”一样，不就是《诗经》“以彼物比此物”“先言他物以引起所咏之辞”的“比兴”手法在散文中的运用吗？还有《孟子·公孙丑上》中有若赞美孔子的那段名言：

① 钱穆《中国文学论丛》，三联书店2002年8月版，第138页。

② 赵岐《孟子章句·题辞》，《十三经注疏·孟子正义》，中华书局1980年10月版，第2662—2663页。

③ 游国恩等《中国文学史》一，人民文学出版社1963年7月版，第81页。

麒麟之于走兽，凤凰之于飞鸟，太山之于丘垤，河海之于行潦，类也；圣人之于民，亦类也。出乎其类，拔乎其萃，自生民以来，未有盛于孔子也。

文采斐然，感情浓烈，也是先秦散文运用比兴手法的典型例证，具有抒情诗般的艺术感染力。质朴逻辑的《墨子》文章，亦时用比喻说理，《非攻上》推论战争的不义性质，而先以“窃人桃李”“攘人鸡豚”“取人马牛”等一连串生动比喻，引入论题。尚质非文的《韩非子》一书，也注重利用大量的比喻性质的寓言故事说理，被刘勰称为“韩非著博喻之富”[①]，《韩非子》中的精彩寓言不仅数量上达三百四十则左右，居先秦诸子之首[②]，而且在诸如“国亦有狗”“卞和献璞”一类寓言里，注入了相当浓烈的感情色彩。可以说，先秦诸子为文莫不长于拟象比喻，寓言托意。

诸子之外，历史散文如《左传·僖公二十二年》记臧文仲对鲁君云：“君其无谓邾小，蜂虿有毒，而况国乎？”《文公十八年》载季文子引述：“见有礼于其君者，事之如孝子之养父母也；见无礼于其君者，诛之如鹰鹯之逐鸟雀也。”这一类说辞，在《左传》中多有，不仅运用“形象化的比喻”，而且“也运用了近于骈俪的修辞手段”[③]。《战国策》说事，亦好借助寓言以为比兴，以增强形象性和说服力，像《楚策四》中庄辛说楚襄王几段文字，即是典型例证。缘此，钱穆指出《战国策》中的“鹬蚌相争，画蛇添足等，皆诗人寓言，亦比兴之流”[④]。

多用“比兴”必然善于取象。像《诗经》《楚辞》择取大量鲜明生动、意味悠长的“意象”来抒情言志一样，先秦散文也善用“意象”且“深于取象”，这是多用“比兴”的必然结果，在更深的层次上，则与中国上古时代早熟的农业文明形态有关。农耕社会里人与自然物稔熟、亲和，即目兴感、见景生情就成为一种普遍的创作心理发生机制，借助“意象”取譬托喻、达意抒情也就成为写诗作文的通用手法。中国诗歌在源头上就是典

① 刘勰《文心雕龙·诸子》，范文澜《文心雕龙注》，人民文学出版社1958年9月版，第309页。

② 公木《先秦寓言概论》，齐鲁书社1984年12月版，第129页。

③ 王运熙、顾易生《中国文学批评通史·先秦两汉卷》，上海古籍出版社1996年12月版，第48页。

④ 钱穆《中国文学论丛》，三联书店2002年8月版，第132页。

型的意象诗，孔子说诗云："多识于鸟兽草木之名"，《诗经》中的人事意象之外，以动植物为代表的自然意象达数百种之多，显示了彼一时代人们丰富的博物学知识，和这些自然物与上古先民们的日常生活、情感心理的密切联系。屈原《离骚》围绕抒情主人公展开的社会、自然、神话传说三大意象群，更是繁富庞杂，陆离缤纷。《诗经》中的《汉广》《蒹葭》《采薇》《鹤鸣》等诗的中心意象，《离骚》中的"善鸟香草"等自然意象、"男女君臣"等社会意象和"巫咸灵氛"等神话传说意象，莫不寄情深远，寓意幽邈，先秦散文"取象"亦如之。荀子云："上取象于天，下取象于地，中取则于人。"[①] 章学诚说："战国之文，深于比兴，即其深于取象者也。"[②] 比兴必须借助意象，所以善用比兴必然要精心取象。《周易》卦象姑置不论，《老子》的"道、玄、希夷、恍惚、天地、川谷、江海、自然、赤子、众妙之门、小国寡民"，《论语》的"河川、松柏、浮云"，《庄子》的"鲲鹏、大椿、斥鴳、鹓鸰、泽雉、散木、混沌、薪火、蝴蝶、秋水、河伯、海若、坎井之蛙、任公子、邈姑射神人、匠石、庖丁"，孟子的"大丈夫、齐人、宋人、冯妇、牛山之木"，《韩非子》的"卞和、璞玉、国狗"，宋玉的"高唐、巫山、云雨、登徒子、雄风、雌风"等，都是上述作家散文的中心意象，与诗人诗歌的中心意象的性质和功用相同，这些散文意象大都个性独具，鲜明生动，寓意饱满，蕴涵深厚，情味隽永，成为显示散文作家艺术风貌的标志性代码。

仅以"水"意象为例，《老子》《论语》《孟子》《庄子》《荀子》《墨子》《吕氏春秋》中均有使用，或以"水"的善利万物而不争，喻指"处众人之所恶"的"几于道"者的人生境界；或以"水"的活泼流动，来喻指智者的心理状态；或以"水"的源泉有本，喻指人的获取名声要以德行为本，否则不能长久的道理；或以"水"的清澈平静这一自然现象，喻指人对精神的保养；或以"水"的源小流大畏人，教人处事立身要谨慎谦逊；或以"水"的吸纳众流方成其大，比喻圣人的博大无私；或以"水"的出山入海，比喻事物的顺势而行。尤其是《荀子·宥坐》篇"孔子观于东流之水"一段：

---

① 《荀子·礼论》，梁启雄《荀子简释》，中华书局 1983 年 1 月版，第 273 页。
② 章学诚《文史通义·易教下》，中华书局 1985 年 5 月版，第 19 页。

孔子观于东流之水。子贡问于孔子曰："君子之所以见大水必观焉者，是何？"孔子曰："夫水，大遍于诸生而无为也，似德。其流也埤下，裾拘必循其理，似义。其洸洸乎不淈尽，似道。若有决行之，其应佚若声响，其赴百仞之谷不惧，似勇。主量必平，似法。盈不求概，似正。淖约微达，似察。以出以入以就鲜洁，似善化。其万折也必东，似志。是故君子见大水必观焉。"

孔子总结出了"水"的九种品性，一一与君子"比德"，"水"意象的内涵繁富复杂深刻[①]。先秦散文与诗歌同样"深于比兴取象"的特质，即此可见。

三

先秦时代散文与诗歌一体不分的"原型"形态，还体现在散文作品的抒情性方面。"诗者，吟咏性情也。"从文体一般特征来说，"诗本性情"而"文以载道"，诗歌偏重个性化抒情，而散文偏重记事说理。先秦散文虽是子、史，以说理记事为旨归，但却有着突出的抒情倾向，往往不纯任理性而放任诗性直觉思维。冷峻如韩非，其《韩非子》一书中，却满溢着"处势卑贱，无党孤特"的才智法术之士，一腔难抑的孤愤悲郁之情。理智如老聃，其《老子》一书中，亦不免"戒多言而时有愤辞"[②]。老子究心的是玄妙的形而上本体，但他并未因此而忘怀现实人生，笔底潜隐着一股不能自已的忧世嫉俗情绪，这确如陈鼓应所说："老子的整个哲学系统的发展，可以说由宇宙论伸展到人生论。"[③]"不语怪力乱神"、"敬鬼神而远之"的孔子，更加执着于现实人生，周游列国、到处碰壁的时势，使孔子师徒触处兴感，《论语》的抒情倾向也因之更为突出，像"岁寒，然后知松柏之后凋也""三军可夺帅也，匹夫不可夺志也"，"子在川上曰：逝者如

① 饶龙隼《先秦诸子与中国文学》，百花洲文艺出版社 2002 年 8 月版，第 453 页。
② 鲁迅《汉文学史纲要》，《鲁迅全集》九，人民文学出版社 1981 年版，第 363 页。
③ 陈鼓应《老子哲学系统的形成》，见《老子新论》，上海古籍出版社 1992 年 8 月版，第 3 页。

斯夫！不舍昼夜”“朝闻道，夕死可矣”“饭疏食，饮水，曲肱而枕之，乐亦在其中矣。不义而富且贵，于我如浮云”“贤哉回也！一箪食，一瓢饮，在陋巷，人不堪其忧，回也不改其乐。贤哉回也”“甚矣，吾衰矣！久矣，吾不复梦见周公”“子在齐闻韶，三月不知肉味。曰：不图为乐之至于斯也”“士不可以不弘毅，任重而道远。仁以为己任，不亦重乎？死而后已，不亦远乎”等，都是抒情名章。篇幅较长的侍坐章、长沮桀溺章、子路从而后章、楚狂接舆章等，抒情气息更为浓郁。绍述孔子的孟子，为人感情刚烈，个性鲜明，游说诸侯，讲学著书，积极推行仁政，藐视统治阶级，鄙夷权势富贵，诅咒不义战争，谴责暴君独夫，崇尚大丈夫人格，以平治天下为己任，满腔救民于水火之中的热忱。《孟子》一书的许多章句，像《梁惠王上》中的“庖有肥肉”一段，《梁惠王下》中的“贼仁者谓之贼”一段，《公孙丑上》中的“我善养吾浩然之气”一段，“人皆有不忍人之心”一段，《滕文公下》中的“居天下之广居”一段，《告子上》中的“鱼我所欲也”一段，《告子下》中的“舜发于畎亩之中”一段，《尽心上》中的“君子有三乐”一段，《尽心下》中的“民为贵”一段，“说大人则藐之”一段等，都有饱满的感情灌注于字里行间。苏辙称说孟文“宽厚弘博，充乎天地之间，称其气之大小。”[①] 孟子的文“气”，就是孟子胸中的“浩然之气”的外化，是真理在手、正义在胸、平治天下、拯世济民的士人，怀有的一种良知和正义，一种不招即来、拂之不去的责任使命感，一种强烈的主观情绪。这种主观情绪是孟文若决江河，沛然莫之能御的磅礴气势的根源。

先秦诸子散文诗性抒情倾向最突出的是《庄子》。王国维指庄文有“诗歌的原质”，[②] 这诗歌的“原质”，就是上已谈及的用韵、比兴、取象，和此处与下文谈论的抒情性、想象力、章法结构上的跳跃性数端。清人吴世尚认为“《诗》之妙妙于情”，而“《庄》之妙得于《诗》”[③]，庄文通体洋溢着抒情诗般的艺术气息。遗世独立的庄子，其实“最是深情”，“眼极

① 苏辙《上枢密韩太尉书》，郭绍虞编《中国历代文论选》二，上海古籍出版社 2001 年 10 月版，第 311 页。

② 王国维《屈子文学之精神》，郭绍虞编《中国历代文论选》四，上海古籍出版社 2001 年 10 月版，第 383 页。

③ 吴世尚《庄子解》，清康熙五十四年（1715 年）光裕堂刻本。

冷，心肠极热。故感慨万端。”庄子的“哀怨”之情实有逾屈原，然“人第知三闾之哀怨，而不知漆园之哀怨有甚于三闾也。盖三闾之哀怨在一国，而漆园之哀怨在天下；三闾之哀怨在一时，而漆园之哀怨在万世。”[①] 庄子虽持“齐万物，一生死，泯是非得丧”的相对主义，但缘于对人生和人类社会的底里看得太透，而又对之关怀太深，牵挂太切，所以庄子言貌极超脱而内心极痛苦，文字间氤氲着深重的忧患意识，萦绕着愀怆的忧伤情绪。缘此，《庄子》一书的诗性抒情是整体性的，随意挥洒若不经意，即成抒情诗般的绝唱。像《知北游》中“人生天地之间，若白驹之过隙，忽然而已”一段，感叹年命苦短；《养生主》开头“吾生也有涯而知也无涯”一段，对人的微不足道的有限性的恻然体认；《山木》中“君其涉于江而浮于海”一段，虽非实写远别场景，但其透出纸背的渺远悲凉气息，古今无数送别名章实亦无出其右者。《则阳》中“旧国旧都，望之畅然”一段，虽为设喻之辞，但其间的故乡情思传达得何其感人！难怪引得闻一多啧啧称赞它“果然是一首绝妙的诗——外形与本质都是诗。”[②]《人间世》末段的楚狂接舆歌，直接以骚体诗歌的形式，唱出了生于衰乱之世的悲戚和绝望。《齐物论》中的议论文字，也浸透着浓郁的感情汁液：“一受其成形，不亡以待尽。与物相刃相靡，其行尽如驰，而莫之能止，不亦悲乎！终身役役而不见其成功，茶然疲役而不知其所归，可不哀耶！人谓之不死，奚益！”《逍遥游》开篇境界壮阔无比的鲲鹏变化寓言，经由“重言”引证《齐谐》、“汤之问棘”，得以一而再、再而三地反复展现，还有《大宗师》中的四人相与友和三人相与友的相似描述，结构上均与《诗经》重章叠句的复沓章法接近，皆有助于创作主体的尽兴抒情。再如《山木》开头：“庄子行于山中，见大木枝叶茂盛，伐木者止其旁而不取也。问其故，曰：‘无所可用。’庄子曰：‘此木以不材得终其天年夫！’出于山，舍于故人之家。故人喜，命竖子杀雁而烹之。竖子请曰：‘其一能鸣，其一不能鸣，请奚杀？’主人曰：‘杀不能鸣者。’明日，弟子问于庄子曰：‘昨日山中之木，以不材得终其天年；今主人之雁，以不材死；先生将何处？’庄子笑曰：‘周将处乎材与不材之间……’”处身天下扰攘不已的战国时代，生存环境

---

① 胡文英《庄子独见·庄子论略》，清乾隆十七年（1752年）刻本。

② 闻一多《庄子》，《闻一多全集》第2卷，三联书店1982年版，第286页。

的严峻和乱世人生的酸辛，在师生的见闻谈笑之间，已然说尽。《徐无鬼》中“匠石运斤”一段，写来更是刻骨铭心，虽诗语抒情，无以过之：

> 庄子送葬，过惠子之墓，顾谓从者曰：“郢人垩漫其鼻端，若蝇翼，使匠石斫之。匠石运斤成风，听而斫之，尽垩而鼻不伤，郢人立，不失容。宋元君闻之，召匠石曰：‘尝试为寡人为之。’匠石曰：‘臣则尝能斫之。虽然，臣之质死久矣。’自夫子之死也，吾无以为质矣，吾无与言之矣。”

庄惠二人，虽有濠上观鱼对谈机锋利钝的些微等差，和鸱得腐鼠鹓鸰过之的境界相形高下，但彼此毕竟是这“沉浊”的“人间世”，无独有偶的“道相似”者，是至为难得的“可与语”者。所以惠子逝后，庄子丧“质”，高山流水，再无知音解赏。庄子深怀无以言表的孤独寂寞，借此寓言抒写，堪称抒情绝唱。

历史散文抒情以《战国策》最著。是书反映士阶层崛起，张扬士人的精神风貌，夸说“士贵耳，王者不贵”的时代价值标准，表现游说诸侯、纵横捭阖的士人令“所在国重，所去国轻”的巨大作用，并非严谨客观、平实冷静的史实记录，而是充满了对策士说辞、智术和事功成败的津津乐道与歆羡叹惋，显然带有著者浓烈的主观感情色彩。所以《战国策》中不少片段抒情性极强，如《秦策一》写苏秦以连横说秦失败的落魄，夜读欲睡引锥刺股的发愤，合纵成功路过故乡洛阳的踌躇满志，夸饰渲染，感情色彩溢于毫端。尤其是《燕策三》中“易水送别”的人物场面描写，慷慨豪迈，悲壮淋漓，“读之令人鼓舞痛快，而继之以泫然泣下也”[1]。司马迁几乎不加改动，就把这段精彩文字录入了《史记》的《刺客列传》。

四

先秦散文与诗歌一体不分的“原型”形态，也体现在散文作品的跳

① 楼昉《过庭录》，商务印书馆民国十九年（1930年）铅印本。

跃性和想象力方面。相对而言，诗歌更重跳跃性和想象力，更重虚活，显得空灵微妙；散文更重条理逻辑，更重写实，显得质实端庄。但过于“质实”则易生“平板”之感。古代散文家“以诗为文”，把诗歌倚重的跳跃和想象引入散文，使散文获得了诗一般的灵动和自由。先秦散文兼容声韵、比兴、取象、抒情等诗体特征，亦注重诗性想象力和诗思跳跃性。诸子散文如《老子》第八十章对“小国寡民”的氏族时代纯朴自足的理想社会的深情回望，《孟子·梁惠王上》对上古井田制度之下的仁政蓝图的动人描绘，当数传说与虚拟性质，然写来诗意盎然，诱人遐思，令人向往，其得力处正在于作者的诗性想象力的展开。历史散文如《战国策》中那些笔底常带感情的人物、场面、细节、语言、心理描写，有许多出于作者的虚构依托，缪文远指出：包括“苏秦始将连横”“邹忌讽齐王纳谏”“鲁仲连义不帝秦”等名篇在内的四分之一左右内容为虚构依托之作。[①] 这些出于虚构的篇章，虽于史无补却极大地增强了《战国策》的文学性，显示了作者丰富的想象力，助成了《战国策》文章“辩丽横肆”的诗性语言风格。不仅夸辩的《国策》文章多用想象虚构，严谨如《左传》，也往往“出于臆测或虚构”，而“把事件叙述得颇有戏剧性”，[②] 这当然也有赖于作者的想象力发挥决定性的作用。

至于无须遵循“实录”原则，像历史散文那样对客观真实性负责的诸子散文，想象虚构的成分更多，尤其是在诸子普遍使用的寓言故事里。虚构寓言的过程，也就是作者联想想象力展开的过程，而往往借助意象。也就是说，诸子散文的虚构想象，大多是围绕或人世或自然或神话传说类的中心意象或意象群落进行的，而这些意象基本上都属于比兴寓托性质。由比兴手法所决定，从“先言他物”到引起“所咏之辞”，必然在文势和文意上产生不同程度的转折跳跃。比如庄子的《逍遥游》，忽而形容鲲鹏变化图南，忽而摹写蜩鸠讥笑不解，忽而征引《齐谐》，忽而转述“汤问”，忽而说到冥灵大椿彭祖，忽而说到朝菌蟪蛄众人，文笔一路翻转，势如千里来龙，夭矫连卷。大小有辨的两类寓言意象，虽各适其性，但皆有所待，均不逍遥。原来它们都是作为比兴手法上被“先言”的“他物”迤逦

---

① 见缪文远《战国策考辨》，中华书局1984年7月版；《战国策新校注》，巴蜀书社1998年9月版。

② 袁行霈《中国文学史》一，高等教育出版社1999年8月版，第92页。

出现的，目的是为了借以引出作者的“所咏之辞”。至篇中“若夫乘天地之正而御六气之辩，以游无穷者，彼且恶乎待哉”一段，才转出“无待方逍遥”的“正义”来，遂把前文大小两类寓言意象悉数抹倒，文势和文意大跳大翻大转，让人顿生“意出尘外”之感。诸子散文尤其是《庄子》散文中，那些众多的和《逍遥游》的鲲鹏变化一样出自虚构想象的寓言故事，其内容性质常常是超现实的。寓言的内容性质加之寓言的比兴功能，共同助成了子书特别是《庄子》一书行文上凿空蹈虚的如诗歌般的灵动和跳宕。

先秦散文想象力和跳跃性的极致确非《庄子》莫属，庄子无愧于诗人哲学家的称号，他的文章就是一首首恢宏壮丽、荒幻飘逸、愀怆幽邃的杰出抒情诗篇。“寓言十九”的《庄子》一书，就是一个出自幻想虚构的、现实与超现实交错不分的光怪陆离的想象世界。展开想象须借助意象，《庄子》一书中的各类意象，据尚永亮统计有 273 个[①]，陆钦统计有 360 多个[②]，这些意象大多不是在客观真实的意义上使用的。人物意象如子祀、子舆、子犁、子桑户、庖丁、工倕、梓庆、匠石、佝偻、支离疏、吕梁丈夫等，自然意象如学鸠、斥鴳、鹓鶵、鼹鼠、井蛙、牺牛、涂龟、大椿、栎树、大瓠等，神话传说意象如鲲鹏、藐姑射神人、河伯、海若、西王母、罔两、云将、鸿蒙、淳芒、泰清、无穷、倏忽、混沌等，真真假假，虚虚实实，一派恍惚迷离、汗漫无极的光景。众多的动植物都可以说话，甚至抽象的概念也化身为人，相互辩论。作为现实人物的黄帝、尧、舜、许由、孔子等，其言行事迹也大多是凭空虚构、荒诞不经的，是作者放任想象力杜撰的产物。而在结构上，除了以寓言为比兴，由“先言他物”到引起“所咏之辞”导致的转折顿宕外，《庄子》文本多由几个相对独立的寓言故事组成，类似于诗歌中的意象并置手法，这种结构方式也加强了其文势和文意上的跳跃性。如《秋水》由河伯与北海若对话、夔蚿蛇风相怜、孔子游于匡、公孙龙问于魏牟、庄周却楚王聘、惠子相梁、庄惠濠上观鱼等七则寓言故事并置组成，《达生》由多至十三则寓言并置组成，《养生主》第一节总论之后，并置庖丁解牛、公文轩见右师、泽雉、秦失吊老

① 见尚永亮《庄骚传播接受史综论》，文化艺术出版社 2000 年 10 月版。
② 见陆钦《庄子通义》，吉林人民出版社 1994 年 7 月版。

聃、薪尽火传等五个寓言或比喻。引录其中两个短小寓言如下：

> 公文轩见右师而惊曰："是何人也？恶乎介也？天与，其人与？"曰："天也，非人也。天之生是使独也，人之貌有与也。以是知其天也，非人也。"
>
> 泽雉十步一啄，百步一饮，不蕲畜乎樊中。神虽王，不善也。

王先谦释"公文轩"一段云："形残而神全也。知天则处顺。二喻。"释"泽雉"一段云："鸟在泽则适，在樊则拘。人束缚于荣华，必失所养。三喻。"① 庄子只把这些寓言并列一处，直观呈示，并不作寓意的议论说明，文势和文意上的跳跃性由此而衍生。

大致说来，《庄子》内篇文章虽也多用荒幻的寓言展开虚构的想象，但理思与情感交融所形成的文脉尚属清晰，到外杂篇中，不少文本如《天运》《天道》《庚桑楚》《外物》等，各节意义互不关联，若断若续，忽隐忽现，其文思和结体完全是跳跃式的。王夫之对此评论说："内篇虽参差旁引，而意皆连属；外篇则踳驳而不续。"这种文意的"踳驳而不续"，即是庄文结体上由比兴手法和意象并置方式带来的近诗的跳跃性所造成的。②《庄子》文本中，随着想象天马行空般地展开，和意识心理的流动转换，是其行文上的大幅度跳跃翻转。刘熙载云："文之神妙，莫过于能飞。庄子之言鹏曰'怒而飞'，今观其文，无端而来，无端而去，殆得'飞'之机者。"③"飞"就是庄文在文势上大跨度的跳跃性，和文意上奇恣舒放的想象力，也即"庄子文法断续之妙"④。用吴德旋的说法就是"庄子文章最灵脱，而最妙于宕"的"灵脱"和"宕"⑤，用胡应麟的说法就是庄子文章"最近诗"的"虚"活⑥，用方东树的说法就是与"太白诗同妙"的"意接词不接"⑦。《庄子》的许多文章只是用作比兴的虚构性质的几个寓言故事的

---

① 王先谦《庄子集解》，三秦出版社 1998 年 9 月版，第 48 页。

② 王夫之《庄子解》，中华书局 1964 年 10 月版，第 76 页。

③ 刘熙载《艺概·文概》，上海古籍出版社 1978 年 12 月版，第 8 页。

④ 刘熙载《艺概·文概》，上海古籍出版社 1978 年 12 月版，第 7 页。

⑤ 吴德旋《初月楼古文绪论》，人民文学出版社 1959 年 11 月版，第 23 页。

⑥ 胡应麟《诗薮》外编卷一，上海古籍出版社 1979 年 11 月版，第 125—126 页。

⑦ 方东树《昭昧詹言》卷十二，人民文学出版社 1962 年版，第 249 页。

并置，并不作主旨的说明与逻辑的推导，“意出尘外，怪生笔端”，“寓真于诞，寓实于玄”[①]，看似互不关涉、蹈虚凌空，而又意脉深藏、峰断云连，表现出文中罕见的诗一般的跳跃性与想象力。

综上，先秦散文与诗歌在用韵、排偶、比兴、取象、抒情性、想象力、跳跃性等方面这种一体不分的状况，说明了早期散文文体内部就包含着诗的基因、早期诗文在文体上可以兼容这样一个基本事实，它使得秦汉以后历代散文家“以诗为文”、历代散文接受强势文体诗歌的渗透影响，成为可能并变得容易。作为中国散文的源头，先秦散文与诗歌一体不分的状况，构成了散文初兴时期的一种“原型”形态。所谓“原型”，按照鲍特金的说法，意指“一个特殊形式或模式，这个形式或模式在一个时代又一个时代的变化中一直保存下来”[②]。先秦散文与诗歌这种一体不分的“原型”形态，作为“一个特殊形式或模式”，即在散文发展史上“一个时代又一个时代的变化中”，被“一直保存下来”，薪火传承，世代永续，对后世散文创作乃至对整个民族的思维形态，都产生了决定性的影响。中国人不重逻辑思维而偏重意象直觉思维的特点，实质上就是一种立象尽意、借物明道、以美求真的诗性思维，这种思维特点在哲学、历史属性的先秦散文里，就有如上所述的突出表现。而“以诗为文”，就成为先秦而下历代散文家们普遍采用的创作手法。他们往往像写诗一样结撰散文，调协声律，精心取象，妙用比兴，强化抒情，放纵想象，使中国散文诗情洋溢，诗意盎然，呈现出显著的诗化倾向，具有突出的诗体特征。凡此，均可见出先秦散文与诗歌一体不分的“原型”形态，所产生的度越时空的深远影响力。

① 刘熙载《艺概·文概》，上海古籍出版社 1978 年 12 月版，第 7 页。

② 莫德·鲍特金《悲剧诗歌中的原始模型》，见《西方现代诗论》，花城出版社 1988 年 8 月版，第 333 页。

试论《古诗十九首》的“以真为美”

中国传统文学是封建宗法社会的产物，与政教伦理之间关系的密切程度，为世界文学中所仅见。文学服从于政治，以“厚人伦，美教化”为最高指归①。儒家立下的“温柔敦厚”的诗教②，“发乎情，止乎礼义”的规范③，决定了中国传统文学“以善为美”的特质。与西方文艺从亚里士多德“模仿自然说”起就奠定了“以真为美”的传统不同，中国文艺从孔子论乐开始，便纳入了一条更强调伦理道德范畴的“善”的发展道路。这有其积极的一面，它制约着中国古代的作家不至沉溺于玄想和迷狂，而时时在日用伦常、实践理性的提示下不忘社会的责任，它助成了传统文学含蓄蕴藉、典雅和谐的美感风格。但其消极面也是十分明显的，古代文学缺乏触及社会本质的深刻尖锐的批判意识，缺乏对激烈感情的直接抒发，缺乏对人物心理欲望的大胆揭示，文学主题的单一程式化，艺术表现的浮泛说教化，都是遵从传统诗教必然导致的结果。以理节情往往不能实现情理的中和，而最终以牺牲“情”为代价。“温柔敦厚”“发乎情，止乎礼义”的教言，出自西汉，这种文艺观念是与汉武帝“罢黜百家，独尊儒术”使儒学在意识形态领域内取得一家独尊的地位相适应的，是儒学钳制人心的一个组成部分。随着东汉晚期社会动荡形势下儒教经学一统局面的崩毁，《古诗十九首》的作者们也大胆冲破了“诗教”的藩篱，无所顾忌地唱出了赤诚的人生性命欲望，一反传统文学“以善为美”的律则，以真为美，从而为传统文学输入了新的美感质素，其“真”的程度在传统文学中实不多见。

在《古诗十九首》中，一切都是不加掩饰的，绝不虚伪，绝不矫情，

① 《毛诗序》，《十三经注疏·毛诗正义》，中华书局1980年10月版，第270页。
② 《礼记·经解》，《十三经注疏·礼记正义》，中华书局1980年10月版，第1602页。
③ 《毛诗序》，《十三经注疏·毛诗正义》，中华书局1980年10月版，第272页。

绝不雕琢，绝不吞吐，一切都从个体生命的血肉之躯深处自然而强烈地流泻出来，其中真生命的跃动没有古典美那种孱弱的病态。那一份真诚的力量，灼热得逼人，让人欲呼欲泣，灵肉战栗。人生欲望的利喙，在不知不觉中啄破了包裹身心的层层名教甲壳，个体生命在审美的愉悦中得到一次浑身轻松的解脱。

一

让我们先看《古诗十九首》对生命意识觉醒的表现。

这一群生当东汉末世的无名诗人们，对时令的更易，节序的改换，物候风光的变异特别敏感，在无法逆转的时间流逝面前，他们汲汲惶惶如恐不及。试看《古诗十九首》中表现人生易老、时光易逝的词，都是速度感和运动感特强的：如“忽”，迅速的样子；“奄忽”，急遽之意；这两个词先后六次出现在六首诗中。它如“速”出现两次，“老”出现四次，“时”出现五次，“暮”出现三次。在《古诗十九首》的作者眼前，是有几个参照系存在的：不凋的松柏，坚固的金石，悠悠的天地，这些永恒之物作为反衬，倍见人生之促迫；旋起旋落的飙尘，夏生秋死的寒蝉，南去北往的玄鸟，沾露凋零的野草，片刻即涸的朝露，过时枯萎的蕙兰，这些短暂的自然物作为同类，又使他们在物伤其类的感觉中加深心头的哀戚。于是，他们确切不易地看到了任何人都不可逃脱的死：“驱车上东门，遥望郭北墓”“出郭门直视，但见丘与坟”。在他们的恻然注目里，坟墓昭示着万生同赴的归宿。

《古诗十九首》中表现的生命意识的觉醒，是生命在个人本体意义上的觉醒，并不掺杂社会政治、道德、责任、使命因素，这从生命意识所唤起的强烈欲求中可以看到：

> 不如饮美酒，被服纨与素。
> 驱车策驽马，游戏宛与洛。
> 荡涤放情志，何为自结束！
> 奄忽随物化，荣名以为宝。

何不策高足，先据要路津。
昼短苦夜长，何不秉烛游！
为乐当及时，何能待来兹？
荡子行不归，空床难独守。

他们要痛饮美酒，被服纨素，驱车策马，游戏娱乐，占据要津，追求荣名，放纵情志，摆脱拘束，为乐及时，秉烛夜游，荡子不归，空床难守……从中不难看出，这是官能享受层次亦即物质生命层次上的欲求，它与传统文学时间生命主题表现出的强烈政治化、道德化、群体化倾向不同，它是世俗化、情感化、个体化的。与充斥传统文学的士大夫人格情怀相反，《古诗十九首》的作者们是以世俗的个体人的面目出现在诗中的。把《古诗十九首》中这一类诗句同如下诗句相比就会一目了然："日月忽其不淹兮，春与秋其代序。惟草木之零落兮，恐美人之迟暮。"（屈原《离骚》）、"对酒当歌，人生几何……周公吐哺，天下归心。"（曹操《短歌行》）、"功业未及建，夕阳忽西流。时哉不我与，去乎若云浮。"（刘琨《重赠卢谌》）、"盛年不重来，一日难再晨。及时当勉励，岁月不待人。"（陶潜《杂诗》）……无须多举，即可见其旨趣大异。

传统文学中的时间生命主题多为抒写及早实现政治理想，建功立业，《古诗十九首》对时间生命的珍惜，则指向血肉之躯的情感欲望的满足。一是社会政治化的，一是个体世俗化的。《古诗十九首》在表现生命意识觉醒的时候，并未将其导入社会政治范畴，因为他们在觉醒之后，并未要去为社稷为苍生干些什么，而是纯粹基于个体生命欲求的真实满足。这正是它的可贵之处，也是它的价值所在，因为传统观念和传统诗教笼罩不了它。就其社会政治意义而言，也许不及传统文学中的惜时主题意义重大；但是，若将传统价值标准中的群体本位转换为个体本位，就不难发现《古诗十九首》着力表现个体生命意识觉醒的重大价值。在封建宗法社会泯灭个体、窒息人性的群体本位文化传统中，有这样纯粹的个体本位因子，我们没有任何理由去贬斥它、忽视它。正是在《古诗十九首》对个体生命意识觉醒的真实表现的基础上，古代文学的惜时主题才有可能双向展开为及时有为和及时行乐两大系统，并得到全面的深化掘进，宋元明清词曲小说中的世俗人性主题，才有可能呈现出淋漓尽致的多姿多彩状态。

二

再看《古诗十九首》对名声富贵的唱叹。

《古诗十九首》的作者们，是一群流落异乡的下层知识分子，黑暗的政治使他们在社会上没有出路，动荡的时局使他们常发忧生之嗟，窘迫的物质条件和浓烈的思乡思亲之情折磨得他们痛苦不堪。和封建社会里许多穷困潦倒的士子们一样，他们对名声富贵有着一种本能的热望。但他们并不像封建社会的多数士人那样羞于道出，而是在诗中坦率地把这一切唱叹出来。如之十一《回车驾言迈》：

回车驾言迈，悠悠涉长道。四顾何茫茫，东风摇百草。所遇无故物，焉得不速老。盛衰各有时，立身苦不早。人生非金石，岂能长寿考？奄忽随物化，荣名以为宝。

诗人四顾茫茫原野，去年的衰草已荡然无存，东风中摇荡着一片新绿。诗人从“所遇无故物”的眼前所见中，领悟到人生易老，从而深感于“奄忽随物化”的死后空虚，毫不掩饰地肯定只有生前的荣禄和名声，才是最可宝贵的。再如之四《今日良宴会》：

今日良宴会，欢乐难具陈。弹筝奋逸响，新声妙入神。令德唱高言，识曲听其真。齐心同所愿，含意俱未申。人生寄一世，奄忽若飙尘。何不策高足，先据要路津。无为守穷贱，轗坎轲长苦辛。

诗人有感于“人生寄一世，奄忽若飙尘”，即直截了当地喊出了“何不策高足，先据要路津。无为守穷贱，轗轲长苦辛”的痛快淋漓的感慨。还有之七《明月皎夜光》：

明月皎夜光，促织鸣东壁。玉衡指孟冬，众星何历历。白露沾野草，时节忽复易。秋蝉鸣树间，玄鸟逝安适。昔我同门友，高举振六翮。不念携手好，弃我如遗迹。南箕北有斗，牵牛不负轭。良无磐石固，虚名复何益？

诗人对“高举振六翮”的显贵朋友“不念携手好，弃我如遗迹”的做法，表示了无限的怨望，毫不回避自己企求援引的热切心情。对这种不藏不隐的直言道破，封建时代的知识分子们不敢也不愿正视。如吴淇《六朝选诗定论》、张庚《古诗十九首解》都认为“何不策高足”几句，“大类《论语》‘富而可求’章，却将‘如不可求，从吾所好’留作歇后”；把“荣名以为宝”的“荣名”，解作“身后之名”，把它的作者说成是“疾没世而名不称”的“君子”。这种曲为回护，正说明了封建知识分子们的虚怯矫情。

在封建社会的知识分子中，向来是有一种容得虚伪却见不得真实的传统的。自从先圣有“何必曰利”的遗训，儒者在表面上总是装出重德行而轻荣禄的样子，虚伪矫饰的士风遍于儒林。他们最善于把对于功名富贵的热衷掩盖起来，披上一件不慕荣利、安贫乐道的外衣来哗众取宠、欺世盗名，通过“终南捷径”，最后仍然达到（而且更快）他们的目的。他们那堂而皇之的“兼济天下”的抱负中，难道不含有谋取个人富贵的意图？而充斥古代诗词中的“怀才不遇”的牢骚，不也正透露了他们汲汲于名利的深层心理？从某种意义上是否可以说，他们的高尚正是由于他们善于把不可告人的真实意图隐藏起来，在诗文中扮出一副为国为民的样子，从而将这种对名利富贵的追求政教化、伦理化、群体化，以求合乎“善”，来实现自我美化。这种自我美化倾向代代承传，已经积淀为封建知识分子的潜意识。《古诗十九首》的作者是种例外，他们对名声富贵的强烈欲求，是在个人的名义下赤裸裸地唱出的，诗句以其真诚揭穿了封建士子们重德轻利的假面，以真求美，以深切的真实感产生出巨大的震撼力。

三

《古诗十九首》对享乐、情欲的表现也处处显示着真。

《古诗十九首》的作者们，这群生当末世动乱之秋，政治上没有出路，生命常有朝不保夕之感的下层知识分子，一旦冲破束缚人心的儒教名节信仰所形成的价值观，人性的觉醒便如解冻的一江春水在他们笔下无拘无束地奔流涌泻。如之十三、之十五：

> 驱车上东门，遥望郭北墓。白杨何萧萧，松柏夹广路。下有陈死人，杳杳即长暮。潜寐黄泉下，千载永不寤。浩浩阴阳移，年命如朝露。人生忽如寄，寿无金石固。万岁更相迭，贤圣莫能度。服食求神仙，多为药所误。不如饮美酒，被服纨与素。

> 生年不满百，常怀千岁忧。昼短苦夜长，何不秉烛游！为乐当及时，何能待来兹？愚者爱惜费，但为后世嗤。仙人王子乔，难可与等期。

他们清醒地否定了虚幻的神仙世界："服食求神仙，多为药所误""仙人王子乔，难可与等期。"他们深感连圣贤都难逃一死："万岁更相迭，圣贤莫能度"，那么凡人能够把握的感性生命也就只有"不满百"的有限"生年"。因此，他们决不把人生之乐托付给靠不住的将来："为乐当及时，何能待来兹？"他们更为珍惜现在的每时每刻，并准备充分享有："昼短苦夜长，何不秉烛游。"他们嘲笑那些爱惜钱财的"愚者"，他们要求解脱身心的羁绊，"荡涤放情志"，痛饮美酒，被服纨素，去恣情肆意地享受人生欢乐。王国维说："'生年不满百，常怀千岁忧。昼短苦夜长，何不秉烛游？''服食求神仙，多为药所误。不如饮美酒，被服纨与素。'写情如此，方为不隔。"[①] 王氏所谓"不隔"，是说《古诗十九首》的作者把自己的所感所思所需所欲，不加任何掩饰、不打任何埋伏地倾吐出来，表现上的语言文字所构成的诗句，忠实地记录了自己心中的真情实感，情感与语言，能指与所指，在诗中取得了高度的一致。

最能说明问题的例子也许莫过于之二《青青河畔草》一诗了。它其实也是一首思妇诗，但它与古代诗词中众多的离别相思之作，却有着质的差异：

> 青青河畔草，郁郁园中柳。盈盈楼上女，皎皎当窗牖。娥娥红粉妆，纤纤出素手。昔为倡家女，今为荡子妇。荡子行不归，空床难独守。

① 《人间词话》,《蕙风词话 · 人间词话》，人民文学出版社 1960 年 4 月版，第 212 页。

在古典诗词中，思妇的形象总是温柔含蓄，怀刻骨铭心之思，独守空闺，虽消瘦憔悴，耗尽青春，老去红颜，亦不怨不怒不恨，更不要说生出有违礼教的想法了。对夫君的忠贞异化为自我折磨的酷刑，在肉体和心灵的自戕中，女性的美德得到升华。但在这首诗中，为一派郁郁春色所感而心旌摇荡的女子，青春的躯体中涌起了不可遏止的情欲，一个念头如闪电般划过："荡子行不归，空床难独守"。这是尚未被礼教扼死的血肉之躯的真生命的骚动，此景也此情，刹那间产生这样的想法完全是可能的。你可以认为这是可耻的，但你却无法否认其真实性；你可以指斥它悖于理，但你却不能不承认它合乎情。诗人在表现这位"昔为娼家女，今为荡子妇"、受礼教束缚较少的思妇时，正是忠实地把她心中最真实因而也最见不得人的一闪之念揭示出来，这一句石破天惊的心理独白，在文学史上众多的思妇诗中恐难找出第二例。唐代王昌龄的《闺怨》，从此诗脱胎，但"悔教夫婿觅封侯"的轻叹微怨所显示的温柔含蓄的风格，已不能和此诗同日而语了。王国维说："'昔为娼家女，今为荡子妇。荡子行不归，空床难独守''何不策高足，先据要路津。无为守穷贱，轗轲长苦辛'。可谓淫鄙之尤。然无视为淫词鄙词者，以其真也"①。王氏虽然囿于传统成见，指上举诗句为"淫鄙之尤"，但他也看到了无论是这情感本身还是对它的表现，都是极为真实的，而真实在特定情况下可以化生活丑为艺术美，这深合艺术的辩证法。

关于《古诗十九首》内容和表现上的"真"，前人多有推崇，元人陈绎曾指出："《古诗十九首》情真，景真，事真，意真，澄至清，发至情"②。清人沈用济、费锡璜认为："《十九首》中如'弃捐勿复道，努力加餐饭''空床难独守''无为守穷贱，轗轲长苦辛''忧伤以终老''荡涤放情志，何为自结束''不如饮美酒，被服纨与素'，皆透过人情物理，立言不朽，至今读之，犹有生气……其语万古不可易，万古不可到，乃为至诗也"③。这些评论都确切地感受到了《古诗十九首》内容和表现上的高度真实及其巨大艺术魅力。真实的力量是无穷的，正是这种几乎让人怯于正视的真实表现，如三春迅雷划然辟开了诗教所设置的堤岸，使人性的洪水得

① 《人间词话》,《蕙风词话·人间词话》，人民文学出版社 1960 年 4 月版，第 220 页。

② 陈绎曾《诗谱》，丁福保《历代诗话续编》，中华书局年月版，第 627 页。

③ 沈用济、费锡璜《汉诗说》，康熙刻本。

以在久遭压抑阻遏之后漫溢而出，滚滚滔滔，在一派温柔敦厚的古典诗歌的平缓河流上，掀起一串气势不凡的拍天大浪。

把《古诗十九首》对生命、荣名、享乐、情欲亦即对人性不加任何掩饰的大胆摹写，放在整个中国文学史上加以观照，就会发现，病态的六朝宫体诗和纤艳的唐宋婉约词似不足为继，倒是千余年后的明代市民文学与之遥遥相接。在明代的《三言》《二拍》等小说，《牡丹亭》等戏曲中，我们看到了一个人欲横流的世俗世界，它们在总体上全方位地展示了人性对名利、享乐、情欲的丰富驳杂的强烈欲求。对于明代在启蒙思想影响下出现的平民个性意识浓郁的浪漫文艺思潮，今天的论者一般持肯定与赞赏的态度。既然如此，我们就不必对早出一千多年的《古诗十九首》中的同类思想情感及表现，加以过分的苛责与过多的否定。对人性如此之早的觉醒，与对这种觉醒的如此真实的表现，我们应该充分肯定，倍加珍视。

《古诗十九首》一反中国古代文艺观念中以善为美、以理节情的传统，冲破“温柔敦厚”“发乎情，止乎礼义”的诗教束缚，高度真实地表现抒情主体内心情感的原生状态，从而为中国古典文学带来了新的美感质素。《古诗十九首》的“以真为美”，是对“以善为美”的传统的一次有力反拨，也是对中国古典美学的一次全新丰富，为中国古典文学、美学的发展，作出了不容抹杀的贡献。

李白考论二题

天才诗人李白的身后，留下了许多不解之谜，不论是他的生平还是创作。诸如李白的族属、籍贯、出生地、卒年、一生几入长安、出蜀后是否返家、是否到达流放地夜郎、代表作《蜀道难》等诗的作年与题旨、大多数作品的编年、部分诗作和词作真伪等，都有待研读李诗者深入探讨考辨。笔者拟就李白自叙、二峡诸诗编年和出蜀季节，谈几点不成熟的看法，以就教于方家。

一

李白在30岁所作《上安州裴长史书》一文里，曾自叙家世道：

> 白本家金陵，世为右姓。遭沮渠蒙逊难，奔流咸秦……少长江汉……

千百年来，对于李白的这一段自叙，众说纷纭，见解不一。胡应麟斥之为伪作，王琦以为其中“必有缺文讹字”，郭沫若以为“咸秦”是“碎叶”之讹，至于“少长江汉”这句关系到诗人青少年时代生活地方的话，人们更是避而不谈。这里想先谈谈李白自叙的“本家金陵”问题。

要想正确理解这个问题，需要首先确定李白的籍贯和家世渊源。关于李白的籍贯和家世渊源，诗人在《上韩荆州书》中自称“陇西布衣”，在《赠张相镐》诗中说“本家陇西人，先为汉边将”；李阳冰《草堂集序》中说:“李白，字太白，陇西成纪人，凉武昭王暠九世孙。”范传正在《唐左拾遗翰林学士李公新墓碑》中记载:“白，其先陇西成纪人……凉武昭王九代孙也。"[①]

由诗人的自叙和李冰阳、范传正的记载可知：李白的原籍是陇西成纪。他的"为汉边将"的"先"人指汉代名将李广。李广为秦将李信之后。查《史记·李将军列传》，知李家"故槐里，徙成纪"。按：槐里即秦废丘，汉置槐里县，即今陕西省兴平县，故城在兴平县东南十里。成纪，汉所置县，初属陇西郡。故云陇西成纪。汉武帝元鼎三年（前114年），置天水郡，成纪县改属天水，所以《汉书·地理志》载成纪于天水郡之下。汉陇西郡，在今甘肃省南部，成纪县就是现在的甘肃秦安县，故治在今秦安县北三十里。关于"徙成纪"的原因，查《晋书·凉武昭王李玄盛传》[②]，知李广的曾祖李仲翔汉朝初年为将军[③]，讨伐叛羌，寡不敌众，在陇西狄道败死。仲翔之子伯考奔丧陇西，葬仲翔于此。李姓遂以陇西为家，成为世代居住陇西的右姓大族。

唐代人习惯重视郡望，李姓十三望，陇西为第一。所以李姓之人多自称是汉将李广之后，源出陇西。今人遂据此断定李白的原籍不是陇西成纪，这种没有确证的推论是靠不住的。既然诗人自己和李《序》范《碑》说得明明白白，我们在拿不出确实证据来证明诗人原籍究竟是在何处的情况下，还是依之为是。

李阳冰《草堂集序》和范传正《李白新墓碑》载，李白为凉武昭王李暠九世孙。查《晋书·李暠传》，知李广传十六世至李暠。李暠是十六国之一西凉的建立者，公元400—417年在位。李阳冰作《草堂集序》时，李白正在他家里卧病，此《序》李白可能过目。《李公新墓碑》的作者范传正，又是李白的朋友范伦的儿子，范传正在新墓碑中记李白为凉武昭王的九代孙，是根据李白子伯禽留下的手疏。这些记载，应该说是可靠的。今人根据《新唐书·宗室世系表》中没有李白一支以及李白诗文中称谓行辈多自相矛盾这二点，遂断言"李白出于凉武昭王之后"为"李白本人或其先人所捏造"云云。其实拿《新唐书》的记载和李《序》范《碑》两相比较，应该说李《序》范《碑》的可信度更大些。至于李白诗文中行辈称呼多自相矛盾，恐怕主要是因为应酬之辞，未及详论所致。如果李白存心

① 均见瞿蜕园、朱金城《李白集校注》，上海古籍出版社1980年7月版。
② 《晋书》卷八十五，列传第五十七：李暠，字玄盛。
③ 按：王琦《李太白全集》注引《晋书》，误"曾祖"为"曾孙"，"汉初"为"后汉"。

作伪，他倒会认真地去考究一下对方的行辈，为了让世人相信，他断不会在称谓上闹出许多矛盾来的。在没有确证否定李白是李暠九世孙之前，还是尊重诗人的自叙和李《序》范《碑》的记载为妥。

在确认李白为陇西成纪人（原籍）、李暠九世孙的前提下，我们可以解释李白在《上安州裴长史书》中所称的“本家金陵，世为右姓”了。

金陵本是战国时楚威王七年（前 333 年）灭越后所置邑名，故址在今南京市清凉山。东晋都建康（即今南京市），王导谓“建康古之金陵”[①]。可见在东晋初，金陵已成为建康的别称。西晋亡后，立国于西北地区的前凉设置建康郡。前凉亡，西凉李暠亦设建康郡，故城在今甘肃酒泉与张掖之间的高台县南。前凉张轨、西凉李暠都是汉人，张轨原是西晋的凉州刺史，李暠在名分上拥戴远在江左的东晋皇室。他们在自己割据的地区内设郡，用东晋都城建康来命名，表现了对晋室的朝宗，对故国的怀念。既然东晋都城建康别号金陵，西凉的建康郡似乎亦可用金陵来称呼。李白既为李暠的后人，所以在《上安州裴长史书》中便自称“本家金陵”了。这种自称正如“陇西布衣”“本家陇西人”一样，是就其祖籍所在大致来说的。它与李《序》范《碑》中记载的“陇西成纪”并不矛盾；同时，这种自称又证实了李白确实是李暠之后。《晋书·李暠传》中说李氏“世为西州右姓”，这也就是李白在《上安州裴长史书》中自称的“世为右姓”的依据。

以下再谈谈对“少长江汉”的理解。“少长江汉”一句，王琦注本无注释，古今研究李白的专家都没有正面解答这一关乎诗人青少年时代生活地点的问题。据李阳冰《草堂集序》和范传正《李白新墓碑》记载，知李白一家是在唐中宗神龙元年（705 年）从西域内归，回到剑南道绵州郡，并客居于绵州之昌隆县，遂以此为家，时李白五岁。[②] 此后直到开元十三年出峡为止，李白的足迹不曾离开蜀地。其间李白虽到成都、峨眉等处游历，又从赵蕤学纵横术、从东严子隐居，但大部分时间是在绵州昌隆县家中度过的。“少长江汉”与诗人青少年时代（25 岁以前）实际生活地点不符。

唐代剑南道绵州郡昌隆县，就是现在的四川省江油县，在成都以北，

① 《晋书·王导传》，《二十五史》二，上海古籍出版社 1996 年 11 月版，第 203 页。
② 主李白生于蜀说法者，疑“神龙”为“神功”。见王琦《李太白年谱》。

流经江油县的涪江汇嘉陵江后入长江，从水系来说江油属长江流域，它和长江还是能取得一些联系的。但江油和汉水却是了不相涉的。汉水发源于陕西南部，入湖北在汉口注入长江，剑南道的绵州昌隆县，也就是今天四川北部的江油县，无论如何也和它拉不到一起。尽管李白在上文叙其祖先奔亡之地时，大而言之，没有确指，但那是因为时间既久，且是祖上之事，不须详指。再者，其祖先从西凉国亡出奔，到唐中宗“神龙之始”，其家才“逃归于蜀”，中经二百余年，历数代人，恐怕他们在西域居住过的地方可能不止一处，因此也无法确指，李白只好指其大致方位了。可是这里就不同了，因为“少长江汉”四字，是诗人自叙青少年时代的生活地点，应该是确凿无疑的。因此，这里的“江汉”二字必有讹误。

考地名的沿革可知：昌隆县所在的绵州郡，是汉朝广汉郡故地。后世称前代盛隆，往往汉唐连谓，而在唐朝，人们有朝冠汉号、地呼汉名以代时称的语言习惯。此类例子在李白诗文和其他人诗文中不难找到。如高适《燕歌行》开篇曰：“汉家烟尘在东北，汉将辞家破残贼”。此处“汉家”“汉将”实乃“唐家”“唐将”。又如白居易《长恨歌》首句云：“汉皇重色思倾国，御宇多年求不得。”句首“汉皇”指代唐明皇李隆基。李白《上安州裴长史书》中有“广汉太守闻而异之”句，“广汉太守”即绵州太守，就是取汉名以代时称。范传正《李白新墓碑》中“神龙初，潜还广汉”句，“广汉”亦是指绵州郡。由此，我们可以这样断定：“少长江汉”中“江汉”二字必为“广汉”之讹。李白在此自述，一定是用汉代的广汉郡名来指代当时的绵州，这与李白在家中度过自己的青少年时代的生活实际相符合。这个讹误不会是诗人自己导致的，出现讹误的原因可能有以下两点：一是“江汉”二字常连用，转抄者没有仔细核对原文，误书“广汉”为“江汉”；再者，“广”“江”二字迭韵（韵母相近），读音差异不大，致使“广”误为“江”。

要之，李白在《上安州裴长史书》中的自叙，从“本家金陵”到“少长江（广）汉”，正符合诗人的家世渊源及个人生活的实际情况。明胡应麟在《少室山房续笔从》中因《书》里有“金陵”字样，不细加考究，便斥为伪作，自属武断；而清代王琦在《李太白全集》注中“自‘本家金陵’至‘少长江汉’二十余字，必有缺字讹字”的说法恐怕也难以成立，“讹字”虽有，并无“缺文”。

二

《李太白诗集》中有关三峡一带的诗作，有《峨眉山月歌》《早发白帝城》《自巴东舟行经瞿唐峡登巫山最高峰晚还题壁》《上三峡》《宿巫山下》《秋下荆门》《荆门浮舟望蜀江》《渡荆门送别》等八首。对这些诗的编年，各家不一，颇为混乱。笔者将通过对这几首诗的写作季节的考查，解决其编年上存在的问题，并由此确定李白出蜀的季节。

先考查李白三峡诸诗的写作季节。李白的七言绝句《早发白帝城》，是一首千古传诵的杰作：

> 朝辞白帝彩云间，千里江陵一日还。两岸猿声啼不住，轻舟已过万重山。

这首名诗构思造语的依据，是北魏郦道元《水经注·江水》条中对三峡的一段描写。为了下文论述方便，我们把原文节引在这里：

> ……至于夏水襄陵，沿泝阻绝。或王命急宣，有时朝发白帝，暮至江陵。其间千二百里，虽乘奔御风，不以疾也。春冬之时，则素湍渌潭，回清倒影。绝巘多生怪柏，悬泉瀑布，飞漱其间，清荣峻茂，良多趣味。每至晴初霜旦，林寒涧肃，常有高猿长啸，属引凄异，空谷传响，哀啭久绝。故渔者歌曰："巴东三峡巫峡长，猿鸣三声泪沾裳。"

这段文字可以明显地划分为三个层次，分写四季峡中景色。第一层从"至于夏水襄陵"到"虽乘奔御风，不以疾也"，写夏季峡中水涨之大，船行之速。这一层就是李白诗中"朝辞白帝彩云间，千里江陵一日还"二句的造语依据。第二层合写峡中冬春之景。第三层从"每至晴初霜旦，林寒涧肃"到"猿鸣三声泪沾裳"，写峡中秋景。作者在这里为了突出秋季峡谷"林寒涧肃"的寂寥肃杀气氛，特别渲染了寒秋峡谷中的不绝猿声。这一层就是李白诗中"两岸猿声啼不住"的造语凭借。

形式和内容是密不可分的，形式的相近表明了内容的相似。李白此诗在语句上是由郦文蜕变而来，诗中所写亦当是相承袭的。《早发白帝城》

是一首纪行诗，诗人写的舟行之速，猿声之长，正是郦文中所写的峡中夏秋之景。夏秋汛期，江水暴涨，船行才能如此之速。这首诗作于夏秋之时当是没有问题的。

论者每以诗中有“还”字，而指此诗为乾元二年（759年）李白在三峡遇赦后，回到荆州时的作品。其实，这个“还”字，和“暮至江陵”的“至”字意同，在此应理解为“到达”；为诗中押韵而用“还”字，似不必机械地理解为“回来”。这是文学作品中活用字词的现象。上句“朝辞白帝”的“辞”也就是“朝发白帝”的“发”。所以这个“还”字不能作为此诗是乾元二年之作的有力证据。李白乾元二年在巫山之阳遇赦，时间是春三月，而此诗所写是峡中夏秋之季才有的光景，季节不符。再者，李白遇赦的地点是巫峡，而不是瞿唐峡西端之白帝城。回舟东返是从巫峡首途，而不是从白帝城出发，所以，不会有《早发白帝城》诗纪其行。

《自巴东舟行经瞿唐峡登巫山最高峰晚还题壁》是一首纪游之作，内容侧重于描写登巫山最高峰往返所见景物：

> 江行几千里，海月十五圆。始经瞿塘峡，遂步巫山巅。巫山高不穷，巴国尽所历。日边攀垂萝，霞外倚穹石。飞步凌绝顶，极目无纤烟。却顾失丹壑，仰观临青天。青天若可扪，银汉去安在。望云知苍梧，记水辨瀛海。周游孤光晚，历览幽意多。积雪照空谷，悲风鸣森柯。归途行欲曛，佳趣尚未歇。江寒早啼猿，松瞑已吐月。月色何悠悠，清猿响啾啾。辞山不忍听，挥策还孤舟。

除浪漫性的夸张想象描写外，诗中具体的、带有标志性的景物意象有：垂萝、穹石、悲风、空谷、森柯、寒江、啼猿、松瞑、月色等。显而易见，这一连串景物意象并没有透露出一点春天的消息。从这些景物意象中，我们看不出春天的色彩，春天的迹象，而空谷悲风、寒江啼猿、松暝月色等，又确能给人一种秋意萧瑟、秋气凄厉之感。由此看来，这首诗似是秋日之作。再拿同是写于三峡一带的《宿巫山下》《荆门浮舟望蜀江》两诗进行比较，更可证成这一点：

> 昨夜巫山下，猿声梦里长。桃花飞绿水，三月下瞿塘。雨色风吹

去，南行拂楚王。高丘怀宋玉，访古一沾裳。(《宿巫山下》)

春水月峡来，浮舟望安极？正是桃花流，依然锦江色。江色绿且明，茫茫与天平。逶迤巴山尽，摇曳楚云行。雪照聚沙雁，花飞出谷莺。芳洲却已转，碧树森森迎。流目浦烟夕，扬帆海月生。江陵识遥火，应到渚宫城。(《荆门浮舟望蜀江》)

这两首诗均点明了写作季节是“春”天。诗中的景物明艳绚丽，色彩纷呈。《宿巫山下》写江水是“桃花飞绿水”;《荆门浮舟望蜀江》中写景的辞句有“桃花流”“锦江色”“江色绿且明”“花飞出谷莺”“芳洲”“碧树”等，构成的画面风光旖旎，弥漫着盎然的春意。其与《自巴东舟行经瞿唐峡登巫山最高峰晚还题壁》诗中所写景物，形成鲜明的对比。

郭沫若《李白与杜甫》、郁贤皓《李白出蜀年代考》、复旦大学中文系《李白诗选》均认为《自巴东舟行经瞿唐峡登巫山最高峰晚还题壁》是乾元二年(759年)春三月李白长流夜郎行至巫山时所作。但诗中所写景物明显不是春天气象，而是寒秋景色。所以，此诗必不是乾元二年的作品。从诗题看，也能发现郭、郁等人说法的不妥。我们都知道，长江三峡的排列顺序，由西而东依次为瞿唐峡、巫峡、西陵峡，第一峡瞿唐峡西起巴东郡的奉节。李白东出三峡，在巴东乘舟经过第一峡瞿唐峡，到第二峡巫峡，停舟游巫山，登最高峰。诗题标明的行踪路线清清楚楚，与实际的地理位置正相符合：行进方向是由西而东，而不是由东而西。此诗为李白出蜀时所作无疑。郭先生、郁先生等认为此诗是乾元二年的作品，乾元二年李白流夜郎取道长江水路，方向是由东而西，李白这时候要登位于巫峡之内的巫山最高峰，怎能是在经过巫峡之西数十里远的瞿唐峡之后呢？郭、郁等人的说法，使本来清楚明白的行踪发生了矛盾。

为了能够说通，郁先生在《李白出蜀年代考》中写道：“也许有人会问：巫山在瞿唐峡之东，既是从东边来，怎么会‘经瞿唐峡’之后‘登巫山’呢？按巫山是东北—西南走向的大山脉，共有十二峰，李白登的‘最高峰’，疑它的位置可能就在瞿唐峡岸边。”郁先生在这里想用“疑它”一句猜测来打消人们的疑问，这是以疑释疑，姑且不论。考以实际地理位置，就连郁先生之疑也疑得毫无道理。按：瞿唐峡在今奉节县，西起白帝城，东到黛溪镇，峡长八公里。巫峡西起今巫山县的大宁河，东到今巴东县的官渡口，全长40公里。巫峡和它西边的瞿唐峡，中间尚隔数十里远，它们并不紧挨在一起；而巫山十二峰又都在巫峡内长江两岸。因此，郁先生疑巫山最高峰的位置就在瞿唐峡岸边的说法，与实际地形不符。郁先生以此诗为乾元二年作的说法是不能成立的。

郭沫若先生可能也是为了解决把此诗定为乾元二年所作后产生的矛盾，即李白此年的行踪是由东而西，登坐落在巫峡的巫山最高峰，不可能是在经过位于巫峡之西数十里的瞿唐峡之后。于是便在诗题中"瞿唐峡"后面加括号注"古西陵峡"四字——郭先生这样做的用意大概是：因为西陵峡在巫峡之东，这样把瞿唐峡释为西陵峡，与李白由东而西的行踪就相符合了。郭先生对作此注释的根据未加说明，看来是根据王琦《李太白全集》注。王琦注曰："《方舆胜览》：瞿唐峡在夔州东一里，旧名西陵峡，乃三峡之门。两崖对峙，中贯一江，望之如门。"《方舆胜览》说瞿唐峡古名西陵峡，这并不改变瞿唐峡的位置，并不是说瞿唐峡就是位于三峡最东部的西陵峡，就等于现在人们理解认同的西陵峡。这样的注释，仍不能解决把此诗系于乾元二年后导致的行踪路线的矛盾。复旦大学中文系《李白诗选》把此诗系于乾元二年，但对这一问题未加说明，从而完全回避了这一矛盾。通观诸家之论，考以实际地理位置，我们对系此诗于乾元二年（759年）之说无法赞同。

李白有关三峡一带的诗作，尚有《峨眉山月歌》《宿巫山下》《上三峡》《秋下荆门》《荆门浮舟望蜀江》《渡荆门送别》等六首。其中《宿巫山下》有句云："桃花飞绿水，三月下瞿唐"；《荆门浮舟望蜀江》有句云："春水月峡来""正是桃花流"；如前所说，这两首诗为春日之作无疑。余下四首，《峨眉山月歌》有句云"峨眉山月半轮秋"，《秋下荆门》诗题即标明季节（按：此诗《敦煌残卷本唐诗选》作《初下荆门》，"秋""初"可能是形近而误），诗中有句云"霜落荆门江树空，布帆无恙挂秋风"；可知这两首诗均写于秋季。《渡荆门送别》一首虽不能确指其写作季节，但从首联"渡远荆门外，来从楚国游"，尾联"仍怜故乡水，万里送行舟"来看，当是初次出蜀入楚时的作品。《上三峡》诗题标明诗人的行踪是沿江西上，可确指为乾元二年的作品。

《李太白全集》中有关三峡一带的诗作，按写作季节来划分，大致可归为两类：一类是春日之作，一类是秋日之作。按：李白生平经三峡一带凡两次，开元十三年（725 年）出蜀时一次，乾元二年（759 年）长流夜郎行至峡中一次。由李白三峡一带诸诗分别写于春秋两季可知：李白两次经过三峡一带，一次是在春日，一次是在秋天。其中乾元二年经峡中的时令是春天，有肃宗因关中大旱所颁布的大赦令为证，李白就是因为这次大赦得以赦免的。据《唐大诏令集》卷八十四《以春令减降囚徒敕》，知颁布大赦令的时间是肃宗乾元二年三月。那么据此可知，李白出蜀的季节毫无疑问是在秋天。

由此可以确定：作于春日的《宿巫山下》《荆门浮舟望蜀江》以及《上三峡》三首，是李白于肃宗乾元二年（759 年）长流夜郎行至三峡遇赦前后的作品。写于秋季的《峨眉山月歌》《早发白帝城》《自巴东舟行经瞿唐峡登巫山最高峰晚还题壁》《秋下荆门》四诗，以及《渡荆门送别》，当是李白开元十三年（公元 725）"仗剑去国，辞亲远游"，初次经三峡一带出蜀时的作品。

关于李白出蜀的季节，学术界有两种说法：一说在秋天，一说在春天。春天出蜀说，以安旗先生所著《李白年谱》为代表，他系李白于开元十三年"春三月出峡"，并举《宿巫山下》《荆门浮舟望蜀江》两诗为证，当是失考所致。李白生平到三峡一带总共只有两次，有关三峡一带的诗作又是分别写于春秋两个季节，因此，李白两次经三峡的时令不可能同是在春天，或同是在秋天。已知李白乾元二年（759 年）在峡中遇赦的时间是春三月，春日之作《宿巫山下》《荆门浮舟望蜀江》自然是这时的作品。余下的秋日诗应当是、也只能是李白经三峡出蜀时的作品。由这些诗为证，我们可以断定：李白出蜀的季节不是春日，而是秋天。

抒情与叙事的互动转换

在文学史发展的纷纭万象里，包含着诸多规律性因素，需要文学史研究者去用心抽绎提取。比如在中国诗歌发展史上，就存在着这样一种规律性的现象：当一个时代的诗歌抒情性达到饱满的程度，难以为继时，后起的诗人总要转向叙事写实，像李白之后的杜甫，比起充分体现“盛唐之盛”的李白诗歌的浪漫抒情，杜甫诗歌所反映的“盛唐之衰”主要是通过对战乱、流亡的纪实叙事实现的；像盛唐诗歌之后的中唐诗歌，张王元白等人竞相写作纪实叙事性质的乐府诗；像唐诗之后的宋诗，诗人普遍写作各体各类叙事诗歌，在取材、手法和美学理想上，都向平淡、琐碎的日常生活靠拢，叙事议论、尚实尚理是其特色；像宋词之后的元散曲，取材几乎包罗了世俗万象，尤其是元散曲中的套曲，有不少是“代言体”，第三人称叙事，有场面，有人物，有故事，如果添加道白，就是一折好看的杂剧。以上例证，无不表现出中国诗歌史发展过程中由抒情向叙事屡屡转折的演变趋势，随之伴生的是，一个时代的诗歌艺术风貌与前一个时代相比，所发生的重大变异。

一

从李白诗歌的浪漫抒情到杜甫诗歌的写实叙事的变化，是中国诗歌史上抒情与叙事互动转换规律的第一次集中显现。李白生于武则天长安元年（701 年），杜甫生于唐玄宗先天元年（712 年），李白与杜甫年龄相差虽然只有十一二岁，但他们是分属于不同的诗歌史年代的。年龄的差别不足以把他们划分为两代人，但创作内容和方法的差别，却足以把他们的诗歌区分为两个不同的时代。

李白的代表性作品，如《蜀道难》《行路难》《上李邕》《南陵别儿童入京》《梁园吟》《梁甫吟》《梦游天姥吟留别》《西岳云台歌》《把酒问月》《北风行》《远别离》《将进酒》《答王十二寒夜独酌有怀》《庐山谣寄卢侍御虚舟》等，大都写于安史之乱爆发以前。可以这样说，至天宝末载，李白的最有代表性的作品都已写出，是一个完成了的诗人。在以这些作品为代表的大量诗作中，李白以无与伦比的天才魄力，强烈的主观色彩，丰富瑰丽的想象，变幻莫测的结构，将盛唐时代的青春、激情、理想、信心、自尊、狂放、苦闷挥写到极致，将诗歌中自初唐以来愈加浓郁的浪漫抒情推向饱满的顶点，成就了“盛唐之盛”的恢宏气象①。此后，诗歌的抒情性难以为继，转入一条杜甫式的写实叙事的新路。

与李白不同，年轻十余岁的杜甫，至安史之乱爆发，还是一个有待展开的诗人。现在能够看到的杜甫早期写作，如《望岳》《房兵曹胡马》《画鹰》等，类同于盛唐的群体浪漫激情抒写，尚乏独特的个性显示。标志着杜甫诗风转变的《兵车行》写于天宝十一载（752年），此后有《丽人行》《前出塞》等，《自京赴奉先县咏怀五百字》写于结束长安困守十年的天宝十四载（755年）农历十至十一月间，安史之乱已经爆发。之后，杜甫与家人加入了难民的流亡行列，除去短期为官的数年时间，杜甫与家人一直“漂泊西南天地间”，流离至死。他的大多数名篇，如《春望》《哀江头》《悲陈陶》《北征》《羌村三首》《三吏》《三别》《同谷七歌》《茅屋为秋风所破歌》《闻官军收河南河北》《洗兵马》《咏怀古迹五首》《秋兴八首》《登高》《登岳阳楼》等，均写于安史之乱爆发以后。杜甫现存诗歌1400余首，绝大多数都是乱后所作，仅“漂泊西南”的11年间，就留有作品1000余首。这些诗作，记录时代的苦难，展示广阔的社会生活画面，手法上转向写实叙事，风格上一变李白“盛唐之盛”的豪放飘逸，表现为时代和诗歌双重衰变的沉郁顿挫，形成了有别于盛唐李白式的杜甫自家面目。

而家世背景、诗学传承、个人经历、社会时代，都为杜甫的写实叙事提供了种种可能。从家世背景来看，杜甫尝自称“吾祖诗冠古”（《赠蜀僧闾丘师兄》），这位令他自豪的冠代古昔的诗人祖父，就是初唐“文章四友”中成就最高的诗人杜审言，胡应麟说：“初唐无七言律，五言亦未超

---

① 高棅《唐诗品汇·总序》，上海古籍出版社1982年影印版，第8页。

然。二体之妙，杜审言实为首倡。”[1] 杜甫一方面要继武祖父写诗，并把它视为杜氏家族的崇高事业。同时，在杜氏家族的文化谱系中，除了祖父的诗歌，还有十三世祖杜预留下的更悠久更厚重的史学传统。开元二十九年（741 年），杜甫作《祭远祖当阳君文》，祭奠远祖西晋镇南大将军、当阳县侯杜预。杜预不仅是西晋杰出的军事家，同时也是一位有“左传癖”的历史学家，撰有史学名著《春秋左氏经传集解》，为历代治《左传》学者的必读书。杜甫诗歌写实叙事，号称“诗史”，从家族文化遗传的角度看待，应是综合了杜审言作诗和杜预治史的二重“家学”传统的结果[2]。

从诗学传承来看，出自《尚书·尧典》的“诗言志”的“志”字，本是记录的意思。《诗经》国风多是“男女有所怨恨，相从而歌，饥者歌其食，劳者歌其事”的产物[3]，雅颂中更有《公刘》《生民》等民族史诗性质的叙事名篇。降及汉代，“自孝武立乐府而采歌谣，于是有代赵之讴，秦楚之风，皆感于哀乐，缘事而发”[4]，可知汉代乐府诗的创作发生机制是“缘事”，所以“乐府多是叙事之诗”[5]，长于叙事，关注现实，正是汉乐府的最大特色。与李白主要承传浪漫抒情、富于想象、深于比兴的《楚辞》诗学不同，杜甫承传的主要是来自《诗经》和汉乐府的叙事写实传统。

从个人经历遭遇看，李白方当弱冠，在益州谒苏颋，即被目为“天才英丽”，开元十八年前后一入长安，贺知章一见而惊呼为“谪仙人”。司马承祯视李白“有仙风道骨，可与神游八极之表”。任华、魏万为一睹李白风采，不远千里追踪相从。自青年时代起，李白即赢得了巨大的名声，随着他的游历干谒活动的展开，随着他的天才诗篇的传播，李白的名声终于如雷贯耳，惊动唐玄宗连降诏书，召入宫中，供奉翰林。盛唐天子“降辇步迎，如见绮皓”，亲调羹饭，大加礼遇。李白的声誉空前隆盛，使得“王公大人借颜色，金璋紫绶来相趋”。而李白则“戏万乘如僚友，视俦列如草芥”，飘飘然云端之上，甚至连皇帝都不放在眼里：“天子呼来不上船，自言臣是酒中仙”。当他从初来时的晕眩和新鲜感中渐次清醒，意识到玄

① 《诗薮》内编卷四，上海古籍出版社 1979 年版，第 67 页。

② 杨义《李杜诗学》，北京出版社 2001 年版，第 480 页。

③ 何休《春秋公羊传注疏·宣公十五年》，《十三经注疏》，中华书局 1980 年版，第 2287 页。

④ 《汉书·艺文志》，《二十五史》，上海古籍出版社 1986 年版，第 531—532 页。

⑤ 许学夷《诗源辨体》，人民文学出版社 1987 年版，第 67 页。

宗只不过是把自己作为点缀升平的御用文人对待，并无成为辅弼进而实现政治理想的可能，即“自请还山”，主动要求离开朝廷，保持了自己的人格尊严。与李白不同，杜甫青壮年时代籍籍无名，编于天宝十二载的当代诗选《河岳英灵集》不收杜甫，即说明他在诗坛没有影响力，可以忽略不计。所以和李白长安三年的轰轰烈烈形成鲜明对比的，是杜甫长安十年的漫长困守。即使是困顿到“卖药都市，寄食友朋”的地步，过着“朝扣富儿门，暮随肥马尘。残杯与冷炙，到处潜悲辛”极度穷困屈辱的生活，但为求得一官半职，克绍杜氏家族世代“奉儒守官”的家声，实现自己“致君尧舜上”的平生夙愿，杜甫也坚决不离开长安，不离开朝廷。安史乱中，李白避兵庐山屏风叠，永王李璘派人三上庐山邀请李白入幕，李白感觉自己如同东山再起的谢安，可以平祸乱安天下，“但用东山谢安石，为君谈笑静胡沙”，豪情壮志不减当年。这与杜甫在安史之乱爆发后携家逃难，奔赴行在所，途中被叛军捉获关押，而后逃出，麻鞋敝衣叩见肃宗的狼狈之状，亦不可同日而语。

杜甫的个体生命和作诗感觉，受到经历遭遇的沉重压迫，使他的诗情无法像李白那样飞扬起来。李白漫游半生，杜甫漂泊半生，同是“常作客”，其间境况和感觉差别巨大。宋人葛立方尝曰：“李白诗云：‘朝发汝海东，暮栖龙门中。’又云：‘朝别凌烟楼，暝投永华寺。’又云：‘朝别朱雀门，暮栖白鹭洲。’又云：‘鸡鸣发黄山，暝投虾湖宿。’可见其常作客也。范传正言白偶乘扁舟，一日千里，或遇胜景，终年不移。往来牛斗之分，长江远山，一泉一石，无往而不自得也。则白之长做客，乃好游尔，非若杜子美为衣食所驱也。李阳冰论白云：‘王公趋风，列岳结轨，群贤翕习，如鸟归凤。’魏颢论白云：‘携骏马美妾，所适二千石郊迎，饮数斗径醉。’夫岂有衣食之迫哉？”[①] 可知同是半生作客异乡，李白出于天性好游，杜甫则是为生存所迫。李白的豪放飘逸，植根于富裕家庭养成的豪纵不羁的性格，出川之后“一年散金三十余万”（李白《上安州裴长史书》），是其明证；蜀中浓郁的道家、道教氛围，自幼浸淫了李白的思想意识，道家讲出世，道教讲神仙，都将人导入俗世之外，云端之上，梦境仙界；李白少年时代即从赵蕤学纵横之术，纵横家的思想行为方式，也是完全不受世

① 《韵语阳秋》，何文焕辑《历代诗话》，中华书局 1981 年版，第 646 页。

俗规矩约束的；蜀中的任侠之风，也使李白濡染了侠义精神，而侠文化的要义，就是个人英雄主义，挑战礼法规矩和社会秩序。李白一生漫游，居无定所，四海为家，既是思想性格导致的行为方式、生存方式的选择，这种几乎贯穿一生的行为和生存方式，也随时不断地强化着他的飘然之态、飘逸之感，不管是其人还是其诗。所以，李白即使关注现实苦难，习惯上采取的仍然是云端里游仙的视角，如《古风》之十九“西上莲花山”；杜甫即使是展开飞腾的想象，最终仍然胶着于现实的殷切关怀，如《茅屋为秋风所破歌》的“安得广厦千万间，大庇天下寒士俱欢颜，风雨不动安如山”,《洗兵马》的“安得壮士挽天河，尽洗甲兵长不用”。杜甫个人遭遇的不幸，伴随着时代的苦难而愈加严重，安史之乱前后的社会危机不仅颠覆了唐王朝盛世，也颠覆了杜甫的个人生活和功业理想。除去朝中短期为官和定居成都草堂的一段时日，作为难民的杜甫在安史乱后的血火大地上辗转流徙，满目疮痍的现实，让他触目兴感，于是，在大部分盛唐诗人的浪漫抒情猝不及防地被战乱打碎，一时之间无法调整适应的时候，只有杜甫，以他的不同于盛唐李白式的写实叙事的新的表现方法，忠实地记录了这个由盛转衰的时代，为历史留下了带着诗人生命体温和斑驳血泪的诗歌证言。

二

从李白到杜甫的巨大转变，杜甫诗歌异于盛唐、李白的自家面目的形成，还有一个最深层的因素，就是杜甫对李白的“反向模仿”。杜甫和李白的相遇，是中国诗歌史上最伟大、最辉煌的相遇，也是最致命的相遇。其时，李白已然成就了自己在当代诗坛上无与伦比的巨大功业，如日中天，声名煊赫，杜甫则是一个作品不多、没有名气的刚要出道的诗歌小弟。杜甫的幸运，或曰致命，就在于他在此时遇到了照亮他的诗生命的诗歌太阳。天宝三载的洛阳、梁宋、齐赵之间，有大半年时间，大哥李白和小弟杜甫，后来又加入了一个高适，一起打猎纵酒，登临怀古，谈艺写诗，“醉眠秋共被，携手日同行”（杜甫《与李十二白同寻范十隐居》），关系如手足兄弟般亲密无间。年轻时候和成功之前的人之不能自明，仿佛月亮，需要向太阳借光，来照亮自己。杜甫无疑是极具诗歌潜质的，遭遇李白这颗诗国的太阳，照彻了他的诗生命，敞亮了他的全部诗歌潜能，激发了他面对诗歌史的非凡雄心和抱负。他终于有了一个切实的目标，一个可以在近处仰望的绝对高度。他对李白无限敬仰，精心研读、揣摩太白诗作，对李白的诗艺诗风做出了最早的、最准确的也是最崇高的评价：“白也诗无敌，飘然思不群。清新庾开府，俊逸鲍参军”（《春日忆李白》），“笔落惊风雨，诗成泣鬼神”（《寄李十二白二十韵》），“李侯有佳句，往往似阴铿”（《与李十二白同寻范十隐居》），“敏捷诗千首”（《不见》），“李白斗酒诗百篇”（《饮中八仙歌》），“千秋万岁名”（《梦李白二首》）等，这些评价不是应酬性的溢美，而是精研之后的准确概括，因而经得起时间的检验，千百年后以至于今，仍是文学史公认的李白诗艺的定评。正因为对李白诗艺有着清楚的认知，所以他大约知道自己如果按照李白式的浪漫抒情写法，永远也不可能赶上李白了。既然如此，那么“后贤兼旧制，历代各清规”（《偶题》），就需要换一种写法试一试，或者能够自立规范，别开生面。也就是说，在李白写过诗之后，自己还怎样写诗，成为摆在杜甫面前的无法回避的严峻问题。

于是，杜甫选择了避开李白，走上一条与李白不同的写实叙事之路。用布鲁姆的“影响焦虑”理论来看，“做迥然相反的事情也是一种形式的模仿”[①]，所以说，杜甫之写实叙事，从写作策略来看，实际是受到初盛唐以来诗歌、尤其是李白诗歌的浪漫抒情强力压迫的结果。布鲁姆即认为：前辈作家的成就和影响力，对于后起的作家而言，仿佛一片无法走出的“阴影”，构成一种无处不在的压迫感[②]。杜甫与李白的相遇，发生在年龄、诗龄特别是诗歌成就、诗歌名声、诗坛地位相差悬殊的两个人之间，这对于自认“诗是吾家事”、把写诗作为终极关怀的杜甫来说，不啻是一种极度强烈的刺激，此时的杜甫不接受李白的影响，几乎是不可能的。借用接受美学的说法，杜甫对于李白，是有着自己的“期待视野”的。由杜甫诗“何日一樽酒，重与细论文”可知，杜甫与李白结伴漫游的日子，除了打猎纵酒，登临怀古，“细论文”即深入细致地谈论写诗技巧，应是日常最主要的内容。一起的“细论”，加上之前、之后对李白诗艺的研磨，终于

---

① 《影响的焦虑》，徐文博译，江苏教育出版社2006年版，第31—32页。

② 《影响的焦虑·代译序》，徐文博译，江苏教育出版社2006年版，第3页。

使杜甫认识到：按照初盛唐以来的传统写法，自己无论如何也写不过李白了。因为从诗歌史总体来看，确如后来的论者所言："子建以至太白，诗家能事都尽。"[①]也就是说，传统的抒情诗写法，从建安时代的曹植发展到盛唐时代的李白，已是登峰造极，再无更进一步的余地。杜甫当年面对集传统抒情诗写法之大成的李白，应该是清醒地意识到了这一点，李杜相遇对于杜甫的"致命性"，也许就体现在这里。于是，杜甫对李白采取了"反向模仿"的态度，致力拓开诗歌中写实叙事的崭新天地，并以之最终成就了属于自己的前无古人、后启来者的诗歌史功业。

这种"反向模仿"的结果，判然划出了杜甫诗歌总体上叙事写实与李白诗歌总体上浪漫抒情这一重大的区别。皮日休评李白曰"言出天地外，思出鬼神表"[②]，强调的是李白诗歌的浪漫抒情性；元稹评杜甫曰"铺陈始终，排比声韵，大或千言，次犹数百"[③]，指说的则是杜甫诗歌的叙事写实性。杜甫现存的一千四百多首诗作，正是以"多纪当时事，皆有依据"而"古称诗史"的[④]。在杜甫的诗中，有对安史之乱前后社会危机的深入观察与揭示，有对战乱导致的社会灾难和民生疾苦的广泛表现，有对自身在动荡时代的苦难经历的完整记录，有对所历地域的自然风物与民情风俗的细致描写，因此，杜诗被尊为"诗史"的同时，又有"图经"之称誉。从创作手法的使用角度看，《诗经》确立的"赋比兴"三种手法，李白诗得力于比兴为多，所谓"言多讽兴"（胡震亨《李诗通》），"供奉深"（王夫之《唐诗评选》），正是比兴为诗的结果；杜甫诗得力于赋法为多，所谓"工部讥时语，开口便见"是也（王夫之《唐诗评选》）。杜诗不管是写重大时事，写个人经历，写民间疾苦，写风物民俗，写情感心理，皆以赋法为主。如杜甫的五古名篇《北征》，开头四句"皇帝二载秋，闰八月初吉。杜子将北征，苍茫问家室"，直如日记，年月日时，人物事件，一一载明。接写途中见闻与到家情形，细致入微，战争灾难，乱离贫困，一一如见。胡小石云：《北征》"叙自凤翔北行至邠，再自邠北行至鄜，沿途所见，纯

① 胡应麟《诗薮》内编卷五，上海古籍出版社1979年版，第91页。

② 《刘枣强碑文》，转引自《李白集校注》附录"丛说"，上海古籍出版社1980年版，第1857页。

③ 《唐故工部员外郎杜君墓系铭并序》，冀勤点校《元稹集》，中华书局1982年版，第601页。

④ 陈岩肖《庚溪诗话》卷上，丁福保辑《历代诗话续编》，中华书局1983年版，第167页。

用《北征》、《东征》、《西征》诸赋章法，化赋为诗。文体挹注转换，局度宏大，其风至杜始开。”[①] 指出《北征》赋法为诗，扩大了作品的包容量，开创了诗坛一种新的写作风气。再如《羌村三首》之一，写乱后归家妻孥的莫名惊诧心理和夜深夫妻秉烛相对的梦寐恍惚之感，这本是适合抒情的内容，但在杜甫笔下，却纯出以赋法叙写和细节描写，从而收到了“一字一句，镂出肺肠”的极佳表现效果[②]。他的《兵车行》《丽人行》《前出塞》《后出塞》《自京赴奉先县咏怀五百字》《三吏》《三别》等，均是借助赋法的铺叙描写构建出的“诗史”性作品。

杜诗的叙事写实，除得力于《诗经》的赋法与由赋法流衍出的赋体章法，还得力于对史传文学传统的借鉴与转化。前已言及，史学本是杜甫家族文化遗传要素之一，所以，借鉴与转化史传文学传统，对杜甫而言，就成为可能且较为易行。在诗歌中叙事写人，题咏人物，为人作传，不始于杜甫，但将史传文学的纪实叙事手法与人物形象塑造，成功地大规模转移到诗歌创作领域，当首推杜甫。《前出塞》《后出塞》《丽人行》《三吏》《三别》《哀王孙》《饮中八仙歌》《佳人》《八哀诗》等诗的叙事手法与人物形象，都可看出史传文学的影响痕迹。像《饮中八仙歌》，“此诗一人一段，合之共为一篇”[③]，直如纪传体例的人物合传。再如前后《出塞》，冯文炳认为“《前出塞》写一个士兵，《后出塞》写一个将校，都是从初应征募的时候写起，写到最后一章”，这两首诗“各写着一个人的传记，是中国诗史上第一个写典型人物的伟大创造”[④]，即指出了此类人物传记式的诗歌，在表现手法上的新创性质。当然，在杜甫的这类诗作中，史传文学的影响与乐府叙事的影响是相辅相成的，像《三吏》《三别》“即事名篇”的时事性，以及诗中大量使用的人物对话，无疑都是来自对乐府诗体的仿效。《奉赠韦左丞丈二十二韵》《自京赴奉先县咏怀五百字》《壮游》《昔游》《秋日夔府咏怀寄郑监李宾客一百韵》等诗，则是诗人的自叙传。晚年写于夔州的《壮游》最有代表性，全诗长达112句，回顾自己五十余年的生平与心迹，浦起龙《读杜心解》认为是作者“自为列传也”。其中如“七

---

① 《杜甫〈北征〉小笺》,《江海学刊》1962年第4期。
② 王慎中语，转引自仇兆鳌《杜诗详注》卷五，珠海出版社1996年版，第327页。
③ 吴见思语，转引自仇兆鳌《杜诗详注》卷五，珠海出版社1996年版，第74页。
④ 《杜甫写典型》,《东北人民大学人文科学学报》1956年第1期。

龄思即壮，开口咏凤凰。九龄书大字，有作成一囊”，直如年谱载记。这首五古回忆了自己的少年习性、吴越之游、齐赵之游、长安之游，奔赴凤翔行在，随驾还京，以及弃官西行、久客巴蜀的人生经历和命运变迁，依托大唐王朝由盛而衰的国运，描画出自己的生命行进轨迹，人生的荣枯与国运的盛衰、个人的历史与国族的历史映衬交融，沉郁悲慨，宏阔苍茫，允称杜甫自叙传类诗歌中的杰作。

需要特别指出的是，杜甫在对李白的反向模仿之中，也不乏正面的继承。其实，在李白部分诗作中，散文化句法和叙事性因素也很明显，“言多讽兴”固然是李白诗歌艺术的重要特点，但赋法在李诗中也有较大规模的使用。如他的《长干行》《秦女休行》《结客少年场行》《江夏行》《相逢行》《妾薄命》《陌上桑》《下终南山过斛斯山人宿置酒》《宿五松山下荀媪家》《别内赴征》《经乱离后天恩流夜郎忆旧游书怀赠江夏韦太守良宰》等，都是有名的叙事之作；他的《蜀道难》《梁甫吟》《梦游天姥吟留别》《答王十二寒夜独酌有怀》等七言长歌，虽皆有寄兴，但在结体上则主要依靠赋法叙写构成篇章。前人论杜甫对李白的借鉴继承，尝谓“杜甫于白得其一节，而精强过之”[①]，这“一节”，大约就是指李白诗歌中多用赋法、稍事铺陈的叙事性作品。

“子美集开新世界”（王禹偁《日长简仲咸》）。在李白将诗歌的抒情性推向极致之后，杜甫在“极盛难继”的情况下，奋力走出了盛唐和李白影响的巨大“阴影”，对李白诗歌采取了“反向模仿”的写作策略，由浪漫抒情转向叙事写实，终于“伐山导源，为百世师”[②]，为自己、为中晚唐诗、为宋诗开出了一条崭新的创作道路。

三

李白和杜甫之间的区别，其实也是整个初盛唐诗歌和中晚唐诗歌之间的区别。与初盛唐诗人在性格上普遍外向强烈，注重宣泄人生意气，偏

① 欧阳修:《笔说》，《欧阳修全集》下册，中国书店 1986 年版，第 1044 页。
② 胡应麟《诗薮》内编卷五，上海古籍出版社 1979 年版，第 91 页。

嗜浪漫抒情不同，中晚唐诗人则普遍较为压抑内敛，他们的理想化色彩明显淡退，更加关注社会现实，在诗歌写作上也更注重叙事写实手法。中晚唐时期，虽然有诗人诗派对雄奇险怪、苦涩幽僻、深婉艳丽的种种追求，但中唐“元和诗变”的主潮，则是诗坛整体性的无法遏止的通俗化趋势，这一趋势降及晚唐五代，并向整个宋诗蔓延伸展。冯班云“诗至贞元元和，古今一大变”(《钝吟杂录》卷七)，许学夷曰:“元和诸公所长，正在于变。”(《诗源辨体》卷二十四)，与初盛唐诗的风骨声律藻采兼备、情景交融、兴象玲珑不同，中唐诗沿着杜甫开出的新路前行，至贞元、元和间，形成唐诗变体的高潮。在这一时期最终完成的士庶文化转型，使原来处于社会下层的庶族知识分子大量涌入社会上层，中唐时期最有代表性的诗人如元稹、白居易、韩愈、孟郊、张籍、王建等，均是单门细族，孤寒出身，他们必然把下层社会的世俗气息带入文苑诗坛。他们在政治上积极投身王朝中兴的事业，致力恢复儒家道统，与之相适应，在文学上秉持儒家为现实政治服务的美刺讽谏的教化观，强调文学、诗歌的实用性、功利性，如元稹认为诗歌应该“干预教化”(《唐故检校工部员外郎杜君墓系铭》)，白居易更是意在用诗歌“救济人病，裨补时阙”(《与元九书》)。在回顾诗歌史时，他们看重的也是那些干预时政、关心民瘼的叙事写实之作。白居易这样描述唐诗发展轨迹:“唐兴二百年，其间诗人不可胜数。所可举者，陈子昂有《感遇诗》二十首(今存三十八首)，鲍防有《感兴诗》十五首。又诗之豪者，世称李杜。李之作，才亦奇矣，人不逮矣，索其风雅比兴，十无一焉。杜诗最多，可传者千余首，至于贯穿古今，覼缕格律，尽工尽善，又过于李。然撮其《新安吏》、《石壕吏》、《潼关吏》、《塞芦子》、《留花门》之章，‘朱门酒肉臭，路有冻死骨’之句，亦不过三四十首。杜尚如此，况不逮杜者乎？”(《与元九书》)在这样的诗学观念指导和诗歌史视野观照下，大量写作叙事纪实、讽喻时政的乐府诗，就成为必然选择。

先看张籍、王建，他们是元、白的先导。张王二人乐府诗数量很大，张籍有古题和新题乐府90首，表现下层苦难，取材广泛，多为纪实之作，如《野老歌》《牧童词》等，也有托兴之作，如《节妇吟》《古钗叹》等，白居易称赞张籍“尤工乐府诗，举代少其伦”(《读张籍古乐府》)。王建的乐府诗更多，有古题30首，新题175首，占到存诗的少半，《田家行》

《羽林行》《水夫谣》等都是名篇。值得注意的是，张王乐府“专以道得人心中事为工，思深而语精”[①]，诗的讽喻题旨，并不依赖说教和议论，而是通过具体的人物描写、省净的事件记叙，将讽喻之旨含蕴其中。在张王和元白之间，李绅、刘猛、李余等人的乐府诗创作也给元白直接启发。元稹《和李校书新题乐府十二首》、白居易的《新乐府》五十首，就是李绅《乐府新题》二十首影响下的产物。元稹的古乐府十九首也是和刘猛、李余之作的。惜乎李绅、刘猛、李余原作已散逸不存。

到元稹、白居易，将采诗观风视为政治制度的重要构成，将诗歌创作视为中兴王朝的重要政治活动，他们更加注重诗歌对“时事”的干预功能。元稹认为“自风雅至于乐流，莫非讽兴当时之事”（元稹《古乐府题序》），白居易自述踏入仕途“年齿渐长，阅事渐多”之后，“每与人言，多询时务；每读书史，多求道理。始知文章合为时而著，歌诗合为事而作”（《与元九书》），大量创作讽喻诗。元稹有与李绅唱和的新题乐府十二首，与刘猛、李余唱和的乐府古题十九首；白居易有讽喻诗172首，《秦中吟》十首、《新乐府》五十首最有代表性。元白的这些乐府讽喻诗，“皆讽刺时事，盖仿杜陵为之者”[②]，是杜甫开创的叙事写实创作道路的直接继承。因为这些诗是“为君、为臣、为民、为物、为事而作，不为文而作也”（《新乐府序》），故多“直歌其事”（《秦中吟序》），表现上直白浅切，艺术水准不仅无法追步杜甫，即与张王乐府相比，也觉逊色。元白关心时事的诗学思想与浅切通俗诗风影响巨大，张为《诗人主客图》推白居易为“广大教化主”，晚唐五代刘驾、唐彦谦、皮日休、杜荀鹤、聂夷中、罗隐、黄韬、顾云、韦庄等人，均与元白秉持同样的儒家政教美刺诗学观念，创作上亦多有写实叙事的刺时之作，像皮日休的《正乐府十篇》《三羞诗》等，就是对白居易《新乐府》《秦中吟》的直接模仿。

乐府之外，叙事写实因素较为普遍地出现在中晚唐诗人的其他体类诗歌中。元稹的《连昌宫词》，白居易的《长恨歌》《琵琶行》，韦庄的《秦妇吟》，司空图的《冯燕歌》等长篇杰作，代表着唐代叙事诗的最高艺术成就。孟郊《织妇词》，刘禹锡《泰娘歌》，元稹《梦游春七十韵》《会真

---

① 张戒《岁寒堂诗话》，丁福保辑《历代诗话续编》，中华书局1983年版，第460页。

② 胡应麟《诗薮》内编卷三，上海古籍出版社1979年版，第53页。

诗三十韵》，白居易《和梦游春一百韵》《霓裳羽衣歌》，李绅《莺莺歌》，杜牧《杜秋娘诗》《张好好诗》，李商隐《行次西郊作一百韵》等，也都是叙事名篇。王建的《宫词》一百首、王涯的《宫词》三十首，以纪实叙事手法，广泛描写后宫和宫女生活；元白通江酬唱的长篇排律，如白居易的《东南行一百韵》、元稹的《酬乐天东南行一百韵》等，主要以铺叙为主的赋法敷衍成篇；白居易晚年大量的闲适诗，多是日常琐碎生活的如实记录；韩愈"以文为诗"的铺排描写，其中亦多叙述成分，像他的《山石》，遵循"黄昏到寺""夜深静卧""天明独去"的时间先后，移步换形，等于一篇分行押韵的游记散文；刘禹锡《杨柳枝》《竹枝词》的巴楚风俗民情，亦是写实叙事的产物。甚至一些短小的五七言绝句，如元稹《行宫》、王建《新嫁娘词》、朱庆余《近试上张水部》等，都有很强的叙事性。特别是元稹的《行宫》，区区二十个字，竟是"时地人事"俱足，叙事要素一应全备。

中晚唐诗歌大面积的叙事写实，带来诗歌风貌的巨大变化。风格的俚俗、语言的浅白、表现的详尽，成为中晚唐诗歌的一大特色。胡震亨《唐音癸签》卷九评张王诗"就世俗俚浅事做题目"，胡应麟《诗薮》内编卷五评张王诗"略去葩藻，求取实情"，都指出了张王诗歌与初盛唐诗的丰润高华相异趣。但张王乐府篇幅短小，注重构思立意，叙事简约，暗藏讽喻，尚能俚俗而不浅白详尽。元白诗歌尤其是白居易诗歌，则不但俚俗，且一味求详务尽，当他一旦被推为诗坛的"广大教化主"，他的写实、浅切、详尽、平淡的通俗诗风，就必然向着晚唐五代和宋代诗坛蔓延开来。

四

唐诗虽有杜甫、元结暨中晚唐张籍、王建、元稹、白居易、皮日休、韦庄等人为数不少的纪实叙事之作，但总体上仍以情绪抒泄的初盛唐诗为主，"以丰神情韵擅长"①，情景点染映衬，生发交融，笔致"蕴藉空灵"②，

---

① 钱钟书《谈艺录》，中华书局1984年版，第2页。

② 缪钺《论宋诗》，缪钺《诗词散论》，陕西师范大学出版社2008年版，第32页。

营构出“透彻玲珑，不可凑泊”的浑成意境[①]。即使是杜甫等人的叙事写实之作，其间亦融入了浓挚的个人生命体验，时或流露出强烈的抒情意味。比如杜甫的“诗史”性质作品，乃是诗人生命与时代碰撞磨荡，激溅而出，并非有意为史，置身事外作冷静客观的记录，杜甫的“诗史”性质作品里，记述的是时事，摄取的是历史的真实画面，而抒发的是个人的情怀，浸透着诗人的辛酸血泪，流溢着诗人“穷亦兼济天下，决不独善其身”的博大人道同情，这些诗很难说究竟是叙事还是抒情；还有白居易的名作《长恨歌》《琵琶行》，在白居易自为分类的《白氏长庆集》里，这两首著名的叙事诗是归入“感伤诗”一类的，可见讲述李杨爱情故事、琵琶女沦落故事、诗人迁谪故事不是目的，诗中的场景故事人物，不过是诗人抒发时代历史、个人命运今昔盛衰之感的由头罢了。因此，这类诗被论者称为“抒情的叙事诗”或“叙事的抒情诗”。这一切正是唐人主情、重兴象的感知和写诗方式导致的必然结果。宋人主理，尚议论，求真求实的理性逻辑的感知思维方式，使他们无法写出大量的像唐诗那样的兴象玲珑之作，所以论者指宋诗“皆经义策论之有韵者尔，非诗也”（刘克庄《竹溪诗序》语），或者直截了当地判定“宋绝无诗”（叶盛《水东日记》卷二十六引明初刘崧语）。宋人这种主理的感知思维方式，虽然对于写作兴象玲珑的抒情诗无助，但对于增强诗歌中的客观叙事性却是有益的。清蒋士铨《辩诗》云:“宋人生唐后，开辟真为难”，在唐诗抒情性总体饱和之后，注重理思的宋人在诗中转向日常琐碎生活经验的平实叙说，遂使宋诗显露出与唐诗不同的风貌。

宋诗叙事性的普遍加强，主要体现在诗人的创作层面。一是诗歌取材直陈时事，反映社会生活面空前广泛，诗歌的表现功能进一步提高，不仅更加关注政治矛盾、阶级矛盾、民族矛盾等重大题材，而且把诗笔伸入经济、科技、文化、民俗以及日常琐碎生活的方方面面，这种取材视角决定了诗歌的写实叙事性质。二是各体各类诗歌诸如乐府体、歌行体、古体诗、近体组诗、山水诗、纪行诗、题咏诗、记梦诗、咏史怀古诗、社会政治诗等，均表现出对叙事的偏嗜倾向；传记体叙事诗、代言体叙事诗、传奇志怪体叙事诗大量出现。三是宋代诗人几乎人人皆有叙事之作，如王

① 严羽《沧浪诗话·诗辨》,《沧浪诗话校释》，人民文学出版社1983年版，第26页。

禹偁《谪居感事》，梅尧臣《书窜》《花娘歌》，苏舜钦《游山》《蜀士》，范仲淹《和葛闳寺丞接花歌》，欧阳修《班班林间鸠寄内》，王安石《韩信》《明妃曲》《估玉》，李复《牧童曲》《过澶州感事》，苏轼《吴中田妇叹》《泛颍》，苏辙《郭伦》，文同《冤妇行》，蔡襄《四贤一不肖诗》，黄庭坚《乞猫》《题伯时画顿尘马》，张耒《八盗》《周氏行》，晁补之《芳仪怨》，刘子翚《汴京纪事》二十首，陈与义《里翁行》，吕本中《城中纪事》《兵乱后自嬉杂诗》二十九首，周紫芝《乌夜啼》，陆游《十月四日夜记梦》《五月十一日夜且半，梦从大驾亲征》，杨万里《晓行望云山》《稚子弄冰》，范成大《催租行》《四时田园杂兴》六十首，汪元量《湖州歌》九十八首等，多到不胜枚举。诗人普遍写作叙事诗，这在宋代以前的历代诗歌创作中均是不曾有过的现象。

与诗歌创作实践相适应，宋人的文论、诗论也经常谈论诗歌的叙事问题，说明“叙事”已成为宋人为文为诗的有意追求。吴则礼《六一居士集跋》把文章分为“叙事”“述志”“析理”“阐道”四类，真德秀《文章正宗》也将“叙事”与“辞命”“议论”“诗赋”并列。宋人以文为诗，文论对“叙事”的重视，必然向诗歌领域渗透，林希逸谈苏轼诗歌之妙曰：“公之诗犹有妙处，尤长于叙事，即其文法也。”（林希逸《鬳斋续集》卷三十，文渊阁本《四库全书》）指出诗文互渗，文章叙事助长了诗歌叙事的创作现象。宋人诗论对叙事讲求更多、更细，依托杜甫的叙事写实之作，宋人提出了“诗史”的重大命题。唐庚《文录》认为：好的叙事应如“东坡诗叙事，言简而义尽”，并举苏轼诗句为例具体分析（唐庚《文录》，《丛书集成初编》本）。姜夔曰：“乍叙事而间以理语，得活法者也。”将“叙事”视为江西诗派“活法”作诗的重要手段①。叶梦得甚至认为杜甫《八哀诗》“极多累句”，叙事太过繁缛，应刊消其半，“方为尽善”②。凡此，均说明宋人诗歌的叙事技巧与相关理论探讨，已进至更高的水准。

抒情向叙事的转换，在词曲代兴中表现得尤为突出。同是音乐文学，唐宋词和元散曲的风貌差异巨大。唐宋词中的联章体组词、鼓子词等，虽也擅长叙事，但毕竟为数不多。唐宋词中绝大多数作品，抒写男欢女爱、

---

① 《白石道人诗说》，何文焕辑《历代诗话》，中华书局 1981 年版，第 681 页。
② 《石林诗话》，何文焕辑《历代诗话》，中华书局 1981 年版，第 411 页。

伤离恨别、惜春悲秋之情，满纸淋漓泪痕，感伤气息浓郁，把从属于音乐的词文学的抒情性推向顶点，后起的散曲难以为继，又一次转向叙事写实。散曲长于叙事的特点，在与词体关系紧密的小令只曲中，即有突出的表现。与词中小令含蓄蕴藉、侧重抒情不同，曲中小令往往叙事，如关汉卿《一半儿·题情》、白朴的《阳春曲·题情》、马致远《寿阳曲》一类言情作品，人物形象生动，细节描写传神，“其叙事之惟妙惟肖，几乎每一首都可以改编成精彩的小品”①。张可久的《山坡羊·闺思》、刘庭信的《折桂令·忆别》等作，均是诗词中见惯的相思离别题材，但写法上与诗词已是迥然有别，曲作中不仅有事件交代、场面和人物描写，其人物描写兼及动作、情态、心理、语言等方面，与诗词惯见的抒情方式大异其趣，叙事性与戏剧化特征明显。其他题材类别的小令亦是如此，如关汉卿的《四块玉·闲适》“旧酒投”，与诗词家咏写此类题材，重在抒发诗酒风流、高雅脱俗的隐逸情调不同，曲子中洋溢着下层人物“凑份子、打平伙”的热闹快活的世俗酒趣。小令中的联章体，重复使用同一曲调构成组曲，少则几首十几首，多则几十首乃至上百首，这种联章组曲，一般围绕同一主题或题材展开，如关汉卿《普天乐·崔张十六事》共16首，即是围绕崔张爱情故事展开叙写。薛昂夫的《朝天曲》22首，咏写了20位古代著名人物。联章体组曲喜咏“四时”“八景”“六艺”“十二月令”以及“琴棋书画”“酒色财气”“富贵福禄”等题材，均是采用铺叙描写的手法，其中的叙事因素都很引人注目。

尤其是元散曲中的套曲，如杜仁杰《般涉调·耍孩儿·庄家不识构阑》，关汉卿《南吕·一枝花·不伏老》《双调·新水令》，白朴《仙吕·点绛唇》，马致远《般涉调·耍孩儿·借马》，姚守中《中吕·粉蝶儿·牛诉冤》，曾瑞《般涉调·哨遍·羊诉冤》，狄君厚《双调·夜行船·扬州忆旧》，睢景臣《般涉调·哨遍·高祖还乡》，乔吉《双调·乔牌儿·别情》，刘时中《正宫·端正好·上高监司》《双调·新水令·代马诉冤》，薛昂夫《正宫·端正好·闺怨》，张可久《南吕·一枝花·湖上归》，钟嗣成《南吕·一枝花·自序丑斋》等，其中有不少是“代言体”，如杜仁杰的《般涉调·耍孩儿·庄家不识构阑》，写一个庄稼汉初次进城到剧

① 赵义山《元散曲通论》，上海古籍出版社2004年3月版，第151页。

场看戏的经过，描摹人物、场景，历历如画，在生动的叙事中加以惟妙惟肖的心理刻画，富于喜剧色彩。再如睢景臣的《般涉调·哨遍·高祖还乡》，借乡民的“无知”写皇帝的“无赖”，场面人物光怪陆离、滑稽可笑。这些套曲往往第三人称叙事，有场面，有人物，有故事，如果添加道白，就是一折好看的杂剧。事实也正是如此，散曲套数即被杂剧借用过来，成为杂剧的基本构架，四组套曲添加科白，就是一个完整的元杂剧剧本。《元刊杂剧三十种》里的剧本，基本上就是靠四组套曲构成，再加上一些非常简略的科白。关汉卿的《西蜀梦》、郑庭玉的《楚昭王》、纪君祥的《赵氏孤儿》三种，则只有套曲，没有科白，而不碍其为一部完整的杂剧剧本。可知套曲除去抒情作用，还具有围绕剧情展开叙事的更强大的表现功能。中国诗歌发展演变至元散曲的“代言体”，叙写场面、人物、事件，往往插科打诨，风趣幽默，滑稽可笑，比中晚唐乐府叙事和宋诗叙事的平易浅俗、日常琐碎更进一步，标志着中国诗歌从抒情性向叙事性和戏剧化的一次整体转变。

试论“以诗为文”

中国文学发展史上，各种文体之间的互相渗透乃是一种普遍现象。“中国文学以诗为主”[①]，向有诗国之称，诗歌无疑是最强势的文体，对其他各种文体都有程度不同的浸染，散文自不例外。以诗为文，是历代散文家们普遍采用的创作手法。他们往往像写诗一样结撰散文，精心取象，妙用比兴，强化抒情，调协声律，锤炼语言，营构意境，使中国散文诗情洋溢，诗意盎然，呈现出显著的诗化倾向，具有突出的诗性特征。对于中国散文整体上显示出的这种诗化特色，古今论者在谈论某个作家或某种文体时均曾言及，但迄无系统的探讨梳理，较之研究界对“以文为诗”“以诗为词”现象的充分讨论，对“以诗为文”现象的重视明显不够。鉴于此，本文拟从几个方面，对中国文学史上的“以诗为文”现象作一整体性的初步考察，以期加深我们对文学史相关现象和规律的认识与把握。

一、文体之间相互渗透与先秦诗文一体不分

文体之间的互相渗透是中国文学史上的普遍现象。在各种文体的萌生、成长、演变过程中，交叉影响的情况经常发生。韩愈“以文为诗”，苏轼“以诗为词”，辛弃疾“以文为词”，即是显例。在创作实践中，各种文体之间互相渗透、交叉感染的情况更为复杂。例如“赋”，本是《诗经》表现手法之一，到汉代演化为“一代之文学”的代表性文体，刘勰《文心雕龙·诠赋》引班固说：赋乃“古诗之流也”，明确指出这种文体的渊源所自。赋的成体还受到过荀况《赋篇》、屈宋楚辞的沾溉。辞赋在汉

① 钱穆《中国文学论丛》，三联书店2002年8月版，第132页。

代的兴盛，又促进了散文的骈偶化和骈体文的渐趋成熟。骈文流行于魏晋六朝，其间接受了“永明体”诗的影响，更加讲究偶对、声韵、平仄等形式和格律。流风所及，这一时期的散文亦多骈偶，赋体也受其感染出现了“骈赋”。至唐宋韩柳欧苏古文取代骈文，奇句单行的散文成为文坛正宗，于是赋又一变，而有“文赋”之目。然而古文写作亦不曾全废骈俪，“韩柳琢句”，即“时有六朝余习”[①]。正所谓“一奇一偶，天之道也；有骈有散，文之道也”[②]。再如诗歌与小说的互相渗透，主要是诗歌影响小说。汉魏六朝小说已开始容受诗歌，至唐代大量诗歌进入小说文体，此后，“以诗为小说”渐成风习，诗歌在小说谋篇布局、抒情达意、描写议论、创造意境等方面发挥巨大作用，小说文本的诗化程度很高。反过来，小说也影响诗歌创作，白居易《长恨歌》一类叙事诗就有小说的情节因素。韩愈的《毛颖传》以传奇笔法作古文，则是小说与古文之间的文体嫁接。宋代的文体互渗现象更加突出，宋人师法杜甫、韩愈“以文为诗”，形成了宋诗议论、主理和散文化的特色。苏轼等的“以诗为词”和辛弃疾等的“以文为词”，也使“末技小道”的传统婉约词体，丕变成与诗文功能相近的“词诗”和“词论”。北宋柳永慢词的“层层铺叙”，则用的是“六朝小品文赋作法”（夏敬观《手批乐章集》）。明、清时期，古文和时文之间也发生了交叉感染，八股时文得以形成一种文体定式，其结构方法正是总结古代散文创作规律的结果。倡导“义法”的桐城派古文家方苞，既“以古文为时文”，又“以时文为古文”（钱大昕《与友人书》引王若霖语），方苞标举“义法”，即有用古文改造科举时文，以形成“清真雅正”之文风，实现其“助流政教”的目的。文论家如金圣叹，则以八股制艺“起承转合”做法，评点诗文、小说、戏曲，对嗣后的文学批评和创作都发生过相当大的影响。至于诗歌对宋元明清戏剧的渗透，甚至超过了对小说的渗透，不论是元杂剧、宋元南戏，还是明清传奇，以及后起的地方“花部”戏曲，唱念做打皆以唱为主，而唱词都是韵文，其中不乏优秀和杰出的抒情诗。在唐宋诗歌盛极难继之后，元明清作家们“以诗为曲”，借助“曲”的新面目使诗歌在戏剧唱词中大放异彩。可以毫不夸张地说，诗歌构成了

---

① 袁枚《答友人论文第二书》，《小仓山房文集》卷十九。

② 袁枚《书茅氏八家文选》，《小仓山房文集》卷三十。

中国戏剧文本的主干。

具体到诗文之间的文体互渗，对此现象较早加以关注的是晚唐的司空图。他在《题柳柳州集后序》中说："杜子美祭太尉房公文，李太白佛寺碑赞，宏拔清厉，乃其歌诗也。张曲江五言沉郁，亦其文笔也。岂相伤哉？"[①]认为杜甫、李白、张九龄在创作实践中诗文互渗，两不相伤。宋人黄庭坚和陈善，则明确提出了"以诗为文"的理论命题。陈善在《扪虱新话》中说："韩以文为诗，杜以诗为文，世传以为戏。然文中要自有诗，诗中要自有文，亦相生法也。文中有诗，则句语精确；诗中有文，则词调流畅。谢玄晖曰：'好诗圆美流转如弹丸'，此所谓诗中有文也。唐子西曰'古文虽不用偶俪，而散句之中，暗有声调，步趋驰骋，亦有节奏'，此所谓文中有诗也。"黄庭坚则强调："诗文各有体，韩以文为诗，杜以诗为文，故不工耳。"[②]黄庭坚严守文体疆界，认为韩愈"以文为诗"，杜甫"以诗为文"，是导致韩诗杜文"不工"的原因，对诗文互渗持否定态度。陈善的看法显然与黄庭坚不同，他认为"诗中有文，文中有诗"，可以使诗文"相生"，各取对方所长，优势互补，陈善无疑更多地看到并肯定了诗文互渗的积极意义。

文学史上各种文体之间特别是诗文之间的交叉互渗，与先秦时代诗文一体不分的"原型"状态有关。追溯中国文学源头的先秦时代，文体意识和诗文之间的界限并不是那么分明。《周易》卦爻辞448则，大多取象鲜明，语言生动，又多用韵，像《渐·九三》《明夷·初九》《井·九三》《归妹·初九》《贲·六四》《屯·六二》《困·六三》《离·九四》等，就常常既被视作散文萌芽期的雏形，又被目为上古时代的歌谣，文耶诗耶？实难区分。类似的情形还有对甲骨卜辞"四方来雨"的认识："癸卯卜，今日雨：其自东来雨？其自西来雨？其自南来雨？其自北来雨？"冯沅君、陆侃如认为它是中国文学史上年代最早而又最可靠的诗歌作品，并把它与汉乐府《江南》相比[③]，甚至有论者干脆把它称为产生于"中华第一都"的"中华第一诗"[④]。但也有人把它视为萌芽期的散文作品，而不作诗歌看待[⑤]。

① 张少康《司空图及其诗论研究》，学苑出版社2005年1月版，第82页。
② 陈师道《后山诗话》，何文焕辑《历代诗话》上，中华书局1981年4月版，第309页。
③ 冯沅君、陆侃如《中国诗史》，人民文学出版社1956年9月版，第7页。
④ 扬子《安阳地域文化与地域诗歌》，《中原文学》1998年第4期。
⑤ 张世英《中国散文学通论》，安徽教育出版社1995年12月版，第35页。

用韵与否，一般认为是区分诗文的标志，先秦散文却往往用韵，《老子》81章，“犹如辞意洗练的哲理诗，采用大量的韵语，排比、对偶句式，行文参差错落，犹如鱼龙蔓衍，变化多端，像诗，也像歌谣”[①]。《庄子》散文亦多用韵，音调自然，节奏和谐，如《逍遥游》末段和《德充符》末段，均是惠子、庄子二人对话，一唱一和，全用韵语，可谓诗意盎然的“天籁”之文。

特别是“比兴”手法，更非诗歌所专有。《诗经》《楚辞》的“比兴寄托”，先秦散文在说理、言志、抒情时也大量使用。《易经》卦爻辞如“鸿渐于陆，夫征不复，孕妇不育”“明夷于飞，垂其翼；君子于行，三日不食”“井渫莫食，为我心恻。可用汲。王明，并受其福”等，均是比兴象征，若认定其时代早于《诗经》，可视其为《诗经》作品“比兴”手法的艺术渊源。南宋朱熹《答何叔京》即指出《易经》中的“立象以尽意”与《诗经》中的“兴”相一致，清章学诚《文史通义》也认为“易象通于诗之比兴”。《老子》的“天地不仁，以万物为刍狗；圣人不仁，以百姓为刍狗”“上善若水，水善利万物而不争。夫唯不争，故无尤”“飘风不终朝，骤雨不终日。天地尚不能久，而况人乎”“江海所以能为百谷王者，以其善下之。是以圣人欲上民，以其言下之”等，都是比兴名章，表现出对自然、人事的辩证看法和高度智慧。《论语》中的比兴更多，像“岁寒，然后知松柏之后凋也”“子贡曰：‘有美玉于斯，韫椟而藏诸？求善贾而沽诸？’”“子在川上曰：‘逝者如斯夫，不舍昼夜’”“子之武城，闻弦歌之声。夫子莞尔而笑曰：‘割鸡焉用牛刀？’”等，莫不言近旨远，含蓄隽永，富于抒情气息，所以钱穆感觉“读二十篇《论语》，亦如诵一首诗”[②]。赵岐《孟子章句·题辞》认为《孟子》文章更是“长于比喻”，使用简短的比喻如“以战为喻”“缘木求鱼”等，整段用比的如“牛山之木”一段，整章用比的如“晋人有冯妇者”章，正意寓意并列的如“鱼我所欲也”章，寓言正言互叠的如“礼与食孰重”章，“齐人乞墦”“揠苗助长”则是生动有趣的寓言故事。多譬善喻，使有“辩士”之称的孟子文章更加雄辩滔滔，所向披靡。《庄子》“则任何情况、任何事物都可以用作比喻，也可以容纳

① 袁行霈《中国文学史》第1卷，1999年8月第1版，第110页。
② 钱穆《中国文学论丛》，三联书店2002年8月版，第138页。

比喻。它不但比喻多，而且运用灵活，在先秦诸子中是最突出的”[①]。《庄子》文章更加引人注目的是他那大量的虚构性质的寓言故事，《寓言》篇自称“寓言十九”，《史记·老庄申韩列传》也称庄子“著书十余万言，大抵率寓言也。”寓言，是《庄子》一书以比兴来说理、达志、抒情的最主要的表现方式，内、外、杂篇的许多篇目，都以虚构的寓言故事连缀而成。浑朴严谨的《荀子》文章，除了句法整饬、排比偶对、词汇丰富之外，引物连类、巧譬善喻也是显著特点。以《劝学》为例，其前半篇几乎全用譬喻构成，设喻方式亦灵活多样，有单独设喻，有连续设喻，有正面设喻，有反面设喻，有以比喻互相映衬，有以比喻进行对比。像用“木受绳则直，金就砺则利”作比，引出“君子博学而日三省乎己，则知明而行无过矣”，这与《孟子·离娄上》用“为渊驱鱼者，獭也；为丛驱雀者，鹯也”作比，引出“为汤武驱民者，桀与纣也”一样，不就是《诗经》“以彼物比此物”、“先言他物以引起所咏之辞”的“比兴”手法在散文中的运用吗？比荀子更为尚质非文的韩非，其峭刻犀利的《韩非子》一书，也注重利用大量的比喻性质的寓言故事说理，被刘勰称为“韩非著博喻之富”[②]，《韩非子》中的精彩寓言不仅数量上居先秦诸子之首[③]，而且在诸如“国亦有狗”“卞和献璞”一类寓言里，注入了相当浓烈的感情色彩。可以说，先秦诸子为文莫不长于拟象比喻，寓言托意。诸子之外，历史散文如《左传·僖公二十二年》记臧文仲对鲁君云：“君其无谓邾小，蜂虿有毒，而况国乎？”《文公十八年》载季文子引述：“见有礼于其君者，事之如孝子之养父母也；见无礼于其君者，诛之如鹰鹯之逐鸟雀也。”这一类说辞，在《左传》中多有，不仅运用“形象化的比喻”，而且“也运用了近于骈俪的修辞手段”[④]。《战国策》说事，亦好借助寓言以为比兴，增强形象性和说服力，所以钱穆指出《战国策》中的“鹬蚌相争，画蛇添足等，皆诗人寓言，亦比兴之流”[⑤]。

多用比兴必然善于取象。像《诗经》《楚辞》择取大量鲜明生动、意

---

① 游国恩等《中国文学史》一，人民文学出版社1963年7月版，第70页。

② 《文心雕龙·诸子》，王利器《文心雕龙校证》，上海古籍出版社1980年8月版，第120页。

③ 公木《先秦寓言概论》，齐鲁书社1984年版，第75页。

④ 王运熙、顾易生《中国文学批评通史·先秦两汉卷》，上海古籍出版社1996年12月版，第46页。

⑤ 钱穆《中国文学论丛》，三联书店2002年8月版，第132页。

味悠长的“意象”来抒情言志一样，先秦散文也善用“意象”且“深于取象”，这是多用“比兴”的必然结果，在更深的层次上，则与中国上古时代早熟的农业文明形态有关。农耕社会里人与自然物稔熟、亲和，即目兴感、见景生情就成为一种普遍的创作心理发生机制，借助“意象”取譬托喻、达意抒情也就成为写诗作文的通用手法。《诗经》的《汉广》《蒹葭》《采薇》《鹤鸣》等诗的中心意象，《离骚》中的“善鸟香草”等自然意象、“男女君臣”等社会意象和“巫咸灵氛”等神话传说意象，莫不寄情深远，寓意幽邈，先秦散文“取象”亦如之。仅以“水”意象为例，《老子》《论语》《孟子》《荀子》《墨子》《吕氏春秋》中均有使用，或以“水”的善利万物而不争喻指人生境界，或以“水”的流动欢快表达智者的精神品格，或以“水”的源泉有本说明获取名声要以德行为本，或以“水”的源小流大比况立身之谨小慎微，或以“水”的吸纳众流方成其大比喻圣人的博大无私，或以“水”的出山入海比喻事物的顺势而行，尤其是《荀子·宥坐》篇“孔子观于东流之水”一段，孔子总结出了“水”的九种品性，一一与君子“比德”，“水”意象的内涵繁富复杂深刻[①]。先秦散文与诗歌同样“深于比兴取象”的特质[②]，即此可见一斑。

先秦诗文在用韵、排偶、比兴、取象上这种一体不分的状况，说明了早期散文文体内部就包含着诗的基因、早期诗文在文体上可以兼容这样一个基本事实，它使得秦汉以后历代散文家“以诗为文”、历代散文接受强势文体诗歌的渗透影响，成为可能并变得容易。

二、作为“强势文体”的诗歌对历代散文的影响

在中国文学史上众多的文体当中，诗歌无疑是第一强势文体。文学的起源自歌谣始，《诗经》的出现标志着中国文学的成熟，成为中国各体文学流变的滥觞。所以论者认为：“诗乐分而诗体流为散文，散文亦可谓从诗体演来”“文有骈散，而根源皆在诗”[③]。孔孟儒家学派以《诗经》授徒，在

① 饶龙隼《先秦诸子与中国文学》，百花洲文艺出版社 2002 年 8 月版，第 454 页。
② 章学诚《文史通义》，上海古籍出版社 1993 年 7 月版，第 67 页。
③ 钱穆《中国文学论丛》，三联书店 2002 年 8 月版，第 132 页。

传播文化的过程中也扩大了诗歌的影响。至汉代“诗教”确立，诗歌高居于“厚人伦，美教化，移风俗”的“人文化成”之无上地位。逮及六朝，五言诗的流行更使“天下向风，人自藻饰”，士子“才能胜衣，甫就小学”，便“甘心而驰骛”于诗歌写作[①]。唐代科举以“诗赋取士”，宋元明清历朝科举虽考策论、八股不等，但皆须考“试帖诗”，在制度的保障之下，诗歌和诗人受到的重视程度是非同一般的。诗歌已经融入中国古代社会生活和文化心理，能诗与否关乎士人的才华、学识评价，使“工为制举业者必兼为诗，即上不以此取士，又无人督之使必为，而士若非此无所容于世者”[②]，写诗的能力几乎成了士人立身于世的基本保证。诗歌在文体间的互渗过程中当然也会吸收其他文体的因素，但主要是向外辐射扩张，可以说，作为强势文体的诗歌，对文学史上各种文体的渗透几乎无所不在，散文自不能免。秦汉以下的历代散文，都存在着程度不同的“以诗为文”现象，追求诗语诗情、诗意诗境，成为包括散文家在内的中国各体文学作家共同的“情意结”。

司马迁是汉代散文家“以诗为文”的典型。他的《史记》，继承屈原“发愤以抒情”的传统，“不拘于史法，不宥于字句。发于情，肆于心而为文”[③]，在不少人物传记里，司马迁笔端饱含感情，文字具有抒情诗般的意蕴和魅力。刘熙载指出：“太史公文，兼括六艺百家之旨。第论其恻怛之情，抑扬之致，则得于《诗三百篇》及《离骚》居多”，“学《离骚》得其情者为太史公”[④]。鲁迅称赞《史记》为“史家之绝唱，无韵之《离骚》”[⑤]。袁行霈也认为《史记》“出入风骚，对《诗经》和《楚辞》均有继承”[⑥]。司马迁接受诗骚的影响，是历代论者一致的看法。“西汉文章两司马”，与司马迁齐名的辞赋家司马相如，则是学《离骚》“得其辞者”[⑦]。其实不独司马相如，汉代赋家对《楚辞》的“铺采摛文”都曾加以仿效。另一个与司马迁齐名的历史散文家班固，本身就是赋作家，他的《汉书》语言趋于骈偶

① 钟嵘《诗品》序，曹旭《诗品集注》，上海古籍出版社 1994 年 10 月版，第 54 页。
② 周亮工《赖古堂集》卷 19《与镜庵书》，康熙刊本。
③ 鲁迅《汉文学史纲要》，上海古籍出版社 2005 年 8 月版，第 53 页。
④《艺概 · 文概》，上海古籍出版社 1978 年 12 月版，第 12 页。
⑤ 鲁迅《汉文学史纲要》，上海古籍出版社 2005 年 8 月版，第 53 页。
⑥《中国文学史》第 1 卷，1999 年 8 月版，第 219 页。
⑦《艺概 · 文概》，上海古籍出版社 1978 年 12 月版，第 12 页。

整饬。西汉贾谊的《吊屈原赋》、淮南小山的《招隐士》等骚体赋，在文学精神和文体上都接近屈骚；东汉张衡的《归田赋》、赵壹的《刺世疾邪赋》等小赋作品的写景、抒情，也与诗为近。

魏晋南北朝散文和辞赋，如曹丕的《与吴质书》、王粲的《登楼赋》、曹植的《洛神赋》、陆机的《叹逝文》、潘岳的《怀旧赋》《哀永逝文》、鲍照的《芜城赋》等作品，诗性的抒情气息浓郁。陶渊明的《桃花源记》《归去来兮辞》，写景抒情，与他的田园诗风格一致。南朝骈文更加讲究偶对和平仄声律，在语言形式上进一步与诗歌接近。江淹的《恨赋》《别赋》，引入了诗歌中的咏史和乐府代言体传统，熔铸了《诗经》《楚辞》、乐府、古诗的词语句法，白描笔触富于诗意，音韵优美。陶弘景的《答谢中书书》、吴均的《与宋元思书》等山水小品，“可以和二谢山水诗比美”[①]，透露了山水诗题材浸入文章领地的消息。庾信的《哀江南赋》《小园赋》怀念故国，自悲身世，哀痛之情与他的《咏怀诗》相为表里，其中如“水毒秦泾，山高赵陉。十里五里，长亭短亭”“一寸二寸之鱼，三竿两竿之竹”等诗性白描名句，历来被人称道。郦道元的《水经注》“叙山水，峻洁层深，奄有《楚辞·山鬼》、《招隐士》胜境”[②]，其“片语只字，妙绝古今”的成就，也多得力于“以诗为文”手法。

唐代被称为“诗唐”，是中国诗歌的鼎盛期，“有唐三百年，似人人能诗矣”[③]。唐代三百年时空之中诗意弥满，如天地元气氤氲，淋漓一片，笼罩一切。唐代著名文家多是著名诗人，像写《醉乡记》的王绩，《滕王阁序》的王勃，《山中与裴迪秀才书》的王维，《春夜宴桃李园序》的李白，《吊古战场文》的李华，《右溪记》的元结，《醉吟先生传》的白居易，《陋室铭》的刘禹锡，《阿房宫赋》的杜牧，以及擅为骈体的李商隐等，出自他们之手的文章皆近于诗。而“以诗为文”的命题，就是宋人在谈论杜甫文章时提出来的。唐文最有代表性的作家，当数韩愈和柳宗元，二人皆是诗中大家。韩愈在中唐诗坛“崛起特为鼻祖”，他的“以文为诗”标志着“唐诗之一大变”，下启宋诗路径，“宋之苏梅欧苏王黄，皆愈为之发

① 游国恩等《中国文学史》一，人民文学出版社 1963 年 7 月版，第 289 页。

② 《艺概·文概》，上海古籍出版社 1978 年 12 月版，第 18 页。

③ 贺贻孙《诗筏》，《清诗话续编》，上海古籍出版社 2016 年 6 月版，第 180 页。

其端”[①]，在诗歌发展史上意义非凡。韩愈在“以文为诗”的同时“以诗为文”，论文主张“气盛言宜”，其文“如长江大河，浑浩流转”的气势（苏洵《上欧阳内翰书》），与其诗“如掀雷揭电，奋腾于天地之间”的风格是嘘息相通的（司空图《题柳柳州集后》），韩愈的这种诗文风格，显然有着太白歌诗的流风遗泽。韩文“健笔陡起”的开头方式，如《送董邵南序》首句“燕赵古称多感慨悲歌之士”，《送孟东野序》首句“大凡物不得其平则鸣”，《送温处士赴河阳军序》首句“伯乐一过冀北之野而马群遂空”等，也大有鲍照和李白歌诗一起“发唱惊挺”之概。韩愈的散文感情饱满，如《祭十二郎文》长歌当哭，哀感动人，被誉为“祭文中千年绝调”。《杂说》《获麟解》比兴寄托，感慨遥深。这种强烈的抒情性和比兴手法，均是诗家当行。所以何焯称说韩文多“诗人比兴之道”（《应科目与时人书》评语），有“诗人之意”（《蓝田县丞厅壁记》评语），曾国藩更推崇韩文是“低回唱叹，深远不尽”的“无韵之诗”（《题李生壁》评语）。柳宗元与王维、孟浩然、韦应物并称“王孟韦柳”，是唐代山水诗代表诗人之一。他的寓言小品如《三戒》等都是以诗之比兴为体，但标志他“以诗为文”成就的作品是山水游记，陈衍认为《永州八记》“用楚骚、汉赋、六朝初盛唐诗语意写之”，《钴鉧潭西小丘记》中“‘嵚然相累’四句，状潭处向上向下之石，工妙绝伦，殆即从《无羊》诗‘或降于阿，或饮于池’名句悟出”（《石遗室论文》卷4）。林纾在《韩柳文研究法》中指出：“文有诗境，是柳州本色”，认为《小石潭记》一类“写景之文，即王维以画入诗，亦不能肖。”在以《永州八记》为代表的山水记里，柳宗元以全部生命与情感观照山水，以精练、准确、传神的诗性语言去刻画山水，人与山水契合为一：“清泠之状与目谋，瀯瀯之声与耳谋，悠然而虚者与神谋，渊然而静者与心谋”（《钴鉧潭西小丘记》）。山水境界中寄托了作者高洁、清雅的趣味和孤寂、幽怨的心绪，与他的“得骚之余意”的清峻幽冷的山水诗格调一致。柳宗元论文，主张“参之《离骚》以致其幽”[②]，当他远谪僻地，与屈原在身份心境上认同后，清峻幽邃的骚意渗透他的山水诗文，也就顺理成章了。

---

① 叶燮《原诗》，《清诗话》，上海古籍出版社1999年6月版，第570页。

② 柳宗元《答韦中立论师道书》，《中国历代文论选》二，上海古籍出版社2001年10月版，第144页。

有宋一代，一方面是理学道学对诗文和情感的极力攻讦和排斥，给文学的发展带来阻力；另一方面在理学道学形成的社会文化氛围的压力下，各体文学仍在新变、发展，各种文体之间交融的趋势更为突出。虽然宋代散文尤其是南宋散文中“理”“道”成分加重，以至于宋元之际的戴表元发出“后宋百五十年理学兴而文艺绝”的慨叹（袁桷《戴先生墓志铭》）。但至少在北宋，在欧阳修、苏轼等人那里，文章并不仅仅是“载道”之具，而是如“精金美玉”，有其自身的高度艺术价值的。欧、苏等人既“以文为诗”，形成了宋诗有别唐诗的自家面目；也“以诗为文”，写出了许多洋溢着诗情画意的精美文章。欧阳修的散文如《五代史伶官传序》《泷冈阡表》《醉翁亭记》《秋声赋》等，不管论事怀人、状物写景，笔端都饱含感情，委婉含蓄，迂徐有致，声韵和谐，摇曳生姿，流露出隽永优美的诗意。苏轼的散文如“行云流水”“姿态横生”，摆去拘束，集以诗为文之大成。他自述“吾文如万斛源泉，不择地而出，在平地滔滔汩汩，虽一日千里无难；及其与山石曲折，随物赋形而不可知也。所可知者，常行于所当行，常止于不可不止”[①]，这是一种如庄子散文与太白歌诗一样的自由无羁的风格。苏轼的以诗为文，决不局限于景物描写上的诗情画意点染，他在散文的各种体裁、题材上都倾注了诗的意兴情趣。他为文常常以喻代论，比兴发端，凌空蹈虚，放纵想象，驰骋才情，烘染意境，尽显诗家手段。他的名篇如《凌虚台记》《喜雨亭记》《前赤壁赋》《后赤壁赋》《记承天寺夜游》以及《志林》小品，在形体上虽是文，但在美感品格上已属于诗。

元代诗文创作相对低落，明朝则诗文流派众多。从以诗为文的角度看，不是国初名家、台阁茶陵和前后七子，而是唐宋派和公安竟陵派、晚明小品文更值得关注。有“今之欧阳修”之称的归有光，把生活中的凡人琐事引入“载道”的古文，《先妣事略》《寒花葬志》《项脊轩志》均长于即事抒情，迂徐平淡，“无意于感人，而欢娱惨恻之思，溢于言表”（王锡爵《归公墓志铭》），深具抒情诗的韵味。晚明浪漫思潮代表人物李贽认为：“天下之至文，未有不出于童心焉者也”，“童心”就是“真心”，就是赤子诗心（《童心说》）。李贽的思想直接影响了公安派“独抒性灵，不拘

① 苏轼《文说》，《中国历代文论选》二，上海古籍出版社2001年10月版，第310页。

格套，非从自己胸臆流出，不肯下笔”的“性灵论”[①]。竟陵派的钟惺、谭元春等人，也主张抒“性灵”。影响下及王思任、祁彪佳、张岱等晚明小品文作家。王思任的《谑庵文饭小品》《王季重十种》，陈眉公的《栖岩幽事》，祁彪佳的《寓山注》，张岱的《陶庵梦忆》《西湖梦寻》等小品文专集，内容上抒发真情实感，自由解放，无所顾忌，颠覆了古文的“道统”，使散文具有抒情诗般的性灵和真诚；形式上包括山水游记、园林小记、艺术随笔、尺牍、清言等，打破了一切文体界限，不拘格套，信手挥洒，把诗歌的体制融入散文，为小品文抒情遣兴、营构意境提供了保证。从内容到形式，晚明小品文在本质上已是不折不扣的“散文诗”了。

清代和近代也有诗性的散文，像金圣叹的才子书评点文字、李渔的《闲情偶记》、郑燮的家书和题跋、袁枚的《随园记》、汪中的《广陵对》等骈体文、沈复的《浮生六记》、龚自珍的《病梅馆记》以及梁启超“笔端常带感情”的新体散文等，但总体上不占清代散文主流，也不能与唐宋韩柳欧苏以诗为文和明末小品以诗为文的成就相比并。清代和近代最有影响力的桐城派散文，标举“义法”，讲求“神、理、气、味、格、律、声、色”，虽也触及诗性的因素，但“道气”和“匠气”过重，文字过于平实，终乏诗人的才情和诗意的灵动。倒是姚鼐在《复鲁絜非书》中借鉴诗话手法，用一连串比喻性意象来描摹、区分文章阳刚、阴柔两大风格类型的理论文字，显得比他们的古文更形象生动、更有诗意和灵性些。清代“以诗为文”的成就，主要体现在小说、戏剧等更宽泛的“文”类里，像《聊斋》中的不少篇子，《桃花扇》的唱词，《红楼梦》的语言和整体意境等，完全是诗意化的。

现当代散文家也较好地承继了古代散文“以诗为文”的优良传统，保留了“以诗为文”的悠久习尚。朱自清的《荷塘月色》《梅雨潭的绿》，证明用白话也可以写出像古典散文那么富有诗意的美文，消除了人们对白话文表现力的怀疑。何其芳的《画梦录》散文，“将浸透着感觉汁液的朦胧意象拼贴组合，组成美丽的心灵感验世界。他写的散文多意象扑朔迷离，想象奇特，诗情洋溢”[②]。颜色、图案、梦幻、暗示、比喻、典故的集合，

① 袁宏道《序小修诗》，《中国历代文论选》三，上海古籍出版社2001年10月版，第211页。
② 钱理群等《中国现代文学三十年》，北京大学出版社1998年7月版，第401页。

绚丽多彩，和他的前期诗歌一样，接受了晚唐五代温李诗词和西方印象派艺术的双重影响。余光中“右手为诗，左手为文”，他的散文号称“左手的缪斯”，集合了诸种诗性手法，舒卷自如的联想想象，天马行空般的跳跃腾挪和联翩而至的繁密意象，使他的《听听那冷雨》《咦呵西部》《凭一张地图》《记忆像铁轨一样长》等文，在艺术质地上与诗相较略无逊色。此外，现代的鲁迅、郭沫若、徐志摩、郁达夫、沈从文、梁遇春、丽尼、苏雪林，当代的杨朔、汪曾祺、孙犁、张承志、史铁生、周涛等所作散文，也都有着显著的“以诗为文”倾向。

三、“以诗为文”使历代散文具有鲜明的诗体特征

以诗为文使中国散文具有鲜明的诗化倾向，显示出突出的诗体特征，主要表现在以下五个方面：一是语言句式和声韵格律。古代散文多用诗歌的句式节奏，诗歌的四言、五言、六言、七言、骚体句，在文中大量出现，特别是辞赋骈文，使用整齐的诗句频率更高，据统计，庾信的《哀江南赋序》共107句，四言63句，五言6句，六言22句，七言10句，合计101句，约占全文句数的93%。王勃的《滕王阁序》共146句，四言80句，六言44句，七言16句，合计140句，约占全文句数的96%。[①] 这是“以诗为文”在文章语言句式层面的具体表现。这些文中诗句，也像诗歌中一样两两偶对，是所谓“骈四骊六”的四六对句。这种骈俪偶对之句，在以单行奇句为主的古文中也经常出现，而且往往是文中精警之处，发挥着“立片言以居要，是一篇之警策”的关键作用。句式之外，还有声韵格律。“声韵相谐”不仅是诗歌的特点，古代散文“以诗为文”，也追求“偶文韵语”“音以律文”，追求“暨音声之迭代，若五色之相宣”的语言形式之美。《文心雕龙·声律》篇专论文章的“声律”问题，后世文论家更多借鉴诗歌声律理论，对散文语言音节的探讨达到精细入微的程度，刘大櫆说：“音节高，则神气必高；音节下，则神气必下。故音节为神气之迹。一句之中，或多一字，或少一字；一字之中，或用平声，或用仄声；同一平

① 莫道才《骈文文体诗化特征论》，《广西师范大学学报》1997年第2期。

字仄字，或用阴平、阳平，上声、去声、入声，则音节迥异。故字句为音节之矩。积字成句，积句成章，积章成篇。合而读之，音节见矣。歌而咏之，神气出矣。”① 这段话讲得很有代表性，可知古代散文家也像诗人一样，对声韵格律细细分剖，斤斤计较，孜孜讲求，精益求精。古代散文中大量使用双声叠韵的连绵词，有许多押韵的句子和段落，骈文、律赋不仅像诗歌一样押韵，而且还像近体诗一样讲究平仄黏对的规则。历代散文家在创作实践中对语言句式、声韵格律的诗化讲求，使得优秀的古代散文不仅读来朗朗上口，而且可以像诗歌一样吟诵甚至唱叹，其音韵之美适口悦耳，陶情怡心，足堪移人。

二是比兴取象。《诗经》“六义”中被称为“诗之用”的“赋比兴”，不仅是古今诗歌的三种表现手法，也是古今一切文学作品的三种基本表现手法，“赋比兴”手法适应于中国文学史上的各种文体。对应现代写作学和修辞学术语，“赋”大约相当于叙述、描写、说明、直接议论抒情，“比兴”相当于比喻（包括比喻性叙描）、象征、暗示等。各种文体，要想拉长篇幅，叙述故事，结撰情节，描写景物，铺陈场面，说明原委，均需使用“赋”的手法；而要使语言生动，形象鲜明，涵蕴丰富，韵味悠长，则离不开“比兴”。如前所论，比兴手法在先秦就是诗文并用的，后世散文家继承了这种传统表现手法，陶渊明的《桃花源记》，孔稚圭的《北山移文》，韩愈的《杂说》，柳宗元的《三戒》《愚溪记》，周敦颐的《爱莲说》，苏轼的《日喻说》，林景熙的《磷说》《蜃说》，刘基的《卖柑者言》等，都是全文运用比兴成体的名篇；至于局部比兴，则在古代散文中随处可见。《荀子·礼论》云：“上取象于天，下取象于地，中取则于人。”章学诚《文史通义·易教下》说：“战国之文，深于比兴，即其深于取象者也”。比兴必须借助意象，所以善用比兴必然要精心取象。《周易》卦象姑置不论，《老子》的“天地、川谷、江海、自然、赤子”、《论语》的“河川、松柏、浮云”、《庄子》的“鲲鹏、大椿、斥鷃、散木、混沌、薪火、蝴蝶、秋水、邈姑射神人、匠石、庖丁”、孟子的“大丈夫、齐人”、《韩非子》的“卞和、璞玉、国狗”、宋玉的“高唐、巫山、云雨、登徒子、雄风、雌风”、司马相如的“子虚、乌有、云梦、上林”、陶渊明的“桃花源、五

① 《论文偶记》，人民文学出版社 1959 年 11 月版，第 6 页。

柳树、田园、岫云、倦鸟、孤松”、鲍照的“芜城”、庾信的“小园”、郦道元的“三峡、龙门”、王勃的“落霞孤鹜、秋水长天”、韩愈的“千里马、伯乐、龙云、燕赵悲歌之士”、柳宗元的“西山、小丘、小石潭、愚溪、黔驴、负蝜”、刘禹锡的“陋室”、杜牧的“阿房宫”、范仲淹的“岳阳楼”、周敦颐的“莲”、苏舜钦的“沧浪亭”、欧阳修的“秋声、醉翁亭”、苏轼的“赤壁、石钟山”、曾巩的“墨池”、王安石的“褒禅山”、周密的“浙江潮”、归有光的“项脊轩”、袁宏道的“满井、虎丘”、徐霞客的“神女峰、峨眉佛光、黄山、雁宕”、张岱的“西湖、湖心亭雪”、姚鼐的“泰山日出”、龚自珍的“病梅”、梁启超的“少年中国”、胡适的“差不多先生”、鲁迅的“百草园、三味书屋”、朱自清的“荷塘月色、梅雨潭”、徐志摩的“康桥”、梁实秋的“雅舍”、余光中的“冷雨、西部”、杨朔的“荔枝蜜、雪浪花”、史铁生的“地坛”、张承志的“金牧场”、周涛的“鹰”等，都是上述作家散文的中心意象，与诗人诗歌的中心意象的性质和功用相同，这些散文意象大都个性独具、鲜明生动、寓意饱满、蕴涵深厚、情味隽永，成为显示散文作家艺术风貌的标志性代码。

三是抒情。“诗者，吟咏性情也。”从文体分工来说，“诗本性情”而“文以载道”，诗歌偏重个性化抒情，而散文偏重记事说理。宋代理学家为了圣人之道而极力反对个人情感，把布道的语录视为文章，清代汉学家又把学术性的考据视为文章，皆有损散文的审美价值和艺术感染力。但更多的人强调“文生于情”（黄宗羲《四明山九题考》），“文章之作本乎性情”（《周书·王褒庾信传论》），“哀乐之感，乃人情之汇归，文章之本原”[①]，认为在“本乎性情”上诗文并无不同：“性情者，诗与文之枢与轴也……故人有性情，而诗文归于一致矣”[②]。创作实践上的“以诗为文”，是对散文艺术个性和抒情性的强化，文学史上的各体散文都产生了不少抒情名篇：山水记如柳宗元的《永州八记》“文有诗情”（林纾《柳文研究法》），山景物中折射着被压抑的才智之士的寂寞哀伤，这些作品“深得骚学”[③]，“可以看作是一首首抒情诗”[④]。辞赋类如陶渊明的《归去来兮辞》，抒发了作者脱离

① 姚华《曲海一勺·骈史上第四》，《弗唐类稿》论著丙。
② 周容《与史立庵》，见周亮工《尺牍新抄》一集。
③ 严羽《沧浪诗话》，人民文学出版社 1961 年 5 月版，第 186 页。
④ 孙昌武《柳宗元传论》，人民文学出版社 1982 年 7 月版，第 175 页。

污浊官场回归自然的喜悦之情；谢庄的《月赋》，借咏月抒发怀人之情和迟暮之感。哀祭文如韩愈的《祭柳子厚文》直抒胸臆，赞其文才，悲其遭遇；袁枚的《祭妹文》悼惜三妹的悲惨身世，抒写兄妹间的骨肉深情。书牍体如司马迁的《报任安书》，倾吐横遭凌辱的满腔积愤和忍辱发愤、著书雪耻的坚强信念，被赞为“千古奇文”，可与屈原《离骚》“抗衡千古”；诸葛亮的《出师表》，“百转千回”，“尽去《离骚》幽隐诡幻之迹而得其情”，是“一字一句，都从肺腑流出”的至情文字（《历代散文选》上册引丘维屏、吴曾祺语）。历代数量巨大的序跋、笔记、小品文，更是作者个性情感的随意自如的流露。散文抒情的极致是司马迁的《史记》，《史记》不仅长于叙事，更注重以情动人，茅坤说：“读《游侠传》即欲轻生，读《屈原传》即欲流涕，读《庄周》《鲁仲连传》即欲遗世，读《李广传》即欲立斗”[①]，于此足见《史记》散文情感力量之强大。司马迁把自己对真理正义的满腔热爱和对邪恶丑陋的无比憎愤，化为《史记》字里行间翻漩的感情波澜。《屈原列传》等不少传记，整个作品就像一首荡气回肠的抒情诗，明代杨慎就说：“太史公作《屈原传》，其文便似《离骚》。其论作《骚》一节，婉雅凄怆，真得《骚》之旨趣也”[②]。许多人物传记中有大量的抒情段落，类似《孔子世家》篇末的“太史公曰”，有相当部分抒情性很强，行文中间大量引入的诗赋歌谣，尤其是传中人物的即兴作歌，像《项羽本纪》的《垓下歌》，《刺客列传》的《易水歌》等，“读之令人鼓舞痛快，而继之以泫然泣下也”（楼昉《过庭录》），抒情意味更为浓烈。清末刘鹗《老残游记序》说“《离骚》为屈大夫之哭泣，《史记》为太史公之哭泣”，鲁迅《汉文学史纲要》说《史记》是“无韵之《离骚》”，今人更说《史记》是一首“爱的颂歌，恨的诅曲，是饱含作者全部血泪的悲愤诗”[③]。“感人心者，莫先乎情”，以《史记》为代表的历代诗性抒情散文，曾使古今无数读者为之动容，为之流涕，为之共鸣，为之心折！

四是跳跃性与想象力。一般而言，诗歌更重跳跃性和想象力，更重虚活，显得空灵微妙；散文更重条理逻辑，更重叙写，显得浑朴质实。但过于“质实”则易给读者“平板”之感。历代作者“以诗为文”，把诗歌

① 《史记钞》，明万历闵氏刻本。
② 周振甫《史记集评》，重庆大学出版社2010年12月版，第244页。
③ 韩兆琦《史记选注集说》，江西人民出版社1982年11月版，第4页。

倚重的跳跃和想象引入散文，使散文获得了诗一般的灵动和自由。如上所论，“以诗为文”使散文深于比兴，深于取象，和诗歌一样，散文中比喻性意象联翩而至的地方，就是联想、想象展翅翱翔的地方，明陈锡仁的《听僧说福胜石梁溪大龙湫五泻瀑记》，先写福胜观瀑布：“初下也，如决蒲昌之巨洪；怒激也，如奔太仆之万马；远观也，如悬匹练于万绿丛中；近观也，如倒雪于无热池内。若夫溅万斛之珠玑，葺百花于一石；既因崖而作势，因仄而旋舞。于人则奇男子，烈丈夫，磊砢不平，怒气填胸，防风氏可戮，而东山可征；桀纣可伐，而少正卯可诛；秦项可灭，而胡元可驱。”再写雁宕大龙湫瀑布：“初下也，倾银河于卮口；将半也，洒灌沫于喷壶；睨而视之，若理千丝于机轴；仰而视之，如撒斛珠于虚空。有时映日，化作虹霓；有时乘风，变为云雾。于人则美丈夫，艳女子，可以乘羊车，可以执麈尾，可以连白璧，可以映明珠。班伯惭其丽，何晏愧其美。似陈平而冠玉，若董偃而卖珠。亦可方之西子，比之南威，翩若惊鸿，婉若游龙，荣耀秋菊，华茂春松”，比喻性意象跳脱而出，纷至沓来，“视通万里，思接千载”，想象力之丰富奇特，令人叹为观止。古代散文借鉴诗歌意象并置的手法，至有全篇皆以一个个互不连属的独立意象构成的作品，如宋代张镃的《玉照堂梅品》、明程羽文的《清闲供》、陈继儒的《书画金汤》、黎遂球的《花底拾遗》中，就有几十个、一百多个意象并列成文的篇子。阅读这些“意象体”散文，像读诗歌一样，需要用联想和想象加以补充，方能使这些没有语法关联的跳跃性的意象之间，生成完足的文意。文中最富于跳跃性与想象力的，当数“汪洋恣肆”的《庄子》散文。刘熙载云：“文之神妙，莫过于能飞。庄子之言鹏曰‘怒而飞’，今观其文，无端而来，无端而去，殆得‘飞’之机者”[①]，“飞”就是庄文在文势上大跨度的跳跃性，和文意上奇恣舒放的想象力，也即“庄子文法断续之妙”[②]。用吴德旋的说法就是“庄子文章最灵脱，而最妙于宕”的“灵脱”和“宕”[③]，用胡应麟的说法就是庄子文章“最近诗”的“虚”活[④]。《庄子》的许多篇章只是虚构性质的几个寓言故事的并置，并不作主旨的说明与逻

① 刘熙载《艺概·文概》，上海古籍出版社1978年12月版，第8页。

② 刘熙载《艺概·文概》，上海古籍出版社1978年12月版，第7页。

③《初月楼古文绪论》，人民文学出版社1959年11月版，第23页。

④《诗薮》外编卷一，上海古籍出版社1979年11月版，第125—126页。

辑的推导，“意出尘外，怪生笔端”，“寓真于诞，寓实于玄”[①]，看似互不关涉、蹈虚凌空，而又意脉深藏、峰断云连，表现出文中罕见的诗一般的跳跃性与想象力。庄子无愧于诗人哲学家的称号，他的文章就是一首首恢宏壮丽、荒幻飘逸、悄怆幽邃的杰出抒情诗篇。

五是语言锤炼与意境营构。大致来说，散文语言不必如诗歌那样凝练集中，可以“松散”一些，自由随意一些，甚至散漫道来，拉杂成篇。但是，中国古代散文家多是诗人，他们在进行散文写作时，多不肯率尔下笔，而往往像写诗一样惨淡经营，呕心沥血，刻苦锻炼语言。文坛一如诗坛，留下了许多字烹句炼的佳话。欧阳修《醉翁亭记》首句“环滁皆山也”的涂抹改定，总是与贾岛《题李凝幽居》颔联的“推敲”、王安石《船泊瓜洲》第三句“春风又绿江南岸”的择用“绿”字，一起作为诗文反复修改而后定稿的经典范例。杜牧《阿房宫赋》开头“六王毕，四海一。蜀山兀，阿房出”四句12字，是从千言万语、千头万绪中千淘万洗、千锤百炼而来，虽诗语精约，无以过之。张岱《湖心亭看雪》中“湖上影子，唯长堤一痕，湖心亭一点，与余舟一芥，舟中人两三粒而已”一段，简笔勾画，“一痕、一点、一芥、两三粒”等几个数量词，下得“极炼如不炼”，极为准确传神。尤其是柳宗元的散文语言，刘禹锡认为“其词甚约”(《刘禹锡集》卷10)，苏轼称其“发纤浓于简古”(《柳河东集》卷首《河东集叙说》)，王世贞称其“峭拔紧洁”(《书柳文后》)，黄震云称其“峻洁精奇”(《黄氏日钞》卷60)，沈德潜称其“峭洁”(《唐宋八家文读本》卷9)，浦起龙称其“简峭”(《古文眉诠》卷53)，陈天定称其“瘦洁”(《古今小品》卷6)，林纾称其“修洁”(《韩柳文研究法》)，均瞩目柳文语言简洁精练的诗化特点。至于柳宗元笔下“粉红骇绿”“萦青缭白”一类文句，更是用诗人炼字法炼出的“警句”(陈衍《石遗室论文》)。简洁精练是准确生动的前提，柳文尤其是山水记文字，“体物工妙”“直到精微地步”“十分画意，再著以一段诗情”，高度精练的诗化语言助成了柳文整体上“文有诗境”的特色(林纾《韩柳文研究法》)。

意境也是诗歌理论术语，是中国古典诗歌最高层级的美感范畴。唐人王昌龄《诗格》区分的“物境”“情境”“意境”诗中三境，近人王国

① 刘熙载《艺概·文概》，上海古籍出版社1978年12月版，第7页。

维《人间词话》总结的“造境”“写境”“有我之境”“无我之境”等诗词境界类别，于散文中均随处可见。庄子寓言如《逍遥游》中鲲鹏变化所展示的无比恢宏奇幻的时空境界，陶渊明《桃花源记》虚构的世外桃源的优美、和乐、丰足的境界，皆是无中生有，性质属于“造境”；郦道元《水经注》、徐宏祖《徐霞客游记》及历代大量的山水记文章的意境营构，主要借助自然景物描写，其意境性质多属客观“写境”而形成的“物境”，这类较少渗入主观感情的较为纯粹的景物描写文字所形成的意境，近于“无我之境”；那些有着鲜明强烈的主观感情投射的作品，如鲍照的《芜城赋》，庾信的《哀江南赋序》，江淹的《别赋》《恨赋》，李华的《吊古战场文》等，其意境性质则多属“情境”“有我之境”；至于《诗格》三境中的“意境”，涉及佛道境界，近于诗中“理趣”，散文如王羲之的《兰亭集序》，柳宗元的《愚溪记》，周敦颐的《爱莲说》，苏轼的《前赤壁赋》《记游松风亭》等的境界，有道心禅意存焉，应属《诗格》所说的“意境”。比之诗歌，散文更长于通过对人物、场面的描摹，或日常生活场景的勾勒，形成境界氛围。前者如司马迁《史记·刺客列传》中“易水送别”一节、《项羽本纪》中“破釜沉舟”一节、“垓下别姬”一节、“乌江自刎”一节，人物情绪、场面氛围或雄烈、或酣畅、或楚怆、或悲慨，文境历历，指顾如画，荡人心魄，感人肺腑。后者如归有光的《项脊轩志》一类散文和晚明小品文，以抒情诗的手法表现日常生活，把生活细节诗意化，使日常生活环境成为诗意融融的艺术境界。还有一些散文的意境，实际上就是诗歌意境的互换、移植与化用。如王羲之《兰亭集序》的意境与兰亭诗的意境、陶渊明《桃花源记》的意境与《桃花源诗》的意境、姜夔《一萼红》“古城阴”、《浣溪沙》“著酒行行”、《念奴娇》“闹红一舸”的词序意境与词的意境，大致是相同的。宋史绳祖《坡文之妙》评苏轼《前赤壁赋》说：自“江上之清风与山间之明月”至“相与枕藉乎舟中，不知东方之既白”一段，“却只是用李白‘清风明月不用一钱买，玉山自倒非人推’一联，十六字演成七十九字，愈奇妙也”[1]。其实，《前赤壁赋》不仅化用了太白诗，而且融化了苏词《念奴娇》“赤壁怀古”、《水调歌头》“明月几时有”的意境。苏轼的《记承天寺夜游》，堪称“文中绝句诗”，其清幽意境

① 史绳祖《学斋占毕》，宋《左氏百川学海》，民国十六年（1927年）武进陶氏涉园影宋本。

似更胜于他的《和李太白》《月夜与客饮杏花下》等诗。还有张岱的《湖心亭看雪》，通过西湖雪景写意与细描所形成的意境，也分明透出柳宗元《江雪》诗的清神寒韵。

如上所论，“以诗为文”提高了散文语言的音韵性和凝练度，增强了散文的抒情性，使散文比兴寄托，形象鲜明，舒卷灵动，韵味悠长，意境深远，极大地增富了散文的文学与美学价值。这是“以诗为文”的积极意义之所在。当然，任何事物都具有两面性，全面辩证地看问题，“以诗为文”也存在着一些负面作用，如过于追求声韵，使本该舒展自如的散文句子反而显得拘谨板滞；意象、文句、文意之间的跳跃性过大，使文章生涩破碎，难以卒读，正如论者对杜甫散文“以诗为文”的批评那样。这些也是我们在讨论“以诗为文”这一重要理论命题时，不容回避、必须指出的。

第二辑

《花间集》的时地特征与集序旨趣

五代后蜀广政三年（940年），卫尉少卿赵崇祚在“广会众宾，时延佳论”的基础上慎重择取，编定《花间集》。这是中国文学史上第一部文人词总集，它的出现，标志着一种新兴诗体——长短句曲子词的正式成熟。在题材内容和美感风格上，《花间集》规约了嗣后宋词和历代词创作，影响深远，其词史意义庶几于诗史上的《诗经》。武德军节度判官欧阳炯应编者约请作《花间集序》，冠于书前，旨在说明编选的缘起与宗旨，从理论的角度揭橥花间词人的创作趋向与审美好尚。序文是现存最早的一篇词学专论，堪为词学理论批评之权舆，在词学理论批评史上有着重大的价值。《花间集》全书十卷，收录以温庭筠为首的十八家词人五百首词作。十八家词人中，温庭筠、皇甫松是晚唐人，和凝仕于后晋，孙光宪本蜀人仕于荆南，其余韦庄、薛昭蕴、牛峤、张泌、毛文锡、牛希济、欧阳炯、顾敻、魏承班、鹿虔扆、阎选、尹鹗、毛熙震、李珣诸家，或为蜀人，或仕于蜀。缘此，《花间集》向来被视为五代十国时期西蜀词人词作的集结，这是中国早期词史上一部时代特征和地域特征鲜明的词选本。

一、《花间集》的时代特征

说《花间集》是一部时代、地域特征鲜明的词选本，这就涉及《花间》词产生的时代背景和地域环境问题。《花间》词产生的时代背景，包括社会政治、思想文化和文学思潮几个方面。晚唐五代是中国古代颇有“循环”意味的历史发展过程中，又一个“合久必分”的阶段。自安史之乱以来的各种社会矛盾愈演愈烈，终至不可收拾，昭宣帝天祐四年（907年），强藩朱温篡唐，建立后唐政权，标志着历史正式进入五代时期。这一时期，战乱不息，政变迭作，中原王朝国祚短暂，中原以外小邦林立，走马灯似的朝代轮替更换不断。五代立国最短的后汉只有区区四年，最长的后唐也不过十六七年时间。如所周知，政治上没有绝对权威的乱世，往往成为中国思想文化史上自由解放的时代。唐代思想本较开放，值此乱世，正统的儒家伦理观念和道德意识，受到持续不断的冲击，对人的束缚力更为减弱。乱世人命危浅、朝不保夕的严酷现实，也进一步诱发人的个体生命意识的觉醒，使得这一时期士人们的行为更加“通脱”，性格更加“放浪”，沉溺酒色，即李肇《国史补》所谓“以不耽玩为耻”，他们纷纷向醉乡和翠红乡里体验个体生命的感性快乐，消解现实的压抑苦闷，“时代精神”遂“从马上转入闺房”之内①。

受到时代思想解放的影响，晚唐五代时期的文学领域里，涌动着反对“文以明道”、带有明显异端色彩的反功利、反教化思潮。晚唐李商隐提倡“直挥笔为文”（《上崔华州书》），自由抒发自己的真情实感，不必以周公孔子之是非为是非。这种大胆尖锐的观点，可视为此期离经叛道的文学思潮的代表。久遭压抑的人性因“王纲解纽”而得到纾放，文学领域遂翻卷起一股表现人的欲望情感的洪流。从元白“艳丽浅近”的“元和体”才子小诗，到李贺、杜牧、李商隐、韩偓、吴融等人的诗歌，再到传奇小说，以及登上文坛不久的长短句曲子词，男女两性之爱、悲欢离合之情逐渐成为以上各类文体表现的一个重心和热点。尤其是李商隐密丽幽约的《无题》诗和韩偓“皆裙裾脂粉之语”的“香奁体”诗②，在题材选取、语言风格和文学精神上，已经与词体十分接近。试看韩偓的两首作品：

绝代佳人何寂寞，梨花未发梅花落。东风吹雨入西园，银线千条度虚阁。粉脸难匀蜀酒浓，口脂易印吴绫薄。娇饶仪态不胜羞，愿倚郎肩永相着。（《意绪》）

侍女动妆奁，故故惊人睡。那知本无眠，背面偷垂泪。 懒卸凤凰钗，羞入鸳鸯被。时复见残灯，和烟坠金穗。（《生查子》）

① 李泽厚《美的历程》，中国社会科学出版社 1984 年 7 月版，第 193 页。
② 严羽《沧浪诗话》，人民文学出版社 1961 年 5 月版，第 69 页。

虽体分诗词，但其表现的情感和呈现的美感，已无本质区别。所以人们往往一体视之，彭定求等人编《全唐诗》，即把上引《生查子》收录为诗；林大椿则把《意绪》当作《玉楼春》，收入《唐五代词》。诗衰而词兴，晚唐五代由诗到词的嬗递与词的兴起，社会和文学领域高涨的爱情意识，无疑是一只力量巨大的推手。清人田同之即认为：“大历、元和后，温、李、韦、杜渐入《香奁》，遂启词端。”[①] 指出了下笔在“洞房蛾眉”之间的“香奁体”诗歌所承载的“爱情意识”，向词中的转移渗透，以及这种转移渗透对词体的成长发育所起到的催化作用[②]。新兴的音乐文学性质的长短句词，因其“格卑”，比言志载道的诗文更少顾忌，言情更为方便，“情有文不能达，诗不能道者，独于长短句中可以委婉形容之”[③]，所以，它代替香奁体诗，发挥了更出色的言情作用。长短句词，可以说是晚唐五代时期爱情意识寻找到的最佳文学载体。从文学史上第一个大力填词的文人作家温庭筠开始，词即多写离别相思、男欢女爱的两性情感，晚唐五代词人群起效之，形成《花间》词派。《花间集》收录多为香艳情词，烙上了鲜明的时代印记。

二、《花间集》的地域特征

从地域环境的角度看，当中原王朝走马灯似地迅速更迭之时，蜀地以其得天独厚的地理位置，先后建立了前蜀、后蜀两个割据性质的政权，在长达半个多世纪的时间里，保持了相对安定承平的局面。蜀中地处秦岭以南，四面环山，形成天然屏障，这里山川秀美，气候温润，物阜民丰，号称“天府之国”。其富庶繁华在唐代即足与扬州比美，有“扬一益二”之誉。至唐末五代，据《全蜀艺文志》卷三〇卢求《成都记序》云：“大凡今之推名镇为天下第一者曰扬、益。以扬为首，盖其声势也。人物繁盛，悉皆土著，江山之秀，罗锦之丽，管弦歌舞之侈，伎巧百工之富……扬不足以侔其半。”可知蜀中此时已超越扬州，富甲天下。在此雄厚的物质财富

① 田同之《西圃词说》，唐圭璋《词话丛编》二，中华书局 1986 年 11 月版，第 1452 页。
② 参看杨海明《唐宋词史》第三章第二节，江苏古籍出版社 1987 年 12 月版。
③ 查礼《铜鼓书堂词话》，唐圭璋《词话丛编》二，中华书局 1986 年 11 月版，第 1481 页。

积累的基础上，蜀中从上到下鼓荡着游乐奢靡之风。前后蜀主既无心力经营天下，问鼎中原，便在此温柔富贵之地耽玩逸乐，优游卒岁。吴任臣《十国春秋》载前蜀后主王衍“酷好靡丽之词，尝集艳体诗二百篇，号曰《烟花集》”，孙光宪《北梦琐言》说王衍又曾“裹小巾，其尖如锥，宫人皆衣道服，簪莲花冠，施胭脂夹脸，号曰‘醉妆’”。因作《醉妆词》曰：

者边走，那边走，只是寻花柳。那边走，者边走，莫厌金杯酒。

就是其奢侈享乐、醉生梦死生活的形象写照。张唐英《蜀梼杌》称：后蜀孟昶亦穷极奢华，令成都“城上植芙蓉，尽以幄幙遮护……九月间盛开，望之皆如锦绣。昶谓左右曰：‘自古以蜀为锦城，今日观之，真锦城也。’”广政十二年（949年）八月，孟昶“游浣花溪。是时蜀中百姓富庶，夹江皆创亭榭游赏之处。都人士女，倾城游玩，珠翠绮罗，名花异香，馥郁森列。昶御龙舟观水嬉，上下十里，人望之如神仙之境。”这种寻胜追欢、歌舞宴集的风习，在社会上广泛流行，“每春三月，夏四月，有游花院者，游锦浦者，歌乐掀天，珠翠填咽”，“屯落闾巷之间，弦管歌诵，合筵社会，昼夜相接。”其实，蜀中的享乐之风，并非始自前后蜀，而是长期形成的传统。《隋书·地理志》即称蜀人“多溺于逸乐”，“士多自闲，聚会宴饮。”这种风气历唐五代而愈趋炽盛，至宋亦然，《宋史·地理志》亦云：蜀中人士“所获多为遨游之费，踏青、药市之集尤胜，动至连月。”宋初两度守蜀的张咏，也在诗中对富庶的蜀地“风俗矜浮薄”“狂佚务娱乐”的现象发出过感慨（《乖崖先生文集》）。这种历久不衰、自上而下弥漫于整个社会的享乐风气，正是用于宴乐演唱助兴的《花间集》小歌词，得以产生、传播的适宜气候和土壤。由于中原动乱，唐末有许多士人入蜀避难定居，出仕为官，在嗜好词曲的蜀主身边，聚集起一批文士，如“(鹿)虔扆与欧阳炯、韩琮、阎选、毛文锡等俱以小歌词供奉”孟昶，“时人忌之者，号曰五鬼”(《十国春秋》)。这里提到的五个人，除韩琮外都有作品入选《花间集》。这些陪侍蜀主“自旦至暮，继之以烛”“杂以妇人，以恣荒宴”的文人，就是《花间》词的创作主体，一些《花间》词作，可能就是在君臣欢娱的场合创作并交付演唱，以资笑乐的。

三、《花间集序》的旨趣

冠于《花间集》前的欧阳炯《序》，即明确地宣示了《花间》词应歌而作的娱乐消遣功能。与《诗大序》大力阐扬“温柔敦厚”的“诗教”，标举诗歌“美刺比兴”的社会功能，推尊诗歌“经夫妇，成孝敬，厚人伦，美教化，移风俗”的伦理教化作用的旨趣不同，《花间集序》这篇为词史上第一部文人词总集而作的序文，倒是和南朝徐陵《玉台新咏序》的观点颇为相似，传递出与儒家文艺观渺不相涉的另类观念，溢出了传统诗教的范围，显示出与诗分途的离心倾向。围绕着“娱乐消遣”这个中心，《花间集序》说明该集的编选目的，就是为了“绣幌佳人”（即歌女）在“绮艳公子”面前演唱这些“清绝之词”时，更添“娇饶之态”，收到更好的娱宾遣兴的演唱效果，“庶使西园英哲”们“用资羽盖之欢”，也就是让那些饮酒听歌的达官贵族、士夫文人享受到更大的官能快乐和心理满足。因此，这些歌词必然要求文字精美，词采鲜艳，“镂玉雕琼，拟化工而迥巧；裁花剪叶，夺春艳以争鲜”，就是对《花间》词琢炼的语言和艳丽的藻采的比拟形容。歌词语言的精雕细琢，是新兴的“曲子词”吸引“诗客”染指的结果，正是具有高度艺术修养的诗人们效法温韦，竞相参与填词，裁剪提炼，切磋琢磨，以人力而与天工争巧，才有力地提高了词体的语言水平与艺术质量。用“诗客曲子词”的称谓，与语言质朴浅俗的早期民间词加以区隔，显示了晚唐五代时期词体由民间逐步文人化的发展趋势。

序文在描述《花间》词写作、演唱的环境场合时，突出强调的是其间的富艳豪华与两性情爱因素：“杨柳大堤之句，乐府相传；芙蓉曲渚之篇，豪家自制。莫不争高门下，三千玳瑁之簪；竞富樽前，数十珊瑚之树。”“则有绮筵公子，绣幌佳人，递叶叶之花笺，文抽丽锦；举纤纤之玉指，拍按香檀。”“家家之香径春风，宁寻越艳；处处之红楼夜月，自锁嫦娥。”《花间》词就是在这样的环境场合里产生，并为那些追求两性情爱和官能满足的人们助兴的。所以，这些词作必然背离儒家文学传统，与言志之诗和载道之文划开界限。《花间集序》即公然宣称：《花间》词继承的是文学史上的“南朝宫体”诗传统，煽扬的是里巷狭斜淫词艳曲的柔靡风调。其目的当然是使词作的风格情韵，与“香径红楼”“绣幌绮筵”“豪家樽前”的环境气氛更为惬洽调协。南朝宫体诗绮靡浮艳，“清辞巧制，止乎衽席之间；雕琢蔓藻，思极闺闱之内”[1]，自初唐以来就受到批评和抵制，诗人视之为负面影响，不愿与之有染。欧阳炯却坦率承认《花间》词与梁陈宫体诗之间的裔亲关系，其大胆叛逆的姿态的确有些惊人！

这样大胆叛逆的言论背后，有着更深层次的原因，牵涉到自晚唐五代开始，文人普遍持有的诗庄词媚、词为艳科的文学观念。对待诗词，他们采取的是双重标准和尺度。《宋史·蜀世家》《十国春秋》分别记载了欧阳炯、顾敻作诗讽谏之事；牛希济尝著《文章论》，对“忘于教化之道，以妖艳相胜”之文痛加贬斥；孙光宪《北梦琐言》记述和凝因早年写作曲子词而被称为“曲子相公”，把写作“艳词”当作“有玷厚德令名”的“恶事”看待。但这都不影响他们自己的“艳词”创作，一旦写起艳词来，似乎就把儒家的正统文学观念置诸脑后了。那些为言志之诗、载道之文不屑于或不便于表现的男女私情，可以毫无顾忌地借助不登大雅之堂的小歌词、借助歌词附着的流行通俗音乐，加以畅快淋漓的抒泄。

晚唐五代词主要是供娱乐消遣的“应歌之具”，欧序指出了《花间集》中的“诗客曲子词”在字声上“合鸾歌”“谐凤律”的特点，这是词作得以应用、传播的前提。词是为歌唱而作的，从属于音乐，作词号称“倚声填词”，必须与所“倚”的乐曲协调配合。从早期民间词的体式声律未严，到白居易、刘禹锡的“依曲拍为句”，再到温庭筠的“逐弦吹之音，为侧艳之词”，进至《花间》词的“声声而自合鸾歌”“字字而偏谐凤律”，说明歌词写作至此已形成定式。歌词所倚之声，即隋唐新兴之燕乐。这是一种与庄重典雅的“华夏之正声”——雅乐、清乐有别的世俗流行音乐，它由外来音乐和民间土乐融合而成，所谓“胡夷里巷之曲”，清新活泼，哀乐极情，富有感染力：“是以感其声者，莫不奢淫躁竞，举止轻飙，或踊或跃，乍动乍息，蹻脚弹指，撼头弄目，情发于中，不能自止”[2]，乃是一种真正的通俗音乐，抒情音乐。这种音乐多在娱乐场合演唱使用，声腔上偏重“女音”，所以要求词情“媚艳”，以与乐曲声情相配合。《花间》词多为言情香艳之作，和它所倚的燕乐曲调有着很大的关系，诚如施议对先生

---

① 《隋书·经籍志》,《二十五史》五，上海古籍出版社 1996 年 11 月版，第 131 页。

② 杜佑《通典》卷一四二，四库全书本。

所言："在一定程度上讲，词的特性是在燕乐孕育下形成的。"[1] 欧阳炯"知音能诗"，又是列名《花间》十八家的词人，基于自身的创作经验，他对词体的音乐文学属性有着深刻的领解，序文指出《花间》词"声声字字"皆"合歌谐律"，是他对词体艺术本质特征的准确把握与特别强调。合律可歌，是当时和后世词人共同遵守的基本创作规则。

① 施议对《词与音乐关系研究》，中国社会科学出版社 1985 年 7 月版，第 5 页。

《花间》词的主要内容

我们在谈论《花间》词产生的时代背景、地域环境和《花间集序》的理论宣示时，就已经涉及了《花间》词的题材内容。配合燕乐演唱、属于流行歌曲歌词性质的五百首《花间》词，主要表现的是男欢女爱，花情柳思，这一点和当代流行歌曲的性质完全一致。饮食男女，古今攸同，这是由其娱乐消遣的创作动机、演唱目的所决定的。

一、离别相思的闺怨情感

在《花间集》里，怨女痴男的离别相思之情，触目皆是。《花间》词人用“玉楼”“小庭”“池沼”“花树”“莺燕”“鸳鸾”“阑干”“帘幕”“锦屏”“绣茵”“冰簟”“檀枕”“钿钗”“妆奁”“麝烟”“蜡泪”等意象，为美丽多情、寂寞忧伤的女性构筑了一个精美而狭小的生活空间。在这个封闭的空间里，从春到秋，从夜到晓，一年四季，一日朝暮，孤寂的女子或凭栏远眺，或门倚黄昏，或辗转衾裯，始终处于期待、守候、盼望、失望、落空的无穷循环之中。双燕归来伊人未归，鳞鸿过处音书全无，借酒消愁而宿酒已醒，梦中相会又被莺语燕呢、钟声漏响惊破好梦……《花间集》中这些衣饰华丽、妆容美艳、仪态柔婉、心性慵懒的女子，处于情感和欲望不能得到正常满足的饥渴状态，经受着无有了时的思念之情的熬煎折磨。这就是多数《花间》情词抒写的基本内容，大致形成了一种模式套路，凝成了一种抒情定势，无须举例印证说明。

给《花间》词中的美丽女性造成无尽的情感痛苦的当然是男子。《花间》词中的男子多是放荡的“风流子”“醉公子”，女性的痛苦都由此辈的不负责任所致。《花间》词人没有从更深广的社会现实和历史文化方面揆入思考，而是把女性空闺独守、青春虚度、岁华空耗、相思烦恼、寂寞忧伤的原因，直接归之于男子。温庭筠《河传》“荡子天涯归棹远”，韦庄《天仙子》“玉郎薄幸去无踪”，顾敻《浣溪沙》“何处不归音信断”，孙光宪《虞美人》“天涯一去无消息”，《临江仙》“杳杳征轮何处去”，魏承班《满宫花》“玉郎何处狂饮”，《生查子》“何处贪欢乐”，《黄钟乐》“何事春来君不见”，鹿虔扆《临江仙》“一自玉郎游冶去”，毛熙震《木兰花》“一去不归花又落”，《菩萨蛮》“五陵薄幸无消息”，李珣《望远行》“玉郎一去负佳期”，《菩萨蛮》“旧欢何处寻”等，所写都属此种情形。花间词人和词中的女子，基本上没有对这些男子做出道德谴责和伦理评判。这是因为，在封建时代的男权社会里，男子的风流放荡已是常态，为大众所接受认可。所以，当男子离家出走，浪游不归，留给空闺独守的女性的，也只剩下这无以排遣的无尽空虚和寂寞。

二、女子的觉悟与自救

值得注意的是，在这辘轳回转的无尽痛苦折磨之中，耽溺情薮的《花间》词中女子，也有了对异性、对感情、对人生、对命运的某种程度的觉悟，在一派思念忧伤情绪汇聚成的茫茫情海之上，星点渔火般的，闪烁出丝缕稀见的理性光亮。顾敻《虞美人》“旧欢时有梦魂惊。悔多情”，《浣溪沙》“薄情年少悔思量”，均写女子为情所累的烦恼怨悔。这番悔意，正是女子理性意识开始觉醒的标志。魏承班《菩萨蛮》“少年何事负初心”，写女子对“少年负心”的困惑疑问。《渔歌子》“少年郎容易别”，触及了年龄、性别所导致的爱情心理差异。毛熙震《河满子》“相望只教添怅恨”，是对“相思了无益”的真切感知；孙光宪《浣溪沙》“何处去来狂太甚，空推宿酒睡无厌。争教人不别猜嫌”，写女子对男子的责怨和猜嫌。《临江仙》“杳杳征轮何处去，离愁别恨千般。不堪心绪正多端”，展示女子的复杂心理。《清平乐》“终是疏狂留不住”，则是女子从一次次痛苦的经历中总结出的沉痛经验，是对男人心性的本质认识。《谒金门》最有情感和心理深度：

> 留不得。留得也应无益。白纻春衫如雪色。扬州初去日。　　轻别离，甘抛掷。江上满帆风疾。却羡彩鸳三十六，孤鸾还一只。

开口即断言“留不得”，是知男子去意已决，自己回天无力。“留得也应无益”，则在首句说足说绝后略加转圜，退一步说，意为即使能留下人，也留不住心，似此虽留又有何益。“帆满风疾”，写男子去程之速，是主观上欲急去，也是客观上助其急去，或许这就是所谓“天意”吧，这一句更印证了“留不得”和“留得也应无益”的判断正确。词中展现女子别时怨尤无奈、矛盾痛苦的复杂心情，见出对人心和命运、对事物和情感本质的洞察透彻。毛熙震《河满子》“寂寂芳菲暗度，岁华如箭堪惊”，《菩萨蛮》“光影暗相催，等闲秋又来”，词句中流露的时间生命意识，可以看作女子走出蒙昧状态的起点。于是，在可能的情况下，女子甚至积极行动起来，尝试主动改变自己的生存境遇，改变被动承受的命运，尹鹗《菩萨蛮》“上马出门时，金鞭莫与伊”二句，即写女子打算藏起马鞭，试图阻止天天游乐纵酒的男子出门。这是女子自救的努力，但采取这种方式抗争实堪悲悯，其间似乎更多娇妒的意味，显然不能解决根本问题。也就是说，在女性没有取得社会、经济、人格独立的时代，即便觉醒，也无出路，柔弱的《花间》女子，的确是“无计那他狂耍婿”的（顾敻《玉楼春》）。李珣《临江仙》“离情别恨，相隔欲何如”，即道出了女子面对生存现实、面对情感命运的终极困惑与无力无奈之感。

三、男子的相思情恋

当然，《花间》词中的男子，也不全是“浪子”“荡子”。有“怨女”就有“痴男”，从男性角度切入抒情的一些词作，多表现他们用情的深挚专一。顾敻《浣溪沙》“露白蟾明又到秋”，写男子对女子的思念。“佳期幽会”两无着落的境况，使男子“梦牵情役”，承受着漫长期盼的痛苦熬煎。“记得”二字，郑重强调对女子的“泥人”之态，印象深刻，无法忘怀。结句直抒旧事萦心的惆怅之情，读来十分感人。阎选《浣溪沙》“寂寞流苏冷绣茵”写男子单恋。词中的男子居处环境描写，仿佛思妇闺中，女性色彩明显，折射出《花间》词人的女性化审美心态。词中连用三个典故，比对方为月中仙子、东邻美女，自认的确不是刘晨阮肇，慨叹此生无分，表达相思望绝的沉痛心情。特别是韦庄那些带有自叙传性质的情词，如《女冠子》二首、《荷叶杯》二首等，无不情真意挚，深切动人。《荷叶杯》其二：

记得那年花下。深夜。初识谢娘时。水堂西面画帘垂。携手暗相期。　惆怅晓莺残月。相别。从此隔音尘。如今俱是异乡人。相见更无因。

词写一场萍水相逢的短暂情爱，当是韦庄青壮年时代浪游江南的亲身经历。一别之后，音尘断绝，各自流落异乡，从此再无相见之由。词中有着动乱时代的浓重阴影，可知流连于花间樽前的词人，并未完全忘怀现实。乱世人生，一切均无着落，包括最使人铭心难忘的爱情。“如今俱是异乡人，相见更无因”二句，虽出语平淡，实写尽乱离之悲，真有使人“不堪多读”的艺术感染力[①]。尤其难能可贵的是，韦庄还在词中多次写到自己的“愧意”。《归国遥》一起托鸟传意，抒写思念江南旧欢之情，表明自己虽身不能归，但归心急切。虽夜夜相思，旧欢难忘，然未能中试，无法团聚，心中感到十分愧疚。词中的“愧”意，是一份非常难得的思想感情。在古代男权社会里，男人对女子任意而为，轻易抛掷，游乐不归，把不负责任当作风流潇洒。他们似乎认为这一切天经地义，从来都不曾扪心自问，感到过愧疚。所以，韦庄对空闺独守的女子，所生出的这一份真切的“愧”意，乃是几千年历史上稀有的极具人性深度的情感，值得予以充分的重视与肯定。

四、邂逅生情

《花间》情词里还有不少写邂逅生情的作品，并不给人以轻浮之感。如韦庄《思帝乡》“春日游”，张泌《浣溪沙》“晚逐香车入凤城”“小市东

① 许昂霄《词综偶评》，唐圭璋《词话丛编》二，中华书局1986年11月版，第1549页。

门欲雪天”，牛希济《临江仙》“柳带摇风汉水滨”，孙光宪《菩萨蛮》“木绵花映丛祠小”，《生查子》“暖日策花骢”，《风流子》“楼倚长衢欲暮”，李珣《南乡子》“沙月静”“相见处”等皆是。这类作品，让我们具体了解那一时代人们情感生活的某些真实状况。因词中所写是乍见初遇，第一印象，所谓“人生若只如初见”“一顾难酬觉命轻”，所以往往体验更为饱满，情绪更为强烈，创生的美感也更为鲜活。在一些民歌性质的作品中，这种乍见生情被表现得更加淳朴生动。如温庭筠《河传》“江畔，相唤”，词写采莲女的微妙心理反应。从汉乐府《江南》起，南国水乡女子的采莲劳动，就是和爱情相伴而生的，历代采莲类诗词，大多同时兼具劳歌和情歌性质，此词亦不例外。“那岸边”插满鲜花的船上“少年”，吸引采莲女的注意力从劳动转向爱情。红袖飘举、玉腕低垂的少女，此刻已是心不在焉，魂不守舍。当浓密的柳丝遮住少年的身影，采莲女一时竟有“断肠”之感。她不知道“那岸边”的少年晚归去向，心里溢满惆怅失落。此词晓起晚收，描写采莲女一天的劳动和爱情生活，参差错落的休式，质朴自然的语言，带有清新的江南民歌气息。皇甫松《采莲子》摹写采莲少女的娇羞之态：

船动湖光滟滟秋。贪看年少信船流。无端隔水抛莲子，遥被人知半日羞。

秋日荷塘，波光潋滟，采莲少女偶一抬头，便被水边少年的风姿深深吸引，一时忘记划船，频频看觑。看到入迷，少女竟然下意识地隔水向着少年抛掷“莲子”，主动示爱。结果被人看见了，她才蓦然惊觉，羞涩不已。词作通过动作、表情、细节描写，展示情窦初开的少女爱情心理，生动传神。采莲女的“贪看”，是未经世俗戕害的人类天性之自然流露，浑金璞玉，无比美好。生逢唐代社会，又处江南民间，礼教的束缚本较宽松，所以才有词中少女那份令人着迷的天真烂漫，这是青春生命自由舒展的原始状态。缘此，这首《采莲子》虽是文人词，但其清新质朴的风格，更像是一首采莲民歌。再如李珣的《南乡子》其七：

沙月静，水烟轻。芰荷香里夜船行。绿鬟红脸谁家女。遥相顾。

缓唱棹歌极浦去。

词写月夜行船，邂逅少女。擦舷而过时的偶遇一瞥，绿鬟红脸，已自印象鲜明，遥相回顾，似觉牵情不舍。这是一种爱情的“前发生”状态，纤尘不染，见出人性之纯真自然。他的《南乡子》其十，表现的男女爱情方式很有风俗画意味：

相见处，晚晴天。刺桐花下越台前。暗里回眸深属意。遗双翠。骑象背人先过水。

词作染有鲜明的地域、民俗色彩。越王台前的刺桐花下，一对男女乍见生情，少女暗里回眸，频送秋波，“目成”之后，赠以翠羽。自己则趁人不注意的时候，骑象先过河那边等待去了。这里所写南粤地方青年男女的爱情，既不同于《花间》文人的狭邪艳遇，也没有中土那么多的礼教束缚，它健康而又朴实，含蓄而又大胆。尤其是那位骑象约会的少女形象，在古典诗词中实属绝无仅有。此词所写与欧阳炯《南乡子》“水上游人沙上女。回顾。笑指芭蕉林里住”情形略相仿佛，有异曲同工之妙。

五、情爱的泛化

《花间》词中的情爱表现，具有明显的泛化倾向。在《花间》词人的笔下，竟然出现了艳情化的“宫怨”文本。尹鹗的《满宫花》写“风流帝子不归来”，词中的“帝子”竟是冶游寻欢的“浪子”，这样的写法前所未有。

宗教题材的作品，更是大面积染上了浓重的艳情色彩。如《女冠子》《临江仙》《河渎神》《天仙子》《巫山一段云》诸调，各家虽大多题咏本调，但就题发挥之时，往往和男女之情夹缠不清，透射出已融入《花间》词人潜意识的荒荒云雨之欲和恋恋红尘之念。《花间》词人和词中男女，皆为“本我”而非“超我”，他们的人格真面，在这类似“化装舞会”的词作里，被读者看觑得愈加清晰。这类词中，仅少数作品如薛昭蕴《女冠子》“求仙去也”、鹿虔扆《女冠子》“步虚坛上”、李珣《女冠子》“星高月午”纯写女冠修道；张泌《临江仙》“烟收湘渚秋江静”为“咏水仙之雅调”，毛文锡《临江仙》“暮蝉声尽落斜阳”咏湘妃而有“骚雅之意”，俱属难得。至于温庭筠两首《女冠子》，虽不涉艳情，但他笔下的“女冠”，艳美娇媚，除将场景从闺房庭院转换为道观，实和世俗女子无异。韦庄的《女冠子》二首则干脆“跑题”，完全撇开“女冠”，直写他自己的爱情经历去了。

此类作品的大多数，都是借宗教题材写世间男女之情，能如毛熙震《女冠子》“碧桃红杏”“修蛾慢脸”二首做到“艳而不俗”，已是不易。牛峤的《菩萨蛮》“画屏重叠巫阳翠”，用巫山云雨典故写瞿塘贾客的艳思：“风流今古隔。虚作瞿唐客。”论者评曰“文人无赖，至驰思杳冥”“太涉于淫”[①]。牛希济的《临江仙》“江绕黄陵春庙闲”咏湘妃之事，后结“风流皆道胜人间。须知狂客，判死为红颜”，忽作痴狂情语，虽“妙在语拙而情深。然以咏二妃庙，又颇觉其不伦”[②]。

之所以出现这种情况，一是因《花间》小词乃应歌之具，虽神圣庄严，亦须艳情点染，如此方合歌酒欢场所需。于是就有了这与整首词情不谐、迹近亵渎的词句。二是自上古时代起，民俗宗教活动中多有诱发男女交接生情之事，这在《诗经》的《桑中》《溱洧》，《楚辞》的《九歌》里，早有表现。《花间集》此类词作纷纷将宗教题材艳情化，既符合唐五代道教修习者的实际，又迎合了歌宴酒席上演唱者的需要；在最深的层次上，则是上古民俗的原始记忆在词人心理积淀中的下意识流露。

六、情词中的极艳之作

《花间》情词中还有一些较为“特殊”的作品，亦需在此略作评介。牛峤《菩萨蛮》“玉楼冰簟鸳鸯锦”，一起单刀直入，正面描写床笫欢爱场面，此等笔法，即《花间》词中亦所仅见。结二句“须作一生拚。尽

① 贺裳《皱水轩词筌》，唐圭璋《词话丛编》一，中华书局1986年11月版，第707页。

② 李冰若《栩庄漫记》，《花间集评注》，河北教育出版社1999年1月版，第121页。

君今日欢”，乃“决绝尽头”语，与李煜“奴为出来难，教君恣意怜”意近。这一结“虽只十字，可抵千言万语”[①]。对这首词，在看到它“冶艳极矣”[②]“艳语无以复加”[③]的同时，更应该感受它所表现出的摄人心魄的人性和感情的力量。如仿照汤显祖《牡丹亭·题词》的语气，似应赞之曰：“如词中女子者，真可谓有情之人矣！”

欧阳炯《浣溪沙》“相见休言有泪珠”，亦写床第之欢，与牛峤《菩萨蛮》同为《花间》艳词中“尤艳”者。欧阳炯是《花间集序》的作者，此词典型地体现了序中“南朝宫体”“北里倡风”的词学主张，被况周颐评为“自有艳词以来，殆莫艳于此矣”[④]。影响下及宋代柳永、黄庭坚及清代孙原湘等人的艳情俗词。好在此词虽“叙情淋漓尽态，而着语尚有分寸”[⑤]，比之柳七、黄九此类词作的“粗俗不堪”，终有文野之分。处理此等题材，非十分胆量和笔力，自是难以措手，故而获致“重拙大”之褒赏。站在道学和道德立场上看，此词的是“淫词”。若换以平常心看待，其实也不过俗话说的“久别胜新婚”罢了，并无甚奇处。红尘俗世，欲海众生，似正未免于此。

和凝《柳枝》写耳鬓厮磨、“黛眉偎破”之亲昵。“醉来咬损新花子，拽住仙郎尽放娇”二句，与李煜《一斛珠》所写“烂嚼红茸，笑向檀郎唾”相似，而更加大胆放恣。阎选《虞美人》写男女幽会恣情狂欢，“臂留檀印齿痕香”七字艳极，是一个铭心难忘又难以言喻的细节。还有李珣《虞美人》“金笼鹦报天将曙”写偷欢起迟，孙光宪《浣溪沙》“乌帽斜倚倒佩鱼”写青楼冶游，已经不是一般意义上的“艳”了。难怪陆游读罢《花间集》，要发出“士大夫乃流宕至此”的感叹！[⑥]此类词作的认识价值大于审美价值，有了这一类词，可以让人了解彼一时代社会生活的全部。还有尹鹗的《醉公子》“暮烟笼藓砌”，描写尽日寻春的公子月夜归来，烂醉如泥，全仗妻子搀扶方能行走。结句“何处恼佳人，檀痕衣上新”，写妻子搀扶时发现丈夫衣服上留有唇膏印痕，让她气恼莫名。这是一个很有

① 刘永济《唐五代两宋词简析》，中华书局2007年10月版，第18页。
② 李冰若《栩庄漫记》，《花间集评注》，河北教育出版社1999年1月版，第90页。
③ 彭孙遹《金粟词话》，唐圭璋《词话丛编》二，中华书局1986年11月版，第723页。
④《蕙风词话》卷二，《蕙风词话·人间词话》，人民文学出版社1960年4月版，第23页。
⑤ 李冰若《栩庄漫记》，《花间集评注》，河北教育出版社1999年1月版，第126页。
⑥ 毛晋汲古阁本《花间集》陆游跋语。

表现力的细节描写，以其“低俗”而更富生活气息，甚至可以沟通现代社会的某些场景。如不站在道德立场说话，就应该承认：日常生活，俗世男女，旧恩新怨，无非如此。这个细节倒是能让读者对人性本能、家庭关系和夫妻伦理，会心莞尔。

七、《花间》情词的深层内涵

《花间》情词虽有少数浮薄之作，但多数作品并未停留在追逐欲望满足的浅层次，而是由欲到情，表现出人类爱情心理中专注思念的忧伤寂寞之美。这些情词中的男女主人公，大都具有精神向度与心理深度。温庭筠《更漏子》“知我意，感君怜。此情需问天”，韦庄《浣溪沙》“夜夜相思更漏残”，《应天长》“夜夜绿窗风雨，断肠君信否”，《荷叶杯》“碧天无路信难通”，《思帝乡》“说尽人间天上，两心知”，顾敻《玉楼春》“镇长独立到黄昏”，《醉公子》“衰柳数声蝉，销魂似去年”，孙光宪《更漏子》“此情江海深”等，皆情深一往，执着不渝。张泌《浣溪沙》“此情谁会倚斜阳”，毛熙震《河满子》“独倚朱扉闲立，谁知别有深情”，孙光宪《浣溪沙》“蕙心无处与人同”，均是情有独钟，意有专属，芳心自持，幽独自守，非浮花浪蕊所可比数。还有两处文本里出现了“诗”字，它们是顾敻《荷叶杯》“我忆君诗最苦。知否。字字尽关心。红笺写寄表情深”，魏承班《诉衷情》“高歌宴罢月初盈。诗情引恨情”。“诗”不仅是由欲到情迁移升华的结晶，同时也表征着人的情感、精神品位之高。

《花间》情词的精神向度与心理深度，或体现为词人想象力的展开，或落实到表现手法的层面。前者如毛文锡的《醉花间》其二：

> 深相忆。莫相忆。相忆情难极。银汉是红墙，一带遥相隔。金盘珠露滴。两岸榆花白。风摇玉珮清，今夕为何夕。

喻一道“红墙”为迢迢“银汉”，然后就天上七夕展开美丽的想象。一首言情小词，“创意奇耸”，神思飞越，凿空乱道，构建出如此奇幻缥缈的境界，可见《花间》情词的精神空间是无边延展的，并非只局限于“闺阁纴席之间”。沈初《兰韵堂集》评此词为“绝调”，认为“晚唐风格无逾此，莫道诗家降格还。”[①]即强调这首《醉花间》词格之高。后者如和凝《临江仙》:“披袍窣地红宫锦，莺语时啭轻音。碧罗冠子稳犀簪。凤皇双飐步摇金。　肌骨细匀红玉软，脸波微送春心。娇羞不肯入鸳衾。兰膏光里两情深。”词中对女子妆容仪态风韵的铺写形容，都属《花间》惯见的俗人俗事，俗情俗笔。结二句于俗中见不俗，关键时刻，不曾手滑。按照莱辛《拉奥孔》的美学理论，这叫“接近顶点，不到顶点”的写法，留有余地，既免除了词笔可能沾染的秽亵，又利于读者去想象和回味。“兰膏光里两情深”一句，由实入虚，动中取静，仿佛燥热时拂过的一丝凉风，兰膏光影里，达成了由“欲”到“情”的过滤和升华，使一首描写男女合欢的“奇艳绝伦”之形而下情词，不仅“能状难状之情景”，更获致了男女相悦之事不可或缺的某种情感和精神内涵。而这一点，正是往往胶着于女子容貌服饰工细描画的温词所欠缺的，论者认为“飞卿所不逮”者[②]，当在于此。至如张泌《浣溪沙》其六：

枕障熏炉隔绣帏。二年终日两相思。杏花明月始应知。　天上人间何处去，旧欢新梦觉来时。黄昏微雨画帘垂。

《花间》情词对精神向度和心理深度的表现，到此已是“蔑以加矣”。天上人间无处寻觅踪迹，旧欢新愁齐聚梦醒之时，可谓诉尽相思悲怆，真乃“不惜以金针度尽世人者也”[③]。此等笔力，直欲将古今痴情之人一网打尽。词笔已然触及人类面对两性情感的终极迷惘，让人感叹“一阴一阳之谓道”，措语犹浅。

这样，我们就可以把话题进一步引向深入。在《花间集》众多看似浅近世俗的情词里，含蕴着一些容易被忽略的比情感心理更深层次的内容。《花间》情词总是借助描写客观的季节、天气、时令、花柳、禽鸟，来烘托、唤起人的主观情绪，将情感与季节、心理与风物对接。如孙光宪《虞

① 沈初《兰韵堂集》，转引自王兆鹏《唐宋词汇评·唐五代卷》，浙江教育出版社 2004 年 1 月版，第 332 页。

② 李冰若《栩庄漫记》，《花间集评注》，河北教育出版社 1999 年 1 月版，第 138 页。

③ 李冰若《栩庄漫记》，《花间集评注》，河北教育出版社 1999 年 1 月版，第 97 页。

美人》“翠檐愁听乳禽声。此时春态暗关情。独难平”，檐间雏鸟叫声，触动女子的怀春之情，让她心潮难平。季节与人情之间，有着深刻的内在感应。顾敻《虞美人》“深闺春色劳思想。恨共春芜长”，春色与春思相伴，春恨与春草共生，季节与人，物色与人情，绾合一处，打成一片，到此地步，奚分景语抑或情语，客体抑或主体。和凝《菩萨蛮》“越梅半拆轻寒里”，写闺中春思。半拆的梅花，是逗起闺妇思情的因由。暖风吹开杏花，飘荡游丝，则暗示闺妇春思兴发，心旌摇漾。词作也是把怀春之情放置于季节的背景之上加以表现的。所以说，要想真正探得《花间》情词主客对应的深度内蕴，需从“比德论”入手，将一般性的理解诠释，上升到人与自然异质同构的生命哲学高度。

《花间》情词是词史上“词为艳科”这一理论观点形成的基础。李冰若先生《栩庄漫记》、吴世昌先生《诗词论丛》、詹安泰先生《宋词散论》皆分《花间》词人为各具特色之三派，但在写作艳丽情词这一点上，十八家却表现出了高度的相似性，共同组成一个“《花间》派”。温庭筠词“精艳绝人”（刘熙载《艺概》），韦庄词“凄艳入人骨髓，飞卿之流亚也”（陈廷焯《云韶集》），皇甫松词“凄艳似飞卿”（陈廷焯《云韶集》），薛昭蕴词“雅近韦相，清绮精艳”（李冰若《栩庄漫记》），牛峤词“大体皆莹艳缛丽，近于飞卿”（李冰若《栩庄漫记》），张泌词“时有幽艳语”（沈雄《古今词话》），毛文锡词“尤工艳语”（吴任臣《十国春秋》），牛希济词“辞藻富丽，方诸乃叔，有过之无不及”（姜方锬《蜀词人评传》），欧阳炯词“艳而质，质而愈艳”（况周颐《历代词人考略》），和凝词“自是《花间》一大家，其词有清秀处，有富艳处，盖介乎温韦之间也”（李冰若《栩庄漫记》），顾敻词“五十五首，皆艳词也。浓淡疏密，一归于艳。五代艳词之上乘也”（况周颐语，转引自李冰若《花间集评注》），孙光宪词“以香艳秾缛见长，亦《花间》之隽也”（姜方锬《蜀词人评传》），魏承班词“浓艳处近飞卿”（李冰若《栩庄漫记》），鹿虔扆《思越人》“词虽凄丽，尚非《临江仙》之比也”（吴任臣《十国春秋》），阎选词“语多侧艳，颇近温尉一派，然意多平衍，盖与毛文锡伯仲耳”（李冰若《栩庄漫记》），尹鹗词“多艳冶态”（张德瀛《词征》），毛熙震词“艳处、质处并近温方城。……或笔艳而凝，或体丽而清，其于五季卓然名家矣”（况周颐《历代词人考略》)，李珣词“不纯以婉艳为长”（姜方锬《蜀词人评传》)。上引评点显示：温韦而下，诸家词或近温或近韦，虽各有偏胜，但词情“艳丽”则是相同的。正是肇基于《花间》情词题材、语言、风格之“艳丽”，才形成了词学领域“词为艳科”“别是一家”的词体观，影响并制约着此后千年词史的创作实践与理论批评。尊《花间集》为“倚声填词之祖”[①]，其谁曰不宜!

① 陈振孙《直斋书录解题》，转引自《花间集校注》，中华书局2014年10月版，第1664页。

《花间集》题材内容再认识

如果五百首《花间》词仅只在男女情爱的小天地里打转的话，那么其所表现的题材领域确实太过狭窄。爱情虽然是文学艺术的永恒主题，但毕竟远不是生活的全部，因此不应该也不可能成为文学艺术表现的全部内容。说《花间集》是女性和爱情的世界，只是言其大略。情词在《花间集》里占有压倒的比重，虽然是不争的事实，但其他类别的词作，诸如边塞题材、隐逸题材、怀古题材、宗教题材、南粤风土、农村风光、科举取士等，也都多少不同地进入了《花间集》题材摄取的视阈，在《花间》词人灵妙的笔下，得到了相当出色的表现，值得读《花间》情词可能产生“审美疲劳”的读者，予以特别的关注。

一、边塞词

例之唐代边塞诗，这一题材类别包含描写边塞风光，战争生活，表现戍边将士的爱国情感和英雄精神，抒发征人思妇两地相思之情等方面。按这个标准比照《花间》词，计有温庭筠的《定西番》“汉使昔年别离”“细雨晓莺春晚”,《遐方怨》“凭绣槛”,《蕃女怨》“万枝香雪开已遍”“碛南沙上惊雁起”,《诉衷情》“莺语花舞”，韦庄《木兰花》“独上小楼春欲暮”，牛峤《定西番》“紫塞月明千里”，毛文锡《甘州遍》“秋风紧”,《河满子》“红粉楼前月照”，顾夐《遐方怨》“帘影细”，孙光宪《酒泉子》“空碛无边”,《定西番》“鸡鹿山前游骑”“帝子枕前秋夜”，毛文锡《醉花间》“休相问”等十五首作品，属于边塞词性质。这些词不排除咏题调的因素，词人们也未必有过边塞生活的实际体验，大都属于模拟边塞诗文本的“互文性”写作。但像温庭筠《蕃女怨》“碛南沙上惊雁起”、牛峤《定西番》“紫塞月明千里”，毛文锡《甘州遍》“秋风紧”，孙光宪《酒泉子》“空碛无边”，《定西番》“鸡鹿山前游骑”诸作，意象、风格、情调与唐代边塞诗几无差别，艺术水平还是相当高的。

戍边征战之事，征人思妇之情，在边塞诗中已是司空见惯，将其引入词中，则有着拓展题材领域、增富美感风格的特殊意义。牛峤《定西番》写征人乡愁：

紫塞月明千里，金甲冷，戍楼寒。梦长安。　乡思望中天阔。漏残星亦残。画角数声呜咽。雪漫漫。

上下片分别使用望月思乡、远望当归的原型模式，描写边关月夜、拂晓的荒寒之景，抒发征人苦寒思乡之情，仿佛“盛唐诸公《塞下曲》”[①]。孙光宪《酒泉子》其一：

空碛无边，万里阳关道路。马萧萧，人去去。陇云愁。　香貂旧制戎衣窄。胡霜千里白。绮罗心，魂梦隔。上高楼。

孙光宪学问淹博，阅历丰富，留意文史，究心治乱，视野开阔，非一味醉心花间樽前者所可比方。缘此，他的词取材广泛，艳情之外，举凡咏史怀古、边塞征战、田家生活、隐逸情趣、南土风物等，在其词作中均有表现。此首边塞词，抒写战争给人民生活和情感造成的痛苦。上片着眼征夫。起二句写边塞之景，荒漠无垠，阳关万里，为《花间》小词中罕见之壮阔境界。接写征夫辞家赴敌，但见阳关道上马鸣萧萧，征人匆匆，陇坂云雾惨澹，仿佛也为这人间惨别而生愁。下片转写思妇。换头一句的“貂制戎衣”，为边塞征人所穿，乃家中思妇所缝，这一句把内地边塞、征人思妇紧密联系在一起。“胡霜千里白”，是思妇悬想中的边地酷寒景色，见其对征夫的优念体贴。结三句写梦绕魂牵的思妇，登楼凭眺远方，纾解心中离忧。此词七言、六言、五言、四言交互参差的句法，尤其是前后结的三言叠句，都有助于词情的抒发。汤显祖誉之为“三叠之《出塞曲》，而

① 卓人月《古今詞统》卷三徐士俊评语。

长短句之《吊古战场文》也。再读不禁鼻酸”[①]。他的《定西番》“鸡禄山前游骑”，描写边关骑将的矫健身手，如一帧剪影，画面感很强，异域色彩和战争气氛浓郁。词中特写骑将弓开满月、仰射飞鸿的飒爽英姿，见其性格豪迈，武艺高强。小词一改《花间》绮靡香软的格调，抒写一种奋发蹈厉的昂扬情怀，强烈的英雄气质与浪漫的美感风格，有类盛唐边塞诗。毛文锡《甘州遍》则正面描写边塞征战：

秋风紧，平碛雁行低。阵云齐。萧萧飒飒，边声四起。愁闻戍角与征鼙。　青冢北，黑山西。沙飞聚散无定，往往路人迷。铁衣冷，战马血沾蹄。破蕃奚。凤皇诏下，步步蹑丹梯。

上片总写边地景色，视觉听觉双管齐下，一派肃杀悲凉之气。下片具体描写青冢之北、黑山以西的严酷环境和惨烈战事，表现戍边将士浴血奋战、不怕牺牲的英勇精神。结以破敌立功，朝廷封赏，洋溢的喜气与边塞的杀气，形成鲜明对比。这词尾的一抹亮色，是征人的理想，也是“供奉内廷”的需要。

总体上把握《花间》边塞词，有几点需要注意：一是这些词中处理的边塞题材，形成的苍茫意境和悲壮风格，是对《花间》词境的突破，实属难能可贵；二是这类词影响下及宋词的边塞、战争题材写作，在词史上具有开创性意义；三是《花间》词人，生活在偏安一隅、花围锦阵的西蜀小朝廷治下，多无边塞生活的阅历体验，这类写作皆是对前代边塞诗意象、语汇、意境、风格的袭取，带有程度不同的仿写拟作的互文性质；四是《花间》词人审美心理和价值取向的多面性，他们在某些时候也会产生对壮美境界和壮烈人生的向慕，于是边塞词写作就成为他们这种需求的有效满足方式；最后一点，说出可能稍显刻薄，那就是本无雄图远略、经营心力的偏安小朝廷，以及供职在这小朝廷里的士大夫文人，也需要一种哪怕虚幻的宏大功业，来安慰自己，提振精神。如此说来，《花间集》中这类边塞词写作，就带有某种“意淫”的反讽意味。

① 汤显祖评《花间集》卷三。

二、怀古词

韦庄《河传》“何处烟雨”，薛昭蕴《浣溪沙》“倾国倾城恨有余”，毛文锡《柳含烟》“隋堤柳”，欧阳炯《江城子》“晚日金陵岸草平”，和凝《临江仙》“海棠香老春江晚”，孙光宪《河传》“太平天子”“柳拖金缕”，《后庭花》“景阳钟动宫莺啭”“石城依旧空江国”，《思越人》“古台平”“渚莲枯”，《杨柳枝》“万株枯槁怨亡隋”，鹿虔扆《临江仙》“金锁重门荒苑静”，毛熙震《临江仙》“南齐天子宠婵娟”，《后庭花》“莺啼燕语芳菲节”，李珣《巫山一段云》“古庙依青嶂”等十六首词，内容上属于咏史怀古性质。其中，薛昭蕴《浣溪沙》“倾国倾城恨有余”，韦庄《河传》“何处烟雨”，欧阳炯《江城子》“晚日金陵岸草平”，孙光宪《河传》“太平天子”、《思越人》“古台平”“渚莲枯”，鹿虔扆《临江仙》“金锁重门荒苑静”，李珣《巫山一段云》“古庙依青嶂”几首，堪称佳作，艺术水准不低于唐代咏史怀古诗，影响下及宋人柳永《双声子》“晚天萧索”、苏轼《念奴娇·赤壁怀古》等同类词作。

韦庄《河传》以“何处烟雨”的凄迷之景，领起隋炀帝龙舟游幸江都的盛况。结句“古今愁”三字，勾连历史与现实，“化实为空，以盛映衰”，抒发吊古伤今之意和兴亡盛衰之感，与起句的烟雨凄迷之景相呼应。词作感慨苍凉，陈廷焯认为韦庄“《浣花集》中，此词最有骨”（《云韶集》）。孙光宪《河传》“太平天子”，亦咏炀帝开河南游、逸豫亡国的历史，以为现实的戒鉴。全词“妙在‘烧空’二字一转，使上文花团锦簇，顿形消灭”，这种结构艺术，“盖出自太白‘越王勾践破吴归’一诗”[①]。孙光宪《思越人》二首皆咏西施旧事，抒发思古幽情。尤其是第二首，描写吴王宫苑莲枯树老、蕙死兰愁，大似李贺诗中“荒国隳殿、丘垄莄莽”的败落境界，其字面句法也是李贺式的。结二句用“风流伤心”概括西施旧事和吴宫旧地，进一步抒写词人怀古的销魂感受。这种疏冷而又凄艳俊逸的词笔，为孙光宪所独有。鹿虔扆的《临江仙》向推《花间集》中咏史名作：

① 李冰若《栩庄漫记》，《花间集评注》，河北教育出版社 1999 年 1 月版，第 167 页。

金锁重门荒苑静，绮窗愁对秋空。翠华一去寂无踪。玉楼歌吹，声断已随风。　　烟月不知人事改，夜阑还照深宫。藕花相向野塘中。暗伤亡国，清露泣香红。

词抒亡国感伤。上片描写秋日宫苑荒凉寂寞。从“金锁、重门、绮窗、翠华、玉楼、歌吹”等宫廷意象群落上，犹能想象出当年的一派繁华景象。如今翠华一去无踪，歌吹随风飘逝，江山易代，人世已改，秋日宫苑荒寂之景的描写中，含有深沉的兴亡感慨。下片先以夜阑还照深宫的烟月之无知，衬出词人的物是人非之感，月亮代表永恒的存在，阅尽沧桑，是人世盛衰的见证者。结三句移情于物，在词人的眼中，含露的野塘藕花，依依相向，也似在感伤亡国，暗自饮泣。此词写法上最大的特点，就是借助景物描写，抒发“国亡不仕”的词人凭吊故国的《黍离》之悲，“但写景物而情在其中”，可谓“善言情者”[①]。尤其是下片对自然意象“烟月”“藕花”的比拟性描写，同中见异，月亮无知而藕花有知，一以衬出词人的有情，一以烘托词人的有情，“各极其妙”，使词情“感伤复感伤”[②]，共同起到强化抒情的表现效果。欧阳炯《江城子》咏金陵六朝兴亡，抒今昔盛衰的悲凉之感：

晚日金陵岸草平。落霞明。水无情。六代繁华，暗逐逝波声。空有姑苏台上月，如西子镜，照江城。

此词感情极沉郁，表现上却能蕴藉空灵，用晚日、岸草、落霞、逝水、明月，略加点染衬托，而不落得过实，说得过重，既臻于怀古之佳境，又无碍小词之体段，允称合作。李珣《巫山一段云》其二咏本调：

古庙依青嶂，行宫枕碧流。水声山色锁妆楼。往事思悠悠。　　云雨朝还暮，烟花春复秋。啼猿何必近孤舟。行客自多愁。

① 况周颐《蕙风词话》,《词话丛编》五，中华书局 1986 年 11 月版，第 4425 页

② 沈际飞《草堂诗余正集》卷二。

由神女庙带出细腰宫。“云雨朝暮”写神女，“烟花春秋”写宫人，而又互文见义，彼此映衬，见出襄王灵王，同一荒淫。而时序流转，神人皆空，往事如烟，古今一慨。“啼猿何必近孤舟。行客自多愁”二句一结，意蕴曲折，“酸语不减楚些”[①]，令人低回。

上述咏史怀古词出现在《花间集》里，说明《花间》词人并没有完全忘记现实，古代士人究心治乱、忧念天下的传统，在频繁出入于歌宴舞席的《花间》词人身上，还能依稀看到。历史意识是一种理性意识和忧患意识，它维系着《花间》词人爱河戏水而不至于沉沦灭顶。当然，我们在给予这些词作以较高评价的同时，也应该看到，毕竟是《花间集》里的咏史怀古词，所以沾染《花间》艳色在所不免。孙光宪《河传》其二很能说明问题，词写炀帝荒淫导致中原鼎沸、天下大乱的严重后果，炀帝身死国亡，社稷无主，词意本甚沉痛，却忽然嵌入“桃叶”一句晋人艳事，“擘花笺”四句绮辞艳语。一首怀古词，结以艳情，正见《花间》本色。

三、南粤风土词

这类词作包括欧阳炯《南乡子》八首，李珣《南乡子》十首，加上毛文锡《中兴乐》“豆蔻花繁烟艳深”、孙光宪《菩萨蛮》“青岩碧洞经朝雨”、《八拍蛮》“孔雀尾拖金线长”三首，共计二十一首。在“采丽竞繁”的《花间》词林，以欧阳炯、李珣《南乡子》为代表的南粤风土词，用朴素清新的笔调描写南粤风光，是两组有着特殊认识和审美价值的作品。组词中的地名意象如“越南、南中、越王台、采香洞”等，动植物意象如“孔雀、大象、猩猩、珍珠、红豆、荔枝、豆蔻、桄榔、椰子”等，在古典诗词意象系列里较少出现，富有鲜明的南粤地域特色，洋溢着浓郁的异域情调，读之新人耳目。如欧阳炯的《南乡子》其三：

岸远沙平。日斜归路晚霞明。孔雀自怜金翠尾。临水。认得行人惊不起。

① 汤显祖评《花间集》卷四。

词写孔雀“顾影自怜”的细节，生动地表现了孔雀这种禽鸟的个性神态，颇富情趣。同时也写出了南粤土人和野生动物相安一处、友好睦邻的原始亲和关系，民风之良善淳朴，不难从中想见。李珣的《南乡子》之十四、孙光宪的《八拍蛮》也写到孔雀，似都不及此首写得成功。欧阳炯《南乡子》其二：

画舸停桡。槿花篱外竹横桥。水上游人沙上女。回顾。笑指芭蕉林里住。

此首描写游人与土著少女的偶遇，表现南土人物风情，朴野艳丽，明媚如画。画舸、槿篱、竹桥，是一幅南土村野小景。“画舸”上的“游人”为繁盛的槿花和横斜的竹桥这动人的村景所吸引，情不自禁地停船观赏起来。岸边沙滩上，适有土著少女，大约是在浣衣拾贝吧，而与游人有了一番嬉笑问答。“沙上女”的“回顾”，应是先被“水上游人”的蓦然闯入和搭讪惊走，然后又忍不住回头再看一眼“游人”——这与日夕相对的乡里男子似乎有些不同的异乡男子。“笑指芭蕉林里住”，当是回答“游人”的问询，也是土著少女的自我介绍兼作邀请，当真当假，只在疑似之间。词中少女形象天真质朴，语言友善热情，娇羞中有几分大胆好奇，率真中隐约着含蓄黠慧，与《花间》艳词中见惯了的“绮怨”的香闺女子，的确判然有别。他的《南乡子》其六：

路入南中。桄榔叶暗蓼花红。两岸人家微雨后。收红豆。树底纤纤抬素手。

摄取南粤土人收取红豆的劳动场景。先从“南中”风光入手，岸上桄榔叶暗，水边蓼花红艳，自然环境的地域特色鲜明。继写岸边人家雨后从事的日常劳动，“红豆生南国”，这种收取红豆的劳动内容，也是富有南国地域特色的。南国多雨，雨洗红豆色泽愈加红艳，与摘取红豆的“纤纤素手”相映相衬，红豆愈显红润，而素手更觉白皙，画面色彩颇为动人。

“至极清丽”，当即指此而言。所谓“入宋不可复得”[1]，原因当是宋人欢场情词，已无此自然本色，乡土真淳。再看李珣的《南乡子》其三：

归路近，扣舷歌。采真珠处水风多。曲岸小桥山月过。烟深锁。豆蔻花垂千万朵。

词写采珠晚归。比之采莲，采珠是更富于南中地方色彩的劳动。吹着水风，沐着烟月，穿过豆蔻万朵的曲岸小桥，扁舟棹歌、悠然归来的情景，洋溢着收获的欢乐气息。词里的豆蔻花和珍珠，都是南中特有的地域风物意象。他的《南乡子》其十，表现的男女爱情方式很有风俗画意味：

相见处，晚晴天。刺桐花下越台前。暗里回眸深属意。遗双翠。骑象背人先过水。

词作染有鲜明的地域、民俗色彩。越王台前的刺桐花下，一对男女乍见生情，少女暗里回眸，频送秋波，“目成”之后，赠以翠羽。自己则趁人不注意的时候，骑象先过河那边等待去了。这里所写南粤地方青年男女的爱情，既不同于《花间》文人的狭邪艳遇，也没有中土那么多的礼教束缚，它健康而又朴实，含蓄而又大胆。尤其是那位骑象约会的少女形象，在古典诗词中实属绝无仅有。

欧阳炯和李珣这两组“皆纪岭海风土，语义与《竹枝》为近”的《南乡子》组词[2]，俞陛云先生称其“为词家特开新采”，唐圭璋先生评曰“开《花间集》之新境”，都肯定了它们拓宽《花间》词题材领域的功劳。欧阳炯一方面在《花间集序》中煽扬“宫体倡风”，写作艳词；同时又有《南乡子》这样的咏写南粤风土民俗之词。这说明《花间》词人的美感趣味和《花间》词作的取材范围，还是相当宽泛的，并不仅仅局限于艳情一隅。

① 钟人杰本《花间集》评语。
② 郑文焯《大鹤山人词话·附录》，《词话丛编》五，中华书局 1986 年 11 月版，第 4356 页。

四、隐逸词

《花间集》里，还有八首吟咏江湖渔乐的隐逸题材词作，它们是和凝的《渔父》“白芷汀寒立鹭鸶”，顾敻的《渔歌子》“晓风清”，孙光宪的《渔歌子》“草芊芊”“泛流萤”，李珣的《渔歌子》“楚山青”“荻花秋”“柳垂丝”“九疑山”。李珣的《南乡子》“云带雨”一首，也可视同隐逸词。孙光宪的两首《渔歌子》，写江湖月夜泛舟之乐，表达词人遗落世务、潇洒出尘之想，闲适疏旷，论者叹赏其“竟夺了张志和、张季鹰坐位，忒觉狠些”[①]。看他的《渔歌子》其一：

草芊芊，波漾漾。湖边草色连波涨。沿蓼岸，泊枫汀，天际玉轮初上。　扣舷歌，联极望。桨声伊轧知何向。黄鹄叫，白鸥眠，谁似侬家疏旷。

一轮皓月从天际升起，照临岸边草色和水上波光。如此美好的湖光月色，让渔父情不自禁地荡舟湖上，赏玩水月之美。“知何向”三字，见出渔父信舟而行，没有明确的目的地，湖光月色，无非美景，娱目赏心，是处皆可，这种无目的而合目的的状态，正是审美陶醉的美妙境界。《渔歌子》其二亦颇佳妙：

泛流萤，明又灭。夜凉水冷东湾阔。风浩浩，笛寥寥，万顷金波澄澈。　杜若洲，香郁烈。一声宿雁霜时节。经霅水，过松江，尽属侬家日月。

上片描写湖上夜景，泛舟东湾，夜凉水冷，流萤明灭，迎着浩荡的长风，吹奏清越的渔笛，但见万顷金波滉漾，一片水月空明。“万顷”句承接“东湾阔”，展示空阔浩大的境界，宋张孝祥《念奴娇》词句“玉鉴琼田三万顷，着我扁舟一叶。素月分辉，明河共影，表里俱澄澈”，所写境界与之相似。下片写夜晚行舟，抒渔隐之乐。月夜江湖的自然美景，令渔

① 汤显祖评《花间集》卷四。

父陶醉，他索性荡起双桨，“经霅水，过松江”，聆听着栖宿江湖的嘹唳雁声，呼吸着江风吹送的杜若香气，欣赏着江湖秋夜的清幽风景，享受着那份俗世难得的自在快乐，感觉心旷神怡，乐哉猗欤。

李珣四首《渔歌子》，皆“缘题自抒胸境，洒然高逸”[①]，当作于“蜀亡不仕”以后。看他的《渔歌子》其一：

楚山青，湘水渌。春风澹荡看不足。草芊芊，花簇簇。渔艇棹歌相续。　　信浮沉，无管束。钓回乘月归湾曲。酒盈樽，云满屋。不见人间荣辱。

此首上片描绘山青水绿、清丽野逸的湘楚风光，表达渔父的由衷热爱之情。下片抒写渔父任天而动、无拘无束的生活理想。渔父实为词人化身，词句表现了经历过仕途蹭蹬、故国沦亡等诸般坎坷磨难的词人，了却尘缘、不以“人间荣辱”为念的归隐之志。再看他的《渔歌子》其三：

柳垂丝，花满树。莺啼楚岸春天暮。棹轻舟，出深浦。缓唱渔歌归去。　　罢垂纶，还酌醑。孤村遥指云遮处。下长汀，临浅渡。惊起一行沙鹭。

词写渔父晚归情景。白描手法，清新明丽，通篇写景，不着议论，因而更饶江湖渔乐之逸气，几可与张志和“斜风细雨不须归”比美，允推同调四首之“尤佳”者。李珣组词里的“渔父”，将醉乡和白云乡融合为一，在江湖中为自己觅得了避难逍遥之所。这里有“鱼羹稻饭”可以疗饥，有“满架图书”可以医俗。渔父既已忘却人间名利荣辱、是非曲直，身心也就得到了最大限度的自我解放，摆去物累，舒展自由。于是，九嶷三湘，云间月里，清琴寄情，绿酒助兴，信流东西，乌有定止，无往而非快活之地也。其游戏人生、逍遥自放的旨趣，有着明显的道家思想影响痕迹。这等高逸的行为方式、价值取向和生命境界，自非《花间》艳词所能拘囿，故而瞿髯赞曰：“波斯估客醉巫山，一棹悠然泊水湾。唱到玄真渔父曲，数

① 李冰若《栩庄漫记》，《花间集评注》，河北教育出版社 1999 年 1 月版，第 213 页。

声清越《出花间》”[①]。《花间集》里孙光宪、李珣等人这八首隐逸题材词作，上承中唐张志和《渔父词》，影响下及宋代朱敦儒、向子諲等人。

五、科举词等

唐五代科考，进士录取名额很少，成进士极为不易。“人人能诗”的唐人又特别看重“以诗赋取士”的进士科，而有“三十老明经，五十少进士”说法。士子一旦中试，便如落萚成竹，奔波化龙，即刻被视为“一品白衫”[②]。《花间》词里，也定格了新进士们“得意正当年”的“影像”。韦庄《喜迁莺》“人汹汹”“街鼓动”，和凝《小重山》“正是神经烂漫时”，薛昭蕴《喜迁莺》“残蟾落”“金门晓”“清明节”等六词，均写科举题材。如果放宽尺度，还可以加进和凝《柳枝》“鹊桥初就咽银河”一首。综合这些词，内容上涉及了礼部南院五更放榜、举子看榜，成进士者杏园探花、曲江欢宴、跨马游街，以及贵家女眷扎结彩楼、万人空巷争睹新进士风采等唐五代科举故实。这些词给人最深的印象，就是一举成名的新科进士们，那种抑制不住、难以形容的得意和快乐。纵马驰骋在京城大道上，恍惚登上天界，置身云霄。回看中第前的隐居生活，感觉直如尘土一般微不足道。“休羡谷中莺”，表现的就是唐五代时期士子们热衷科名的普遍价值取向。

宗教题材也是《花间》词中大宗，有近四十首作品，这类词多染艳情色彩，实同《花间》情词，仅有薛昭蕴《女冠子》“求仙去也”、鹿虔扆《女冠子》“步虚坛上”、李珣《女冠子》“星高月午”等三五首纯写女冠修道，不涉男女私情。上文谈《花间》词情爱泛化时已言及，此处不赘。以上几类之外，《花间集》中尚有孙光宪的《风流子》值得拈出一看：

> 茅舍槿篱溪曲。鸡犬自南自北。菰叶长，水葓开，门外春波涨渌。听织。声促。轧轧鸣梭穿屋。

---

① 夏承焘《论词绝句》，转引自王兆鹏《唐宋词汇评》，浙江教育出版社 2004 年 1 月版，第 380 页。

② 王定保《唐摭言》，上海古籍出版社 2012 年 8 月版，第 3 页。

词写田家风光，为《花间集》所仅见，也是词史上第一首直接描写农村生活的作品。写景如画，风格朴素，语言清新，洋溢着浓郁的劳动生活气息。其优美动人的境界，仿佛“一小《桃花源记》”①。论者指出此词“扩放《花间》词境”的意义②，其影响下及宋代苏辛等人的农村题材词作。

其余还有毛文锡《浣溪沙》“七夕年年信不违”写节令；毛文锡《酒泉子》“绿树春深”，毛熙震《菩萨蛮》“绣帘高轴临塘看”，写时间生命意识；皇甫松《摘得新》二首、韦庄《菩萨蛮》“劝君今夜须沉醉”、《天仙子》“深夜归来长酩酊”写及时行乐，抒人生感慨；皇甫松《梦江南》“兰烬落”、韦庄《清平乐》“春愁南陌”写游子乡愁；温庭筠《酒泉子》“日映纱窗”“楚女不归”写游女乡思，具有创新性质；毛文锡《月宫春》“水精帘里桂花开”写神话想象；和凝《小重山》“春入神京万木芳”写都市繁华，影响下及宋代柳永等人的都市词；毛文锡《甘州遍》写游春，旨归于颂圣，也渗透到宋词中的同类写作；韦庄《河传》“春晚，风暖”“锦浦，春女”，写游春赏景；温庭筠《杨柳枝》“南内墙东”“馆娃宫外”“御柳如丝”，和凝《望梅花》“春草全无消息”，孙光宪《杨柳枝》“阊门风暖”“有池有榭”“根柢虽然”“万株枯槁”，《望梅花》“数枝开与短墙平”，李珣《酒泉子》“秋月婵娟”，毛文锡《柳含烟》“河桥柳”“章台柳”“御沟柳”，《接贤宾》“香鞯镂襜五花骢”，《喜迁莺》“芳春景”，《赞成功》“海棠未坼”，张泌《临江仙》“烟收湘渚秋江静”、《河传》“红杏”，牛峤《梦江南》“衔泥燕”，《柳枝》五首，皆为咏物之词；皇甫松《浪淘沙》“滩头细草接疎林”写沧桑之感，“蛮歌豆蔻北人愁”写北人旅愁；温庭筠《更漏子》“背江楼，临海月”，李珣《河传》“去去，何处”，写羁旅行役；温庭筠《清平乐》“洛阳愁绝”，韦庄《上行杯》“芳草霸陵春岸”，孙光宪《浣溪沙》“蓼岸风多橘柚香”、《上行杯》“草草离亭鞍马”“离棹逡巡欲动”，牛峤《江城子》“极浦烟消水鸟飞”，薛昭蕴《浣溪沙》“江馆清秋缆客船”“握手河桥柳似金”，写故人送别；毛熙震《浣溪沙》“暮春黄莺下砌前”，张泌《河渎神》“古树噪寒鸦”，张泌《南歌子》“柳色遮楼暗”，

① 钟人杰本《花间集》评语。

② 李冰若《栩庄漫记》，《花间集评注》，河北教育出版社 1999 年 1 月版，第 178 页。

系纯粹写景；温庭筠《荷叶杯》“一点露珠凝冷”“镜水夜来秋月”，皇甫松《竹枝》“菡萏香连十顷陂”写采莲少女；孙光宪《竹枝》“门前春水白苹花”写船家风俗等。以上约六十首词作，虽某些篇子略沾艳色，但都算不上真正的情词。

综上各类，《花间集》中的非艳情词计有一百二十首左右，接近《花间集》总首数的四分之一，这个比例已经不算很小。《花间》词“题材狭窄”云者，看来也只能是相对而言了。由上面的简单分类评介，我们可以清楚地看到，《花间》词的取材范围，和历代词基本是一致的，并不显得特别狭窄。我们不能囿于成见，戴着一副有色眼镜去看《花间集》，而应该通过扎实具体的分析比量，实事求是地给出一个恰如其分的评价。其实，真正有特殊价值、全新美感的作品，不一定非得占到多数，比如开豪放词风的东坡词，真正能称得上豪放的作品，在存词总数三百五六十首的《东坡乐府》里，充其量也就是一二十首吧。但这并不影响豪放词风的形成，并不影响东坡词“自是一家”[①]。因此，我们也就没有必要斤斤于非艳情类词作在《花间集》里的数量了。

---

① 苏轼《与鲜于子骏书》，《苏轼文集》卷五三。

《花间》词艺“相对”论

前人对于《花间》词艺、词风，发表过许多很好的看法，诸如“情真而调逸，思深而言婉”[①]，“《花间》以小语致巧”[②]，“香而弱”[③]，“《花间》字法，最着意设色”[④]，“工致而绮靡”[⑤]等，虽角度不同，皆切中肯綮，给我们提供了很多重要的启示，足资借鉴。我们认为，要想较为准确全面地把握《花间》词艺、词风，需要采取辩证、相对的思路，从以下几个方面入手，进行具体的比较分析。

一、秾艳与清丽

温庭筠居《花间》十八家词人之首，号称“《花间》鼻祖”[⑥]，他的词是《花间》诸家效法的楷模。讨论《花间》词艺、词风，温庭筠词最具典范意义。温词语言风格的最大特点就是“秾艳”，喜用丽字，涂饰抹画，敷彩着色。如《菩萨蛮》其一：

小山重叠金明灭。鬓云欲度香腮雪。懒起画蛾眉。弄妆梳洗迟。　照花前后镜。花面交相映。新帖绣罗襦，双双金鹧鸪。

词以绮艳的藻采，映衬女子伤春伤别的闺怨情感。起句描写闺房屏

① 晁谦之《花间集跋》，南宋绍兴十八年建康郡斋本《花间集》。
② 王世贞《艺苑卮言·附录》，《弇州山人四部稿》卷一五二。
③ 沈增植《菌阁琐谈》引王士禛语，《词话丛编》四，中华书局 1986 年 11 月版，第 3605 页。
④ 王士禛《花草蒙拾》，《词话丛编》一，中华书局 1986 年 11 月版，第 873 页。
⑤ 邹祗谟《远志斋词衷》，《词话丛编》一，中华书局 1986 年 11 月版，第 661 页。
⑥ 王士禛《花草蒙拾》，《词话丛编》一，中华书局 1986 年 11 月版，第 674 页。

山曲折有致、日光初照明灭闪烁的景况，已觉强烈的光色晃人眼目。次句特写，屏边枕畔、春睡初醒的女子鬓发如云，香腮似雪。“香雪”二字修饰中心词“腮”，可谓色香俱佳。下片承上继续描写女子梳妆，簪花照镜，人花相映，人耶花耶，人花莫辨，虽无情绪，然美艳已极。结句写女子妆成着衣，彩罗短袄上，是金线绣出的鹧鸪鸟图案。全词的色彩感极强，富艳精美，下字造语，显得“极为绮靡”[①]。温词中的丽字艳语最多，诸如“水精帘里颇黎枕。暖香惹梦鸳鸯锦”（《菩萨蛮》其二）、“翠翘金缕双鸂鶒，水纹细起春池碧”（《菩萨蛮》其四）、“钿筐交胜金粟，越罗春水渌”（《归国遥》），“脸上金霞细，眉间翠钿深”（《南歌子》）、“金带枕，宫锦。凤凰帷”（《诉衷情》）等，可谓比比皆是。就是处理边塞题材，如《蕃女怨》中“钿蝉筝，金雀扇”“玉连环，金镞箭”一类句子，辞色仍是秾艳如故。

温词语言的秾艳绮丽，普遍影响了《花间》词人。即使总体语言风格趋于“清淡”的韦庄，亦有许多绮词丽语，如他的《菩萨蛮》其一“琵琶金翠羽”，其三“翠屏金屈曲。醉入花丛宿”，《归国遥》“金翡翠”，《荷叶杯》“翠屏金凤”，《河传》“锦浦春女。绣衣金缕”，《酒泉子》“绿云倾。金枕腻，画屏深”等，虽不似温词重彩堆垛，但这些语词意象毕竟也在温词里常见。说“端己之视飞卿，离而合者也”[②]，确有见地。其他词人如牛峤“大体皆莹艳缛丽，近于飞卿”，欧阳炯“极为秾丽……上承温飞卿，艳而近于靡也”，和凝“其词有清秀处，有富艳处，盖介乎温韦之间也”，顾敻“词秾丽，实近温尉”，魏承班“浓艳处近飞卿”，阎选“词多侧艳语，颇近温尉一派”，毛熙震“其词秾丽处似学飞卿”[③]。可知《花间》词人群，普遍笼罩在温庭筠秾丽绮艳的语言风格的影响之下。

当然，温词并非一味秾艳绮丽，他时常用清辞淡语以为调剂，使他的“蹙金结绣”之词，不至于浓到化不开的程度。一般而言，温词描写女性首饰妆容、居室环境多用丽语，写景多用清辞，如他的《菩萨蛮》其十：

① 胡仔《苕溪渔隐丛话·后集》卷十七，人民文学出版社 1962 年 6 月版，第 125 页。

② 陈廷焯《白雨斋词话》，《词话丛编》四，中华书局 1986 年 11 月版，第 3779 页。

③ 李冰若《栩庄漫记》，《花间集评注》，河北教育出版社 1999 年 1 月版，第 131 页、136 页、146 页、186 页、195 页、202 页。

宝函钿雀金鸂鶒。沉香阁上吴山碧。杨柳又如丝。驿桥春雨时。　　画楼音信断。芳草江南岸。鸾镜与花枝。此情谁得知。

词用丽语描写女子妆奁首饰容貌与闺阁居处环境之美，用清辞描写吴山碧色、芳草江南的远景，与杨柳如丝、驿桥春雨的近景。“杨柳又如丝，驿桥春雨时”，为温词隽句，清新明秀，暗示比兴，烘染别情，其辞色意韵之妙，有不可方物者，对浓稠的“丽语”起到了极好的调剂稀释作用。此类浓淡相济之处，在温词中甚多。其他《花间》词人亦大抵如此。如李珣的《浣溪沙》：“入夏偏宜澹薄妆。越罗衣褪郁金黄。翠钿檀注助容光。　　相见无言还有恨，几回拚却又思量。月窗香径梦悠飏。”上片衣饰妆容描写，是“丽语之香艳者”[①]，下片抒情写景则用语浅淡，全词因此显得“艳而能清，疏而有致”[②]。

与温庭筠齐名并称的韦庄，作为“飞卿之流亚”[③]，在《花间》词人群中处于关键的位置。《花间》词人非并世而出，他们的年辈相差三到四代人。温庭筠卒于《花间集》编成之前约七十年，成为“《花间》鼻祖”，实际上出于某种追认。韦庄年辈介于温庭筠和其他多数《花间》词人之间，他继承温庭筠写作艳词，引导蜀中词人群起效温，终至形成了《花间》词派。所以在《花间集》里，他排在两位唐人温庭筠、皇甫松之后，而处于西蜀词人之前，总领西蜀词人，可以说是连接温庭筠与西蜀词人的一座桥梁。韦庄学温而形成自家面目，在总体语言风格上，偏于清丽，与温庭筠的“秾艳”不同。所以词论家有“飞卿，严妆也；端己，淡妆也”之评[④]。他的《菩萨蛮》五首、《归国遥》二首、《荷叶杯》二首、《女冠子》二首等，均当得起“清艳绝伦，如初日芙蓉，晓风杨柳”之誉[⑤]。看他的《菩萨蛮》其一：

红楼别夜堪惆怅。香灯半卷流苏帐。残月出门时。美人和泪

① 钟人杰本《花间集》评语。

② 萧继宗《评点校注花间集》，台湾学生书局 1977 年 1 月版，第 504 页。

③ 陈廷焯《云韶集》卷一，转引自王兆鹏《唐宋词汇评》，浙江教育出版社 2004 年 1 月版，第 184 页。

④ 周济《介存斋论词杂著》，《词话丛编》二，中华书局 1986 年 11 月版，第 1633 页。

⑤ 顾宪融《词论》，转引自王兆鹏《唐宋词汇评》，浙江教育出版社 2004 年 1 月版，第 184 页。

辞。　　琵琶金翠羽。弦上黄莺语。劝我早归家。绿窗人似花。

词赋别情。虽有“琵琶金翠羽”这样的艳字丽句，但总体上较为典型地体现出韦庄的清丽词风。红楼灯影，残月美人，辞色丽而不艳。一结五字，形神色香俱足，而又出语自然，无丝毫刻画涂饰，只用淡笔客观描写形容，而文字之外的一种深情，已是让人心驰神迷。论者云：“‘画屏金鹧鸪’，飞卿语也，其词品似之。‘弦上黄莺语’，端己语也，其词品亦似之。”[①] 即是拈出此词中的句子，作为韦词清丽风格的形容。唐圭璋先生评此词“清秀绝伦”，指出它虽“与温词之浓艳者不同，然各极其妙”[②]。韦庄的语言风格，也吸引了《花间》词人学习模仿，况周颐评欧阳炯词“行间字句，却有清气流行”[③]，这“清气”当与学韦有关。毛文锡、牛希济、孙光宪、李珣诸家词，总体语言风格不似温词秾艳，而与韦庄的清丽为近。

二、深隐与疏朗

从抒情方式和效果来看，温词深隐，韦词疏朗。张惠言《词选序》说“温庭筠最高，其言深美闳约”，周济《介存斋论词杂著》说温词“酝酿最深”，均为有得之论。他的《菩萨蛮》其一，写闺中独处的美艳女子晨起懒于梳妆，陈廷焯《白雨斋词话》评曰“无限伤心，溢于言表”，似觉言重。但那慵懒迟缓的起床梳洗的动作情态，确实暗示着词中女子一段隐约难言的心曲。词至结句方借“双双金鹧鸪”的衣饰图案以为反衬，暗点题旨，然终不说破。全词以描写代抒情，典型地体现了温词“深美闳约”“酝酿最深”的表现特点。再如他的《菩萨蛮》其二：

水精帘里颇黎枕。暖香惹梦鸳鸯锦。江上柳如烟。雁飞残月天。　　藕丝秋色浅。人胜参差剪。双鬓隔香红。玉钗头上风。

① 王国维《人间词话》，彭玉平《人间词话疏证》，中华书局2011年4月版，第247页。

② 《唐宋词简释》，上海古籍出版社1981年7月版，第13页。

③ 《历代词人考略》卷六，朱崇才《词话丛编续编》三，人民文学出版社2010年6月版，第1541页。

词写女子闺梦。起二句描写水晶帘里玻璃枕上，暖香氤氲，逗引着鸳鸯锦被中的女子酣然入梦。接二句以江天月夜的清丽景色，烘染女子的梦境。下片转写女子的衣服和首饰，香弱可爱，尤其是“风”字，笔致轻灵，表现女子鬓上钗饰的轻微颤动，映衬梦醒之后心理的微妙波动，极为细腻传神。此词理解的重点和难点，在于上片后二句与前二句之间的关系，各家说法分歧很大。细读上下文，“江上”二句当是以江天月夜的大背景来烘托居室香闺的小环境，除点明时间为春晓、地点为江畔外，江上的水雾，柳梢的轻烟，北归的飞雁，微明的残月等意象，共同组合成凄清朦胧的意境，更衬出闺阁的静谧、香梦的沉酣和梦中人心意的幽眇微茫。温词表情的深隐性，于此可见一斑。

导致温词表情深隐的原因，大致有以下几个方面：一是辞藻过于秾艳，所谓“密丽”，艳词丽藻在某种程度上遮蔽了语言背后的意蕴，如上举《菩萨蛮》其二，只见香闺陈设的富丽和女子妆容的美妍，“暖香惹梦”所言者何？钗饰的轻微颤动又透出女子怎样微妙的心理？思之思之，似乎还是不知所以。藻采秾艳如乱花迷眼，分散了读者的注意力，反而不去深究词意了。二是注重写心理印象，词的结构不主故常。俞平伯先生《读词偶得》云：“飞卿之词，每截取可以调和的诸印象而杂置一处，听其自然融合，在读者心眼中仁者见仁，知者见知，不必问其脉络神理如何如何。”说的其实就是温词并置意象、词句的章法安排，以之表写心理印象，使温词意象、词句常有跳转，时现断接，给解读带来不小的困难。如他的《更漏子》其五，每一句的画面色彩均可见可感，但到底是写远行还是写归家，是写送别还是写行役，是写游子见闻还是写思妇望归，颇难论定。而不管作哪一种理解，都会出现前后不接、彼此龃龉的说不圆处。这种写法和秾丽的藻饰一起，不仅影响了宋代周邦彦、吴文英等“风格尚艳尚密的大家”[①]，而且跨越古今，影响了20世纪30年代的现代主义诗人[②]。三是创作主体潜意识心理的渗透。温词里的女性，无不衣饰华艳，仪容姣好，然却体态慵懒，情绪低迷，她们丽色不偶，空闺独守，外表美丽而内心寂寞。十四首《菩萨蛮》中，美艳的女子或懒画早妆，或残梦迷离，或凭栏

① 刘扬忠《唐宋词流派史》，福建人民出版社1999年版，第89页。
② 废名《论新诗及其他》，辽宁教育出版社1998年版，第24—34页。

无语，或泪湿绣衣，仅只其三里的女子在纱窗后露出过一丝笑意。温庭筠笔下的贵族女性如此，民间采莲女也是这样。在《河传》阒寂的向晚暮色里，采莲女“肠向柳丝断”；在《荷叶杯》如雪的皎洁月色里，她又对着镜水寒浪“惆怅”“思惟”，一缕游丝般莫名无诉的忧伤，似有若无地萦系着她。温庭筠笔下的这些女性身上，确有他自己心灵隐秘的投射。以女子之丽色，比士子之长才，以女子的丽色不偶，比士子的怀才不遇，乃是古典诗词的惯常思路。词人才华杰出，但一生坎坷，沉沦下僚，心中蕴蓄的寂寞忧伤之感无以抒泄，在作词时有意无意地渗入笔下女性人物身上，深合创作主体的心理发生机制。正是这一层原因，导致了温庭筠部分词作题旨的难以索解，也让清代常州词派在倡言“比兴寄托”说时，得以借重温词，以之为立论依据，并从中抽绎出了“《离骚》‘初服’之义”①。

夏承焘先生尝比较温韦差异云：“温词较密，韦词较疏；温词较隐，韦词较显。”②与温庭筠的深密隐约不同，韦庄词表情显得较为疏朗明晰。这有前文谈到的语言层面的因素，还有诗学背景在起作用。温庭筠诗学梁陈宫体、六朝辞赋、长吉歌诗，以之作词，故而藻采秾艳，旨趣深密。韦庄诗学白居易，以平易浅近为宗，把写诗的方法拿来填词，自然疏而不密，显而不晦。温庭筠词多代言女性，韦庄情词则带有自叙传性质，如他的《女冠子》二首：

> 四月十七。正是去年今日。别君时。忍泪佯低面，含羞半敛眉。　不知魂已断，空有梦相随。除却天边月，没人知。
>
> 昨夜夜半。枕上分明梦见。语多时。依旧桃花面，频低柳叶眉。　半羞还半喜，欲去又依依。觉来知是梦，不胜悲。

二词属联章体，前章忆旧，后章记梦。事如春梦了无痕，回忆亦如梦幻般惘然。但韦词里的梦境与回忆却是异常分明：“四月十七，正是去年今日”，言之凿凿；“忍泪佯低面，含羞半敛眉”“依旧桃花面，频低柳叶眉”，历历如绘。词中所写，就是词人自己的情感经历和体验，故能生动真切如

① 张惠言《词选》评语，《词话丛编》二，中华书局 1986 年 11 月版，第 1609 页。
② 夏承焘《论韦庄词》，《唐宋词欣赏》，北京出版社 2009 年 3 月版，第 36 页。

此。二词纯用白描，“淡语无限深情”，是最能体现韦词风格的作品。第二首结句虽不如前首含蓄，但“将梦境点明”，使词情显得“凝重而沉痛”①，这正是韦词结句的惯用手法，与温词结句多用景语的蕴藉深隐不同。韦庄的《荷叶杯》“记得那年花下”，铭心难忘的也是早年一次萍水相逢的爱情邂逅。《菩萨蛮》其二：

人人尽说江南好。游人只合江南老。春水碧于天。画船听雨眠。　　炉边人似月。皓腕凝双雪。未老莫还乡。还乡须断肠。

在乡愁主题诗词作品里，身处异乡的游子总是因为思念故乡而断肠；这首词中的游子则完全相反，他担心回到故乡，会因思念异乡而断肠。作为乡愁主题的反题，这首词颠覆了乡愁主题诗词的情感定势和抒写模式。词中迷醉于南国水乡美景和当炉丽人的“游人”，就是词人自己。其三：

如今却忆江南乐。当时年少春衫薄。骑马倚斜桥。满楼红袖招。　　翠屏金屈曲。醉入花丛宿。此度见花枝。白头誓不归。

一起揭出题旨，以下即是“江南乐”的具体展开。“当时年少春衫薄”七字，写出人生中最美好的一段，时光正好，年华正好，风度正好，这今生难再的少年岁月和青春风采，当时只似寻常，而今回首，让人倍觉怀恋。“骑马”二句写少年冶游的浪漫生活，是江南乐事留在记忆中的画面闪回，写来兴高采烈，风流自赏之意溢于言表。这两首《菩萨蛮》，皆写自己青壮年时期浪游江南的亲身经历体验，所以格外精彩动人。

韦词表情疏朗的成因，主要是其自叙传性质，写个人亲历之事，表露自己的爱情心理。温词里的抒情主人公，大都是美丽忧伤的女性；韦词的抒情主人公，往往就是词人自己；温词里词人隐身于女子背后，几乎从不出场；韦词里词人走到了前台，直接抒情，词情缘此变得明晰，词的抒情力度也缘此得以加强。情爱之外，韦庄还在词里直抒人生感慨，如他的《菩萨蛮》“劝君今夜须沉醉”；或感叹朝代兴亡，如他的《河传》“何处。

① 唐圭璋《唐宋词简释》，上海古籍出版社1981年7月版，第18页。

烟雨”。此后的《花间》词人张泌、和凝、顾敻、孙光宪、阎选、尹鹗、毛熙震、李珣等，都有自道经历体验的情词，或有咏史、隐逸词摅怀寄意，走的都是韦庄的路子。其中孙光宪、李珣的表情方式，总体上接近韦庄。文本里的抒情形象与文本的创作主体合一，这原是诗歌的表现方式，韦庄把它引入词中，不仅为《花间》词人效法，而且通过南唐词，普遍地影响了宋代词人。

三、香弱与劲健

清人王士禛用“香弱”二字，形容《花间》词体特征，可谓准确传神。“香弱”的词体风格，是由《花间》词人的题材选取、语言使用、表现手法所决定的。花间词多写闺阁女性，用雅洁优美的语言，通过描写时令物候、季节天气烘托渲染，描写闺阁环境、衣饰妆容、动作表情衬托暗示，含蓄而又细腻地表现她们怨别伤离、惜春悲秋的幽深情感、幽眇心理、幽微意绪，形成《花间》词体“香弱”的风格特点。如温庭筠《菩萨蛮》其六：

玉楼明月长相忆。柳丝袅娜春无力。门外草萋萋。送君闻马嘶。　　画罗金翡翠。香烛销成泪。花落子规啼。绿窗残梦迷。

这是一首体现《花间》词“香弱”体格的典型作品。词写离别相思，均取侧笔。温词每把相思离情放置在月夜的背景下展开抒写，此词亦然，起句即写玉楼月夜怀人，其深层的意蕴结构，与自《诗经·陈风·月出》肇端的“望月怀思”的原型心理模式相契合。接以“柳丝袅娜春无力”一句衬写，风华流美，暗示楼上女子在暮春天气里，体态的慵懒和情思的娇弱。“春”字见出温词字法之妙，“无力”者，柳丝、东风、离人也，下一“春”字，化实为虚，增强了语言的意蕴弹性与张力。三、四句承接“长相忆”写入梦，黯然销魂的送别，通过梦境再现出来，词笔亦不取正面。换头二句罗帐垂彩、香烛燃泪的闺阁物象，烘托女子的梦境心情，喻示时间推移，长夜将尽。结二句接写女子清晓梦醒，“迷”字状啼鹃惊梦之一刻，女子的心神恍惚之态，极为传神。而“绿窗”意象，以其辞色之鲜丽，映现出窗内之人的美妍。词作语言绮丽而又清新，月夜怀人的女子形象和情感，典型地体现出“香弱”的特点。

慵倦无力之外，《花间》词中多有女性的“娇羞”“泥人”情态描写，也是“香弱”的具体表现。这类“香弱”美感风格的作品很多，如毛熙震的《浣溪沙》其三：“晚起红房醉欲销。绿鬟云散袅金翘。雪香花语不胜娇。　　好是向人柔弱处，玉纤时急绣裙腰。春心牵惹转无憀。”其四：“一只横钗坠髻丛。静眠珍簟起来慵。绣罗红嫩抹酥胸。　　羞敛细蛾魂暗断，困迷无语思犹浓。小屏香霭碧山重。”其六：“碧玉冠轻袅燕钗。捧心无语步香堦。缓移弓底绣罗鞋。　　暗想欢娱何计好，岂堪期约有时乖。日高深院正忘怀。”其七：“半醉凝情卧绣茵。睡容无力卸罗裙。玉笼鹦鹉猒听闻。　　慵整落钗金翡翠，象梳欹鬓月生云。锦屏绡幌麝烟薰。”香闺中美丽的女子或纤手系裙，或困迷无语，或捧心缓步，或睡容无力，娇弱是她们共同的特点。孙光宪《浣溪沙》其四抒春愁别恨：“揽镜无言泪欲流。凝情半日懒梳头。一庭疏雨湿春愁。　　杨柳只知伤怨别，杏花应信损娇羞。泪沾魂断轸离忧。”女子揽镜无言、出神半日、流泪罢妆的感伤慵懒情态，亦是“香弱”词格的典型作品。顾夐《荷叶杯》其四写幽会情景：“记得那时相见。胆战。鬓乱四肢柔。泥人无语不抬头。羞摩羞。羞摩羞。”风情万种的魅惑里，尽显少女的柔弱娇羞。“‘柔’字入木三分”[①]，可谓“香弱”极矣。

情词之外，咏史怀古、宗教题材、南粤风土、江湖隐逸等类别的词作，也都程度不同地沾染香艳色彩，显示出某种“香弱”的格调。和凝《渔父》“香引芙蓉惹钓丝”一句，堪为“香弱”二字形象的注脚。《花间》“香弱”体格影响深远，它和《花间》词离别相思的题材选取，秾艳倩丽的语言运用，含蓄婉转的抒情手法一起，凝定为词体的最高范式，成为后代词人追摹难及的典范。不仅是宋初晏欧小令，宋代婉约词整体处于它的渗透笼罩之下。明人杨慎的《升庵长短句》、陈子龙的《湘真词》，清人王士禛的《衍坡词》、纳兰容若的《饮水词》等，均为《花间》“香弱”词格的异代嗣响。更为重要的是，它肇始了贯穿千年词史的词“别是一家”的

① 李冰若《栩庄漫记》，《花间集评注》，河北教育出版社 1999 年 1 月版，第 159 页。

“本色论”和“正变论”，以婉约为本色、以婉约为词体之正的理念，深植于词人、词论家的潜意识，使他们推尊本色、崇正抑变，几乎本能地排斥、贬低以诗为词、以文为词的豪放之作。张綖《诗余图谱》云：“大抵词体以婉约为正。”徐师曾《文体明辨序说》云：“要当以婉约为正。”陈师道《后山诗话》云：“以诗为词，虽极天下之工，要非本色。”沈增植《菌阁琐谈》引王士禛语云：“温飞卿词曰《金荃》，唐人词有集曰《兰畹》，盖取其香而弱也。然则雄壮者固次之矣。”这些说法，就是他们推尊本色、崇正抑变词学观的表述。《花间》“香弱”体格的影响，功与过密不可分，同样巨大而深远。

正如情词在相当大的程度上并不能代表《花间》词题材内容的全部，《花间》词体，也远非“香弱”二字可以括尽。温庭筠的词中，比较质直的、较有情感力度的抒情即已出现。论者时常谈及的《梦江南》其一的起句“千万恨，恨极在天涯”，其二的结句“肠断白苹洲”，自不待言；还有人们不大谈论的《南歌子》“不如从嫁与，作鸳鸯”，其情感表达与韦庄《思帝乡》“妾拟将身嫁与”可有一比。再如他的《清平乐》“洛阳愁绝”赋别，一起四字，出手即为重笔，将别情推向顶点。显示此番东都辞别，非是儿女之别，乃是丈夫之别，悲感之中自有豪气涌动。此词悲慨淋漓，在温词中洵为别调，与“香弱”渺不相涉。韦庄词的自叙传性质，使这种直白劲质的抒情更为常见，如他的《菩萨蛮》其二“未老莫还乡，还乡须断肠”，其三“此度见花枝，白头誓不归”，均直抒胸臆，如同赌咒发誓，既不“香弱”，也不含蓄。他代言体的《思帝乡》其二：

> 春日游。杏花吹满头。陌上谁家年少，足风流。妾拟将身嫁与，一生休。纵被无情弃，不能羞。

可说是唐五代词“爱情奏鸣曲”中的一个最响亮的音符。词中少女被春天的蓬勃生机感染、被异性不可抗拒的魅力激活的全部生命热情，如火山爆发、洪水溃堤。这种源自本能、不计得失的情感态度，简直体解未变、九死不悔，震撼人心，丝毫不见“香弱”的影子。词的风格也因此和柔婉缠绵的南朝小乐府、晚唐香奁诗、《花间》体词不类，而更接近于汉乐府《上邪》、北朝乐府《地驱乐歌》、唐五代民间词的爽直奔放。

温韦之外，《花间》词中以劲健之笔抒情者多有。如毛文锡《醉花间》写思妇念远，一起三句“休相问。怕相问。相问还添恨”，情语陡健，回环颠倒，重叠复沓，跌转出思妇恼恨交加的复杂心理状态。顾敻《酒泉子》上片：“罗带缕金。兰麝烟凝魂断。画屏欹，云鬓乱。恨难任。”词写春怨，“魂断”“恨难任”揭示思妇的情感状态，用字下语极重，见其不堪之情状。毛熙震《南歌子》“惹恨还添恨，牵肠即断肠”，二句情语对起，叠言成文，奇警质重。孙光宪词总体上可视为《花间》“香弱”体格的“滋补”，陈廷焯《白雨斋词话》卷一曾指出：“孟文词在五代时最显气格”（《云韶集》卷一），“孙孟文词，气骨甚遒，措语亦多警炼”。他的《河满子》“冠剑不随君去，江河还共恩深”，《思帝乡》“如何。遣情情更多”，《谒金门》“留不得。留得也应无益”等，均是一起有力，顶点抒情，与《花间》常见的含蓄柔婉不是一副笔墨。看他的《浣溪沙》其一：

蓼岸风多橘柚香。江边一望楚天长。片帆烟际闪孤光。　目送征鸿飞杳杳，思随流水去茫茫。兰红波碧忆潇湘。

词写送别，江边一望楚天辽阔的整体印象，视野开阔，境界宏大，为《花间》词中罕见。“片帆烟际闪孤光”一句，与李白“孤帆远影”所写情景相似，有“压遍古今词人”之誉[①]。过片两句“情中景”，进一步扩大了词作的情感空间，将牵挂关注、依依不舍的别情，拓展至无限，这是“作者一气斡旋笔力清健的艺术特色的又一种表现”。孙光宪可为《花间》词“香弱”体格“补钙壮骨”的“清健”词风，极受詹安泰先生推崇，他认为“孙词有一种特色，飘忽奇警，矫健爽朗，是温、韦所不能范围的。这种艺术风格，正可以和温、韦鼎足而三”，并进而指出孙词的词史影响：“张先、贺铸的小词，其警健处，往往从孙词出；即号称继承温词的周邦彦，也有神似孙词的。”[②]

① 陈廷焯《云韶集》卷一，转引自王兆鹏《唐宋词汇评·唐五代卷》，浙江教育出版社2004年版，第400页。

② 詹安泰《宋词散论》，广东人民出版社1980年版，第122页。

四、小语致巧与大笔濡染

清人尝谓“《花间》逸格，原以少许胜人多许”[①]，指出了《花间》词艺术表现上的一个突出特点。《花间集》所收皆小令，无慢词长调，体段有限，章句短小，必然追求含蓄蕴藉、以少胜多的抒情效果，这就对语言的表现力提出了更高的要求。所谓“《花间》以小语致巧”，从积极方面来理解，就是指《花间》词要在有限的篇幅字句内，追求语言的巧妙灵动，风致韵度，以使作品具有更高、更充分的表现力。《花间》词因“小语致巧”，名章隽句间见层出，时常给读者带来新鲜甚至惊喜的美感享受。这里借鉴词话的“摘句批评”方式，分写景、写人、抒情几类，各拈数例，略加评鉴，以为印证。

先看写景隽句：鹿虔扆《虞美人》“绿嫩擎新雨”五字，摹写亭亭田田的嫩荷上雨珠点点，“何等鲜脆”[②]，再读周邦彦《苏幕遮》“叶上初阳干宿雨。水面清圆，一一风荷举”，转觉费力。毛熙震《清平乐》结句“东风满树花飞”，摄取眼前景，映衬女子空闺独守、黄昏难耐的“销魂”之情，含蓄入妙。清代词评家曾以此句质诸当时词人云：“试问今人弄笔，能出一头地否？”[③]李珣《浣溪沙》结句“断魂何处一蝉新”，写新蝉一声，蓦然惊秋，令人魂断，言外含有不尽之意，可谓“情境交融，尽遗俗腐”[④]。顾夐《更漏子》“江鸥接翼飞”五字历历如画，是楼上怅望的女子眼中所见江天晚景，比翼翱翔的鸥鸟反衬出女子独处无侣的孤寂。毛文锡《更漏子》“红纱一点灯”，写闺怨女子梦醒所见，寂寂空帏，凄凄暗室，唯余红纱罩里残灯一点，映照出深闺黎明前的寂寞黯淡，女子梦醒痴望出神之际，殊觉触目惊心。那一片寂黯中殷红如血的一点，对女子的情感心理，是刺激也是唤醒。陈廷焯《云韶集》卷一云：“‘红纱一点灯’，真妙。我读之不知何故，只是瞠目呆望，不觉失声一哭。我知普天下世人读之，亦无不瞠目呆望失声一哭也。”说得虽稍觉夸张，亦见出隽句释放的艺术

① 杨芳灿《纳兰词序》，施蛰存《词籍序跋萃编》，中国社会科学出版社 1994 年 2 月版，第 550 页。

② 萧继宗《评点校注花间集》，台湾学生书局 1977 年 1 月版，第 459 页。

③ 沈雄《古今词话·词评》，《词话丛编》一，中华书局 1986 年 11 月版，第 974 页。

④ 萧继宗《评点校注花间集》，台湾学生书局 1977 年 1 月版，第 507 页。

感染力之强大。

次看写人隽句：韦庄《浣溪沙》“一枝春雪冻梅花。满身香雾簇朝霞”，以春雪中绽放的梅花作喻，以香雾缭绕、霞光辉映烘衬女子雅洁、明丽的风姿神韵。对女子形象不作具体、静态的细致刻画，运用比拟形容其仿佛，留给读者更大的审美想象余地。李冰若先生赞曰：“善于拟人，妙于形容，视滴粉搓脂以为美者，何啻仙凡。”（《栩庄漫记》）萧继宗先生进一步指出：“梅花春雪，香雾朝霞，不独写美人容貌，亦极状美人标格。象征手法，可云高绝。”（《评点校注花间集》）阎选《临江仙》写男子荷塘怀人，后结“藕花珠缀，犹似汗凝妆”，是男子凭栏排遣时所见，人花合写，那池塘中缀满露珠的藕花，看上去还像是女子汗湿姣面的模样，记忆中细节的恍惚再现，见出往事的难以忘怀。从结构上看，“藕花”回应起句的“荷芰”，前后照应，脉理细密。李珣《临江仙》“小池一朵芙蓉”，比拟修辞，写女子临镜梳妆，“是人是花，一而二，二而一。句中绝无曲折，却极形容之妙”，[①]“工于形容，语妙天下。世之笨词，当以此为换骨金丹”[②]。其余像魏承班《玉楼春》“莺啭一枝花影里”，毛熙震《南歌子》“鬓动行云影”，《定西番》“余香出绣衣”，《酒泉子》“晓花微敛轻呵展”等，亦颇佳妙。

再看抒情隽句：孙光宪《生查子》“绣工夫，牵心绪。配尽鸳鸯缕”，写闺中女子为绣鸳鸯图案而精心搭配彩线。“牵心绪”三字，明说牵心于刺绣，实乃因所绣为“鸳鸯”而牵动怀春的心绪，含蓄微妙，颇耐寻味。论者指出：“‘牵心绪’三字，虽寻常语，但与上下文相融合，便不寻常。”[③]魏承班《生查子》写闺怨，“肠断断弦频”一句连用两个“断”字，前一个“断”字虚写看不见的“断肠”，后一个“断”字实写看得见的“断弦”，把女子抽象的痛苦情感转化为眼前的具象，构句很有特点。《诉衷情》写男子秋夜相思，结句“梦成几度绕天涯。到君家”，语势曲折，不是入梦即到“君家”，而是“几度绕天涯”之后，始才得到“君家”，以见出男子用情之深挚。毛文锡《柳含烟》“能使离肠断续”，言离别之时吹奏的《折杨柳曲》，其悲伤哀怨能够摧断离人肝肠的音乐效果，汤显祖赞曰

① 况周颐《蕙风词话》，《词话丛编》五，中华书局1986年11月版，第4424页。

② 萧继宗《评点校注花间集》，台湾学生书局1977年1月版，第514页。

③ 萧继宗《评点校注花间集》，台湾学生书局1977年1月版，第409页。

“断续绝妙”[1]。断而复续，正见笛曲入人之深，感人之甚，未有完了，下字构句，可称神奇。顾敻《诉衷情》结句“换我心、为你心。始知相忆深”，更是脍炙人口。感情强烈，语言质朴，全用白描，直探人心。此三句“乃人人意中语，却能说出，所以可贵”[2]，被誉为“透骨情语”。在此需要强调的是，这三句虽是直言质语，但仍复有曲折含蓄，不止如一些论者所乐道的仅是爱之深切强烈的表现，这其中也包含着女子难遏的怨艾之意，正因为负心男子太无心肝，不知体谅珍惜，所以才需“换心始知”。这种直中有曲的笔法，正是《花间》小语隽句艺术上的“高处”。

隽句之外，“小语”还应包括《花间》词的篇章格局之小，可参笔者《花间集校注》的文本“疏解”，此处不赘。由上举例分析，可知《花间》“小语”确如刘熙载所言“虽小却好”[3]。但刘熙载紧接着下一转语曰“虽好却小”，即辩证地指出了《花间》词“小语致巧”的局限性。“小语致巧”的负面，就是前人指出的《花间》词“犹伤促碎”[4]“有句无篇”[5]等流弊。所以读《花间》词尚不能仅止满足于赏其“小语”的风致巧思，而应该放开眼光，更多关注《花间集》中那些虽不够多但似乎更有价值的大笔濡染之篇句。

《花间》“致巧”的“小语”，主要出现在情词里。题材类别转换，“小语”即转成“大笔”，说明《花间》词人是有着更大的艺术魄力，具备多副笔墨手腕的。边塞之作如温庭筠《蕃女怨》“碛南沙上惊雁起”、牛峤《定西番》“紫塞月明千里”，毛文锡《甘州遍》“秋风紧”，孙光宪《酒泉子》“空碛无边”，《定西番》“鸡鹿山前游骑”等，其意象、风格、境界与唐代边塞诗几无差别。如牛峤《定西番》：

紫塞月明千里，金甲冷，戍楼寒。梦长安。　乡思望中天阔。漏残星亦残。画角数声呜咽。雪漫漫。

写征人乡愁，上下片分别使用望月思乡、远望当归的原型模式，描写

① 汤显祖评《花间集》卷二。
② 刘永济《唐五代两宋词简析》，中华书局2007年10月版，第19页。
③ 刘熙载《艺概》，上海古籍出版社1978年12月版，第123页。
④ 王世贞《艺苑卮言·附录》，《弇州山人四部稿》卷一五二。
⑤ 王国维《人间词话删稿》，《人间词话》，人民文学出版社1960年4月版，第240页。

边关月夜、拂晓的荒寒之景，抒发征人苦寒思乡之情。紫塞逶迤，月明千里，金甲光冷，戍楼风寒，境界阔大，情调苍凉。词中化用盛唐边塞诗的语汇意象，追摹盛唐边塞诗的悲壮风格和宏大意境，仿佛“盛唐诸公《塞下曲》”[①]，是《花间集》中难得一闻的大声噌嗒的“盛唐遗音”[②]。隐逸之作如孙光宪《渔歌子》其二：

泛流萤，明又灭。夜凉水冷东湾阔。风浩浩，笛寥寥，万顷金波澄澈。　杜若洲，香郁烈。一声宿雁霜时节。经霅水，过松江，尽属侬家日月。

词咏本调。上片描写湖上夜景，渔父迎着浩荡的长风，吹奏清越的渔笛，但见眼前万顷金波滉漾，一片水月空明。“万顷”句承接“东湾阔”，展示空阔浩大的境界，宋张孝祥《念奴娇·过洞庭》词句“玉鉴琼田三万顷，着我扁舟一叶。素月分辉，明河共影，表里俱澄澈”，所写与之相似。宗教题材如牛希济《临江仙》：

洞庭波浪飐晴天。君山一点凝烟。此中真境属神仙。玉楼珠殿，相映月轮边。　万里平湖秋色冷，星辰垂影参然。橘林霜重更红鲜。罗浮山下，有路暗相连。

此词艺术上的成功，不在于题咏湘君是否切题入妙，而在于其出色的景物描写。起二句视界开阔，秋日洞庭涌浪连空、水天相接的浩瀚气势，尽收笔底。从构图的角度看，这两句散点与焦点、平面与立体，配置极佳。过片二句洞庭月夜景色描绘，更有神韵，万里平湖，水月辉映，星斗垂影，冷光相射，意境清旷莹澈，而又幽渺浑茫。至于“橘林霜重更红鲜”一句，虽明丽可喜，然自桧以下，究属小景点缀了。

其实，即便在情词里，也不乏阔大的句境，如温庭筠《菩萨蛮》其二：“江上柳如烟。雁飞残月天。”其九：“满宫明月梨花白。故人万里关山

① 卓人月《古今词统》卷三徐士俊评语。

② 沈雄《古今词话》引陆游语，《词话丛编》一，中华书局1986年11月版，第971页。

隔。”《更漏子》其五：“背江楼。临海月。城上角声呜咽。堤柳动，岛烟昏。两行征雁分。”韦庄《菩萨蛮》其二：“春水碧于天。画船听雨眠。”薛昭蕴《浣溪沙》其一：“燕归帆尽水茫茫。”其四：“楚烟湘月两沉沉。”其六：“月高霜白水连天。”张泌《河传》其一：“渺莽，云水。惆怅暮帆，去程迢递。夕阳芳草，千里万里。雁声无限起。”《酒泉子》其二：“紫陌青门。三十六宫春色。”顾敻《临江仙》：“碧染长空池似镜。倚楼闲望凝情。”孙光宪《菩萨蛮》：“一只木兰船。波平远浸天。”《上行杯》：“草草离亭鞍马，从远道、此地分衿。燕宋秦吴千万里。”李珣《菩萨蛮》：“残日照平芜。双双飞鹧鸪”等。

上举大笔濡染、境界宏阔的篇句，即便放置在宋代苏辛为代表的豪放词中，似也略无逊色。那么，在宋人普遍“以《花间集》为长短句之宗”的接受视野里，《花间》词的影响就不会仅只局限于婉约词人，词人们也不会只是摹习它的言情、香弱、小巧等特色。宋人对《花间》词阔大境界的传承，与他们对《花间》边塞词、怀古词、隐逸词、风土词的传承一起，都将是《花间集》在宋代的影响史与接受史的题中应有之义。宋代豪放词的词史源头，当亦不能自外于《花间》词中的大笔濡染之篇句。

以上从四个大的方面，对《花间》词艺、词风进行了辩证、相对的讨论。其他如写实与寄托、联章与叙事、母题与原型、拟作效体与互文性、人物描写与心理刻画、宫体余习与民歌风味，以及体调特点、语言瑕疵等，散见于笔者《花间集校注》的笺注、疏解、集评之中[①]，读者自行参酌，限于篇幅，此处不再详论。

① 《花间集校注》，中华书局2014年10月版。

《花间》词的文本解读问题

词学界对《花间集》的研究，多从词史发展的宏观角度立论，对集中五百首词作的细致扎实的微观研究，似乎做得不很到位。除少量名篇吸引众家不断重复谈论外，绝大多数《花间》词，迄今很难说有像样的文本解读。笔者在校注《花间集》的过程中，曾花费较大力气对《花间集》五百首词作逐篇加以疏解，发现了不少《花间》词文本及解读中存在的问题。这些问题大致可以归纳为文本瑕疵、解读疏误及多元解读等几个方面。本文拟从这几个方面入手，对《花间》词文本解读的相关问题，做一番初步的梳理，就教于词学界诸位方家同好。

一、意脉与语词瑕疵：写作或传布之疏失

出于词人写作或传抄刊布的原因，《花间集》文本存在一些不容回避的瑕疵。我们在展开相关研究的时候，不能因为《花间集》高居"长短句之宗"的经典地位，集中之词皆是文学史上的名家手笔，就心存忌惮，对这些客观存在的问题视而不见，这样势必影响对《花间》词意蕴和词艺的正确理解与公正评价。因此，我们首先必须正视这些问题。约而言之，《花间》词文本瑕疵主要表现在意脉和语词两个层面。

先看意脉瑕疵。这类瑕疵多是文本内部时间季节之间的相互矛盾。如温庭筠《菩萨蛮》之十三：

> 雨晴夜合玲珑日。万枝香袅红丝拂。闲梦忆金堂。满庭萱草长。　绣帘垂麗䍡。眉黛远山绿。春水渡溪桥。凭栏魂欲销。

此首闺怨之词。夜合即合欢，夏日开花，起二句描写夜合花盛，表明季节是在夏天，下片却说“春水渡溪桥”，季节又成了春天，上下片的季节显然互不相属。“春水渡溪桥”一句，当是女子凭栏所见之景，单独看这句词，堪称隽句，但这句景语除了季节与上片所写抵牾之外，似乎游离于文本，和词意表达也没有什么必然关系。这些都是解读此词时应该特别留意的地方。再如温庭筠《酒泉子》其三：

楚女不归。楼枕小河春水。月孤明，风又起。杏花稀。　　玉钗斜篸云鬟髻。裙上金缕凤。八行书，千里梦。雁南飞。

此首思乡之词。一起即用重笔点明“楚女不归”的现实境况，接写居所环境，季节时令，过片描写女子衣饰妆容，末三句以景结情，写月夜楚女乡情难遣、欲归无计之际，适有夜鸿飞过，便欲请托鸿雁捎书传梦，聊寄乡思。“楚女”即南国女子，家乡当然是在南方，所以才生出托南飞的鸿雁传书捎梦的想法。或谓词写男子思念楚女，则“不归”就是指楚女留滞南国家乡，没有回到北方男子的身边。所以在暮春月夜，男子望月怀人，眼前幻化出楚女美丽的身影，这时适有迁徙的大雁飞过小楼，男子便欲托鸿雁给滞留不归的楚女捎书传梦，寄托自己的深切思念之情。如此解读，似亦可通。但细译文本，词中还是有一处硬伤，即“雁南飞”的结句。词作展开的季节背景是暮春，其时正值大雁北归，断无南飞之理。可能是词人信手写来，也可能是为了楚女捎书方便，于是就留下了又一处小小的笔误。类似的问题还有韦庄的《小重山》：

一闭昭阳春又春。夜寒宫漏永。梦君恩。卧思陈事暗消魂。罗衣湿，红袂有啼痕。　　歌吹隔重阍。绕庭芳草绿，倚长门。万般惆怅向谁论。凝情立，宫殿欲黄昏。

前人已指出过此词上下片的时间矛盾：“‘夜寒宫漏永’‘卧思陈事暗销魂’之句，已见夜深矣。末云‘宫殿欲黄昏’，又见未晚，与前相反。”[①] 毛

① 李廷机《新刻注释草堂诗余评林》卷三，转引自王兆鹏《唐宋词汇评·唐五代卷》，浙江教育出版社2004年1月版，第215页。

文锡的《应天长》写采莲女子别情：

> 平江波暖鸳鸯语。两两钓船归极浦。芦洲一夜风和雨。飞起浅沙翘雪鹭。　渔灯明远渚。兰棹今宵何处。罗袂从风轻举。愁杀采莲女。

词的上下片在时间上亦有龃龉，上片既说“芦洲一夜风和雨”，分明应是“昨宵”，但下片又说“兰棹今宵何处”；上片所写“一夜风雨”过后，应是白天，过片“渔灯明远渚”，分明又是夜景。上下片的时间关系，衔接不起来。如果说上片写昨夜，下片写今夜，那么请问中间隔着一个白天作甚？且昨夜和今夜之间，又有什么关系？这些都是问题。避开这一说不圆处，此词尚有可取。比如换头两句：“渔灯明远渚，兰棹今宵何处”，写暮色苍茫中，采莲女对远行者的担忧牵挂，是心理时间的超前和心理空间的位移，这两句虽造语“简质而情景具足”，是不可多得的佳句，宋柳永《雨霖铃》名句“今宵酒醒何处，杨柳岸，晓风残月”，于此当有借取。

此外，还有一些《花间》文本中，蓦然出现一个突兀的句子，与上下文在意脉上联系不起来，让人读之再三，仍不明白端的就里。如薛昭蕴《醉公子》：“慢绾青丝髮。光研吴绫袜。床上小熏笼，韶州新退红。　叵耐无端处，捻得从头污。恼得眼慵开，问人闲事来。”下片“捻得从头污”一句；孙光宪《虞美人》：“好风微揭帘旌起。金翼鸾相倚。翠檐愁听乳禽声。此时春态暗关情。独难平。　画堂流水空相翳，一穗香摇曳。教人无处寄相思。落花芳草过前期，没人知。”后起“画堂流水空相翳”一句；毛文锡《中兴乐》：“荳蔻花繁烟艳深。丁香软结同心。翠鬟女。相与。共淘金。　红蕉叶里猩猩语。鸳鸯浦。镜中鸾舞。丝雨，隔荔枝阴。”下片“镜中鸾舞”一句；这几句与上下文似乎都不搭界，词人将其写入文本，究竟想要表达什么？思之思之，仍是莫名其妙，不知所云。

《花间》词的文本瑕疵，出现在语言层面的更多，总计不下数十处。李冰若《花间集评注》、萧继宗《评点校注花间集》二书，对这类语言瑕疵多有指摘。举其要者，如温庭筠《清平乐》其二起句“洛阳愁绝”四字，“几不成语”；《遐方怨》其二“宿妆眉浅粉山横”的“粉山横”三字，描写女子妆容“太过生硬”；韦庄《上行杯》“今日送君千万”，“千万”为“千万里”的省略，“语欠圆足”；《上行杯》其二“劝和泪”三字“未妥"，"须愧"二字"语意不明"；薛昭蕴《离别难》"出芳草""香尘绿"二句，均"不成语"；毛文锡《喜迁莺》"惊破鸳鸯暖"，《诉衷情》"思妇对心惊"，均有"语病"；欧阳炯《浣溪沙》起句"落絮残莺半日天"中的"半日天"三字"不成语"；《贺明朝》二首"勉为分句，语气终不流顺"；顾敻《虞美人》其二结句"恨悠扬"三字"败坏情调"；《虞美人》其三"露沾红藕"，以藕代花，"殊显生硬"①，"谢娘娇极不成狂。罢朝妆"二句，"与前文不甚相属，亦觉突兀"；《浣溪沙》其三"小屏闲掩旧潇湘"句中"旧潇湘"三字"不辞，显为趁韵"；《甘州子》其五"小屏古画岸低平"一句，"纯是才俭凑韵之句"②；孙光宪《定西番》"弯来月欲成"一句，形容开弓如满月，其中"月欲成"三字"趁韵"；《上行杯》其三"知不共""回别"，均有"语病"；魏承班《诉衷情》其二"语檀偎"三字，"殊拙""不辞"；《木兰花》"曲渚鸳鸯眠锦翅""一双笑靥嚬香蘂"二句，"尤不成语"；毛熙震《浣溪沙》其二末句"梦魂销散醉空闺"几"不成话"③，首句"花榭香红烟景迷"亦属"凑句"；《酒泉子》"映香烟雾隔"一句"语拙"④。上举语言瑕疵，不仅是句中措语下字的修辞问题，其负面影响亦不止于一字一句，所谓"良玉有瑕，价自减半"，它们均对文本的整体效果构成了不同程度的损害。

二、抓住一点不及其余：评点家之疏失

在《花间集》研究史上，古今词学家均有对《花间》词部分文本的评点。这些评点的长处，在于能够以敏锐的审美直觉，把握文本的特点，给读者的阅读鉴赏以指点和启示，虽吉光片羽，亦弥足珍贵。但也毋庸讳言，古今评点家均易患一通病，那就是逮住一点好处，止不住大加称赞，任意发挥，往往不着边际；抓住一点问题，忍不住痛加贬斥，以偏概全，

① 李冰若《花间集评注》，河北教育出版社 1999 年 1 月版，第 147 页。
② 李冰若《花间集评注》，河北教育出版社 1999 年 1 月版，第 150 页。
③ 李冰若《花间集评注》，河北教育出版社 1999 年 1 月版，第 202 页。
④ 本段引用除注明李冰若《花间集评注》者外，余皆见萧继宗《评点校注花间集》，台湾学生书局 1978 年 1 月版。

常常不及其余。这是我们在阅读大量诗话、词话和诗词评点著作时，经常遇到的现象，《花间》词的评点者亦大抵如此。这样的揄扬评骘，难免失之偏颇。严谨的态度，还是应该记取《文心雕龙·知音篇》里的“六观”批评方法[①]，对文本进行全面观察和具体分析，则长短彰明较著，优劣无以隐遁，庶几能够得出切合实际的评价。

对温庭筠《归国遥》的评点颇有代表性。《归国遥》在温词中本属中上之作，但李冰若认为此词“除堆积丽字之外，情境俱属下劣”[②]，萧继宗深表赞同：“予亦云然。”[③]这首词果真如两位评点家所说的那么不堪吗？其实只需结合文本稍作分析，便知究竟：

> 香玉。翠凤宝钗垂䍦䍦。钿筐交胜金粟。越罗春水渌。　画堂照帘残烛。梦余更漏促。谢娘无限心曲。晓屏山断续。

这是一首闺情词，上片以密丽的词笔，铺写玉簪、凤钗、䍦䍦、钿筐、彩胜、金粟、越罗等女性华艳的首饰衣着，以之烘衬女子的艳美，蹙金结绣，体现出典型的温词语言特点。过片转写女子梦醒后视觉和听觉印象，残烛照帘，漏声频催，夜色将尽，烘托暗淡衰飒的情绪氛围。结句点出“谢娘无限心曲”，但不加说明，转以“晓屏山断续”的景语映衬喻示，把女子难以言表的微妙“心曲”，表现得既形象可感，又含蓄蕴藉，可谓神来之笔。此词专看上片，确有“堆积丽字”之弊，但“越罗春水绿”一句清新淡雅，对前文的秾丽绮艳已是某种程度的稀释调剂。如与下片合观，则上片的浓艳与下片的暗淡适成对照，起到有力的衬托作用，在表现上并非纯粹是消极意义。还有“晓屏”一句对女子心事的传神形容，也值得称道。所以，批评此词“情境俱属下劣”，似有一笔抹倒之嫌。这里表现出的正是评点家易犯的病症。

也许是因为《花间》词的应歌性质与香艳品格，很难让一些持有文体尊卑观念的人对之生出应有的敬意，所以，只有少数评点家对一些《花

① 刘勰《文心雕龙·知音》，王利器《文心雕龙校证》，上海古籍出版社1980年8月版，第289页。

② 李冰若《花间集评注》，河北教育出版社1999年1月版，第23页。

③ 萧继宗《评点校注花间集》，台湾学生书局1978年1月版，第35页。

间》词句加以赞赏。如对温庭筠《玉蝴蝶》上片“塞外草先衰，江南雁到迟”二句，陈廷焯《云韶集》卷一赞曰：“‘塞外’十字，抵多少《秋声赋》。”温庭筠《河传》其二虽云佳作，未臻绝诣，陈廷焯《词则·大雅集》卷一却赞之曰“最为高境”。温庭筠《蕃女怨》结句“雁门消息不归来，又飞回”，陈廷焯对“又飞回”三字格外青睐，一在《词则·别调集》里赞曰“凄婉特绝”，再在《云韶集》卷一赞曰“令人叫绝”。究其实，均属某种程度的称赏过当。在更多的地方，评点家们时常对一些《花间》词作痛加贬斥。比如温庭筠的《思帝乡》，竟被斥为“率笔陈套”①，又是一个典型例子。温词云：

花花。满枝红似霞。罗袖画帘肠断，卓香车。回面共人闲语。战篦金凤斜。唯有阮郎春尽，不归家。

此首春日怀人之词。一起迭用“花花”，下字构句奇特，充分形容满枝繁花如红霞燃烧的烂漫春色，给人的视觉印象造成强烈的冲击效果。游春踏青的女子，停车揭帘，对此大好春光，不禁生出断肠的感觉。女子的这种感觉，符合审美心理规律，强烈深刻的美感，总会伴随着某种莫名的痛感，让人难以为怀。何况，女子此刻的“断肠”，还有一层暂且按下不表的特殊原因。为了掩饰自己的内心痛苦，也为了不扫游伴的兴致，女子主动回头，故作轻松地与人招呼闲话，只有髻鬟上插戴的金凤篦梳的轻微颤动，隐约透露出她内心的不平静。“战篦”一句，观察与描写极其细致，是典型的温词笔法。结二句点明原因，解释了为什么面对满树繁花会生出“断肠”之感。此词以乐景衬哀情的手法，细腻入微的用笔，都值得称道。评点者斥之为“率笔陈套”，显非公允之论。

这种贬斥过重的情况，比较集中地体现在对毛文锡词的评价上。王国维云：“叶梦得谓：‘文锡词以质直为情致，殊不知流于率露。诸人评庸陋词者，必曰：此仿毛文锡《赞成功》而不及者。’其言是也。”②吴梅也说：“五季时词以西蜀、南唐为最盛。而词之工拙，以韦庄为第一，冯延

① 萧继宗《评点校注花间集》，台湾学生书局1978年1月版，第68页。

② 王国维《人间词话附录》，《蕙风词话·人间词话》，人民文学出版社1984年9月版，第247页。

已次之，最下为毛文锡。”[①] 大约自宋人叶梦得以下，对毛文锡词即少有好评。毛词固然多质直，然亦有含蓄者，如《更漏子》“春夜阑”一首。除了他那首赋云的《巫山一段云》被推为“画云第一手”外[②]，他的《醉花间》“深相忆”、《浣溪沙》“七夕年年”，还有《月宫春》，均表现出《花间》情词少见的高情远韵，是《花间》词中屈指可数的富于想象力、较为超逸的一类作品，曾被沈初《兰韵堂集》评为晚唐以来诗词中的“高格绝调”。《甘州遍》其二“秋风紧”，描写“边塞荒寒景象颇佳”[③]，亦显示出词人拓展题材领域的不凡笔力。可知仅凭习惯印象贬毛文锡为五代词人“最下”的说法，在上举毛词不俗的表现前，恐怕是很难成立的。

揄扬失当之外，评点家有时仅凭直觉，不细按文本脉理即率尔出论，往往导致更为严重的误读现象的发生。如对李珣《菩萨蛮》其三“隔帘微雨双飞燕，砌花零落红深浅”二句，李冰若认为“即是‘落花人独立，微雨燕双飞’蓝本”[④]。其实，晏几道《临江仙》“落花”二句，原是五代翁宏五律《春残》的颔联，小晏直接借为己用，并非化自李珣词句。毛熙震《菩萨蛮》其二：

绣帘高轴临塘看。雨翻荷芰真珠散。残暑晚初凉。轻风渡水香。　　无憀悲往事。争那牵情思。光影暗相催。等闲秋又来。

此词感时忆旧。上片描写卷帘所见荷塘雨景，笔致清丽淡雅。下片转写独自卷帘凭眺之际，因寂寞无聊而回忆往事，牵动相思之情。暗示出曾经与人在此共赏这一层意思，这是一种条件反射心理。萧继宗谓：“后起三句皆空泛语，未免辞费。”[⑤] 显然未对过片三句包含的深度心理及其与上下文的关系，加以深入体贴的理解揣摩。顾敻《临江仙》其二写春闺怨思：

① 吴梅《词学通论》，复旦大学出版社 2005 年 5 月版，第 48 页。

② 卓人月《古今词统》卷五徐士俊评语，转引自王兆鹏《唐宋词汇评·唐五代卷》，浙江教育出版社 2004 年 1 月版，第 334 页。

③ 李冰若《花间集评注》，河北教育出版社 1999 年 1 月版，第 111 页。

④ 李冰若《花间集评注》，河北教育出版社 1999 年 1 月版，第 223 页。

⑤ 萧继宗《评点校注花间集》，台湾学生书局 1978 年 1 月版，第 499 页。

幽闺小槛春光晚，柳浓花澹莺稀。旧欢思想尚依依。翠颦红敛，终日损芳菲。　　何事狂夫音信断，不如梁燕犹归。画堂深处麝烟微。屏虚枕冷，风细雨霏霏。

李冰若评此词“意亦微婉”①，与文本实际不符。词中思想旧欢、诘问狂夫，语气相当直露，似当不得“微婉”之评。还有对毛文锡《甘州遍》“春光好”一首“后结颂圣，而实与全文毫没干涉”的说法②，对毛文锡《柳含烟》其三“章台柳”结二句“与前文脱臼”的说法③，均是对词意缺乏贯通理解、整体把握所导致的误判。至于对孙光宪《更漏子》其二“今夜期，来日别”一首，责备其“萍水因缘，不辞累牍”④，则更缺乏一个审美鉴赏家应该抱持的“体贴之同情”，直是一副与谈诗说词甚不相宜的道学家口吻了。

由于评点派往往不对文本进行具体分析，不作整体把握，仅凭直觉印象，片言只语，就去论定作品的性质和特色，他们的评点因而时常显得太过玄虚，莫测高深，对一般读者理解词意、鉴赏词艺，并无多少实际的帮助。以毛文锡《巫山一段云》为例：

雨霁巫山上，云轻映碧天。远风吹散又相连。十二晚峰前。　　暗湿啼猿树，高笼过客船。朝朝暮暮楚江边。几度降神仙。

或云此词“细心微诣，直造蓬莱顶上”⑤，或云此词“神光离合，《高唐》《神女》之流亚也”⑥，让人难解妙在何处；或仅云此词“就题发挥”⑦，则等于什么也没有说。这就需要我们动手，把传统点评笼统而又零碎的玄虚印象，落实为现代批评详切具体的思理绎析。对毛文锡《巫山一段云》，

① 李冰若《花间集评注》，河北教育出版社 1999 年 1 月版，第 160 页。

② 萧继宗《评点校注花间集》，台湾学生书局 1978 年 1 月版，第 256 页。

③ 萧继宗《评点校注花间集》，台湾学生书局 1978 年 1 月版，第 264 页。

④ 萧继宗《评点校注花间集》，台湾学生书局 1978 年 1 月版，第 418 页。

⑤ 沈雄《古今词话·词评》上卷，唐圭璋《词话丛编》一，中华书局 1986 年 11 月版，第 975 页。

⑥ 陈廷焯《云韶集》卷一，转引自王兆鹏《唐宋词汇评·唐五代卷》，浙江教育出版社 2004 年 1 月版，第 334 页。

⑦ 华钟彦《花间集注》，中州书画社 1983 年 3 月版，第 150 页。

我们给出了如下解读：词咏本调。一起赋云，却先从雨入手，得离合之妙。巫山云雨，本自不分，二句即由雨及云，归于正题。三句引入“风”，描写巫山十二峰晚云聚散无定的动态，“甚有烟云缥缈之致，可称佳句”①。过片再以“啼猿树”“过客船”衬写各种云态，收到“氤氲蓊渤，满于纸上”的表现效果②。结以巫山神女传说，遐思无限。此词句句切题，虽变换不同角度，但离而合之，都能不失本位，极尽形容之能事，被论者推为“画云第一手”，洵非虚誉。通过我们对词作意脉和手法的具体分析，把评点家的玄虚说法加以落实，给读者的阅读鉴赏提供了实在的帮助。再如欧阳炯《浣溪沙》其三：

> 相见休言有泪珠。酒阑重得叙欢娱。凤屏鸳枕宿金铺。　　兰麝细香闻喘息，绮罗纤缕见肌肤。此时还恨薄情无。

评点家或指其为“极艳”的“淫词”③，或称誉为“大且重”之作④，均未详说。对这首词，我们也尝试给出了如下解读：词写床笫之欢，从男子的角度切入，为《花间》艳情中尤艳者。上片写别后重会。首句写女子感泣，男子劝慰。次句写酒阑之后，重叙欢娱，以下就此展开。三句写闺房欢场，“凤屏鸳枕”四字，明写器用之具，实寓颠鸾倒凤、鸳鸯成双之意。下片具写云雨之欢。“兰麝”句写听觉，“绮罗”句写视觉，真可谓有“声”有“色”，其间境况，已无须也无法言说矣。但当此之际，男子却偏有话要说，结句系男子诘问女子之词，目的是要借此证明自己非薄情负心之人。然其狎昵轻狂之状，真乃不可告人者。结句在结构上回应起句，坐实久别重会。欧阳炯是《花间集序》的作者，此词典型地体现了序中“南朝宫体”“北里倡风”的词学主张，被况周颐评为“自有艳词以来，殆莫艳于此矣。”影响下及宋代柳永、黄庭坚及清代孙原湘等人的艳情俗词。

---

① 李冰若《花间集评注》，河北教育出版社1999年1月版，第118页。

② 贺裳《皱水轩词筌》，唐圭璋《词话丛编》一，中华书局1986年11月版，第707页。

③ 况周颐《蕙风词话》卷二，《蕙风词话·人间词话》，人民文学出版社1984年9月版，第23页。吴世昌《词林新话》卷二，北京出版社1991年10月版，第102页。

④ 况周颐《蕙风词话》卷二引半塘语，《蕙风词话·人间词话》，人民文学出版社1984年9月版，第23页。

然此词虽“叙情淋漓尽态，而着语尚有分寸”①，比之柳七、黄九此类词作的“粗俗不堪”，终有文野之分。处理此等题材，非十分胆量和笔力，自是难以措手，故而获致“大且重”之褒赏。站在道学和道德立场上看，此词的是“淫词”。若换以平常心看待，其实也不过俗话说的“久别胜新婚”罢了，并无甚奇处。红尘俗世，欲海众生，似正未免于此。通过这番评析，也把评点家所谓的“极艳”“淫词”“大且重”，基本上解说清楚、落到实处了。又如对韦庄《菩萨蛮》其三中的名句“当时年少春衫薄”，评点家只称说其“风流自赏”②，或者形容为“芙蓉出水，自然秀艳”③，妙处究竟何在，似亦难与人说。对这一韦词隽句，我们解读如下：“当时”与首句“如今”照应，见出是回忆之辞。“当时年少春衫薄”七字，之所以显得特别神采照人，主要是这七个字写出了人生中最美好的一段：时光正好，年华正好，风度正好。这今生难再的少年岁月和青春风采，当时只似寻常，而今回首，让人倍觉怀恋。我们给出的这番解读，似也探得了这一韦词名句之所以格外摇漾人心的隐秘壶奥。类似的例子极多，可见如何把传统点评笼统而又零碎的玄虚印象，落实为现代批评的详切具体分析，给一般读者的阅读鉴赏以切实的帮助，这方面还有许多工作需要我们去做。

三、忽略、回避与误读：现代解读之疏失

古典诗词凝练简约，篇有定句，句有定字，受篇幅字数限制，往往省略句子成分，造成理解的歧义。一些诗词文本，字句看似明白，讲解起来，却未必能够轻易把前后串联贯通，阐释惬当。传统的评点派多从佳句好字入手，作局部精到的鉴赏，并加以引申发挥，至于文本整体如何，却常常在所不顾。现代的文本解读，串讲分析，比之古代评点要详尽得多，但对文本不易说清的紧要之处，也会时常采取避难就易的态度，有意或无意地忽略过去，结果是其言喋喋，却往往不中肯綮，不着边际，难以真正

① 李冰若《花间集评注》，河北教育出版社 1999 年 1 月版，第 126 页。

② 陈廷焯《云韶集》卷一，转引自王兆鹏《唐宋词汇评·唐五代卷》，浙江教育出版社 2004 年 1 月版，第 194 页。

③ 李冰若《花间集评注》，河北教育出版社 1999 年 1 月版，第 54 页。

搔到痒处，触到痛处。以和凝《春光好》其二为例：

苹叶软，杏花明。画船轻。双浴鸳鸯出渌汀。棹歌声。　　春水无风无浪，春天半雨半晴。红粉相随南浦晚，几含情。

此词通篇并无僻字奥句，但表现重心究竟是江南春光之好，风景之美，还是词中人物的活动？偷懒的说法当然是：美好的江南春景，是人物活动的环境和背景。叶嫩花明，波平浪静，画船轻漾，鸳鸯对浴，棹歌咿呀，时雨时晴，岂非风景如画，画中有人，人在画中。至于影响词意理解的关键性句子"红粉相随南浦晚，几含情"，究竟作何解释，却又躲闪避让，纷纭不定。"红粉相随"，是说女子相随结伴游春，还是说身边有女子相随游春，两解似乎均可，但句子的主语其实是不一样的，都是缘于句子成分的省略。但如上两种解释，无疑都有意无意地忽略回避了"南浦"这个有特定含义的通用意象。"南浦"语出屈原《九歌·河伯》："子交手兮东行，送美人兮南浦。"南朝梁江淹《别赋》云："春草碧色，春水绿波。送君南浦，伤如之何。"此后，"南浦"意象成为水边送别之地的代指。还有"几含情"，到底含的什么情？于是又出现恋人南浦送别的说法，这种说法照顾到"南浦"意象的意蕴规定性，也坐实了"几含情"含的是惜别之情。但是问题并没有彻底解决，文本里分明是"红粉相随"而非"红粉相送"，糊涂地或假装糊涂地把"相随"视同"相送"，而立"南浦送别"一说，显然是不够严谨和妥当的。意者"相随"乃"相送"的传写之误，但又缺乏版本证据支持，难以成说。一首轻浅的《花间》小词，细究起来竟有如许夹缠不清的纠结之处，可见说诗谈词，的确良非易事。

现代解读的详尽具体，给读者理解词意、鉴赏词艺带来了很大的方便。但是，受制于论者的专业学养和审美判断力，现代解读时或出现对文本题旨、美感风格的误读误判现象。或许是缘于温词表现艺术的特殊性，现代解读对温词的误读误判最多。温庭筠《更漏子》其四云：

相见稀，相忆久。眉浅淡烟如柳。垂翠幕，结同心。待郎熏绣衾。　　城上月。白如雪。蝉鬓美人愁绝。宫树暗，鹊桥横。玉籤初报明。

词写通宵候人。起三句叙写女子与情人聚少离多，备受相思之苦的折磨。接三句描写女子做好一切准备，热切地等待情郎的到来。过片三句转写冷月高悬，夜已深沉，所待之人仍然未至，让女子极度焦虑惆怅。末三句只写黎明景色，把女子无以言表的失望痛苦，留给读者的想象去补充完型，不了了之。如上分析，此词不写宫怨，篇中却出现一个“宫树”意象，当是词人信笔之时的小小疏忽。正是词人的这一笔误，导致了现代论者对题旨的误解。一些说词者一见“宫树”即云“宫怨”，对词中至关重要的“待郎熏绣衾”一句竟视而不见，忘记了词旨如是“宫怨”，则词中通宵候人的女子必是宫女，宫女怎有可能在宫中“待郎”这一最基本也是最严重的问题。类似的例子还有温庭筠《菩萨蛮》其九：

满宫明月梨花白。故人万里关山隔。金雁一双飞。泪痕沾绣衣。小园芳草绿。家住越溪曲。杨柳色依依。燕归君不归。

此首怀人之词。一起描写庭院春夜景色，满院皎洁月光与雪白梨花融成一片，词笔素净出尘，极有神韵。联系下句，起句所写仍是自《诗经·陈风·月出》肇基的“望月怀思”的原型心理模式。下一句即直写对于万里之外、关山阻隔的故人的思念。三句里的“金雁”就是传书的大雁，对之无须做过多的猜测和过深的解释，冠以“金”字，正是温词好用丽字的修辞习惯的反映。换头叙说女子家住越溪水湾，与西子同里，暗示女子容貌的妍美。当春天来临，她看见小园中芳草又绿，便情不自禁地怀想起远游不归的故人。结二句再以依依柳色强化相思别情，以燕归反衬故人不归，完成怀人的题旨表达。词的意蕴如上分析，本甚明了，但一些现代说词者看见“宫”字，便云宫怨，看见“金雁”，便说筝柱，看见“越溪”，便谓西施，于是此“宫”又成“吴宫”，如此曲意解说，求之过深，反使词意晦昧，歧义旁出。再看温庭筠的《遐方怨》其一：

凭绣槛，解罗帏。未得君书，断肠潇湘春雁飞。不知征马几时归。海棠花谢也，雨霏霏。

此首思妇念远之作。前二句写思妇凭槛解帏的动作，带出寂寞之意。

接二句点明思妇凭槛是为等待雁书，但潇湘春雁飞过，却没有捎来远人的书信，思妇顿觉痛断肝肠。因为未得书信，所以思妇不知远人几时回来，而愈发思念牵挂。末二句以景结情，将年华虚度之悲和伤春恨别之意，都融入落花片片、细雨霏霏的眼前景中，无限怅惘，化为不尽余韵。对此词的理解，有两点需加辩驳，一是有论者将“征马”解为“战马”，其实词里的“征马”，就是远行者所骑之马，非谓战马，词义甚明。二是词中的潇湘春雁乃是北飞之雁，思妇盼望雁书，说明远人是在南方潇湘，而不是在北方边塞。因此，解此词为女子思念远在边塞的丈夫，显属误读。

温词之外，像对和凝《望梅花》、毛文锡《赞成功》、欧阳炯《南乡子》其七、顾敻《虞美人》五首等的解读，亦皆存在讲错题旨的硬伤。毛文锡《赞成功》咏海棠：“海棠未拆，万点深红。香包缄结一重重。似含羞态，邀勒春风。蜂来蝶去，任绕芳丛。　昨夜微雨，飘洒庭中。忽闻声滴井边桐。美人惊起，坐听晨钟。快教折取，戴玉珑璁。”上片描写形容海棠含苞待放，下片转写女子的一片惜花爱美之心，即“有花堪折直须折”的意思。或谓词写少女与情人欢会，让人不知所云者何。欧阳炯《南乡子》其七：“袖敛鲛绡。采香深洞笑相邀。藤杖枝头芦酒滴。铺葵席。豆蔻花间趖晚日。”词写采香女子邀人饮酒。劳动中的偶然相逢，便热情相邀，且一见如故，略无避忌，席地豆蔻花间，饮至红日西斜，南粤土著民风的热情良善，性格的开通大方，于此可见，读之不免生出叹羡之意。或谓此词“写南方老人之乐”，恐亦非是，因“鲛绡”衣衫多为女子服用，着于老年男性的“他们”身上，实有不宜。可知对题旨的这种解释，当属误解。和凝《望梅花》咏调名：“春草全无消息。腊雪犹余踪迹。越岭寒枝香自拆。冷艳奇芳堪惜。何事寿阳无处觅。吹入谁家横笛。”起二句描写梅花开放的季节，接下来用典，四句中嵌入三个有关梅花的典故。“越岭”即大庾岭，岭上多植梅花，故称梅岭，诗人多有题咏；“寿阳”指南朝宋武帝女寿阳公主，因梅花落于额上，作梅花妆；“横笛”指乐府横吹曲中笛曲《梅花落》，及唐大角曲《大梅花》《小梅花》；都是有关梅花的典事。或云此词写及寿阳公主，是一首怀古词，说法显欠妥当。“寿阳”是作为与梅花有关的典故意象出现的，而非全词的表现中心，词的中心意象是“梅花”而非“寿阳”，所以此处是用典手法，此词的性质应是题咏而非怀古。

即使当代词学名家对《花间》词文本的解读，有时也会出现千虑一失的情况。如对顾敻《虞美人》前五首的解读，即存在一些明显的失误和疏略。名家尝云："顾敻《虞美人》六首，其中第一至第五，分记春闺一日之事，自'莺啼破梦'至'梦绕天涯'，中经'理妆''注檀''倚门''凭栏'，前后呼应，层次井然。"[①] 指认顾敻五首《虞美人》之间的关系，是"连续叙事之组词"。然按之第二首：

触帘风送景阳钟。鸳被绣花重。晓帏初卷冷烟浓。翠匀粉黛好仪容。思娇慵。　　起来无语理朝妆。宝匣镜凝光。绿荷相倚满池塘。露清枕簟藕花香。恨悠扬。

词中所写晓烟冷浓、绿荷满池、清露藕花之景，恐非春日所宜有，应是初秋季节的物候。说这五首《虞美人》内容上大致相同，都是写相思闺怨，是可以的；但硬要说是"分记春闺一日之事"的"组词"，恐亦未必。导致这种失误的原因，在于一些现代论者比张惠言等古人更加执着于《花间》词的"联章"体制。《花间集》中有一些组词明显是连续记事，另一些组词则未必是一时一地之作，但论者对于文本解读过程中这种高难度的智力冒险，似乎乐此不疲，格外偏嗜，不惮辛苦地穿针引线，欲把这些散珠串成一串，处心积虑地勾稽排比，要把这些非咏一时一地、一人一事的各自独立的词作，牵连成"联章"记事体段。比如对温庭筠《菩萨蛮》十四首之间的关系，论者或谓是前后映带的浑然一体[②]，或谓是别具匠心的两两相对[③]，抑或未必一时之作的各自独立[④]，比较而言，前二说见出立论者的眼光和深度，后一说更接近作品的实际。还有对韦庄《菩萨蛮》五首之间关系的理解，与此相类。这种"联章体"读法又往往和"比兴寄托"说掺和一处，如张惠言等人倡言温庭筠《菩萨蛮》组词乃"感士不遇"，韦庄《菩萨蛮》组词乃"留蜀思唐"[⑤]，后来论者包括现当代论者多依凭引申，对组词的意蕴有很大的丰富，但此说陈义过高过玄、解说过实过泥之弊，

① 吴世昌《词林新话》卷一，北京出版社 1991 年 10 月版，第 69 页。

② 张惠言《词选》卷一，四部备要本。

③ 浦江清《词的讲解》，《浦江清文录》，人民文学出版社 1958 年 10 月版，第 168—169 页。

④ 吴梅《词学通论》，复旦大学出版社 2005 年 5 月版，第 39 页。汪东《唐宋词选评语》，转引自王兆鹏《唐宋词汇评·唐五代卷》，浙江教育出版社 2004 年 1 月版，第 141 页。

⑤ 张惠言《词选》卷一，四部备要本。

亦属显而易见。《花间》词联章体与比兴寄托问题，十分复杂，此不具论，当另撰专文详加申说。

四、《花间》词文本的多元解读

《花间集》中相当数量的文本，存在着多元解读的可能性。一些文本题旨较为明晰，可以给出较为确定的解释，不容歧解。另有一些文本，随着解读思路和角度的转换，则可作两解或者多解，且都能言之成理，持之有故，自圆其说。比较文本的两解或多解，有些可以看出其中的某一种解释于义较为优长，有些则无法轩轾其短长优劣，只能诸说并存。对于这些可有两解或多解的文本题旨，我们就不能去任性地执定一说。《花间》词中甚至还有个别最终无解的文本，古人本有“诗有可解，有不可解”之说①，处此境况，我们就更不能去强作解人了。面对《花间集》中这些可有两解、多解甚或无解的文本，我们应该调动、运用古今中西各种批评鉴赏理论积累，最大限度地感知体认这些文本的意蕴张力，尝试进入文本的种种新的可能与途径，充分发掘这些文本内涵维度和表现艺术的丰富性，使这些文本的艺术结构真正成为自足而又开放的阐释系统，在读者多元解读的过程中，不断地增殖和刷新这些经典文本的价值与美感。

先看两首文本题旨可作两解的作品。韦庄《清平乐》其二云：“野花芳草。寂寞关山道。柳吐金丝莺语早。惆怅香闺暗老。　罗带悔结同心。独凭朱栏思深。梦觉半床斜月，小窗风触鸣琴。”解读此词的关键，在于起二句。若解其为思妇想象之词，则词的主人公是闺中女子，词写闺怨情感。“柳吐金丝”二句，以大好春色兴起女子惆怅之情，“早”与“老”反向呼应，写出女子年光虚度的迟暮之感。换头承上叹老，写女子独自凭栏之际，心中生出的悔意，良时空闺，亦人情之所不免。结二句写女子夜半梦醒见闻，斜月在窗，风触琴丝，撩人心弦。若把起二句解为游子旅途所见所感，则词的抒情主人公即转换为在外漂泊的男子，以下所写皆是其对

① 谢榛《四溟诗话》卷一，丁福保辑《历代诗话续编》下，中华书局1983年8月版，第1137页。

家中思妇的细致体贴和深切怜惜，以客代主，对面着笔，透过一层，是游子旅途思家心理的曲折传达。还有顾敻的《荷叶杯》其七："金鸭香浓鸳被。枕腻。小髻簇花钿。腰如细柳脸如莲。怜摩怜。怜摩怜。"或谓女子自怜娇美，或谓表写男女欢会情景，笔触细腻，情调香艳。前四句仿佛闺房内的一组联缀镜头，"腰如"一句，其实就是李商隐诗和周邦彦词里都写到过的"玉体横陈"①。词中展示的这般光景，如是女子自怜，则其娇憨之状可想；如是男女欢会，则其香艳程度已然不可言喻。

《花间》词中还有一些文本可作三解，如温庭筠的《菩萨蛮》之十四："竹风轻动庭除冷。珠帘月上玲珑影。山枕隐秾妆。绿檀金凤凰。　两蛾愁黛浅。故国吴宫远。春恨正关情。画楼残点声。"此词解读颇多歧义，或谓闺中思乡，或谓宫女怨情，或谓词人托寓身世之感，关键在于对"故国吴宫远"一句的不同理解②。温庭筠的《蕃女怨》其二："碛南沙上惊雁起。飞雪千里。玉连环，金镞箭。年年征战。画楼离恨锦屏空。杏花红。"此首写征人思妇之情。前五句描写边塞绝域的苦寒环境，戍边将士连年不歇的征战生活。后二句转写内地家中，红杏隐映的画楼上，锦屏独对的思妇满腹离恨。对前五句与后两句的关系，可有三种理解，或谓边关征人思家，或谓家中思妇盼归，或谓边塞内地、征人思妇的画面人物的组接映衬，三解均可说通。

上举可作两解或三解的文本多元解读，难分高下短长，可以诸说并存，不必执一而从。另有一些文本的多元解读，则可以通过对比，较短论长，然后择善而从。如温庭筠的《定西番》：

> 汉使昔年离别。攀弱柳，折寒梅。上高台。　千里玉关春雪。雁来人不来。羌笛一声愁绝。月徘徊。

此词就题发挥，可作二解：或谓写西北边地之人怀念张骞，或谓从女子角度抒征人思妇之情。作第一解，上片追叙张骞当年离开西域时的情

① 李商隐《北齐》二首之一，刘学锴、余恕诚《李商隐诗歌集解》二，中华书局 1998 年 9 月版，第 539 页。周邦彦《玉团儿》，吴则虞辑校《清真集》，中华书局 1981 年 4 月版，第 90 页。

② 详参《花间集校注》该词笺注、疏解、集评，《花间集校注》一，中华书局 2014 年 10 月版，第 78—85 页。

景，边地之人用折柳赠梅、高台凭眺等方式，表达依依惜别之情。下片以玉门关外千里春雪为背景，以月夜悲凉的羌笛声作烘托，抒写边地之人对张骞一去不归的强烈思念之情。作第二解，上片即是思妇追忆当年送别征人的情景，下片也变成了对思妇别后期盼雁书、愁听羌笛、望月怀人等思念惆怅情态的描叙。两解均可说通，但第一解于义较长，春雪雁来，应是北归的春雁，而非南飞的秋雁，所以还是解为西北边地之人盼望张骞随着春雁一起北归为是。再如牛峤的《望江怨》其三：

> 南浦情，红粉泪。争奈两人深意。低翠黛，卷征衣。马嘶霜叶飞。　　招手别，寸肠结。还是去年时节。书托雁，梦归家。觉来江月斜。

词写离别相思之情。可作两解，或从游子角度，或从思妇角度，关键在于如何看待结三句。是游子托雁寄书，梦中归家；还是思妇托雁寄书，梦见游子归家；成为分歧的焦点。词的前九句，皆是对“去年时节”的南浦离别之回忆，是兼顾别离双方的“两人深意”来落笔的，没有明显的性别角度，这也是造成后三句歧见的一个原因。离别场面的描写，细致生动，“低翠鬟，卷征衣”，是女子别前表达关爱的一个传神细节；“招手别，寸肠结”，是镌入记忆的挥别一刻；尤其是“马嘶霜叶飞”一句景语，烘染别情，苍凉酸澌，“足抵一幅秋闺晓别图”，画面感极强。结句亦佳，梦醒之后，江上月斜，景中多少凄凉之意，惆怅之感，尽在不言之中。细绎词意，别时场面描写在兼顾双方的同时，总是先写女方，“红粉泪”“低翠鬟”，应是从男方眼中看见。结句“觉来江月斜”，也似游子旅夜梦觉后，所见江上月夜景色。所以，若两解必取其一，还是从游子角度加以理解于义较胜。

前已言及，造成文本多解的原因，主要在于古典诗词文本的字句限制，成分省略，以及文本结构自身的内涵维度与意蕴张力，它们共同加大了文本解读的弹性限度，这就使得多解成为可能。所以，当我们面对一篇文本，转换解读的思路和角度，就有可能使文本多出一种新的解释，创生一种新的美感。如温庭筠的《菩萨蛮》其四：

翠翘金缕双鸂鶒。水纹细起春池碧。池上海棠梨。雨晴红满枝。　　绣衫遮笑靥。烟草粘飞蝶。青琐对芳菲。玉关音信稀。

此首相思闺情。上片描写雨过天晴的园池之景，换头二句紧承上意，描写绣衫女子池园游乐，结二句转写女子游园赏春之后的心理活动和情绪变化。此词结构上很有特色，全词共八句，以前六句描写园池的烂漫春景和游春之乐，末二句掉转词意，结出闺中念远题旨，词情由乐转悲。这种结构方式，显然是对王昌龄《闺怨》一诗构思立意的借鉴。因是词体，不像绝句起承转合，过渡自然，前后比重的反差过大，读之不免稍有失衡之感。于是有论者转换思路，将前六句解为“追叙昔日欢会时之情景”，而“后二句则以今日孤寂之情，与上六句作对比”①，以使前后的衔接显得较为自然紧密。不过作此解说，这首词的意脉结构就已完全改观，变成忆昔感今了。与此相类的还有李珣的《酒泉子》其四：

秋月婵娟，皎洁碧纱窗外，照花穿竹冷沉沉。印池心。　　凝露滴，砌蛩吟。惊觉谢娘残梦，夜深斜傍枕前来。影徘徊。

此首两解：一谓咏月，一谓言情，着眼点不同，说皆可通。从咏月的角度看，起句四字为全词定调，以下逐层铺写月映纱窗、照花穿竹、影印池心、斜傍枕前的种种皎洁美好，写出了月亮从初升到中天再到西斜的一夜运行的全过程。谢娘与窗纱、花竹、池水、清露、蛩吟一样，都是婵娟月色的映衬点缀。从言情的角度看，则恰好相反，谢娘成为全词的关键，词中自首至尾无处不在的月光，都是为了烘托谢娘的梦境。梦醒之后，那斜傍枕前、徘徊不去的月影，似有情意，也是为了慰藉谢娘的孤寂心情。全词借助月光，把女子的一种相思之意，表现得蕴藉含蓄，不落迹象。

《花间集》中还有少数文本题旨无法确解，如温庭筠的《更漏子》其五、张泌《酒泉子》其二、顾敻的《临江仙》其一等。温庭筠《更漏子》其五云：

① 刘永济《唐五代两宋词简析》，中华书局2007年10月版，第12页。

背江楼，临海月。城上角声呜咽。堤柳动，岛烟昏。两行征雁分。　　京口路。归帆渡。正是芳菲欲度。银烛尽，玉绳低。一声村落鸡。

温词有时仿佛印象派绘画，只涂抹色彩，而不用线条连贯勾勒；又如影视的蒙太奇镜头，只并置画面，而不作任何解释说明。局部清晰，整体朦胧，词句之间往往出现不可解处，甚至整篇无解。即如此词，每一句的画面色彩均可见可感，但到底是写远行还是写归家，是写送别还是写行役，是写游子见闻还是写思妇望归，颇难论定。而不管作哪一种理解，都会出现前后不接、彼此龃龉的说不圆处。最明显的矛盾，就是上片的“两行征雁分”喻示分别，下片的“归帆渡”却写回归。文本里明明是“归帆”，论者为了解通，却硬要把它说成“征帆远行”。词作前后所写，无法用一条清晰的意脉线索加以贯穿。再如张泌的《酒泉子》其二：

紫陌青门，三十六宫春色。御沟辇路暗相通。杏园风。　　咸阳沽酒宝钗空。笑指未央归去，插花走马落残红。月明中。

此首风调可感，而题旨不明。上片起二句总写京城春色，视野宏大。接二句写宫中御沟辇路纵横交错，四通八达，杏园春风吹拂，繁花满树。下片转写咸阳游乐，拔钗沽酒，其人兴致之高涨可见。接写插花走马，笑指帝京，戴月归去，其人风度之潇洒可想。然则其人官人乎，平人乎？羽林乎，士夫乎？或者是杏园宴罢仍未尽兴，再转咸阳纵游痛饮之新进士乎？未知孰是。还有和凝的《临江仙》其一：

海棠香老春江晚，小楼雾縠空蒙。翠鬟初出绣帘中。麝烟鸾佩惹苹风。　　碾玉钗摇鸂鶒战，雪肌云鬟将融。含情遥指碧波东。越王台殿蓼花红。

词咏女子，起二句写季节、时间、环境，似有几分神秘，然后女子出场。下片前二句继续描写女子的形象，结二句忽然撇下前面质实的描写，宕开一笔，转写女子属意悠远，含情遥指，烟水那边，是红蓼丛中的越王台殿遗址。女子是思古，是念远，还是候人？女子的身份是汉皋洛浦仙子，还是人间凡俗思妇？均难加以确定。

上文从四个方面，对《花间》词文本解读中的诸多问题，进行了初步的梳理归纳。指出《花间》词客观存在的文本瑕疵，意在提示研究者加以正视，进而对这些存在瑕疵的文本，作出恰当的诠释和公正的评价；对传统评点和现代解析的偏颇失误的指陈罗列，意在纠偏补弊，以使《花间》词的文本解读归于正途，走向深入；对《花间》词文本的多元解读，则是尝试进入经典文本的某种新的可能性，使经典文本的美感得以不断刷新，内涵得以不断增殖。在此，还有两点需要进一步强调说明：一是《花间》词的文本解读，在充分运用传统本土的诗学理论资源的同时，应该大力借鉴域外文艺美学和其他相关理论，如语义学与阐释学理论、接受美学理论、心理分析理论、母题原型理论、互文性理论、叙事学理论、信息论等，“武器的批判”能使“批判的武器”借以“更新换代”，有利于破解一些文本的纠结之处，使长期以来存在的说不圆处，解读得更显圆通；更为重要的是，在借鉴化用这些外来理论解读文本的过程中，创生出仅靠本土传统理论无法生成的新意。域外文艺美学和其他相关理论，不仅是《花间》词文本解读需要借助的利器，也是词学界和整个古典文学研究界共同需要的他山之石。有了诸多域外理论资源的加入，我们的古典诗词文本解读就有可能新意迭出，我们的古典文学研究面貌就会大为改观。二是《花间》词文本解读中面临的问题，不只是拙文谈及的几个方面；这些问题，也不只是《花间》词文本解读中孤立存在的现象，在对其他古代经典诗词文本的解读中，相似的问题应该也是大量存在的。这就需要引起研究者广泛的注意和高度的关切。文本解读绝非文学研究领域的些微小事，须知一切文学理论批评体系，均是建立在文本解读的基础之上的，如果连微观的文本都未能阐释惬当，那么中观和宏观的抽象概括、提炼升华，恐怕就是根本靠不住的。而文学研究也不能总是习惯、满足于打外围战，或流连于宽泛无边的文化，或陶醉于琐碎无比的考据，或迷失于广漠无涯的玄谈。文学研究应该回到文学艺术本位，回到审美本位，回到文本，研究者应该从一篇篇微观的文本解读入手，假以时日，聚沙成塔，点滴累积扎实的专业基本功，渐次培养敏悟的阅读感知力和纯正的审美鉴赏力，“观千剑而后识器，操千曲而后晓声”，然后进至方法论的探讨和规律性的总结，着手构建起既属于个人，也属于时代，而最终将属于民族文学史和人类心灵史的高远宏大的文学理论批评体系。

《花间集》校勘的几点说明

编定于五代后蜀广政三年（940 年）的《花间集》，是中国词史上第一部文人词总集，被宋人尊为“倚声填词之祖”，在词史上影响重大深远。然而迄今为止，尚无汇校勘、笺注、疏解、集评为一的较为完善的《花间集》版本，这不能不说是唐宋词籍整理和词史研究的某种缺憾。缘此，笔者约于十年前，开始了《花间集》的整理研究工作，冀为“长短句之宗”《花间集》添一较为完善之新本。整理《花间集》的十年间所体验的种种甘苦，俱已过往，唯访求、比勘版本的烦琐疲累，似难忘却。看一个本子，把五百首词逐字认真校对一遍，大约需要三天的时间。因为是教务之余外出访求善本，时间有限，而国内各大图书馆古籍阅览室的惯例是开馆晚，闭馆早，为了抓紧时间看书，总是从上午 9 点开馆始，一直看到下午 5 点闭馆，往往连吃午饭的工夫都舍不得浪费。就这样，在几年内陆续挤出时间，遍跑国内藏有《花间集》的图书馆，看了几十个宋、明、清暨近现代的《花间集》本子和重要选本。为了保证校勘的准确性，有些版本不止看过一遍。在此，笔者拟就《花间集》校勘的相关情况，作几点简要的说明，就教于方家同好。

一、版本与校勘的大致情况

在《花间集》千年传播史上，出现了较多的版本。一般认为，现存最早的版本是南宋绍兴十八年刊印的晁谦之跋建康郡斋本，和南宋淳熙年间鄂州册子纸本，简称“晁本”“鄂本”。杨慎《词品》卷二所说的得之昭觉寺的版本，毛晋汲古阁本《花间集》所据的南宋陆游跋本，汲古阁秘本书目著录的“北宋本”和“南宋版精抄”本，或已佚失，或在疑似有无之间。元代无《花间集》新版本出现。随着《花间集》典范地位的进一步确立，明清两代及近现代刊行了众多版本的《花间集》，这些版本基本都是从南宋晁本和鄂本系统孳孽出来。李一氓先生《花间集校》书后所附《关于花间集的版本源流》一文，将宋明清《花间集》版本梳理为三个系统，论多确当，嘉惠学林，善莫大焉。唯是认定陆跋本为毛本之所出，而汤评本则不知所出，似有商榷余地。笔者近年细读《花间》文本时，借助国内馆藏的宋明清本《花间集》，仔细比勘相关版本文字出入异同后，认为所谓“陆跋本”，大约就是鄂州册子纸本，并不是一个新出的独立版本，毛本实出鄂本，但参校了晁本或陆本。汤评本目录近似鄂本，文字上与陆元大覆晁本为近，应是以陆本为底本，参校鄂本等版本而成的一个本子，似难断言没有版本出处。

在历代刊印《花间集》的过程中，各本之间不可避免地出现了不少的文字歧异。大致从明代正德年间陆元大覆晁本开始，明清两代在刊行、传播《花间集》的时候，都做了程度不同的版本异文校勘工作。这些异文校勘，有的是与《花间集》作品一同印行，有些是在阅读过程中，比勘不同版本，以眉批、夹批或文后小注的形式，随手批校上去的。民国时期，《花间集》异文校勘以王国维先生辑校《唐五代二十一家词》、林大椿先生辑校《唐五代词》、李冰若先生《花间集评注》和华钟彦先生《花间集注》等书，贡献为大。20 世纪 50 年代以后，则以李一氓先生《花间集校》，张璋先生等《全唐五代词》，曾昭岷、王兆鹏先生等《全唐五代词》诸书，最具版本价值。李校本、张全本、曾全本后出转精，吸收了明清以来《花间集》作品的校勘成果，比勘了传世的宋明清及近代《花间集》主要版本，以及《花间》诸词人存世词集和选本收录作品，堪称精校。尤其是李校本，被学界誉为迄今为止版本最可靠、校勘最精良的《花间集》校本。但金无足赤，李校本似亦未臻于尽善尽美，仍可作进一步的完善：一是于明紫芝漫钞本、钟人杰本、张尚友本《花间集》、清《花间正集》等书弃之不校，未竟全功；二是千虑一失，于所校勘诸本，时有失校、误校现象。

本次校勘，以南宋绍兴十八年晁谦之建康郡斋本《花间集》为底本，共取校宋、明、清时期暨近现代二十余个《花间集》版本，规模空前，现将取校版本列出如下：

1. 宋绍兴十八年刊晁谦之跋本	底本	晁本	国家图书馆藏
2. 宋淳熙刊鄂州册子纸本	校本	鄂本	国家图书馆藏
3. 明紫芝漫钞本	校本	紫芝本	北京大学图书馆藏
4. 明吴讷辑《唐宋名贤百家词》钞本	校本	吴钞本	天津图书馆藏
5. 明正德十六年陆元大覆晁本	校本	陆本	上海图书馆藏
6. 明万历八年茅氏凌霞山房刊本	校本	茅本	上海图书馆藏
7. 明万历三十年玄览斋刊巾箱本	校本	玄本	上海图书馆藏
8. 明万历四十八年刊汤显祖评朱墨本	校本	汤评本	国家图书馆藏
9. 明万历间刊汤显祖评墨本	校本	汤墨本	上海图书馆藏
10. 明文治堂刊汤显祖评本	校本	文治堂本	青海图书馆藏
11. 明朱之蕃词坛合璧本	校本	合璧本	北京大学图书馆藏
12. 明天启四年刊钟人杰合刻花间草堂本	校本	钟本	上海图书馆藏
13. 明张尚友刊本	校本	张本	上海图书馆藏
14. 明雪艳亭活字印本	校本	雪本	李一氓先生藏
15. 明毛氏汲古阁刊本	校本	毛本	上海图书馆藏
16. 明毛氏汲古阁刻后印本	校本	后印本	上海图书馆藏
17. 明刻残本	校本	残本	上海图书馆藏
18. 清康熙十七年刻花间正集本	校本	正本	南京图书馆藏
19. 清四库全书本	校本	四库本	文渊阁本
20. 清刻本	校本	清本	上海图书馆藏
21. 清光绪十四年邵武徐氏重刻本	校本	徐本	上海图书馆藏
22. 清光绪十九年王鹏运四印斋所刻词本	校本	四印斋本	上海图书馆藏
23. 吴氏双照楼景刊宋元本词本	校本	影刊本	上海图书馆藏
24.《全唐诗》附词	校本	全本	扬州诗局本
25. 王国维《唐五代二十一家词辑》本	校本	王辑本	上海图书馆藏

本书除比勘上列诸本外，收录《花间》词的历代重要词选、词谱，暨唐五代词总集等，亦加参校，此处不再一一列出。中国大陆图书馆藏宋明清本《花间集》，除吴勉学师古斋刻本未见外，其余重要版本均曾取校。其中紫芝漫钞本、钟人杰本、张尚友本、汤评墨本（二册本与四册本两种）、汲古阁后印本、明残本、文治堂本、词坛合璧本、花间正集本、清

刻本等十余个明清版本，皆是此前校勘《花间集》的学者未曾取校过的本子。

对于此前校勘《花间集》的学者取校过的版本，本书皆重加校勘，共补充失校、改正误校数百处。仅以号称精校的李一氓先生《花间集校》为例，本次校勘，即改正、补充其误校、失校达一百五十处，其中失校一百三十三处，误校十七处，涉及《花间集》十八家词人的一百一十五首词作。一个颇有意思的现象是，列《花间集》前六卷的词人词作，失校、误校较少，计有四十首五十处；而列《花间集》后四卷的词人词作，失校、误校的情况则相对较多，达七十五首一百处。详见拙文《〈花间集〉校勘拾零》[1]。可见校勘这种琐碎、疲累的工作，确乎是越到后来越容易懈怠疏忽的。贤哲如李先生，似亦不免。不贤如笔者，恐怕更难保证拙书不会出现新的差错，这是需要首先在此祈谅于方家时贤的。

自宋迄清，《花间集》版本较多。本次校勘的原则是：兼顾是非、异同，并作相应按断，一并写入校勘记中。本来，按照一般的校勘习惯，假借字、异体字是不需出校的。但假借、异体字，又确实是两个书写不同的字，刻书者选择书写不同的字体，有时也许并不仅是用字习惯问题。并且，假借字、异体字也是构成版本的整体风貌的有机组成部分，经常比勘版本的人，一般都会有这样的体验，有时对一个版本的鲜明印象，就是和这个本子的用字特点密不可分的。所以，为了最大限度留存不同版本之真，方便读者和研究者一册在手，即可详知各本文字出入、歧异情况，免去手头版本不全之苦与四处访书的奔波翻检之劳，本次校勘对各个版本使用的假借、异体字，亦出校记，这是需要特别加以说明的。

二、人弃我取之版本叙略

对于古今学者重视、熟知的《花间集》版本，诸如晁谦之跋本、鄂州册子纸本、吴讷《百家词》钞本、陆元大覆晁本、茅氏凌霞山房本、玄览斋巾箱本、汤评朱墨套印本、毛氏汲古阁本、雪艳亭活字印本、邵武徐氏

① 《〈花间集〉校勘拾零》，2011 年《词学国际学术研讨会论文集》。

重刻本、王鹏运四印斋本等，笔者不拟再谈。对于近人校理《花间集》时不取而为本书取校之版本，这里略作叙说，以见其概。

（一）紫芝漫钞本：北京大学图书馆藏。此本为毛扆校明紫芝漫钞《宋元名家词》本，系残本，分上下二卷，略同吴钞本。半叶九行，行十五字。唯上下卷总目前后次序颠倒，且下卷词人排序与吴钞本亦有出入。

（二）汤墨本：上海图书馆藏。分二册和四册两种，皆为四卷本。前有行楷《花间集序》，署“娄县季许书”。无总目，卷目为细目，卷目后有“音释”。半叶八行，行十八字，眉批、夹批同朱墨套印本，唯文字亦小有出入。

（三）词坛合璧本：北京大学图书馆藏。“合璧”云者，谓此本汇刻《草堂诗余》《花间集》《词的》《四宫词》等数部著作也。题“杨慎辑”，共两函十六册，七、八两册为《花间集》。半叶八行，行十八字，欧阳炯序、汤显祖题辞、无暇道人跋、卷目、署名、音释、批语、行款同汤本。唯文字与汤本小有出入。

（四）文治堂本：青海图书馆藏。此本亦称汤评，但全书无一条汤显祖评语。词作文字正误与汤本大同小异，应是汤本的翻刻本。

（五）钟人杰本：上海图书馆藏。即读书堂本。明天启四年（1624年）与《草堂诗余》合刻，题“合杨升庵批选《花间》、《草堂》二集”。书前无欧阳炯序，有天启甲子张师绎序与钟人杰序。分上、下二卷，总目为简目。此本以字数多少为顺序，以调集词，将《花间集》与温博《花间集补》混合编排。书款半叶九行，行十九字，长方宋体，规范美观。有朱笔、墨笔点断句读，有墨点、墨圈标赏佳句。但此本存《花间集》词仅三百九十四首，存《花间集补》仅五十九首，于二书均有遗漏。卷一、卷二有“新都杨慎品定，武林钟人杰笺校”题署，但全书实无笺校，仅少数词作后有简单评语。

（六）张尚友本：上海图书馆藏。二册本，以正德陆元大覆晁本为底本，合原书十卷为上、下二卷，序后有简目，题署“银青光禄大夫行卫尉少卿赵崇祚集，姑苏葑溪后学张尚友重校”。书中遗漏作品于书后补入。后有“右《花间集》二卷”字样，暨晁谦之跋语。此本半叶十行，行二十二字，词作上下片以“○”分隔。有清叶树廉校并跋，暨民国袁克文跋。

（七）明残本：上海图书馆藏。此本二册，仅存卷八至卷十，且卷九、卷十为钞配，有清刘毓家跋。卷八为一册，半叶十行，行十八字。卷九、卷十为一册，正楷钞补，行款同卷八。卷十后有晁谦之题跋，末有“正德辛巳吴郡陆元大宋本重梓”字样，知此残本系出陆本。

（八）汲古阁后印本：上海图书馆藏。此本四册，欧阳炯序后为《花间集》目录，系详目。每卷前又有分卷细目。版心有“汲古阁”“毛氏正本”字样。半叶九行，行二十字。字体美观，朱笔断句。书后有陆游二跋和毛晋二跋。乃毛氏汲古阁刻《词苑英华》本之后印本。

（九）花间正集本：南京图书馆藏。清康熙十七年金介山等校刻，因校刻者把《花间集》未收的唐五代词人词作另辑为《花间续集》一卷，故称《花间集》为《花间正集》。此本分上下二卷，有金介山康熙戊午《刻正续花间集自序》，序后为陆游二跋与毛晋二跋，知此书系出毛氏汲古阁本。书前总目为详目。半叶九行，行二十字，与毛本同。校勘较精，文字与毛本为近。每叶左右上角均缺损一二字不等。

（十）清刻本：上海图书馆藏。此本欧阳炯序后为陆游二跋与毛晋二跋，是知亦出毛本。“繡”作“綉”、“莺”作“鸎”、“暮”作“莫”等，字体使用习惯皆同毛本。对毛本错字亦加是正，如将毛本“团苏”改作“团酥”等。总目为简目，卷目为详目，又同晁本、陆本。同调连章接排，不以“其…”或“又”标示。半叶十行，行二十字。书前无题辞，书后无跋语，书中无批校文字，朱笔断句、圈点，校刻较精。

三、各本《花间集》总目简介

最后再简单介绍一下各本《花间集》总目异同。择为本书校勘底本的晁本，书前总目为简目。宋明清《花间集》诸本总目，以毛本最为详备。笔者因重新编列《花间集校注》目录，为避免重复，未采毛本之总目。但为了存留版本之真，让读者了解底本、毛本暨各本总目真相，这里将宋明清各本《花间集》总目分为无总目、总目为简目、总目为详目三类，略加介绍如下：

（一）书前无总目：鄂本、汤评本、汤墨本、合璧本、雪本、四印斋本书前无总目。1. 鄂本于每卷前列卷目，为详目；正文同调各首连排，不以“其…”或“又”标示。四印斋本同鄂本。2. 汤本为四卷本，朱墨套印本每卷前列详目，正文同调第二首起以“其…”标示；墨本、合璧本同套印本。3. 雪本《花间集》与《花间集补》合一，以调集词，分上下二卷，无总目与卷目。

（二）书前总目为简目：晁本、陆本、茅本、玄本、张本、清刻本、影刊本书前总目为简目。1. 晁本序后简目作：“花间集一部十卷，银青光禄大夫行卫尉少卿赵崇祚集。温助教庭筠六十六首，皇甫先辈松十一首，韦相庄四十七首，薛侍郎昭蕴十九首，牛给事峤三十三首，张舍人泌二十七首，毛司徒文锡三十一首，牛学士希济十一首，欧阳舍人炯十七首，和学士凝二十首，顾太尉敻五十五首，孙少监光宪六十一首，魏太尉承斑十五首，鹿太尉虔扆六首，阎处士选八首，尹参卿鹗六首，毛秘书熙震三十首，李秀才洵三十七首。”徐本序后简目同晁本。2. 陆本序后简目除“温庭筠”作“温廷筠”、李洵“二十七首”作“三十一首”外，与晁本同。3. 茅本序后简目作：“花间集叙目”，除“温庭筠”作“温廷筠”、顾敻“五十五首”作“十七首”、李洵“三十七首”作“三十一首”外，与晁本同。4. 玄本序后简目作：“花间集叙目”，除“温庭筠”作“温廷筠”、牛峤“三十三首”作“三十二首”、孙光宪“六十一首”作“六十首”、毛熙震“三十首”作“二十九首”外，与晁本同。5. 张本序后简目作“花间集上下二卷目录，银青光禄大夫卫尉少卿赵崇祚集”，朱笔改“上下二卷”为“一部十卷”，圈去“目录”二字，简目除“温庭筠”作“温廷筠”、“张泌”作“张秘”、“李洵”“三十七首”作“李珣”“三十一首”外，与晁本同。6. 影刊本简目在序前，除“温庭筠”作“温廷筠”、李洵“三十七首”作“三十一首”外，与晁本同。7. 清刻本序后作“花间集目录”，列十卷简目。

（三）书前总目为详目：钟本、吴钞本、紫芝本、正本、毛本、后印本、四库本、文治堂本书前总目为详目。1. 钟本系二卷本，以调集词，且将《花间集补》作品与《花间集》混编，此处略去各调细目。2. 吴钞本为二卷本，序后作“花间集总目”，依次为“唐温助教词六十六首，唐皇甫先辈词十二首，唐毛秘书词二十九首，唐牛给事词三十二首，唐韦相词四十八首，唐欧阳舍人词十七首，唐和学士词二十首，唐张舍人词二十七首，唐薛侍郎词十九首”；薛昭蕴词后，为“花间集总目下”，依次为“唐毛司徒词三十一首，唐顾太尉词五十五首，唐魏太尉词十五首，唐孙少监词六十首，唐牛学士词十一首，唐鹿太尉词六首，唐阎处士词八首，唐尹参卿词六首，唐李秀才词三十七首”，此处略去各家细目。3. 紫芝本系残本，总目略同吴钞本，唯上下卷前后次序颠倒，且下卷词人排序亦与吴钞本有出入。4. 正本为二卷本，其“花间正集目录”为详目，卷上为“温庭筠六十六首，皇甫松十一首，韦庄四十七首，薛昭蕴十九首，牛峤三十一首，张泌二十七首”，卷下为“毛文锡三十一首，牛希济十一首，欧阳炯十七首，和凝二十首，顾敻五十五首，孙光宪六十首，魏承班十五首，鹿虔扆六首，阎选八首，尹鹗六首，毛熙震二十九首，李珣三十七首”，此处略去各家细目。5. 毛本为十卷本，总目完备，依次为：“卷一，温庭筠五十首；卷二，温庭筠十六首，皇甫松十一首，韦庄二十二首；卷三，韦庄二十五首，薛昭蕴十九首，牛峤五首；卷四，牛峤二十六首，张泌二十三首；卷五，张泌四首，毛文锡三十一首，牛希济十一首，欧阳炯四首；卷六，欧阳炯十三首，和凝二十首，顾敻十八首；卷七，顾敻三十七首，孙光宪十三首；卷八，孙光宪四十七首，魏承班二首；卷九，魏承班十三首，鹿虔扆六首，阎选八首，尹鹗六首，毛熙震十六首；卷十，毛熙震十三首，李珣三十七首。”此处略去各家细目。后印本、四库本同毛本。6. 文治堂本总目与毛本略同，唯卷十毛熙震无“木兰花一首”。

第三辑

浅说宋代的咏梦词

宋词咏梦之作颇多，从题材上看，离别相思、身世感慨和对故国的怀念，是宋代咏梦词的主要内容；从手法上说，时空的心理化、境界的虚幻化和手法的多样化，是宋代咏梦词艺术表现上的显著特征。

一

宋代的咏梦词，构建出一个奇妙的艺术世界，闪烁着超现实的迷人光彩，拓展出一片潜意识的领地，宋代词人心灵深处的痛苦和欢乐，在这里开放出幽微多姿的梦之花。

占据宋代咏梦词最大比重的是离别间阻、相思成梦一类作品。“诗庄词媚”“词为艳科”的词体言情特质，在咏梦类作品中得到了突出的体现。这不是偶然的。清查礼说：“情有文不能达，诗不能道者，而独于长短句中可以委宛形容之。”[①] 和诗文相比，词体的政教性、道德性大为减弱，而抒情性、愉悦性大大增强。社会思潮、时代心理酝酿的个体生命意识、爱情意识的空前觉醒，使诗文的“言志”“载道”在词苑中让路于“言情”“遣兴”，词成为更其个人化、内向化的崭新体制。男欢女爱、伤离恨别、思恋怨慕等不便于在诗文中表达的内容，找到了词这一理想的载体，可谓情之所钟，正在词林；而情到深处，难以释然，或时空间阻，或生死契阔，更是令人寝寐不忘，梦绕魂牵。这样，以言情为己任的宋词，就必然要涉笔于梦的领域，致力于梦境的开拓，于是一大批咏梦词便应运而生了。表现男女相思之梦的这一部分词作，展示的正是宋人心灵世界里最隐秘缠

① 查礼《铜鼓书堂词话》，唐圭璋《词话丛编》二，中华书局1986年11月版，第1481页。

绵，最执着坚贞，也最痛苦美丽的情感质。

不分春夏秋冬，四季相思使他们（她们）一年时光“魂梦几曾闲”，不间断地做着相思梦。这是春日梦：“春光漫漫人千里，归梦绕长安”（曾觌《眼儿媚》）；这是夏日梦：“暴雨生凉。做成好梦，飞到伊行”（杨无咎《柳梢青》）；这是秋日梦：“香断锦屏新别，人闲玉簟初秋。多少旧欢新恨，书杳杳，梦悠悠”（欧阳修《圣无忧》）；这是冬日梦：“人间离别易多时。见梅枝，忽相思。几度小窗，幽梦手同携”（姜夔《江梅引》）。

也不管白天黑夜，朝暮相思使他们（她们）混沌了晦明的阈限。夜梦必不可少：“良宵谁与共？赖有窗间梦”（贺铸《菩萨蛮》）；而往往是白日做梦：“却向窗昼卧，正春睡难足。叹好梦，一一无凭，帐掩金花坐凝目”（晁端礼《雨霖铃》）。

更不论居处行旅，思妇和行客怀着同样的心愿。居家的思妇“眼中泪，万行难尽；眉上恨，一点偏浓。杳无踪。夜来唯有，幽梦相逢”（潘汾《玉蝴蝶》）；行役的游子在“丹枫吹尽”的候馆，“还是独拥秋衾，梦余酒困都醒，满怀离苦”（周邦彦《解蹀躞》）。

梦是迷人的。它生着一双“凭虚御风，泠然善也”的超现实的翅膀。有了它，便可以度越自然的关山险阻，跨过人世的重重障碍，来到情人的身旁，达成欢洽的幽会。现实中是“天易见，见伊难”，何等绝望；睡梦里却“昨宵结得梦夤缘。水云间，悄无言”，何等安谧沉酣（朱淑真《江城子》）。现实是“欹枕舻声边，贪听咿哑聒醉眠”，独自江行，无聊欲眠；睡梦里却“变作笙歌花底去，依然，翠袖盈盈在眼前”，花丛歌管，亲睹芳姿（辛弃疾《南乡子》）。现实是“江水西头隔烟树，望不见，江东路”，江水烟树隔开了相爱双方；但当“思量只有梦来去”时，就“更不怕，江拦住”了（黄庭坚《望江东》）。这正像赵令畤词中所写：“重门不锁相思梦，随意绕天涯”（《乌夜啼》）。大江难拦相思梦，重门难锁相思梦。梦，简直成了一把开解现实困窘的万能的金钥匙。作为现实缺憾的一种补偿方式，现实中无法实现的愿望，可以在梦中实现；被现实压抑的情感，可以在梦中尽情宣泄；不如人意的现实生活处境，经过梦的改造，可以变形为令人销魂的温柔之乡。

然而，梦又是那样欺人。因为它毕竟是虚幻的。犹如画饼充饥，望梅止渴，并不等于真正解决了“饥渴”问题。“画饼”“望梅”带来的往往是更强烈的刺激，它只能使“饥渴感”更甚。梦中相会亦复如此。片时梦醒，回味梦中光景，令人更添相思之情，更加难以为怀。“几夜月波凉，梦魂随月到兰房。残睡觉来人又远，难忘，便是无情也断肠”（晏几道《南乡子》）、“梦破南窗，愁肠万缕，那听角动城头鼓。人生弹指事成空，断魂惆怅无寻处”（李之仪《踏莎行》）、“惆怅更长梦短，但衾枕，余芬剩暖。半窗斜月，照人肠断，啼乌不管”（贺铸《烛影摇红》）。皆因离别相思而无缘相见，结想成梦，梦醒之后，抒情主人公感受体验到的是比无梦时更强烈的痛苦熬煎，情感跌入更加悲凉的境地。

尽管如此，离别相思者还是渴望入梦，因为他们（她们）明白：“相思只在梦魂中”（何大圭《小重山》）。冷酷的现实并不赐予双方聚首的机会，哪怕只是匆促的一瞬。“春梦”虽然无凭，但有总聊胜于无。所以，为了获致更多的好梦，为了能有更多更长的时间来睡眠，以期梦的降临，享有那短暂幻境中的刹那快乐，他们（她们）往往要借助于酒的麻醉力量：“春来心事，分付千钟酒”（晁端礼《蓦山溪》）。“酒”“醉”与“梦”，像孪生姐妹一样紧紧连在一起，密不可分，成为催生梦的酵母和曲酶。

弗洛伊德在《精神分析引论新讲》中说：“一切梦都具有性的属性”，显然是从他的泛性论出发作出的论断，未免偏颇。但从咏梦词中大部分作品所写的梦来分析，弗氏的看法又不无道理。因为这些梦都是指向与所思念的异性重聚，即不仅仅是一般感情意义上的“相思”，而是要和对方实实在在的身体去幽会“相亲”。尽管词人们对此多不作正面展示，但恍惚其词的暗示，也足以让人看得十分明白。如所周知，封建礼教对于人的正常情感欲望构成巨大压抑，宋代“存天理，去人欲”的程朱伦理哲学盛行，更使这种在长期封建社会里形成的压抑传统得到进一步强化。在清醒正常的状态下，人们的情感欲望无法得到满足，于是只好诉诸于梦，在梦的世界里，抛开礼法的制约，违弃道德的规范，不顾伦理的藩篱，进入超越现存秩序之上的自由自在境地，平时难于、羞于示人的潜意识，在梦里无拘无束地流露出来，现实中匮乏的情感欲望，在梦里得到了补偿和满足。明乎此深层的潜意识心理，对咏梦词多写离别相思之梦的现象，也就不难理解了。

二

如果宋代的咏梦词只是在离别相思的男女之事上流连打转的话，那么它的题材就未免太过狭窄，内容也显得太过单薄了。然而事实并非如此。北宋苏轼的《江城子·乙卯正月二十日夜记梦》，已在悼亡的梦思中糅进了仕途坎坷、世路恓惶的凄凉感慨。王安国的《点绛唇》“秋气微凉”，则在咏梦词发展过程中较早寓有比兴寄托之义，词中宫女夜梦表现的怨望之情，喻指的正是词人对皇帝和执政的不满。宫女的思君梦不过是一个表层的喻体，其深层意蕴乃是词人的身世之感。到李之仪的《蝶恋花》：“万事都归一梦了。曾向邯郸，枕上教知道。百岁年光谁得到？其间忧患知多少！”则直抒梦幻人生之感。此词中的“梦”，已不是宋代词人惯常写到的相思怀人梦，而是士大夫文人沧桑之后的大彻大悟，是沉痛而又超旷的人生世事感喟。这使我们不禁想起苏轼“笑劳生一梦”(《醉蓬莱》)、“古今如梦，何曾梦觉”(《永遇乐》)、“人间如梦，一樽还酹江月”(《念奴娇》)、“休言万事转头空，未转头时皆梦”(《西江月》)一类词句。这类关于梦幻的咏叹，虽不无空虚、颓废色彩，但毕竟在梦词的题材内容和抒写意向上实现了质的突破。

在北宋词人的咏梦之作中，值得提出的还有秦观的《如梦令》“遥夜沉沉如水”和《好事近·梦中作》。前者写夜宿驿亭的见闻感受，抒发迁客罪臣的天涯沦落之悲。后者以梦境的描写“概括一生”(《宋四家词选》)，词中不断变换的意象，飞云龙蛇的幻化，可视为词人身世际遇的象征。从潜意识的深度心理来分析“醉卧古藤阴下，了不知南北”二句，它们正是词人不胜现实痛苦，企求最终解脱的“死本能”的流露。秦观的这两首词，以高品位的艺术表现，为咏梦词提供了新的内容质素，拓宽了梦词的题材领域。

“文变染乎世情，兴废系乎时序。”[①] 公元1127年的靖康之变，导致了北宋王朝的覆亡，金人南侵的鼙鼓，惊破了宋人的“政宣风流”梦。空前的民族灾难使得宋词的抒写主题发生了巨大的变化，抗战爱国的豪情词占据了南宋前期词坛的中心位置，咏梦词也在这一总体变化中显露出了新的

---

① 刘勰《文心雕龙·时序》，王利器校笺本，上海古籍出版社1980年8月第1版，第273页。

面目。力主抗金的爱国词人们，梦寐不忘的就是收复失地，还我河山。他们身处江南，心驰北国，一次次在梦里回到沦陷的中原故土："梦中原，挥老泪，遍南州"（张元干《水调歌头》）；"昨夜寒蛩不住鸣，惊回千里梦"（岳飞《小重山》）。人生都有自己的"终极关怀"，收复中原就是南宋一代爱国词人的"终极关怀"。他们的梦已不再是缠绵悱恻、儿女情长的"相思梦"，天崩地裂般的变局，使他们从一己的小悲欢中超拔而出，感应着时代民族的大悲欢，他们笔下抒写出的梦，是具有鲜明的时代特色的"中原梦"。他们不仅在梦里回到日夜思念的故国，而且在梦里投入收复"关河"的战斗："雪晓清笳乱起，梦游处，不知何地。铁骑无声望似水。想关河，雁门西，青海际"（陆游《夜游宫》）。这又很容易使人马上联想到辛弃疾《破阵子》"醉里挑灯看剑，梦回吹角连营。八百里分麾下炙，五十弦翻塞外声，沙场秋点兵"那一类"壮词"。

本来，南宋所面临的时势，应该为"英雄用武，谋夫展猷"提供机会，但最高统治者奉行的妥协投降的苟安国策，决定了南宋整整一代爱国志士们不可能有什么作为。"元知造物心肠别，老却英雄似等闲。"[①] 岁华空逝，壮志难酬，"报国欲死无战场"的现实，使南宋的爱国词人们陷入了深深的苦闷："叹年光过尽，功名未立；书生老去，机会方来"，他们"慷慨生哀"之际，也只能通过"凄凉感旧"，即通过回忆和梦幻来聊抒胸中郁积的愤怒（刘克庄《沁园春·梦孚若》）。平生怀抱难开，现实不如人意，他们或托言梦游遇仙，欲通思慕："犹自待，青鸾传信，乌鹊成桥。怅望胎仙琴叠，忍看翡翠兰苕。梦回人远，红云一片，天际笙箫"（张孝祥《雨中花慢》）；或托言梦见古人，欲话心事："老来曾识渊明，梦中一见参差是。觉来幽恨，停觞不御，欲歌还止。吾侪心事，古今长在，高山流水"（辛弃疾《水调歌头》）；这一切，无不是词人们现实遭遇和心境的一种变形表现。这些作品共同丰富了咏梦词的题材内容，为宋词中的"画梦录"抹上几笔斑驳陆离的色彩。

① 陆游《鹧鸪天》，唐圭璋《全宋词》三，中华书局1995年6月版，第1583页。

三

为了适应梦的艺术形态的营造，为了适应梦境的特殊建构方式，咏梦词在表现上呈现出鲜明而独特的个性风貌。时空的心理化、境界的虚幻化和手法的多样化，是咏梦词艺术表现方面的显著特征。

先说时空的心理化。梦的时空与现实的物理时空多有不同，它是一种心理时空。梦的时空不在于再现生活的本来样子，而是为了传达作者潜在的心理意识，它是一种浸透着浓烈主观情感色彩的变形时空。物理时间是一维匀速流逝的，不会倒流也不会超前；物理空间是固定不变的，不能随意更易移动。但在咏梦词中，时间可以倒流超前，空间也可以移动位置重新组合。一切都听凭主观感情的需要，一切都受到潜意识的深层心理的支配。试看辛弃疾的《水调歌头》："我志在寥阔，畴昔梦登天。摩挲素月，人世俯仰已千年。"展示的是天上一夕、人世千年，充满浪漫奇想的心理时间。刘克庄的《沁园春·梦孚若》上片，词人和友人在梦中"登宝钗楼""访铜雀台"，驰骋"燕南赵北"，历览故国山川形胜，词句展现的是一片广大辽远的心理空间，其中寄寓着豪杰志士梦寐不忘收复失地的报国深情。

柳永的《梦还京》下片："追悔当初，绣阁话别太容易。日许时，犹阻归计。甚况味，旅馆虚度残岁。想娇媚，那里独守鸳帏静，永漏迢迢，也应暗同此意。"其中"虚度残岁"是现实时间，"追悔当初"是时间的倒流，这是二重时间；"绣阁话别""旅馆阻归""鸳帏独守"则是三重空间。这种存在于一篇作品中的多元时空，只有在心理世界也即在回忆想象的梦幻世界里才能交叠一处，从而有力地凸显出羁旅天涯的词人那强烈的孤独、悔恨、思念相交织的复杂情感。

再如赵子发的《望江南》："新梦断，久立暗伤春。柳下月如花下月，今年人忆去年人。往事梦中身。""柳下"两句词，构筑了两重心理时空，一个"如"字和一个"忆"字，把"柳下"与"花下"的空间和"今年"与"去年"的时间，叠印一处，过去现在的对比映衬，虚实相融，更好地表现了由离别相思之梦生发出的世事无常、人生如梦的慨叹。晏几道的《临江仙》更是一首时空心理化的典型作品：

梦后楼台高锁，酒醒帘幕低垂。去年春恨却来时。落花人独立，微雨燕双飞。　　记得小蘋初见，两重心字罗衣。琵琶弦上说相思。当时明月在，曾照彩云归。

词从“梦后”切入，展现三重心理时空画面。起首两句写现在，“梦”和“酒”既是实指，又具象征意味。以下六句是对梦中回忆的展示，又分两层：“去年”三句是一层，写梦中闪回的去年伤别情景，这是心理时间的倒流和心理空间的位移；“记得”三句是一层，心理时空继续倒流位移到“去年”之前，亦即初识小蘋之时，这是令词人终生难忘的“第一印象”。黯然销魂的别离和铭心难忘的初会，构成了词人梦忆的中心内容。结句则在时空上绾合今昔，梦境和现实打成一片，愈衬出词人梦后酒醒，见月怀人，不能释然的一往深情。时空的心理化使词人所经历的悲欢聚散情事，全部浓缩于此短章之中，极大地丰富了词篇的维度和层次，强化了作品的抒情功能。

次说境界的虚幻化。梦本来就是人的一种心理现象，是储存在人们大脑中的有意识和无意识的信息，在睡眠过程中的一种变形表现。与其他类别的词作多写客观物象相比较，咏梦词表现的主要是主观心象。当然，存在决定意识，主观心象究其实质也是客观物象的折光反映；但睡梦不同于清醒，幻觉不同于实在，却也是任何人都无法否认的事实。梦词境界多是心造幻境而非写真实境。梦词的虚幻境界别开生面，写其他类别词作所未写，为宋词的境界营构作出了特殊贡献，使宋词境界的品类更加丰富多样，千态万状，异彩纷呈。

张孝祥的《雨中花慢》借梦中游仙的虚幻境界，抒政治上难以偶合的失意之感，秋水伊人，宛在眼前，而仙凡悬隔，终难交接，天际一片红云祥光之中，笙箫之声隐然可闻，令词人梦后一何怅惘！这种虚化处理的词境，若近若远，荒幻难辨，颇为引人。而司马槱的《黄金缕》，原不过是寄托对钱塘歌女的思念之意，但付诸春梦，便使得整首词境恍惚迷濛，清丽妍媚，为这首词平添了几许诱人的魅力，仿佛雾里看花，帘中窥美，引发起读者的匪夷之思，纷纷为它附会出一段奇异而又香艳的本事（见《柯山集》、《春渚纪闻》诸书）。再如姜夔的《踏莎行》下片：“别后书辞，别时针线。离魂暗逐郎行远。淮南皓月冷千山，冥冥归去无人管。”词人设想合肥恋人亦如离魂倩女一般，其魂灵不远千里来与自己梦中相会、黯然归去的凄凉况味。千山冷月，一缕香魂，氛围缥缈幽寂。虚幻化的手法辟开了宋词言情的新境界，赢得了对姜词多所贬低的王国维的激赏。[①]

至如贺铸的《梦相亲》结句："此欢只许梦相亲，每向梦中还说梦。"真是虚而又虚，幻中有幻，道他人所不曾道，掘出梦词中一片无人涉笔的新天地，境界的虚幻化带来了词艺上的突破和创获。蒋捷的《燕归梁》借梦咏物，刷新了咏物词的切入角度和表现手法，由境界的虚幻化生出扑朔迷离的奇妙效果，赋予这首咏物词"天光云影，摇荡绿波，抚玩无斁，追寻已远"的悠然无穷之韵味。[②]

在境界的虚幻化方面，李清照的《渔家傲》和辛弃疾的《水调歌头》特别引人瞩目。李词写梦中所见海天相接、云水漫漫、星河欲转、千帆旋舞的景象，写天帝的居所和与天帝的对话，写九万里长风和三山仙境，虚幻化的境界汗漫浩渺，神奇瑰玮，透出"不类《漱玉集》中语"（梁启超语）的雄豪恣肆、蹈厉腾踔之美，从而有力地表现了女词人强烈的求索进取精神和超越平庸生存状态的解脱意向。辛作虽与其抗战爱国词的豪放风格一致，但天上玩月一夕、世上俯仰千年，援北斗以酌酒浆、睥睨下界尘寰的无垠时空和超迈气概，却是在辛弃疾模写实境的词作中无法看到的。李、辛这两首词都是借助梦幻，呈示心象，把宋代词人的想象力发挥到了极致，建构出宋词中最为恢宏阔大的境界，充分显示了创作主体"笼天地于形内""与天地精神相往来"的雄大气魄和不凡笔力。

再说手法的多样化。咏梦词在艺术表现上，除了时空的心理化和境界的虚幻化两大特色之外，诸如比兴寄托、暗示象征、层深折进等手法的运用，皆有可观。运用比兴寄托手法的作品，如王安国的《点绛唇》托言宫怨抒写身世之感，陆游的《清商怨》托言闺怨表现抗金理想的破灭，曾觌的《眼儿媚》托言别情寄寓故国之思。暗示象征手法多运用于使事用典方面，咏梦词中出现较多的典故意象，有"云雨梦""鱼雁传书""织锦回文"以及"黄粱梦""蝴蝶梦""华胥梦"等。至于层深折进手法，"用意深而用笔曲"，[③]似更见作者的艺术匠心。如陆游的《蝶恋花》"只有梦魂能

① 王国维《人间词话》，王幼安校订本，人民文学出版社 1984 年 9 月版，第 222 页。
② 周济《介存斋论词杂著》，人民文学出版社 1984 年 5 月版，第 7 页。
③ 沈祥龙《论词随笔》，唐圭璋《词话丛编》五，中华书局 1993 年 12 月版，第 4056 页。

再遇，堪嗟梦不由人做。梦若由人何处去”诸句，从“梦魂再遇”到“梦不由人”再到“梦若由人”，写来一波三折，跌宕有致，不落俗套。而晏几道的《蝶恋花》“梦入江南烟水路”，十句之中竟然四次翻转层折，极尽波澜起伏、顿挫回环之能事。凡此，皆可谓“一步一态，一态一变”，[①]“一转一深，一深一妙”，[②]充分显示出词体特有的抒情功能。

① 毛稚黄语，转引自王又华《古今词论》，唐圭璋《词话丛编》一，中华书局1993年12月版，第609页。

② 刘熙载《艺概》，上海古籍出版社1982年9月版，第114页。

重读《东坡乐府》札记

本文是笔者重读苏轼词集《东坡乐府》所作读书札记的一部分[①]，对苏词的艺术品位、表现手法和创作心态，进行了微观剖析和散点透视。

一、苏词品高

苏词品高。一曲“铜琶铁板”的“大江东去”固不待言，使“中秋词尽废”的“明月几时有”亦不必说。仅就《东坡乐府》中的一些婉约之作和对柔靡意象的处理而言，也同样可以看出苏词品高的特点。试看《洞仙歌》和《贺新郎》：

冰肌玉骨，自清凉无汗。水殿风来暗香满。绣廉开，一点明月窥人，人未寝，欹枕钗横鬓乱。　起来携素手，庭户无声，时见疏星渡河汉。试问夜如何？夜已三更，金波淡，玉绳低转。但屈指西风几时来？又不道流年，暗中偷换。(《洞仙歌》)

乳燕飞华屋。悄无人，桐阴转午，晚凉新浴。手弄生绡白团扇，扇手一时似玉。渐困倚，孤眠清熟。廉外谁来推绣户，枉教人，梦断瑶台曲。又却是，风敲竹。　石榴半吐红巾蹙。待浮花浪蕊都尽，伴君幽独。浓艳一枝细看取，芳心千重似束。又恐被，秋风惊绿。若待得君来向此，花前对酒不忍触。共粉泪，两簌簌。(《贺新郎》)

---

① 陈允吉校点《东坡乐府》，上海古籍出版社 1979 年 4 月第 1 版。龙榆生校笺《东坡乐府笺》，香港中华书局 1979 年 6 月第 1 版。

两词一写五代后蜀孟昶与花蕊夫人情事，一写闺中女子的孤寂与思念，均为传统婉约词惯写且容易流于艳俗的题材。但苏轼处理得却很不一般。其中的意象如冰肌玉骨、似玉的白团扇与握扇的手、清熟的孤眠、伴君幽独的榴花，皆不染半点儿凡尘俗态，纯洁得近乎晶莹透明。读之使人如同置身琼玉琳琅的世界，但觉神清气爽，而不会产生一丝儿卑下的意识。词人虽然写了肌骨、玉手和睡姿，但呈现在读者眼前的是白玉琢成的美神，审美心理中产生的是接触纯净之美的圣洁感觉，在冰清玉洁的境界中，读者的审美情感得到过滤和升华。

苏词品高的特点，与词人的高洁人格有直接关系。《洞仙歌》上片云："江南腊尽，早梅花开后。分付新春与垂柳。细腰肢，自有入格风流。仍更是，骨体清英雅秀。"咏柳，首先以梅为衬；再用"仍更是"三字突出春柳的"骨体清英雅秀"。一改向来写柳多用轻倩柔弱的笔意，赋予柳树以高雅清秀的品格。这实际上是词人高洁人格的折光反映。

苏词品高的特点，还与词人的意高有关。诗词中的意象全在创作主体的安排和驱遣，作者要借助它表现什么样的意，也就是把它融入什么样的意中，从而与意化一，形成特定的意境。如"飞絮"这一物象，一般说来是一种给人轻柔浮飘感的意象，多承载婉转浮靡甚至含有贬义的情思。即在杜诗亦曰"颠狂柳絮随风舞"。苏轼《水调歌头》"昵昵儿女语"的前结："回首暮云远，飞絮搅青冥"两句，写千里暮云、满天飞絮的暮色。一个"搅"字，化柔为刚，转弱为健，十分有力。暮云千里的晚空中，满天搅动着濛濛飞絮，气象何等阔大，意境何等浑茫。"飞絮"在这里已经彻底改变了柔媚轻浮的面目，而与千里暮云的长天晚空融为一体，其意象给人以遒劲飞动之感，有很强的表现力度，显得高而且尊。

提高词品是推尊词体、以期让不大受人尊重的"小歌词"获得与诗平等地位的关键所在。苏轼不仅在其豪放之作而且也在其经过"雅化"的婉约之作中，为宋词的"尊体"作出了决定性的贡献。

二、两难之情

《青玉案》"和贺方回韵送伯固归吴中"，写两难之情，最能显示词体抒情细腻婉曲的特点。“三年枕上吴中路”，见出伯固的梦寐以求归。“遣黄耳，随君去”，一方面表现词人对友人的关注牵恋，欲送君归，但分身无术，只有遣黄犬以相送；另一方面，从下文可知，吴中松江一带，曾是词人的旧游之地，词人曾在那里行遍四桥，结盟鸥鹭，留下了许多令人难忘的记忆。词人遣黄犬送友，同时也让黄犬替他前往探望四桥旧游，鸥鹭旧盟。“若到松江呼小渡，莫惊鸥鹭。四桥尽是，老子经行处。”词人预为归人设想到松江呼渡的情景，并殷勤叮嘱道“莫惊鸥鹭”，小心翼翼之状，足以说明词人对旧游记忆的分外珍重。至此再回看起句“三年枕上吴中路”，恐不只是就伯固而言，亦兼词人自己同时言之。

过片“辋川图上看春暮，常记高人右丞句。”点出伯固的归隐之心，称道伯固的人品之高。“常”字回应开头“三年”，互相勾连、印证。这两句借“辋川图”与“右丞句”的典故写伯固，是侧笔。“作个归期天已许”，则“天”随人愿，三年归梦一旦成为现实，这该是令人何等快慰的事！可是且慢：“春衫犹是，小蛮针线，曾湿西湖雨”三句一结，转出了一种极微妙的感情。归人身上的春衫，是“小蛮”素手密针细线缝制，千丝万缕，牵人肠肚。春衫之上，西子湖的霏霏春雨湿痕犹在——三年客居的杭州，又留给伯固多少绕梦萦魂的往事。真个是欲留不能，辞别不忍，离家时难归家亦难啊！可见回家也不单单是高兴，归乡之人辞客居之地，也是一种滋味复杂的别离。尤其是久客某地又有许多让人留恋的情事时，归家团聚的快乐还在前头，而眼下与客居之地相别即先动离忧，如愿之中也的确还有几分惆怅在。准确地捕捉并巧妙地表现出这种两处牵挂、去留两难的心理，是此词高出一般同类送别之作的地方。

若再深究一层，词的下片是伯固的两处牵挂，而上片不也先写出了词人的两处牵挂了吗？这两难之情正隐约透露了词人仕与隐的矛盾心理：江湖的扁舟，忘机的鸥鹭，“辋川”的田园，“右丞”的闲逸，固然令人向往；可丢开心中的理想，放下眼前的禄位，抛弃虚浮的名声，撒手人际的交游，又谈何容易！两难，也许就是人的宿命。

三、指下心事

纯以技巧取胜的艺术，是得形遗神的艺术，因而它还是未臻妙境的不成熟的艺术。生活中的躬亲阅历，心灵里的深切感受，是任何高超的技巧都代替不了的。文艺作品成功地表现出来的情事，都是创作主体品味过的理解了的情事。艺术家无法去表现他还未曾体验过的东西。心灵中不曾有的，在表现上也不会有。任何文艺作品的创造者，不管运用多么娴熟的技巧，都无法在其创作过程中成功地表现出不曾有过的经历和情感。只有在具备厚实的生活阅历和丰富的情感体验的前提下，通过高超的技巧，才会有成功的表现，接近完美的艺术。苏轼《减字木兰花》上片："琵琶绝艺，年纪都来十一二。拨弄幺弦，未解将心指下传。"与白居易《琵琶行》诗句："转轴拨弦三两声，未成曲调先有情。"正好从两个方面相辅相成地体现了这一艺术规律。

苏词中十一二岁的琵琶女，不管她的弹技何等卓绝，都无法懂得在演奏时"将心指下传"，因为她的心基本上还是一颗空白的童心，还没有许多微妙复杂的"心事"和"心声"。而白诗中那位沦落天涯的商人妇，因为饱尝了人生酸甜苦辣诸种滋味，所以在转轴拨弦的三两声试弹里，就让人感受到弦索之上饱含的缕缕情思。十一二岁、少不更事的琵琶伎，是用手在弹，用技巧在弹；而昔日红极一时、今已沦落老大的商人妇，就不仅仅是用技巧在弹，而是用心在弹，用心中的荣枯炎凉在弹。一个是纯技巧的，一个是阅历感受加技巧的。从演奏的效果看：一个是使"主人嗔小"、听者不满；一个是使"东船西舫"的听众"悄无言"，使"满座重闻皆掩泣"，使"江州司马青衫湿"。显而易见，两者表现的成功与否不啻有霄壤之别。《东坡乐府》中的《减字木兰花》"琴"、《诉衷情》"小莲初上琵琶弦"二词可参看。

四、伤心碧与断肠红

诗人词客眼中的颜色，多是带有某种特定感情色彩的颜色。李白《菩萨蛮》："平林漠漠烟如织，寒山一带伤心碧。"元稹《行宫》："寥落古行宫，宫花寂寞红。”陆游《沈园》：“伤心桥下春波绿，曾是惊鸿照影来。”苏轼《天仙子》：“樽前还对断肠红。人有泪，花无意。明日酒醒应满地。”前三例，均将主观寓于客观，将情绪融入景物，人情与物色得到统一。将主体的伤心与寂寞融入客体，于是物与我同伤心同寂寞，人处在主观与客观同一情绪的包围之中，这是伤心寂寞情绪的扩大。但同时，由于感觉到客观物象与自己的主观心象一致，这就使得主观上的伤心寂寞有了一种寄托，得到一种慰藉，这对主观感情来说又是一种淡化和减轻。融情入景有时就像将一滴浓墨滴入一池水中，水都染上了墨色，但墨色却浅淡多了。

后一例，即苏轼《天仙子》词，与前三例有同有不同。同处是都用了带有浓烈感情色彩的词来修饰客体物色，不同处是词人紧接着写道“人有泪，花无意”。可见在苏词中，人与物并没有统一起来，这是抒情主人公的清醒感在起作用。词人在这里无法将主观上的断肠之哀伤物化，情感上的“断肠红”与理念上的“花无意”同时存在于词人的创作心理中，这种心态使得情与景相对游离，情与景无法交融。其结果将有两种：智者会在惜花而花无意的情况下（实质是惜春而春竟不知，惜时而时竟不驻），认识到惜是空惜，于是跳出伤感的圈子。但进入创作状态的诗人词客都不会是“智者”，而是不折不扣的“痴人”。诗词中的伤春惜花一般都是抒情主人公对青春易逝的伤感情绪的反映，与其说是惜花伤春，不如说是惜己自伤，是见花落春去而引起的人生易老的主观感情，所谓“惜春只惜年华晚”。在这种情况下，抒情主人公如果觉得花同自己一样伤心，那么主观与客观即得到融合。融情入景的结果，是主观感情的外化、物化、淡化，心灵的痛苦得以减轻，如上分析前三例时所述。然而在苏词里，当词人被花落春去的自然之景引发起人生易老的感伤之情时，又意识到了自然之物的无知无识。这就使得词人的主观感伤情绪无法与客观统一，无法物化、外化、淡化，这感伤便会越聚越浓烈。词人在人与物无法统一的情况下，遣愁无计，只有备受感伤之情的折磨而愁肠寸断了。

五、忧缺与惜春

苏轼《菩萨蛮》：“画廉初挂弯弯月，孤光未满先忧缺。”可与辛弃疾

《摸鱼儿》"惜春长怕花开早，何况落红无数"对照参读。"孤光未满先忧缺"与"惜春长怕花开早"，表达的心理感受相似。一般来说，人们只有看到月满时方才想到月缺，东坡是在月未满时已想到月缺，可见"忧"之深长；同样，人们大多是在看到花开时方才想到花落，稼轩则在花未开时已想到花落，可见"惜"之真切。惜春是因为春光易失，人生易老；忧缺是因为圆少缺多，月缺人散。

在月圆之前先忧月缺，在花开之前先怕花落，这样的心态之所以产生，是因为东坡与稼轩在理想与壮志的追求上，在世路与仕途的奔忙里，遭遇了太多的缺憾，感受了太多的惋惜。东坡不苟同于新旧两党的独立政见，被现实撞成了残破不堪的碎片；稼轩雄大的北伐谋略，到头来像春天一样被风雨断送。美人迟暮，英雄老矣！他们经历体验过的缺憾惋惜之事比常人丰富得多，因之，他们托之形象的词句表现出来的人生憾恨，也就比常人深刻复杂得多！正是缘于他们有太多的缺憾与惋惜，所以对于美好的事物才会倍加珍惜。这在东坡词里，由月及人，发出了"愿人无别离"的切切祈望；稼轩则以"春且住，见说道，天涯芳草迷归路"的痴情，来一往情深地殷勤挽留春天。

六、大潮与砂子

苏轼《南歌子》"八月十五日观潮"二首之二云："苒苒中秋过，萧萧两鬓华。寓身此世一尘砂。笑看潮来潮去了生涯。"由眼前景观抒身世感遇，再及人生哲理。年光苒苒，人已老大；无情岁月，两鬓斑斑；多少迟暮之感！世事如潮，人身如沙。潮涨潮落，一粒砂子无法掌握自己的命运，只好听凭潮水的摆弄，被随意地卷入海底，或抛上岸滩。其中寄寓着东坡仕途蹭蹬的几许悲叹！这沉重的迟暮之感，这无力主宰命运的悲叹，本是让人凄然神伤的意绪，但词人却用"笑看"二字，来表现这种心灵深处的哀伤，这是浙江潮汐大浪淘沙的自然景观，给予词人以深刻启迪的结果。微如恒河沙数的人们，在风涛险恶的世路上，怎能免遭浪潮的冲击摆布呢？词人似乎于此领悟了宇宙、自然、社会、人生的哲理，于是从一己狭隘的身世感遇中超脱出来，内心的情绪由感伤到无可奈何进而到无所谓了。——一切都无所谓了，一切便都可以接受了，并且可以笑看万事万物，从容自在地观照它们、欣赏它们了。悟透人生了，心胸开阔了，眉头舒展了，开颜而笑了。这笑，是领悟自然之理与人生之理暗合的会心一笑，它是欣然的；但这笑中终究包含几分在命运面前无可奈何的自嘲与麻木的意味，而不免于凄然。

所以说，瞬间的领悟不是最终的解脱，人生的彻底解脱是高蹈出世，即词的下片所写："方士三山路，渔人一叶家。早知身世两聱牙，好伴骑鲸公子赋雄夸。"虽终归于虚无，但词意并不衰飒。东坡在词中表现的超脱，不是被现实打得一败涂地之后，狼狈不堪的被迫；而是明智者在懂得了个人在现实面前无能为力后的主动撒手。尽管词人最终也没有忘情世事，弊屣仕途。此词虚无的归结，从否定人生主动进取的方面看，当然是消极的；但从否定污浊现实的方面看，也不全是消极的。何况，这只是词人的一闪之念呢。

七、旷语含深悲

东坡词中的旷语，多含有深悲，旷达处正是他的悲哀处。天才如东坡，内心郁积的痛苦，有超出常人的地方，但坡仙也许不愿以此示人，每多以旷语出之，所以使人但见其旷，不睹其悲。《水调歌头》下片："众禽里，真彩凤，独不鸣。跻攀寸步千险，一落百寻轻。烦子指间风雨，置我肠中冰炭，起坐不能平。推手从此去，无泪与君倾。"《临江仙》"送王缄"下片："坐上别愁君未见，归来欲断无肠。殷勤且更尽离觞。此身如传舍，何处是吾乡？"《菩萨蛮》下片："凄音休怨乱，我已无肠断。遗响下清虚，累累一串珠。"其中"无泪与君倾""归来欲断无肠""我已无肠断"诸句，皆貌似旷达而实含深悲者。

他人伤心，有泪可洒，有肠可断，如此则可把心中的悲伤导泻出来，达到痛苦的减轻。东坡伤心，无泪可倾，无肠可断，心中郁积的悲伤无由导泻，痛苦也就无法减轻，心灵深处承受的重荷是倍于常人的。读东坡这一类词句，切不可把它们仅作旷语看待，那样将不免失之皮相。须知哭不出眼泪的悲哀，才是最大的悲哀！

八、形似而实异

杜诗《羌村三首》之一："峥嵘赤云西，日脚下平地。柴门鸟雀噪，归客千里至。妻孥怪我在，惊定还拭泪。世乱遭飘荡，生还偶然遂。邻人满墙头，感叹亦歔欷。夜阑更秉烛，相对如梦寐。"晏几道《鹧鸪天》："彩袖殷勤捧玉钟，当年拚却醉颜红。舞低杨柳楼心月，歌尽桃花扇底风。　从别后，忆相逢，几回魂梦与君同。今宵剩把银釭照，犹恐相逢是梦中。"苏轼《临江仙》"夜到扬州，席上作"："樽酒何人怀李白，草堂遥指江东。珠廉十里卷香风。花开花谢，离恨几千重。　轻舸渡江连夜到，一时惊笑衰容。语音犹自带吴侬。夜阑对酒，依旧梦魂中。"将三者比较，其相同之处在于：都是用梦境来写实境，以见别后思念之深与相见喜出望外，因惊喜莫名反使心神为之不定、转生疑虑之情状。梦境如实境，倍见思念之深；实境如梦境，倍见相逢之喜。

但三者也有不同处。首先是对象不同：杜甫是夫妻团聚，小晏是情人重会，苏轼是朋友相逢。对象不同，情味也就有了差异。杜诗从"妻孥怪我在，惊定还拭泪"写到"夜阑更秉烛，相对如梦寐"，层层曲折，写出了患难夫妻的真挚情义，写尽了乱离之世的人生悲哀。晏词由一个"恐"字，突现欢爱之易失，这也就是别后梦魂相牵、相见银釭频照的原因。东坡词由衰颜惊笑，到夜阑对酒，是在茫茫世路、坎坷仕途上恓惶奔波的作者和友人，喜得无恙相见，杯酒话旧。其次，杜诗一个"如"字，晏词一个"恐"字，可以看出作者在把实境转化为梦境时，主观意识上还是保留了最后的一点清醒：老杜觉得眼前的"相对"如梦中一样，小晏担心眼前的"相逢"是在梦中。这"觉得"与"担心"，即是最后一点清醒的标志。东坡的"依旧梦魂中"，则把别后的相思梦与眼前的相对把酒融为一体，梦与相逢连成一片，此时的重会即彼时梦想的延续，东坡的主观意识失去了最后的一点清醒。眼前的相见没有把他从别后的梦中唤回，不管别离还是相见，都是在一场永不醒来的大梦之中。一"如"一"恐"，尽管有几分恍惚，几丝忧虑，但皆肯定了现实的真实存在——久别之后的终于重逢。而"依旧梦魂中"，则否定了久别重逢的现实的真实性，这是东坡"人生如梦"思想的一种间接表现。在老杜小晏那里，别离与相见是有畦畛、有不同的，担心别后不会有再见之日，别后只能在相思梦中相逢。而眼前的重逢由于得来不易或出乎意料，所以总有是在梦中的感觉与担心。但感觉也好，担心也罢，总归是虚假的、多余的，此时的重逢才是真实的存在。在东坡这里，别离与相见已没有界限，没有区别，别后是在梦中相见，别后相见仍然是在梦中。别离是梦，相逢同样是梦，人生本没有真实的存在可言，人生无时无刻不是处在永不醒来的大梦之中。

东坡的这种思想，在《东坡乐府》中时有流露：如《念奴娇》“赤壁怀古”：“人间如梦，一樽还酹江月。”《十拍子》：“身外傥来都是梦，醉里无何即是乡。”《西江月》“三过平山堂下”：“休言万事转头空，未转头时皆梦。”《永遇乐》“彭城燕子楼作”：“古今如梦，何曾梦觉？”《醉蓬莱》：“笑劳生一梦。” 等皆是。不消说，东坡的这一人生态度来自佛老，无须多言。应进一步认识到的是，这种人生态度主要是苏轼创造的一种艺术境界，它为作为文艺家的苏轼在进入创作的迷狂状态时所拥有，并在创作中得到表现。但它决不是作为社会意义上的人的苏轼对待现实世界的态度，因为作为政治家的苏轼，对世事人生是十分清醒的。这样理解，才不至于厚诬古人。

谢逸的生平交游和创作

北宋中后期作家谢逸，在诗、文、词的创作上均取得了较高的成就。尤其是在词的创作方面，谢逸作为五代花间词派的传人，在北宋中后期词坛上自成一家，所著《溪堂词》，雅洁清丽，蕴藉隽妙，在词史上占有一定位置。但迄今尚无专文对他进行较为系统的研究。本文拟对谢逸的生平、交游和创作的基本情况，作一个初步的考察，为进一步研究谢逸的学者提供参考。

一、谢逸生平资料缀零

布衣作家谢逸，《宋史》无传，留存至今的生平记载甚少，只能从宋元明清的笔记、诗话、词话、方志及他自己和其亲友的诗文中看到一些有关的零碎资料。这些资料虽系只言片语，不得其详，但亦有助于我们对作家的认识，对作品的理解，诚为吉光片羽，弥足珍贵。下面试将这些零碎的材料联缀成片段，为谢逸的生平勾勒出一个大致的轮廓。

谢逸，字无逸，生于北宋神宗赵顼熙宁元年戊申（1068年），临川人。苗昌言《谢幼槃文集·卷首》说："以其所居溪堂，称之曰溪堂先生"。又因"吟《蝴蝶诗》三百首，人呼为'谢蝴蝶'"。[①] 逸父谢方，处士；母黄氏，据《临川县志》载："读书教子，不以得丧累心"，是一位有学问的高行女子。从弟谢邁，字幼槃，与谢逸同为江西派诗人，"诗文不亚其兄，时称二谢"[②]。谢邁妻董氏，"贤而嗜学，幼槃与客论古事，有所遗忘，董

① 《王直方诗话》，郭绍虞《宋诗话辑佚》上，中华书局1980年9月版，第105页。

② 清谢旻修《江西通志》卷80，华东师范大学图书馆藏本。

必能记。一日，李商老过其家，语及五代时有沙陀将卧疾，僚佐见锦衾，曰‘烂兮’。将怒曰：‘我本沙陀，安得谓我为奚？’忘其姓名，遣稚子问之，董氏曰‘康福’”[①]。从博闻强志的角度看，简直可以和与夫赌茶的李清照比美。谢逸就是生活在这样一个有着高度文化修养和浓厚文化氛围的家庭里。

谢逸家境贫寒，在《次王直方承务见寄韵》中自谓“生涯如转蓬”，其弟谢薖在《哭无逸兄三首》中也说“无地可桑麻”。他的创作活动经常是在饥饿寒冷中进行的，吕本中《得无逸惠书》说他“下帷却扫谢俗子，冻吟不管儿号寒。只今食粥已数月，千屡百忧烦笔端”。居家冻馁，外出旅途亦不得温饱，政和二年（1112 年），谢逸与其弟谢薖前往都城汴梁，“风雪修途，间以冻饥”。经常处在饥寒交迫的威胁之下。汪信民在赠谢逸的诗中曾写道：“新年更砺于陵节，妻子同锄五亩蔬”，可知谢逸为生活所迫，也曾亲率妻儿一家从事田间稼圃劳动。

谢逸之所以经常处于饥寒交迫的贫困境地，与他在科场上不顺利和重节操的人格有着密切的关系。

谢逸也和封建社会大多数知识分子一样，为国为家为己，走上了科举考试的道路。但他“厌场屋”，科举极不顺利，“再举进士不第”[②]，终于和他的从弟谢薖一起“老死布衣”[③]。谢逸的才能很受时人的推许，《冷斋夜话》卷十称：“临川谢逸，高才，江南胜士也。鲁直见其诗，叹曰：‘使在馆阁，当不减晁张’”。对自己的怀才不遇，困顿终身，谢逸在其诗中借“寄隐居士”发出了“相知四海孰青眼，高卧一庵今白头”的沉重慨叹。对谢逸老死布衣的结局，时人曾抱以很深的同情，《漫叟诗话》说：“淮南潘邠老与之甚熟，二公皆老死布衣，士议惜之”。惠洪在《跋谢无逸诗》里，更表达了沉痛的哀叹：“呜呼！无逸东邻有宁生者二十余，以镂刻为菩萨像，每过无逸，恬退趋去。俄游京师，以其役得将仕郎而还，华裙喜马，闾里聚观。无逸出门值之，为避路。门弟子为不怿累月。呜呼！无逸有出世之才，年未五十，一命不沾，殒倾大命，曾东邻宁木工之不若，嗟乎惜哉！”这段充满同情的话，不啻是对封建选举制度埋没、扼杀人才的

① 清童范俨修《临川县志》卷 54，华东师范大学图书馆藏本。
② 清陆心源《宋史翼》卷 26，华东师范大学图书馆藏本。
③ 清童范俨修《临川县志》卷 43，华东师范大学图书馆藏本。

血泪控诉了。

封建社会的文人，在场屋困顿、壮志难酬时，或浪游花柳，醉向酒边，或夤缘攀附，屈膝希求，谢逸却保持了自己的高洁节操。谢薖《溪堂先生画赞》描写他“深衣幅巾，荫乔木，坐磐石，目飞鸿，脱屣石上，濯足于悬瀑之下”，远离世俗尘嚣，退隐于清幽的山林泉石之间，时时惕励自己“修德敢怠荒”。北宋末年，徽宗失政，奸臣弄权乱国，许多人卖身投靠，削体钻营，无耻地追逐功名富贵。困顿科场的谢逸尽管穷愁潦倒，却在污浊溷乱的现实中坚守住自身的清洁。吕本中在《师友杂志》中说：“无逸浮湛闾里，虽困甚，然未尝少屈。”并进一步称道他和谢薖“修身砺行，在崇宁、大观间不为世俗毫发污染，固后进之师也。其文字之好，盖余事耳。”刘克庄也在《后村先生大全集》中说谢逸兄弟“在政、宣间，科举之外，有歧路可进身，韩子苍诸人或自鬻其技，至显贵；二谢乃老死布衣，其高节亦不可及”。对他们的出处操守表达了仰慕之情。《冷斋夜话》卷十记述了这样一个故事：“一日，有一贡士来谒，坐定，曰：‘每欲问无逸一事，辄忘之。尝闻人言欧阳修，果何如人？’无逸熟视久之，曰：‘旧亦一书生，后甚显达，尝参大政。’又问：‘能文章否？’无逸曰：‘也得。’无逸之子宗野方七岁，立于旁，闻之，匿笑而去。”当时的“贡士”竟如此不学无术，连北宋当代的文宗都不知道！谢逸也许看透了这些“贡士”们的空虚伪饰，而耻与之为伍。所以科举之外被举入仕的路，他也不愿意走。汪革赠谢逸的诗中即有“但得丹霞访庞老，何须狗监荐相如”的句子。据《冷斋夜话》载：“朱世英为抚州，举人，行不就。闲居多从衲子游，不喜对书生。”可知他不仅拒绝了官场的诱惑，而且对那些胸无点墨的士子们也表示了厌恶之情。值得一提的是，谢逸的高尚其节，是与他母亲的教诲分不开的。刘坤《江西通志》卷一百七十四《列女传》载：“谢方妻黄氏，临川人。读书教子。其子逸尝自解于前曰：‘儿贫不能治生，顾为亲忧。’母曰：‘汝丰于行而廉于财，吾志也。得不得由命，何戚焉？’故逸虽贫而不动于利。”

宋徽宗政和二年，公元1112年，谢逸和从弟谢薖曾往京城汴梁。据谢薖《祭无逸兄文》记述，他们于“风雪修途，间以冻饥。”等到返回时，谢逸已经“病不能支”，不得不于“逆旅谒医”。政和三年，公元1113年，谢逸在贫病交加中结束了他落魄潦倒而又清白自守的一生，“卒年四十五”岁[①]。

作为一个在封建制度下一生不得志的知识分子，谢逸却恪守着封建道德，他的思想行为没有越出封建礼法范畴的地方。他是孝子，“母丧毁瘠不胜衣”；他对弟弟“教之爱之”，以尽兄道；他对友谊生死不渝，友人潘邠老死后，他用邠老遗句，广为三绝，以志纪念；他“砥节砺行”，注重操守；他有爱国心，《复斋漫录》载：“晋许逊为旌阳令，时江西有蛟为害，旌阳与其徒吴猛仗剑杀之，遂作大铁柱压其处。今豫章有铁柱观，而柱犹存也。无逸尝赋诗云：‘豫章城南老子宫，堦前一柱立积铁……插定三江不翻腾，切勿摇撼坤轴裂……安得猛士若朱亥，袖往横山打狂虏。”[②]他读书重“道”，在《送汪信民序》里，他说：“古人之学也为道，今人之学也语言句读而已。古人所以治心养气事父母畜妻子，推而达之天下国家，无非道也。吾之所学，固如是也。读《四牡》之诗，得君臣之义；读《棠棣》之诗，得兄弟之义；读《伐木》之诗，得朋友之义；读《采薇》之诗，得征伐之义。其有为也，其有行也，亦若是而已。有问焉，则曰：‘吾之所学者《诗》，有得于此也。’读《尧典》之书，得舜所以事尧；读傅说之书，得说所以事高宗；读《禹贡》之书，得禹之所以治水；读《洛诰》之书，得周公之所以营洛。其有为也，其有行也，亦若是而已。有问焉，则曰：‘吾之所学者《书》，有得于此也。’以至于《易》也，《春秋》也，三《礼》也，《孝经》也，《论语》也，未尝不学焉。其有为有行，亦未尝不因其所学也。”由上引述，可见谢逸对待文学、历史典籍的态度，均是从政教、人伦的角度出发，加以理解吸收取舍的。谢逸生活在北宋后期，由他的读书重道，可以看出从韩柳到欧苏古文运动“文以明道”“文以载道”观念对他的影响，这有一定的积极意义。但也不难看出从汉儒说诗到宋代道学对他的消极影响，他的思想基本上是正统和保守的。

由于谢逸“学古高洁”[③]，操行纯正，所以在他死后，被“绘像祠于郡学，祀乡贤祠”[④]，成为青年后学的楷模。他的著作也很受人们欢迎，苗昌言在题《谢幼槃文集》中说：“临川谢逸，其文章学业为缙绅推重。弟薖幼

---

① 清童范俨修《临川县志》卷43，华东师范大学图书馆藏本。

② 胡仔《苕溪渔隐丛话》后集卷三十三引，人民文学出版社1962年6月版，第256—257页。

③《漫叟诗话》，郭绍虞辑《宋诗话辑逸》上，中华书局1980年9月版，第365页。

④ 清童范俨修《临川县志》卷43，华东师范大学图书馆藏本。

槃，以字行。兄弟以诗鸣江西，有文集合三十卷，邦之学士欲刊之以贻永久，积数十年而未能也。粤绍兴辛未，赵公朝仪来守是邦，期年政成，民服其教，慨然思以儒雅饰吏事，命勒其书于学宫，以称邦人之美意。昌言以铅椠董兹职，于是搜访阙遗，以相参订。晚得溪堂善本于学正易，又得幼槃善本于其子敏行。知溪堂出处甚详。敏行逮事其父，诗律有典型，其编次是正，可无恨矣。刀笔方兴，士大夫翕然称赞。工未讫功，而四方愿致其集者日至。以是知二公之名重当时，欲见其书者惟恐后也。”周必大在《抚州登科题名记序》中，也以谢逸兄弟的学行来勉励后进，说：“名士如谢逸与其弟薖，学术渊源，砥节砺行，厌场屋而舍之肆，其孙源、曾孙枢继预黄甲。盖不在其身，必昌其后，此又一乡所当勉也。”

二、谢逸的交游

谢逸与其弟谢薖都是江西派诗人。《四库全书总目提要》卷一百五十五说：“吕本中作《江西诗派》，列黄庭坚而下凡二十五人，逸与弟薖并与焉”。苗昌言在《谢幼槃文集·卷首》中说：“无逸之交无非名士。”《临川县志》卷四十三“本传”说谢逸“尝自家如京师，士大夫迎候相属，诗酒酬酢，累月不能达。家居月必一集”。根据现存资料可知，与谢逸交游的多为当时文坛名士，且多数是被吕本中归入江西诗派的同人。下面将与谢逸交游的重要人物列出，并简单地考察一下他们的生平情况。

汪革，江西派诗人。今存酬赠诗文，谢逸有《送汪信民序》文一篇，《汪信民载酒令表弟吴迪吉邀予同游南湖》《同信民出城南访正叔共约南湖之游至今不果信民即有长沙之行恐遂爽约戏作诗以督之》《次韵汪信民见寄》《信民倾赴符离约谒告还家为盛集戏作诗嘲之以为一笑仍率诸友同赋》《怀汪信民》《怀汪信民村居》《集西塔寺怀亡友汪信民以言念君子温其如玉为韵探得念字》诗七首。谢逸在《送汪信民序》中说：“吾友汪信民……自草与余游，以至擢进士为天下第一，未尝有间焉”。可知他们交往的时间久而情谊深。《江西通志》卷一百五十一引《人物志》说：“汪革，字信民，临川人。绍圣进士，分教长沙。帅张芸叟从而受学。吕希哲见之，以比黄宪容。蔡氏当国，欲得知名士附己，以周王宫教召，不就，曰：‘吾异时不欲附名奸臣传’。复为楚州教官，卒年四十。所著有《青溪类稿》《论语直解》若干卷。淳熙中祠于学”。

潘大临，江西派诗人。今存酬赠诗文，谢逸有《嘲潘邠老未娶》《舟中不寐奉怀齐安潘大临蕲春林功敏》《亡友潘邠老有“满城风雨近重阳”之句今去重阳四日而风雨大作遂用邠老之句广为三绝》诗五首。《冷斋夜话》载:“黄州潘大临工诗，有佳句，然贫甚。东坡、山谷尤喜之。临川谢无逸以书问近新作诗否，潘答书曰:‘秋来景物，件件是诗思，恨为俗氛所蔽翳。昨日清卧，闻搅林风雨声，遂起题壁云:“满城风雨近重阳”。忽催租人至，令人败思，止此一句奉寄’。闻者莫不笑其迂阔。”张耒《潘大临文集序》云:“予友潘大临，字邠老其人也。邠老故闽人，后家黄州。崇宁中，予以罪谪黄州，与邠老为邻。邠老少学为人，则已不能合其乡人，众不悦之。邠老独与当世知名士游，往往屈行辈与之交。尝举于有司，与千百人偕进偕退，无知其才而力振之于困者。后予蒙恩去黄，居于淮阴，闻邠老客死蕲春，予为之太息出涕……”

洪朋，洪刍，江西派诗人。今存酬赠诗文，谢逸有《寄洪龟父戏效其体》《寄洪驹父戏效其体》《寄洪驹父兼简潘子真徐师川》《寄洪驹父》诗四首。洪朋有《送谢无逸还临川》诗一首。《江西通志》卷一百三十四“本传”:“洪朋，字龟父，南昌人。父民师为石州司法参军，性孝，以毁卒。朋幼孤，受业于祖母文成君李氏。手不释卷，落笔成文，尤长于诗。舅黄庭坚尝谓:‘龟父笔力扛鼎，异日不患无闻’。两贡礼部不遇，早卒。遗稿有《清非集》。”陆心源《元祐党人传》卷八《洪刍传》:“洪刍，字驹父。绍圣元年进士。坐元符上书邪下，降两官，监汀州酒税。崇宁二年入党籍，五年叙复宣德郎。靖康中谏议大夫。汴京陷，景王祗候人曹三马托余大均放出顾作祗候人，准守自盗犯奸，罚铜二十斤，除名勒停，长流沙门岛。著有《豫章方乘》《老圃集》，及编《楚汉遗书》若干卷”。

徐俯，江西派诗人。今存酬赠诗文，谢逸有《寄徐师川》《闻徐师川自京师归豫章》《寄徐师川》《寄洪驹父兼简潘子真徐师川》诗四首。《宋史》卷三百七十二《徐俯传》:“徐俯，字师川，洪州分宁人。以父禧死国事，授通直郎。累官至司门郎。靖康中，张邦昌僭位，俯遂致仕。时工部侍郎何昌言与其弟昌辰避邦昌，皆改名。俯买婢，名昌奴，遇客至即呼前驱使之。建炎初，为右谏议大夫，中书舍人……绍兴二年赐进士出身，兼侍读。三年，迁翰林学士，俄擢端明殿学士，签书枢密院事。四年，兼权参知政事……九年，知信州……明年卒……有诗集六卷。”

林敏功，江西派诗人。今存酬赠诗文，谢逸有《舟中不寐奉怀齐安潘大临蕲春林敏功》诗一首。明顾景星《白茅堂集》卷二十六《咏三隐》诗序：“敏功字子仁，别字松坡。神宗赐号高隐处士。有《蒙山集》百卷。”

李錞，江西派诗人，字商声。今存酬赠诗文，谢逸有《怀李商声》诗一首，中有“望望不能去，动我思贤心。此心何所思，思我逍遥子。挂冠卧秋斋，阅世齐愠喜……别来越三祀……”等句，可以约略见出李之为人及他们之间曾有过的交往。刘克庄《后村先生大全集》卷九十五说李錞“与徐师川潘邠老同时”。

王立之，江西派诗人，字直方。今存酬赠诗文，谢逸有《次王直方承务见寄韵》《和王立之见赠四首》《王立之园亭七咏》诗十二首。晁说之《王立之墓志铭》今存。宋朱弁《风月堂诗话》卷下：“王立之、夏均父俱以宗女夫入仕。立之读书，喜宾客，黄鲁直、诸晁与之善。著《归叟诗话》行于世。”

李彭，江西派诗人。今存酬赠诗文，谢逸有《和王闲叟见赠兼简李商老》诗一首。陆心源《宋史翼》卷二十六《文苑传·李彭传》：“李彭，字商老，南康建昌人。祖常，《宋史》有传。彭诗文富赡宏博，锤炼精研，句多警。江西诗派居第九，在韩驹之次。集中多与苏轼、黄庭坚、吕本中、陈师道、张耒、何颉、徐俯、韩驹、苏庠、谢邁相唱和。时苏庠居庐山，以琴书自娱，与彭齐名，时称苏李。著有《日涉园集》。字有钟王之风，自言法右军之赡丽，用鲁公之气骨，猎奇峭于诚悬，体韵变于凝式。灌园修水之上，笔画一出，人争传宝。”纪昀等《四库全书总目提要》卷一百五十五集部别集类，有“《日涉园集》十卷，永乐大典本”条。

饶节，江西派诗人。今存酬赠诗文，饶节有《为谢无逸赋梅花》二首。《四库全书总目提要》卷一百五十四：“《倚松老人集》二卷，宋饶节撰。节字德操，抚州人。尝为曾布客，后与布书论新法不合，乃祝发为浮屠，更名如璧，挂锡灵隐，晚主襄阳之天宁寺。尝作偈云：‘闲携经卷倚松立，试问客从何处来？’遂号倚松老人。集中诗大半为僧后作。吕本中《紫薇诗话》称其萧散似潘邠老，陆游《老学庵笔记》亦称为当时诗僧第一。《宋史·艺文志》载《倚松集》十四卷，今止存抄本二卷。”

善权，江西派诗人。今存酬赠诗文，谢逸有《赠权师》诗一首，诗中称道："权师纯孝人。"《江西通志》卷一百七十八《仙释》引《府志》："善权，字巽中，靖安人，姓高，习禅定。能诗，与东溪癞可叟齐名。徐俯跋其诗轴云：'巽中下笔，豪俊峻嶒，余每诵之，辄能兴起。'有《真隐集》传世，黄庭坚为之序。吕居仁叙江西诗派二十五人，权居其一。"

《冷斋夜话》卷十说，谢逸"闲居多从衲子游"，与他相交的僧人还有惠洪、超然等，生平稽考从略。

吕本中（1084—1145），寿州人。今存酬赠诗文，吕本中有《谢无逸秦处度诸人皆许省试后见访冬夜有怀作诗寄之》《又寄无逸信民》《赠谢无逸》《得无逸惠书》诗四首。《宋史》卷三百七十六《吕本中传》："吕本中，字居仁，元祐宰相公著之曾孙，好问之子……以公著遗表恩授承务郎……靖康改元，迁职方员外郎……绍兴六年，召赴行在，特赐进士出身，擢起居舍人，兼权中书舍人……八年二月，迁中书舍人。"因忤秦桧罢职，提举太平观。卒，学者称为东莱先生，赐赠文清。据"本传"载："有诗二十卷，得黄庭坚、陈师道句法。《春秋解》一十卷，《师友渊源录》五卷行于世。"另有《紫薇词》，清新洒脱，富有民歌风味。

三、谢逸的创作

谢逸布衣终身，"博学工文辞"[①]。40多年的人生历程，虽然是在失意潦倒中度过的，但他淡泊名利，潜心创作，身后留下了大量著作。

1. 诗文

据《宋史·艺文志》载，谢逸有集二十卷。陈振孙《直斋书录解题》卷十七别集类："《溪堂集》二十卷，临川谢逸无逸撰。"纪昀等《四库全书总目提要》卷一百五十五集部别集类："考江西诗派中有集者二十四人，逸所著文集二十卷，诗集五卷，补遗二卷，诗余一卷，尤称繁富。今自黄陈吕晁诸家外，唯韩驹《陵阳集》及蔼之《竹友集》犹有写本，逸集已久佚无传……今从《永乐大典》所载，裒集缀辑，尚得诗文数百篇……其存

① 清童范俨修《临川县志》卷43，华东师范大学图书馆藏本。

者，诗词约十之七八，文亦约十之四五，已可略见其大概。谨订正伪舛，厘为十卷，庶考江西诗派者，犹得以备一家焉。”清童范俨修《临川县志》卷四十三《人物传·文苑传·谢逸传》：“所著书有《春秋广微》、《樵谈》，其他诗启碑志杂论凡数百篇。”

对谢逸诗文的评价，普遍较高。惠洪《跋谢无逸诗》：“临川谢无逸……于书无所不读，于文无所不能，而尤工于诗。黄鲁直阅其与老仲元诗……大惊曰：‘张、晁流也。’陈莹中阅其赠普安禅师诗……叹息曰：‘计其魁杰，不减张、晁也。’二诗于无逸集中未为绝唱，而陈黄已绝倒无余，惜未多见之耳。然无逸又喜论列而气长，诗尚造语而工，置于文潜、补之集中，东坡不能辨。”《漫叟诗话》称：“谢无逸学古高洁，文词锻炼，篇篇有古意，尤工于诗。”《王直方诗话》说谢逸“吟《蝴蝶诗》三百首，人呼为‘谢蝴蝶’，其间绝有佳句。”纪昀等《四库全书总目提要》卷一百五十五集部别集类：“吕本中作《江西诗派》，列黄庭坚而下凡二十五人，逸与弟邁并与焉。本中尝称逸才力富赡，不减康乐。刘克庄作《江西诗派序》，则谓谢逸轻快有余而欠工致，颇以本中之言为失实。今观其诗，虽稍近寒瘦，然风格隽拔，时露清新。上方黄陈则不足，下比江湖诗派，则渢渢乎雅音矣。”关于谢文，清谢旻《江西通志》卷八十《谢逸传》称：“李商老谓其文步趋刘向韩愈。”

2. 词

谢逸词在流传过程中，版本共有如下数种：《溪堂词》一卷，见《直斋书录解题》;《溪堂词》一卷，见《也是园书目》;《溪堂词》一卷，鑑止水斋藏明抄本;《溪堂词》一卷，汲古阁刊本，毛晋《跋》谓得溪堂全集，末载乐府一卷，遂依其章次就梓;《溪堂词》一卷，毛斧季校本，毛氏从孙氏旧抄本校，陆敕先又以一抄本校，每首标次序。皕宋楼藏书，郦衡叔藏书;《溪堂词》一卷，孙氏抄本，目次与毛刻本异，见毛校本《跋》;《溪堂词》一卷，叶遐菴藏精抄本;《溪堂词》，天津图书馆藏唐宋名贤百家词抄本;《溪堂词》，北京图书馆藏宋元名家词抄本;《溪堂词》一卷，北京图书馆藏南词本;《溪堂词》一卷，豫章丛书本。

《全宋词》收谢逸词正集六十一首。汲古阁本《溪堂词》有毛晋补《柳梢青·离别》附于存目词后。存目词三首:《浣溪沙》“暖日温风破残寒”，见汲古阁本《溪堂词》，实为吕本中作，《全宋词》不录;《谒金门》

“花满院”,《词的》卷二以为谢词，实陈克词，见《乐府雅词》卷下,《全宋词》不录;《花心动》“风里杨花”,《草堂诗余》别集卷四以为谢词，实乃明人传奇《觅莲记》中词，非谢逸作，附录于后。

词史上的重要选本选录谢逸词的有：宋黄升《花菴词选》卷六，收谢逸词十三首；清朱彝尊《词综》卷八，收谢逸词九首。

谢逸词在北宋中后期词坛上占有一定位置，但迄今无人进行专题研究。一些评论多是零星散见于词话一类书中，因笔者另拟专文论述谢逸词时还要引用，此处只举二例以概见谢词的总体风貌。清贺裳云:“元遗山集金人词为《中州乐府》，颇多深裘大马之风，唯刘迎《乌夜啼》最佳:‘离恨远萦杨柳，梦魂长绕梨花。青衫记得章台月，归路玉鞭斜。　翠镜啼痕印袖，红墙醉墨笼纱。相逢不尽平生事，春思入琵琶。’余观谢无逸《南柯子》后半云:‘金鸭香凝袖，铜荷烛影纱。风蟠宫锦小屏遮。夜静寒生春笋理琵琶。’风调仿佛相同。才人之见，殆无分南北也。”[①] 这则评论实际上已触及了谢逸词的风格问题，说《中州乐府》中的词只有刘迎的《乌夜啼》最佳，显然是从个人趣味出发，有失允当；但其中涉及谢逸词的风格问题的直观把握，却是敏锐和准确的。南宋时，苏学北移，所谓“深裘大马”之风，乃是苏轼豪放词风在游牧豪酋入主中原、一派金戈杀伐之气的金国这一特定的社会现实条件下的反映。将谢词“风调”与“深裘大马之风”区别开来，这实际上已指出“远规花间，逼近温韦”的谢词[②]，所表现出的与豪放风格不同的婉约词风。清徐釚评谢逸《卜算子》“烟雨幕横塘”一词云:“标致隽永，全无芗泽，可称逸调。”[③] 这则评语用来说明谢逸词的基本特色，大致是合适的。

---

① 贺裳《皱水轩词话》，唐圭璋《词话丛编》一，中华书局 1986 年 11 月版，第 703 页。

② 薛砺若《宋词通论》，上海书店 1985 年 6 月影印版，第 25 页。

③ 徐釚《词苑丛谈》卷三“品藻”，人民文学出版社 1988 年 11 月版，第 190 页。

谢逸《溪堂词》的意象分类与内容构成

北宋词人谢逸（1068—1113），字无逸，号溪堂先生，抚州临川人。作为五代花间词派的传人，谢逸在北宋中后期词坛上自成一家，所著《溪堂词》，雅洁清丽，蕴藉隽妙，在词史上占有一定位置。但对他的词作，迄今尚无专文进行较为系统的研究。本文拟对谢逸词进行意象分类，初步了解谢逸词的内容；进而分析谢逸词的意象组合，全面把握谢逸词的内容构成，对谢逸《溪堂词》的思想价值作出较为客观准确的认识和评价。

一、谢逸词意象分类

文学史上，每个诗人（广义，此指词人）在长期创作过程中，都会形成一个供他驱遣驾驭的意象群，这个意象群归他所有，为他所熟悉，因而也就自然而然地经常出现在他的作品中，起着共同表现诗人的情志、规定作品思想内容和艺术风格的作用。因此，深入探讨作家作品，准确把握作品的思想艺术倾向，离不开对作品的意象进行具体细致的分析。

进入作品的客观物象与主观心象（情感形象），都是为表现作者的创作意图（即“意”）服务的。尤其是在篇幅短小的抒情诗词中，没有游离“意”而多余的“象”，“意”与“象”在一首诗词中，总是紧密地融合在一起，“象”一旦进入作品，就已溶入了作者的“意”。所以，构成作品的众多形象都包含着并表现着“意”。因此，我们不再把它们看作是纯客观存在的“物象”与游离于作品的情事形象，而以“意象”目之。

意象是中国古代文论中的一个古老的长期沿用的术语。作为相对独立的两个概念，“意”与“象”最早出现在《周易》中。《易·系辞》说：“圣人有以见天下之赜，而拟诸其形容，象其物宜，是故谓之象。”这里的

“象”，是指八卦的卦象。《周易·系辞》又说：“然则圣人之意，其不可见乎？子曰：圣人立象以尽意，设卦以尽情伪，系辞焉以尽其言……”这里的“意”，主要指卦象的象征意义；“象”与“意”的关系，主要是表现为哲学上的两个相互关联的概念范畴。到南朝刘勰的《文心雕龙》中明确提出了“意象”这个术语：“是以陶钧文思……然后使玄解之宰，寻声律而定墨；独照之匠，窥意象而运斤。此盖驭文之首术，谋篇之大端。”[①]“意象”一词作为文学范畴的概念，正式运用于文艺理论批评的领域。以后的诗人和诗论家如唐王昌龄，宋梅尧臣，明王世贞、王世懋，清纪昀、方东树、叶燮、刘熙载等，在论诗时都相沿使用“意象”这一术语，尽管各人的理解互有出入，不尽相同。对此，本文不作考索。笔者则把“意象”理解为进入诗词作品中的各种自然形象与人事形象。然后，从研讨作家作品的角度出发，对谢逸现存的六十二首词作所使用的“意象”进行分类，以这些意象为起点，来进一步认识谢逸和他的《溪堂词》的内容。

（一）自然意象

1. 天体意象。如“月、日、天、空”等，共 8 种，出现在词中共 58 次。使用最多的是“月”，直接出现 20 次，以借代修辞出现 3 次，共出现 23 次。2. 天气意象。如“风、云、烟、雨”等，共 15 种，出现在词中共 169 次。使用最多的是“风”，共出现 47 次。3. 时间意象。如“春、秋、晚、晓、年”等，共 21 种，出现在词中共 109 次。使用最多的是“春”，共出现 21 次。4. 山水意象。如“山、水、江、波、溪”等，共 25 种，在词中共出现 96 次。使用最多的是“水”，共出现 23 次。5. 植物意象。如“花、柳、梅、竹、荷”等，共 49 种，在词中共出现 156 次。使用最多的是“花”，共出现 24 次。6. 动物意象。如“鸿雁、凤凰、莺、鹊、鸳鸯”等，共 30 种，在词中共出现 62 次。使用最多的是“雁”，共出现 10 次。

（二）人事意象

1. 环境意象。如“帘幕、阑干、楼、院、屏”等，共 55 种，在词中

---

① 刘勰《文心雕龙·神思》，王利器《文心雕龙校证》，上海古籍出版社 1980 年 8 月版，第 187 页。

共出现 137 次。使用最多的是“帘幕”，共出现 19 次。2. 体貌意象。如“眉、眼、脸、肌肤”等，共 18 种，在词中共出现 42 次。使用最多的是“眉”，共出现 13 次。3. 情事意象。如“梦、醉、睡、醒、舞、倚栏”等，共 163 种，在词中共出现 251 次。其中使用最多的是“醉”和“梦”，各出现 9 次。4. 衣饰意象。如“袖、衣、锦、纱、粉”等，共 26 种，在词中共出现 53 次。其中使用最多的是“袖”，共出现 11 次。5. 服用意象。如“酒、烛、尊、琴、扇”等，共 67 种，在词中共出现 119 次。其中使用最多的是“酒”，共出现 11 次。6. 声音意象。如“歌声、角声、笛声、砧声”等，共 25 种，在词中共出现 54 次。其中使用最多的是“歌声”，共出现 5 次。7. 色彩意象。如“红、碧、青、翠、绿”等，共 18 种，在词中共出现 115 次。其中使用最多的是“红”，共出现 21 次，其次是“碧”，共出现 18 次；再次是“青”，共出现 16 次。需要说明的是，此类意象中有不少属于自然色彩，是人事意象和自然意象交叉的一类意象。8. 典故意象。如“临风玉树、东君、鹊桥、琴心”等，共 53 种，在词中共出现 61 次。这些浓缩了的典故意象，大多只使用 1 次。其中使用最多的是“临风玉树”，共出现 3 次。

综上意象分类可以看出，谢逸词所使用的意象基本是婉约词人的惯用意象，但又带有谢逸的个人特点。每一类别中出现次数最多的意象，可以视为谢逸词的“中心意象”，它们是“月、风、春、水、花、雁、帘幕、眉、醉、梦、袖、酒、歌声、红、碧、临风玉树”等。其中“风、月、春、花、帘幕、歌酒、红袖、翠眉”等意象的频频出现，女性化倾向十分明显，正是这些意象规定了谢词的婉约质性；而“水、雁、醉、梦、临风玉树”等意象的反复使用，则又显示出谢词清逸的雅士风调。

二、从意象组合看谢逸词的内容构成

在上文分解谢逸词意象的过程中，我们对《溪堂词》的内容已经有了一个初步的认识。为了对谢词内容作出较为全面准确的把握，需要进一步了解谢逸在词作里，对自然意象与人事意象是怎样进行有机组合的。

（一）首先是自然景物意象与表现女子形象的人事意象，二者为主组合成的以女性为内容的词作

薛砺若曾指出谢逸词“远规花间，逼近温韦”，“为花间派的唯一传人。”① 周笃文也认为“《溪堂词》远宗花间。”② 我们知道，描写女性是花间词的重要内容。考察谢逸现存的62首词作，以女性为中心的词有35首之多，占全部词作的一半以上。可以这样说，描写女性，是谢逸词内容的重心所在。

1. 闺中怀人词：闺中怀人，是唐五代词的重要题材，这一题材所表现出的人物形象，大多是温柔敦厚，怨而不怒的。谢逸词亦是如此，试看他的《菩萨蛮》：“縠纹波面浮鸂鶒，蒲芽出水参差碧。满院落梅香，柳梢初弄黄。　　衣轻红袖皱，春困花枝瘦。睡起玉钗横，隔帘闻晓莺。”词由“水波、鸂鶒、蒲芽、梅柳”等自然意象与“红袖、玉钗、睡起、闻莺”等人物意象组合而成，写闺中女子的相思之情。但词人没有正面点明，而是通过描写去暗示。闺中的女子不怨、不怒、不恨，袖皱钗横，消瘦憔悴，可见她的思念之情是何等强烈，词人表现时，把这强烈的感情都融入“隔帘闻晓莺”的出神痴迷中去了。比之花间相同题材之作，其温婉含蓄的程度，有过之而无不及。

谢逸的闺中怀人词共有12首，大致不外春闺怀人和秋闺怀人两种情形。上例是春闺怀人之作，下面再看一首由“云山、秋水、雁字、西风”等自然意象与“砧声、惊梦”等人事意象共同组合成的秋日怀人之作《采桑子》：“楚山削玉云中碧，影落沙汀。秋水澄凝，一抹江天雁字横。　　金钱满地西风急，红蓼烟轻。帘外砧声，惊起青楼梦不成。”上片全是写景，过片仍以写景连两句，只在全词的结句用“砧声惊梦”轻轻一点，放出一袅相思来。这种以写景提供感情空间、渲染感情氛围，以描写来侧面抒情的含蓄手法，是谢逸闺中怀人词的共同特点。

2. 题咏女性的词：以女性为描写对象，摹画她们的衣饰、体貌，这样的词在《花间集》中已有，但大多是半首写人，半首写事，如毛文锡的《赞普子》“锦帐添香”、牛峤的《女冠子》之三。以整篇来描写一个女子的

① 薛砺若《宋词通论》，上海书店1985年6月影印版，第25页。

② 周笃文《宋词》，上海古籍出版社1980年4月版，第53页。

衣饰、体貌的作品，在《花间》词中也已出现，如毛熙震的《后庭花》“轻盈舞妓”。这一类作品到北宋增多，谢逸的此类词作如《玉楼春》：“弄晴数点梨花雨，门外画桥寒食路。杜鹃飞破草间烟，蛱蝶惹残花底露。　东君着意怜樊素，一段韶华都付与。妆成不管露桃嗔，舞罢从教风柳妒。”主要由自然意象“梨梢、露桃、风柳、杜鹃、蛱蝶、东君”和人事意象“樊素、妆舞、嗔妒”等组成的这首词，与《花间》词的半首写人、半首写事相比，上片已全为写景，下片对“女子”的描写也有了一定的距离：用典故意象“樊素”来表现女子的美并暗示其身份，用“韶华”这种意念性的词进行抽象概括；再用“露桃嗔”“风柳妒”来反衬女子容貌的娇妍与腰肢的柔软。这与毛文锡《赞普子》直写“芙蓉带”“翡翠裙”等女子的衣饰已有不同，而显得更为轻倩空灵了。再看一首由山水意象与人物体貌情事意象为主组成的《鹧鸪天》：“红晕香腮粉未匀，梳妆闲淡稳精神。谁知碧嶂清溪畔，也有姚家一朵春。　眉黛浅，为谁颦？莫将心事付朝云。坐中有客肠应断，忘了酴醾架下人。”这首《鹧鸪天》的针线，也不像毛熙震《后庭花》“轻盈舞妓”那样绵密。毛词八句全是对女子体貌衣饰的具体描摹，此词九句中只有四句直接描写女子，用笔比《花间集》中同类之作疏朗得多。谢词虽从《花间》脱出，内容上有所承接，但在具体表现上二者已有不小的区别。

3. 游冶词：从唐代以来，妓女与诗人相互爱慕、共坠爱河成为一种普遍的社会现象。尤其是唐末五代以来，诗人词客出入秦楼楚馆成为常事，不曾与妓女们有过交往的词人极为少见。这种现象反映到词人的创作中，便是产生了一大批游冶艳情词。“自南朝之宫体，扇北里之倡风”[①]的五代《花间》词固不待言，北宋的柳永、晏几道、秦观、黄庭坚、周邦彦等人的词集中，都有颇涉色情之作。连一代儒宗欧阳修、一代文宗苏轼的词中亦不能免。谢逸《溪堂词》中约有八首左右游冶词，一般都写得含蓄洁净，既不同于北宋诸家，也不同于《花间》词人。如由天体、时间意象与人物体貌、衣饰、典故意象组成的《西江月》：“花额上堆翠葆，远山横处星眸。绛宫深锁暮云浮，月破黄昏时候。　谁谓霞衣玉简，便孤彩凤秦楼。桃源不禁昔人游，曾是刘郎邂逅。”词写重会邂逅相遇、有过旧情的

① 欧阳炯《花间集序》，华钟彦《花间集注》，中州书画社 1983 年 3 月版，第 1 页。

歌妓，在描写过“花额”“星眸”以后，便用缭绕的暮云与朦胧的月色把她笼罩起来。在迷迷蒙蒙里，作者又用“桃源”“刘郎”的典故意象，将游冶的具体情形隐去了。同是写旧情重叙，《花间》词人欧阳炯的《浣溪沙》“相见休言”就露骨得多，被认为“自有艳词以来，殆莫艳于此矣。”[①] 二者相比同为小令，同写重逢旧欢，谢逸又是《花间》派在北宋中后期的传人，但在表现上的差异不啻有霄壤之别。谢逸是一个修德重道的雅士，又生活在北宋后期远离都市的临川农村，社会风气不像五代和宋初那样放荡，观念上的约束使谢逸在创作上显得矜持起来。

（二）其次是自然意象与表现词人自我形象的人事意象，二者为主组合成的抒写生活志趣、感慨的词

在“镂玉雕琼”“裁花剪叶”[②] 的《花间》词中，词人的形象是隐去不现的。描写词人生活，抒发词人志趣、感慨的词极少见。这种情况到南唐词中得到改观。到北宋前期的晏欧，特别是欧阳修，他的《圣无忧》“世路风波险”、《朝中措》“平山堂”等词，已是直抒人生感慨之作。到北宋中后期，这类作品多起来。在大量词作中，活动是作者的活动，情感是作者的情感，也就是说，作者自己成了作品的主人公。像北宋中后期的大多数词人一样，谢逸在他的《溪堂词》里，也抒写了自己日常生活中的闲适、愁闷、志趣与感喟。

“布衣终老”的谢逸，由于屡试不第，不曾走向官场，长期住在家乡临川的“溪堂”，过着类似山林隐居的生活。他的词写到了生活的闲适，如由自然景物意象与人物环境、情事意象组合成的《谒金门》：“帘外雨，洗尽楚乡残暑。白露影边霞一缕，绀碧江天暮。　沉水烟横香雾，茗碗浅浮琼乳。卧听鹧鸪啼竹坞，竹风清院宇。”词中的景物与词人的生活，显得多么潇洒、清闲！

不过，谢逸由于长期困顿，真正的悠闲并不多。所以这样的词在他的词集里也只此一首。《好事近》在用自然景物意象描写了“满江秋色”后写道：“荻花枫叶只供愁，清吟写岑寂。吟罢倚阑无语，听一声羌笛。”在

① 况周颐《蕙风词话》，人民文学出版社 1960 年 4 月版，第 23 页。

② 欧阳炯《花间集序》，华钟彦《花间集注》，中州书画社 1983 年 3 月版，第 1 页。

貌似悠闲里，流露了生活中深深的愁闷寂寞之感。山水的优游并不能使他的心完全宁静下来，“倚阑无语”掩不住内心情绪的动荡。于是，他便用清高远俗的志趣来冲淡这种情绪，以高隐绝俗、冰霜其操来和狗苟蝇营、世俗名利相对抗。梅妻鹤子的林逋，不为五斗米折腰的陶潜，便成为他精神上的支柱，行为上的楷模，成为他屡屡比附的对象。在《采桑子》里，他赞美“冰霜林里争先发，独压群花”的梅花，以“恰似林逋处士家”的典故意象来自况；在《点绛唇》里，他又以陶潜自比：“菊花黄浅，偏入陶潜眼。”在《卜算子》里，他以人物情事和典故意象，为自己画像：“隐几岸乌巾，细葛含风软。不见柴桑避俗翁，心共孤云远。”在《醉桃源》里，他以环境、情事意象组合成的词句，抒写了绝俗的志趣：“书晃冷，竹窗明。柴门只独扃。一尊浊酒为谁倾，梅花相对清。”明净的竹窗，冰冷的书晃，独扃的柴门，与扰扰红尘隔绝了。一杯浊酒在手，一树梅花相对，与名利之徒隔绝了。词的意境是何等幽邃寂寥，格调又是何等玉洁冰清。

修身砺行、工诗能文、德才兼备的“江南胜士”谢逸，对自己的怀才不遇当然不可能丝毫无动于衷，他在引陶潜、林逋为同调安慰自己的同时，也偶尔在词中流露出一些人生的感慨。如他的《渔家傲》下片：“自叹直钩无处使。笛声吹彻云山翠。脍落霜刀红缕细。新酒美，醉来独枕莎衣睡。”在“直钩无处使”的现实中，词人虽空有感慨，却无能为力，又不愿走“可以进身”的“歧路”，所以也只有去浪迹云水，结盟鸥鹭，听渔笛，嚼脍缕，醉新酒，卧莎衣，自得其乐，自我麻醉了。词中虽有感慨，但并不强烈，只是一声无可奈何的温婉叹息，怨而不怒，温柔敦厚。这种情感表现，缘于谢逸所恪守的儒家传统思想。谢逸以一身才华而潦倒终身，“老死布衣”，[①] 但读他的词，看不到激烈的言辞宣泄出的不满和牢骚。“物不得其平则鸣”，谢逸在词中没有“鸣”，更没有对不合理的现实的揭露和批判，哪怕只是客观的。谢逸太平和了，太温雅了，这是可悲的。正是这一点，严重地影响了他的词作表现生活的容量，使《溪堂词》的思想内容显得相对单薄狭窄。今天我们虽不必苛求古人，但认识到他的局限性还是必要的。

尽管如此，对作为《花间》传人的谢逸，在看到他的以女性为内容

① 童范俨《临川县志》卷43《谢逸传》，华东师范大学图书馆藏本。

的词作与《花间》词具有承继关系的时候，还应该看到他的词在内容上与《花间》词不同的地方。这些抒写自己生活志趣、人生感喟的词，正是他有别于《花间》词的重要标志。

（三）再次是自然景物意象与表现别离、怀人、节日等人物情事意象组合成的其他内容的词作

谢逸《溪堂词》的内容，除了表现女性、自抒志趣感慨这两个主要部分，还有一些别离、怀人、咏物、节日、祝寿及家乡风物词，因其不是谢词主要内容，在此只作粗略评介。

别离之作共五首，分两种情况。一类是送友:《西江月》“送朱泮英”，以飞动之笔勾勒入京赴试的友人雄姿英发的形象，勃勃有生气，这种格调在谢词中少见。《武陵春》“送任民望归丰城”，结句以“愿作双飞老凤凰，莫学野鸳鸯”叮嘱回乡的友人，表现了谢逸修德重行的人品。《鹧鸪天》一首写“小春时节”送别客人。另一类是别妓:《南乡了》写日落时分，“欲去”的行人与“醉眼横波翠眉低”的歌妓的依依不舍之情。《柳梢青》“离别”，写“后回来则须来，便去也，如何去得”的别离之难，直笔与曲笔、慢笔与快笔参用，颇见工力。

别离与怀人在古典诗词中同属一个母题，有“别离”就有“怀人”。谢词中的怀人之作共三首:《清平乐》怀念“零落西东”的故人;《青玉案》怀念歌女，黄州关山杏花村题壁的《江神子》千里怀人，二词均为谢词中上乘之作。

咏物词共四首，《西江月》两首咏溪堂前“霜后最添艳丽”的木芙蓉;《西江月》一首咏雪后月夜疏影横斜的白梅;《武陵春》一首题作“茶”，似为咏物，实写冶游情事。

节令之作共7首，占谢逸现存词的十分之一强。《虞美人》“风前玉树”咏“七夕”，由“经年别”的天上离恨，写到人间离恨。《减字木兰花》题作“七夕”，写聚短离长的牛女“不负年年云外约”的忠贞，与“肠断朝霞一缕红”的痛苦。《浪淘沙》“上元”，写元宵观灯的热闹场面。《鹧鸪天》“金节平分”、《点绛唇》“金气秋分”，均咏“中秋”。《临江仙》“重九”，写重阳携妓登高。《点绛唇》亦写重阳:“九日登高，倚楼人在秋空半。汝江如练，碧影涵云巘。　醉看茱萸，定是明年健。清尊满，菊花黄浅，偏入陶潜眼。”此词取境高阔，运笔遒劲，清格逼人，实为谢词中不可多得之作。

《溪堂词》中有三首寿词，都是为地方官生日而作。《西江月》“代人上许守生日”无甚特色。《玉楼春》“王守生日”，前首平平，后一首写夏初景物颇佳。三词虽是为地方官上寿，但均无肉麻的颂祝吹捧。《玉楼春》如果不看题目，单从词作本身看不出是祝寿之作。

江西临川在宋代是人文荟萃之地。文章、事功皆盛的一代名相晏殊、王安石都是临川人。谢逸作为临川词人，有两首《望江南》描写家乡风物，皆以“临川好”领起，字里行间流露出对人杰地灵的家乡临川的热爱赞美之情。

从意象处理看谢逸《溪堂词》的艺术表现

谢逸是北宋中后期词坛上较为重要的婉约派词人，所著《溪堂词》“远规花间，逼近温韦”，[①]雅洁清丽，蕴藉隽妙，自成一家，在词史上占有一定的位置。但对他的词作，除了古代词话只言片语的评赏，现代学者偶有提及，往往一笔带过，迄今尚无专文进行较为系统深入的研究。本文拟从意象处理的角度，分析谢逸词的艺术表现手法，在对谢逸《溪堂词》的艺术成就作出评价的同时，顺便探讨婉约词艺术表现上的一些带有共同性的问题。

意象的雅化

《溪堂词》现存作品62首，以女性为内容的情词有35首之多，占其存词的半数以上，这是《花间》词的影响和婉约词的质性双重作用的结果。但这类词全不涉邪语，不下淫词，不作妖态，不关色情，既不同于五代《花间》词家，又不同于北宋晏欧柳周诸人，不管是写闺中怨女的思情，还是写青楼歌妓的艳情，都显得洁净含蓄，不直不露。如果我们依然认为自然主义手法不甚可取的话，那么就可以这样说，从善与美的角度看，谢逸情词的审美趣味，比《花间》诸人和北宋诸家的情词都要健康，因而给人的美感也较为高尚。从艺术表现的角度看，收到这种效果的原因，就是词中有关男女情事意象的雅化。宋沈义父认为词“如说情，不可太露。”[②]清吴照衡也认为词“言情以雅为宗，语丰则意尚巧，意亵则语贵曲。”[③]“不可太露”与“贵曲”，

---

① 薛砺若《宋词通论》，上海书店1985年6月影印版，第25页。

② 沈义父《乐府指迷》，唐圭璋《词话丛编》一，中华书局1986年11月版，第280页。

③ 吴照衡《莲子居词话》，唐圭璋《词话丛编》三，中华书局1986年11月版，第2423页。

正是我们这里探讨的情词表现上的意象雅化问题。

谢逸词情事意象的雅化，首先表现在词中的描写部分。先看一首写怨女思情的《清平乐》:“晓风残角，月里梅花落。宿雨醒时滋味恶，翠被轻寒漠漠。　　梦回一点相思，远山暗蹙双眉。不觉肌肤瘦玉，但知带减腰围。”词中的怨女玉肌消瘦，衣带宽松，可见相思之情是何等强烈，但所有人物情事意象，均无低俗之嫌。相类的题材在《花间集》里，表现上就不同了。如薛昭蕴的《小重山》“春到长门”，词写宫怨，与上举谢逸的闺怨词并无实质的区别。同是表现急切深刻的思念，同样写到了女子的“裙带”，但在意象处理上，却显出了巨大的分寸差异：谢词只让“带减腰围”，来表现因相思而憔悴的女子内心的强烈痛苦；薛词却让宫女去“手挼裙带绕阶行”，以显示相思的焦渴难耐，这就未免太露骨了。谢词由于对意象进行了雅化处理，着重突出闺中女子对爱情的执着忠实，有利于引起读者某种程度的同情；薛词中的宫女“手挼裙带”的动作，简直是在出丑了。这宫女的痛苦固然不比谢词中瘦不胜衣的闺怨女子的痛苦来得轻，但由于表现上失去了分寸感，很难让人同情，而徒招厌恶之感。

再看谢逸的《踏莎行》，词写“柳絮风轻，梨花雨细”的“春阴院落”的垂地重帘里，相思女子的睡态:“镜约关情，琴心破睡。轻寒漠漠侵鸳被。酒醒霞散脸边红，梦回眉蹙远山翠。”谢逸只写了“脸”和“眉”，就用“鸳被”这一服用意象将人体全部覆盖了。这一雅化的处理手法是很高妙的。在这词中的筋节处，稍一松笔手滑，就容易流于轻薄，或堕入恶俗。许多词人虽是“神狐通天”，当此紧要处却不免“醉即露尾”。在词史上备受推许的婉约派大师周邦彦的《玉团儿》，亦是写女子的睡态:“妍姿艳态腰如束，笑无限桃粗杏俗。玉体横陈，云鬟斜坠，春睡还熟。”由于缺乏对意象的雅化处理，描写过露，显得格调低下，未免有伤大雅了。

在回忆少年艳事的词作里，谢逸对意象的雅化，是通过简化情事意象的手法达到的。以他的《青玉案》为例:“蓬窗醉梦惊萧鼓，回首青楼在何处。柳岸风轻吹残暑。菊开青蕊，叶飞红树，江上潇潇雨。”片片飘飞的枫叶，潇潇洒落的秋雨，不正是欢情易逝、旧踪难觅所引起的怅惘愁绪的物化表现吗？作者此时真是“思往事，愁如织”了。但对于触发愁绪的青楼艳情，却仅以“回首青楼在何处”一语淡淡带过，把本来十分秾丽的青楼往事全都简化了。词的字面上几乎全是写景，实乃全为言情，“一切景语，皆情语也。”① 作者将怅惘愁绪全融入这幅“秋江烟雨图”里。读此词时，只顾欣赏如画美景，不知不觉感染几缕个中愁绪，渐次被这愁绪浸润濡湿，对词里“回首青楼”的定向性感情抒发，反倒不太注意了。北宋婉约词人的同类之作与此多有不同，如柳永回忆旧情的《慢卷紬》：“红茵翠被，当时事，一一堪垂泪。怎生得依前，似恁倚香偎暖，抱着日高犹睡。”在柳词里，狭邪旧事的意象重现得十分具体，癫狂无状，无怪乎李清照要批评他“词语尘下”了②。

北宋词坛上，多写儿女情事的婉约派词人之作固不待言了，即使豪放如苏轼，在词中亦未能免俗。他的《双荷叶》：“双溪月，清光偏照双荷叶。双荷叶，红心未解，绿衣偷结。　背风迎雨流珠滑，轻舟短棹先秋折。先秋折，烟鬟未上，玉杯微缺。”文字看似高雅，实际上暗示象征出的色情意味，仍是很明显的。此种情形在谢逸词中亦找不出。可以说，在北宋词人里，谢逸词意象的雅化是相当彻底的。作为《花间》传人的谢逸，在这个问题上，能迥出一般婉约词人之上，而表现得如此雅洁，最起码是值得肯定和重视的。

意象的雅化，是词的创作和研究中的一个重要问题。因为词这种文体，在五代、北宋前期多写离别相思、饮酒狎妓一类题材。北宋中期苏轼出，词坛情况有所改观。但这一类内容在北宋中后期乃至以后的婉约派词人的笔下，仍然不少。此类词作往往有失检点，颇涉色情，从表现的角度看，主要是对意象的雅化注意不够。可见在这类婉约情词的创作中，意象的雅化与否，至关紧要。它不仅是一个艺术方面的表现角度和手法的问题，它更是一个关系到词的思想内容的重要问题。艺术表现上的雅化与否，决定了思想内容上的健康与否。艺术手法在特定情况下对作品内容的制约作用，以及二者的不可分割性，在这里可以很清楚地看出来。这也许就是我们探讨谢逸词意象雅化这一表现手法的意义所在。

---

① 王国维《人间词话》，《蕙风词话·人间词话》，人民文学出版社 1960 年 4 月版，第 223 页。

② 李清照《词论》，胡仔《苕溪渔隐丛话》后集，北人民文学出版社 1962 年 6 月版，第 254 页。

意象的虚化

意象的虚化，是谢逸词结句处常用的艺术表现手法。谢词远宗《花间》，近法二晏，全为令词。明毛晋《跋溪堂词》说，谢词“共六十有三阕，皆小令，轻倩可人。”小令这种形式，本身就轻灵隽妙，“突然而来，悠然而去，数语曲折含蓄，有言外不尽之致。”[①]谢逸在全用令词写作的同时，又在词的结句处着意虚化意象，这就使《溪堂词》中的许多篇制，显得格外含蓄不尽，神韵悠远。

清李渔论词的结句之法时说：“有淡语收浓词者，别是一法。”[②]谢词在结句处虚化意象的手法之一，就是“以淡语收浓词”。《蝶恋花》下片：“拢鬓步摇青玉碾。缺样花枝，叶叶蜂儿颤。独倚阑干凝望远，一川烟草平如剪。”写簪花珮玉的女子，用词较繁，着色颇浓。女子的加意妆饰，当然是为了迎接归人。但在独倚阑干、望穿秋水之后，人仍不归，只见一川萋萋芳草，笼着一层淡淡春烟。清况周颐说：“词有淡远取神，只描取景物，而神致自在言外，此为高手。”[③]在这里，谢逸只用淡笔绘出“一川烟草平如剪”的眼前景，而不点出“相思”情事，虚化了倚阑凝望的思妇的“心中事”和“意中人”。词人将思妇的思情虚化后，隐入景中，收到了“神致自在言外”的含蓄效果。再如《千秋岁》的下片：“密意无人寄，幽恨凭谁洗。修竹畔，疏帘里。歌余尘拂扇，舞罢风掀袂。人散后，一钩新月天如水。”亦是以淡语收浓词。清李渔分析道：“大约此种结法，用之忧怨处居多。如怀人、送客、写忧、寄慨之词，自首至终，皆凄怨，其结句独不言情，而反述眼前所见者，皆自状无可奈何之情，谓思之无益，留之不得，不若且顾眼前，而目前无人，只有此物……此等结法最难，非负雄才大力者不能。”[④]明王世贞指出结句“一钩新月天如水”，是“淡语之有景者也。”[⑤]“淡”是指对“情”的表现而言，因为在结句里，情事意象已完全虚化，隐入一天如水月华中去了。

① 沈祥龙《论词随笔》，唐圭璋《词话丛编》五，中华书局 1986 年 11 月版，第 4050 页。
② 李渔《窥词管见》，唐圭璋《词话丛编》一，中华书局 1986 年 11 月版，第 556 页。
③ 况周颐《蕙风词话续编》卷一，人民文学出版社 1960 年 4 月版，第 132 页。
④ 李渔《窥词管见》，唐圭璋《词话丛编》一，中华书局 1986 年 11 月版，第 556 页。
⑤ 王世贞《艺苑卮言》，唐圭璋《词话丛编》一，中华书局 1986 年 11 月版，第 388 页。

《溪堂词》中写思妇与艳情的词，在结句处使用虚化意象手法的例子很多。如《菩萨蛮》的结句："睡起玉钗横，隔帘闻晓莺。"《西江月》的结句："归来江上数峰青，梅水横斜夜永。"《柳梢青》的结句："无限离情，无穷江水，无边山色"等，把人物情事意象隐入自然景物意象中去，通过对意象的虚化处理，留下巨大的想象空间，绵长的回味余地，从而使整首词有"有余不尽之意"。①

词中结句是一首词创作上成功与否的关键环节。清江顺诒说："凡词两结最为紧要"②，这最紧要处，也正是创作上的最难处。清刘体仁《七颂堂词绎》、沈祥龙《论词随笔》都认为："词起结最难，而结尤难于起。"谢逸用虚化意象的艺术手法，较为成功地越过了词中这一创作障碍。再看一首《鹧鸪天》："桐叶成阴拂画檐，清风凉处卷疏帘。红绡舞袖萦腰柳，碧玉眉心媚脸莲。　愁满眼，水连天。香笺小字倩谁传。梅黄楚岸垂垂雨，草碧吴江淡淡烟。"词写一个柳腰莲脸的舞妓，因思念情人，望着连天春水，而满眼愁情，恨无人寄信传书。如何了结呢？作者写情事到此而止，宕开一笔，用"楚岸梅雨"与"吴江草烟"两句景语收束作结，从而将人物情事意象完全隐去，而楚岸的连绵梅雨与吴江的一川草烟，不正有力地渲染烘托出了词中人物的"满眼愁情"吗？宋沈义父《乐府指迷》说："结句须要放开，含有不尽之意，以景结情最好。"清沈祥龙《论词随笔》说："结有数法，或宕开，或就眼前指点。"清沈谦《填词杂说》说："填词结句，或以动荡见奇，或以迷离称隽，着一实语，败矣。"谢逸此词正是宕开情事，指点眼前景物，以景结情，将人物情事意象完全虚化，隐入纷纷梅雨、濛濛草烟的迷离的自然景物意象之中。清沈雄在《古今词话·词品》中说："情以景幽，单情则露。"所以，以景结情，就言情来说，不着一实语，从而使词中的情感幽然而深，悠然而远，隽妙无比，收到了最佳的言情效果。清李渔认为：一首词的成功与否，"全定于终篇之一刻"，因为"'临去秋波那一转'，未有不令人销魂欲绝者也。"③谢逸在词的结句处虚化意象的艺术手法，是使他的词收到神韵悠远的含蓄效果，取得创作上的成功的关键所在。翻检北宋婉约词名篇，可以看到，这一结句之法，也

① 江顺诒《词学集成·法》，唐圭璋《词话丛编》四，中华书局 1986 年 11 月版，第 3277 页。
② 江顺诒《词学集成·法》，唐圭璋《词话丛编》四，中华书局 1986 年 11 月版，第 3275 页。
③ 李渔《窥词管见》，唐圭璋《词话丛编》一，中华书局 1986 年 11 月版，第 555 页。

是所有取得创作成功的作品所必须采用的有效方法。

意象的融化

意象的融化是谢逸词艺术表现上的又一手法。这一手法可分两种情况。首先是各种自然景物意象的融化，构成了一幅幅江南水乡的山水画面，表现出谢词“长于写景”的特点。

《踏莎行》里展现的是一幅春天的“絮风花雨图”：“柳絮风轻，梨花雨细，春阴院落帘垂地。碧溪影里小桥横，青帘市上孤烟起。”春风轻轻漂浮柳絮，细雨丝丝洒湿梨花。杨柳风中，梨花雨里，院落静静，画帘低垂。清澈的小溪从院外流过，溪水斜映着小桥的影子。小桥那畔，村市上酒帘招风，一缕吹烟正袅袅飘起。词里，絮风、花雨、院落、帘幕、碧溪、小桥、青帘、吹烟等景物意象有机地融合在一起，构成完整的画面，表现了春雨天里，江南水乡村市人家所特有的那种清静明秀之美。《玉楼春》描写梅雨时节的景色：“青钱点水圆荷绿，解箨新篁森嫩玉。轻风冉冉楝花香，小雨丝丝梅子熟。”青钱、绿荷、新篁、轻风、小雨、楝花、梅子等景物意象融合成的画面极为新嫩鲜活。既清新自然，又锤炼精工，用“嫩玉”写新篁的质、色，用“森”状丛丛新篁破土解箨、迅速长高的形态，极见功力，确如漫叟所评是“百炼乃出冶者”，但又“极炼如不炼”[①]，不露雕琢之痕迹。类似的写景在谢词中多有。

除春景描写之外，夏、秋、冬三季景色都在谢词中得到了出色的表现。如《玉楼春》写夏景：“横塘晕浅琉璃莹，绿叶阴浓庭院静，樱桃熟后麦秋凉，芍药开时槐夏永。”《好事近》写秋景：“疏雨洗烟波，雨过满江秋色。风起白鸥零乱，破岚光深碧。”《采桑子》写冬景：“冰霜林里争先发，独压群花。风送清笳，更引轻烟淡淡遮。”比较而言，谢词中写得最多也写得最好的是春景和秋景。春景上已举例，下面再看《青玉案》中一例秋景描写：“芦花飘雪迷洲渚。送秋水，连天去。一叶小舟横别浦。数声鸿雁，两行鸥鹭，天淡潇湘暮。”江南水国的秋天，秋水无际，水天一

① 刘熙载《艺概·词曲概》，上海古籍出版社1978年12月版，第121页。

色。如雪的芦花迷迷蒙蒙，飘满洲渚，别浦斜泊着一叶扁舟。潇湘日暮，风高云淡，水面两行鸥鹭翩飞，天上一字雁阵南翔。芦花、洲渚、秋水、秋空、小舟、别浦、鸿雁、鸥鹭等自然景物意象融为一幅“潇湘秋暮图”，画面开阔，韵致寒淡，透出一种寥落空漠之感。

吕本中《得无逸惠书》称谢逸“乐府短句又清绝，陶写万象嘲江山。”清徐釚《词苑丛谈》卷三引《两宋词评》说：“谢无逸之能写景，僧仲殊之能言情，姜白石之能琢句，蒋竹山之能作态，史邦卿之能刷色，黄花庵之能选格，亦其选也。”前人的这些评论，都着眼于谢词“长于写景”的艺术特色。清田同之说：“深于言情者，正在善于写景。”[①] 看来，长于写景，正是谢逸词收到言情悠远的艺术效果的重要原因之一。

意象的融化在谢词里的又一表现是：以自然景物意象融化人物情事意象，构成情景交融、浑化无痕的意境。如《蓦山溪·月夜》：“霜清木落，深院帘栊静。池面卷烟波，莹香水，一奁明镜。修筠拂槛，疏翠挽婵娟。山雾敛，水云收，野阔江天迥。　红消醉玉，酒面风前醒。罗幕护轻寒，锦屏空，金炉烬冷。星横参昴，梅径月黄昏。清梦觉，浅眉颦，窗外横斜影。”为了具体了解谢词以自然意象融化人事意象的构境手法，再以《江神子》为例细加解读以为印证：

> 杏花村馆酒旗风，水溶溶，飏残红。野渡舟横，杨柳绿阴浓。望断江南山色远，人不见，草连空。　夕阳楼外晚烟笼。粉香融，淡眉峰。记得年时，相见画屏中。只有关山今夜月，千里外，素光同。

写景起笔，是词人的常用手法。落花时节的荒村野渡，酒旗飘风，飞红片片，江上春水溶溶，岸上杨柳堆烟。这清丽凄妍、淡而又浓的自然景物意象中，实已融入了词人的主观情感。流水落花，孤舟野渡，阒寂无人，这迷离伤感的景物里，不正隐含着作客异乡的词人一缕孤独的情绪吗？所以词人泊舟柳岸，寻酒家消愁去了。山遥水远的羁旅孤寂，最容易勾起人们对温馨往事的回忆，这正如人在冰寒雪冷中最容易怀恋温暖的炉火一样。至此，作者怀人已是情所难免。但三杯两盏淡酒，怎消得离愁

① 田同之《西圃词说》，唐圭璋《词话丛编》二，中华书局 1986 年 11 月版，第 1455 页。

万缕。上片后三句即写由于怀人而凭栏远眺，景物画面也从眼前拉开，词笔由清晰的景物意象转化为模糊的景物意象，即由眼前的清清江水、片片落红、渡口小舟、丝丝杨柳，扩大为极目凝视中的整个江南山色，连天芳草。由于此处写的是远景，所以这里的景物意象有一层模糊的色彩。在这里，画面、词境随着词人的视线扩大，词人目光所及的地方，也就是词人情感所及的地方。江南山色、连天芳草映入词人眼中，被怀人的目光——这情感染色体，染上了一层迷离的感情色彩。这样，感情所及的空间便由江南某个荒村野渡扩大为整个江南的万水千山，这是一个巨大的感情空间。随着词人视线的由近而远，感情空间的由小而大，词人怀人的情思也由浅到深，由淡到浓，开头景物中隐含的一缕情思，到此已涨为一片情海，所以，情事意象也从景物意象中溢出来，这便是“人不见”一句。但这溢出在表现上只是瞬间的，因为“单情则露”，[①] 所以，作者紧接着又把这一句情语融入“草连空”这句景语中去了。

词的下片仍以写景起，夕阳衔山，暮烟笼罩，晚霞染红了朦胧的暮霭。这一句写景渲染出一个梦幻般的氛围：此时，为怀人之情所困扰，在进入痴迷状态的作者眼前，霞辉溶红的天幕幻化为粉香融红的人脸，江南浅淡的远山幻化为情人浅描的眉峰，思极成幻，旧事重现，这就是词中“粉香融，淡眉峰。记得年时，相见画屏中”几句由人物情事意象构成的回忆。眉目如睹，粉香可嗅，年时旧事，如在目前。重温旧情，即是盼望今夕相会，写情到这般地步，如何收拾呢？如果以渴望相见收束全词，也就是以情结尾的话，则又“往往轻而露，如清真之‘天便教人，霎时厮见何妨’，又云‘梦魂凝想鸳侣’之类，便无意思，亦是词家病。”[②] 为了免犯“轻而露”的“词家病”，词人在表现上运用意象融化的艺术手法，把忆念幻觉中的人物、情事意象全又溶入景物意象中去，这便有了“只有关山今夜月，千里外，素光同”的结句。词句又由情转到景，异乡与故里，关山与画屏、词人与情人，相距千里，值此春夜，只有关山这一轮耿耿明月的皎洁清凉的素光，与千里外照着情人的那轮月亮的素光是相同的。素光洒遍千里，流照两地，词人“寄愁心与明月”，又与情人“隔千里兮共

① 沈雄《古今词话》，唐圭璋《词话丛编》一，中华书局1986年11月版，第849页。

② 沈义父《乐府指迷》，唐圭璋《词话丛编》一，北京中华书局1986年11月版，第279页。

明月”，在月光里，词人与情人连在了一起。这遍地月光，不正是词人异乡孤旅、怀人而人不见的凄凉心境的物化表现吗？此词由写荒村野渡之景而隐含情思起，到望远山怀人、以芳草融情小结；下片再以景起，忆念年时旧事，到借月光寄情止，全词“触景生情，复缘情布景，节节转换”[①]，把人物情事意象不断融入自然景物意象中，以景含情，以景起情，以景结情，既使“景因情妍”，更使“情以景幽”。全词情景交融，意境清丽凄妍，浑然悠远，具含动人的美感意蕴和很高的鉴赏价值。这种以自然景物意象融化人物情事意象的构建意境方法，是词史上隽妙美妍的婉约词所普遍采用的方法，成为婉约词构境所共同遵从的艺术规律。

① 贺裳《皱水轩词筌》，唐圭璋《词话丛编》一，中华书局1986年11月版，第695页。

第四辑

蒋捷的家世、生平和思想

南宋词人蒋捷，与王沂孙、周密、张炎齐名，为“宋末四大家”之一，被刘熙载誉为“长短句之长城”①。但《宋史》《宋史翼》均无传，生平事迹不甚详明。联缀方志、题跋、家乘等相关资料的零星记载，可以为蒋捷的家世、生平和思想勾画出一个大致的轮廓。

一、家　世

毛晋汲古阁本《竹山词》卷首，有元湖滨散人至正乙巳岁（1365 年）所作《题竹山词》云：“竹山先生出义兴巨族。宋南渡后，有名璨字宣卿者，善书，仕亦通显，子孙俊秀，所居擅溪山之胜。故先生貌不扬，长于乐府。此稿得之于唐士牧家藏本，虽无诠次，庶几无遗逸云。”今人均据以考知蒋捷系出“义兴巨族”蒋氏，为南宋绍兴年间曾任户部侍郎、敷文阁待制、知扬州、临安府的著名书家蒋璨的后人。

关于蒋捷世系，武进蠡河桥《蒋氏家乘》以西周初年蒋国始封君、周公旦之子伯龄为一世祖，东汉光武帝功臣、遭冤狱而死的蒋横为四十七世。横生九子，皆流散。其八子蒋默避地阳羡滆湖东云阳，九子蒋澄避地滆湖西函亭，是为蒋氏迁宜兴之始。后蒋横平反，其九子皆就地封侯，蒋默封云阳亭侯，蒋澄封函亭乡侯。澄生五子：孟、通、休、政、元（玄），皆为刺史，有“一门五牧”之誉。捷为四十九世蒋休之后。蒋氏家族自东汉以下，累世官宦，名人辈出，唐时蒋乂五子伸、系、偕、仙、佶皆任州牧以上高官，与汉代宜兴蒋氏“一门五牧”前后辉映，在宜兴留下两

① 刘熙载《艺概·词曲概》，上海古籍出版社 1978 年 12 月版，第 112 页。

个“五牧村”的佳话。蒋伸曾为宣宗、懿宗朝宰相，《旧唐书》卷一四三、《新唐书》卷一三二有传。八十九世蒋堂，宋大中祥符进士，真宗时授大理寺卿，累官至枢密直学士，《宋史》卷二九八有传，为九十世之奇、之美兄弟的伯父。蒋璨为之美子，之美早卒，“璨方十三，鞠于世父魏公之奇”[①]。蒋之奇，《宋史》卷三四三有传，哲宗时以平寇功除宝文阁待制，知杭州，徽宗时拜观文殿学士。与东坡为同年进士，尝与定卜居阳羡之约。有文集杂著百余卷。子瑎，孙兴祖。蒋捷乃之奇子蒋瑎后人，非出蒋璨。九十三世蒋芾官居孝宗朝右相。至蒋捷为九十六世。捷父惟晃，生捷、握、摄三子。捷妻佘素玉，晋陵学士佘安裕之女，生三子：长子献明，次子伟明，三子陟明。

二、生　平

蒋捷举进士前，应在家乡读书游学。捷举进士时间，近人胡适《词选》、胡云翼《宋词选》等书据明万历王升纂《宜兴县志》等志书记载，定为恭帝德祐年间（1275—1276）。《宜兴县志》卷七“进士”载捷中“德祐二年丙子龙泽榜”，卷八“隐逸传”称捷为“宋德祐进士”。然德祐二年三月元军已破临安，以此知中德祐二年进士说有误。唐圭璋《全宋词》称捷中度宗咸淳十年（1274 年）进士，据马端临《文献通考》卷三五《宋登科记总目》，宋代末科进士为度宗咸淳十年，状元王龙泽，则知“龙泽榜”应在咸淳十年，唐圭璋说为是。

蒋捷中进士不久，南宋灭亡，蒋捷开始了长期的隐居、流浪生活。宜兴境内太湖之滨的竹山，在周铁镇沙塘港口，或称竺山、足山。南宋亡后，蒋捷隐居于此，并取以为号。宜兴后村《周氏宗谱》中有蒋捷所撰《简惠公谱牒后序》一文：“公为中兴名相，距今百有余年。流风遗烈，犹有能景慕而乐道者。公殁后，朝事日非，一时元辅如韩侂胄、史弥远、贾似道，其人接踵而起，甚于卖国之桧，不得如公者维挽于其间，国祚遂移。乃公之子孙亦稍凌夷衰微也。传曰：‘君子之泽，五世而斩’，抑又有

① 嘉庆《重刊宜兴县志》卷八《文苑传·蒋璨传》。

之，世臣、亲臣，与国同休戚，其斯之谓欤！余遭丧乱，滨处湖滨，既与公同壤，公之孙祖儒者，好文墨，工于词，时相过从，共抱黍离之悲。每出其家藏谱牒示余，如接公于晤语。窃又幸公云裔济济，积庆未艾，不与故国山河同归绝灭也。为续书行辈于剩简而复赘数言，俾后之览者，知余掩卷而重有感云。”简惠公即南宋周葵，《宋史》卷三八五有传。储大文于乾隆四年（1739 年）作《后村二修谱序》云：“宋元以前，周氏世居，大率不离羊山（即阳山）左右……先辈蒋捷隐居竹山……盖竹山、阳山，俱滨震泽（即太湖），相距数里许，故云同壤。”这里明确指出蒋捷隐居周铁竹山。他与周祖儒“共抱黍离之悲”，思想投契，“时相过从”，在周铁竹山应生活了较长一段时间。蒋捷的文章所见不多，这篇后序，指斥秦桧、贾似道等误国权相，致慨故国绝灭，“世臣、亲臣，与国同休戚”虽云周氏，也是蒋氏自道，是了解蒋捷思想极为宝贵的材料。

又据 1993 年版《宜兴县教育志》载：清光绪六年（1880 年），当地士绅捐款助地，“在周铁桥北街外，兴建书院。因周铁桥东有竺山，书院在竺山之西，故名竺西书院。书院中设宋进士蒋捷（竺山先生）的神位，地方人士以时祭祀。”近年竺山脚下沙塘港村杭氏修纂宗谱，发现民国初年储谌的《笠农杭世兄序》，文曰：“笠湖三万六千顷，有竺山焉。宋蒋词人卜居于此。自兹以往，钟灵毓秀，代有名贤，迄至于今，少年英俊，联翩鹊起，洵非偶然。笠农世兄乃其一也。”可知到清末民初，地方人士还在怀念和景仰隐居竹山的蒋捷。这些记载也可作为蒋捷隐居竹山的佐证。其中似乎还透露了蒋捷在竹山曾为塾师的信息，所以他的神位才会被供于书院之中。宜兴乡贤认为蒋捷的寓居地在竹山的福善寺，近年重修福善寺时发现了一些据说是蒋捷的遗物，且云在福善寺旁发现了曾遭盗毁、迄未修复的蒋捷墓。另外，无锡太湖边南泉镇（旧称开化乡，今谓太湖镇）也有个竹山。清康熙年间王抱承编纂《开化乡志》，把蒋捷归入“儒林”，并说“本阳羡人……家竹山”。王抱承唱和明代邵宝咏竹山诗云：“胜欲先生首创游，得名四百有余秋。曾无修篆千竿映，剩有空明一片浮。星聚昔偏来胜友，陆沉今已尽神州。眼前风景犹然好，一一题诗在上头。”把创游开化竹山之功归于蒋捷，可供参考。《开化乡志》载入的蒋捷传，除了简略地提到他的词作、理学、小学之外，还说“胜欲尤擅诗名”。但后世能看到的蒋捷诗文不多，可能是在元至正丙申“兵灾”中被洗劫焚毁了。

宋亡后，蒋捷坚守民族气节，义不仕元，过着“壮年听雨客舟中”的漂泊流浪生活，浪迹吴越一带。蒋捷在吴地的活动，在其《贺新郎·吴江》《贺新郎·兵后寓吴》《一剪梅·舟过吴江》《高阳台·江阴道中有怀》《梅花引·荆溪阻雪》《阮郎归·客中思马迹山》等词作中留下了较为清晰的记录。至于越地的游踪，有下列地方：据《一剪梅·宿龙游朱氏楼》，知其尝至龙游，龙游为五代以龙丘县城改置，治所即今浙江衢县东北龙游镇。据《喜迁莺·金村阻风》，知其尝至长兴县金村。《浙江通志》卷五十五湖州府长兴县有金村港，从词中“芦窠窄港”看，阻风的金村应为湖州府长兴县金村港。据《行香子·舟宿兰湾》，知其或至松阳县（今遂昌县）兰湾。松阳为东汉建安四年（199 年）置县，治所即今浙江遂昌县东南古市镇。据《南乡子·塘门元宵》，知其或至杭州、临海。《天机余锦》卷四，此词题作“钱塘门元宵”。《淳祐临安志》卷五《城府》：“城西门：钱湖门、清波门、丰豫门、钱塘门。”《浙江通志》卷十六：古塘门山，《临海县志》载在县南二十里，二峰对峙，中空十余丈，旧传海门在焉。临海即今浙江临海县。但宜兴、武进亦有“塘门”地名，故而“塘门元宵”之“塘门”不能确指。元许谦《白云集》卷一有《赠相士蒋竹山一首》：“我昔河内家，旧有知人名。遗书满天下，谁能得其精。蒋叟从何来，自托老门生。知我三十年，少晦今当明。燕颔侯万里，鸢肩列蓬瀛。世无贫贱人，安别贵与荣。我分已无闻，子言良可惊。何以赠子归，妙谕不在形。”此“蒋竹山”如系蒋捷，可知其尝漂流金华，在艰窘的漂泊生涯里曾为相士谋生。万历《宜兴县志》卷八《隐逸》云：蒋捷“元初遁迹不仕，大德间，宪使臧梦解、陆垕交章荐其才，卒不就。”《续资治通鉴》卷一九五载：元成宗大德九年（1305 年）五月戊申，曾下诏“求山林间有德行、文学、识治道者”。臧梦解于大德六年迁浙东肃政廉访副使，九年除广东肃政廉访使。同时有陆垕者，与梦解齐名，累迁至湖南肃政廉访副使，升浙西廉访使①。根据以上史料，则蒋捷大德九年前后当在越地，足迹遍及浙东、浙西。

武进蠡河桥（今称礼河桥）《蒋氏家乘》钱叔平序文云：“至竹山……

① 《元史》卷一百七十七《臧梦解、陆垕传》，《二十五史》九，上海古籍出版社 1996 年 11 月版，第 480 页。

由义兴徙晋陵（今武进）前余，是为吾邑蒋氏之始。”《锡山蒋氏家谱》亦云蒋捷“自㽚亭徙居晋陵（武进）西乡。”据此，可知蒋捷晚年迁居武进西乡前余（今武进夏溪镇三星村），成为蒋氏该支的始迁祖。《蒋氏家乘》记载：元成宗贞元二年（1296年），蒋捷率三子自宜兴㽚亭迁至晋陵西乡。他与长子献明居傅村之南的前余；次子伟明，居傅村之北的后余（今称厚余）；三子陟明，居延政乡堰下。蠡河桥《蒋氏家乘》“古迹”云：“竹山在武进西乡前余，宋竹山公讳捷居此，手植千竹，取虚心节坚之意。”上文提到的周铁、南泉两地的竹山，在《咸淳毗陵志》中就有记载，非蒋捷题名；前余的竹山，系因蒋捷居此并亲自种竹而得名。蒋捷种竹，非仅美化环境，更有借以砥砺节操之意。

蒋捷徙居武进后，曾为塾师，以诗书授徒。明永乐《常州府志·文学》云：“蒋捷，字胜欲，世居阳羡，后占籍武进，遂为武进县人……延祐甲寅，朝廷设科取士，先生以诗书授学者。若浚仪马公祖常，时侍父为武进达鲁花赤，居郡城，从先生受业，其后擢高科，为一代名臣。山东冯某，不远千里来受业，以疋布为贽，先生悯其贫，姑受之，至冬乃制衣予之。越二年业成而归，遂领乡荐。既闻先生殁，匍匐来吊，哀痛欲绝。先生成就后学多若此。至正丙申，家歼于兵，书皆不存。学者以先生家竹山，故咸称竹山先生云。”蒋捷教书授徒，关爱学生，以此赢得学生的感激爱戴，这从一个侧面反映了蒋捷的人品。延祐甲寅乃元仁宗延祐元年（1314年），蒋捷授徒时间在此前后，该是其晚年了。这对研究蒋捷生卒年，有参考价值。“家歼于兵，书皆不存”事，据《中国历史大事年表》，元顺帝至正丙申（至正十六年，1356年），长江下游朱元璋与张士诚军在长江沿常熟、平江路（苏州）至南京一带激战。蒋捷旧宅在此年遭兵祸，遗存之书及诗词创作手稿都毁于难。另据元杨维桢《陶氏菊逸序》，知蒋捷曾为毗陵陶氏家塾塾师，马祖常即是在陶氏家塾受业于蒋捷的。文曰：“毗陵陶氏，前朝文献家也。在宣和间有为翰林检阅者某，扈驾南渡，其五世孙为谵圃君某，仕常郡教授，因家毗陵。国初以宋遗老征，不起，家延顾师竹山蒋公教子弟，时石田马中丞公实从学其家，与其孙靖为同窗友。马在南端荐授之，靖无仕宦志。”[①]毗陵，即今江苏常州市。石田马中

① 杨维桢《东维子集》卷九，四库全书本。

丞即马祖常，延祐二年廷试第二，曾官御史中丞，著《石田文集》十六卷，《元史》有传。马祖常为人正直，曾弹劾权相遭贬，退居光州，陶靖则不热衷于仕途，二人皆受到蒋捷思想的影响。

蒋捷与元曲家谢应芳亦有交往。谢应芳武进人，蒋捷徙居武进，为谢同乡前辈。谢应芳《跋岳氏族谱》云："岳氏为常之望族，旧矣，予早岁过唐门，见其第宅相甲乙者数家，且闻竹山蒋先生言：宋乾德间，岳王弟经略使（岳翻）之孙自九江来居。由宋而元，子姓蕃衍，文物之盛拔萃同里，比以陵谷变迁，奕叶憔悴"[①]，可知谢应芳"早岁"即识蒋捷。谢应芳《答惠子及送泉书》，曾言及友人向自己求《竹山词》一事："《竹山词》久为乌有，弗克奉命。岁晏未由晤言，唯善保为斯文寿。"[②]谢应芳藏《竹山词》，友人向谢应芳求《竹山词》，见出蒋捷与谢应芳的关系，和《竹山词》受到当世文人的重视程度。

关于蒋捷的生卒年，武进蠡河桥《蒋氏家乘》云："生卒失传。"无锡《锡山蒋氏宗谱》载蒋捷生于宋宁宗嘉定十二年（1219年），卒于元成宗大德十一年（1307年），享年89岁。咸淳十年中进士时56岁。该谱载捷父惟晃生于宋高宗绍兴二十八年（1158年），62岁始生长子捷，按之不甚可靠。参之《虞美人·听雨》的"壮年听雨客舟中"词句，《礼记·曲礼》："三十曰壮"，则宋亡时漂泊江湖的蒋捷年当三四十岁，那么咸淳十年（1274年）中进士时当在30岁左右，依此计算，则其生年大致在1245年前后。永乐《常州府志》载蒋捷在延祐甲寅朝廷开科取士后，曾设帐授徒，据此可知其卒年应在1314年以后了。谢应芳《跋岳氏族谱》提到"早岁"曾听蒋捷谈说岳氏事迹，此文作于洪武十九年六月既望，即1386年农历六月十六日，上距元仁宗延祐元年已有72年之久，这条材料可以作为蒋捷或享高寿的证据。蒋捷卒后葬于前余，后裔尊之为永思墓。明洪武年间在墓旁建竹山先生祠，蠡河桥《蒋氏家乘》"家祠"云："竹山先生祠在武进县西乡前余，明洪武间建，首祀胜欲公讳捷。"祠堂中祀蒋捷，左昭右穆，配享子孙，祠具一定规模。

---

① 谢应芳《龟巢稿》卷十四，四库全书本。

② 谢应芳《龟巢稿》卷十一，四库全书本。

三、思　想

史称宜兴蒋氏“世禅儒”，藏书丰富，文士辈出。唐蒋环开元中为弘文馆学士，环子蒋将明任集贤殿学士，将明子蒋乂“通百家学”，二十岁入集贤院，家藏书达一万五千卷。乂子系曾为集贤殿学士，伸为翰林学士。蒋乂“有史才”，其子系、伸、偕皆曾为“史馆修撰”，蒋家“父子为学士，儒者荣之”，“三世踵修国史，世称良笔”[①]。宋代蒋堂，“好学工文辞，尤嗜作诗，有《吴门集》二十卷”[②]。蒋之勉，《宜兴县志》卷八“隐逸传”称其“博通典籍，为西浙大儒，屡荐不仕，学者称荆南先生。”世代业儒的家学渊源，以家族文化遗传的方式，奠定了蒋捷忠于宋室的思想基础。《锡山蒋氏家谱》称蒋捷“治《易经》”，万历《宜兴县志》卷八“隐逸”称蒋捷“平生著述，一以义理为主”，可见儒家思想对蒋捷影响至深。儒家思想之外，道家隐逸和神仙思想在蒋捷身上也有反映，他的“人间富贵总腥膻”的认知，词作中对隐逸高节的赞美，宋亡后选择的漂泊江湖、归隐竹山的生存方式，无不打上道家思想的烙印。而在他酬酢性质的寿词中，则多言及神仙。佛教思想对蒋捷也有渗透，“晴干不去，待雨淋头”（《尾犯·寒夜》）、“老去万缘轻”（《少年游》）等词句皆涉佛，更有人据《虞美人》“听雨僧庐下”，推测蒋捷晚年或曾为僧，乡里人士指认其出家地就在宜兴竹山的福善寺。元倪瓒云：“韩奕，字公望，吴之良医也。好与名僧游。所云蒋竹山者，则义兴蒋氏也。以宋词名世，其清新雅丽，虽周美成、张玉田不能过焉。”[③]据上下文，也可作出蒋捷乃韩奕与游之“名僧”的解读。可见，佛教与蒋捷实有不解之缘。如果说儒家义理是蒋捷忠君爱国的思想基础，道家思想给了他蔑视富贵、抗衡新朝的生存勇气，决定了他浪迹江湖、归隐山林的生存方式，那么，佛教的空无思想则有效化解了蒋捷这位“不事二姓”的苦志守节者，在亡国后的漫长岁月里的生命痛苦。

---

① 《新唐书》卷一三二《蒋乂传》，《二十五史》六，上海古籍出版社1996年11月版，第470—471页。

② 《宋史》卷二九八《蒋堂传》，《二十五史》八，上海古籍出版社1996年11月版，第1115页。

③ 倪瓒《清閟阁全集》卷十二，四库全书本。

宋亡之后，名士多与新朝有染，如与蒋捷同为宋末四大家之一、身为南宋中兴名将之后的张炎，即曾应新朝征召，作为南宋宗室的赵孟頫更出仕新朝，只有蒋捷与新朝毫发无染，做了彻底的遗民，其高风亮节，非时辈所可企及。需要特别强调的是，蒋捷的不事新朝，并非万历《宜兴县志》卷八“隐逸”所说的空穴来风的“天植其操”，除了上已言及的儒道思想影响，更与宜兴蒋氏家族的爱国传统有关。蒋捷九十世祖蒋之奇，任河北转运使、知瀛洲时，辽使耶律迪死于使宋途中，宋朝地方官员沿路拜祭，独之奇“祭而不拜”，保全国格。知熙州（今甘肃临洮）时，备战西夏，使之不敢犯[①]。之奇孙蒋兴祖，知开封府武阳县，“靖康初，金兵犯京师，道过县，或劝使走避。兴祖曰：‘吾世受国恩，当死于是。’与妻子留不去。监兵与贼通，斩以徇。金数百骑来攻，不胜去。明日师益至，力不敌，死焉。年四十二。妻及长子相继以悸死，诏赠朝散大夫”[②]。《词苑丛谈》卷七记载了蒋兴祖女儿的事迹：“金人犯阙，武阳令蒋兴祖死之，其女被掳致雄州驿，题《减字木兰花》于壁云：朝云横度，辘辘车声如水去。白草黄沙，月照孤村三两家。　　飞鸿过也，百结愁肠无昼夜。渐近燕山，回首乡关归路难。”[③]九十一世蒋璨因解救岳飞而得罪秦桧，宋陈櫄《负暄野录》卷上：“蒋宣卿待制璨，绍兴中以善书著名，因救解岳侯，遂忤秦相，讽言者论罢，闲废十年。”九十三世蒋芾，中绍兴辛未科进士第二人，也因拒绝“罗致”而触怒秦桧，遭到“终其世不召用”的报复[④]。蒋氏与岳氏的关系一直维系到蒋捷。上文引述元谢应芳《跋岳氏族谱》文字，提到他曾听蒋捷谈说宜兴岳氏家族的情况，蒋捷有多首为岳氏族人所作的词，如《沁园春·寿岳君举》《解连环·岳园牡丹》《珍珠帘·寿岳君选》等。明凌迪知《万姓统谱》卷八十六载：之奇七世孙、与蒋捷同时的蒋禹玉，在南宋末曾“提义兵救常州，不克，弃家入吴，客杭。”正是蒋门世代忠

---

① 《宋史》卷三四三《蒋之奇传》，《二十五史》八，上海古籍出版社 1996 年 11 月版，第 1232 页。

② 《宋史》卷四百五十二《蒋兴祖传》，《二十五史》八，上海古籍出版社 1996 年 11 月版，第 1506 页。

③ 王百里《词苑丛谈校笺》，人民文学出版社 1988 年 11 月版，第 414 页。

④ 永乐《常州府志》卷十一《人物》引《咸淳毗陵志》。

良的家风，为蒋捷隐居竹山、流浪江湖、义不事元提供了思想基础和行为楷模。蒋捷蔑视富贵、赞美隐逸、甘于淡泊、耐得寂寞的清高人格，也与他始终坚守民族大义有关，并且在改朝换代的大背景下，赋予这种传统道家人格以新的价值和意义。

《竹山词》的题材类别与内容构成

蒋捷《竹山词》现存九十三首又一阙，从内容角度可以大致分为漂泊词、节令词、题咏词、记梦词、惜春词、赠答词、言情词几类。下文分类简述之。

一、漂泊词

漂泊词：南宋灭亡之时，正值壮年的蒋捷走避兵乱，义不仕元，开始了他漫长的漂泊流浪生活，足迹遍及吴越。他写下的一系列羁旅、纪行、思乡的漂泊之词，以宋元易代之际的巨大历史变故为背景，抒发词人的身世之感与故国之思，个人命运与祖国命运在这些漂泊之作中紧密地联系在一起。这类作品有《贺新郎·兵后寓吴》《满江红·一掬乡心》《满江红·秋本无愁》《梅花引·荆溪阻雪》《一剪梅·宿龙游朱氏楼》《一剪梅·舟过吴江》《行香子·舟宿兰湾》《喜迁莺·金村阻风》《高阳台·江阴道中有怀》《少年游·梨边风紧雪难晴》《少年游·枫林红透晚烟青》《阮郎归·客中思马迹山》等。乱离岁月的漂泊途程是艰辛的，或阻于风浪，或困于雨雪，不仅要忍受“漠漠黄云湿透木棉裘”的肌肤之苦（《梅花引·荆溪阻雪》），更要忍受“故乡一望一辛酸”的乡愁折磨（《一剪梅·宿龙游朱氏楼》）。这类作品以《贺新郎·兵后寓吴》最具代表性：

> 深阁帘垂绣。记家人、软语灯边，笑涡红透。万叠城头哀怨角，吹落霜花满袖。影厮伴、东奔西走。望断乡关知何处，羡寒鸦、到着黄昏后。一点点，归杨柳。　　相看只有山如旧。叹浮云、本是无心，也成苍狗。明日枯荷包冷饭，又过前头小阜。趁未发、且尝村酒。醉

探枵囊毛锥在，问邻翁、要写牛经否。翁不应，但摇手。

此词作于宋亡之后，词人漂泊东南、流寓苏州时。一起三句写流落异乡的词人，对元兵灭宋前温馨的家居生活的深情回忆，与下文“影厮伴、东奔西走”“枯荷包冷饭”的恓惶酸辛、颠沛流离生涯构成对比，昔日的欢乐愈衬出今日的悲苦。“万叠城头”至前结由回忆转至眼前，写“兵后”的苦况。城头万叠角声，即是兵荒马乱的动荡时代的表征，“霜花满袖”既写季节气候，更写出了无家可归者漂泊的凄苦。元兵入侵毁灭了词人幸福的家庭生活，“影厮伴”两句就是词人只身逃亡、孤苦无依的流寓生涯的写照。换头“相看”三句抒发词人的感喟。“明日”以下至结句承接上片“东奔西走”，是题中“寓吴”二字的具体展开。词人以饱含苦涩又带些许幽默的笔致，描写一个易代之际的守节文士落魄潦倒的困窘相。从文学形象的典型意义来看，词人自身的遭遇对比，概括了元兵灭宋给广大人民生活造成的巨大灾难。

再如《瑞鹤仙·乡城见月》，这是一首旅夜望月怀乡之作，可以归入乡愁主题的范畴：

绀烟迷雁迹。渐断鼓零钟，街喧初息。风檠背寒壁。放冰蟾飞到，丝丝帘隙。琼瑰暗泣。念乡关、霜芜似织。漫将身、化鹤归来，忘却旧游端的。　　欢极。蓬壶蕖浸，花院梨溶，醉连春夕。柯云罢弈。樱桃在，梦难觅。劝清光，乍可幽窗相伴，休照红楼夜笛。怕人间、换谱伊凉，素娥未识。

在母题内涵上，乡愁与国爱打成一片，由思乡之情生发出故国之思，是乡愁类作品思想内容上的一大特点[①]，蒋捷这首词亦不例外。在浪迹天涯、望月思乡的词人的感觉里，冰凉的月亮在无声地哭泣，故乡今夜冷月霜华满地，无限冷落荒寒。所以词人设想他自己在漫长的流浪之后，即使能像丁令威一样“化鹤归来”，恐怕也只见“城郭如故人民非”，往日游踪已是淡忘模糊、难以追忆了。然而真正忘却又谈何容易！尤其是这记忆与

① 杨景龙《中国乡愁诗歌的传统主题与现代写作》，《文学评论》2012年第5期。

故乡岁月故国繁华紧紧联系在一起的时候。所以换头四句，词人还是情不自禁地在异乡的月夜，坠入对往昔欢乐的追怀。但往昔种种情事亦如好梦难觅。于是词人从记忆中回到现实，规劝月亮还是与昔游的赏月人“幽窗相伴”，切不要去“照红楼夜笛”，那是新朝新贵们的欢聚场所，“笛里番腔”已非汉家歌声了。词人担心月中“素娥”不知道尘世已换了人间，所以特地加以提醒。“换谱伊凉”，喻指改朝换代。结句是遗民词人誓不与新朝合作的心声的流露。至此，词作完成了由望月思乡而感伤故国的主题表达。

二、节令词

节令词：蒋捷的节令词有《女冠子·元夕》《女冠子·竞渡》《花心动·南塘元夕》《高阳台·闰元宵》《南乡子·塘门元宵》《浪淘沙·重九》《步蟾宫·中秋》《齐天乐·元夜阅梦华录》等。《女冠子·竞渡》题咏端午，《浪淘沙·重九》《步蟾宫·中秋》如题所示，分咏重阳、中秋。元夕词共五首，《花心动·南塘元夕》情调欢快，无故国之思，应是南宋亡前的作品。《高阳台·闰元宵》无甚深意。其余《齐天乐·元夜阅梦华录》《南乡子·塘门元宵》《女冠子·元夕》三首，则都包含着浓重的故国之思。如《女冠子·元夕》：

> 蕙花香也。雪晴池馆如画。春风飞到，宝钗楼上，一片笙箫，琉璃光射。而今灯漫挂。不是暗尘明月，那时元夜。况年来、心懒意怯，羞与蛾儿争耍。　　江城人悄初更打。问繁华谁解，再向天公借。剔残红灺。但梦里隐隐，钿车罗帕。吴笺银粉砑。待把旧家风景，写成闲话。笑绿鬟邻女，倚窗犹唱，夕阳西下。

此词作于宋亡之后，以咏节令的方式来抒发故国之思和伤今悼昔之情。元夕是两宋时期盛大的节日，《东京梦华录》《武林旧事》《梦粱录》等书均对之有过详尽记载，确如李清照《永遇乐》所云：宋人“偏重三五”。是夜朝野上下，赏灯玩月，士女如云，通宵狂欢。上片今昔对比，

"而今"从回忆转到现实，原来繁华已消歇，只是存在于词人心底的关于故国元夕永难忘怀的美好记忆罢了。下片继续就"而今"进一步展开，江城初更时分已是人声静悄，与当年人山灯海彻夜热闹反差极大，句中透露出南宋遗民在元蒙残暴统治下的凄惨境况。于是词人从心底迸出"问繁华谁解，再向天公借"的无望之想，其中包含多少苦恨悲抑之情！结三句人我对比，写夜深听见邻女唱宋世元夕词，心里涌起不知悲喜的复杂感情。

《齐天乐·元夜阅梦华录》写元夜读《梦华录》的感慨，抒发追怀北宋故国之思，当作于南宋灭亡之前：

> 银蟾飞到觚棱外。娟娟下窥龙尾。电紫鞘轻，云红筤曲，雕玉舆穿灯底。峰缯岫绮。沸一簇人声，道随竿媚。侍女迎銮，燕娇莺姹炫珠翠。　　华胥仙梦未了，被天公澒洞，吹换尘世。淡柳湖山，浓花巷陌，惟说钱塘而已。回头汴水。望当日宸游，万里发处。但有寒芜，夜深青磷起。

上片以皇帝出游为中心，描写北宋都城汴京元宵盛况。下片写北宋灭亡后的元宵荒凉恐怖境况，与上片的游乐盛况对比鲜明，词人于不胜今昔之感中，寓有无法言说的现实隐忧。《南乡子·塘门元宵》上片写元军占领下的临安元宵节冷清光景。下片转入回忆，抒发感慨，由元宵及于国运。北宋灭亡后，孟元老曾作《梦华录》追忆北宋故都汴梁繁华旧事，抒"怅然""怅恨"之情[①]。然而才过一百余年，南宋又亡，南宋都城临安的繁华，又如梦境般消逝了。孟元老作《梦华录》时，尚余半壁江山，此刻宋室已彻底亡于异族，词人伤悼故国的心情，当比孟元老的"怅然""怅恨"更为沉痛！此词题咏元宵，但上片全用来写元蒙野蛮统治下的临安元宵节的冷落景况，下片回忆也仅一句，点到为止，宋代元宵节的欢乐气氛荡然无存，在蒋捷现存的五首元宵词中，此首情调最为冷寂忧伤。

① 孟元老《梦华录序》,《东京梦华录》，中州古籍出版社2010年6月版，第1页。

三、题咏词

《竹山词》中题咏之作最多，《贺新郎·秋晓》《贺新郎·吴江》《水龙吟·效稼轩体招落梅之魂》《解连环·岳园牡丹》《永遇乐·绿荫》《昼锦堂·荷花》《瑞鹤仙·红叶》《瑞鹤仙·乡城见月》《木兰花慢·冰》《木兰花慢·再赋》《高阳台·芙蓉》《尾犯·寒夜》《声声慢·秋声》《燕归梁·风莲》《探芳信·菊》《洞仙歌·柳》《忆秦娥·阖闾》《如梦令·村景》《蝶恋花·风莲》《虞美人·听雨》《步蟾宫·木樨》《步蟾宫·春景》《玉楼春·桃花湾马迹》《南乡子·黄葵》《翠羽吟》“绀露浓”等皆是。

这类题咏词，除了一般的切题敷演，故国之思在其中也有突出表现。《贺新郎·秋晓》里的“中年怀抱”即是一腔伤悼故国之情，“万里江南吹箫恨”即是亡国漂泊之恨。《贺新郎·吴江》里的“昨夜鲸翻坤轴动”，隐指南宋覆亡的天崩地裂般的巨大变故，“怕群仙，重游到此，翠旌难驻”已是国破家亡、安身无地的境况，而“星月一天云万壑，览茫茫，宇宙知何处”，更流露出家国难觅的茫无归宿之感。《水龙吟·效稼轩体招落梅之魂》，陶尔夫、刘敬圻《南宋词史》认为“是《楚辞·招魂》的继承与发扬，实际就是通过‘招落梅之魂’来为南宋的灭亡招魂。”《解连环·岳园牡丹》借题咏牡丹，寄托故国之思。“旧日天香，记曾绕，玉奴弦索。自长安路远，腻紫肥黄，但谱东洛”六句，以有关唐宋长安、洛阳牡丹的故实，隐寓词人的故国之思。换头“天津霁虹似昨”，承上感慨物是人非，暗寓词人伤悼北宋亡国之意。“散艳魄、飞入江南，转湖渺山茫，梦境难托”几句，从历史记忆中的唐宋长安、洛阳牡丹，回到眼前的岳园牡丹，意为北宋灭亡之后，牡丹花魂随宋室飘零江南，这岳园牡丹来自中原，根在河洛，但一别之后，湖山渺茫，道路遥远，故国之思在梦中也难寄托了。结句借酒浇愁，以放达写沉痛，是对漂沦江南、归梦难成的牡丹的宽慰，也是对自己因赏花而触发的故国之思的排解。再看《瑞鹤仙·红叶》：

缟霜霏霁雪。渐翠没凉痕，猩浮寒血。山窗梦凄切。短吟筇犹倚，莺边新樾。花魂未歇。似追惜、芳消艳灭。挽西风、再入柔柯，误染绀云成缬。　　休说。深题锦翰，浅泛琼漪，暗春曾泄。情条万结。依然是，未愁绝。最怜他，南苑空阶堆遍，人隔仙蓬怨别。锁芙蓉、小殿秋深，碎虫诉月。

喻“红叶”为“花魂”，在“追惜”着“芳消艳灭”，不仅涉想新奇，更流露了词人的深度心理，词人追怀故国的一腔心事，已在这个新奇的比喻里隐隐逗出。“最怜他，南苑空阶堆遍，人隔仙蓬怨别。锁芙蓉、小殿秋深，碎虫诉月”几句，化用白居易《长恨歌》“西宫南内多秋草，落叶满阶红不扫”“含情凝睇谢君王，一别音容两渺茫。昭阳殿里恩爱绝，蓬莱宫中日月长”等句意。在咏红叶中关涉社稷覆亡、生死离别的悲剧意味，流露出词人挥之不去的故国之感。南内，即唐玄宗所居兴庆宫。据《宋史·舆服志》六，南宋皇帝所居也叫南内[①]。这样，唐宋就打成一片了，伤唐室衰乱也就是悯宋室丧亡，词人的故国之感就这样借助题咏红叶得以发抒。结以芙蓉小殿深秋月夜，寒蛩泣诉如说兴亡，词情感伤不尽。《尾犯·寒夜》写与友人夜话亡国之痛，以抑遏之笔，抒激愤之气。换头“鸡边长剑舞，念不到、此样豪杰”三句，用晋代爱国志士刘琨、祖逖闻鸡起舞的典故，慨叹时无英雄。词人永怀一颗“浩然心”，心中充盈忠于故国、临难不苟的正大刚直之气。这让我们想起与词人同时代的文天祥《正气歌》中的诗句：“天地有正气，杂然赋流形。下则为河岳，上则为日星。于人曰浩然，沛乎塞苍冥。”看来，殉国英雄与守节遗民的耿耿丹心是相同的。词人的这颗浩然心只能向梅花诉说，梅花是坚守民族气节、经受住一切严寒冰雪艰难困苦的折磨和考验的志士的象征，既指对床夜语的友人，也是词人自喻。《竹山词》中经常写到梅花，《水龙吟》《翠羽吟》两首皆咏梅，《梅花引》的“有梅花，似我愁”，《阮郎归》的“琼箫夜夜挟愁吹，梅花知不知”，也是以梅自拟或引梅花为同调。《声声慢·秋声》迤逦摹写夜晚十种秋声，换头三句“彩角声吹月堕，渐连营马动，四起笳声”，从声音的角度写出了南宋灭亡前后的时代特点，元军入侵，兵连祸结，号角声、马嘶声、胡笳声比之风雨檐铃声，听来不仅凄凉，直是刺耳惊心了！《玉楼春·桃花湾马迹》借咏桃花湾马迹，寄寓现实的生存感慨。元初民族歧视压迫的暴政，仿佛当年的暴秦虐政，词人隐居太湖竹山，本身就是一个如同桃源秦人的避世者。反抗既不可能，黑暗时代是需要避难

① 《宋史·舆服志》六，《二十五史》七，上海古籍出版社 1996 年 11 月版，第 466 页。

场所的，词人大概神往于桃源避秦的传说，因桃花湾马迹，而有此作。身历元蒙铁骑的野蛮侵略，亡国破家之后的词人，深知暴力无敌，避世无地，“吕政马来拦不住”，但这并不能彻底湮灭他心中追求美好生活的理想。“吕政”的称呼也值得玩味，隐含着对不可一世的秦皇，也就是对暴力、暴政的讥刺与蔑视，于不动声色之中，表现了遗民词人的凛凛风骨。

四、记梦词

蒋捷的记梦词有《贺新郎》“梦冷黄金屋”、《燕归梁·风莲》《念奴娇·梦有奏方响而舞者》等三首。这些记梦之作中，也同样渗透着词人追怀故国的情绪。如《燕归梁·风莲》：

> 我梦唐宫春昼迟。正舞到、曳裾时。翠云队仗绛霞衣。慢腾腾、手双垂。　　忽然急鼓催将起，似彩凤、乱惊飞。梦回不见万琼妃。见荷花、被风吹。

此词巧用比拟，结构不主故常，巧妙设置梦境，能于虚处传神。起首写词人梦到唐宫，正值春日迟迟之际，宫内笙管叠奏，歌舞沉酣。翠云队仗鳞次栉比，绛霞舞衣飘雾曳烟。声色之娱，承平之乐，令人陶醉。突然，舞衣惊散，恰似彩凤乱飞。词人也从梦中遽然惊醒，唐宫、琼妃俱已化为烟云，眼前只见万顷风荷，一一飘举。梦中所见之翠云队仗、绛霞舞衣等等，不过是荷花的幻影而已。词人借助梦境把“风莲”的动态与“霓裳羽衣舞”的姿态联系起来，在咏物中不着痕迹地寓托了吊古伤今之情。《贺新郎》“梦冷黄金屋”，亦是借助梦境，寄托故国之思与今昔之感。还有他的《念奴娇·梦有奏方响而舞者》，结句的“笳”声，是理解词旨的关键：

> 夜深清梦，到丛花深处，满襟冰雪。人在琼云方响乐，杳杳冲牙清绝。翠簨翔龙，金枞跃凤，不是蕤宾铁。凄锵仙调，风敲珠树新折。　　中有五色光开，参差帔影，对舞山香彻。雾阁云窗归去也，

笑拥灵君旌节。六曲阑干，一声鹦鹉，霍地空花灭。梦回孤馆，秋笳霜外呜咽。

如果词尾没有出现笳声，那么写梦中听乐观舞的此词，也不过一首普通的记梦之作罢了。有了词末的笳声，词旨大为不同。方响乃华夏之正声，只能于梦中听到，梦醒之后，盈耳是异族的胡乐声。这里有遗民词人的现实感慨，记述孤馆旅夜梦听方响，是在曲折表达词人的故国之思。明乎此，也就懂得了梦中方响为何那般美妙，梦中光景为何那般神奇。

五、惜春词

《竹山词》中的惜春之作有《喜迁莺·暮春》《绛都春》“春愁怎画”、《最高楼·催春》《祝英台·次韵》《解佩令·春》《恋绣衾》“蒨金小袖”、《粉蝶儿·残春》《探春令》“玉窗蝇字”、《秋夜雨》“金衣露湿”等。《喜迁莺·暮春》写暮春景物，忆旧叹老，抒感伤迟暮之情。《最高楼·催春》写春光匆促。《粉蝶儿·残春》表及时行乐之意。《绛都春》“春愁怎画”、《探春令》“玉窗蝇字”均写思妇伤春怀人的“春愁”。《恋绣衾》“蒨金小袖”写女子春恨。《秋夜雨》“金衣露湿”赋春夜别愁。这几首亦可归入言情词中。

《祝英台·次韵》、《解佩令·春》二首题旨重大，表现了对国运的隐忧。丁绍仪云：“因思南宋末季，士多悯世遗俗，托兴遥深，如蒋竹山之《解佩令》《祝英台近》，与德祐太学生《百字令》词‘真个恨煞东风’同一意旨。”[①] 陶尔夫、刘敬圻《南宋词史》认为《解佩令·春》中“岁岁春光，被二十四风吹老。楝花风，尔且慢到”几句，“就是在呼唤元军进攻慢些，让南宋的灭亡再延迟一些。”则把丁绍仪指出的此词“托兴遥深”的特点落到实处。试看《祝英台·次韵》：

① 丁绍仪《听秋声馆词话》卷二十，唐圭璋《词话丛编》三，中华书局1986年11月版，第2837页。

柳边楼，花下馆。低卷绣帘半。帘外天丝，扰扰似情乱。知他蛾绿纤眉，鹅黄小袖，在何处、闲游闲玩。　　最堪叹。筝面一寸尘深，玉柱网斜雁。谱字红蔫，翦烛记同看。几回传语东风，将愁吹去，怎奈向、东风不管。

词的结句就是对辛弃疾《祝英台近》结句“是他春带愁来，春归何处？却不解、带将愁去”的仿效。黄蓼园《蓼园词选》认为辛弃疾的《祝英台近》“必有所托，而借闺怨以抒其志”，与丁绍仪《听秋声馆词话》指蒋捷此词“托兴遥深”，运用的都是相同的解读理论，遵循的也是同样的解读思路。这里顺便说及，丁绍仪《听秋声馆词话》中提到的德祐太学生，也有一首《祝英台近·德祐己亥》，后结“是何人惹愁来，那人何处？怎知道、愁来不去”，也能看出在构句命意上受辛弃疾那首《祝英台近》结句的影响痕迹。如果丁绍仪的说法成立，可据以定蒋捷这首《祝英台》为南宋亡前的作品。

六、赠答词

《竹山词》中人际交往酬酢的赠答之作分两类，一类是朋友间的一般性赠答，一类是祝寿词。前者有《贺新郎·约友三月旦饮》《沁园春·为老人书南堂壁》《沁园春·次强云卿韵》《洞仙歌·对雨思友》《贺新郎·乡士以狂得罪赋此饯行》等。《贺新郎·约友三月旦饮》写约友小酌，见出词人生涯的窘迫，心绪的索寞和对人生命运的透彻。《沁园春·为老人书南堂壁》借为老人题壁，抒发词人追慕陶杜志节、淡泊自守的襟抱。《沁园春·次强云卿韵》表现词人以道制欲的修为，展示红尘中翻过筋斗来的人生高境。《洞仙歌·对雨思友》沿袭了风雨怀人的诗歌母题，上片用陶潜《停云》，下片用杜甫《秋述》，与词题呼应，明确了“对雨思友”的主旨。此词语言上没有蒋词常见的刻炼尖新的特点，不管是抒情还是写景，回忆还是预期，都显得朴素真挚，得陶杜之真味。《贺新郎·乡士以狂得罪赋此饯行》当作于蒋捷中进士之后，南宋都城临安被元军攻占之前：

甚矣君狂矣。想胸中、些儿磊魂，酒浇不去。据我看来何所似，一似韩家五鬼。又一似杨家风子。怪鸟啾啾鸣未了，被天公、捉在樊笼里。这一错，铁难铸。　　濯溪雨涨荆溪水。送君归、斩蛟桥外，水光清处。世上恨无楼百尺，装着许多俊气。做弄得、栖栖如此。临别赠言朋友事，有殷勤、六字君听取：节饮食，慎言语。

词人所饯行的这位“以狂得罪”的同乡文士，所得罪的应是腐败无能而又钳制舆论的南宋小朝廷当权者。南宋灭亡前夕，皇帝昏庸，权臣误国，南宋王朝兵虚财匮，已濒临崩溃局面。忧国之士痛心疾首，或慷慨献策，或赋诗填词，对朝政和权贵建言讽喻。蒋捷的这位乡士，大约就是基于对人局的忧愤，发表了情辞激烈的言论得罪当道，因而被赶出都城，遣送回籍的。词作表达了对“以狂得罪”的同乡遭遇的愤愤不平和深深惋惜之意。

后者有《大圣乐·陶成之生日》《瑞鹤仙·寿东轩立冬前一日》《珍珠帘·寿岳君选》《春夏两相期·寿谢令人》《念奴娇·寿薛稼堂》《唐多令·寿东轩》《沁园春·寿岳君举》《摸鱼子·寿东轩》《玉漏迟·寿东轩》等。祝寿之俗起源甚早，至宋代风气尤盛。皇帝例建生辰为节日，朝野同庆，对文武大臣的生日，则颁赐盛礼。上行下效，两宋社会祝寿成风，催生了一大批祝寿诗词，南宋时期，以词祝寿风气尤炽。据统计，《全宋词》有寿词近两千首，占到存词总数的十分之一，成为宋词重要的题材类别。词人集子例有寿词，且有数量惊人者，如魏了翁存词186首，有寿词102首；刘辰翁《须溪词》354首，有寿词90首；李刘存词11首，10首皆为寿词；更有一些人存词一首，即是寿词。蒋捷《竹山词》存词90余首，有寿词9首，占存词比近十分之一，其中写给东轩一人的寿词就有4首。《大圣乐·陶成之生日》借祝寿抒写“富贵云浮，荣华风过”的超然物外之思，展示不慕荣利、甘守淡泊的高尚品格。《念奴娇·寿薛稼堂》借为稼翁祝寿，通过对稼翁的嘉许，表达词人隐逸的人生理想和坚持民族气节的操守。《珍珠帘·寿岳君选》表现上很有特色，不落俗套：

书楼四面筠帘卷。微薰起，翠弄悬签丝软。楼上读书仙，对宝猊霏转。绣馆钗行云度影，滟寿觥、盈盈争劝。争劝。奈芸边事切，花中情浅。　金奏未响昏蜩，早传言放却，舞衫歌扇。柳雨一窝凉，再展开湘卷。万颗蕖心琼珠辊，细滴与、银朱小砚。深院。待月满廊腰，玉笙又远。

词人准确地抓住了寿主嗜书的个性，一首寿词，却从寿主早晨登楼读书写起，已是别致不俗，中间虽也写到钗行劝酒、宴乐歌舞，但显然是礼俗习惯使然，礼成即止，寿主对声色热闹并无兴趣，及早遣散歌舞，再上书楼诵读。这就充分地表现了寿主岳君选“芸边事切，花中情浅”的性格本质。

七、言情词

婉约词多写离别相思、男女情事，《竹山词》中也不乏此类言情香艳之作。这类作品分三种情况，一是泛写，如《探春令》“玉窗蝇字”、《南乡子》“泊雁小汀州”、《喜迁莺》“晴天寥廓”等。二是写他人，如《玉漏迟》“翠鸳双穗冷”、《风入松·戏人去妾》《柳梢青·有谈旧娼潘氏》《贺新郎·弹琵琶者》《瑞鹤仙·友人买妾名雪香》等。三是关乎己情，如《高阳台·送翠英》《贺新郎·题后院画像》《应天长·次清真韵》《白苎》“正春晴”等。

前两类词写离别相思，赋男女情事，词笔分寸得体，词情雅洁含蓄，此处不再具论，仅就第三类稍加申说。《虞美人·听雨》总结生平，忆及少年时代“听雨歌楼”，可知蒋捷亦和宋代多数文人一样，有过风流浪漫的情感经历。在《应天长·次清真韵》中难忘“白苎裁缝，灯下初识”的细节，在《白苎》中写相思心理云“料想裁缝，白苎春衫薄”，两处写及“裁缝白苎”，印象深细，当非泛泛。特别是《高阳台·送翠英》《贺新郎·题后院画像》二词，有助于我们具体了解词人的生活和情感状况。先看《高阳台·送翠英》：

燕卷晴丝，蜂黏落絮，天教绾住闲愁。闲里清明，匆匆粉涩红羞。灯摇缥晕茸窗冷，语未阑、娥影分收。好伤情，春也难留，人也难留。　　芳尘满目悠悠。问萦云佩响，还绕谁楼。别酒才斟，从前心事都休。飞莺纵有风吹转，奈旧家、苑已成秋。莫思量，杨柳湾西，且棹吟舟。

词中送别的翠英，或是去妾，或是与词人相得的歌女。词人虽未明言原因，但词中送别是迫于现实则可以肯定，从上片通宵话别到下片反复设想，可知词人对翠英感情至深，非常不舍，然仍被迫分离，词中展示了终极意义上人的生存的被动性，人无法主宰自我的情感和命运的无奈和痛苦。词笔的反复离合，写尽了别离中人痛苦复杂的别情，写尽了一腔难言的隐痛。《贺新郎·题后院画像》当非泛泛题咏的应景之作：

绿堕云垂领。背琵琶、盈盈袖手，粉闲红靓。依约春游归来倦，又似春眠未醒。滟寒泚、低迷蓉影。莺带松声飞过也，柳窗深、尚记停针听。魂浩荡，孤芳景。　　金钗断股瓶沉井。问苏城、香销卷子，倩谁题咏。灯晕青红残醉在，小院屏昏帐暝。误瞋怪、眉心慵整。人道真真招得下，任千呼万唤无言应。空对此，泪花冷。

上片的画中人物容貌情态描写里，已染有词人的感情色彩，下片“问苏城”三句，词人的主观感情色彩渐浓，“灯晕”二句情已不堪，借酒浇愁，至千呼万唤急切招魂，招魂不果凄然落泪，词人对画中女子的强烈感情犹如溃堤洪水，无法抑遏。若是画中女子不与词人相关，何以至此？然则与词人究竟是何关系，亦无法贸然猜测。若能对此加以破解，对深入认识蒋捷其人其词，都有裨益。

《竹山词》的比兴手法与语言艺术

比兴手法的妙用，语言的锤炼出新，是蒋捷《竹山词》艺术表现上的引人注目之处。

《竹山词》中触处皆是的故国之思和今昔之感，以及清高人格的标示，都是借助比兴手法达成的。如名篇《贺新郎》：

> 梦冷黄金屋。叹秦筝、斜鸿阵里，素弦尘扑。化作娇莺飞归去，犹认纱窗旧绿。正过雨、荆桃如菽。此恨难平君知否，似琼台、涌起弹棋局。消瘦影，嫌明烛。　　鸳楼碎泻东西玉。问芳悰、何时再展，翠钗难卜。待把宫眉横云样，描上生绡画幅。怕不是、新来妆束。彩扇红牙今都在，恨无人、解听开元曲。空掩袖，倚寒竹。

起句用汉武“金屋藏娇”典故，以“黄金屋”喻故国宫苑，以阿娇喻失意憔悴的佳人，作为贯穿全词的抒情主人公，佳人实即词人的代指。“叹秦筝”三句，以乐器的蒙尘，写“金屋”的冷落，暗示故国的衰亡。后起“鸳楼”与前起“金屋”前后照应，均为故国之象征。“碎泻东西玉”则以玉杯破碎、美酒倾泻，喻指山河破碎，故国沦亡，风流云散，不可收拾。于是佳人想用丹青描画出自己昔日形象，聊慰怀旧之情。但她转念又想，那前朝旧妆和改朝换代后的“新来妆束”，恐怕是新旧异趣、大不相同吧！一如“彩扇红牙”俱在，却没有人“解听开元曲”，世间已物是人非，知音难觅。词人眷念故国的一往深情，借助梦境与比兴象征手法，得到多层次、多维度的抒写。

《解佩令·春》与《祝英台·次韵》，被丁绍仪《听秋声馆词话》指为“悯世遗俗，托兴遥深”之作，“与德祐太学生《百字令》词‘真个恨煞东风’同一意旨。”《解佩令·春》云：

春晴也好。春阴也好。着些儿、春雨越好。春雨如丝，绣出花枝红袅。怎禁他、孟婆合皂。　　梅花风小。杏花风小。海棠风、蓦地寒峭。岁岁春光，被二十四风吹老。楝花风、尔且慢到。

“岁岁春光，被二十四风吹老”二句，可与德祐太学生《百字令》“真个恨杀东风，几番过了，不似今番苦”几句参看。“东风”“二十四风”均是作为摧残、断送大好春光的反面力量出现在词中，成为灭亡南宋的元蒙野蛮军事进攻的托喻。宋恭帝德祐元年（1275年），距元军攻破南宋都城临安已不足一年，此时江淮一带皆被元军占领，临安危在旦夕。若把蒋捷此词与德祐太学生《百字令》等同视之，则可知词人在南宋灭亡前已觉察到覆亡在即的危机，词中流露出对祖国命运的深切忧虑之情。还有《祝英台》，以比兴寄托的视野来读解，词中的女子就成为词人的化身，女子的别怨春愁乃是词人忧国伤时之怨愁。这样一来，一首女子怨别伤春的小词，就变成一首志士忧国伤时之作，词的思想意义就显得重大起来，艺术手法也变得复杂起来。这种假托闺怨来抒发词人隐忧的写法，在南宋词中亦属常见，如辛弃疾的《摸鱼儿》“更能消几番风雨”、《祝英台近》“宝钗分”等，都是同类名作。《小重山》亦是借咏花寄托人世寓意：

曾伴芳卿锵佩环。西风吹梦断，堕人寰。假饶无分入雕阑。窥妆镜，也合小溪湾。　　此地有谁怜。斜阳牛卧处，牧童攀。劝花休苦恨天天。从来道，薄命是朱颜。

“堕人寰”三字，已让人产生所咏或为“宫花”的猜测。循此思路，则“宫花”可能为“宫人”之喻，那么词中堕入尘世、饱受摧折的花，莫非就是临安陷落后被掳掠折辱的南宋宫女的化身？或者，词人以薄命的红花比沦落的士子，所谓“何世无奇才，遗之在草泽”（左思《咏史诗》）。蒋捷年轻时曾高中进士，遭逢亡国后漂泊流浪，落魄到替人抄写牛经糊口的地步，词人的经历与词中所咏之花的遭遇，何其相似，感叹花的遭遇命运，未尝不带有自叹的成分。《燕归梁·风莲》更是寄托深隐，构思新奇：

我梦唐宫春昼迟，正舞到、曳裾时。翠云队仗绛霞衣，慢腾腾，手双垂。　　忽然急鼓催将起，似彩凤、乱惊飞。梦回不见万琼妃，见荷花，被风吹。

此词不但咏物堪称绝唱，更别有比兴深意在焉。表面上以荷花喻舞女，以风荷喻舞姿，但因拟写的是“唐宫”的“霓裳羽衣舞”，人们自然会生发联想。尤其是换头三句，大有《长恨歌》中“渔阳鼙鼓动地来，惊破霓裳羽衣曲”的气象。这样就把唐玄宗重色误国导致安史之乱的历史与宋王朝耽于娱乐导致家国败亡的现实结合起来。唐宫歌舞与湖上荷花都曾盛极一时，但鼓起风吹之日，也就是舞散花残之时。联系到蒋捷所处的南宋末年的衰微国运，其比兴寄托的弦外之音，不正给人以无穷的回味吗？

《四库全书总目提要》云：“捷词炼字精深，调音谐畅，为倚声家之渠矱。”① 刘熙载《艺概》云：竹山词“洗练缜密，语多创获”②。《竹山词》注意字句锻炼，往往避熟就生，涉想新奇。体现在修辞和构思立意两个层面，二者又往往妙合为一，给竹山词语言带来别开生面之感，有力地提高了竹山词的创新度和表现力。

修辞的层面如《瑞鹤仙·红叶》“缟霜霏霁雪。渐翠没凉痕，猩浮寒血”，《金盏子》“风刀快，翦尽画檐梧桐，怎翦愁断”，《瑞鹤仙·乡城见月》“琼瑰暗泣”，“蓬壶蕖浸，花院梨溶，醉连春夕”，《花心动·南塘元夕》：“翠簨叩冰，银管嘘霜，瑞露满钟频醑”，《永遇乐·绿荫》：“清逼池亭，润浸山阁，雪气凝聚”，《贺新郎》：“鸳楼碎泻东西玉”，《粉蝶儿·残春》“燕怜晴，莺爱暖，一窗芳哄”，《恋绣衾》“红薇影转晴窗昼，漾兰心，未到绣絣”，《步蟾宫·木樨》“秋窗一夜西风骤。翠奁锁，琼珠花镂”，《蝶恋花·风莲》“一阵微风来自远，红低欲蘸凉波浅”，《白苎》“愔愔门巷，桃树红才约略。知甚时，霁华烘破青青萼”，《贺新郎·题后院画像》“绿堕云垂领”，《梅花引·荆溪阻雪》“风拍小帘灯晕舞”，《绛都春》“嚬青泫白”，《高阳台·送翠英》“燕卷晴丝，蜂黏落絮，天教绾住闲愁。闲里清明，匆匆粉涩红羞。灯摇缥晕茸窗冷，语未阑、娥影分收”，《高

① 永瑢、纪昀《四库全书总目提要》，海南出版社 1999 年 5 月版，第 1092 页。
② 刘熙载《艺概·词曲概》，上海古籍出版社 1978 年 12 月版，第 112 页。

阳台·芙蓉》“霞铄帘珠，云蒸篆玉”，《珍珠帘·寿岳君选》“万颗蕖心琼珠辊，细滴与、银朱小砚”，《瑞鹤仙·寿东轩立冬前一日》“渺洲云翠痕，雁绳低也”，《喜迁莺·金村阻风》“佩玉无诗，飞霞乏序，满席快飙谁付”，《齐天乐·元夜阅梦华录》“电紫鞘轻，云红篡曲，雕玉舆穿灯底。峰缯岫绮”，《秋夜雨》“宝筝弦断尽，但万缕，闲愁难撅”，《贺新郎·秋晓》“竹几一灯人做梦，嘶马谁行古道”，“月有微黄篱无影，挂牵牛、数朵青花小”等。拈出数例分析如下：

《瑞鹤仙·红叶》一起“缟霜霏霁雪”五字，就显露出蒋捷词语多新创、炼字精切的特点。“缟”“霏”“霁”等字，字字研炼，择用都很讲究。晴日降霜，酷霜浓重，所以比之为“霁雪”。此句既以白喻白，形容浓霜如雪；又以白衬红，为下文咏红叶预作铺垫。接以“渐翠没凉痕，猩浮寒血”，切题转写红叶。深秋时节，树叶的翠色在浸凉的霜痕中消失了，经霜的叶子泛出寒冷的血色。“渐”字领起二句，写出秋叶经霜变红的过程。“翠没凉痕，猩浮寒血”八字，修辞亦很刻炼，都是典型的蒋捷《竹山词》赋物描写类的句子。还有“芳消艳灭”“绀云成缬”“深题锦翰，浅泛琼漪”“碎虫诉月”等句，确有陈廷焯《放歌集》指出的“造语奇丽”的特点。

《金盏子》结句“风刀快，翦尽画檐梧桐，怎翦愁断”，卓人月《词统》评曰：“‘风刀’二语，苦志求新”，实际上不止这两句，词人对语言的刻意求新，体现在全篇，像“练月萦窗”“春涡晕，红豆小，莺衣嫩”等句，择词下字，都很讲究锤炼功夫，此词语言上的新创，确如先著《词洁辑评》所说“陈言习语，吐弃一切”。

《蝶恋花·风莲》“一阵微风来自远，红低欲蘸凉波浅”二句，写微风吹送，香远益清，为荷花增添几许神韵。“红低欲蘸凉波浅”承接上句，正面描写风莲，七字之中浓缩多重意思：“红”字以颜色指代，表明所咏为红莲；“低”字状红莲风中“娇软”之态，“欲蘸”写“低”的程度，接近水面而又未触水；“凉波”见出是风中荷塘之水，“浅”字不仅写水的深浅，也写出了水的清澈。这一句七个字，若换成散文语言，描写刻画形容，不知要怎样辞费呢。用散文语言可能会写得具体明白许多，但微妙传神的程度则肯定大打折扣，反而限制了读者的审美想象力。

《金蕉叶·秋夜不寐》一起奇警：“云褰翠幕，满天星碎珠迸索”，描写云散天开，夜空晴朗。而比拟新奇，境界不凡。天上的晚云撩起了翠色的幕布，一串巨大无比的珠链哗然断线，无数的珍珠迸散开来，化作满天闪烁的星子。词人笔下的夜空，仿佛一面浩瀚的舞台，展现出一幕人世罕见的壮美神奇的景观。

构思立意层面如《探芳信·菊》“料应陶令吟魂在，凝此秋香妙”“酒休赊，醒眼看花正好”，《木兰花慢·冰》“傍池栏倚遍，问山影，是谁偷”“红裯。泪干万点。待穿来、寄与薄情收”，《昼锦堂·荷花》“湖上云渐暝，秋浩荡，鲜风支尽蝉粮。赠我非环非佩，万斛生香”，《喜迁莺·金村阻风》“别浦。云断处。低雁一绳，拦断家山路”，《喜迁莺》“车角生时，马蹄方后，才始断伊漂泊”，《应天长·次清真韵》“匆匆过，春是客”，《风入松·戏人去妾》“断肠不在分襟后，原来在、襟未分时”，《满江红》“新绿旧红春又老，少玄老白人生几”，《女冠子·元夕》“江城人悄初更打。问繁华谁解，再向天公借”，《贺新郎》“消瘦影，嫌明烛”，《步蟾宫·中秋》“无歌无酒痴顽老。对愁影，翻嫌分晓”，《虞美人·梳楼》“楼儿忒小不藏愁。几度和云飞去觅归舟”，《南乡子》“准拟架层楼，望得伊家见始休”，《一剪梅·舟过吴江》“流光容易把人抛。红了樱桃，绿了芭蕉”，《虞美人·听雨》“悲欢离合总无情。一任阶前、点滴到天明”，《满江红》“万误曾因疏处起，一闲且向贫中觅”，《念奴娇·梦有奏方响而舞者》“凄锵仙调，风敲珠树新折”等。亦拈数例略作分析：

《探芳信·菊》“料应陶令吟魂在，凝此秋香妙”二句，“竟把陶公做菊花前身，绝奇”[①]。词人感觉应是陶令的吟魂，凝成菊花这秋香妙品。这一比拟，人花合写，不仅想象新奇，更为重要的，是把“古今隐逸诗人之宗”陶潜的品格和个性，赋予菊花，以陶潜的人品之高，映衬秋菊的花品之高。而且回应了上文“似有人黄裳，孤竚埃表”的比拟，那位蝉蜕浊秽、超迈世尘的黄裳高士，不是别人，正是爱菊的东晋大诗人陶渊明。结句“酒休赊，醒眼看花正好”，与“醉年少”的孟浪浑噩不同，词人表示赏菊不需赊酒醉饮。人皆醉眼看花，词人要“醒眼看花”，秋花不与春花同，黄菊正宜醒眼看。一结显得新警不俗。

---

① 卓人月《词统》卷十一，转引自吴熊和主编《唐宋词汇评·两宋卷》五，浙江教育出版社 2004 年 12 月版，第 4125 页。

《步蟾宫·中秋》“无歌无酒痴顽老。对愁影，翻嫌分晓”三句，在上片喜中秋月明之后，嫌中秋月明，造成词情的跌宕。“无歌无酒痴顽老”一句是前喜后嫌的转折。中秋佳节，皓月当空，正是对酒当歌、开宴赏月的最佳时间，但老年词人已窘困到“无歌无酒”的地步，喜悦翻成惆怅，所以才会“对愁影、翻嫌分晓”。他感觉皎洁的月光照得自己的“愁影”太过分明了，反不如月光朦胧些好，那样也许会减轻些心中的愁绪。诗歌史上无数中秋咏月诗词，从没有嫌月光明亮的，伤心人别有怀抱，蒋捷这样写，就成了一个特例。相似的写法还有《贺新郎》的“消瘦影，嫌明烛”。

《南乡子》写故地重游触起的怀人之情。“准拟架层楼，望得伊家见始休”两句写主人公在强烈的思念心理支配下，作出的一个惊人决定，苦于寻觅不果的他，打算专门建起一座高楼，登楼眺望，视野开阔，方便继续寻找伊人，直到看见她方才罢休。即此可见他的非同一般的痴迷程度。为寻找伊人准备搭建高楼的惊人决定，道人所未道。

《念奴娇·梦有奏方响而舞者》中“凄锵仙调，风敲珠树新折”二句，具有复调的效果，一方面是凄凉凄伤凄切，是亡国遗民蒋捷的情感心灵的主旋律，也是他梦闻华夏正声方响乐的基调；但正如词人虽为柔弱文士却有着守节不移的铮铮硬骨，方响乐也是打击乐，是有硬度和力度的乐曲，并非如泣如诉一味靡弱，所谓“锵”，就是指乐曲演奏的刚性效果。如果说“凄”是艺术的感染力，那么“锵”就是艺术的冲击力。“风敲珠树新折”六字，以声音来形容声音，是对凄锵仙调的比喻性摹写；美好的珠树折断让人怜惜哀惋，是为“凄”；风敲珠树声和珠树折断声，有清脆的刚硬度，是为“锵”。“凄锵仙调”四字，可移作蒋捷《竹山词》的评语，《竹山词》的基调是亡国遗民的故国之思和身世之感，其感情形态是忧伤凄凉的，但其间始终贯注着坚守民族大义、人生大节的凛凛风概，所以时露豪宕、磊落、高迈、清奇，淡漠透破中包裹着棱棱圭角。因此可以说，《竹山词》就是一曲“凄锵仙调”。

刻苦锤炼语言必至静细之境。陈廷焯《白雨斋词话》卷六在总体上批评“竹山词多粗”后，称说《满江红》“浪远微听葭叶响，雨残细数梧桐滴”二句“最细”。正是在岑寂幽阒之境，人的听觉才变得如此敏感细腻：浪远波平，芦苇叶子发出的微细响声依约可闻，夜雨快停了，不眠的词人无事可做，仔细地数着从梧桐树梢落下的雨滴。这两句通过听觉表现秋里“岑寂”和静夜“幽阒”，词境“极静细，不是阒寂中如何辨得”①。其实《竹山词》中类似例子尚多，如《白苎》“户外惟闻，放剪刀声，深在妆阁。料想裁缝，白苎春衫薄”，倾心向慕、悠然神往之状可掬。再有《贺新郎·题后院画像》“莺带松声飞过也，柳窗深，尚记停针听”，《秋夜雨》“三更梦断敲荷雨，细听来，疏点还歇”，《木兰花慢·冰》“寒流。暗冲片响，似犀椎，带月静敲秋”，《永遇乐·绿荫》“玉子敲枰，香绡落剪，声度深几许”等，皆是以听觉和声音来写出一种静细之境，绝非词心和运笔粗疏者所能办。此外如《贺新郎·秋晓》中的“月有微黄篱无影”、《恋绣衾》中的“红薇影转晴窗昼”等，亦是用笔极细的佳句。陈氏评《竹山词》多有牴牾，有时极力称赞，有时一笔抹杀，这里对《竹山词》“多粗”的指责，亦非确论。

当然，过于追求生新则会流于尖巧，过于锤炼字句则易失之雕琢，毋庸讳言，这也是《竹山词》语言上客观存在的问题。张祥龄云：“尚密丽者失于雕凿。竹山云鹭曰‘琼丝’，鸳曰‘绣羽’，又‘霞铄帘珠，云蒸篆玉’‘翠簨翔龙，金枞跃凤’之属，过于涩炼，若整匹绫罗，剪成寸寸。七宝楼台，盖薄之之辞。”②冯煦《蒿庵论词》亦指《高阳台》“霞铄帘珠，云蒸篆玉”、“灯摇缥晕茸窗冷”、《齐天乐》“电紫鞘轻，云红筤曲，峰缯岫绮”、《念怒娇》“翠簨翔龙，金枞跃凤”、《瑞鹤仙》“螺心翠靥，龙吻琼涎”、《木兰花慢》“但鹭敛琼丝，鸳藏绣羽”等句，“字雕句琢，荒艳炫目”③。应该说，这些批评都是较为中肯的。

---

① 陈廷焯《放歌集》卷二，转引自吴熊和主编《唐宋词汇评·两宋卷》五，浙江教育出版社2004年12月版，第4124页。

② 张祥龄《词论》，唐圭璋《词话丛编》五，中华书局1986年11月版，第4213页。

③ 冯煦《蒿庵论词》，唐圭璋《词话丛编》四，中华书局1986年11月版，第3596页。

说《竹山词》的开放词风

不主故常，不守一家，博采广收，为我所用的开放词风，是《竹山词》艺术上又一个突出的特点。《竹山词》开放词风的表现之一，是融入骚意与曲趣。蒋捷受《楚辞》影响甚深，《竹山词》中多处烙下《楚辞》的鲜明印痕。《昼锦堂·荷花》咏荷：

> 染柳烟消，敲菰雨断，历历犹寄斜阳。掩冉玉妃芳袂，拥出灵场。倩他鸳鸯来寄语，驻君舴艋亦何妨。渔榔静，独奏棹歌，邀妃试酌清觞。　　湖上云渐暝，秋浩荡，鲜风支尽蝉粮。赠我非环非佩，万斛生香。半蜗茅屋归吹影，数螺苔石压波光。鸳鸯笑，何似且留双楫，翠隐红藏。

既不像周邦彦《苏幕遮》中的“叶上初阳干宿雨。水面清圆，一一风荷举”，具体勾勒荷花的形象；也不像姜夔《念奴娇》中的“翠叶吹凉，玉容消酒，更洒菰蒲雨。嫣然摇动，冷香飞上诗句”，描写、比拟手法兼用；而是把荷花直接喻为仙女玉妃，写人与仙女的邂逅相遇、受邀饮酒、临别馈赠，强化故事性因素，场面、情节、人物都类似于《九歌》作品人神交接的风格。从而使这首《昼锦堂》在唐宋众多的咏荷词中，显得甚为别致。《女冠子·竞渡》是一首题咏词，也是一首节令词：

> 电旂飞舞。双双还又争渡。湘漓云外，独醒何在，翠药红蘅，芳菲如故。深衷全未语。不似素车白马，卷潮起怒。但悄然、千载旧迹，时有闲人吊古。　　生平惯受椒兰苦。甚波沉寒浪，更被馋蛟妒。结琼纫璐。料贝阙隐隐，骑鲸烟雾。楚妃花倚暮。琼箫吹了，泝波同步。待月明洲渚，小留旌节，朗吟骚赋。

此词题咏端午节的竞渡民俗活动。但词人的兴趣显然不在众船竞发、万人纵观的热闹场面，而是“伤心人别有怀抱”，借此追怀屈原，伤其独醒，悯其不幸，慕其芳洁，表达自己的精神归依和情感寄托。当年屈原面对楚国的内忧外患，责数怀王，怨恶椒兰，追求美政理想和完美人格，是一个不合时宜的“独醒者”；而今词人面临故国沦亡前后的变局，看劫后众生热闹依旧，麻木痴顽，而独抱高节，追怀先贤，尚友古人，也是一个不合时宜的“独醒者”。正是这种心境和精神上的相通，使词人名赋竞渡而实怀屈原，写下了这首颇为别致的端午题咏词。《水龙吟·效稼轩体招落梅之魂》，被杨慎赞为“幽秀古艳，迥出纤冶秾华之外”，乃“小词中《离骚》”[1]，是就美感风格和语言形式两个方面而言。词题标明的“稼轩体”，实即骚体，是唐宋词中的一种特殊体式，此词在精神内涵、美感风格和语言形式方面，都与楚辞为近。

焦循《雕菰楼词话》曾指出：蒋捷《探春令》、《秋夜雨》“皆用当时乡谈里语”，《秋夜雨》中的“撅”字“屡见元曲”。卓人月《词统》亦称《竹山词》“语用得恁趣”。郑骞《成府谈词》认为《竹山词》“却是元调，与南宋面目不同”。蒋捷词在语言、题材、写法上，确有和俚俗的元曲相近之处，如《最高楼·催春》《柳梢青·游女》《昭君怨·卖花人》《霜天晓角》“人影窗纱”等，都是不同程度融入曲趣之作。《昭君怨·卖花人》撷取日常生活中的小镜头，表现春天的色彩生机和人们对美的热爱：

> 担子挑春虽小。白白红红都好。卖过巷东家。巷西家。　帘外一声声叫。帘里鸦鬟入报。问道买梅花。买桃花。

古典诗词写及卖花、买花者多有，但多简略含蓄，追求风调和意境，如陆游的“小楼一夜听春雨，深巷明朝卖杏花”，俞国宝的“一春长费买花钱”等。蒋捷此词则是白描手法叙事，语言浅近明白，情节人物，色彩声音，具体生动，颇似一支散曲中的小令。《最高楼·催春》中的“要些儿，晴日照，暖风吹”，“一片片、雪儿休要下。一点点、雨儿休要洒”，

① 杨慎《词品》卷二，唐圭璋《词话丛编》一，中华书局1986年11月版，第464—465页。

也是散曲式的絮絮不停的口语。又如《柳梢青·游女》：

学唱新腔。鞦韆架上，钗股敲双。柳雨花风，翠松裙褶，红腻鞋帮。 归来门掩银釭。淡月里、疏钟渐撞。娇欲人扶，醉嫌人问，斜倚楼窗。

词咏“游女”，题材和写法颇为别致新颖。词中所写的“游女”，是一个快乐活泼、娇憨大胆的青春女性，传统社会的礼教和闺训似乎束缚不了她。陈廷焯《闲情集》卷二评此词云：“丽语不免于俗”，去掉贬义，他说的“俗”还是很有见地的。词中少女非出世家大族，当是市井世俗人家的女孩子，如此方得享有这一份游玩的自由。两宋婉约词中，这样的女性形象实不多见，倒是更近于元散曲中的女性形象。注重叙述描写、淡化抒情的手法，也是散曲式的。还有《霜天晓角》：

人影窗纱。是谁来折花。折则从他折去，知折去、向谁家。 檐牙。枝最佳。折时高折些。说与折花人道，须插向、鬓边斜。

这是一首虽词而实曲的作品。不循宋词主观抒情的常规，客观地描写人物的活动与心理，语言浅俗轻快，当是受到文坛新兴文体散曲影响的结果。蒋捷《竹山词》风格多样，这首《霜天晓角》生动新鲜，写法上汲取了散曲白描轻快的特点，画面、动作、心理、语言次第展示，辘轳回转，仿佛一折表演生动的小戏。

竹山词开放词风的表现之二是散文化、议论化。像《沁园春·为老人书南堂壁》《念奴娇·寿薛稼堂》《尾犯·寒夜》《瑞鹤仙·寿东轩立冬前一日》等词，都有明显的散文化倾向，尤其是他的《贺新郎·乡士以狂得罪赋此饯行》《沁园春·次强云卿韵》二词，以文为词、以词作论的倾向更为明显。《贺新郎·乡士以狂得罪赋此饯行》云：

甚矣君狂矣。想胸中、些儿磊磈，酒浇不去。据我看来何所似，一似韩家五鬼。又一似，杨家风子。怪鸟啾啾鸣未了，被天公、捉在樊笼里。这一错，铁难铸。 濯溪雨涨荆溪水。送君归、斩蛟桥外，水光清处。世上恨无楼百尺，装着许多俊气。做弄得、栖栖如此。临别赠言朋友事，有殷勤、六字君听取。节饮食，慎言语。

这首饯别词大量运用典故，《山海经》《三国志》《晋书》、陶潜《归园田居》《世说新语》、韩愈《送穷文》《旧五代史》、孙光宪《北梦琐言》中的相关典事，或翻用，或化用，或借用，无不妥帖惬当，助成了文体上的散文特征。其散文化的句法与顿挫愤激而又略带诙谐幽默的语气，可说是一篇词中送别的赠序文。蒋捷之前，宋人用《贺新郎》词牌写出过送别名篇，如张元干的《贺新郎·送胡邦衡赴新州》、辛弃疾的《贺新郎·别茂嘉十二弟》等，蒋捷这首《贺新郎》对前人名作当有所承沿。在语气句法上则与辛弃疾的《贺新郎》“细把君诗说”“甚矣吾衰矣”仿佛，而更多赠序文、书信体的风味。其影响下及清人顾贞观的两首脍炙人口的《金缕曲》“季子平安否”“我亦飘零久”。《沁园春·次强云卿韵》则出以议论：

结算平生，风流债负，请一笔勾。盖攻性之兵，花围锦阵，毒身之鸩，笑齿歌喉。岂识吾儒，道中乐地，绝胜珠帘十里楼。迷因底，叹晴干不去，待雨淋头。　　休休。着甚来由。硬铁汉从来气食牛。但只有千篇，好诗好曲，都无半点，闲闷闲愁。自古娇波，溺人多矣，试问还能溺我不。高抬眼，看牵丝傀儡，谁弄谁收。

这是一首次韵之作，次韵不仅在韵脚上要依原作的次序，而且在题旨上也往往和原作有关联。强云卿是蒋捷友人，生平不详，他的原作虽看不到，但大约不外一首谈论性命之作，我们从蒋捷这首和作可以大致推测出来。此词的主题是围绕道与欲、理与欲展开的。蒋捷在这里使用了《吕氏春秋·本生》《尸子》、枚乘《七发》《晋书》《景德传灯录》《元城语录解》的典故，以词的形式，议论化的手法，重新演绎了道欲的对立，更展示了以道制欲的胜出高境，确有让人“读之爽神数日”的警醒、净化、升华效果。词人晚境的这番透彻之悟、透彻之语，其实都从历史经验和平生阅历中来。诗言志，文载道，词抒情。宋词以言情为能事，涉笔男女之情，往往一派旖旎缠绵，香艳娇软。此词反其道而行之，以议论的利落刀剪斩断纷乱的情丝，重道崇理，无欲则刚。你可以说它无甚新意，有头巾气。但是，作为读者更应该看到词人的那番修为，那份操守，那种常人难到的生命境界。此词明显受到以诗为词、以文为词的苏辛词风影响，也带有宋诗尚议论和程朱理学的影响痕迹。

《竹山词》开放词风的表现之三是多种形式试验，如《声声慢·秋声》的“独木桥体”、《瑞鹤仙·寿东轩立冬前一日》《水龙吟·效稼轩体招落梅之魂》的“骚体”、《贺新郎·隐括杜诗》的跨文体改写等，尝试了词体写作的多种可能，丰富了词体的美感风格，对此，我们给予积极的评价。冯煦斥之为“皆不可训”的“俳体”[①]，审美心态显得过于封闭保守，非公允之论。先看《声声慢·秋声》：

> 黄花深巷，红叶低窗，凄凉一片秋声。豆雨声来，中间夹带风声。疏疏二十五点，丽谯门、不锁更声。故人远，问谁摇玉佩，檐底铃声。　　彩角声吹月堕，渐连营马动，四起笳声。闪烁邻灯，灯前尚有砧声。知他诉愁到晓，碎哝哝、多少蛩声。诉未了，把一半、分与雁声。

惜春悲秋是唐宋词的基本主题之一，抒写秋思、秋怀的作品很多，但像蒋捷这样集中写“秋声”的词亦不多见。词写菊黄叶红的深秋时节，词人在深巷幽窗前听到一片连绵不断的秋声。这首《声声慢》当受欧阳修《秋声赋》的启发，欧赋以“波涛夜惊”“风雨骤至”“赴敌之兵衔枚疾走”等声音织成一片肃杀之秋声，引发议论，表达人生哲理；蒋词则以赋体铺排秋夜听到的风声、雨声、更声、铃声、角声、马声、笳声、砧声、蛩声、雁声等十种声音，寄托了词人由夕到晓、辗转难眠之际的凄凉愁苦心声。在表现上，全词“以一字为韵”“叠用‘声’字斗巧”[②]，“用笔尤为崭新”[③]。这种全词押同一个字韵脚的体式，称为福唐独木桥体。“福唐”何义，迄无确解。至于“独木桥”义，则可从一字通押的特点去领悟。其名最早见于宋黄庭坚《阮郎归》词题：“效福唐独木桥体作茶词”。与集句、回文、檃栝诸体均属因难见巧一类，故多笔墨游戏成分。但若不加区分，

① 冯煦《蒿庵论词》，唐圭璋《词话丛编》四，中华书局1986年11月版，第3596页。
② 世经堂康熙十七年残本《词综》批语。
③ 谢章铤《赌棋山庄词话》，唐圭璋《词话丛编》四，中华书局1986年11月版，第3379页。

以“恶境”（张德瀛《词征》语）、“味同嚼蜡”（沈雄《古今词话》语）一体视之，亦非允当。即如蒋捷此词，十种秋声，声声凄凉，迤逦写来，一字通押，确能收到反复加强之效果，令读者体会独木桥体的特殊韵味。再看《瑞鹤仙·寿东轩立冬前一日》：

玉霜生穗也。渺洲云翠痕，雁绳低也。层帘四垂也。锦堂寒早近，开炉时也。香风递也。是东篱、花深处也。料此花、伴我仙翁，未肯放秋归也。　　嬉也。缯波稳舫，镜月危楼，釂琼酏也。笼莺睡也。红妆旋、舞衣也。待纱灯客散，纱窗日上，便是严凝序也。换青毡、小帐围春，又还醉也。

形式上“通首用‘也’字煞”的虚字韵脚[①]，与他的《水龙吟·招落梅之魂》一样“全仿骚体”[②]，显得新奇不俗。而且这十三个“也”字煞尾，在音节上形成一种唱叹不尽、纡徐从容的表现效果，也与祝寿游乐、嬉戏流连的内容相适应。宋文有欧阳修的《醉翁亭记》连用二十一个“也”字，一气贯穿，宋词有蒋捷的这首《瑞鹤仙》连用十三个“也”字，收煞到底，俱为宋代文学史上的奇观。《贺新郎》隐括杜诗《佳人》，属于跨文体改写的范畴，相当于西方文论所说的互文性写作现象之一种。檃括，亦作櫽栝、隐括。即依原有文章的内容、词句，加以剪裁、改写，往往变换文体，形式实验的意味很浓。蒋捷在改写杜诗的过程中，省掉了原作“合昏尚知时”“在山泉水清，出山泉水浊”“摘花不插发”四句，增加了“掩芳姿、何处、乱云、爱、窕窈、一旦成、最堪怜、欢、哀、相与、漫、山中、肌生粟、空敛”等词句，两相比较，杜诗五古，体格浑厚，蒋捷檃栝为词，多了一些细部的敷衍，点染了一些女性情感香艳色彩，以与词格相侔。至于题旨，则与杜诗同。《水龙吟·效稼轩体招落梅之魂》则是骚体：

醉兮琼瀣浮觞些。招兮遣巫阳些。君毋去此，飓风将起，天微黄些。野马尘埃，污君楚楚，白霓裳些。驾空兮云浪，茫洋东下，流君

① 胡薇元《岁寒居词话》，唐圭璋《词话丛编》四，中华书局 1986 年 11 月版，第 4035 页。
② 沈雄《古今词话·词辨下卷》，唐圭璋《词话丛编》一，中华书局 1986 年 11 月版，第 950 页。

往、他方些。　　月满兮西厢些。叫云兮、笛凄凉些。归来为我，重倚蛟背，寒鳞苍些。俯视春红，浩然一笑，吐山香些。翠禽兮弄晓，招君未至，我心伤些。

蒋捷此词受到民间习俗和《楚辞·招魂》作品的双重影响，其直接的创作缘起，则是模仿辛弃疾《水龙吟·用些语再题瓢泉》的句法体式，而辛词的形式来源，就是《楚辞》里的句中“兮”字和《招魂》中的“些”字语尾。杨慎《词品》卷二称此词乃“小词中《离骚》”[①]，是就风格体式两方面而言。这里只着眼其“稼轩体”的形式。“稼轩体”实即骚体，是唐宋词中的一种特殊体式，它与一般以句子最后一个字作韵脚的习惯不同，而是用《楚辞》中的语尾字“些”放在每个句子的最后，又另用平声的实字放在“些”字前，作为实际的韵脚，形成长尾韵，好像有两个韵脚在起作用，别具回环谐和的声情之美。此词格奇，在唐宋词中不常见，它的独特体式也就成了它在艺术表现上最引人瞩目的地方。

《竹山词》开放词风的表现之四是博采众长，模拟、融化南北宋豪放、婉约诸家的多种风格。历代词论家要么把蒋捷归为姜派，要么归为辛派，皆是未对《竹山词》作全面把握，未顾及《竹山词》整体所致。将蒋捷归于姜派的有：朱彝尊《黑蝶斋诗余序》认为蒋捷得“夔之一体”；谢章铤《赌棋山庄词话续编》卷三：“填词之道，须取法南宋，然其中亦有两派焉。一派为白石，以清空为主，高、史辅之。前则有梦窗、竹山、西麓、虚斋、蒲江，后则有玉田、圣与、公谨、商隐诸人，扫除野狐，独标正谛，犹禅之南宗也。”李调元《雨村词话·序》：“鄱阳姜夔郁为词宗，一归醇正……蒋捷、周密、陈君衡、王沂孙效之于后。”田同之《西圃词说》：“白石而后，有史达祖、高观国羽翼之，张辑、吴文英师之于前，赵以夫、蒋捷、周密、陈允衡、王沂孙、张炎、张翥效之于后。”沈雄《古今词话》：“至，姜、史、蒋、吴，融字炼句，法无不备”。陈廷焯《词坛丛话》：“白石词，如白云在空，随风变灭，独有千古。同时史达祖、高观国两家，直欲与白石并驱，然终让一步。他如张辑、吴文英、赵以夫、蒋捷、周密、陈允平、王沂孙诸家，各极其盛，然未有出白石之范围者。”竹山词效法

① 杨慎《词品》卷二，唐圭璋《词话丛编》一，中华书局1986年11月版，第465页。

周姜婉约词风的作品，有《贺新郎·梦冷黄金屋》《金盏子·练月萦窗》《瑞鹤仙·红叶》《瑞鹤仙·乡城见月》《应天长·次清真韵》《解连环·岳园牡丹》等，《女冠子·元夕》《梅花引·荆溪阻雪》效易安体，《高阳台·芙蓉》《念奴娇·梦有奏方响而舞者》效梦窗体。

将蒋捷归于辛派的有：卓人月《词统》："辛之有蒋，犹屈之有宋也。"毛奇龄《西河词话》："张鹤门词……虽不绝辛、蒋，然亦不习辛、蒋，此正宗也。"陈廷焯《白雨斋词话》："刘改之、蒋竹山，皆学稼轩者。"江顺诒《词学集成》卷四："纪晓岚先生昀云：'《西河词话》无韵一条精核，谓辛、蒋为别调，深明原委。'先生于词不屑为，故所论未允。夫宋人之词，皆可入乐。韵为天籁，未有四声以前，三百篇未有无韵者。岂唐宋以后入乐之文而不用韵乎。况宋人自度腔皆可歌，后人不得其传。至辛、蒋以豪迈之语，为变徵之音。如今弦笛，腔愈低则调愈促，声高则调高，何碍吟叹之有。"谢章铤《赌棋山庄词话》卷七："若苏、辛、刘、蒋，则如素娥之视宓妃，尚嫌临波作态。"《竹山词》效法苏辛豪放词风而时与刘过为近者有《贺新郎·吴江》《沁园春·为老人书南堂壁》《念奴娇·寿薛稼堂》《沁园春·寿岳君举》《水龙吟·效稼轩招落梅之魂》《贺新郎·乡士以狂得罪赋此饯行》《满江红·一掬乡心》等。

在此需要指出的是，历代词论家这种要么把蒋捷归为姜派、要么把蒋捷归为辛派的做法，皆是未对《竹山词》作全面把握，未顾及《竹山词》整体艺术风格所致的一隅之见。

说《竹山词》的自家面目

南宋词人蒋捷，在词史上与王沂孙、周密、张炎齐名，为“宋末四大家”之一，刘熙载誉之为“长短句之长城”[①]。《四库全书总目提要》评其《竹山词》云：“炼字精深，调音谐畅，为倚声家之榘矱。”[②]从词艺的角度看，比兴手法的妙用，语言的锤炼出新，开放的词风，广采博收融汇众家，终于自成一家，是《竹山词》的引人注目之处。对于《竹山词》的妙用比兴、锤炼语言，对《竹山词》的开放词风，笔者已做过专门讨论，本文将集中讨论《竹山词》融汇众家的自家面目。

在博采众长、融合诸家、广泛试验、多方汲取的基础上，蒋捷终于“扫尽臼科，独露本色”[③]，显示出自家的独特面目，形成了自己的独特风格。品读《竹山词》，觉其淡漠中潜沉咽，流畅中有蕴蓄，绮丽中见清奇，柔婉中露豪逸，俚俗中参雅趣，疏落中显缜密，陈熟中透尖新，尽摹众家而又尽脱众家，尽习众体而又尽去众体，终于在亦柔亦刚、亦秀亦豪、亦淡亦浓、亦常亦奇、亦丽亦清、亦陈亦新、亦疏亦密、亦俗亦雅、亦庄亦谐之间，自成一家一体，在南宋词史上占有一席突出的位置。具体讨论如下：

淡漠中潜沉咽。这是蒋捷晚年风格老成的体现，可以他蜚声词坛的名篇《虞美人·听雨》为例：

少年听雨歌楼上。红烛昏罗帐。壮年听雨客舟中。江阔云低、断雁叫西风。　　而今听雨僧庐下。鬓已星星也。悲欢离合总无情。一任阶前、点滴到天明。

① 《艺概·词曲概》，上海古籍出版社1978年12月版，第112页。

② 永瑢、纪昀《四库全书总目提要》，海南出版社1999年5月版，第1092页。

③ 冯金伯《词苑萃编》卷八，唐圭璋《词话丛编》二，中华书局1986年11月版，第1945页。

此词运用时空转换的艺术手法，缩漫长人生过程于尺幅小帧之内，容量极大，充分显示出被誉为“长短句之长城”的词人的卓越艺术功力。起句“少年听雨歌楼上”，风流浪漫，沉醉于醇酒佳人；接以“壮年听雨客舟中”，江湖漂泊，痛感于国破家亡；过片写“而今听雨僧庐下”，两鬓霜华，阅尽了人世沧桑；总收以“悲欢离合总无情”一句议论，表达词人对自己的亲身阅历也是对人生、世事的认识与看法。这的确是透破后方能达到的境界，有力地表现了经受过亡国破家的深创巨痛、经受过长期漂泊的诸般苦况之后，词人心灰意懒、淡漠萧索的暮年情怀。许昂霄《词综偶评》云：“《虞美人》，‘悲欢离合总无情’，此种襟怀，固不易到，然亦不愿到也”。潘游龙《古今诗余醉》卷三云：“看到‘悲欢离合总无情’，难道不冷冷？”都准确地把握了词句淡漠萧索中潜隐的沉痛锥心、冷冽彻骨的底蕴。暮年蒋捷依然彻夜不眠地听雨，并且颠之倒之、反刍咀嚼少年听雨、壮年听雨的况味，从中体认出“悲欢离合总无情”的人生感悟，这一切都足证词人决未忘情。毕竟，寓居僧庐的是锐感深心的词人，而非槁木死灰的老僧。再如《少年游》：

枫林红透晚烟青。客思满鸥汀。二十年来，无家种竹，犹借竹为名。　　春风未了秋风到，老去万缘轻。只把平生，闲吟闲咏，谱作棹歌声。

这首《少年游》，亦是蒋捷暮年之作，在各种版本的《竹山词》中，排序也都在末后几首。此词是垂老的词人，对自己亡国之后二十多年漂泊生涯和创作历程的回顾与总结，可与《虞美人·听雨》相参看。经历了国破家亡之后二十余年的漫长岁月消磨，少年的豪情，中年的悲慨，转成了暮年的淡漠：“老去万缘轻”。以竹为名、坚守志节的词人，一生无法释然的破家之仇，亡国之恨，无以纾解，只能转成貌似旷达、“闲吟闲咏”的“棹歌”，这种以洒脱的笔致写出的闲适、淡漠，实是一种无以言表的更深层次的悲痛，一种“大悲无声”式的悲痛。

绮丽中见清奇。杨慎《词品》卷二称《水龙吟·效稼轩体招落梅魂》“幽秀古艳，迥出纤冶秾华之外”，乃“小词中《离骚》”。“秀艳”指其

“绮丽”的一面，但不同于一般的“纤冶秾华”，而具有“幽古”的特点，“幽古”也就是词作整体散发出的高古清幽的雅美气息。词题标明“效稼轩体”，“稼轩体”实即骚体，是一种特殊体式，在唐宋词中不常见。此词雅丽清奇，“俯视春红”三句，想象洁白的梅花重新绽放在苍劲的梅枝，俯视春天的桃杏俗花，浩然一笑，吐出山间草木特有的幽香清芬。这三句写出梅花不与凡花为伍的超尘绝俗风神，这也是词人为之殷勤招魂的原因。词人招梅花之魂，实是呼唤一种梅花般清高绝俗的人格精神。词作想象丰富，气魄宏大，笔力奇肆，其“磊落横放”的格调①，确与稼轩词为近。贺裳《皱水轩词筌》、沈雄《古今词话·词辨》都指出过此词格“奇”的特点。《高阳台·芙蓉》用芙蓉城典事：

霞铄帘珠，云蒸篆玉，环楼婉婉飞铃。天上王郎，飙轮此地曾停。秋香不断台隍远，溢万丛、锦艳鲜明。事成尘，鸾凤箫中，空度歌声。　　腥翁一点清寒髓，惯餐英菊屿，饮露兰汀。透屋高红，新营小样花城。霜浓月淡三更梦，梦曼仙、来倚吟屏。共襟期，不是琼姬，不是芳卿。

芙蓉艳花，但词人看重的显然不是艳丽的花色；遇仙艳事，但词人对王迥遇瑶英的艳事显然并不艳羡。虽然一起“霞铄帘珠，云蒸篆玉”八字，因字句琢炼，色泽绚丽，被冯煦指为“字雕句琢，荒艳炫目”②，但换头“腥翁一点清寒髓，惯餐英菊屿，饮露兰汀”三句，便有拂拂清气自绮艳中溢出。词人自谓“腥翁”，生涯清寒入骨，经常像屈子那样，餐食岛屿上的菊花，啜饮汀洲上的兰露。“清寒”一方面指物质上的贫困，同时也有“清高”的含义，尤其是联系“餐英、饮露”来理解。晚年蒋捷正是凭借那一份骨子里的清高，来与黑暗庸俗的现实抗争而不屈服的。词人不仅爱楚辞里的香草兰菊，也爱耐寒不落的芙蓉花。“霜浓月淡三更梦，梦曼仙、来倚吟屏”三句，写夜梦芙蓉城主石曼卿过访词人，倚着题诗的屏风。“吟屏”显示石曼卿原来的诗人身份，正与词人气味相投。结句“共

① 毛晋《竹山词跋》，吴熊和主编《唐宋词汇评·两宋卷》五，浙江教育出版社2004年12月版，第4107页。

②《蒿庵论词》，唐圭璋《词话丛编》四，中华书局1986年11月版，第3596页。

襟期，不是琼姬，不是芳卿”，意思是说自己与诗人身份的芙蓉城主石曼卿，有共同的志趣、襟怀，对芙蓉城的女仙许瑶英没有什么兴趣。这最后的表白，是其“清寒”天性的又一证明，也再次为作品注入清奇之气。

流畅中有蕴蓄。谢章铤批评南宋词人云：“吴梦窗失之涩，蒋竹山失之流。”[①]其实蒋捷词“似流实留”，并非手滑纵笔一泻无余者。如《一剪梅·舟过吴江》：

> 一片春愁待酒浇。江上舟摇。楼上帘招。秋娘渡与泰娘桥。风又飘飘，雨又萧萧。　　何日归家洗客袍。银字笙调。心字香烧。流光容易把人抛。红了樱桃，绿了芭蕉。

此词作于南宋灭亡之后，词人在吴江、太湖一带漂泊时。词写倦游思归之情。身遭乱离的词人，不知何日才能结束流亡的生涯，重过安居的日子。清丽的词句、浏亮的音韵中流露出亡国破家者浓重的哀愁。全词语句节奏明快，情感内涵苦涩，艺术表现上具有“似流实留”的特点。“流”是流丽滑顺，“留”是顿挫滞涩。品读此词，应透过语言文字的表层，把握其内在的情感实质。再如他的《梅花引·荆溪阻雪》：

> 白鸥问我泊孤舟。是身留。是心留。心若留时、何事锁眉头。风拍小帘灯晕舞，对闲影，冷清清，忆旧游。　　旧游旧游今在不。花外楼。柳下舟。梦也梦也，梦不到、寒水空流。漠漠黄云、湿透木绵裘。都道无人愁似我，今夜雪，有梅花，似我愁。

《梅花引》词牌从程垓词句“睡也睡也睡不稳”起，即用迭句回环和顶针辞格，这种写法到蒋捷词里被充分使用，顶针辞格、复沓句式形成的气韵流走的节律中，包蕴的是旅途阻雪的词人，体肤上的湿冷与心理上的孤寂，所生出的浓重的困顿苦涩之感。所谓“起以鸥问，结以梅愁，花鸟情长，江湖气短”[②]，就是指此词整体的苦涩内涵而言。类似的作品还有

① 《赌棋山庄词话》卷十二，唐圭璋《词话丛编》四，中华书局 1986 年 11 月版，第 3470 页。

② 卓人月《词统》卷十一，转引自吴熊和主编《唐宋词汇评·两宋卷》五，浙江教育出版社 2004 年 12 月版，第 4125 页。

《行香子·舟宿兰湾》：

红了樱桃，绿了芭蕉。送春归、客尚蓬飘。昨宵谷水，今夜兰皋。奈云溶溶，风淡淡，雨潇潇。　　银字笙调。心字香烧。料芳悰、乍整还凋。待将春恨，都付春潮。过窈娘堤，秋娘渡，泰娘桥。

此词再次重复《一剪梅·舟过吴江》的审美体验，字句复迭形成的顺畅流走的节奏之中，包含的是词人于良辰美景中一身"蓬飘"的浓重"春恨"。

柔婉中露豪逸。可从三点来理解。一是竹山词总体上婉约之作居多，但是也不乏像《贺新郎·吴江》《沁园春·为老人书南堂壁》《念奴娇·寿薛稼堂》这样的豪放高逸之作。二是像《贺新郎·梦冷黄金屋》《贺新郎·兵后寓吴》等通首柔婉的词作中，时露豪逸之气。先看《贺新郎·兵后寓吴》：

深阁帘垂绣。记家人、软语灯边，笑涡红透。万叠城头哀怨角，吹落霜花满袖。影厮伴、东奔西走。望断乡关知何处，羡寒鸦、到着黄昏后。一点点，归杨柳。　　相看只有山如旧。叹浮云、本是无心，也成苍狗。明日枯荷包冷饭，又过前头小阜。趁未发、且尝村酒。醉探枵囊毛锥在，问邻翁、要写《牛经》否。翁不应，但摇手。

此词换头"相看只有山如旧。叹浮云、本是无心，也成苍狗"三句，抒发词人的感喟：山河不殊，人事已非，沧桑变幻仿佛白云苍狗般恍惚无定。这三句内蕴丰富，细加品嚼，其中寄寓着词人"青山不改"的气节自守意味，也有对变节的"识时务者"的讥刺讽喻。这就在"软语灯边"的柔婉和"影厮伴东奔西走"的凄惶中，透出高迈傲岸的意味。再看一首《贺新郎》：

梦冷黄金屋。叹秦筝、斜鸿阵里，素弦尘扑。化作娇莺飞归去，犹认纱窗旧绿。正过雨、荆桃如菽。此恨难平君知否，似琼台、涌起弹棋局。消瘦影，嫌明烛。　　鸳楼碎泻东西玉。问芳悰、何时再展，翠钗难卜。待把宫眉横云样，描上生绡画幅。怕不是、新来妆束。彩扇红牙今都在，恨无人、解听开元曲。空掩袖，倚寒竹。

词人运用比兴手法，借助梦境，寄托故国之思与今昔之感。“此恨难平君知否，似琼台涌起弹棋局”二句，慨叹世事翻覆无常如同弹棋之局，心中油然生出无限的黍离之悲、铜驼之恨；“彩扇红牙今都在，恨无人解听开元曲”二句抒写不忘故国的耿耿忠忱；凡此都溢出了女性的柔弱气格。全词虽有瑰辞丽藻，基调柔婉，但灵动豪迈之气贯注字里行间，确如陈廷焯所评：“处处飞舞，如奇峰怪石，非平常蹊径也。”①三是咏物词，如《南乡子·黄葵》：

冷淡是秋花。更比秋花冷淡些。到处芙蓉供醉赏，从他。自有幽人处士夸。　　寂寞两三葩。昼日无风也带斜。一片西窗残照里，谁家。卷却湘裙薄薄纱。

“昼日无风也带斜”“卷却湘裙薄薄纱”的黄葵是柔弱的，但“到处芙蓉供醉赏，从他，自有幽人处士夸”的不屑与自恃，却饶有豪逸之概。《步蟾宫·木樨》：

绿华翦碎娇云瘦。剩妆点、菊前蓉后。娟娟月也染成香，又何况、纤罗襟袖。　　秋窗一夜西风骤。翠奁锁、琼珠花镂。人间富贵总腥膻，且和露、攀花三嗅。

词中所写“绿华剪碎娇云瘦”的秋桂，的确细碎娇弱，但“人间富贵总腥膻”一句高唱入云，反衬桂花的芳洁，于咏花中寄托词人高洁的人格精神。“腥膻”除指一般意义上的“人间富贵”不洁外，兼有对“元胡”的蔑视，词人高尚的气节和高洁的人格于焉毕现。

俚俗中参雅趣。蒋捷《竹山词》风格多样，如《霜天晓角》生动新鲜，写法上汲取了散曲白描轻快的特点，但又不像多数散曲那样粗放酣畅，仍然保留了几分宋词的清丽雅致情调。所以李调元《雨村词话》赞

① 陈廷焯《云韶集》，转引自杨景龙《蒋捷词校注》，中华书局2010年5月版，第19页。

曰“最为工丽”，潘游龙《古今诗余醉》评为“淡而浓，俚而雅”。《瑞鹤仙·友人买妾名雪香》：

素肌元是雪。向雪里带香，更添奇绝。梅花太孤洁。问梨花何似，风标难说。长洲漾楫。料鸳边、娇蓉乍折。对珠栊、自翦凉衣，爱把淡罗轻叠。　　清彻。螺心翠靥，龙吻琼涎，总成虚设。微微醉缬。窗灯晕，弄明灭。算银台高处，芳菲仙佩，步遍纤云万叶。觉来时、人在红帱，半廊界月。

这是一首人物题咏词，创作缘起如词题所示，友人买妾，赠词致贺助兴，词从友人妾名生发而出。这种朋友间的交际应酬之作，题材世俗，日常琐碎，多带即兴游戏性质，古代诗词中此类作品甚多，大多无甚思想意义，一时嘲戏，甚或堕入轻薄恶俗。蒋捷此词却能俗中见雅，“对珠栊、自翦凉衣，爱把淡罗轻迭”三句，写雪香喜爱淡妆，一如其名，非浓艳粗俗之人。换头“清彻”二字，是对友人妾的总体印象评价，意为清新淡雅，不事浮华。“螺心翠靥，龙吻琼涎，总成虚设”三句，写友人妾既不去涂饰螺黛眉心、贴翠面靥的浓妆，也不用熏染龙涎名香，一如白雪梨花，素淡天然，花气自芳。这三句是对“清彻”二字的落实。俗题出雅意，俗人有雅致，是为难能可贵。《珍珠帘·寿岳君选》不落祝寿俗套：

书楼四面筠帘卷。微薰起，翠弄悬签丝软。楼上读书仙，对宝猊霏转。绣馆钗行云度影，滟寿觥、盈盈争劝。争劝。奈芸边事切，花中情浅。　　金奏未响昏蜩，早传言放却，舞衣歌扇。柳雨一窝凉，再展开湘卷。万颗蕖心琼珠辊，细滴与、银朱小砚。深院。待月满廊腰，玉笙又远。

词人准确地抓住寿主嗜书的个性，充分表现寿主岳君选“芸边事切，花中情浅”的性格本质。“筠帘”“湘卷”的“筠、湘”均指竹子，竹乃花木中君子，是清高品节的象征，与书楼环境和嗜书主人十分协调。柳雨、荷露、小砚、朱墨、夜月等自然和人世意象，也都共同强化了词作和词中人的清雅格调。词中书香、竹香、炉香、柳香、荷香、墨香，氤氲一派清香，浸淫其间的主人“腹有诗书气自华”，已不待言。一首世俗应酬的寿词，字里行间浸透书卷的清香，给人以雅美的享受和品位的提升，可见的确是不在写什么，而在怎样写。

疏落中显缜密。竹山词粗看似有疏落不接处，细按则意脉贯通，缜密周延。如《贺新郎·秋晓》：

> 渺渺啼鸦了。亘鱼天，寒生峭屿，五湖秋晓。竹几一灯人做梦，嘶马谁行古道。起搔首、窥星多少。月有微黄篱无影，挂牵牛数朵青花小。秋太淡，添红枣。　　愁痕倚赖西风扫。被西风、翻催鬓鬓，与秋俱老。旧院隔霜帘不卷，金粉屏边醉倒。计无此、中年怀抱。万里江南吹箫恨，恨参差白雁横天杪。烟未敛，楚山杳。

陈廷焯曾多次批评《贺新郎·秋晓》上片“不接”，既在《放歌集》卷二里说“‘嘶马’六字似接不接，‘挂牵牛’三句与通首词意不融合，所谓外强中干也”，又在《白雨斋词话》卷一里说：“竹山词多不接处。如《贺新郎》云：‘竹几一灯人做梦’，可称警句。下接云：‘嘶马谁行古道’，合上下文观之，不解所谓。即云托诸梦境，无源可寻，亦似接不接。下云：‘起搔首、窥星多少’，盖言梦醒。下云：‘月有微黄篱无影’，又是警句。下接云：‘挂牵牛、数朵青花小。秋太淡，添红枣’，此三句，无味至极，与通首词意，均不融洽。所谓外强中干也。古人脱节处，不接而接也。竹山不接处，乃真不接也。”其实不是词句不接，是陈氏未及细察的缘故，诗话、词话印象式批评，时有主观武断，此又一例。这首《贺新郎·秋晓》列蒋捷《竹山词》第一篇，词写家国之恨郁积心底的中年怀抱和暮年意兴。为坚守民族气节，义不仕元，数十年漂泊江湖的词人，晚岁常常寄迹太湖岛屿之上，又值寒冷的秋晨，枯枝鸦啼，古道马嘶，兀坐通宵、凭几而寐的词人惊梦而起，搔首窥星，凭眺远天，送目五湖，在拂晓袭人的寒意中感慨不已。词的上片就是以听觉、视觉、肤觉相迭的手法切入表现的，“啼鸦嘶马”是听觉，“鱼天残星”是视觉，“寒生峭屿”是肤觉，知觉迭用的手法，渲染出秋晨冷落荒凉的浓郁氛围。“竹几一灯人做梦”是词中名句，更写出了词人的孤寂索寞情态，词人当是又一次梦回故国吧。但“嘶马”和起句中的“啼鸦”一起，惊破了词人的好梦。“起搔首，窥星多少”的辨察天色的动作，就是词人孤灯梦回后惆怅失落、惘然不甘的心态的体现。接下来“月有微黄”几句秋晨景物描写，是词人收回视线后看到的身边近景，竹篱无影，牵牛花小，虽有几枚红枣妆点其间，但难掩暗淡萧瑟的秋容。“秋太淡”是缘于词人的心境惨淡，这几句写景仍是写心，是词人“中年怀抱”的外化折射。由上分析可证，陈廷焯“不接”的批评似乎失察，未为确论。此外，像《大圣乐·陶成之生日》，从意脉结构的角度来看，因上片有“群唱莲歌”，故结以“碧荷贮酒”，荷叶杯与莲歌上下照应，前后贯通，词笔周延。再如《贺新郎·约友三月旦饮》末几句：“芳景三分才过二，便绿阴、门巷杨花落。沽斗酒，且同酌”，“芳景”句点题目中的“三月旦”，“便绿阴”句强调时光流逝之速，绿荫门巷杨花飘落，已近暮春。所以词人要趁着春光尚在，邀集友人，斗酒同酌，一洗尘颜，宽慰心怀。结句“沽斗酒，且同酌”，扣题中“约友”和“饮”字，全词的意脉结构显得完整缜密。

陈熟中透尖新。这一类词处理的题材表现的内容、抒发的感情都属常见，但在把寻常的意思换一种表达时，命意琢句生新奇巧，出人意表，常发人所未发。《瑞鹤仙·寿东轩立冬前一日》是一首应酬性的寿词，而无门面应酬之语，“体取变，旨取远，浑不似寿词”，所以“妙工”[①]。这实际是写作上避熟就生的匠心安排，给人的阅读心理带来的与陈熟不同的“鲜香”之感。《木兰花慢·冰》赋冰：

> 傍池阑倚遍，问山影、是谁偷。但鹭敛琼丝，鸳藏绣羽，碍浴妨浮。寒流。暗冲片响，似犀椎、带月静敲秋。因念凉荷院宇，粉丸曾泛金瓯。　　妆楼。晓涩翠罂油。倦鬓理还休。更有何意绪，怜他半夜，瓶破梅愁。红裯。泪干万点，待穿来、寄与薄情收。只恐东风未转，误人日望归舟。

起句“傍池栏倚遍，问山影，是谁偷”，以凭栏人不见池中山影，侧写水面结冰，意思新巧。“红裯。泪干万点，待穿来、寄与薄情收”几句，

---

① 潘游龙《古今诗余醉》，转引自吴熊和《唐宋词汇评·两宋卷》五，浙江教育出版社2004年12月版，第4122页。

写女子的眼泪洒在被子上，结冰成为“泪干”，她准备把“万点泪干”穿成一串，寄给薄情之人，让他知道自己是多么思念和痛苦。诗词中写泪，如谢朓的“霰泪”、李贺的“铅泪”等，已是新奇不俗，还从没有人写过冰冻的“泪干”，并且要把它们像珠子一样串起来，寄给游荡不归的“薄情人”，更是匪夷所思。《喜迁莺》抒伤离怨别之情：

晴天寥廓。被孤云画出，离愁消索。玉局弹棋，金钗翦烛，芳思可胜摇落。镜妆为慵迟晚，笙曲缘愁差错。倒纤指，更从头细数，年时同乐。　　寂寞。花院悄，昨夜醉眠，梦也难凭托。车角生时，马蹄方后，才始断伊漂泊。闷无半分消遣，春又一番担阁。倚阑久，奈东风忒冷，红绡单薄。

为离愁所苦无以排遣的女子，心中的怨情格外强烈，“车角生时，马蹄方后，才始断伊漂泊”三句，怨情达到高潮。她责怪“伊”的离家出走，漂泊不归，她想也许得等到车轮生出四角、马蹄变成方形时，他才不再外出远行，与自己栖止一处。“车角”二句，以不可能之假设，写女子苦于等待、闺中绝望的心理，想象奇特，造语尖新。《虞美人·梳楼》写客子乡愁：

丝丝杨柳丝丝雨，春在溟蒙处。楼儿忒小不藏愁。几度和云飞去觅归舟。　　天怜客子乡关远，借与花消遣。海棠红近绿阑干，才卷朱帘却又晚风寒。

古典诗词言愁，总是要用生动形象的比拟为这抽象的情感寻找具象的客观对应物，词人说“楼儿忒小”藏不下自己的满腹乡愁，化抽象为具象，与李清照《武陵春》名句“只恐双溪舴艋舟，载不动，许多愁”，有异曲同工之妙，而更觉纤巧。因楼儿忒小，而乡愁太多，所以藏不下的乡愁便溢出小楼，“几度和云飞去觅归舟”了。《喜迁莺·金村阻风》：

风涛如此，被闲鸥诮我，君行良苦。槲叶深湾，芦窠窄港，小憩倦篙慵橹。壮年夜吹笛去，惊得鱼龙嗥舞。怅今老，但篷窗紧掩，荒凉愁愫。　别浦。云断处。低雁一绳，拦断家山路。佩玉无诗，飞霞乏序，满席快飙谁付。醉中几番重九，今度芳尊孤负。便晴否。怕明朝蝶冷，黄花秋圃。

词写漂泊旅途阻于风涛的苦况，“别浦。云断处。低雁一绳，拦断家山路”几句，是词人眼前所见之景，词人感觉那低飞的雁行像一道绳索，拦断了他的归乡之路。“拦断”句点明乡思。其琢句命意的尖新体现在两点：一是不说雁行、雁字、雁阵，而说“雁绳”，翻陈熟之比喻为生新；二是不说关山阻断、浮云遮眼，而说望眼和归程被雁绳拦断，尽脱思维定势与因袭陈言。

词风开放而又面目自具的《竹山词》，对后世产生了较为重大深远的影响。明末清初易代之际崛起于蒋捷家乡的阳羡词派，以陈维崧为首，达百人之众，派中人多有瓣香蒋捷其人其词者。陈维崧词风的形成就包含了辛弃疾、刘过和蒋捷的因素，孙尔准《论词绝句》即云：“词场青兕说髯陈，千载辛刘有替人。罗帕旧家闲话在，更兼蒋捷是乡亲。”可以“平分髯客旗鼓”、著有《蝶庵词》的阳羡派健将史惟圆，则被视为蒋捷的“后身”。以《词律》著称的万树，其流动活泼、雅俗兼具的《香胆词》，尤其是他的《苏幕遮·离情》一类词作顶针迭句的“堆絮体”，即是从蒋捷《梅花引·荆溪阻雪》的句调体式发展变化而来。蒋景祁在为曹亮武编选的《荆溪词初集》作序时，即把阳羡词派的历史追溯至蒋捷：“吾荆溪，以词名者则自宋末家竹山始也。”蒋捷在清代的影响更突破了地域和流派的局限，前期浙派著名词人李符，即擅有蒋捷风调，所著《耒边词》，论者以为“在宋人中绝似竹山”①。郭麐《灵芬馆词话》卷二亦认为曹尔堪词“殊有竹山风调”。丁绍仪《听秋声馆词话》云：“浙词多法姜、张，吴下则不然，然究厥指归，不外竹山、竹屋数家。昭文邵兰风茂才广铨所为词，与蒋尤近。”郑燮《板桥词》的艺术源头之一，就是蒋捷的《竹山词》，陈廷焯《云韶集》卷十九评语云：“板桥词摆去羁缚，独树一帜，其源亦出苏辛、刘蒋，而更加以一百二十分恣肆，真词坛霹雳手也。”此外，蒋士

① 冯金伯《词苑萃编》卷八，唐圭璋《词话丛编》二，中华书局1986年11月第1版，1945页。

铨的《铜弦词》，吴中七子的词作，也都程度不同地受到蒋捷开放词风的濡染沾溉。蒋捷《竹山词》在后世尤其是清代产生重大影响的原因是复杂的，如易代之感、乡邦之谊等时代、地域因素，但其超越地域、流派的广泛影响力产生的原因，当是其破除门户、自具面目的开放词风，为不同流派和风格的词人开启了摹习的方便之门。

元代河南散曲创作

元代河南籍散曲家共10人，他们是：王恽、姚燧、滕斌、姚守中、石子章、赵禹珪、薛昂夫、孙周卿、班惟志、钟嗣成，约占元代姓名可考的散曲家总数的百分之五。十位河南籍散曲家现存散曲作品247首①，约占元代现存散曲作品总数的百分之六。按照前后期的时代划分，王恽、姚燧、滕斌、姚守中、石子章、赵禹珪属前期曲家；薛昂夫、孙周卿、班惟志、钟嗣成属后期曲家。若从本色和文采两大风格流派着眼，则王恽、薛昂夫、滕斌等人作品更显文采；而姚燧、钟嗣成等人的作品更见本色。十位曲家中，王恽、姚燧、薛昂夫、钟嗣成四家传世作品较多，影响较大，在当时曲坛和散曲史上占有较为重要的位置，可称名家。其余诸家传世作品虽不多，但亦有可观。

一、王恽、姚燧的散曲创作

王恽（1226—1304），字仲谋，号秋涧，卫州汲县（今河南卫辉市）人。《元史》有传。祖父均仕于金。幼年好学不辍，20岁时以文章知名于时。世祖中统初，由东平评议官选至京师，任翰林修撰。至元间拜监察御史。历任河南、河北、山东、福建等地提刑按察使，官至翰林学士，知制诰。曾弹劾赃官，平反冤狱。又献重兵合围之策，镇压钟明亮起义。成宗时参与修纂《世祖实录》。为元好问弟子，工诗文，擅词曲。著有《秋涧集》一百卷，《秋涧乐府》四卷。存世散曲有小令41首。

① 据隋树森《全元散曲》，中华书局1964年2月第1版。本文所引元代河南籍散曲家作品均据此书。

王恽的散曲作品，无一笔涉及男女风情，亦无愤世嘲谑之作，怡情山水，流连光景，言志抒怀，吊古祝寿，是其主要内容。[正宫·双鸳鸯]《柳圈辞》六首，[越调·平湖乐]十首，[正宫·双鸳鸯]《乐府合欢曲》九首，[越调·平湖乐]《寿李夫人》六首均为此类作品。代表作为[正宫·黑漆弩]《游金山寺》：

苍波万顷孤岑矗，是一片水上天竺。金鳌头满咽三杯，吸尽江山浓绿。蛟龙虑恐下燃犀，风起浪翻如屋。任夕阳归棹纵横，待偿我平生不足。

表现了曲家放怀江山、超然物外、逍遥自适的人生境界。江山美景的玩赏，是其"平生不足"的补偿，其间潜隐的仍是传统士大夫文人"儒道互补"的心理结构。王恽和沦入"八娼""十丐"之间的多数元代文人不同，是一位既积极入世从政，又追求心灵解脱的身在庙堂而心在江湖的人物，由他的身份地位决定的人格理想，更接近传统的诗人词客，而和元代大多数下层文人拉开了距离。所以，他的审美趣味也是向诗词的典雅闲适回归，像上举《游金山寺》这样豪迈爽朗、曲味较浓的作品，在王恽散曲中并不多见，更多的是如下一类作品：

问春工，二分空，流水桃花飏晓风。欲送春愁何处去，一环清影到湘东。([正宫·双鸳鸯])

其情致宛如一首唐五代令词。而他的《乐府合欢曲》："驿尘红，荔枝风，吹断繁华一梦中。玉辇不来宫殿闲，青山依旧御墙中。"流露出的是传统怀古诗词的调性。[仙吕·后庭花]的首四句："绿树连远洲，青山压树头。落日高城望，烟霞翠满楼。"仿佛一首唐人写景绝句。王恽散曲总体上显示出的典雅风格，与他的曲学观念密切相关。其[正宫·黑漆弩]《游金山寺》序曰：

昔汉儒家蓄声妓，唐人例有音学。而今之乐府，用力多而难为工。纵使有成，未免笔墨劝淫为侠耳。渠辈年少气锐，渊源正学，不致费日力于此也。

正是理论上的自觉，使其散曲创作与诗词殊途同归，缺乏元曲独具的俗美特质。在元散曲发展史上，王恽是较早将散曲导向复雅之路的散曲家。

姚燧（1238—1313），字端甫，号牧庵，河南洛阳人。《元史》有传。少孤，由伯父姚枢扶养。及长，从许衡学，受到赏识。入仕为秦王府文学，授奉议大夫，提举陕西、四川、中兴等路学校。后累官提刑按察司副使、翰林学士、大司农丞、肃政廉访使、行省参知政事，太子少傅、翰林学士承旨知制诰。著有《牧庵集》。姚燧为元世名儒，文章开有元一代风气。所作散曲，今存小令 29 首，套数 1 套。

姚燧散曲内容可分言志抒怀、男女风情和写景咏物三大类。其中言志抒怀之作，如［中吕·阳春曲］中的“诗气豪，凭换紫罗袍”“得志秋，分破帝王忧”一类句子，反映了他猎获功名的进取心和忠君忧国的责任感。［中吕·满庭芳］则表现了他既有志于市朝功名，亦向往自然山水的心态：

天风海涛，昔人曾此，酒对诗豪。我到此闲登眺，目远天高。山接水茫茫渺渺，水连天隐隐迢迢。供吟啸。功名事了，不待老僧招。

姚燧为当世文章巨公，其雅情高致，一发于诗文，故其散曲更多以谐趣娱人的世俗色彩。这一特点突出地体现在他的男女风情之作中：

博带峨冠少年郎，高髻云鬟窈窕娘。我文章你艳妆，你一斤咱十六两。（［越调·凭栏人］）

马上墙头瞥见他，眼角眉尖拖逗咱。论文章他爱咱，睹妖娆咱爱他。（［越调·凭栏人］）

悔当时东墙窥宋，有心教夫婿乘龙。见如今天寒带地冻，知他共何人陪奉。想这厮指空，话空，脱空，巧舌头将人搬弄。（［双调·新水令］《冬怨》）

这一类言情之作中最有名的是［越调·凭栏人］《寄征衣》：

欲寄君衣君不还，不寄君衣君又寒。寄与不寄间，妾身千万难。

这支小令精到地刻画出思妇“爱不能，恨不成”的两难心理，曾被前人评为“深得词人三昧”。其实，若换成词中思妇，大多缠绵温厚，是不会想到“不寄”的。“寄与不寄”，仍是曲中市井妇女的心态声口，其间透出的也是“尖新纤巧”的曲旨。

明代杨慎评姚燧散曲有“高古不减东坡稼轩”者①，当是就［正宫·黑漆弩］《吴子寿席上赋》一类作品而论。姚燧散曲中更多的是游戏笔墨，像［双调·寿阳曲］《咏李白》、［双调·拨不断］《冬景》等皆是。这种以散曲“为戏玩”的创作态度，是姚燧人生观的自然流露。试看他在［双调·蟾宫曲］中的夫子自道：

博山铜细袅香风，两行纱笼，烛影摇红。翠袖殷勤捧玉钟，半露春葱。唱好是会受用文章巨公。绮罗丛醉眼朦胧。夜宴将终，十二帘栊，月转梧桐。

既是“文章巨公”，又“会受用”；既领袖文坛，表率群彦；又倚红偎翠，夜宴酣醉。其自娱玩世的人生价值取向，决定了他的散曲浓烈的世俗本色风调。

二、薛昂夫、钟嗣成的散曲创作

薛昂夫（约1290—1351年后），《元史》无传。据孙楷第先生《元曲家传略·续编》考证，昂夫名超吾，西域回鹘人，先世内迁怀孟路（今河南沁阳）。汉姓马，又称马昂夫，号九皋，故又称马九皋。初官江西行中书省令史，后入京由秘书监郎官累迁佥典瑞院事，后为西南某路总管、太

① 杨慎《词品》，唐圭璋《词话丛编》一，中华书局1986年11月版，第522页。

平路总管、衢州路总管。善篆书，有诗名，与萨都剌唱和。周南瑞《天下同文集》有王德渊《薛昂夫诗集序》，称其诗词“新严飘逸，如龙驹奋迅，有并驱八骏一日千里之想”。《南曲九宫正始序》谓昂夫“词句潇洒，自命千古一人。”其集失传。所作散曲今存小令65首，套数3套，残令1首，作品数量列元代河南籍散曲家第一。

薛昂夫的散曲，内容除［正宫·端正好］《闺怨》、［南吕·一枝花］《赠小园春》两套男女风情之作外，其余皆描写优游山川美景、诗酒遣兴的士大夫生活，抒发其超旷之志，闲适之怀。如［双调·蟾宫曲］：

> 人生尔尔堪怜，富贵何时，又待问舍求田。想昨日秦宫，今朝汉阙，呀，又早晋地唐天。能几许长安少年，急回头两鬓皤然。漫说求仙，百计千方，都不如樽前。

人生苦短，求名干禄，求田问舍，求仙访道，都不如满足官能的即时愉悦。薛昂夫的散曲中，流露出的时间、生命意识特别强烈，而他对包括时间、生命在内的世间万事万物又都已“参破”。功名靠不住：“范蠡也曾金铸来。金，安在哉？人，安在哉？”（［中吕·山坡羊］）勋业靠不住：“惊人学业，掀天势业，是英雄隽败残杯炙。”（［中吕·山坡羊］）神仙靠不住：“王母蟠桃，三千岁开花，总是虚话。”（［双调·蟾宫曲］《题烂柯山石桥》）隐逸和富贵也靠不住：“山林市朝两无穷，一梦中”（［中吕·阳春曲］）。个体的人生，在无尽的时间长河中，不过是短暂的一瞬。那就应该充分地把握、占有这一瞬：“千年慷慨一时酬”（［中吕·阳春曲］），“千载一时真快哉”（［中吕·山坡羊］）。如何才能酬谢这一次性的“千载一时”，从而去最大限度地领略“真快哉”的生命体验呢？薛昂夫想到“归隐”，［正宫·端正好］《高隐》套，以一种世外桃源式的农家生活寄寓了作者的人生理想。但对薛昂夫这等世胄子弟、位居方面之人来说，“隐逸”并无现实的可行性。所以，“痴儿了却公家事”之暇，玩玩山水，赏赏景物，调调风月，醉醉歌酒，论论诗文，成了他追求“当下”享乐的基本内容。虽然仍是传统士大夫文人的“对酒当歌”“诗酒流连”的自适逍遥人格模式，但“醉乡中不辨贤愚”“东，也沉醉；西，也沉醉”“鸡羊鹅鸭休争，偶尔相逢，堪炙烹”“天地中间，物我无干。只除是美酒佳人，意颇相关”等这些曲句，无可否认，也涂抹着浓厚的元代文人玩世享乐的世俗色彩。[双调·蟾宫曲]《雪》对此作了很有意味的表述：

天仙碧玉琼瑶。点点杨花，片片鹅毛。访戴归来，寻梅懒去，独钓无聊。一个饮羊羔红炉暖阁，一个冻骑驴野店溪桥。你自评跋，哪个清高，哪个粗豪。

“雪夜访戴”“踏雪寻梅”“独钓江雪”这些为前代诗人刻意追摹的高标出世的境界，在薛昂夫已是意兴阑珊。在“饮羊羔红炉暖阁”的“粗豪”和“冻骑驴野店溪桥”的“清高”之间，薛昂夫已不想去像前代文人那样，单向度地一味肯定“清高”而否定“粗豪”。

从现存的散曲作品看，薛昂夫无疑是一个透破世事人生的“智者”。在“莺，曾过眼；花，曾过眼”的即时享乐之后[①]，他并未沉溺于世俗享乐不能自拔，他已尝出“世情嚼蜡烂如泥，不见真滋味”，从而走向彻悟，“把世事都参破”了[②]。他曾忘情地投身现实生活，又从中抽身而出，超脱于其上，对之进行返观、俯瞰，于是，在他审视的目光中，看到了自身追名逐利的可笑。[双调·庆东原]《自笑》就是一首自省、自嘲的“忏悔”之作：

邵圃无荒地，严陵有顺流。向终南捷径争驰骤。老来自羞。学人种柳，笑杀沙鸥。从此便休官，已落渊明后。

把这种审视的目光从自身看过去，他便进一步看到了封建社会知识分子的整体人格缺陷：

功名万里忙如燕，斯文一脉微如线，光阴寸隙流如电，风霜两鬓白如练。尽道便休官，林下何曾见？至今寂寞彭泽县。([正宫·塞鸿秋])

---

① 薛昂夫[中吕·山坡羊]，隋树森《全元散曲》，中华书局1964年2月版，第707页。

② 薛昂夫[中吕·朝天曲]，隋树森《全元散曲》，中华书局1964年2月版，第711页。

曲中嘴上谈“隐”、心中恋名的士子们的言行不一，显然已不仅是儒道思想双重牵扯中的出世与入世的矛盾，和被动存在的个体身不由己的两难，而是一种由来已久的士大夫文人群体人格分裂所导致的“崇高的虚伪”。讥刺尖锐锋利，入骨三分。

当薛昂夫把审视的目光投向历史人物时，帝王将相，诗人隐士，三教九流，都成为他讥评嘲谑的对象。[中吕·朝天曲]二十首，集中表现了他对历史上各阶级阶层著名人物的看法和评价。兹举数例：

沛公，大风，也得文章用。却教猛士叹良弓，多了游云梦。驾驭英雄，能擒能纵，无人出彀中。后宫，外宗，险把炎刘并。

伍员，报亲，多丁鞭君忿。可怜悬首在东门，不见包胥恨。夜半潮声，千年孤愤，钱塘万马奔。骇人，怒魂，何似吹箫韵。

卞和，抱璞，只合荆山坐。三朝不遇待如何，两足先遭祸。传国争符，伤身行货，谁教献与他。切磋，琢磨，何似偷敲破。

杜甫，自苦，踏雪寻梅去。吟肩高耸冻来驴，迷却前村路。暖阁红炉，党家门户，玉纤捧绿醑。假如，便俗，也胜穷酸处。

洞宾，道人，未到天仙分。岳阳三醉洞庭春，卖墨无人问。欲斩黄龙，青蛇犹钝，纯阳能几分。养真，炼神，却被仙姑困。

刘邦赚尽天下英雄，却无奈后宫外戚；伍员忠君，悬首东门，何如乞食吹箫；卞和献玉，双足遭刖，刻为玉玺，兵连祸结，还不如当初就把玉璞砸碎；杜甫踏雪寻梅，驴背吟诗，挨冻迷路，实属穷酸自苦；吕洞宾养真炼神，却道不胜欲，困于何仙姑。在薛昂夫看来，这些历史人物都有不可克服的自身局限，都有可议可讥之处。这组曲子反映了薛昂夫的历史观和人生观，对众口一词早有定评的历史人物和故事，摒却绝对，不执一端，转换视角，逆向思维，重新作出辩证与相对的评价。使得其见解自出手眼，新警不俗。

在元代后期散曲家中，薛昂夫的曲风豪放高迈。这与他了悟世事、透破人生，虽不放弃现世享乐，却又不被物累情牵大有关联。一个觉得“好官，也兴阑”的人（[中吕·朝天曲]），一个“不贪不爱随缘过，把世事都参破”的人（[正宫·端正好]《高隐》），肯定是一个挣脱物欲束缚的豪放洒脱之人。人生的高境，必然助成曲风的豪迈高远。

钟嗣成（1279？—1360？），正史无传。元朱士凯《录鬼簿后序》谓嗣成大梁（今河南开封）人，字继先，号丑斋。居杭州。早年从邓文原学诗文，后屡试不第，又不屑为吏，遂居家著书。至顺元年（1330年）著成《录鬼簿》，记述152位元曲家的事迹及四百余种剧目，成为研究元曲的重要资料。作杂剧《章台柳》《蟠桃会》《钱神论》等七种，今皆不传。散曲现存小令59首，套数1套。

在元代后期散曲家中，钟嗣成是体现本色风味较为充分的一个。他仕途失意，却无意于到自然山水中寻求身心寄托，而是长期混迹市井，与市民阶层、戏曲艺人打成一片。他的人生理想与行为方式是完全世俗化的：

> 菊栽栗里陶渊明，瓜种青门汉邵平，爱月香水影林和靖，忆莼鲈张季鹰。占清高总是虚名。光禄酒扶头醉，大官羊带尾撑。他也过平生。（[双调·凌波仙]）
>
> 风流贫最好，林沙富难交。拾灰泥补砌了旧砖窑，开一个教乞儿市学。裹一顶半新不旧乌纱帽，穿一领半长不短黄麻罩，系一条半联不断皂环绦。做一个穷风月训导。（[正宫·醉太平]）

在传统诗词中被称颂备至的避世隐逸人物如陶潜、邵平、林逋、张翰，在这里被“占清高都是虚名”一语抹倒，可知钟嗣成的人生理想决不是山林田园的“清赏高致”。在具体的生存方式选择上，他宁肯去“拾灰泥补砌了旧砖窑，开一个教乞儿市学”，自已则“做一个穷岁月训导”。曲家的自我形象，诙谐自嘲，一副游戏玩世者的面目。

因此，在钟嗣成的曲作中，贫穷而风流的市井“乞儿”，会成为他喜爱的人物（[中吕·醉太平]）。他的曲作在题材选取上，又大写“富贵福寿”四福，“悲欢离合”四情，“风花雪月”四景，“春夏秋冬”四时，这都是市井民间的俗套，高人雅士会觉此俗不可耐，钟嗣成却翻来覆去写得乐此不疲。他的写景之作，亦不表现清逸的景物对主体人格心灵的过滤升华，不追求物我不分的天人合一境界，良辰美景不过是他追逐世俗享乐的时空背景。如[南吕·骂玉郎过感皇恩采茶歌]《四景》中的《月》：

一轮皓月明如昼，但得意是中秋。倒悬玉镜无尘垢，皓彩浮，素影澄，清光透。皓齿明眸，粉面油头。点花牌，行酒令，递诗筹。词林艺苑，舞态歌喉，共鸳朋，谐凤友，効鸾俦。既无忧，又无愁，蟾光长愿照金瓯。天上姮娥人世有，也胜庾亮在南楼。

高雅的诗不用说了，即使是在相对通俗的词中，中秋月夜仍然是让人“逸怀浩气，超乎尘垢之外”的时令，这有苏轼的《水调歌头》“中秋词”和张孝祥的《念奴娇》“过洞庭”为证。月夜美景，触发了创作主体冰清玉洁、超旷无比的高情逸兴。但在上引曲子中，中秋皓月不仅没能洗净曲家的凡俗尘心，反而成为刺激、助长其歌舞玩乐的酒色欲望的由头。“天上姮娥人世有”，曲家的主体精神，在令人神思飘举的中秋月夜，不是向着无上的高处飞升，而是朝着实实在在地满足感官需要的现实地面坠落下来。清雅逸气荡然无存，世俗气息扑面而来。

这就是钟嗣成和大多数散曲家以感性愉悦和官能满足为指归的人生态度。他在曲子中直言不讳地唱出了这种人生态度：

听不厌鸾笙象板，看不足凤髻蝉鬟。按不住刺史狂，学不得司空惯。常不教粉吝红悭。若不把群花恣意看，饱不了平生饿眼。（[双调·沉醉东风]）

在放荡不羁的表象背后，潜涵着与传统价值观念相悖的叛逆精神。恣情酒色不过是曲家发泄“不平之气”的寓托。断绝了仕进之途的元代文人，承受着沉重的民族歧视，沦入社会底层。如钟嗣成一类“市隐”的曲家，既不愿遁入山林田园的白云乡里寻求解脱，便纷纷向温柔乡、翠红乡里沉醉酣适去了。他们在曲中大肆张扬的世俗享乐、官能满足，实乃是通过自谑、自秽的方式，对黑暗现实采取的别一种形式的抗议，其间包含着有元一代被逼为浪子而放倒玩世的文人们的沉重辛酸和深刻无奈。

钟嗣成是对元曲本色有着自觉而又独到体认的作家。他在《录鬼簿序》中将元曲的独特风格称为“蛤蜊风味”[①]，即是对元曲“俗美”特质

① 钟嗣成《录鬼簿序》，见《中国历代文论选》二，上海古籍出版社 1979 年 11 月版，第 479 页。

的精当喻说。他的曲作就是有意识地追求“蛤蜊风味”的。最能体现钟嗣成曲作“蛤蜊风味”的作品，是他的［南吕·一枝花］《自序丑斋》套曲，此套在精神和词色上，可与关汉卿的套数［南吕·一枝花］《不伏老》相比美，二曲可谓元散曲史上本色派曲作前后辉映的双璧。现摘录其中数支：

子为外貌儿不中抬举，因此内才儿不得便宜。半生未得文章力，空自胸藏锦绣，口吐珠玑。争奈灰容土貌，缺齿重颏，更兼着细眼单眉，人中短髭鬓稀稀。那里取陈平般冠玉精神，何晏般风流面皮，那里取潘安般俊俏容仪。自知，就里，清晨倦把青鸾对，恨杀爷娘不争气。有一日黄榜招收丑陋的，准拟夺魁。（［梁州］）

有时节软乌纱抓剳起钻天髻，干皂靴出落着簌地衣。向晚乘闲后门立。猛可地笑起，似一个甚的，恰便似现世钟馗吓不杀鬼。（［隔尾］）

饶你有拿雾艺冲天计，诛龙局段打凤机。近来论世态，世态有高低，有钱的高贵，无钱的低微。那里问风流子弟！折末颜如灌口，貌赛神仙，洞宾出世，宋玉重生。设答了镘的，梦撒了寮丁，他采你也不见得。枉自论黄数黑，谈是说非！（［哭皇天］）

常记得半窗夜雨灯初昧，一枕秋风梦来回。见一人，请相会，道咱家，必高贵。既通儒，又通吏，既通疏，更精细。一时间，失商议，既成形，悔不及。子教你，请俸给，子孙多，夫妇宜。货财充，仓廪实，禄福增，寿算齐。我特来，告你知，暂相别，恕情罪。叹息了几声，懊悔了一会。觉来时记得，记得他是谁？原来是不做美当年的捏胎鬼！（［黄钟尾］）

曲子拿自己的丑貌寻开心，以惊人的自嘲写罕见的丑陋。以被歧视的丑陋形象，折射愤激无奈之余诙谐玩世的反叛思想。惊世骇俗的丑貌与愤世嫉俗的性格映衬，恣肆谑浪，嬉笑怒骂。全曲笔酣墨饱，痛快淋漓，曲味之浓，已达极致，堪称奇作。

三、其余各家的散曲创作

滕斌，一名宾，字玉霄，睢阳（今河南商丘）人，一说黄冈（今属湖北）人。生卒年不详。为人风流笃厚，往往狂嬉狎酒，韵致可人。其谈笑笔墨，为人传诵。武宗至大间，任翰林学士，江西儒学提举。后弃家入天台山为道士。著有《玉霄集》。《全元散曲》辑存其小令15首。

滕斌散曲皆用［中吕·普天乐］曲牌，前四首分咏"酒色财气"，颇有规谏世人之意。咏"财"一首责问那些"狗苟蝇营贪不足"的富人："君家饱暖，他人冻馁，于汝安乎？"表现了曲家关注现实，同情下层人民的社会公正意识。其余11首，皆以"归去来兮"作末句，讴歌"辞是非，绝名利，笔砚诗书为活计"的"游山玩水，埋名隐迹"的人生理想。由于曲家把山水田园作为龌龊的现实"名利场"的对立面去表现，所以摄入笔下的自然风景和农家生活富有诗情画意：

> 柳丝柔，莎茵细，数枝红杏，闹出墙围。院宇深，秋千系，好雨初晴东郊媚。看儿孙月下扶犁。黄尘意外，青山眼里。归去来兮。

小令字字着色，语语清新，绘出了春色烂漫、风光明媚的农家景致，表达了曲家拂袖归隐、志在田园的闲适情趣。

姚守中，洛阳人，姚燧之侄。生卒年不详。曾为平江路吏。著有杂剧《立中宗》《逢萌挂冠》《汉太守郝廉留钱》三种，今不传。散曲仅存套数［中吕·粉蝶儿］《牛诉冤》，通过描写"润国于民，受千辛万苦"的耕牛的悲惨命运，申诉了农民遭受剥削掠夺的冤苦：

> 绿野喜春耕，一犁江上雨。力田扶耙受驱驰。因为主甘分受苦，苦，苦。经了些横雨斜风，酷寒盛暑，暮烟晓雾。（［醉春风］）
>
> 我本是时苗留下犊，田单用过牯。勤耕苦战功无补。他比那图财害命情尤重，我比那展草垂韁义有余。我是一个值钱底物，有我时田园开辟，无我时仓廪空虚。（［耍孩儿四煞］）
>
> 筋儿铺了弓，皮儿鞔做鼓，骨头儿卖与钗环铺，黑角儿做就乌犀带，花蹄儿开成玳瑁梳。无一件抛残物。好材儿卖与了靴匠，碎皮儿

回与田夫。([耍孩儿六煞])

浑身是宝，润国利民，千辛万苦，功绩甚伟的耕牛，不被体恤，终遭虐杀。拟人化的手法，把牛写成具有人一样的感觉、思维、语言，牛被人格化了。因此，曲子诉说的苦难就不仅局限于一头牛，而具有人世的普遍性，揭露了世态的冷漠淡薄和人心的残忍卑劣。套曲虽是滑稽诙谐的游戏笔墨，但曲中的深刻寓意还是极富现实意义的。

石子章，郑州人，一说大都（今北京）人。生卒年不详。五代后晋石氏后人。元好问有诗相赠。著有杂剧二种，今存《竹坞听琴》一种。存世散曲有［仙吕·八声甘州］一套。写一天涯浪迹的男子回首往事，百感交集，对负心女子表示谴责。曲中把男子的痴情与悔恨的矛盾心理刻画得生动细致，抒写了较为复杂饱满的情感，有一定的认识和审美价值。

赵禹圭，字天赐，汴梁（今河南开封）人。生卒年不详。至顺间官镇江府判。《录鬼簿》列入"前辈才人有所编传于世者"。著有杂剧《何郎傅粉》、《金钗剪烛》二种，今不存。《全元散曲》辑存其小令7首。[双调·雁儿落过清江引碧玉箫]《美河南王》二首，属赠人颂美之作，[双调·风入松]《忆旧》四首属离别相思之作，均不甚见佳。[双调·蟾宫曲]《题金山寺》写景颇为出色：

长江浩浩西来，水面云山，山上楼台。山水相辉，楼台相映，天与安排。诗句就云山动色，酒杯倾天地忘怀。醉眼睁开，遥望蓬莱。一半烟遮，一半云埋。

意境壮阔，气势飞动，又不乏曲味曲趣，是不可多得的写景佳作。

孙周卿，汴梁人（今河南开封）人，一说古邠（今陕西邠县）人。生平事迹不详。《全元散曲》辑存小令23首，套数2套。或写女子闲愁，如[双调·沉醉东风]《宫词》：

花月下温柔醉人，锦堂中笑语生春。眼底情，心间恨，到多如楚雨巫云。门掩黄昏月半痕，手抵着牙儿自哂。

今昔对比，以热衬冷，表现女子的孤独处境和自怜自嘲的情状，十分传神。

孙周卿散曲中更有价值的是那些抒写隐逸生活的作品，［双调·水仙子］《山居自乐》四首可为代表，现录两首：

西风篱菊灿秋花，落日枫林噪晚鸦。数椽茅屋青山下，是山中宰相家。教儿孙自种桑麻。亲眷至煨香芋，宾朋来煮嫩茶。富贵休夸。

小斋容膝窄如舟，苔径无媒翠欲流，衡门半掩黄花瘦。属东篱富贵秋。药炉经卷香篝。野菜炊香饭，云腴涨雪瓯。傲煞王侯。

抒发山林隐居生活自得其乐的情趣，表达对功名富足的轻蔑。既潇洒清高，又充满生活气息。语言清新生动，在亦雅亦俗、不文不白之间。曲调健捷袅娜，大有意致。

班惟志，字彦功，号恕斋，汴梁（今开封）人。或云松江（今上海松江县）人。生卒年不详。以邓文原荐，补浮梁州学教授。至和间，为绍兴路总管府推官，后知平江路常熟州，除阶奉议大夫。至正初，为浙江儒学提举。卒于杭州。善篆书，为时所重。存世散曲仅［南吕·一枝花］《秋夜闻筝》一套，描写秋夜听到筝声所产生的各种遐想。全套三曲，第二支曲［梁州］最为精彩：

恰便似溅石窟寒泉乱涌，集瑶台鸾凤和鸣。走金盘乱撒骊珠迸，嘶风骏偃，潜沼鱼惊。天边雁落，树梢云停。早则是字样分明，更那堪音律关情。凄凉比汉昭君塞上琵琶，清韵如王子乔风前玉笙，悠扬似张君瑞月下琴声。再听，愈惊，叮咛一曲阳关令。感离愁，动别兴，万事萦怀百样增。一洗尘清。

先用比喻形容筝声美妙，再用夸张的描述来形容筝声的艺术效应，又用有关音乐的典故来揭示它的丰富感情内涵。艺术技巧相当高明。

元散曲的俗美特质

唐诗宋词元曲连类而称，已成为文学史上长期相沿的习惯。缘于此，人们也往往以审视诗词的目光来观照元散曲，于是，散曲这一继诗词之后崛起的新兴诗体所独具的美感质素，便常被这种带有深刻“成见”的目光所忽略、模糊，散曲具备新变性质的审美特质就常为论者习焉不察，这种状况在宏观总论元散曲和微观鉴赏个别篇章时，都有程度不同的存在。事实上，较之唐诗宋词以雅言婉言抒写士大夫文人的志向情感，追求境界的含蓄蕴藉，风格的庄重或柔媚，元散曲适逢中国文学由上中古的雅文学向近世的俗文学转折嬗变的风会，它在语言风格、题旨境界等方面，均表现出迥异于诗词的鲜明美感风貌：以俗为美——这一总体审美特征，正是元散曲作为继武诗词的新兴诗体，对中国古典诗歌美学作出的独特贡献，也是元散曲的真正意义和价值所在。

一

元散曲的俗美特质首先体现在作品的语言运用上。清人李渔在《窥词管见》中说：“诗有诗之腔调，曲有曲之腔调。诗之腔调宜古雅，曲之腔调宜近俗。”运用浅俗的口语描俗景、叙俗事、写俗人、抒俗情，乃是元散曲语言艺术的根本特征。

中国古典诗歌的语言，从《诗经》的整饬浑朴，《楚辞》的文采绚丽，历汉魏的质实刚健，六朝的声色大开，到唐诗的文质半取、风骚两挟，宋词的婉细精美、玲珑幽约，总的来说都是雅言而非口语。这种语言运用的总体情形除了受制于汉语言内部规律外，很大程度上是由上中古作家的身份地位所决定的。有论者将汉魏至宋代的作家从身份地位角度划分为“言语侍从之臣”“骚人作家队伍”和“士大夫作家队伍”三类，大体上符合上中古文学史实际。上中古作家由身份地位决定的文化心理酿成的审美趣味，制约着他们在总体上把“雅驯典丽”作为自己的语言追求目标。宋元之际，社会的急剧动荡导致了作家队伍的全面分化。特别是元代的知识分子，生逢实行民族歧视政策的时代，长达八十来年的停止科举，更使元代知识分子失去了进身之阶，使他们从“四民之首”一下子跌入“八娼”“十丐”之间的深渊里，沦落到社会的最底层，或为渔樵，饮酒叹世；或入书会，制曲作剧，成为“偶娼优而不辞”的“书会才人”，与伶伎共悲笑，与市民同哀乐。这种生存境遇作用于他们的审美心理，濡染着他们的艺术趣味，运用市井浅俗口语进行写作也就成为元散曲作家们的必然选择。

从受众的角度来考察，元散曲运用浅俗口语是与它的听觉艺术的性质分不开的。唐诗除绝句作为声诗可以歌唱外，基本上是供人阅读的案头文学；词从民间转入文人之手后开始雅化，并在南北宋之交逐渐脱离音乐，成为供人阅读吟诵的独立抒情诗体，由听觉艺术蜕变为视觉艺术。和唐诗宋词不同，元散曲和剧曲一样，是诉诸听觉的艺术样式，它的语言（唱词）如凌濛初《读曲杂记》所说的，要做到“上而御前，下而愚民，取其一听而无不快意。”元曲的听众主要是元代城市的市民阶层，他们的社会地位、生活经历、文化心理决定了他们庸俗滑稽带有浓郁喜剧色彩的审美好尚。曲家为了追求一种热烈轰闹的剧场效果，不可能去采用言简意丰、典雅婉约的诗词语言，而必然地去“采燕赵天然丽语”，即摭拾来自市井民间只如“寻常说话，略带讪语”[①]的浅俗口语，以适应和满足市民听众的审美期待。何况，曲家已然混迹渔樵，寄身勾栏，以俗为雅已然成为这些“樵子渔夫”“书会才人”的自觉审美意识，广大市民听众的反馈又起到进一步强化曲家们这种审美追求的作用。所以，终元之世，一直到明清，曲家皆以白话口语为本色正格。明王骥德说：“诗与词，不得以谐语方言入；而曲则唯吾意之欲至，口之欲宣，纵横出入，无之而不可也”[②]。清李渔说：“诗文之词采，贵典雅而贱粗俗，宜蕴藉而忌分明；词曲（指曲）不然，

① 何良骏《四友斋丛说》，中华书局 1959 年 4 月版，第 125 页。

② 王骥德《曲律》，《中国古典戏曲论著集成》四，中国戏剧出版社 1959 年 7 月版，第 112 页。

话则本之街谈巷议，事则取其直说明言”[①]。近人吴梅指出：元曲“至论文字，则止有本色一家，无所谓词藻缤纷，纂组慎密也”[②]。俞平伯认为“曲似乎始终以口语为主。凡历来成名之曲家，无不以白话擅场”[③]。上引诸家所言，代表了从明清到近现代人对元曲语言口语化的共同看法，诸家说法基本上符合元曲语言运用的实际情况。乔吉、张可久等文采派曲家的散曲语言较本色派讲究藻饰，但在根本上仍带有曲语俗美的共性烙印，和诗词的典雅婉丽终不可同日而语。

元散曲本色当行的俗语运用，一方面显示了与前代诗词典雅婉丽语言风格的根本分野，这是主要的一面；另一方面，它也不可避免地要接受传统的影响。《诗经》民歌的语言，汉魏六朝乐府语言，尤其是唐宋俗词语言，口语化的浅俗倾向相当鲜明，它们作为前代诗词传统的一个组成部分，共同给予元散曲的语言风格以影响。元散曲正是把运用俗语这一存在于诗词传统中的局部现象，扩大为散曲这一新兴诗体的总体语言风貌。

曲语浅俗具体表现在如下几个方面：首先是衬字的使用，在曲作中广泛出现的不受定格限制的衬字，皆为生动活泼的口语以及模情拟态的语气词，它极大地丰富了散曲对场面人物和自然风物的表现力，助成了曲语浅俗的特色。曲家即使采摘诗词文中的书面语言，一旦加上衬字的点染，便也即刻化雅为俗了。衬字的运用赋予散曲语言以空前的解放形态，使本有曲牌限制、较为短小的散曲扩大了容纳量，元代世俗生活百态得以酣畅淋漓地进入散曲的表现领域中来。其次是蒙汉语言的融合，宋元时期，是我国历史上又一次民族大融合时代，各族人民在风俗、文化、语言上互相接近，交流影响，蒙古民族的方言、俗语也大量渗入汉语，元曲中常见的软兀剌、颠不剌、亦留没乱、失留疏剌等词，都是蒙汉语言的混合形态。再次，元散曲中的嵌字之作，如孙周卿［蟾宫曲］；叠字之作，如乔吉［天净沙］；集专名之作，如孙季昌［端正好］套集杂剧名，王仲元［粉蝶儿］套集曲调名，孙叔顺［粉蝶儿］套集药名；阅读以上几类近乎文字游戏的作品，也让读者对元散曲俗语的体会别有会心。此外，散曲中大量出现的同音异体字（别字），如“只为”，或作“子为、则为、衹为、止为”，等

① 李渔《闲情偶寄》，天津古籍出版社 1996 年 2 月版，第 37 页。
② 吴梅《中国戏曲概论》，上海古籍出版社 2000 年 5 月版，第 141 页。
③ 俞平伯《论诗词曲杂著》，上海古籍出版社 1983 年 10 月版，第 234 页。

等，对于无法聆听演唱而只能阅读的后世读者，直观的视觉效应也会即刻转化为一股彼一时代的浓郁土风扑面而来，起到强化曲语浅俗特点的作用。

二

元散曲以俗为美的特质也体现在内容的选择和题旨的表达上。在内容构成方面，元散曲有两大特点：一是归隐叹世，一是大胆描写市井男女情爱。“归隐”本是古代知识分子“穷则独善其身”的另一条“出世”的人生道路，是传统儒道互补型人格心理在士大夫文人行为选择上的体现，也是古代诗词中一个一以贯之的主题。这一主题在诗词中展开为两个侧面：一是虽身在江湖之上，然心存魏阙之下，虽然是信而见疑、忠而被谤，总不免心忧天下、终是爱君；一是以山林田园看客的阳春白雪般情怀吟味田园景色、山林幽趣，自然风光在他们笔下多显得韵致悠然，超尘绝俗。至于叹世，在诗词中咏史怀古、感遇身世一类作品中，表现出的也多是对兴亡盛衰的叹惋鉴戒，对黑暗政治的委婉批评和怀才不遇的含蓄牢骚，这类作品虽然是以黑暗政治的揭发批评者的形态出现，但在终极意义上仍是指向对封建社会政治秩序的维护和肯定。

元散曲中归隐叹世一类作品的主题与前代诗词大异其趣。相对于士大夫文人的归隐山林，元代文人往往“市隐”。元代从太宗九年（1237 年）到仁宗延祐二年（1315 年）近八十年不设科举，使大批士子失去进身之阶，生计无着之际，他们在勾栏、瓦舍中找到了安身立命之所，成为“书会才人”“书会先生”，他们“躬践排场，面敷粉墨，以为我家生活，偶倡优而不辞”[①]。他们的身份和心态已经和这些处于社会底层的倡优伶人完全认同，董解元《西厢记诸宫调》卷一《引辞》、关汉卿［一枝花］《不伏老》、钟嗣成［醉太平］等曲作中表现出的思想情感价值观念审美趣味，已和他们混迹其中的下层社会相一致。“市隐”之外，他们对归隐山林田园的表现，抒写的也多不是士大夫文人式的悠闲庄园主生活，而是亲自渔

① 臧懋循《元曲选序》，《元曲选》一，中华书局 1958 年 10 月版，第 3 页。

樵稼圃，侧身老农老圃、樵夫渔夫之列，如胡祗遹、卢挚的［沉醉东风］。不为走“终南捷径”，不图谋“东山再起”，不想去“致君尧舜”，也不求“大济苍生”。元代政治既已远远地抛弃了这一群士人，他们便也相应地不必再对社会对君国对黎庶负有什么使命，他们是从封建宗法伦理社会数不清的责任义务中解脱的一群，一切都似与他们无关。他们身心舒放，捕鱼采樵，种瓜浇麻，谈天说地，酣饮大睡，自适自足，其乐无穷。即使他们的实际经济地位仍较农民优裕，但在人生理想、审美心态上也已和村夫野妇相去无几，在这种世俗审美眼光的观照之下，田园山林景色的高雅诗意氛围消失了，剩下的只是充满下层社会真实场景的世俗情调趣味。

元散曲中的叹世之作，不论是咏古人古事，拟或写今人今事，都表现出与传统士大夫文人相异的价值标准，显示了与传统价值观念相悖的旨趣。如前所论，由于元代政治对士子们的抛弃，使他们对社会不再负什么现实责任，因此，他们在咏史怀古之作中回首历史时，也就没有必要去总结兴亡盛衰的经验教训；更因为他们从下层百姓的角度出发，认识到王朝的更迭带给民众的是同样的结果：“兴，百姓苦；亡，百姓苦”（张养浩［山坡羊］《潼关怀古》），所以，他们也决不像前代诗人词客那样为鉴戒现实而对千古兴亡耿耿于怀，面对历史，他们便产生出漠然视之的无所谓态度：“兴，也任他；亡，也任他”（陈草庵［山坡羊］）。对待历史人物的评价，如贯云石［殿前欢］《吊屈原》，张养浩［普天乐］咏屈原，马致远［庆东原］咏诸葛亮，睢景臣［哨遍］《高祖还乡》，在题旨上都是前代文人所不能为的自出手眼之作。元散曲中的感慨时事之作，如查德卿的［寄生草］《感叹》对元代仕途艰危、政治黑暗的揭发，无名氏［醉太平］“堂堂大元”、张鸣善［水仙子］《讥时》对元代官僚奸恶、吏治窳败的尖锐抨击斥骂，亦非诗词作品所敢为。严忠济［天净沙］有感于世态炎凉，正话反说，愤激之情比《古诗十九首》“何不策高足”几句更加强烈；无名氏［醉太平］《讥贪小利者》对老先生（京官）贪婪本性极度夸张的讽刺等等，均为平中见奇、熟中见巧的立意尖新之作。上举曲子表现出的思想感情基本上来自下层民间。

再看表现男女情爱的作品。诗词中的言情之作，自从《离骚》首开以男女喻君臣的比兴寄托传统，此后的诗人词客多借儿女柔情寄寓家国之思身世之感，侧艳之词中往往暗示出重大的社会政治意义。元散曲内容构成的一大方面即是写男女情爱，与同类诗词相比，她们的根本区别在于：元散曲是直赋其事，不存在比兴象征的言外之意。因此，解读元散曲中的言情之作，就不能和阐释某些艳情诗词那样，去索解男女之事中比兴象征的微言大义，否则，即是走火入魔了。在把握了这一根本区别之后，我们还应注意的是，爱情诗词表情达意多不出礼教诗教规矩，追求含蕴，重浑成而忌纤巧；曲则“愈纤愈密，愈巧愈精”①，独贵尖新。在那些大量涌现的儿女风情之作中，三从四德的礼教，温柔敦厚的诗教，统统让路于大胆泼辣的市民意识。如关汉卿［一半儿］、贯云石［红绣鞋］、刘廷信［折桂令］《忆别》、王晔［新水令］《闺情》等。以查德卿［寄生草］《间别》为例，诗词中怨而不怒的思妇形象不见了，曲中为离情所苦的女子一腔怨恨，迁怒他物，表现出市井妇女十足泼辣的性格。元散曲中这些有违礼教、诗教的言情之作大量涌现，是与蒙古游牧民族入主中原分不开的，封建经济的破坏使孔孟之道、程朱理学的思想统治有所松弛，男女之大防不再像以往那么森严；同时，元散曲作为市民艺术，是都市商业繁荣、人口稠密、瓦舍纷呈、艺伎云集的产物，它必然要在情爱的题旨上表现出小市民追求日常生活中感性愉悦和官能满足这一既真实又不无庸俗的审美价值取向。

除归隐叹世和男女恋情这两大基本类型的作品之外，元散曲题旨的俗美特质，在曲家抒写自我形象的作品中也得到了突出的展示。诗词作家作为士大夫文人，在其作品中表现出的自我形象，基本不出儒家“修齐治平”的人生道路之外，外貌端庄儒雅，内心忧国忧民。到元散曲中，表现曲家自我形象的作品题旨，由诗词中自重自爱自励自期的立意，丕变为自嘲自谑自暴自弃的谐趣。沦入“八娼”“十丐”之间的深渊里的元代文人，以诙谐幽默、滑稽要玩的个性心态面对一切，包括曲家自我。据有关材料记载，名曲家如王和卿“滑稽佻达，传播四方”，陆显之“滑稽性，敏捷情”，沈和甫“善谈谑”，施君承“好谈笑”，王日新“善滑稽”，杨景贤“善琵琶，好戏谑”等②。这种个性心态决定了他们“以文章为戏玩”的创作态度，于是便出现了关汉卿［一枝花］《不伏老》、钟嗣成［一枝花］

① 李渔《闲情偶寄》，天津古籍出版社 1996 年 2 月版，第 102 页。
② 隋树森《全元散曲》，中华书局 1964 年 2 月版，第 40、531、537、1086、1610 页。

《自序丑斋》一类或自赏“文人无行”、或竟拿自己的丑貌寻开心的作品。其中的作家自我形象和诗词中正统的士大夫文人相比，从内心到外貌，从人生观到价值观都已判若云泥。这种情形还表现在曲家们的别号上，名曲家如贯云石号“酸斋”，徐再思号“甜斋”，鲜于必仁号“苦斋”，钟嗣成号“丑斋”，谢应芳号“龟巢”，曾瑞号“褐夫”，阿里西瑛号“懒云窝”，张鸣善号“顽老子”，冯子振号“怪怪道人”，乔吉号“惺惺道人”，高明号“菜根道人”。与前代诗词作家庄雅洒脱的别号相比，曲家别号纯然是自我调侃的嘲谑味道。总之，曲家们或甘心于在勾栏中做“攀花折柳”的“浪子班头”，或满足于“瓦盆边浊酒生涯”，在山林村野中渔樵稼圃，诗词中传统士大夫文人形象所表现出的热心功名、心忧天下的思想感情已彻底消失。曲家们既然能够如此“自嘲”，那么以诙谐滑稽的态度去嘲人——下至普通百姓，上至贤哲帝王，也就不足为怪了。

三

元散曲的俗美特质，还体现为境界的浅白显露。诗词比兴象征的艺术传统在元散曲创作中不再占据支配地位，“言外之意”“韵外之致”“不着一字，尽得风流”“羚羊挂角，无迹可求”的含蓄理论，让路于“快心快目”“耸观耸听”“雅人俗子，同闻共见”“上而御前，下而愚民，取其一听而无不快意”的演唱效果追求。所以，元曲在表现上淋漓痛快，穷形尽相。李渔在《闲情偶寄》中说：“传奇不比文章，文章做与读书人看，故不怪其深；戏文做与读书与不读书人同看，又与不读书之妇人小儿同看，故贵浅不贵深。”这位古代戏剧家在此实已触及现代西方接受美学研究的课题。李渔说的“传奇”虽指明清戏剧，但实可包括元杂剧和散曲在内，因为明清传奇正是在元曲基础上发展起来的，元曲的浅俗本色一直是明清传奇的正格。李渔从“受众”的角度反观“文章”与“传奇”的创作，代“受众”对不同文艺样式的创作提出了不同的要求标准。元散曲作为听觉艺术，听众又是与传统诗文读者处于不同文化层次上的不读书人、市井儿妇，所以语言题旨的浅俗之外，境界上也不能不与诗词的蕴藉深隐有所区别，而去追求了然明白、一听即解的浅显直露。这正表明文艺活动机制中“受众”的积极主动性，他们的“反馈”信息可以在很大程度上影响并制约某些作家、某类作品的审美取向。广义上讲，元散曲与唐诗宋词同属古典诗歌范畴，但在境界上却与诗词的含蓄蕴藉、深幽绵缈相去甚远。王起先生在《曲不曲》一文中说：“词曲而曲直，词敛而曲散，词婉约而曲奔放，词凝重而曲骏快，词蕴藉含蓄而曲淋漓尽致。”“曲不曲”这一美感特质的形成，正是由创作主体（曲家）的艺术追求和广大受众（市民）的审美期待交互作用的结果。

由宋入元，时代思潮、文化心理的变化引发的由雅到俗的审美标准嬗递，必然导致由深趋浅的散曲作品境界的变化，世俗谐趣的玩赏要求浅显直露的境界与之相适应，以助成其一听即快、令人发噱的闹哄哄的剧场氛围。比如同写朋友饮酒，拿孟浩然《过故人庄》与关汉卿［四块玉］《闲适》之二相比，孟诗境界恬静淡远，关曲则村俗本色，读之让人忍俊不禁。再如古典诗词咏美往往写及女子的手指，或喻为“春笋”，或比作“玉葱”，关汉卿［醉扶归］翻空出奇地咏“秃指甲”：“揉痒天生钝。纵有相思泪痕，索把拳头揾。”纯然逗笑取乐的粗俗谐趣。咏物之作如王和卿［醉中天］《咏大蝴蝶》，写得“渺茫多趣”；景元启［殿前欢］《梅花》，若与林和靖的《山园小梅》、姜夔的《暗香》《疏影》相比，同是咏梅寄情，诗词的幽渺意境已被曲子中与山妻对话的波俏风情所取代，曲境浅白，透出浓郁的幽默趣味。写景之作如关汉卿的［一枝花］《杭州景》、周德清的［塞鸿秋］《浔阳即景》、王恽的［黑漆弩］《游金山》、乔吉的［水仙子］《重观瀑布》，都已不再注重意境的营构，而是以纵恣的赋笔形成豪泼浩瀚的气势，以取代诗词写景悠然神远的韵致。更有新变意义的是，元散曲对写景的贡献已不在自然风光的表现上，而是转移到对世俗生活场景、人物心态的描绘上。叙事写人一类作品如杜仁杰的［耍孩儿］《庄家不识勾栏》、马致远的［耍孩儿］《借马》，抒情一类作品如刘廷信的［折桂令］《忆别》等，展现的都是充满世俗谐趣的生动场面、动作、情态、心理，形象鲜明，可见可感。王夫之在《古诗评选》中曾指出：“于景得景易，于事得景难，于情得景尤难。”元散曲擅长“于事得景，于情得景”，一方面使事、情具象化，充满盎然的世俗生活情趣；另一方面，用赋笔直接呈现场面、心态，带来的必然是曲境的显豁直露。

诚然，元散曲境界浅露的特质，在本色派曲家如姚燧、王和卿、关汉卿、卢挚、刘廷信等人笔下，有着突出的表现；但即使在文采派曲家如张可久、乔吉以及王实甫、马致远等人手中，曲境与诗词之境亦不可等观，个中三昧，谙熟诗词曲的人不难体察。钟嗣成在《录鬼簿》中说："吾党且啖蛤蜊，别与知味者道。"元曲独具的"蛤蜊风味"，不仅体现在本色派曲作中，也同样流露于文采派笔下，曲境显露在二派曲作中只有程度的不同，并无本质的区别。试看讲究文采的王实甫的《西厢记·长亭送别》一折的曲词，像"听得道一声去也松了金钏，遥望见十里长亭减了玉肌"等本色巧俗之句，却是在离别诗词中难以看到的。这就如在一坛浓酒中掺进了水，曲词的境界和原封佳酿的诗词境界终成异味。回到散曲范围内，再看马致远的［天净沙］《秋思》，这支小令被王国维推为元人散曲最佳作品，他认为："［天净沙］小令，纯是天籁，仿佛唐人绝句"[①]。王国维的看法颇有代表性，确有不少先哲时贤在论曲时仍是用的评鉴诗词的审美眼光，见同不见异，因而忽略了元散曲作为新兴诗体的特殊质性。［天净沙］小令的前三句，意象迭加，意余象外，意境营构确如唐诗，让人想起温庭筠《商山早行》"鸡声茅店月，人迹板桥霜"的句法意匠。但到后二句情况就变了，由前三句潜藏意念于形象画面中，到末句直接点明"断肠人在天涯"，使得曲境由隐含而显露，仍是曲家惯用手法，为诗词家所不取。显然，评鉴［天净沙］时，就不能置末二句于不顾，只于前三句立论，摘出与自己观点相吻合的句子，无视其整体效应，把一个艺术整体人为地割裂开来，这样做的结果，必然会产生评鉴上的偏颇和失误。类似的情况还有周文质的［寨儿令］"桃花开时"，值得论者注意的不是如诗词雅言的前几句，而是庸俗生动的末句："嗤！都扯作纸条儿。"正是末句的本色，使这支令曲与诗中绝句、词中小令的悠远境界区别开来，产生出独特的美感效应。

元散曲境界浅显直露的俗美特质的形成，与散曲创作中对赋比兴手法的不同使用（多用赋比而少用兴）也有很大关系，笔者在《诗词曲的艺术比较》中，对此已有过较为详细的论述，兹不复赘。

作为新兴的文学样式，和传统的文体进行比较，总是同质性相对较弱，而异质性更强些，呈现出有异于旧文体的崭新姿容。这种现象符合文

---

① 王国维《宋元戏曲史》，华东师范大学出版社 1995 年 12 月版，第 127 页。

学史上“文运日新”、各种文体代领风骚的客观发展规律。元散曲作为继武诗词的新兴诗体，它在语言风格、题旨境界等方面，都体现出了以俗为美的鲜明美感风貌。这是戏曲小说等近世俗文学样式的总体美感特质，在元散曲这一个别体裁领域的反映。元明清近世俗文学作为上中古雅文学嬗递蜕变的产物，表现出与雅文学分道扬镳的强烈异质性。散曲作为俗文学家族的一个成员，以俗为美不仅是其形貌特点，更是它的内在质性，是散曲和诗词的分野所在。因此，我们在解读元人散曲时，不论宏观总论拟或微观剖析，都不能忽略元散曲以俗为美这一质的规定性，把它作为出发点和归依。只有这样，才不至于出现以审视诗词的标准来看待元散曲的现象，从而对元散曲这一新兴诗体作出符合其本身特质的历史分析和美学评鉴。

诗词曲的艺术比较

唐诗、宋词、元曲，各为一代典型文体，连类并称，其来有自，明人茅一相《题词评曲藻后》称之为“一代之绝艺”，清人焦循《易余籥录》称之为“一代之所胜”，近人王国维《宋元戏曲史序》称之为“一代之文学”。缘于它们之间有着许多因革联系，所以，一些人在谈论诗词曲时，往往见同不见异，程度不同地陷入了欣赏和评价上的误区。笔者以为，作为各自独立的艺术样式，诗词曲各具个性特征，各有当行本色，它们的区别是客观存在的事实。《花草蒙拾》里有这样一段话：“或问：诗词曲分界？予曰：‘无可奈何花落去，似曾相识燕归来’，定非香奁诗。‘良辰美景奈何天，赏心乐事谁家院’，定非草堂词也。”[①] 隋炀帝诗句“寒鸦千万点，流水绕孤村”，知名度并不太高；变为秦观词句“斜阳外，寒鸦万点，流水绕孤村”后，“虽不识字，亦知是天生好言语”[②]。“学际天人”的苏轼等“作为小歌词”，虽易如“酌蠡水于沧海”，却被提倡“词别是一家”的李清照指为“皆句读不葺之诗”[③]。《粟香随笔》录王芰舫《蝶恋花》“看桃花为阴雨所阻”词，末句是“天公也吃桃花醋”，尖新纤巧，与词格不谐，近人任中敏认为这正是曲中句。王芰舫《蝶恋花》词后被刘纶英改写成北曲［塞鸿秋］，末句变为：“生成百样娇，惹得千般妒，这分明天公也吃桃花醋”，可谓恰到好处。可见在诗词曲之间，确实存在着很大的区别，正如明人王骥德所说：“词之异于诗也，曲之异于词也，道迥不侔也。诗人而以诗为曲也，文人而以词为曲也，误矣，必不可言曲也”[④]。鉴于此，本

---

① 王士祯《花草蒙拾》，唐圭璋《词话丛编》一，中华书局 1986 年 11 月版，第 686 页。

② 魏庆之《诗人玉屑》卷二十一，上海古籍出版社 1978 年 8 月版，第 467 页。

③ 胡仔《苕溪渔隐丛话》后集卷三十三引李清照《论词》，人民文学出版社 1962 年 6 月版，第 254 页。

④ 王骥德《曲律》卷四，《中国古典戏曲论著集成》四，中国戏剧出版社 1959 年 7 月版，第 159 页。

文拟从作品出发，结合适当的引申论述，上升到一定的理论层面，对存在于诗词曲的语言、境界、题旨、风格等方面的差异性，进行一些粗浅的比较，谈几点不成熟的看法，以就正于方家同好。

一、诗言雅　词言婉　曲言俗

从唐诗、宋词、元曲作品的语言运用方面来看，诗言雅，词言婉，曲言俗。

（一）作品例举

唐诗·李商隐《无题》

相见时难别亦难，东风无力百花残。春蚕到死丝方尽，蜡炬成灰泪始干。晓镜但愁云鬓改，夜吟应觉月光寒。蓬山此去无多路，青鸟殷勤为探看。

唐李商隐的《无题》诗雅语言别，写落花时节与情人别离的感伤和别后思念的痛苦。“相见时难”，表明他们是经过种种努力才得以会面。而今，在东风无力、百花零落的暮春里，他们又不得不分手了。无力的东风与凋残的百花，是他们爱情挫折的象征。颔联以比喻和双关的修辞手法，高度集中地表现别离后到死方休的思念和永无止歇的痛苦，真是情天渺渺，恨海茫茫，恨海情天，曷其有极！这一联也就成为抒写生死不渝的坚贞爱情的千古名句。腹联留命以待沧桑，保容以俟悦己，系从双方落笔，互为设想：因为相思，晓妆镜里，愁她云鬓改色；因为相思，深夜冷月，照他吟哦眷恋。尾联则说情人所居相去不远，可托青鸟殷勤地捎书传信，以寄思念之情，在失望的痛苦中仍生出一缕不绝如丝的希望。所谓“怨矣，而未绝望”[①]。此诗写情人的别离痛苦感伤，抒别后的相思深挚绵长，表现双方的体贴细致入微，对爱情前景的期待失望中有希望。诗虽言儿女

① 吴乔《西昆发微》，转引自刘学锴、余恕诚《李商隐诗歌集解》，中华书局 1998 年 9 月版，第 1463 页。

之情，但比兴寄托，用语文雅高洁，不入柔靡艳丽，更不涉妖冶亵荡，因此造成了后人种种不同的理解。如纪昀认为此亦“感遇之作”[①]；何焯以为寓意于“光阴难驻，我生行休也”[②]，是叹老嗟卑之作；研治李商隐最力的张采田《玉溪生年谱会笺》，却说此诗乃寄意旧相识令狐绹，希望得其援引，表达了诗人对他的忠贞不贰之情[③]。

宋词·沈公述《念奴娇》

杏花过雨，渐残红零落，胭脂颜色。流水漂香人渐远，难托寸心脉脉。恨别王孙，墙阴目断，手把青梅摘。金鞍何处，绿杨依旧南陌。　　消散云雨须臾，多情因甚有，轻离轻折？燕语千般争解说，些子伊家消息。厚约深盟，除非重见，见了方端的。而今无奈，寸肠千恨堆积。

如果说李商隐《无题》诗雅语言别的话，那么，宋沈公述的《念奴娇》词则是婉语言别了。此词亦写暮春情人送别。起手三句先描雨打杏花、残红零落的暮春景物；继抒流水落花，行人渐远，寸心难托的情怀；接写“恨别王孙”的情景：手摘青梅的女子伫立墙阴，目送王孙的“金鞍”随着漂香的流水渐行渐远，终于消失在南陌一片如烟绿杨里，心中怅惘而又酸楚。词的下片着重刻画女子的复杂情感。首先以摧落杏花的“一霎清明雨”，来比情人的“轻离轻折”；女子对“年少抛人容易去”的情人是否真正“多情”，已产生了疑惑。接写呢喃燕语争相解说情人去后的“消息”，燕子不停的啁啾软语，正暗喻女子心中的多方猜测。“深盟厚约”三句，流露女子的深重忧虑。结句诉说女子相思、疑虑、猜测、担忧的复杂痛苦而又无可奈何的心情。全词从别时的情景写到别后的情怀，有临别的怅惘凄楚，有别后的初生疑虑，有自我安慰的千般猜测，有对未来命运

① 纪昀《玉溪生诗说》，转引自刘学锴、余恕诚《李商隐诗歌集解》，中华书局 1998 年 9 月版，第 1465 页。

② 何焯《义门读书记》，转引自刘学锴、余恕诚《李商隐诗歌集解》，中华书局 1998 年 9 月版，第 1463 页。

③ 张采田《玉溪生年谱会笺》，转引自刘学锴、余恕诚《李商隐诗歌集解》，中华书局 1998 年 9 月版，第 1465 页。

的深切担忧。词中女子的情感层次和内涵十分深厚复杂，词作表现得却十分柔婉。词中的设色如杏花、残红、胭脂、青梅、金鞍、绿杨、燕语等，显得繁缛俏丽。这一切，都使词作的语言表现出温婉缛丽的特点。

元曲·刘庭信［折桂令］《忆别》

想人生最苦离别。唱到阳关，休唱三叠。意迟迟，抹泪揉眵；急煎煎，揉腮抉耳；呆答孩，闭口藏舌。“情儿分儿你心里记者，病儿痛儿我身上添些。家儿活儿既是抛撇，书儿信儿是必休绝。花儿草儿打听得风声，车儿马儿我亲自来也。”

元刘庭信［折桂令］《忆别》曲，共十二首，此处所举是其中的一首。此曲俗语言别，内容与上举诗词相同。“想人生”三句，诗词中类似的句子亦多有，但从语句的情韵上，已显出某种不同。接下来对女子情态、动作、语言的描写，便散发出浓郁的元曲“蛤蜊风味”[①]。李诗中的别离痛苦是以“春蚕到死丝方尽，蜡炬成灰泪始干”的比喻雅言来表现，沈词中的别离痛苦是以“墙阴目断，手把青梅”的怅楚婉言来传示。在这支曲子里，刻画别离痛苦的语言是纯口语的：不管是“意迟迟、急煎煎、呆答孩”的情态，还是“抹泪揉眵、揉腮抉耳、闭口藏舌”的动态，无不显得庸俗而生动。在李诗中青鸟传书，在沈词中燕语解说，在这支曲子里，女子则是“临别赠言”：欲诉别后相思之苦，则嘱托“情儿分儿你心里记者，病儿痛儿我身上添些”；担心男子走后忘家，则叮咛“家儿活儿既是抛撇，书儿信儿是必休绝”；不许男子在外拈花惹草，则告诫“花儿草儿打听得风声，车儿马儿我亲自来也”；更显得直率而泼辣，真不啻市井女子口出。同是表现难舍难分的男女别离，上举三首诗词曲的遣词用语之不同是明显的：李商隐《无题》诗语言高洁文雅，沈公述《念奴娇》词语言繁缛婉丽，刘庭信［折桂令］曲语言通俗鲜活。从抒情形象看，李诗之抒情主人公乃雅士淑女，沈词恐是歌阑女子，刘曲则为市井妇人。因此，在诗以雅语言别，在词以婉语言别，在曲以俗语言别，虽情趣各异，皆收到各肖声口、摹形传神的艺术效果。

① 钟嗣成《录鬼簿序》，见《中国历代文论选》二，上海古籍出版社 1979 年 11 月版，第 479 页。

（二）引申论述

清人李渔说："诗有诗之腔调，曲有曲之腔调。诗之腔调宜古雅，曲之腔调宜近俗，词之腔调则在雅俗相和之间"①。即指出了诗词曲运用语言之不同。大致来说，唐诗除绝句一体作为"声诗"传唱外，其余各体主要是案头文学，供人阅读，所以不管是王维诗歌语言的精美，孟浩然诗歌语言的清淡，高适诗歌语言的劲质，岑参诗歌语言的奇峭，还是李白诗歌语言的高华，杜甫诗歌语言的琢炼，韩愈诗歌语言的险怪，李贺诗歌语言的冷艳，抑或杜牧诗歌语言的流丽，李商隐诗歌语言的精密，都是雅言而非口语。即使是元白一派浅近诗人，他们在创作中运用的亦是书面语言。像初唐诗僧王梵志那样纯用口语写诗的情况，毕竟罕见；而口语打油一类诗歌，始终难入正格。唐以后的古近体诗歌创作中的语言运用情况，也是如此。

词初起于民间，合乐可歌，敦煌曲子词的语言口语成分即很重。但到温韦手里，词的语言已发生了变化。晚唐五代以后，词流入歌宴舞席，听歌的主要是达官显宦、文人学士，作词的主要也是这些人。他们的审美趣味决定了词的语言必然要由俗向雅过渡。因此，当词一旦转入文人之手，白话即被抛到一边，在名家如少游、山谷的集子中，仅存极少数用口语写的词，不占重要比重。而柳永用口语作词，曾遭晏殊奚落，张舜民《画墁录》云："柳三变（永）……诣政府，晏公（殊）曰'贤俊作曲子否？'三变曰：'只如相公亦作曲子'。公曰：'殊虽作曲子，不曾道"彩线慵拈伴伊坐"。'柳遂退"。秦观以俗语为句，又被苏轼责备，《高斋诗话》云："少游自会稽入都见东坡，东坡曰：'不意别后公却学柳七作词'。少游曰：'某虽无学，亦不如是'。东坡曰：'"消魂当此际"，非柳七语乎？'"沈义父在《乐府指迷》中说："下字欲其雅，不雅则近乎缠令之体；用字不可太露，露，则直突而无深长之味。"② 词语广义地说亦是雅言，但与诗相较，由于词作内容多言柔婉情事，所以词的语言也就与诗的语言有所区别。李清照有一首《春残》诗："春残何事苦思乡，病里梳头恨最长。梁燕语多终日在，蔷薇风细一帘香。"陆昶《历代名媛诗词》认为："清照诗不甚佳，而善于词，隽雅可诵。即如'蔷薇风细一帘香'，甚工致，却是词语也"。即

① 李渔《窥词管见》，唐圭璋《词话丛编》一，中华书局 1986 年 11 月版，第 549 页。

② 沈义父《乐府指迷》，唐圭璋《词话丛编》一，中华书局 1986 年 11 月版，第 277 页。

道出了诗词用语的不同。类似的情形还有晏殊《浣溪沙》“无可奈何花落去，似曾相识燕归来”两句，晏殊又以之入七律《示张寺丞王校勘》,《词林纪事》卷三说:“细玩‘无可奈何’一联，情致缠绵，音调谐婉，的是倚声家语。若作七律，未免软弱矣。”①可见相同的句子宜词未必宜诗。这不宜是由诗词表达内容的方式、程度不同决定的。缪钺先生曾说过:“诗之所言，固人生情思之精者矣，然精之中复有更细美幽约者焉，诗体又不足以达……于是不得不别创新体，词遂肇兴。”②与诗相较，词表达的是“人生情思精之中”之“更细美幽约者”，所以，词的语言要比诗的语言更晶莹，更玲珑，也更婉丽。

在曲则“艺术形式的美感逊色于生活内容的欣赏，高雅的趣味让路于生活的真实”③。曲的语言，主要是“采燕赵天然丽语，拾姚卢肘后明珠”(王举之［双调·折桂令］),即来源于民间的口语与本色派曲家的通俗语言。曲的语言要做到“上而御前，下而愚民，取其一听而无不快意”④。由于曲子主要诉诸听觉，听众又主要是市井细民，所以浅俗即成为曲语的主要特点。终元之世，一直到明清，曲家无不以白话口语为本色正格，曲家使用的语言多是只如“寻常说话，略带讪语”的浅俗口语⑤。明王骥德说:“诗与词，不得以谐语方言入；而曲则唯吾意之欲至，口之欲宣，纵横出入，无之而不可也”,“夫曲以模写物情，体贴人理，所取委曲婉转，以代说词，一涉藻缋，便蔽本来”⑥。清李渔说:“曲文之词采，与诗文(包括词)之词采，非但不同，且要判然相反，何也?诗文之词采，贵典雅而忌粗俗，宜蕴藉而忌分明。词曲(指曲)不然，话则本之街谈巷议，事则取其直说明言。凡读传奇而有令人费解，或初阅不甚见佳，深思而得其意所在者，便非绝妙好词”⑦。近人吴梅指出:“至论文字，则只有本色一家，无所谓辞藻缤纷，纂组慎密也。王实甫作《西厢》,以研炼浓丽为能，此是词

① 张宗橚《词林纪事》卷三，上海古籍出版社1998年11月版，第172页。

② 缪钺《论词》,《诗词散论》,陕西师范大学出版社2008年5月版，第44页。

③ 李泽厚《美的历程》,中国社会科学出版社1984年7月版，第235页。

④ 凌濛初《谈曲杂札》,《中国古典戏曲论著集成》四，中国戏剧出版社1959年7月版，第259页。

⑤ 何良骏《曲论》,《中国古典戏曲论著集成》四，中国戏剧出版社1959年7月版，第9页。

⑥ 王骥德《曲律》卷四，《中国古典戏曲论著集成》四，中国戏剧出版社1959年7月版，第160页。

⑦ 李渔《闲情偶寄》,中州古籍出版社2013年11月版，第52页。

（曲）中异军，非曲家出色当行之作”[①]。今人俞平伯也认为："曲似乎始终以口语为主。凡历来成名之曲家，无不以白话擅场”[②]。上引诸家所言，强调的都是曲语的本色当行即口语化通俗化的问题，他们的说法基本上符合元曲语言运用的实际情况。当然，元曲语言前后期也有不同，前期曲家多以浅俗本色的口语为主；后期散曲为文人大量染指以后，一些作家采摘前代诗词中有生命力的语言，与市井俗语融合起来，从而形成元周德清《中原音韵·作词十法》所谓“文而不文，俗而不俗”、黄星周《制曲枝语》所谓“雅俗共赏”的语言风格。这就有异于前期曲家纯任浅俗口语的使用语言情况。至于曲中衬字的运用与曲语浅俗之关系，为论曲者每每谈及，所以本文就略而不谈了。

二、诗境蕴　词境隐　曲境显

从唐诗、宋词、元曲作品的境界方面看，诗境蕴，词境隐，曲境显。

（一）作品例举

唐诗·金昌绪《春怨》

打起黄莺儿，莫教枝上啼。啼时惊妾梦，不得到辽西。

唐金昌绪只留下了这一首被人称道的小诗《春怨》。诗的前两句先叙述一个动作："打起黄莺儿，莫教枝上啼”，造成悬念；至于为什么要“打起”枝上啼啭的“黄莺儿”呢？又是谁“打起”了枝上的“黄莺儿”呢？留待三、四两句回答："啼时惊妾梦，不得到辽西”。但也只是交代了原因：不解事的黄莺儿惊醒了女子（妾）的春梦，女子在梦中是要到辽西去的。至于“梦”是什么样的梦，在梦中“到辽西”去干什么？则又都在不言之中了。当然于作者不明说，不等于说于读者不能会意；作者不直说，让读者去会意，诗才显得含蓄，诗味也就出来了。这首诗的前二句或解作“梦

① 吴梅《中国戏曲概论》，上海古籍出版社 2000 年 5 月版，第 141 页。
② 俞平伯《论诗词曲杂著》，上海古籍出版社 1983 年 10 月版，第 696 页。

前”，或解作“梦后”；若解为“梦前”，那是预作防范，也可见过去已有“啼莺惊梦”的事了。但从诗题的“怨”字看，毋宁解为“梦后”更有情味。枝上啼啭的莺声是动人的，但枕上片时随郎万里的春梦，更为美妙。因此，当黄莺“啼时惊妾梦”，就必欲打起而后快了。此诗用笔简括，于女子的容貌衣饰，于梦的内容“不着一字”，但读者只要会意便可“尽得风流”。诗的内容是一个“啼莺惊梦，打起黄莺”的过程，语直气急，但写来却从容含蓄，不显不露，“含不尽之意见于言外”。

宋词·谢逸《菩萨蛮》

縠纹波面浮鸂鶒，蒲芽出水参差碧。满院落梅香，柳梢初弄黄。衣轻红袖皱，春困花枝瘦。睡起玉钗横，隔帘闻晓莺。

宋谢逸《菩萨蛮》词亦写春闺怀人，莺声惊梦。词以写景始，在柳梢弄黄、落梅飘香的春日，池塘里生出了参差不齐的碧绿蒲芽，暖风吹皱的轻波细纹上，一对鸂鶒在亲昵地洗羽戏水。下片写人，轻衣红袖表示女性的身份，“困”“睡”“玉钗横”隐隐透露了她的体懒意散，百无聊赖。“花枝瘦”即女子消瘦，为什么在大好春日里人却消瘦了呢？结句“隔帘闻晓莺”微露了个中消息，这一句当是由金昌绪《春怨》诗化出。词中女子的春情，盖由双双戏水的鸂鶒而引发，她的昏昏春睡，大概是为了做一个好梦吧，可是帘外的黄莺儿偏偏不解人意，啼啭百端，终于把女子的一缕相思梦魂给惊醒了。值得注意的是，这位女子竟连惊梦的黄莺儿也懒得去打走了，反而隔帘听着莺声出起神来。由“花枝瘦损”的比喻，由“玉钗不整”的慵懒，由“隔帘闻莺”的痴迷，我们可以隐约感受到这个女子内心深处的相思之苦。但词人没有正面去点明“相思”，只是通过婉曲的描写去暗示；没有正面去展示女子的内心情感，而是通过对女子的衣饰体貌和动作的描写去微微透露；闺中的女子不怨不怒不恨，袖皱钗横，消瘦憔悴，可见女子的思念之情是何等强烈。词人在表现时，把这强烈的感情都融入“隔帘闻莺”的出神痴迷中去了。比起上举唐人《春怨》诗，词笔显得细腻委曲，词境显得深婉隐含。

元曲·张可久［山坡羊］《闺思》

云松螺髻，香温鸳被，掩春闺一觉伤春睡。柳花飞，小琼姬，一声“雪下呈祥瑞”，团圆梦儿生唤起。谁，不作美？呸！却是你。

元张可久的［山坡羊］曲，题材与前引的诗词相同，只是将诗词中惊梦的“黄莺”换成了侍奉的“小琼姬”。谢词上片写景，兼有比兴起首的作用。张曲则入手便写女子“云松螺髻，香温鸳被”的睡态，这在诗中根本没有写到，在词中是用一个比喻轻轻带过。谢词只写“睡”，张曲则强调性地点明了是“伤春睡”；金诗只用一个“梦”字，至于究竟是什么“梦”，则用下句“不得到辽西”一句来侧面暗示；张曲则直言不讳地告诉读者被“生唤起”的“梦”是“团圆梦儿”；好梦被惊醒，诗中的女子是无言地赶走了黄莺，词中的女子是听着莺声出神痴迷，曲中的女子则首先愤怒地责问：“谁？不作美？”继而恼怒地斥骂：“呸！却是你。”伤春就是伤春，团圆梦就是团圆梦。好梦惊破，恼就是恼，恨就是恨，直抒胸臆，不藏不掩，话说到十二分，不留任何余地。整个曲境显豁直露，了无余蕴。

这使我们想起李清照的《如梦令》词。词人“浓睡不消残酒”，却被“卷帘人”惊醒。因“昨夜雨疏风骤”而担心花事阑珊，侍女却回答说“海棠依旧”。微嗔的词人不禁说出：“知否？知否？应是绿肥红瘦”。担心花事阑珊，正是伤春的一种表现，那么，酒当为伤春而饮，睡当然也是伤春睡了，可这一切在词中都没有直说。女子伤春多为伤离伤别引起，这一深层意蕴更须经过仔细嚼味方能约略品得。至于词人对侍女的微嗔与曲中女子对侍姬的破口斥骂，当然就更无法相比并了。词境之深隐与曲境之显露，于此更明白可见。而李清照《如梦令》词境与唐韩偓《懒起》诗境倒是有相近之处：“昨夜三更雨，临明一阵寒。海棠花在否？侧卧卷帘看”。只是韩诗用笔简略，没有对人物语气、心曲之细腻表现。

（二）引申论述

上文举例对比分析了诗词曲境界有蕴、隐、显的差别。这首先取决于创作上的追求和理论上的认识。一般来说，诗人在创作上追求“篇终接混茫”的艺术境界，胸中虽有“洪波喷流射东海”的感情蕴积，但在表现上往往以“黄河如丝天际来”的方式出之。在诗歌理论上，从唐司空图起，就要求诗要有“咸酸之外”的“韵外之致”和“味外之旨”[①]。宋人论诗更强调这一点，梅尧臣要求诗应“含不尽之意见于言外”[②]；张戒主张“情在词外”，反对“词意浅露，略无余蕴”[③]；姜夔说诗“语贵含蓄”，提倡“句中有余味，篇中有余意”[④]；严羽标举“空中之音，相中之色，水中之月，镜中之象，言有尽而意无穷”的境界[⑤]。这些因素，决定了中国古典诗歌以含蓄蕴藉为贵的审美标准。宋词“如深岩曲径，丛篠幽花，源几折而始流”[⑥]，在表情时往往“未语春容先惨咽”，虽“萦损柔肠，困酣娇眼”，但仍是“欲开还闭”“欲说还休”。在理论上，宋人虽来不及对深婉隐含的词境加以总结，但清人替他们做了这方面的工作。张惠言、周济、刘熙载、谭献、陈廷焯等人在这方面都有阐发，深隐幽约遂成为词境的特征。元曲则既“要耸观”，更“要耸听”（周德清《中原音韵》），要使“雅人俗子，同闻共见”（李渔《闲情偶寄》），“使上而御前，下而愚民，取其一听而无不快意”（凌濛初《读曲杂记》）。所以，元曲在表现上淋漓尽致，穷形尽相。艺术表现上和理论认识上的不同，决定了唐诗、宋词、元曲境界上的差异。

再者，具体的表现手法的不同运用，也与诗词曲境的差异形成有关。从具体表现手法上看，在诗则赋比兴并用，赋的手法使诗歌容量宽大，而比兴手法又丰富了诗的意蕴。如李白的《蜀道难》一诗，用赋笔状蜀道的艰难险阻，诗篇纵横开合，雄奇瑰异，惊心动魄；但因其同时运用了比兴寄托的手法，所以此诗就不仅仅是模山范水之作，而成为仕途艰难、世路崎岖的象征。姚合《送李余及第归蜀》说“李白《蜀道难》，羞为无成归”，陈沆《诗比兴笺》指它为“失声横涕之什”，高启《夜闻谢太史读李杜诗》听出它“商声激烈”。相较之下，那种认为《蜀道难》是歌颂祖国壮丽河山的看法，则未免有皮相之嫌了。从数量上来看，赋的运用最

① 司空图《与李生论诗书》，《中国历代文论选》二，上海古籍出版社 2001 年 10 月版，第 196—197 页。

② 欧阳修《六一诗话》，何文焕辑《历代诗话》上，中华书局 1981 年 4 月版，第 267 页。

③ 张戒《岁寒堂诗话》，丁福保辑《历代诗话续编》上，中华书局 1983 年 8 月版，第 454 页。

④ 姜夔《白石道人诗说》，何文焕辑《历代诗话》下，中华书局 1981 年 4 月版，第 681 页。

⑤ 严羽《沧浪诗话》，人民文学出版社 1983 年 8 月版，第 26 页。

⑥ 清沈雄《古今词话·词评》，唐圭璋《词话丛编》一，中华书局 1986 年 11 月版，第 1035 页。

多，这种大致相当于叙述、描写的手法，是作品得以成立的基本手法，可以说任何一首诗都程度不同地运用了这一手法，长诗更是以赋法为主，像卢照邻的《长安古意》、骆宾王的《帝京篇》、杜甫的《自京赴奉先县咏怀五百字》《北征》、白居易的《长恨歌》《琵琶行》、韦庄的《秦妇吟》等，均为排比事类、铺陈始终的宏篇巨制，宋词中无此大篇。至于比兴手法在唐诗中的运用，不外朱自清在《诗言志辨》中所概括的"以古比今，以仙比俗，以男女比主臣，以物比人"四种情况。如果全篇使用比兴，就成为咏史、游仙、艳情、咏物四类比体诗。咏史类如刘禹锡、杜牧的咏史怀古之作，游仙类像李白的《梦游天姥吟》、李贺的《梦天》，言情类如李白的《长相思》、张籍的《节妇吟》、朱庆馀的《近试上张水部》、李商隐的《无题》，咏物类如骆宾王的《在狱咏蝉》、陈子昂的《感遇》"兰若生春夏"、张九龄的《感遇》"兰叶春葳蕤""江南有丹橘"等，都是唐诗中比兴寄托、意蕴丰富的名篇，元曲中此类比兴之作较为罕见。

在词则"比兴多于赋"[①]，赋的手法使词中时有细腻入微的描写，而比兴寄托的运用更使"词之为体，要眇宜修"[②]，使词境显得迷离隐约，"天光云影，摇荡绿波；抚玩无斁，追寻已远"[③]。所以，张惠言认为温庭筠的《菩萨蛮》"小山重叠金明灭"一词，是"感士不遇也……'照花'四句，《离骚》初服之意"。冯延巳的《蝶恋花》"几日行云何处去"一词（或作欧阳修词），张惠言从中看出了"忠爱缠绵"之意，王国维认为是"诗人忧世之怀"。这些看法也许失之穿凿。而苏轼之《卜算子》"缺月挂疏桐"，辛弃疾之《摸鱼儿》"更能消几番风雨"，王沂孙之《齐天乐》咏蝉，《水龙吟》咏落叶，《眉妩》咏新月，张炎之《解连环》咏孤雁等，确为比兴寄托之作则无疑问。明人沈际飞、清人朱彝尊、张惠言、周济、刘熙载、陈廷焯、沈祥龙、蒋兆兰等，都谈及或倡言词之比兴。关于词"寄兴深微""归趣难求"的境界，缪钺先生有一段很精彩的话，现移录于此："若夫词人，率皆灵心善感，酒边花下，一往情深。其感触于中者，往往凄迷怅惘，哀乐交融，于是借此要眇宜修之体，发其幽约难言之思，临渊窥鱼，若隐若显，泛海望山，时远时近。作者既非专为一人一事而发，读者

① 沈祥龙《论词随笔》，唐圭璋《词话丛编》五，中华书局 1986 年 11 月版，第 4048 页。
② 王国维《人间词话》，人民文学出版社 1960 年 4 月版，第 226 页。
③ 周济《介存斋论词杂著》，唐圭璋《词话丛编》二，中华书局 1986 年 11 月版，第 1633 页。

又安能凿实以求，亦唯有就已见之所能及者，高下深浅，各有领会……作者不必定有此意，而读者未尝不可作如是想。盖词人观生察物，发于哀乐之深，虽似凿空乱道，五中无主，实则珠圆玉润，四照玲珑。读者但能体其长吟远慕之怀，而有荡气回肠之感，在精美之境界中，领会人生之至理，斯亦足矣。至其用意，固不必粘滞求之。但期玄赏，奚事刻舟。故词境如雾中之山，月下之花，其妙处正在迷离隐约，必求明显，反伤浅露，非词体之所宜也”[①]。总的来说，诗由于追求含蓄，运笔简括，所以诗境显得笼统、浑厚、蕴藉、宽大，所谓“诗之境阔”[②]；词由于多用比兴寄托，多写美人芳草，所谓“词之妙莫妙以不言言之，非不言也，寄言也”[③]，而又运笔细腻，所以，词境显得精致、幽深、隐含、迷离。

在曲则赋比多于兴，“直说明言”，铺陈排比，耸人视听。即《蕙猗室曲话》所谓“宋词之所短，即元曲之所长也”。这当然只是从一个角度说，不是分高下。这使得曲境显豁透彻。如卢挚的［蟾宫曲］：“想人生七十犹稀，百岁光阴，先过了三十。七十年间，十岁顽童，十载尫羸。五十年除分昼黑，刚分得一半儿白日。风雨相催，兔走乌飞。仔细沉吟，都不如快活了便宜。”人生短促之感，美人迟暮之叹，从《诗经》、《楚辞》吟到《古诗十九首》，吟到唐诗宋词，与此曲类似的表述也有过，如唐王翰“人生百年夜将半”、杜甫“人生七十古来稀”，但都不曾用此算细账的方式，把这一情感表现得如此触目惊心，这正是元曲赋的手法的典型作品。再如关汉卿［南吕·四块玉］《闲适》之二：“旧酒投，新醅泼。老瓦盆边笑呵呵。共山僧野叟闲吟和。他出一对鸡，我出一个鹅。闲快活。”同是写朋友饮酒，若与孟浩然的《过故人庄》相比，孟诗境界清新淡远，关曲则村俗本色。诗词中的酒器多是玉盏金尊，曲中换成了老瓦盆；孟诗写故人的挚情款待，在关曲中变成了大家凑份子打平伙。又如南朝乐府《读曲歌》：“打杀长鸣鸡，弹去乌臼鸟。愿得连冥不复曙，一年都一晓。”只是写在爱之不足的心态下，产生的一个痴绝的愿望。元贯云石的［红绣鞋］曲写道：“挨着靠着，云窗闲坐。看着笑着，月枕双歌。听着数着，怕着愁着。四更过，情未足；情未足，夜如梭。天那，更闰一更妨甚么？”心态相

① 缪钺《论词》，《诗词散论》，陕西师范大学出版社 2008 年 5 月版，第 48 页。

② 王国维《人间词话》，人民文学出版社 1960 年 4 月版，第 226 页。

③ 刘熙载《艺概》，上海古籍出版社 1978 年 12 月版，第 121 页。

同，愿望相同，但曲作用赋笔把倚红偎翠的情态，伊其相谑的欢乐，描写得具体细致，曲境发露，略无余蕴。还有温庭筠《菩萨蛮》“翠钗金作股，钗上蝶双舞。心事有谁知，月明花满枝”，写双蝶对孤寂的女子的心理影响，委婉含蓄。张泌的《蝴蝶儿》词境界相类。但到元曲中，有一首［清江引］这样写：“一个姐儿十六七，见一对蝴蝶戏。双肩靠粉墙，春笋弹珠泪。唤梅香赶它去别处飞”。直白而露骨。像查德卿的［寄生草］《感叹》、［寄生草］《间别》、曾瑞的［南吕·骂玉郎过感皇恩采茶歌］《闺中闻杜鹃》、郑光祖的［前调］《旅怀》等，都是此类作品。这一特点在套曲中表现得更充分，如杜仁杰［般涉调·耍孩儿］《庄家不识勾栏》、马致远的［般涉调·耍孩儿］“借马”、关汉卿的［南吕·一枝花］《不伏老》、［前调］《杭州景》、刘时中的［正宫·端正好］《上高监司》、钟嗣成的［南吕·一枝花］《自序丑斋》等。朱熹《诗集传》说：“赋者，敷陈其事而直言之者也；比者，以彼物比此物也。”陈奂《诗毛氏传疏》说：“赋显而兴隐，比直而兴曲。”朱、陈总结了赋比兴手法在创作实践中的运用，指出了它们各自的特点。元曲在表现手法上多用“显而直”的赋比，少用“曲而隐”的兴，不能不说是使曲境显露的重要原因之一。今人王起在《曲不曲》文中将词曲作过如下比较：“词曲而曲直，词敛而曲散，词婉约而曲奔放，词凝重而曲骏快，词蕴藉含蓄而曲淋漓尽致”，之所以如此，正是词多用比兴而曲多用赋比所导致的结果。

三、诗正大　词狭小　曲尖新

从唐诗、宋词、元曲作品的题旨方面看，诗旨正大，词旨狭小，曲旨尖新。

（一）作品例举

唐诗·李白《古风》之二十四

大车扬飞尘，亭午暗阡陌。中贵多黄金，连云开甲宅。路逢斗鸡者，冠盖何辉赫。鼻息干虹霓，行人皆怵惕。世无洗耳翁，谁识尧与跖。

此诗写于天宝元年至三年李白在长安为翰林供奉时期。开天之际，唐玄宗已渐渐志得意满，无意天下，专事享乐。朝政旁落于权臣李林甫等人手中，小人得志，宦官骄奢，国是日非。玄宗爱好斗鸡，于宫中建鸡坊，斗鸡者成为特权阶层中人物。据陈鸿《东城老父传》载：开元年间，童子贾昌以斗鸡得幸，“金帛之赐，日至其家……当时天下号为神鸡童，时人为之语曰：‘生儿不用识文字，斗鸡走马胜读书。贾家小儿年十三，富贵荣华代不如。’”一时贵族宦官中，斗鸡成为风尚。《新唐书·宦者传》载：“开元天宝中，宦者黄衣以上三千三员……持节传命，光焰殷殷动四方，所至郡县，奔走献遗至万计……于是甲宅名园，上腴之田，为中人所占者，半京畿矣。”在玄宗任用权奸、宠信宦官、耽溺淫乐的同时，是贤相张九龄的被贬，名臣李邕、裴敦复的被杀。李白抱着“奋其智能，愿为辅弼，使寰区大定，海县清一”的理想来到长安，但看到的唐玄宗已是“弱植不足援”，眼前是“珠玉买歌笑，糟糠养贤才”的浑浊现实，得到的只是做一个点缀升平的御用文人的无聊差使。失望之余，诗人没有消极回避现实，钻入个人恩怨的狭小天地去患得患失，而是正视了走马斗鸡的宦官权贵们的腐败生活，满怀憎恶之情针砭时弊，以刚健峻拔之笔，揭露了皇都长安的黑暗政治，抨击了宦官权贵们的骄奢逸乐，笔关时事，诗旨正大。

宋词·柳永《鹤冲天》

黄金榜上，偶失龙头望。明代暂遗贤，如何向？未遂风云便，争不恣狂荡。何须论得丧。才子词人，自是白衣卿相。　烟花巷陌，依约丹青屏障。幸有意中人，堪寻访。且恁偎红翠，风流事，平生畅。青春都一饷。忍把浮名，换了浅斟低唱。

柳永的《鹤冲天》词，也是失意之后不满现实之作。但他更多的是从个人角度来表现这种牢骚沦落之情的。词中有未登金榜的败兴，有科场失意的迷惘，有“才子词人，自是白衣卿相”的自负自傲自解，有“忍把浮名，换了浅斟低唱”的新的人生价值观的萌芽。产生这样的情绪都是可以理解的，甚至是值得同情和肯定的。但词中表现出的主要思想倾向，却是在“风云志未遂，青霄路不通”时，向“烟花巷陌”中的恣意狂荡。所谓

“明代遗贤”，不过是封建统治阶级贤愚莫辨、封建制度埋没人才的一种委婉措辞罢了。对这种亲自经历、身受其害的不合理现象，词人没有上升为社会的批判。“有志不获骋”后，词人便把一己的痛苦心情向青楼中宣泄去了。寻访“烟花巷陌”里的“意中人”聊以自慰，在偎红倚翠的“风流事”里求得快乐，把浮名同时也把青春生命消磨于浅斟低唱声里。这些，或许也无可厚非，失意的词人需要慰藉，醇酒妇人能给痛苦的心灵以麻醉中的快感。通观柳永的词作，可以认定他和青楼歌妓之间也确实存在着一种称得上是真正爱情的关系。但是，词作表现的向青楼中排遣不合理现实带来的苦闷的思想倾向，终究是失意文人放浪形骸的狭小的一己之情绪的反映，而不是对社会现实的一种立意正大的揭露批判。

元曲·张鸣善［水仙子］《讥时》

铺眉苫眼早三公，裸袖揎拳享万钟，胡言乱语成时用。大纲来都是哄。说英雄谁是英雄？五眼鸡岐山鸣凤，两头蛇南阳卧龙，三脚猫渭水飞熊。

元张鸣善的［水仙子］《讥时》，既不同于李白《古风》的严正指斥，更不同于柳永《鹤冲天》的变相发泄，而是立意尖新的愤怒而幽默的嘲骂。现实就是这样贤愚莫辨:“铺眉苫眼”之类登上高位，“裸袖揎拳”之徒享受厚禄，“胡言乱语”之辈受到重用。作者用赋的手法分别从神貌、动作、语言三个方面，来刻画他们的颟顸傲慢，蛮横愚蠢，浅薄无知，讽刺的锋芒尖刻锐利。元曲中多有类似的描写，如无名氏［朝天子］《志感》写元代社会上是“不读书有权，不识字有钱，不晓事却有人夸荐”，“不读书最高，不识字最好，不晓事却有人夸俏。老天爷不肯辨清浊，好和歹没条道。善的人欺，贫的人笑，读书人都累倒。”宫天挺《范张鸡粟》讥讽官僚们“都是些装肥羊法酒人皮囤，一个个智无四两，肉重千斤”。回到这支曲子，“大纲来都是哄”一句议论，概括而直接地揭示了元代上层社会里人与人之间关系的真实情形，全部抹倒，不留余地。现实就是这样美丑不分：位登三公、禄享万钟、成时大用的人，他们果真是杰出的“英雄人物”吗？“五眼鸡”这样的怪物，竟成了“岐山鸣凤”；“两头蛇”这样的毒虫，竟成了“南阳卧龙”；“三脚猫”这样的非类，竟成了“渭水飞熊”。作者用比的手法，将外形有某些相似而美丑判然相反的事物放在一起，无情地剥下了“英雄”们的绚丽外衣，还他们以丑恶的本来面目，显得深刻而新奇：原来欺世盗名、不可一世的“英雄”人物，竟然是如此货色！丑恶得势，意味着美善被逐；重用蠢材，必然是埋没贤才。曲子尖新骏快，对元代社会不合理的用人制度和黑暗现实，进行了尖刻的挖苦和辛辣的讽刺。

（二）引申论述

从总体上看，唐诗、宋词、元曲表现出互不相同的思想倾向。唐诗立意正大，宋词相对狭小，元曲则追求熟中翻新，平中见奇。唐诗主要是以社会生活为中心来表现，宋词表现的重点是个人的心理意绪，元曲则是在社会与个人之间转换一个新的表现视角。唐诗主题的重要特点是国家、功业、个人三者的高度结合，宋词主题的突出特征则转向儿女情长的恩恩怨怨的发抒，元曲主题的引人注目在于叹世归隐和对市井人情的大胆表现。从题旨的总体倾向性来看，唐诗、宋词、元曲三者的差异是相当明显的。

唐代的诗人，从魏征的《述怀》开始，就表现出一种“以天下为己任”的价值取向。他们似乎从不甘心于做一个舞文弄墨的文士，而是期望着为国为君为民也为自己干一番事业。从初唐四杰、陈子昂，到盛唐李杜、王孟、高岑，从中唐张王、韩孟、元白、刘柳，到晚唐杜牧、许浑、李商隐、皮日休、聂夷中、杜荀鹤，他们关心着整个社会。因此，他们的作品几乎涉及了社会生活的所有方面。“愿为辅弼”的李白对上层社会的批判，“致君尧舜”的杜甫对民生疾苦的反映，固不待言；王孟对山水田园的出色描绘，高岑对边塞军旅的卓越表现，元白对社会重大问题的尖锐触及，亦不必说；像初唐四杰之一的杨炯也唱出了“宁为百夫长，胜做一书生”的心声，陈子昂更表示了“忧济在元元”的热望。幽怪如李贺，也有“男儿何不带吴钩，收取关山五十州”的壮怀，写出过《老夫采玉歌》那样关心民瘼的诗作；丽密如李商隐，也怀着“欲回天地入扁舟”的抱负，创作了《行次西郊作一百韵》那样广泛反映现实的宏篇。不谈他们正面表现社会生活的作品，即使在一些抒写个人情感的诗中，也仍然不能忘怀于天下。如李白的《梁园吟》写忧寄慨，计划的是“东山高卧时起来，大济苍生未应晚。”杜甫在晚年抒写旅愁的《登岳阳楼》诗里，关心的却是“戎马关山北”的动荡不安的时局。可以这样说，唐诗的基本主题是国家、功业、个人的三重奏，是一阕交响，一曲和声，洋洋而皇皇，宏放而正大。

宋词的题旨就不同了。宋沈义父说：“作词与诗不同，纵是花卉之类，亦须略用情意，或要入闺房之意”①。清沈祥龙说：“作词须择题，题有不宜于词者，如陈腐也，庄重也，事繁而词不能叙也，意奥而词不能达也。几见论学问，述功德，而可施之词乎？几见如少陵之赋《北征》，昌黎之咏《石鼓》，而可以词行之乎？”②陈廷焯也认为：“有诗人所辟之境，词人尚未见者。一则如渊明之诗，求之于词，未见有造此境者。一则如杜陵之诗，求之于词，亦未见有造此境者”③。指出的就是词在立意选材、题旨拓展方面的独特性。由于文学传统的继承、文体的分工的不同，社会风尚、时代心理的变化等诸种因素综合作用的结果，形成了“词为艳科”的特点，词“能言诗之所不能言，而不能尽言诗之所能言”④，题材的广泛性上不及唐诗，下逊于元曲，题旨显得相对狭小。婉约词一系，从花间、南唐词人，到北宋的晏殊、欧阳修、柳永、张先、晏几道、秦观、贺铸、周邦彦、李清照，降及南宋的姜夔、史达祖、吴文英、周密、王沂孙、张炎、蒋捷，他们的词作，绝大比重表现的是男女之情。即使豪放如苏辛，统观他们的全部词作，也仍是传统的婉约风格的作品占据大得多的比重。限于词体的特殊性，就是那些重大的题旨，也往往以狭小的方式出之。如辛弃疾的《摸鱼儿》意在感伤国势，指斥权奸，却托言宫女伤春；岳飞的《小重山》意在抗金北伐，收复中原，却托言知音难觅。即使是在公认的豪放名篇中，也仍然蜕不掉婉约香艳的一痕胎记，时见佳人红袖的倩影恍惚其间。如苏轼的《念奴娇·赤壁怀古》，在“遥想公瑾当年”时，不禁顺带想一下“小乔初嫁了”；贺铸的《小梅花》，挥动如椽大笔驱风走雷，张扬人物睥睨一世的傲岸气度，忽然插入“笑嫣然，舞翩然，当垆秦女十五语如弦”几句艳辞丽语。辛弃疾的《水龙吟·登建康赏心亭》，壮志难酬的

① 沈义父《乐府指迷》，唐圭璋《词话丛编》一，中华书局1986年11月版，第281页。
② 沈祥龙《论词随笔》，唐圭璋《词话丛编》五，中华书局1986年11月版，第4050页。
③ 陈廷焯《白雨斋词话》，唐圭璋《词话丛编》四，中华书局1986年11月版，第3977页。
④ 王国维《人间词话》，人民文学出版社1960年4月版，第226页。

英雄豪杰，却偏要“倩何人唤取红巾翠袖”，来揩拭伤心泪水。由于笼罩在那一时代的文人心中的萎靡气氛，宋代文人对人世和事功退缩回避，他们把主要的艺术视知觉放在心理情绪的微妙体验上。酒边浅斟，花前低唱，青楼欢爱，闺中愁怨，歧路执手，长亭分袂——主要表现这些内容的宋词，其思想容量当然要显得狭小了。宋代豪放词与爱国词题材重大，内容亦较广泛，但它们在整个宋词作品中只是一小部分，因而很难代表宋词的真正面目。

元曲在内容上有两大特点，一是叹世归隐，基于艰难时世中文人“老瓦盆边醉几场，不闯入天罗地网”的保命哲学和“种春风二顷田，远红尘千丈波”的远祸思想。一是大胆描写男女情爱，这一方面是因为元蒙游牧民族在男女之大防上没有汉族礼教束缚得那么严，同时元曲又是市民文学，市民作为城市商品消费经济的产物，其心态要比士大夫和农民自由开放些；更何况前代诗词中又有重情的一支流脉，如“得成比目何辞死，愿做鸳鸯不羡仙”（卢照邻《长安古意》），“人间无物比多情，江水不深山不重”（张先《木兰花》），“问世间情是何物，直教生死相许”（元好问《摸鱼儿》）等的影响。由于元曲在表现上追求平中见奇，熟中见巧，因此，两大类曲作的题旨都有尖新的特点。不论是无所不包的唐诗，还是偏重言情的宋词，在表情达意时，都是重浑成而忌纤巧的；曲则“愈巧愈密，愈纤愈精”[①]，独贵尖新，不避纤巧。仅以元曲评价历史人物的独具手眼为例：如对于屈原，汉代司马迁称赞他“虽与日月争光可也”，唐李白高度推崇他“辞赋悬日月”；再看元贯云石的［殿前欢］《吊屈原》曲：“楚怀王，忠臣跳入汨罗江。《离骚》读罢空惆怅，日月同光？伤心来笑一场，笑你个三闾强，为甚不把身心放？沧浪污你，你污沧浪？”一反前人对屈原的推崇赞美，竟然在“笑你个三闾强”，并责问屈原“沧浪污你，你污沧浪？”再如对刘邦，尽管《史记》作过不少揭露讽刺，但在前代文人眼里，刘邦毕竟还是一个开国受命之君的正面形象；到了元睢景臣［哨遍］《高祖还乡》套曲里，受命天子还原成了“换田契强称了麻三称，还酒债偷量了豆几斛”的流氓无赖子。其他如查德卿叹世的［寄生草］《感叹》：“姜太公贱卖了磻溪岸，韩元帅命博得拜将坛。羡傅说守定岩前板，叹灵辄吃了桑间

① 李渔《闲情偶寄》，中州古籍出版社2013年11月版，第90页。

饭，劝豫让吐出喉中炭。如今凌烟阁一层一个鬼门关，长安道一步一个连云栈。”无名氏讽刺官僚贪残盘剥的［醉太平］《讥贪小利者》：“夺泥燕口，削铁针头，刮金佛面细搜求。无中觅有。鹌鹑膆里寻豌豆，鹭鸶腿上劈精肉，蚊子腹内刳脂油。亏老先生下手。”查德卿写市井女子怨情的［寄生草］《间别》：“姻缘簿剪做鞋样，比翼鸟搏了翅翰。火烧残连理枝成炭，针签瞎比目鱼儿眼，手揉散并蒂莲花瓣。掷金钗撷断凤凰头，绕池塘挼碎鸳鸯蛋。”还有卢挚的［折桂令］“想人生”，姚燧的［凭栏人］《寄征衣》，薛昂夫的［蟾宫曲］《雪》、［塞鸿秋］“功名”、［朝天曲］二十首，钟嗣成的［骂玉郎过感皇恩采茶歌］《四景》，刘庭信的［折桂令］《忆别》，无名氏的［水仙子］《遣怀》、［醉太平］“堂堂大元”等，无不是翻空出奇，让人见所未见，闻所未闻，快心快目，耸观耸听，立意尖新，思致纤巧，与诗词迥异其趣。

四、诗庄重　词柔媚　曲豪泼

从唐诗、宋词、元曲作品中的抒情艺术形象所显示出的主体风格特色来看，诗体庄重，词格柔媚，曲风豪泼。

（一）作品例举

唐诗·罗隐《蜂》

不论平地与山尖，无限风光尽被占。采得百花成蜜后，为谁辛苦为谁甜。

这是一首咏物七绝。首二句以阔大的环境与微小的蜜蜂构成对比，以突出蜂之辛劳。一只微小的蜜蜂，飞过茫茫平野，飞上峨峨高山，广采百花，不辞劳苦，它以艰巨的劳动酿成的蜜，结果是被别人割取了。任劳任怨的蜜蜂也许根本就不计较这些，它的生存劳动就是为了造福别人，但敏感的诗人还是不禁发出了“为谁辛苦为谁甜”这样令人深长思之的疑问。唐秦韬玉的《贫女》尾联：“苦恨年年压金线，为他人做嫁衣裳”，表达的意思与此诗相近，这实际上是一个劳动成果归谁占有的问题。这个重大的社会问题在《诗经·伐檀》里就已经接触，罗隐以咏物的方式再次提出了这一问题，只是表现得更含蓄深沉，更启人思考，引发联想。自然界的“蜂”是微不足道的小东西，但作为罗隐诗中的艺术形象的“蜂”，它的艰巨劳动唤起人们审美上的崇高感，它的遭遇又让人在思考之余感觉到心理的沉重。由蜂的形象所决定的这首诗的风格，就不同于借蜂蝶喻恋情的词风与借蜂蝶以嘲谑的曲风，而显得十分厚重。

宋词·苏轼《水龙吟·次韵章质夫杨花词》

似花还似非花，也无人惜从教坠。抛家傍路，思量却是，无情有思。萦损柔肠，困酣娇眼，欲开还闭。梦随风万里，寻郎去处，又还被莺呼起。　　不恨此花飞尽，恨西园落红难缀。晓来雨过，遗踪何在，一池萍碎。春色三分，二分尘土，一分流水。细看来，不是杨花，点点是离人泪。

这首《水龙吟》和韵词，亦咏物之作。词中所咏“杨花”，也是自然界的至轻至微之物。起首“似花还似非花”，即准确巧妙地抓住了杨花的外在特点，“也无人”句上承“非花”，下开“抛家傍路”三句。“无情有思”系从杜甫“落絮游丝亦有情”、韩愈“杨花榆荚无才思”两句诗演绎而来。不惜花的人虽“无情”，杨花却仍“有思”。“萦损柔肠”三句，承上“有思”而来，杨花已经完全是一位柔肠百转、娇眼朦胧的思妇了。“梦随风万里”三句，化用唐金昌绪《闺怨》诗意。至此，已无法辨别是咏物，是写人，是抒情？物与人，杨花与思妇，已浑然一体，词笔一片神行，空灵入妙，臻于化境。下片转入抒写伤春之情。杨花飞尽的时候，也就是百花凋零的时候，飘坠的“西园落红”与飞尽、化萍的杨花，一同象征着春事阑珊，春已归去。“春色三分”三句，将杨花与春色等同起来，写得惆怅感伤，一场风雨，断送了杨花、春天和思妇的青春年华。结句由唐人诗“君看陌上梅花红，尽是离人眼中血”化出，可谓摄取了杨花的神韵：飞絮悠悠，泪光莹莹，人耶花耶，人花莫辨。咏物写人，托物寄怀，伤春伤别，情意袅袅不尽。

苏轼这首咏物词，曾被前人推为“绝唱”①。或比之为“净洗却面，与天下妇人斗好”的“王嫱西施”②，或喻之如“虢国夫人不饰粉黛，而一段天姿，自是倾城”③。西施、王嫱、虢国夫人，都是天姿国色的绝代佳人。把对这首词的美妙比喻，移来形容宋词的主要风格特征也是合适的。的确，这首词咏细微轻飏之物，写柔弱娇娜之人，抒婉转缠绵之情，伤春恨别，怅望怀想，愁思如絮。词中的抒情艺术形象杨花与思妇，“其为体也纤弱”（陈子龙语），最能体现出宋词的柔媚风格。

元曲·王和卿［醉中天］《咏大蝴蝶》

弹破庄周梦，两翅驾东风。三百座名园一采一个空。谁道风流种，吓杀寻芳的蜜蜂。轻轻飞动，把卖花人搧过桥东。

王和卿的［醉中天］曲题咏的“蝴蝶”，与罗隐诗中的“蜜蜂”、苏轼词中的“杨花”，同为自然界的小东西。但曲家在表现的时候，却作了滑稽的夸张，作为曲中艺术形象的蝴蝶，就迥异于普通的蝴蝶了。“弹破”句用庄周梦蝶的典故，起得有力，突出蝴蝶翅大，不啻是大鹏展翅，其翼若垂天之云了。“三百座名园一采一个空”，从空间、数字、时间、速度几个方面突出蝴蝶的口腹之大，大得惊人。“谁道”二句，将蝶、蜂的采花与人的风流行为联系起来写，“吓杀”显示蝶的躯体庞大。末句凸现蝶翅搧起的风力之大，为什么要把“卖花人”搧走呢？因为卖花人要先采花的。元陶宗仪《辍耕录》说：“大名王和卿，滑稽佻达，传播四方。中统初，燕市有一蝴蝶，其大异常，王赋［醉中天］小令云……由是其名益著。时有关汉卿者，亦高才风流人也，王常以讥谑加之，关虽极意还答，终不能胜。”可见此曲恐是王关之间善意嘲谑之作。曲作信笔夸张蝴蝶的体大、翅大、口大、腹大、风大，出人意表，滑稽可笑，充分表现出豪泼恣纵的艺术风格。

---

① 许昂霄《词综偶评》，唐圭璋《词话丛编》二，中华书局1986年11月版，第1552页。

② 魏庆之《诗人玉屑》卷二十一，上海古籍出版社1978年3月版，第476页。

③ 李攀龙《草堂诗余隽》，转引自吴熊和《唐宋词汇评·两宋卷》第一册，浙江教育出版社2004年12月版，第408页。

（二）引申论述

文学作品的风格问题是一个复杂的艺术现象，要想阐明它，需要涉及许多方面。本文只从诗词曲作品中抒情艺术形象的角度，来加以比较辨析。

唐诗中的抒情艺术形象，或阔大，或雄浑，或恢宏，或健劲，风骨惬称，真力弥满，表现出崇高壮美的格调，具有磅礴的阳刚之气。“奔流到海不复回”的黄河之水，（李白《将进酒》），“不尽长江滚滚来”的浩荡大江（杜甫《登高》），“气蒸云梦泽，波撼岳阳城”的洞庭湖（孟浩然《临洞庭》），“太乙近天都，连山到海隅”的终南山（王维《终南山》），“回崖沓嶂凌苍苍”的庐山（李白《庐山谣》），“连峰去天不盈尺”的蜀道（李白《蜀道难》），“势拔五岳掩赤城”的天姥（李白《梦游天姥吟》），“大漠孤烟直，长河落日圆”的塞外暮色（王维《使至塞上》），“瀚海阑干百丈冰，愁云惨淡万里凝”的荒漠雪景（岑参《白雪歌送武判官归京》），“压城城欲摧”的黑云（李贺《雁门太守行》），“孤高耸天宫”的寺塔（岑参《与高适薛据同登慈恩寺塔》），“黛色参天两千尺”的古柏（杜甫《古柏行》），“扶摇直上九万里”的大鹏（李白《上李邕》），“神行电迈蹑恍惚”的天马（李白《天马歌》），“斗上捩孤影，嗷哮来九天”的义鹘（杜甫《义鹘行》），“所向无空阔，真堪托死生”的骁骥（杜甫《房兵曹胡马》）；壮观则见“黄云万里动风色，白波九道流雪山”之阔景（李白《庐山谣》），望岳则生“会当凌绝顶，一览众山小”之宏愿（杜甫《望岳》）；“手提倚天剑”的大禹（白居易《自蜀江至洞庭湖》），“挥剑决浮云”的秦王（李白《古风》之三），“却秦振英声”的鲁连（李白《古风》之十），“辞赋悬日月”的屈平（李白《江上吟》），“东下齐城七十二，指挥楚汉如旋蓬”的高阳酒徒（李白《梁甫吟》），“伯仲之间见伊吕，指挥若定失萧曹”的诸葛丞相（杜甫《咏怀古迹》），“纵横计不就，慷慨志犹存”的壮士（魏征《述怀》），“感时思报国，拔剑起蒿莱”的书生（陈子昂《感遇》），“大笑向文士，一经何足穷”的达夫（高适《塞上》），“杀人辽水上，走马渔阳归”的游侠（李颀《游侠篇》），“转日回天不相让”的将相（卢照邻《长安古意》），“一剑曾当百万师”的老将（王维《老将行》），“功名只向马上取”的英雄（岑参《送李副使赴碛西官军》），“兴酣笔落摇五岳”的诗人（李白《江上吟》）；“巨刃摩天扬”的诗笔（韩愈《调张籍》），“挥毫如流星”的书艺（李颀《赠张旭》）；“虬须虎眉仍大颡”的奇姿（李颀《别梁锽》），“回头转眄似雕鹗”壮采（李颀《送陈章甫》）；“四边伐鼓雪海涌，三军大呼阴山动”的出征图（岑参《轮台歌奉送封大夫出师西征》），“来如雷霆收震怒，罢如江海凝青光”的剑器舞（杜甫《观公孙大娘弟子舞剑器行》）；“乘风破浪会有时，直挂云帆济沧海”的自信（李白《行路难》），“黄河落天走东海，万里写入胸怀间”的气度（李白《赠裴十四》），“海内存知己，天涯若比邻”的襟怀（王勃《送杜少府之任蜀川》），“致君尧舜上，再使风俗淳”的抱负（杜甫《奉赠韦左丞丈》），“披褐有怀玉，佩印从负薪”的志士（张九龄《叙怀》），“忧端齐终南，澒洞不可掇”的仁人（杜甫《自京赴奉先县》）……打开唐诗，尤其是盛唐的诗，但见云山巍巍，瀚海渺渺，大江滚滚，长河浩浩，天地寥廓，日月辉耀，鹏翼摩天，骐骥腾啸，英雄用武，豪杰展猷，壮夫骋怀，志士浩歌。其场面之宏大，气局之开张，风骨之俊上，格调之高扬，迥异于宋词、元曲，体现出唐诗特有的庄重崇高的壮美风格。

李泽厚在《美的历程》中说：“与大而化之的唐诗相对应的是纤细柔媚的花间体和北宋词。”[①] 词与诗的体格之别，前人多有辨析，清李东琪说：“诗庄词媚，其体原别。”[②] 清田同之引魏塘曹学士之言道：“词之为体如美人，而诗则壮士也。”[③] 刘熙载说过这样一段话：“林艾轩谓‘苏黄之别，犹丈夫女子之应接。丈夫见宾客信步出将去，如女子则非涂泽不可。’余谓此论未免诬黄而易苏。然推以论一切之诗，非独女态当无，虽丈夫贵贱贤愚，亦大有辨矣。”[④] 苏黄之别作如此论未必恰当，倒是移来作诗词之别论更为恰切。前人在辨析诗词风格差别时，还打过这样的比方：诗如士大夫延客，杂一屠沽儿不得；词如仕女燕集，非但不可杂一屠沽儿，即使山人处士侧身其间，亦觉不谐。的确，宋词中的抒情艺术形象，或是“多媚生轻笑，碾玉双蝉小”的佳人（张先《谢池春慢》），或是“衣带渐宽终不悔，为伊消得人憔悴”的情郎（柳永《蝶恋花》），或是“彩袖殷勤捧玉

---

① 李泽厚《美的历程》，中国社会科学出版社 1984 年 7 月版，第 194 页。

② 王又华《古今词论》引，唐圭璋《词话丛编》一，中华书局 1986 年 11 月版，第 606 页。

③ 田同之《西圃词说》，唐圭璋《词话丛编》二，中华书局 1986 年 11 月版，第 1450 页。

④ 刘熙载《艺概 · 诗概》，上海古籍出版社 1978 年 12 月版，第 83—84 页。

钟”的歌舞伎（晏几道《鹧鸪天》)，或是软语“向谁行宿，不如休去”的青楼女（周邦彦《少年游》)，或是“小园香径独徘徊”的富贵闲人（晏殊《浣溪沙》)，或是“泪眼问花花不语”的伤心女子（欧阳修《蝶恋花》)，或是“人比黄花瘦”的闺中思妇（李清照《醉花阴》)，或是“冥冥归去无人管”的一缕香魂（姜夔《踏莎行》)；或是“萋萋无数，南北东西路”的芳草（林逋《点绛唇》)，或是“红衣脱尽芳心苦”的荷花（贺铸《踏莎行》)，或是“似花还似非花”的风絮（苏轼《水龙吟》)，或是“向竹稍稀处横两三枝”的江梅（晁补之《汉宫春》)，或是“拂水飘绵送行色”的岸柳（周邦彦《兰陵王》)，或是“轻似梦”的“自在飞花”，“细如愁”的“无边丝雨”（秦观《浣溪沙》)，或是“萧萧渐积，纷纷犹坠”的满庭落叶（王沂孙《水龙吟》)；或是“百啭无人能解”的黄鹂（黄庭坚《清平乐》)，或是“说西风消息”的晚蝉（姜夔《惜红衣》)，或是“啼到春归无寻处”的鶗鴂（辛弃疾《贺新郎》)，或是“自顾影欲下寒塘”的孤雁；或是“烟渚沙汀”（秦观《满庭芳》)，或是“疏星淡月”（张元干《贺新郎》)，或是“月桥花院”（贺铸《青玉岸》)，或是“小楼连苑”（秦观《八六子》)——这些形象皆为轻倩婉约之人，小巧可人之物。宋词中壮伟雄浑的艺术形象不是没有，这正如唐诗中不乏优美的形象一样。如“淘尽千古风流人物”的东去大江（苏轼《念奴娇》)，如“壮岁旌旗拥万夫”的南归骁将（辛弃疾《鹧鸪天》)，如“怒发冲冠，仰天长啸”的忠臣（岳飞《满江红》)，如“睨柱吞嬴，回旗走懿”的义士（文天祥《酹江月》)。但也正如优美的形象不能成为唐诗的典型代表一样，词中这一类毕竟不够多的壮美形象，也不能充分传达宋词所特具的风神。阅读宋词，如赏带雨娇花，如对伤春美人，如闻莺啭燕呢，如理愁丝恨缕。其形象微细精美，玲珑幽约，无不表现出典型的柔媚婉转的优美风格。

元曲中的艺术形象，写景咏物的如“金鳌头满咽三杯，吸尽江山浓绿”的江景（王恽［黑漆弩］)，“冰丝带雨悬霄汉，几千年晒未干”的瀑布（乔吉［水仙子］)，“三百座名园一采一个空”的大蝴蝶（王和卿［醉中天］)，“脊背上驮着蓬莱岛”的大鱼（王和卿［拨不断］)；这些形象似乎显示出一种豪放倾向，但它显然又不同于唐诗中的豪放，其中有俗语，有机语，有趣语，这样就变豪放为豪泼了。人物形象如“见吊个花碌碌纸榜”的不识勾栏的庄稼汉（杜仁杰［耍孩儿］)，“执定瓦台盘”的王乡老，

“抱着酒葫芦”的赵忙郎，“引定伙乔男女”的瞎王留（睢景臣［哨遍］），“两腿青泥”的沙三伴哥（卢挚［折桂令］）；“瓦盆边浊酒生涯”的隐居者（卢挚［沉醉东风］），“兴，也任他；亡，也任他”的叹世者（陈草庵［山坡羊］），“笑加加谈今论古”的不识字渔樵士大夫（胡祗遹［沉醉东风］）；“裁剪就雪月风花，唱一本倚翠偷期话”的勾栏艺人（董解元［西厢记诸宫调］），“半生来折柳攀花，一世里眠花卧柳”的浪子班头（关汉卿［一枝花］），“裹一顶半新不旧乌纱帽，穿一领半长不短黄麻罩，系一条半联不断皂环绦”的穷风月训导（钟嗣成［醉太平］）；“性儿神羊也似善，口儿蜜钵也似甜”的少年（乔吉［水仙子］），“来时跪膝儿在床前问，将那厮谎舌头裙刀儿碎劚”的思妇（王晔［新水令］），“意迟迟抹泪揉眵，急煎煎揉腮抉耳”的离人（刘庭信［折桂令］），“针签瞎比目鱼儿眼，绕池塘挼碎鸳鸯蛋”的怨女（查德卿［寄生草］）。或村俗，或浑噩，或浪荡，或滑稽，或诙谐，或酸辣，与诗词迥然不同。元曲中的抒情艺术形象，表现出的是一种典型的豪泼风格。

上文通过具体、广泛的形象例证，比较辨析了唐诗、宋词、元曲的不同风格特征。需要进一步说明的是，问题的关键不在于区别现象，而在于指出之所以形成这种现象的原因。首先是文学内部发展规律的支配作用，从唐诗、宋词的运用雅言、婉言抒写士大夫文人的志向情感，到元曲以口语表现市民喜闻乐见的生活情调，这一从形式到内容的巨大转变，是与中国古代文学由上中古的雅文学向近古的俗文学蜕变的大趋势相一致的。上中古雅文学的主要文体样式是诗歌、散文和辞赋，宋词则是由雅到俗的过渡形态的文体，元明清近古俗文学的主要文体样式是戏曲、小说。俗文学尽管为正统的文人士大夫所鄙视，正史的《艺文志》和《四库全书》不予著录，但戏曲小说等新起的俗文学样式，毕竟登上了元明清文坛的正场，而诗文词等正统的文学样式则不得不屈尊降贵，退居后台了。

其次，时代的因素在诗词曲风格的形成方面也有着重大的影响。唐代承隋而起，从真正的意义上结束了历时四百年之久的大分裂，重建强大的统一王朝。南北朝时期长达几个世纪的民族大融合，为汉民族注入了新鲜血液，唐人如生龙活虎般登上了历史的舞台。政治的调整，经济的繁荣，思想的活跃，国力的鼎盛，使唐王朝在整个封建社会里如日中天，辉煌赫耀。这个大时代培养了唐人尤其是初盛唐诗人们豪迈的性格，开朗的心胸，雄放的精神，强健的体魄。他们渴望施展才能，建功立业。他们“将书剑许明时”，把报国扬名视为人生第一要义。他们追求无限，向往永恒。与其他时代的诗人相比较，他们对自身和社会充满着乐观与信念。尽管他们也有痛苦、不满、失望，但他们似乎从未绝望过，希望之星永远高照在他们头顶。这种以理想主义、英雄主义的浪漫气质为内容的沛然于中、博大充盈的豪情壮志，洋溢而出为奇思壮采的诗歌，自然形成唐诗崇高壮美的抒情艺术风格。

五代十国之后的赵宋王朝，局部统一，积贫积弱，内忧外患频仍。初有辽夏压境，继遭金元侵凌，最终亡国于异族。意识形态上渐兴的理学，也在侵蚀着先天营养不良的宋王朝的生机。日轮已昃，封建社会从此堕入下坡。国势的软弱不堪决定了文人心态的萎靡不振，现实既已无功业可建，时代精神便从马上转入闺房，文人手中的笔也随之从广阔的人生探向幽深的心灵。时代的苦闷伤感使他们沉湎于情场的悲欢，儿女的恩怨，文学又为他们提供了可以委婉形容这种“文不能达，诗不能道”的感情的新形式——长短句词。一切条件都成熟了，于是，伤离恨别，惜春悲秋，便成为词中的主体情感，而怨女慕男，嫩花芳草，娇莺呢燕，则成为词中的典型形象。为一派阴柔之气氤氲的宋词，表现出的也只能是一种柔媚优美的风格。

随着蒙古铁骑对中原地区的占领，民族歧视政策使汉人沦为社会底层，科举的停止又使知识分子断绝了入仕的希望。因此，元代文人或为渔樵，饮酒叹世；或入书会，制曲作剧，与勾栏艺人为伍。政治地位、物质条件的改变，必将引起他们意识形态、心理因素的变化。意识心理的变化又会导致他们审美趣味的改变。蒙古高原的野性之风，冲淡了孔孟之道、程朱理学的笼罩氛围，整个社会思想时代风俗的变化，也给元代文人以强有力的影响。元曲家既不像盛唐诗人那样乐观健全，去追求崇高壮美；也不像宋代词人那样感伤愁怨，去眷恋柔媚优美。一方面，现实使元代的文人一下子从“四民之首”跌入了“八娼”“十丐”之间的深渊里，悲酸莫名，狼狈至极。时代既然把他们像破罐子一样摔到了乌七八糟的难堪境地，他们也只好以俳谐嘲谑、嬉笑怒骂来排遣苦闷、对抗现实。这就像庄子“以天下为沉浊，不可与庄语”，乃为“悠谬之说，荒唐之言，无端涯之辞”一样[①]，发诸笔端成为文章，这种风调恰与市民的审美趣味相适应，因而受到市民阶层的欢迎。另一方面，高雅与婉约的士大夫文人情感既已为唐诗宋词抒发到极致，剩下可以施展笔墨才力的新天地，就只有市民阶层的世俗之情了。诸种因素综合作用的结果，于是就有了类似“东方滑稽之雄，令人绝倒”的“俳谐之曲”，有了元曲迥异于诗词的“以俗为雅”的独特审美标准[②]，有了元曲豪泼恣肆的艺术风格。

综上，通过具体作品例举与广泛引申论述，比较辨析了诗词曲在语言、境界、题旨、风格上的诸多不同。本文只辨差异，不分优劣。诚然，这些辨析比较难免于肤浅粗糙。至于其他一些方面，如诗词曲的不同格律及与音乐的不同关系，诗词曲之间的嬗递演变，如晚唐的伤感、爱情诗与宋词的相近，宋词之从柳永的某些作品中就已经透露出的元曲的消息等。限于论题和篇幅，本文只好存而不论了。

---

① 《庄子·天下》，陈鼓应《庄子今注今译》，中华书局 1983 年 5 月版，第 884 页。
② 王骥德《曲律》，《中国古典戏曲论著集成》四，中国戏剧出版社 1959 年 7 月版，第 135 页。

第五辑

先民的歌声

——上古歌谣释读举隅

在文学的百花园中，歌谣是最早开放的报春的花朵。它是最初流传的文学样式，依照我们信守的关于文学艺术起源的理论，它是直接从人类劳动生产中产生的。这一现象在古代文献中可以找到很好的说明。例如《淮南子》里说："今夫举大木者，前呼邪许，后亦应之，此举重劝力之歌也。"[①]就是指人们集体劳动时，一唱一和，此起彼应，借以调整动作、减轻疲劳、鼓舞劳动热情、提高工作效率的呼声。鲁迅先生继承了这种说法，在《门外文谈》中对这一问题作了更为通俗、生动、透辟的论述：人类在未有文字之前，就有了创作的，可惜没有人记下，也没有法子记下。我们的祖先是原始人，原是连话也不会说的，为了共同劳作，必须发表意见，才渐渐地练出复杂的声音来。假如那时大家抬木头，都觉得吃力了，其中有一个叫道"杭育杭育"，那么，这就是创作；大家也要佩服、应用的，这就等于出版；倘若用什么记号留存了下来，这就是文学；他当然就是作家，也是文学家，是"杭育杭育"派。

"邪许"或"杭育"是配合劳动而产生的最初的诗歌韵律和节奏；在语言产生之后，这些呼喊的声音被语言代替，或在呼喊的间歇中加入一些表情达意的语言，于是便成为有意义的诗歌了。《吕氏春秋》记载说："禹行功。见涂山之女。禹未之遇而巡省南土。涂山氏之女乃令其妾候禹于涂山之阳。女乃作歌，歌曰：候人兮猗。实始作为南音，周公及召公取风焉，以为《周南》、《召南》。"[②]涂山氏女唱的这句话就是有名的《候人歌》，其中"兮、猗"都是虚词，在这语气呼叹词之间加上有意义的语言"候

① 《淮南子·应道训》，岳麓书社1989年3月版，第134页。
② 《吕氏春秋·音初篇》，岳麓书社1989年3月版，第38页。

人”，就成为一首表达具体含义的诗歌。

原始的歌谣是和音乐、舞蹈结合在一起的。《吕氏春秋》说：“昔葛天氏之乐，三人操牛尾，投足以歌八阕：一曰载民，二曰玄鸟，三曰遂草木，四曰奋五谷，五曰敬天常，六曰建帝功，七曰依地德，八曰总禽兽之极。”① “牛尾”是手拿的道具，“投足”是舞蹈的动作；在乐曲伴奏声中边歌边舞，歌舞的内容如：“遂草木”“奋五谷”“总禽兽之极”等又与劳动生产密切相关。

我们在这里所说的上古歌谣，意义较广，它不仅包括一些相传为原始社会的质朴的诗歌，同时也指殷周之际的巫书《易经》中的卦爻辞诗歌，以及一些相传是春秋战国时代的歌谣。

原始时代的歌谣，由于当时没有文字加以记录，因此流传下来的都是靠后世的记载，所以真伪难辨。古书中记载的一些所谓尧舜禹传说时代的歌谣，如《击壤歌》《康衢谣》《羽田辞》《卿云歌》《南风歌》等，恐怕是出于后人的伪托，不甚可信。但某些古籍中偶尔保存下来的一些质朴的歌谣，如《吴越春秋》所载的《弹歌》，《礼记·郊特牲》的伊耆氏《蜡辞》，《山海经·大荒北经》中记载的命令旱神“魃”北行的诗等，它们在思想和形式上比较接近原始状态，应当是原始歌谣孑遗。

殷代中晚期的甲骨卜辞中有些近于诗歌形式的刻辞。殷周之际的《易经》中的卦爻辞诗歌，有六七十首之多，量大，质高，有成功的描写句子，多种韵脚形式，熟练的象征手法的运用，在我国诗歌史上留下了引人注目的一页；卦爻辞中的诗歌，以淳朴多样的形象，一定程度上反映了“周易”时代从政治领域到现实生活的社会状况；卦爻辞中的诗歌，已经初步形成了独特的、又与后代诗歌一脉相承的韵律，以富有特色的表现技巧，显示着我国古代诗歌在萌芽阶段的艺术水准。卦爻辞诗歌的出现，是我国上古诗歌产生发展到一定阶段必然的文学现象；这一现象的珍贵，还在于它是原始歌谣和成熟的诗歌总集《诗经》之间前后承接的桥梁；展示了《诗经》得以产生的艺术渊源。

一些相传是殷周春秋战国时代的歌谣，如《麦秀歌》《采薇歌》《宋城者讴》《接舆歌》等，以及像“相马以舆，相士以居”“众心成城，众口

① 《吕氏春秋·古乐篇》，岳麓书社 1989 年 3 月版，第 33—34 页。

铄金”“心诚怜，白发玄；情不怡，艳色媸”一类格言性的短句，或表现了一定的社会生活内容，或反映了一些哲理性的思考和经验性的总结。而这些歌谣或与“诗经”同时而为《诗经》所不收；或晚于《诗经》而早于《楚辞》，是诗史空白期的珍品；或与《楚辞》同时异于《楚辞》；而这一切，都是这些歌谣的可珍贵之处，我们应当予以一定的重视。下文选择若干首上古歌谣，加以简单的解读。

弹　歌

断竹，续竹；
飞土，逐宍。

——赵晔《吴越春秋》

刘勰在《文心雕龙》里说：“黄歌断竹。”[①]。相传这支短歌是黄帝时的歌谣。从它所反映的内容看，应是我国远古渔猎时代的原始猎歌。它总共才用了八个字，便概括地描写了我们的祖先制造和使用弹弓的全过程。弹弓是古代狩猎的工具，这首古歌的前两句写制作弹弓的过程：把竹子砍断，用弦线把竹子两端接起来；后二句写捕获猎物的情形，射出土块或石子做弹丸，猎获鸟兽。宍，古“肉”字，指可供肉食的鸟兽。伴着短歌的鲜明节奏，我们至今还似能感受到他们紧张劳动、勇猛捕猎时的豪迈、喜悦心情。

弹弓的发明意味着远古人民在征服自然方面的一大进步。恩格斯在《家庭、私有制和国家的起源》中指出：“弓箭对于蒙昧时代，正如铁骑对于野蛮时代和火器对于文明时代一样，乃是决定性的武器。”《吴越春秋》在引这首古歌时有这样几句话：“弹起于古之孝子，不忍见父母为禽兽所食，故作弹以守之”。可以设想，经常遭受野兽侵袭的先民们，一旦制造和使用这种划时代的武器时，那种激动、兴奋、英武的情状；在这种战胜了天敌的极大的快慰情绪支配下，原始的先人们合着劳动的节拍唱起歌来，就成为很自然的事。但当时文字尚未产生，歌词应是经口耳相传，由

① 刘勰《文心雕龙·通变》，王利器《文心雕龙校证》，上海古籍出版社 1980 年 8 月版，第 198 页。

后人记录下来的。

这是一首二言诗，每句一拍；它韵调天然，语言朴素有力，所押韵脚都是劳动过程中的实物，所用语言没有一个多余的或可有可无的虚衬字。毕歇尔认为，在原始部落那里，每种劳动都有自己的歌，歌的拍子是十分精确地适应于这种劳动所特指的生产劳作的节奏。这种思想很受普列汉诺夫的重视。《弹歌》与它描述的劳动内容相适应，它的节奏感和动作性都十分鲜明，仍保留着原始歌谣与音乐、舞蹈相结合的痕迹。它为我国古代四言诗的形成提供了良好的初胚。

全诗由四个动宾短句构成，高度概括。通篇排比，句句押韵。随着时序的先后，所描绘的劳动场面不断更替，给读者以强烈的画面感、跳跃感，洋溢着一种活泼愉快的情趣。

伊耆氏蜡辞

土反其宅！
水归其壑！
昆虫毋作！
草木归其泽！

——《礼记·郊特牲》

这首诗相传是神农氏蜡祭时的祝辞；伊耆氏，即神农氏；或说指尧。蜡，岁末举行的农事祭典，祭百神祈求来年丰收，蜡辞，蜡祭典礼上的祝词。

从它的内容看，应是远古人民进入农耕时期的歌谣。它以祈求的语气，反映了古代人民在艰苦的生产劳动中的期望和经验。他们在年终祭享百神，以求来年农业丰收的隆重典礼上，发出了竭诚的祝愿。他们希望肥沃的土壤不要流失，为害的洪水迅速退走。病虫害不要发生，杂草和灌木丛都长到沼泽地里去。这样，他们来年的农作物就有了丰收的保障。这种朴素的愿望，流露出远古生产力水平低下时人民对桀骜不驯的大自然的一种迫切要求；表明他们在长期的生产劳动中已经积累了一定的农事经验，初步掌握了一些简单的自然规律，并不断寻求着征服自然的方法。

这首农耕时代的《蜡辞》和渔猎时代的《弹歌》一样，都说明我国古代最早的诗歌是从劳动中产生的；是适应我们远古祖先从事生产劳动求得生存的需要而创作的。这首诗基本上是四言句式，这反映了诗歌语言形式由最初的二言向前演进变化发展，为我国古代四言诗的出现开了先河。它句句押韵，语调促迫，表达了我国古代人民在生产斗争中征服自然的坚强意志和迫切心情。全诗四句，两两排比，于大体整齐中略具变化，形成一种整齐而又错落有致的形式美。

对于这首诗有不同的理解。也有人认为此诗是原始人在宗教意识支配下，希图以这种有韵律的诗歌语言形式指挥自然、改变自然，使之服从自己愿望的“咒语”。

击壤歌

日出而作，日入而息；
凿井而饮，耕田而食；
帝力于我有何哉！

——沈德潜《古诗源》

此歌见于西汉王充《论衡》的《感虚篇》和《增艺篇》，也见于晋皇甫谧的《帝王世纪》，两本文字略有不同。今从沈德潜《古诗源》。

击壤是古代的一种游戏，邯郸淳《艺经》说：“壤以木为之，前广后锐，长尺四，阔三寸，其形如履。将戏，先侧一壤于地，遥于三四十步以手中壤击之，中者为上。”关于这首古歌的产生情形，古代学者曾作过这样的解释：王充在《论衡·感虚篇》中说：“尧时五十之民，击壤于涂，观者曰：‘大哉，尧之德也！’”于是击壤老人唱了这首歌作答。皇甫谧在《帝王世纪》中说：“帝尧之世，天下大和，百姓无事，有八十老人击壤于道。”唱出了这首歌。

王充和皇甫谧都把这首古歌产生的时间定在帝尧时代，恐怕未必确切。我们认为这首诗是远古先民们对天命表示怀疑以致否定的心声，具体的产生时间不好确定。它反映了远古人民在长期的劳作中对自身的、也就是人的伟大力量的认识与自信，肯定了自身的生存靠自身的辛勤劳动；物质财富的创造，美好生活的取得，取决于自身不停的耕耘；而高高在上的天帝并不能给人们带来什么。这种朴素的唯物因素的认识是极为可贵的。基于这种认识，人们在面对上帝时才不会自惭形秽、屈膝委琐，不再一味地歌功颂德，顶礼膜拜；才唱出了一首对上帝不屑一顾的、充满了人的自豪感的歌。

《诗经·大雅·烝民》开头写道："天生烝民，有物有则。"意思是说：上天生下了芸芸众生，给了他们食物，也为他们制定了行动的准则。《烝民》中宣扬的这种思想，也就是很早就产生的上帝主宰一切、施与一切的天命观念。这是古代社会的流行观念。《击壤歌》中表现出的对上帝的怀疑以至否定，正是对天命观的大胆驳斥、批判。

从形式上看，这首诗也颇为别致。前四句两两排比，每句四言，整齐有力。突出表现了人们从早到晚不停劳动和用劳动取得赖以生存的物质基础。末句七言，以强烈的反诘加感叹语气作结，突兀不平之气溢于言表，充分表达了人们对神力的怀疑以致否定之情。

尧　戒

战战栗栗，
日谨一日。
人莫踬于山，
而踬于垤。

——《淮南子·人间训》

沈德潜《古诗源》认为这首诗是"大圣人忧勤惕厉语"，"大圣人"显然指尧。我们并不认为此诗是尧的箴诫，但它确实道出了深刻的人生哲理。这种精警的格言，概括了极为丰富复杂的生活内容和切身的长期体验，使人警醒，发人深思。人要居安思危，在成功的时候想到可能出现的失败，在顺利的时候想到可能遇到的挫折，在风平浪静的时候想到可能卷起的惊涛骇浪；时时自省，处处谨慎。此诗末两句与孟子的"生于忧患，死于安乐"，与成语"千里之堤，溃于蚁穴"，与俗话"小河沟里能翻船"有相通之处。的确，人们由于满足已取得的成功，对生活中有些不起眼的小事，往往不加注意。由于疏忽，往往会由小事导致意想不到的严重后果。人们，需要时时警惕啊！

这类格言性质的古歌，内容大都平易浅显，但韵味却又悠远深邃。细细咀味，会使你感悟良多。大山横在面前，人们不会被绊倒，因为有高度的重视与警惕；而小土丘会使人摔跤，因为产生了不在意的麻痹思想。

甲骨卜辞诗歌一首

癸卯卜：
今日雨？
其自西来雨？
其自东来雨？
其自北来雨？
其自南来雨？

——郭沫若《卜辞通纂》

这首古歌见于甲骨卜辞，载在郭沫若先生的《卜辞通纂》一书中，人们习惯上称作“四方来雨”，产生的时间应当在殷代中晚期。“癸卯”是占卜的日期。卜，占卜，古时的一种迷信行为。其法是先在龟甲上钻孔，然后用火烧使之出现裂纹，裂纹叫“兆”，根据“兆”象来推测事情的吉凶。

这首诗和那些靠后人追记下来的古歌谣不同，它是明明白白地刻在安阳殷墟发掘出的甲骨上的；因此，它产生的时间是可以推断的，它的真实性是不容怀疑的。冯沅君、陆侃如先生指出了这首诗的特殊价值：“这首简单而朴素的古歌，恐怕是我们诗史上年代最早而又最可靠的作品了。”①在此，我们不妨把这首甲骨卜辞诗歌称为产生在“中华第一都”安阳的“中华第一诗”。

产生这首诗的时代，社会生产力还不很发达，农作物的种植大都是“望天收”的。风调雨顺，遇上一个丰收的年景，人们渴望得到温饱；旱涝成灾，庄稼没有收成，以食为天靠天吃饭的人们就要遭受难忍的饥饿的熬煎了。读这首卜辞诗歌，我们仿佛能够看到这样的情景，感受到这样的

① 冯沅君、陆侃如《中国诗史》，人民文学出版社 1956 年 9 月版，第 7 页。

氛围：火焰般的太阳在瓦蓝的天上燃烧着，空中没有一片云影，没有一丝风，气流是滚烫的，大地是灼热的；许久没有降雨了，翘首盼望的人们，眼睁睁地看着原来湿漉漉的田土干裂，原来绿油油的禾黍变黄了，萎蔫了，枯焦了，心中也像着了火一样焦躁；人们在极度不安中求神问卜，拜云祈雨；仰望着蓝湛湛的天空，火辣辣的太阳，祷遍东西南北四面八方，哪方的天空会在此时飘来一片墨云？哪方的墨云会在今天洒落一场好雨？来解除严酷的干旱的威胁呢？读着这情急的诗句，我们也情不自禁地急古人之所急，渴望上天尽快降下滋润禾苗的及时雨来！

单纯从这首诗的形式上看，后四句反复吟唱，有一种回环往复之美，与汉乐府民歌中的《江南》一首颇为相似："江南可采莲，莲叶何田田，鱼戏莲叶间。鱼戏莲叶东，鱼戏莲叶西，鱼戏莲叶南，鱼戏莲叶北。"这只是一种形似，从抒发感情的角度看，二者是大异其趣的：《江南》表现的是纵情尽兴的嬉戏游乐，这首诗流露的是难以忍受的焦躁不安；这种团团打转的急切之情，正是通过问遍东西南北的诗句抒发出来的，语言和情感，也就是形式和内容在这首诗里达到了高度的统一，这正是此诗艺术上的成功之处。

《易》卦、爻辞诗歌五首

鸿渐于陆，
夫征不复，
孕妇不育。

——《渐·九三》

明夷于飞，
垂其翼；
君子于行，
三日不食。

——《明夷·初九》

井渫不食，
为我心恻，
可用汲，
王明并受其福。

——《井·九三》

归妹以娣，
跛能履。

——《归妹·初九》

贲如，皤如，
白马翰如，
匪寇，婚媾。

——《贲·六四》

《易经》大致写定于公元前 11 世纪的殷末周初。共有六十四卦，《渐》《明夷》《井》《贲》都是卦名；每一卦有六爻，“九三”、“初九”、“六四”是爻的次第。解释卦爻的意义的文辞叫卦爻辞。卦爻辞多数押韵，有些可能就是上古的民歌。《易经》共有卦爻辞四百八十四则，其中可作古歌看待的不下六七十首。卦爻辞诗歌对当时社会政治的各种现象、矛盾，作了一定程度的反映，我们这里选的前三首都属于社会政治性的短诗。

阶级社会不平等的常然性，决定了统治者与被统治者矛盾冲突的必然性。而下层人民对统治者的不满情绪则不可避免。《渐·九三》就是一首措辞激愤的“怨上”诗，“诗”可以怨的功能在这里已经很充分地表现出来了。这首诗的大意是：大雁渐渐地向茫茫陆地远飞，夫婿出征迟迟不归，妻子怀了婴儿啊养育凭谁？然而，一举一动受着上层统治者支配的“征夫”，既无法掌握自己的命运，又怎能顾得了家中的妻子？诗中表现的既不是缭乱如丝的春愁，也不是百无聊赖的相思闺情，而是比春愁闺情沉重得多的劳动妇女在痛苦的生活中无依无靠的斑斑血泪！这种对繁重的兵役、征徭的强烈不满，在中国几千年封建社会的文学作品中屡见不鲜，而《周易》中此类短诗已经发其端倪。

卦爻辞诗歌所体现的社会矛盾，除了对立阶级的冲突外，也反映了统治阶级的内部的矛盾，如《明夷·初九》。明夷，意思是光明殒灭，象征着世道昏暗。于飞，鸟儿飞翔的意思。诗中的“君子”是统治阶级（下层）中的一员，他正是对黑暗的政治不满，才远遁他方，另谋政治出路的。四句短诗所描述的自然和社会现象是颇为生动的：鸟儿在昏暗中飞向远方，低垂着它疲惫的翅膀；君子急急忙忙地潜行遁走，三天三夜顾不上填充饥肠。诗中对他疾速潜遁的情状的生动描写，暴露了世道衰微、君主“明夷”时代一个地位不高的“君子”，对上层统治者的不满情绪和反抗行为。

和《明夷·初九》相类似，统治阶级内部怀才不遇者对现实政治的抨击、疾呼，卦爻辞诗歌也有所反映，如《井·九三》。渫，掏去污泥，使井水清洁。此诗的大意是：清清的井水啊弃而不食，使我的心情幽怨凄恻；那清澈的井水是可以汲取食用的啊！君主圣明，我们共享幸福恩泽。诗中用洁净的井水象征贤才不被任用。从字面上看，这首诗急切地盼望着君主能够举用真正的人才，也从正面肯定了“王明”，还指出了“并受其福”的美好前景。然而，正如《新唐书·太宗纪》中所说：“唐有天下，传世二十，其可称者三君”，也就是说，在古代社会里，圣明的君主毕竟是不多的，而作者的心恻也就势所难免。这种凄恻之情，使后代处于类似环境中的知识分子产生了强烈的共鸣，司马迁在《史记·屈原列传》中叙及楚怀王疏屈平、信谗佞以致国败身亡时，援引了《井·九三》此诗的全文，并感叹道：“王之不明，岂足福哉！”因此，无可奈何的哀叹、抨击，实为《井·九三》这首短诗的主调，而诗歌所留给读者的也正是一幅《周易》时代（殷末）政治阴暗面的形象图画。

以上三首诗在艺术上的特点有共同之处：即都是由切身之痛发而为诗，形成一种忧愤的抒情调子，第一首中是生活的艰难，第二首中是避祸的凄惶，第三首中是沉沦的辛酸。再者是三首诗都初步运用了比兴象征手法，在这一点上三首诗有区别：第一首里向茫茫原野远飞的鸿雁和第二首里在黑暗中飞向远方的鸟儿形象，更多地表现出一种和《诗经》的比兴手法相同的意味；而第三首里清洁的井水则和全诗融合为一，更多地显示出一种完整的象征意义来。

卦爻辞诗歌对于《周易》时代的男女爱情、婚姻问题，作了颇为突出的描叙,《归妹·初九》和《贲·六四》就是表现这方面的内容的。

《归妹·初九》只有短短的两句，运用夸张的笔调，写出了一个少女归嫁时的欣喜心情：年轻的姑娘出嫁离深闺，就是跛了脚也步履如飞。归，古时谓女子出嫁为“归”。妹，王弼注《易》说：“妹者，少女之称也。”娣，指随从出嫁的“妹”的侍妾。履，名词用如动词，此指急于穿上鞋出嫁。

诗句虽短，却抓住新嫁娘激动而欢愉的心情来描写，以“跛能履”三字，突出一个最有特征的传神动作，从而把这一感情表现得淋漓尽致，透彻无遗。这首短诗如一首轻喜剧，笔触带几分幽默，口吻有几分调笑，喜气洋洋中弥漫着俏皮的韵味，读之让人忍俊不禁。和《诗经·周南》：“桃之夭夭，灼灼其华；之子于归，宜其室家”的诗句相比，这首卦诗似乎更能曲尽人情，更有强烈风味。

《贲·六四》描写的是男子往女方家中迎亲的场面。贲如，装饰华美的样子。如，形容词词尾，表示状态。皤如，洁白的样子。《史记》引孔子语，说殷人“色尚白”[①]，可知殷商时代人们崇尚白色，故以白马、白衣迎亲。翰如，马昂着头的样子。匪，通“非”，不是。寇，抢劫。婚媾，婚姻。

这是一幅三千多年前的男子迎亲图：装饰得多漂亮呵，穿一身洁白的衣裳；骑上雪白的骏马，马儿格外堂皇；这不是寇盗，是前来迎亲的新郎。诗中那位骑着白马、白衣如雪的迎亲男子，可以说是产自我们本土的一位俊朗的“白马王子”。这首诗表现上很有特点，描写简练，形容生动，画面清晰，色彩鲜明。前三句押虚字“如”为韵脚，这是《诗经》和《楚辞》中一些诗押虚字韵的发轫。后二句转韵，有变化之美。再者，句子的字数为前二二，中四，后二二，前后匀称，在形式上有一种对称的建筑美。

① 《史记·殷本纪赞》，中华书局1959年9月版，第109页。

写实与写心

——从《陌上桑》《羽林郎》说到《节妇吟》

行家入眼一看也许就会觉得这是一个风马牛不相及的题目：汉乐府中民女御侮的名篇，怎能和唐人张籍的《节妇吟》拉扯到一起呢？然而自有话说。

一

《陌上桑》和《羽林郎》都是汉代诗歌名篇，二诗里的人物形象呈现出判然有别、黑白分明的好、坏二类，故事情节的构成是坏人的侮辱与好人的反抗，思想意义表现为泾渭分明的善与恶、美与丑的对立。这里引录二诗如下：

陌上桑

日出东南隅，照我秦氏楼。秦氏有好女，自名为罗敷。罗敷善蚕桑，采桑城南隅。青丝为笼系，桂枝为笼钩。头上倭堕髻，耳中明月珠。缃绮为下裙，紫绮为上襦。行者见罗敷，下担捋髭须。少年见罗敷，脱帽著帩头。耕者忘其犁，锄者忘其锄。来归相怨怒，但坐观罗敷。使君从南来，五马立踟蹰。使君遣吏往，问是谁家姝？“秦氏有好女，自名为罗敷。”“罗敷年几何？”“二十尚不足，十五颇有余”。使君谢罗敷：“宁可共载不？”罗敷前置辞：“使君一何愚！使君自有妇，罗敷自有夫。”“东方千余骑，夫婿居上头。何用识夫婿？白马从骊驹；青丝系马尾，黄金络马头；腰中鹿卢剑，可值千万余。十五府小吏，二十朝大夫，三十侍中郎，四十专城居。为人洁白皙，鬑鬑颇有须。盈盈公府步，冉冉府中趋。坐中数千人，皆言夫婿殊。”

羽林郎

昔有霍家奴，姓冯名子都。依倚将军势，调笑酒家胡。胡姬年十五，春日独当垆。长裾连理带，广袖合欢襦。头上蓝田玉，耳后大秦珠。两鬟何窈窕，一世良所无。一鬟五百万，两鬟千万余。不意金吾子，娉婷过我庐。银鞍何煜爚，翠盖空踟蹰。就我求清酒，丝绳提玉壶。就我求珍肴，金盘脍鲤鱼。贻我青铜镜，结我红罗裾。不惜红罗裂，何论轻贱躯。男儿爱后妇，女子重前夫。人生有新旧，贵贱不相逾。多谢金吾子，私爱徒区区。

作为“感于哀乐，缘事而发”的汉代诗歌名篇[①]，《陌上桑》和《羽林郎》所反映的内容，在汉代社会生活中是可以找到其现实依据的，兹不赘述。这正是民歌强烈的现实意义和战斗精神的具体表现，也是民歌的巨大价值所在。

《陌上桑》与《羽林郎》是“一副笔墨”，从生活出发，重在叙事而不在抒情。诗中通过人物机智勇敢的语言行动，特别是夸饰的人物描写，塑造出了鲜明生动、光彩照人的艺术形象：秦罗敷和胡姬。这一切都是出色的，充分显示了下层人民杰出的艺术创作天才，值得我们充分肯定认真借鉴。

但是，如果变换一下审视的角度，就会发现二诗所呈现的情感状态都是单纯的：即劳动女子对侵犯凌辱她们的富贵男人的憎恶，忠于爱情的下层妇女对荒淫无耻的上层贵族的斥责、讽刺和抗拒。在五马太守和霍家豪奴的挑诱面前，罗敷和胡姬在情感上没有也不可能产生丝毫的犹豫、动摇，她们别无选择地以各具个性的方式进行了反抗，人物内心的感情世界呈现单一的憎恨型。她们清楚地意识到面对的是衣冠禽兽，她们只有机智勇敢地击退来犯者，才能有效地保护自己；所以，她们在思想上就没有什么值得犹豫、矛盾的地方，内心充满了对五马太守和霍家豪奴的憎恶，而

① 班固《汉书·艺文志》，中州古籍出版社 1996 年 10 月版，第 602 页。

没有复杂情感引起的波澜和痛苦。这犹如绘画中的单线平涂，没有交错纵深的立体感，在一个平面上黑白色彩的对比一目了然。诗中人物的内心世界的丰富、复杂、微妙性于此没有揭示。这除了由题材性质、主题表达、体裁特点决定的原因之外，是否还与当时诗人诗笔还不甚懂得深入开掘人物的心灵世界，展示人物无比丰富复杂的“内宇宙”有关呢？因此，诗中的人物形象基本上是单一性格的“扁型人物”。

二

随着社会生活的日趋纷纭繁复，人类心灵世界的情感层次也愈来愈微妙多姿、绮丽多彩。同时，随着诗歌创作经验的长期积累，诗人对人物心理的体察和表现也逐渐趋于细致入微、毫发可见。唐代张籍《节妇吟》一诗就是很好的例证：

> 君知妾有夫，赠妾双明珠。感君缠绵意，系在红罗襦。妾家高楼连苑起，良人执戟明光里。知君用心如日月，事夫誓拟同生死。还君明珠双泪垂，恨不相逢未嫁时。

张籍的《节妇吟》，《全唐诗》卷三百八十二题作《节妇吟寄东平李司空师道》。清人沈德潜《唐诗别裁》卷八说：“时在他镇幕府，郓帅李师道以书币聘之，因作此词以却。”此诗以女子口吻自拟，与朱庆余《近试上张水部》一诗手法接近。沈德潜认为“玩辞意恐失节妇之旨，故不录”[①]，固然表现了他以宣扬封建伦常为目的的腐儒选诗标准；但若仅泥于张籍作此诗巧妙拒绝李师道之聘的说法，则亦不能正确认识到此诗的价值。其实，对这一类的作品，只有把它放在微妙传达人类复杂情感的层次上去理解，才能较为准确地估计它的艺术成就。

比起有强烈倾向性和高度思想意义的《羽林郎》《陌上桑》来，《节妇吟》一诗可算得上一篇“中性”作品，既无锋芒毕露的斗争矛头，也没有

---

① 沈德潜《唐诗别裁》卷八，上海古籍出版社 1979 年 1 月版，第 272 页。

鲜明强烈的思想倾向，但它却在另一个更高的心理层次上揭示了人物复杂情感的真实面貌。诗中写一个有夫之妇被一男子垂爱，男子用双明珠相赠以表爱慕之心。若以乐府诗的写法，女子在这种赠珠求爱的举动面前，应该毫不犹豫地拒绝才对。但是，张籍笔下的女子不仅没有拒绝，反而被男子的“缠绵意”深深感动了，竟然接受了明珠，并把它珍重地“系在红罗襦”上。然后，女子向男方说明了自己的家庭和丈夫的情况。她并不认为男子向她赠珠求爱就是卑污灵魂支配下的肮脏行为，而是善良地肯定其“用心如日月”，这样既不伤害对方又使其不能有非礼之举；同时表明自己的心迹：“事夫誓拟同生死，”这也就等于告诉对方不要再存非分之想。当情与义发生矛盾时，女子既动于情的几乎不可抵抗的感召，但又不违义的不能逾越的界限。

应该说，人类在生存的过程中，一次性的选择不一定是最佳的选择；作为人类重要生存方式之一的婚姻选择，一次性也不一定是最美满的，尤其是在爱情缺乏自由自主的封建社会里。我们应该有勇气承认这个事实。一次性的选择未必尽如人意，再一次的选择又为封建礼教所不允许，诗的结尾，女子只能“还君明珠双泪垂，恨不相逢未嫁时”了。即无可奈何地放弃再次选择的机遇，遗憾终身。诗中的女子对男子的爱，拒绝了不忍心，可想接受又不敢，全诗始终是在情感的范畴内展现女子心灵的矛盾痛苦，而没有上升到道德评价的理性尺度。

当人类处于幼稚时期，社会生活的简单决定了人们情感世界的相对单纯。随着社会的日益进化，人类心灵的内宇宙也日益复杂化，心灵的方寸之间具有了比大海、天空更广阔的容纳量；时至今天，异彩纷呈的人类情感终于被公认为世界之谜。从文学作品表现人类情感的历史来看，对复杂情绪的反映其实很早就开始了，敏感的诗人在遥远的上古时代就已经作了尝试。如《诗经·将仲子》中那位三千年前的少女，就曾在情感与理智的矛盾痛苦中喊出过“仲可怀也；父母之言，亦可畏也”的灵魂独白。《节妇吟》中的那位少妇所面临的矛盾抉择，比《将仲子》中的少女要复杂、严重得多，因此，《节妇吟》所包含的情感层次也比之深厚得多。《节妇吟》写情与义的矛盾、情与理的较量，这在单一情感型的《陌上桑》和《羽林郎》中是不存在的问题。从一个方面看，诗中的理战胜了情，因为那女子最终没有背叛自己的丈夫；但从另一方面看，诗中的理又未能战胜情，因为那女子在还珠之后将永怀深长之遗憾！这样写“节妇”，既无损于她光明磊落的襟怀，又不失真实的生活气息。诗中传达出的矛盾心理的奇妙组合显得痛苦而美丽，难堪而得体，尴尬而动人，全诗在宛转缠绵的感伤中意蕴浓郁。

正是从这个意义上，我们说《节妇吟》是一篇中性作品。但正如文学作品形象系列里的中性人物有时更具备生活的涵盖量，更能体现社会的斑斓和性格的驳杂，而斑斓和驳杂才更接近生活和心灵的真实一样，从对人物心灵世界的揭示和对人物复杂情感的表现这个角度看，《节妇吟》这样的中性作品比起单纯强烈的《陌上桑》和《羽林郎》来，是否具有一种标志着文学和人的进步这一层意义的价值呢？

三

其实，不独写男女间情事的作品表现出这种演进的轨迹，其他题材的诗中也有类似的情形。比如写久别归乡一类的诗，《诗经·采薇》的末章：

> 昔我往矣，杨柳依依。今我来思，雨雪霏霏。行道迟迟，载渴载饥。我心伤悲，莫知我哀。

“昔往”与“今来”并列，“杨柳”与“雨雪”交迭，于叙事、写景中抒久戍得归亦喜亦悲之情，写得固然精彩，以至于被晋人谢玄目为“三百篇”中最好的诗[①]。但是诗中具体到远征而归者的心理，也只是作一句第一人称的“我心伤悲，莫知我哀”的粗线条勾勒而已，这是一种非个性化的感情。到汉乐府民歌《十五从军征》里：

> 十五从军征，八十始得归。道逢乡里人：家中有阿谁？遥看是君家，松柏冢累累。兔从狗窦入，雉从梁上飞。中庭生旅谷，井上生旅葵。舂谷持作饭，采葵持作羹。羹饭一时熟，不知贻阿谁？出门东向

① 刘义庆《世说新语·文学》，人民文学出版社 2009 年 3 月版，第 266 页。

看，泪落沾我衣。

那位服了几十年兵役的老兵九死一生终于活着回来，积蓄了长久的思乡、思亲之情使他迫不及待地在路上就打听起家中状况，回答他的是家破人亡的凶讯，迎接他的是家园荒芜的惨象。这位几乎终身服役的老兵并没有从自身的不幸中预感到家人可能遭到的不幸，因此，他尚浑璞未凿，满怀希望，他在“道逢乡里人”时还有问的勇气与信心。到了唐人宋之问的《渡汉江》：

岭外音书绝，经冬复历春。近乡情更怯，不敢问来人。

诗人在音书断绝、经冬历春的久别之后得以归乡时，与《采薇》和《十五从军征》里的人物不同，他感受到的是“近乡情更怯”，以至于连向来人问讯家中消息的勇气都没有了，诗笔极其准确深刻地捕捉并传达了久别归乡者由思切而情怯的典型心理状态。而这种心理是前此诗中所不曾如此成功地表现过的。

文学是人学，是人类情感的形象学；它描绘人物的社会生活经历如此丰富、广阔，它更展示了复杂、隐秘的人物心理世界。由现实的世界的摹写，到心灵情感的剖析，正表现了文学演进的趋势和规律。应该说，反映现实和表现心灵的两类作品，各有其不能取代的意义。因此，我们在高度重视那些反映现实、富于思想性的写实之作的同时，也不应该对这些异常精确地传示人物微妙情感的写心之作等闲视之。

客舍似家家似寄

——几首反题性质的乡愁主题诗词名篇解读

南宋词人刘克庄的《玉楼春》起句写道："年年跃马长安市，客舍似家家似寄"。这两句词形象而又颇富象征意味地表现了人生在世身不由己的不停出走与奔波，被巨大的异己力量所支配、无法主宰自我命运的个体的人，与家园的疏离，与异乡的亲近。乡愁主题诗歌的情感指向是回归家园，这两句词正可视为乡愁主题的一个反题。

还有面对家园这一永恒归宿的终极迷惘，也具有反题的性质。试看李白的《菩萨蛮》：

> 平林漠漠烟如织，寒山一带伤心碧。暝色入高楼，有人楼上愁。　　玉阶空伫立，宿鸟归飞急。何处是归程，长亭更短亭。

还有苏轼的《临江仙·送王缄》：

> 忘却成都来十载，因君未免思量。凭将清泪洒江阳。故山知好在，孤客自悲凉。　　座上别愁君未见，归来欲断无肠。殷勤且更尽离觞。此身如传舍，何处是吾乡。

这两首词的结句，均包含着深沉而又复杂的人生体验，传达出人在旅途、茫无归宿之感，象征着人生就是一个不停奔波的过程。被动生存的人，总是被社会的巨大异己力量驱使着，被生活的滚滚浊流裹挟着，身不由己地在漫长坎坷的茫茫世路上奔波不停，不知道何日是了时，更不知道何处是归宿。即如李白词中的旅人，于漠漠暮霭中瞻望"归程"，所见不外是山野林薮边的悠悠古道，是古道上五里十里、一个连着一个的长短驿亭，“归程”在何处呢？旅人在长期的奔波之后，久久的伫立之余，情不自禁地要生出茫无归宿的无穷空落惆怅来。从更宽泛的意义上读解上引词句，确实能够感悟到其中包蕴深厚的形而上意味：在人生道路上，谁人不是“此身如传舍”的匆匆过客呢？又有谁人不在苦苦寻求着生之所依与灵之所栖？但归程何在，家园何处，了时何日？恐怕永远也不会求得明确的答案。读着这样的词句，似乎能够听到那旅人发出的一声疲惫不堪的灵魂叹息，这时，便会有一种仿佛注定了的命运感氤氲飘起，驱之不散，久久地萦绕在你的心头。

有家难归或无家可归，向前再进一步，就是反认他乡作故乡。中唐贾岛的《渡桑乾》就是此种性质的名篇：

> 客舍并州已十霜，归心日夜忆咸阳。无端更渡桑乾水，却望并州是故乡。

据李嘉言考证，此诗是中唐诗人刘皂的作品，题作《旅次朔方》。但多数人习惯把它归到贾岛名下，这里从众。这是一首写出了复杂难言的人生况味的反题性质的乡愁主题诗歌佳作，诗中传达出了具有典型意义的心理感受。

《渡桑乾》形象地展示了物理心理两种距离。距离是一种空间概念，客观存在的物理距离是不能任意改变的。但心理距离就不然，他依主体心灵对客体的不同感受而定，也就是依据主体和对象的亲和融洽程度而定。亲和融洽虽远犹近，如王勃“海内存知己，天涯若比邻”；反之虽近犹远，如王建“长安无相识，百里即天涯”。所谓“天上人间之感，咫尺天涯之恨”，原不必定要一在天上，一在人间，眉睫之前，如天堑不能逾越，在心理感觉中，也就无异于天涯一般遥远了。当代诗人顾城的《远和近》极为简洁地表现了两种悖异的距离：“你 / 一会儿看我 / 一会儿看云 // 我感到 / 你看我时很远 / 你看云时很近”。就物理距离而言，“你”和“我”近而和“云”远；但就心理距离而言，则“你”和“云”近而和“我”远；因为“你”和“我”也就是人与人之间存在着隔膜，而“你”和“云”也就是和大自然之间有着一种本能的契合。在《渡桑乾》中，作者十年客居并州

（太原），只是权作栖身之所而已，身在并州，心却飞向咸阳（指长安，贾岛久居长安，视同故乡）。十年之中，日日夜夜，无时无刻不在思念故乡，就物理距离而言，诗人身边就是并州，但就心理距离而言，却是咸阳装在诗人心中。和一个地方的远近，主要就是和一个地方的人的远近，身在他乡，心在家乡，主要是因为家乡有骨肉亲朋。思乡之情的主要内涵就是思亲，产生游子他乡之感的原因，就是身边没有亲人。所以，游子和他乡身近而心远，和故乡身远而心近。这不只是贾岛一个人的体验，古今离乡背井之人都有同感。当然，《渡桑乾》后两句，由于客观条件的变化，引起主观感觉的变化，北渡桑乾河回望并州时，方才感到自己和度过十年岁月的并州竟也生出丝丝情缕，别并州竟也像别故乡一样，诗人这时在心理上和并州近了，但身已远离并州了。

《渡桑乾》一诗还成功地传达出了作为“社会存在物”的人，那种不由自主的命运感。不愿离乡辞亲，却不得不离乡辞亲；不愿久客他乡，却是漫长的十年客居时光。日思夜想，梦绕魂牵，天可怜见，也该让诗人回乡和亲人团聚。可是，人世之冷酷和现实之无情充分表现为：熬过漫长的十年之后，不但不能回乡，反而“离家日以远”，连久客之地也难以再居住下去，“游子已叹身是客，况客中又作长别离”，人的生存大约就是这般无奈、尴尬、难堪。“无端”，没来由地，无缘无故地。桑乾河即永定河的上游，在太原以北数百里之遥，过了桑乾河，就是荒凉的塞上了。诗人无端北走的原因，这里不做过细考究。从更宽泛的意义上来理解，人在面对社会这一巨大的异己力量时，作为被动的存在物，往往无力主宰自己的命运。社会的全部残酷性就在于它总是让人的希望和憧憬落空，它总是逼使人向着与主观愿望相反的方向身不由己地走去。像一片落叶，像一棵蓬草，人生在世，真难预知生活的风会把自己吹向何方。日夜萦怀的事，长期努力的目标，不但不能实现，有时竟是你越在主观上强烈地追求，客观上却变得越发遥远。就像诗中所写，诗人十年盼归，“今非惟不能归，反北渡桑乾，还望并州又是故乡矣”。①

误会唤醒并加深人生的失落感，也是《渡桑乾》一诗传达出的复杂心理体验。真正的失去了，才会产生以假为真的误会。苏轼《蝶恋花》所写

① 王世懋《艺圃撷余》，《历代诗话》，中华书局 1981 年 4 月版，第 781 页。

"墙外行人"对"墙里佳人笑"的误会，是因为奔波在外的行人渴望得到温情的爱抚。同样，当代台湾诗人郑愁予《错误》所写"达达的马蹄是美丽的错误"，"错"就错在那位失爱独处的江南小城思妇，"误"把"过客"当作"归人"。"误会"唤醒的是心中更为强烈的失落感。贾岛《渡桑乾》的"却望并州是故乡"，正因为真正的故乡归不得，才不得已在并州客居十年，而今，连"旅居十年，交游欢爱与故乡无异"的第二故乡并州也住不下去了[①]，又要北渡桑乾河向更远的塞外浪迹。正因为有家难归，才产生久客之地如同故乡的错觉。这种误会的深处，是对回归真正故乡的彻底绝望。此诗写久客不得归，误认他乡为故乡。贺知章的《回乡偶书》之一则写久别还乡，却被误为"客人"，处故乡如在"他乡"。两首诗中的误会似相反而实相成，都是一种包含着深深失落感的普遍人生经验。

如果说作为反题性质的乡愁主题诗词，贾岛的《渡桑乾》只是误认他乡作故乡的话，那么晚唐韦庄的《菩萨蛮》词，则变本加厉，直是"此间乐，不思蜀"了：

> 人人尽说江南好，游人只合江南老。春水碧于天，画船听雨眠。　垆边人似月，皓腕凝霜雪。未老莫还乡，还乡须断肠。

韦庄现存《菩萨蛮》组词五首，此首列第二。对此词的理解，宋曾季狸《艇斋诗话》、明汤显祖评《花间集》、清许昂霄《词综偶评》等只考其文字或赏其写景，常州词派张惠言始谈及此词作意题旨，他以比兴寄托说词，认为这首《菩萨蛮》是韦庄晚年蜀中之作，含有政治寓意，因为中原动乱，所以说"还乡须断肠"[②]。此后，谭献《词辨》、陈廷焯《白雨斋词话》、顾宪融《词论》、吴梅《词学通论》、俞平伯《读词偶得》、唐圭璋《唐宋词简释》等在解释此词时，都程度不同地接受了张惠言的影响。其实，据此词中"未老莫还乡"和组词第三首中"而今却忆江南乐，当时年少春衫薄"可知，韦庄年轻时候确实漫游过江南，这首词应是早年漫游江

① 谢枋得《注解选唐诗》评语，陈伯海《唐诗汇评》，浙江教育出版社 1995 年 5 月版，第 2602 页。

②《词选》卷一，见王兆鹏《唐宋词汇评·唐五代卷》，浙江教育出版社 2004 年 1 月版，第 192 页。

南时的作品，词写江南水国的美好风光和江南佳人的美丽容貌，主题是赞美江南。把这首词纳入中国诗歌史上的乡愁主题诗词的视野加以解读，更有特殊的美感价值和诗歌史意义。

南方本来就拥有得天独厚的优越自然地理环境，中唐以后经济重心的南移，使南方的社会生活尤其是城市生活高度繁华。晚唐五代时期，北方干戈不息，南方则相对安定承平。城市商业经济又有进一步发展。酒宴舞席，秦楼楚馆，幽期密约，纸醉金迷。美丽的自然环境加上魅人的城市生活内容，深深倾倒了那些家在北方的游人，悦目美景和赏心乐事使他们流连忘返，即使回到北方家乡仍然铭记在心，耿耿难忘。这种情形在中晚唐文人如白居易、温庭筠的作品中都有表现，到韦庄的词里则被推向极致。

词的起句即点明题旨。“人人尽说江南好”，是写那一时代社会大众的心理，写社会大众对江南佳丽地的评价、公认和欣羡，众口一词，曾无例外。“游人只合江南老”虽是泛说，其中正包含着词人的亲身体验，或者毋宁说就是青壮年时期数度浪游江南的词人的内心独白。这一句在结构意脉上又为词的结句“未老莫还乡”预作伏笔。接下来，对于“生长雍冀者实未曾梦见”过的南国佳处，词人从自然风景和生活风情两方面加以具体描述。上片“春水碧于天，画船听雨眠”两句，选取最有江南水乡特点的风景，写来富于诗情画意。“春水”句不仅形容了水色的嫩碧明净，而且写出了水面开阔、水天一色的动人意境。“画船”句写江南春雨绵绵的日子里，游人安适地躺在画着装饰图案的游船上，听着潇潇雨声入眠，情调潇洒悠闲。

南国吸引游人之处除了迷人的自然风景，更有魅人的城市生活风情，风景令人赏心悦目，风情让人流连陶醉。词的下片即转写城市生活内容。诗酒风流的兴致和城市繁华的生活，都少不了酒家和女性，“垆边人似月，皓腕凝霜雪”两句，描写酒家女子的美丽。酒店里四周高起中间安放酒瓮的台叫垆。“垆边人”指卖酒的女子。这句词先用汉代司马相如开店“令文君当垆”的典故，暗示酒家女子像卓文君一样漂亮；又以月亮的皎洁比拟女子的美貌，化用了《诗经·陈风·月出》以月亮“喻妇人有美色之白皙”的诗意[①]，和宋玉《神女赋》“皎若明月舒其光”的比喻形容。在这句

① 阮元刻《十三经注疏·毛诗正义》，中华书局1980年10月版，第378页。

总体印象描写之后，接以“皓腕凝霜雪”一句特写，突出女子那双沽酒的巧手，洁白如霜雪凝成，其人的美丽也就可以通过这“借代”修辞而想见了。对于家在北方的游子韦庄来说，那“春水碧于天”的水乡美景，那“画船听雨眠”的南国情调，那“皓腕凝霜雪”的当垆丽人，都曾带给他在北方家乡做梦也想不到的快乐，所以他被强烈吸引并沉溺其中，无力自拔，于是便有了在无数乡愁主题诗词中游子从来不曾有过的想法：

未老莫还乡，还乡须断肠。

一般来说，农业文明滋育出的强固的“根”意识，使传统中国人安土重迁，离乡的游子满怀着地域乡愁和文化乡愁，父母之邦的一方桑梓热土之上，乡情、亲情、爱情和祖国情与游子血肉相连，让游子系心萦怀，梦绕魂牵，这是中国诗歌史上无数乡愁诗歌持续产生的情感温床。在几乎所有的乡愁主题诗歌里，游子都为不能及早还乡而备受熬煎，痛苦不堪，韦庄在这里却感到除非已是暮年，心力衰竭，欲望淡薄，游兴消减，否则千万不能还乡。因为一旦回到北方家乡，会因“却忆江南乐”而痛断肝肠的。他觉得自己既然来到江南这人人向往的好地方，这一生只应该也只能够终老于斯了。词的结句回应上片“游人只合江南老”，至此，江南风光人情的美好诱人，词人对江南的热爱赞美，均达到了无以复加的程度。把这首词放在乡愁主题诗歌史中加以审视，就会发现它全新的情感意蕴和价值取向，在乡愁主题作品里，身处异乡的游子总是因为思念故乡而断肠；这首词中的游子则完全相反，他担心回到故乡，会因思念异乡而断肠。作为乡愁主题的反题，这首词颠覆了乡愁主题诗歌的心理定势、情感指向和抒情模式。

20世纪诗歌在承传古代诗歌的主题内涵和表现模式的过程中，又产生了大量的乡愁新诗，其中也有反题性质的作品。如戴望舒的《游子谣》：

海上微风起来的时候，/暗水上开遍了青色的蔷薇。/——游子的家园呢？//篱门是蜘蛛的家，/土墙是薜荔的家，/枝繁叶茂的果树是鸟雀的家。//游子却连乡愁也没有，/他沉浮在鲸鱼海蟒间：/让家园寂寞的花自开自落吧。//因为海上有青色的蔷薇，/游子要萦系他冷落的家园吗？/还有比蔷薇更清丽的旅伴呢。//清丽的小旅伴是更甜蜜的家园，/游子的乡愁在那里徘徊踯躅。/唔，永远沉浮在鲸鱼海蟒间吧。

诗中那位漂泊于大海上、失去家园的游子，“却连乡愁也没有”。因为他感到爱情比故乡更有魅力：“清丽的小旅伴是更甜蜜的家园”。所以，找到新的家园、没有乡愁的游子，表示要“永远沉浮在鲸鱼海蟒间”。戴诗中“清丽的小旅伴”，略同于韦庄词中“似月”的南国佳人，对游子而言，她们的魅力都超过了故乡。香港诗人力匡的《怀乡》更复杂些：

昨日有一个少女问我为什么要离开乡土？/如果我此刻仍如此炽烈地怀想。/为什么又在这岛上留下如此长久？/既然我已一再说过并不喜欢这奇怪的地方。//我说了我虽然热爱我的乡土与游侣，/但我更珍惜一份自由开花的理想。/我告诉她虽然屈原始终怀念郢都，/却宁愿忍受陵阳九年的流放。

特定的时代原因所造成的生存难境里，诗人既热爱故乡，但更热爱自由的理想。所以，他既想回归又不能回归，既不想滞留又不能不滞留——在这两难的境况中，诗人选择并坚持了背对故乡的生存姿势。

诗词曲异，各臻其妙

——三首捣寄征衣诗词曲之比较

唐诗、宋词、元曲各自作为“一代之文学”的典型代表，它们在语言、题旨、境界、风格等方面存在着诸多差异，这种差异在相同题材的诗词曲作品中表现得更为明显，确如明人王骥德所说：“词之异于诗也，曲之异于词也，道迥不侔也”[①]。但时至今日，还有许多读者甚至专家在读解诗词曲作品时，往往见同不见异，以诗衡词、以词绳曲的现象相当普遍，从而模糊了诗词曲作品的不同美感风貌，严重影响了分析、鉴赏和评价的深入、细致、准确程度。有鉴于此，本文选取三首捣寄征衣的相同题材诗词曲名篇加以比较，辨析它们各不相同的美感特质，以使我们对诗词曲作品的分析鉴赏和评价，更趋深入细致准确，更为符合诗词曲作品的实际。

一

秋天是一个易感的季节，风寒霜重，草木凋零，最容易触动离别中人的悲凉意绪。而一岁将尽，行人不归，空闺独守的思妇们就更加难以为怀。曹丕《燕歌行》：“秋风萧瑟天气凉，草木摇落露为霜。群燕辞归雁南翔，念君客游思断肠”，就是文学史上较早的感于秋日物候的思妇怀人之辞。怀人而人不归，无可奈何之余，思妇要做的事便是缝制寒衣寄与征人，免得征夫在外遭受风寒之苦。所谓捣衣，是指在裁缝之前将布帛放在砧石上槌打，便于缝纫，做好的成衣也要捣平捶软，便于穿用。我国古代

---

① 王骥德《曲律》，《中国古典戏曲论著集成》四，中国戏剧出版社1959年7月版，第159页。

由于战争、徭役等原因，时常造成社会上相当普遍的夫妻别离现象，每到秋天来临，思妇们便要捣制寒衣寄给征夫。缘此，捣衣在古代便不仅是一件寻常的家务女工，而且是一种最容易牵动思妇情怀的事。所以，“捣衣”便常常成为古典诗歌中表现思妇怀念征人的特定题材。这类题材在六朝民歌和文人诗中已经出现，从内容的角度看，介乎闺情诗和边塞诗二者之间。六朝以下，不少作者在这类题材上各施才情，写下了一批新意迭出的佳作。看李白的《子夜吴歌》之三：

> 长安一片月，万户捣衣声。秋风吹不尽，总是玉关情。何日平胡虏，良人罢远征。

这是诗人仿乐府“四时歌”四首中的“秋歌”，约写于唐玄宗天宝初年在长安供奉翰林之时。时令又到了“秋风吹渭水，落叶满长安”的季节，浓重的秋色唤醒了长安城的思妇们，使她们在相思之外，平添了一层挂念：天气凉了，征人在外如何防御寒冷呢？于是，秋夜清凉的月光下，偌大的长安城，东坊西市，千家万户，思妇们都在为征人赶制寒衣。帝都的夜晚，市井街衢都在月光里模糊了，唯有砧声，此起彼落，浮动在朦胧月色中，传响于长安城的上空。“长安一片月，万户捣衣声”两句，写的是长安夜景，但那如水如银如烟如梦的月光，那单调而又执着的不歇砧声构成的宏大交响，其中涵蕴的不正是长安城中无数思妇对征人的深切怀念体贴之情吗？所以，这两句实是比兴手法，以景起情。王夫之论述情景关系时举例说：“景中情者，如‘长安一片月’，自然是孤栖忆远之情”[①]，看法是很正确的。

“秋风吹不尽，总是玉关情”两句，仍是大笔笼罩，总写无数思妇情怀。所不同的是，上两句景中含情，这两句直接点明。李白在《关山月》中写道：“明月出天山，苍茫云海间。长风几万里，吹度玉门关……戍客望边邑，思归多苦颜。高楼当此夜，叹息未应闲。”二诗除地点一在长安一在边关有所不同外，内容上都是“清风明月苦相思”。这明月，这秋风，总是将关内关外征夫思妇绾合到一起，正所谓“隔千里兮共明月”“西风

① 王夫之《姜斋诗话》,《清诗话》，上海古籍出版社 1999 年 6 月版，第 11 页。

吹妾妾忧夫”。对“秋风”两句，可作两种理解：秋风从西方吹来，玉关正在西方，长风几万里悠悠不尽，“玉关情”也像它一样绵长不断；或解这两句是衔承上句而来，千家万户的捣衣声风吹不尽，那不停歇的砧声中传出的总是思妇情怀。“玉关情”三字虽是点明，实仍蕴蓄深厚，思妇对久别的丈夫的思念，对征人冷暖的关切，对早日团聚的盼望，诸般意思尽在其中。

如果说诗的前四句是长镜头摄出的全景式的长安秋夜捣衣图的话，“何日平胡虏，良人罢远征”两句就是在全景画面上凸显出来的特写镜头，选取千千万万捣衣人中的一个，表现她的心理愿望。思妇的情怀尽管复杂，但最最关情的无非是期盼征人早日归来团聚。这两句也就成为“玉关情”的注脚。这一个思妇盼望“良人”早日归来的心理愿望，也就是千千万万捣衣人共同的心理愿望，具有广泛的代表性和深刻的典型意义。末两句是全诗抒情的具体化，也是抒情的深化。清人田同之说：“余窃谓删去末二句作绝句，更觉含浑无尽”①。果如此，诗也许会显得更含蓄些，但诗的思想性肯定会大为削弱，诗意也会因此由沉挚变得虚泛。

李白这首仿乐府诗，尽管写的是女子秋夜捣衣怀人题材，所谓征夫思妇，旷夫怨女，这在古代诗词中算是小儿女的司空见惯的小情怀，但此诗在境界、题旨等方面却并不因此而显得狭小。从境界的角度看，此诗写思妇而不言及闺房帘栊，幽深居处，而是从宏观着眼，大处落墨，概写长安城的千家万户，写遍地的月光，无数的砧声，写万里秋风吹送不尽的伤离怀远之情。这一切大大地拓宽了诗的境界，与相同题材的宋词元曲相比，诗境就显得开阔宽大，深广浩茫。在这里，思妇怀人已不是一家一户一己之小悲欢，而是遍及于千家万户的人民大众之情。“长安”和“玉关”两个地名联系在一起，就把闺情诗中一般性的怀人，变成了都城女子思念边关战士，诗作从而获得了明确的题旨指向。诗的末二句更借助个别揭示了埋藏在千万捣衣女子心底的共同愿望，使诗中的情感骤然浓烈，它表现了战争给无数家庭带来的痛苦，抒发了人民大众对和平生活的强烈向往渴求。“平胡虏”与“罢远征”对应，使事关国家的征战大事与夫妻团聚

① 田同之《西圃诗说》，转引自陈伯海《唐诗汇评》，浙江教育出版社1995年5月版，第617页。

的一己私情有机地结合起来，升华了诗篇的思想意义。沈德潜即认为此诗的后两句“不言朝廷之黩武，而言胡虏之未平，立言温厚”[①]，其中包含着对朝廷穷兵黩武政策的委婉批判。因此，这首闺怨诗的题旨也就显得十分正大。

二

贺铸是婉约豪放兼长的词人，他的《捣练子》共五首，是一组前后连缀的婉约词，这里选析其中一首：

砧面莹，杵声齐。捣就征衣泪墨题。寄到玉关应万里，征人犹在玉关西。

和李白相同题材的诗作相比，这首《捣练子》在取境方面就表现出了典型的宋词特色：狭窄深隐。光洁莹润的捣衣石，富有节奏感的捣衣声，构成了整首词的环境氛围。词中的“砧面”“杵声”以及组词里的“锦字”“鸳机”等意象，与李白诗中“长安”“万户”等意象相比，大小宏细一目了然。词的主人公是小庭深院中的一个思妇，而非千家万户的无数思妇，景是小巧可人之物，人是轻倩婉媚之人，词人在狭窄物境的衬托下表现思妇的心境，选取一个典型细节：“捣就征衣泪墨题”，来展示思妇狭深的心理意绪。动作是典型的，心理也是典型的，它不仅富有表现力地传达出了思妇捣就征衣时的心情，而且凝聚了思妇平时的生活情景和内心情感：那别时的痛苦，别后的孤独，相思的寂寞，盼归的殷切，在捣就征衣题写封套的瞬间，都化作淋漓的泪水，和入墨里，真是“一行书信千行泪”，一个情不能胜愁肠百结的思妇形象，活托在读者眼前。词的结句，进一步深入思妇的内心世界，写她泪墨题写封套时的痴怨心态：玉门关已是万里之外的遥远边关，可自己的丈夫还远在玉关以西，此时寄出的征衣，丈夫何日才能收到呢？“寒到君边衣到无？”结句之中包含的多端遐

---

① 沈德潜《唐诗别裁集》，上海古籍出版社 1979 年 1 月版，第 48 页。

思揣想，细腻地表现了思妇对丈夫的入骨相思和入微体贴。至此，在狭小物境和狭深心境中，词笔写尽了思妇此刻柔肠欲断、痴怨欲绝的情态。回看李白诗“何日平胡虏，良人罢远征”两句，诗中思妇的痴情不可谓不深厚，但诗句在表情时却显得相当蕴藉矜庄。词中的思妇则是泪水淋漓不能自持，词句表情何等悱恻凄婉。

从题旨的角度看，李白诗由于展示了广阔的背景，涉及千家万户，将国家大事与个人私情统一起来，并且在诗中寓有批判朝廷穷兵黩武的正大之意，因而虽写思妇怨情而不显其小。贺铸词则舍弃了一切有关社会的、国家的、大众的因素，将词笔由广阔的社会人生转入了个人幽深隐微的心灵，只在思妇心灵的方寸天地间聚焦。与“诗之境阔”不同，“词之言长”，它不是面的扩大，而是点的深入，抓住人物心理意绪这一点，层层深入，描画渲染，着力表现思妇对丈夫深切缠绵的思念关怀。在思妇的心中，关情者唯有征夫。这就使得词作在抒情上深至柔婉，细腻娟媚，较诗似胜一筹。但这种情感也仅止于狭小的一己之情绪的发抒，在欣赏其“虽小却好”的同时，也要看到它“虽好却小”的另一面。和诗相较，这首词相当充分地体现了“诗庄词媚”“词为艳科”的质性，“狭深文体”“柔婉意绪”的特色。从根本上说，则是时代精神时代心理嬗变，所导致的宋词抒写重心由社会生活向人物心灵转移的结果。

三

从总体上看，较之唐诗宋词，元曲语言浅俗，境界显露，题旨尖新，风格豪泼，在诗词之外，别具一种“蛤蜊风味”[①]，在各种题材领域，都显示出自己作为新兴诗歌体式的鲜明美感风貌。具体到姚燧的［越调］《凭阑人·寄征衣》：

> 欲寄君衣君不还，不寄君衣君又寒。寄与不寄间，妾身千万难。

① 钟嗣成《录鬼簿序》，见《中国历代文论选》二，上海古籍出版社 1979 年 11 月版，第 479 页。

和李白、贺铸的相同题材诗词比较，不难发现，它既不像李诗展现阔大的境界，表现正大的题旨；也不像贺词去致力刻画狭深境界中思妇的柔婉缠绵意绪；而是直接切入思妇的内心，坦露她内心世界的真实面貌，大胆泼辣地抒写她的真情实感。在前此的捣寄征衣题材作品中，思妇的思想情感都是一维的，指向性非常明确，即由相思生出体贴关怀，害怕自己的亲人在边关受寒冷之苦，捣制寒衣，寄与征人。“明朝驿使发，一夜絮征袍”“征衣一倍装绵厚，犹恐交河雪冻深”等诗句，表现的正是思妇这种一往情深的行为和心理。更有甚者，在征夫战死，“白骨已枯沙上草”之后，“家人犹自寄寒衣”。也就是说，诗词中的思妇，在秋夜捣制征衣时，想到的只有丈夫的冷暖，只希望征衣能够尽快送到丈夫手里，好让远戍边关的亲人穿在身上抵御风寒。“寄与不寄”的矛盾，在她们心中是不存在的，她们无论如何也不会去想“不寄征衣”，尽管她们也和元曲中的思妇一样盼望着能够早日和丈夫团聚。

姚燧这支令曲中的思妇，其形象和情感都溢出了相同题材诗词的传统表现范畴，体现出一种全新的美感质素。元曲主要是唱给听众听的，听众又主要是市井平民，为了“取其一听而无不快意”，曲子便追求一种浅俗的谐趣，以收到良好的演唱效果。比如思妇闺怨，猜测丈夫在外是否另有新欢，在诗中不过是生出“君何淹留寄他方”的些许疑问；词中如“深盟厚约，除非重见，见了方端的”，也仅流露了女子对山盟海誓不尽可靠的隐忧；曲中的思妇则泼辣地表示：“花儿草儿打听得风声，车儿马儿我亲自来也”。再如弃妇的形象，在诗词中向来是可哀可怜的，元曲中的弃妇则一腔怨气，迁怒他物：“针签瞎比目鱼儿眼，手揉碎并蒂莲花瓣”。从情感到形象，诗词曲之间的差异是巨大的，这在题材相同的作品之间表现得最明显。

即如姚燧的这支令曲，它既不是通过思妇捣寄征衣去表现一种正大的题旨，也不是去着力刻画思妇的缠绵哀怨的情致，而是一反诗词旧例，突破题材定势，不避卑俗之嫌，高度真实地揭示出一个市井女子特有的情感状态：她大概难耐别后的孤寂，深怨征夫的不归，因此，她甚至不想给征夫寄寒衣了。她想丈夫在外冷得受不了时，就该忆起家庭的温暖，闺房的欢乐，就该回家来和自己团聚了。寄去征衣，丈夫不受寒冷的威胁，便又会把家庭和亲人忘到脑后了。可转念又想，军令森严，王命在身，征夫能轻易地随便回家吗？不寄征衣，丈夫难免会受塞外风雪酷寒的侵袭。但究竟“寄与不寄”，看来一时还真拿不定主意呢！曲子很短，只有四句就结束了，但“寄与不寄”的矛盾，在二十四字中颠之倒之，翻来覆去，最后并没有得到解决。这种情感心态，这种女子形象，是只有在元曲中才能看得到的。一些论者囿于欣赏诗词的审美标准，不察这一新的变化，仍然以审视诗词的眼光来看这支曲子，强调曲中少妇形象的美丽，性格的细腻，情感的缠绵，认为此曲“深得词人三昧”，显然并不符合实际。应该看到，不论是曲家所着力表现的，还是曲子客观显示出来的，都是一种有别于诗词的自出手眼、尖新纤巧、以趣取胜的市井风味。这种差异，又是与上中古雅文学向近世俗文学蜕变的文学史发展大趋势相一致的。

安排山水送行人

——王观《卜算子·送鲍浩然之浙东》解读

卜算子·送鲍浩然之浙东

水是眼波横，山是眉峰聚。欲问行人去哪边，眉眼盈盈处。　　才始送春归，又送君归去。若到江南赶上春，千万和春住。

这是一首只要一读就令人难以忘怀的送别词。作者王观，字通叟，北宋如皋（在今江苏境内）人。生卒年月不详。宋仁宗赵祯嘉祐二年（1057年）进士，曾任大理寺丞、江都知县等职。据吴曾《能改斋漫录》说，他做翰林学士时，奉皇帝的诏令写过一首《清平乐》词，其中描写了宫廷生活，高太后认为亵渎了神宗赵顼，因而被罢职，他于是便自号“逐客”。他为人颇为自负，词风接近柳永，因名词集《冠柳集》，已佚，作品流传至今的有词十六首。在文学史上，王观是一位在当时颇有名声，由于作品散逸而对后世影响不大的作家。但他的这首《卜算子》词，却很受选家重视。仅以现在比较流行的几种词选为例，如胡云翼先生的《宋词选》，中国社会科学院文学研究所的《唐宋词选》，龙榆生先生的《唐宋名家词选》，均选录此词。即此可见，这首小词确有其独到之处。下面，让我们对它试作具体的分析。

这首词的题目一作《别意》。鲍浩然，生平不详，是作者友人。浙东，宋代行政区划浙江东路的简称。这是一首送别的双调令词，上片写友人回浙东去的山水行程，下片抒发作者对回归江南的友人的深情祝愿。

先看上片。“水是眼波横，山是眉峰聚”两句，暗含送别，以人的眉眼来比拟山水，把山水写得依依有情。水是眼波，也就是眼波如水，这眼波当是作者与友人惜别的泪波。横而未流，说明作者为将行的友人着想，在尽力克制自己的思想感情，不使眼泪滴落而增加友人的伤感。山是眉峰，也就是眉峰郁结着多少离愁别绪！一个“聚”字，下得十分凝重有力。这两句实际上是写的作者对友人归程的眺望，作者的视线与友人归程连在一起，作者的眉眼与友人归程的山水融合为一体，也就是作者一程山、一程水地目送友人行行远去。通过形象的比拟，有力地表达了惜别的深情。“欲问行人去哪边，眉眼盈盈处”两句，用问句提起友人的行踪，侧写送别。行人，指将要踏上归途的友人。既然在开头两句作者已经把山水和眉眼合写，那么，行人归程山重水复，处处有山水，即处处有眉眼，“行人”也就是走在作者的眉眼即视线之中了。这两句写目送友人，友人走在作者深情送别的目光中，渐行渐远，渐远渐无，友人的影子终于消逝在泪眼模糊中了，但一路山水有情，自会依依相送的。友人虽然在作者凝望的目光中走远了，但友情却长存心底。正是这难泯的友情驱使作者手中的词笔，来安排山水送行人。

如果说词的上片侧重于形象的抒写的话，下片则是着力于感情的抒发了。“才始送春归，又送君归去”两句，正面写“送”，点出了别友的时间：暮春天气。“才始送春归”即刚刚送走春天，一层愁苦；为“又送君归去”铺垫。作者惜春有心，然而留春无计，春天终于不顾作者的挽留归去了。春归江南，家在长江边的作者却不能随同春光一起归去，可以想见，作者这时的心情是不堪的。不堪之时，又要送别自己的友人，而友人恰好又是回江南的，更加一层愁苦。对作者来说，回不去的江南又正是春归之地啊！这两句写得沉痛。一“才”一“又”，程度层层递进，感情越来越浓。结句“若到江南赶上春，千万和春住”，是作者在友人临行之际，歧路执手，从心底发出的深情祝愿，愿友人追随着春天的脚步回到家乡江南，和春光永驻一起。“千万”二字，写尽了殷殷叮嘱之意。这是多么美好而深挚的祝愿啊！彼时听到这样的祝愿，会使友人的心里暖流奔涌；今天读到这样的词句，还让我们的心怦然而动。

这首小词在写法上有它的独到之处。首先是它的比拟新巧，这一特点主要表现在上片。前人有“眉如春山”“眼如秋水”的比喻。李白《长相思》“昔时横波目，今作流泪泉”，李贺《唐儿歌》“一双瞳仁剪秋水”，都是以水波比喻女子眼睛的明亮澄澈。《西京杂记》卷二：“司马相如妻文君，眉色如望远山”，是以山色比喻眉毛秀色如黛。王观在这首词里则反过来说，翻出新意，不落前人窠臼。很显然，词里的眉眼已不必是女子的眉眼，而是作者自己的眉眼了。这翻新的比拟，将人的眉眼直接化为旅程山水，将人的感情直接赋予旅程山水，让山光水色同作者的目光一样来送别友人，从而形成了物我一体、情景交融的艺术境界，形象地表达了作者对将要离去的友人的无限眷恋，对友人风餐露宿的归途的深切关注、牵挂。

其次，这首词抒情深挚、凝重，而运笔却举重若轻。词中有的是临别的不忍与惆怅，那“盈盈眉眼”间，不正是蕴蓄着惜别的泪水吗？但作者没有像前人那样去写“双袖龙钟泪不干”，去正面渲染那淋漓的泪水。作者方苦于留春不住，再苦于送别友人，雪上加霜，苦不堪言，但作者没有去唱令人黯然销魂的《渭城曲》，而是为将行的友人着想，抑制自己的情绪，为友人发出了“若到江南赶上春，千万和春住”的衷心祈愿，以热情美好的憧憬来冲淡友人离别的愁思。这固然与作者此时是送友人还乡有关，但更主要的，是作者的理智在起作用，与作者对友人的细致入微的体贴分不开。唯其对友人情真，才能如此体贴；唯其如此体贴，才更见友情真挚！有许多送别诗词正面渲染泪水，这首词却代之以一往情深的美好祝福，作者那深沉的思乡之情，惜春之情，惜别之情，尽在不言之中。因此给人以举重若轻、含蓄不尽之感。

王灼在《碧鸡漫志》卷二中曾对王观的词作过这样的评论：“王逐客才豪，其新丽处与轻狂处，皆足惊人。”[①] 的确，这首词的比拟十分新巧，意境也十分优美，这大约就是王灼所说的足以惊人的“新丽处”。但这首词的情调并不显得“轻狂”，而是十分深厚真挚的。有人可能太泥于王灼的评论，认为这首词“俏皮话说得新鲜”“轻松活泼”，恐怕未必符合这首词的实际。

---

① 王灼《碧鸡漫志》卷二，转引自吴熊和《唐宋词汇评·两宋卷》一，浙江教育出版社2004年12月版，第364页。

善处人生的智者心怀

——苏轼《水调歌头·中秋》解读

苏轼是历史上罕见的全才型文化巨人。从中国散文史上看，在唐宋八大家中，他与欧阳修齐名，并称“欧苏”，是宋代散文的代表作家；从中国诗歌史上看，他与黄庭坚齐名，并称“苏黄”，最能体现“以文字为诗，以才学为诗，以议论为诗”的宋诗特色；在中国书法史上，他与黄庭坚、米芾、蔡襄齐名，并称“苏黄米蔡”，为北宋四大家之一；在中国绘画史上，他作为宋代文人画家，占有重要地位，影响深远；尤其是他的词作，咏史怀古，田园山水，离别相思，宦情世味，谈禅说理，边防武备，几乎“无意不可入，无事不可言”①，扩大了词的题材领域，提高了词品，推尊了词体，使向来被视为“末技小道”的曲子词，获得了与诗同样的抒情言志的表现功能，于莺娇燕呢、香艳轻软的婉约词林里，开拓出一片豪放派的新天地，在词史上与辛弃疾齐名，并称“苏辛”。历史上诗文词兼工或诗书画兼长的才人不在少数，但没有一个人能像苏轼那样，在文学艺术的各个领域，全方位地代表着一个时代的最高水平。

才华横溢的苏轼才命相妨，生平遭遇极为坎坷。他二十岁时与弟弟苏辙同榜考中进士，一代文宗欧阳修看罢他的文章，表示要让他“出一头地”。年轻有为的兄弟俩“奋励有当世志”，曾被皇室许为宰相之才。但在后来新旧党争的激烈倾轧中，苏轼由于坚持独立政见，凡事皆从是否有利于国计民生的实际效果出发，不去阿附迎合，不为“新法”或“旧制”所囿，因而为新旧两党所不容，被排挤出朝廷中枢，先后外放到杭州、密州、徐州、湖州、颍州、定州任地方官。他在地方官任上廉洁爱民，多有善政。任湖州太守时，因为写诗讽刺“新法”扰民，被主管言论的御史

① 刘熙载《艺概·词曲概》，上海古籍出版社 1978 年 12 月版，第 108 页。

舒亶等人罗织罪名，逮捕入狱，酿成有名的“乌台诗案”，险遭杀头，被贬为黄州团练副使。后来又被贬往遥远的岭南惠州和荒蛮的海南儋州。正道直行的苏轼，不见容于新旧两党，“为小人忌恶排挤，不使安于朝廷之上”①，并以所谓“谤讪朝廷”之罪陷于冤狱，一再贬谪，大半生颠沛流离，最后病死在常州旅舍之中。

面对人生道路上接连不断的坎坷磨难，苏轼既用儒家积极进取的入世思想去坚持，又用道家旷达自适的出世思想去超脱，还用佛家梦幻泡影的空无思想去化解。他以卓异的心智和丰富的阅历，洞明世事，悟透物理，觑破人情。但在看穿一切之后，他并没有撒手放弃，他的生活热情并未因连遭不幸而减退，而是更加坚执通脱，透彻成熟。贬黄州时，他不仅写出了光耀史册的《念奴娇·赤壁怀古》和前后《赤壁赋》，使中国文学史倏然闪烁出一片璀璨夺目的光芒，而且吃出了一道传世名菜“东坡肉”；再贬惠州，他乐滋滋地表示：“日啖荔枝三百颗，不辞长作岭南人”；远贬儋州，他竟然吟唱道“九死南荒吾不悔，兹游奇绝冠平生！”而且认定“海南万里真吾乡”，在苗黎蛮邦的天涯海角，找到了自己安身立命的家园。贬谪待罪于荒远偏僻的地方，在一般人是难以忍受的苦境，他却能够苦中作乐，甘之若饴。身处逆境的苏轼融合三教、勘破三昧的人生哲学和处世态度，使他的为人和作品焕发出知性与感性的双重魅力，成为命运多舛的后世文人们最后寻觅的精神归宿。

写于密州任上的《水调歌头》中秋词，就是一首充分体现苏轼热爱人生而又善处人生的智者心怀的名作：

> 明月几时有？把酒问青天。不知天上宫阙，今夕是何年？我欲乘风归去，又恐琼楼玉宇，高处不胜寒。起舞弄清影，何似在人间？　转朱阁，低绮户，照无眠。不应有恨，何事长向别时圆？人有悲欢离合，月有阴晴圆缺，此事古难全。但愿人长久，千里共蝉娟。

词序云：“丙辰中秋，欢饮达旦，大醉，作此篇。兼怀子由。”交代了作词背景。“丙辰”即宋神宗熙宁九年（1076年），“子由”是苏辙的字。

① 《宋史·苏轼传》，《二十五史》八，上海古籍出版社1996年11月版，第1220页。

当时朝中新党执政，苏轼、苏辙兄弟两人均受排挤，被分别外放到京东的密州（今山东诸城）和齐州（今山东济南）任职。他们兄弟之间情亲骨肉，谊胜知己，政见一致，极为相得。缘此，苏轼曾对苏辙发出过“与君世世为兄弟，共结来生未了因”的衷心祈愿。然而公务在身，不得闲暇，他和弟弟虽同在京东，相去不远，却也是多年无法相见。僻处偏远州郡，使“奋励有当世志”的苏轼深感政治上无所作为的苦闷。父母俱逝，家山万里，爱妻早卒，儿女幼小，他在人世间的知心者唯有弟弟一人，所谓“四海一子由”，正是宦海沉浮的苏轼的生存孤独感的真实写照。两年前，苏轼舍弃湖山秀美的杭州，自请调任密州，就是为了与在齐州的弟弟离得近些，他赴任时曾绕道与弟弟晤面未果，满怀抑郁之情写下了《沁园春》“赴密州，早行，马上寄子由”这首名作。到密州后，“咫尺不相见，实与千里同”，困于职守的兄弟俩，仍是虽近犹远。值此亲人团聚的中秋佳节，苏轼痛感困缚，倍思爱弟，把酒问天，望月怀人，填词寄意，把政治上“入世”“出世”的矛盾与情感上“离合”“圆缺”的矛盾，化解于既热爱人生又善处人生的执着、旷达与睿智之中，挥写为“逸怀浩气超乎尘垢之外”的千古名篇。

词的上片，对比“天上”“人间”，展示“出世”“入世”的矛盾困扰，这是儒道两家思想共同影响的结果。起句“明月几时有？把酒问青天”，出自李白《把酒问月》诗“青天有月来几时？我今停杯一问之”，点明饮酒赏月之义。郑文焯评曰：“发端从太白仙心脱化，顿成奇逸之笔”[①]，所言甚是。“不知天上宫阙，今夕是何年”二句，化用唐人小说《周秦行纪》所载牛僧孺诗：“香风引到大罗天，月地云阶拜洞仙。共道人间惆怅事，不知今夕是何年。”这两句对比天上宫阙和人间生活。传说天上一夕，世上百年，所以虽知人间日月，却不晓得天上是什么日子。这是以时间的差异表现天上与人间的矛盾。“我欲乘风归去，又恐琼楼玉宇，高处不胜寒”三句，用段成式《酉阳杂俎》的传说，意为自己本想像神仙一样乘风回到天上，可是又怕经受不了月宫的寒冷。这三句以对温度的感觉，写人的心理倾向，既醉态淋漓，逸兴遄飞，又有所顾虑，不无担忧。前结“起舞弄清影，何似在人间？”把虚幻的天上与真实的人间进行对比之后，词人否

---

① 郑文焯《大鹤山人词话》，唐圭璋《词话丛编》，中华书局 1986 年 11 月版，第 4321 页。

定天上，选择人间：还是在皎洁的月光下起舞，和自己的影子嬉戏吧，天上又哪里有人间自在呢？中秋之夜在超然台上“登高望远，举首高歌”的苏轼，虽有道家蹈虚出世、蝉蜕浊秽的遐举愿望，流露出“夐绝的宇宙意识”，但最终还是儒家积极入世的思想占了上风，对悲喜苦乐的人间岁月、俗世生活倾注了更大的热情。

对这首词的上片，尤其是对“我欲乘风归去”以下五句，历来有不同的理解。陈元靓《岁时广记》卷三一引《复雅歌词》说：“元丰七年，都下传唱此词。神宗问内侍外面新行小词，内侍录此进呈。读至‘又恐琼楼玉宇，高处不胜寒’，上曰：‘苏轼终是爱君。’乃命量移汝州。”自从这段话首倡“爱君”说，后世论词者如张惠言《词选》、周济《词辨》、黄苏《蓼园词评》、陆以谦《词林纪事序》、金应珪《词选后序》等都接受了这种看法。今人夏承焘、施蛰存解说此词时，皆指“天上”为朝廷，“人间”为地方官任，也是对“爱君”说的引申发挥。更有当代学者联系熙宁八九年间朝廷政治形势的变化，指出苏轼以为有机会还朝辅佐皇上，所以表达了“我欲乘风归去”的愿望，但对政局演化还是有所顾虑，因此又担心“高处不胜寒”，因而做出“何似在人间”的随遇而安的选择。诸家皆是遵循传统以比兴说词的批评方法，知人论世，以史证词，来索解这首《水调歌头》的比兴象征意蕴。

词的下片转入怀人，既感喟自然和人事的舛错乖违，又在天人合一的宇宙高度上，以相对思维的道家智慧，弥合自然界和人世间的“圆缺”“离合”矛盾，使本呈分裂状态的人间生活、情感，在超越的层次上达成新的平衡、统一。过片“转朱阁，低绮户，照无眠”三句，写中秋皓月仿佛有意，转过红色阁楼，映入罗绮窗帘，照临因离别相思而失眠之人。“不应有恨，何事长向别时圆？”则以失眠人的反诘语气、埋怨口吻向月亮发问：为何偏要在人们分离的时候变圆呢？“人有悲欢离合，月有阴晴圆缺，此事古难全”三句，是对离合圆缺矛盾的思考和感叹。苏轼是一位热爱人生而又善处人生的智者，他深知人生是绝对不圆满的，人间的悲欢离合就像月亮的阴晴圆缺，它们是既矛盾又统一的两个方面。月既不可能长圆，人也不可能长聚，正如月亮“一夕成环，夕夕都成玦”一样，人生也常是“聚少别离多”，这是一个自古及今，世代皆然，谁也无法解决、无法避免的永恒困惑和遗憾。既然如此，善处人生者就应该在人生的绝对不圆满中，追求相对的圆满。即如今夕，本是亲人团聚的中秋佳节，然而他和弟弟却因公务在身，无法相见。兄弟团聚既不可能，那么就祝愿彼此健康平安，远隔千里共享这美好的月光吧:“但愿人长久，千里共婵娟”，这也是令人感到欣慰的事情啊！结句点化谢庄《月赋》名句“美人迈兮音尘阙，隔千里兮共明月”，用“但愿”领起，情意更为深厚。

这首中秋词格调高旷，风韵清越，“翩翩羽化而仙”[①]，被王国维评为“伫兴之作，格高千古”[②]。刘熙载读此词“尤觉空灵蕴藉”[③]，先著说此词“自是天仙化人之笔”[④]，李佳“直觉有仙气缥缈于毫端”[⑤]，各家都以审美鉴赏的微妙感受体验，道出了这首《水调歌头》中秋词超迈清旷的风格特点。这首词的上片是对月亮神话传说和历代游仙诗的活用，下片人月双及，演绎物理人情。全词“绝去笔墨畦径间”，象、情、理高度融合统一，化景物为情思，又化情思为理趣，旷达超脱，乐天知命，宽人胸怀，暖人情意，启人心智，读之可以使人更加深刻圆通地理解宇宙自然，世事人生。无怪乎胡仔在《苕溪渔隐丛话》里说“中秋词自东坡《水调歌头》一出，余词尽废”了。

解读苏轼《水调歌头》中秋词，还有一点值得注意，那就是此词在情感内涵和表现手法上，所契合的带有母题、原型性质的“望月怀人”模式。这种模式肇始于《诗经·陈风·月出》:“月出皎兮，佼人僚兮，舒窈纠兮，劳心悄兮！月出皓兮，佼人懰兮，舒忧受兮，劳心慅兮！月出照兮，佼人燎兮，舒夭绍兮，劳心惨兮！”焦竑《焦氏笔乘》说:“《月出》见月怀人，能道意中事。太白《送祝八》‘若见天涯思故人，浣溪石上窥明月’，子美《梦太白》‘落月满屋梁，犹疑照颜色’，常建《宿王昌龄隐处》‘松际露微月，清光犹为君’，王昌龄《送冯六元二》‘山月出华阴，开此河渚雾。清光比故人，豁然展心悟’，此类甚多，大抵出自《陈风》也。”《月出》虽非望月思亲，但月夜的清幽意境，抒情主人公惆怅不甘、骚动不宁的向慕思恋情怀，实开启了后世诗人词客月夜抒怀之先河。

---

① 《草堂诗余》卷四杨慎评语，转引自《苏轼词编年校注》，中华书局2002年9月版，第177页。

② 王国维《人间词话》卷下，人民文学出版社1960年4月版，第228页。

③ 刘熙载《艺概·词曲概》，上海古籍出版社1978年12月版，第121页。

④ 先著《词洁辑评》，唐圭璋《词话丛编》二，中华书局1986年11月版，第1356页。

⑤ 李佳《左庵词话》，唐圭璋《词话丛编》四，中华书局1986年11月版，第3173页。

“无限新诗月下吟”，自此之后，望月怀远、望月思乡、望月思亲之作，在中国诗歌史上层出不穷，名篇迭现，一轮皎洁的月亮总能撩起中国诗人的无限心事。无名氏的《古诗十九首·明月何皎皎》、谢庄的《月赋》、张若虚的《春江花月夜》、张九龄的《望月怀远》、李白的《静夜思》、杜甫的《月夜》、白居易的《自河南经乱，关内阻饥，兄弟离散，各在一处，因望月有感》、范仲淹的《御街行》、彭邦桢的《月之故乡》、余光中的《中秋夜》、舒兰的《乡色酒》、席慕蓉的《乡愁》等，都是这一月夜怀思模式的古今名作。苏轼的《水调歌头》“中秋词”，更是此类名篇之翘楚，它的情感内涵和表现手法，与由《月出》奠定的“望月怀人”的抒情模式正相契合，词中潜隐的深层意蕴结构，对应了漫长岁月里积淀而成的月夜怀思的民族心理范型。所以它总是被历代处于相似情景中的人们记起，借以寄托自己望月怀人、佳节思亲的情感，这首词也因此而更加脍炙人口，世代传诵不衰。

意象的融化

——谢逸《江城子》解读

北宋词人谢逸，字无逸，号溪堂先生，江西临川人。因“吟《蝴蝶诗》三百首，人呼为谢蝴蝶”[①]。《宋史》无传，联缀方志等书中有关片段，可为其生平勾画出一个大致轮廓。谢逸生于宋神宗赵顼熙宁元年（1068年），卒于宋徽宗赵佶政和三年（1113年），享年四十五岁。逸父谢方，处士。母黄氏，据《临川县志》载其“读书教子，不以得丧累心”，是一位有学问的高行女子。从弟谢薖，与谢逸齐名，同为江西派诗人，“诗文不亚其兄，时称二谢”（清谢旻《江西通志》卷八十）。谢逸家境艰窘，“无地可桑麻”（《谢幼盘文集》卷五），“生涯如转蓬”（谢逸《次王直方承务见寄韵》），他的创作活动经常是在饥寒交迫的情况下进行的：“下帷却扫谢俗子，冻吟不管儿号寒。只今食粥已数月，千虑百忧烦笔端。”（吕本中《东莱先生诗集》卷二）谢逸在科场也极不顺利，“再举进士不第”（清陆心源《宋史翼》卷二十六），终于和他的从弟谢薖一起“老死布衣”（清童范俨《临川县志》卷四十三）。谢逸尽管穷愁潦倒一生，但在北宋末年污浊混乱的现实中，却保持了自身的清洁。吕本中说“无逸……虽困甚，然未尝少屈”（《东莱吕紫微师友杂志》），并进一步称道他和谢薖“修身砺行，在崇宁大观间不为世俗毫发污染”（《谢幼盘文集》卷首）。谢逸的才能很受当时人的推许，《冷斋夜话》卷十称：“临川谢逸……高才，江南胜士也。黄鲁直见其诗，叹曰：‘使在馆阁，当不减晁、张。’”

谢逸是五代花间词派的传人。在北宋后期的词坛上，自成一家。所

① 《王直方诗话》，郭绍虞《宋诗话辑佚》上，中华书局1980年9月版，第105页。

著《溪堂词》，“皆小令，轻倩可人”[①]，今存词六十二首。薛砺若《宋词通论》评他的词“既具花间之浓艳，复得晏欧之柔婉”，长于写景，妙于言情；善于在词中以自然景物意象融化人物情事意象，形成情景交融、浑然无痕的意境；从而使他的一些成功之作置于第一流词人的名作中亦毫不逊色。试以他的代表作《江城子》为例说之。

杏花村馆酒旗风。水溶溶，飏残红。野渡舟横，杨柳绿荫浓。望断江南山色远，人不见，草连空。　　夕阳楼外晚烟笼。粉香融，淡眉峰。记得年时，相见画屏中。只有关山今夜月，千里外，素光同。

清况周颐《蕙风词话》卷一说：“词有淡远取神，只描取景物，而神致自在言外，此为高手。”此词即以“描取景物”起笔，这是词人的常用手法。落花时节的荒村野渡，酒旗飘风，飞红片片；江上春水溶溶，岸边杨柳堆烟：这清丽凄妍、淡而又浓的自然景物意象中，似有若无间已融入了词人的主观感情。流水落花，孤舟野渡，阒寂无人，这迷离幽凄的画面里，不正隐含着做客异乡的词人一缕孤独的情思吗？所以词人泊舟柳岸，到酒家借酒消愁去了。山遥水远的羁旅孤寂，最容易勾起人们对温馨往事的回忆。这正如人在冰寒雪冷中最容易怀恋温暖的炉火一样。至此，作者的怀人已成为情所难免。但三杯两盏淡酒，怎消得离愁万缕？上片后三句即写由于怀人而凭栏远眺，景物画面也从眼前拉开，词笔由清晰的景物意象转化为模糊，即从眼前的清清江水、片片落红、渡口小舟、丝丝杨柳扩大为极目凝视中的整个江南山色、连天芳草。由于此处写的是远景，所以这里的景物意象给人一种淡远模糊之感。在这里，画面、词境随着词人的视线扩大，词人目光所及的地方，也就是词人情感所及的地方；江南山色、连天芳草映入词人的眼中，被怀人的目光——这情感染色体，染上了一层朦胧的感情色素。这样，词人感情所及的空间便由江南某个荒村野渡弥漫为整个江南的万水千山，这是一个巨大的感情空间。随着词人视线的由近而远，随着感情空间的由小而大，词人怀人的情思也由浅到深，由淡

① 毛晋《跋溪堂词》，见吴熊和《唐宋词汇评·两宋卷》二，浙江教育出版社 2004 年 12 月版，第 1081 页。

到浓；开头景物中隐含的一缕情思，到此已涨为一片情海，所以，情事意象也从景物意象中溢出来，这便是“人不见”。但这溢出在表现上只是瞬间的，因为“单情则露”[①]，所以，作者紧接着又把这一句情语融入“草连空”的景语中去了。

词的下片仍以写景起，夕阳衔山，暮烟笼罩，晚霞染红了迷迷蒙蒙的暮霭；这一句写景渲染出一个梦幻般的氛围：此时，为怀人之情所困扰，在进入痴迷状态的作者眼前，霞辉染红的天幕幻化为粉香融红的人脸，江南浅淡的远山幻化为情人浅描的眉峰，思极成幻，旧事重见：这就是词中“粉香融，淡眉峰，记得年时，相见画屏中”几句由人物情事意象构成的回忆。眉目如睹，粉香可嗅，年时旧事，如在目前。重温旧情，即是盼望今夕相会，写情到这般地步，如何收拾呢？如果以渴望相见收束全词，也就是以情结尾的话，则又“往往轻而露，如清真之‘天便教人，霎时厮见何妨’，又云‘梦魂凝想鸳侣’之类，便无意思，亦是词家病”[②]。为了免犯“轻露”的“词家病”，词人在表现上运用意象融化的艺术手法，把忆念幻觉中的人物情事意象又全融入景物意象中去，这便有了“只有关山今夜月，千里外，素光同”的结句；词句又由情转到景，异乡与故里、旅舍与画屏、词人与情人，相距千里，值此春夜，只有关山这一轮耿耿明月皎洁清凉的素光，与千里外照着情人的月光是相同的。素光洒遍千里、流照两地，词人“寄愁心与明月”，又与情人“隔千里兮共明月”，在春夜烟月里，词人与情人连到了一起。月光成为连接双方思念之情的丝带、传递双方思念之情的信使。这遍地月光，不正是词人异乡孤旅、怀人而人不见的凄凉心境的物化表现吗？宋沈义父《乐府指迷》说：“结句须要放开，含有不尽之意，以景结情最好。”清沈祥龙《论词随笔》说：“结有数法……或宕开……或就眼前指点。”清沈谦《填词杂说》说：“填词结句，或以动荡见奇，或以迷离称隽，着一实语，败矣。”谢逸此词结句正是宕开情事，指点眼前景物，以景结情，将人物情事意象完全虚化，溶入如水如银、如烟如梦的迷离月色中去。清沈雄在《古今词话·词品》中说“情以景幽，单情则露”，所以，以景结情，就言情来说，不着一实语，从而使词中的

① 沈雄《古今词话·词品》，唐圭璋《词话丛编》一，中华书局 1986 年 11 月版，第 849 页。
② 沈义父《乐府指迷》，唐圭璋《词话丛编》一，中华书局 1986 年 11 月版，第 279 页。

情感幽然而深，悠然而远，婉转含思，不直不露，收到良好的言情效果。清江顺诒《词学集成·法》中认为："凡词两结最为紧要。"清刘体仁《七颂堂词绎》指出："词起结最难，而结尤难于起。"清李渔曾说：一首词的成功与否，"全定于终篇之一刻"，因为"'临去秋波那一转'，未尝不令人消魂欲绝者也"[①]。谢逸此词在结句的紧要处，以遍地月光这一自然景物意象融化往事回忆的人物情事意象，恰如美人"临去秋波那一转"，表情含蓄蕴藉，使整首词显得神秀韵永、隽妙动人。

综上，此词由写荒村野渡之景而隐含情思起，到望远山怀人、以芳草融情小结；下片再以景起，忆念年时旧事，到借月光寄情止；全词"触景生情，复缘情布景，节节转换"[②]，把人物情事意象不断融入自然景物意象中，以景含情，以景起情，以景结情；既使"景因情妍"，更使"情以景幽"[③]，全词情景交融，意境清丽凄妍、浑然悠远。

这首词在以自然景物意象融化人物情事意象，形成清丽凄妍、浑然悠远的意境时，自然景物的色彩起到了融化剂的作用。渌水、绿杨、碧山、青草，这些以"绿碧"为主色调的景物，给人以凄清的感受；而片片飞红、如血夕阳、笼红晚烟等以明艳的红色为主色调的景物，又给人以温暖的感觉。词中的景物色彩清而丽、凄而妍，清凄的色彩融化词人异乡孤旅之情，妍丽的色彩又与温馨往事的回忆相统一。但"怀人"也好，"回忆"也罢，终究是"人不见"，温馨的往事终究不能代替冰冷的现实，词人是伤感的。在词的最后，作者让关山夜月的皎洁素光洒满空间画面，让一片白色遮盖绿色和红色，让全词的画面色彩最后统一在一片银白的色调上。此词的色彩冷暖相济：色彩的冷暖变化，是因为其中融化了作者变化起伏的情绪。以"碧"为主色调的景物（开头）由于含情，所以显得凄清；以"红"为主色调的景物（中间）由于忆旧，所以变得温暖；以"白"为主色调的景物（结句）由于伤情，因而显得凄凉。这是自然景物意象融化了人物情事意象之后，所显示出的不同感情色彩。从表现上看，这些饱含情愫的景物色彩，正是景物意象融化情事意象的融化剂；没有这样的色彩，词中的景与情、自然与人事就无法浑然无痕地统一起来。词中景物"碧、

① 李渔《窥词管见》，唐圭璋《词话丛编》一，中华书局 1986 年 11 月版，第 555 页。

② 贺裳《皱水轩词筌》，唐圭璋《词话丛编》一，中华书局 1986 年 11 月版，第 705 页。

③ 沈雄《古今词话·词品》，唐圭璋《词话丛编》一，中华书局 1986 年 11 月版，第 849 页。

红、白”的色彩融化词人“清、暖、凉”的心事，洁白的月光把词中荒村野渡、夕阳晚烟之景与千里怀人、婉转缠绵之情融为一体，天衣无缝。王国维《宋元戏曲考》说：“何以谓之有意境？曰：写情则沁人心脾，写景则在人耳目，述事如出其口是也。”谢逸此词正是如此。

据《复斋漫录》载：“无逸尝于黄州关山杏花村馆驿题《江城子》词，过者必索笔于馆卒，卒颇以为苦，因以泥涂之。”[①] 由此可见谢逸此词在当时所受到的重视。

① 胡仔《苕溪渔隐丛话》后集卷三十三，人民文学出版社 1962 年 6 月版，第 256 页。

戏剧冲突承载的心灵悲剧

——李梅实《精忠旗·金牌伪召》解读

墨憨斋本《精忠旗》二卷三十七折（《六十种曲》本三十五出），李梅实撰，冯梦龙改定。剧写岳飞抗金的故事，人物事件大都有历史依据。剧情梗概是：金兵逼近京师，徽钦二帝到金营议和，被拘北去。岳飞闻变，在背上刻“精忠报国”四字，立志抗金。秦桧夫妇私通金人，被金酋兀术放回，谎称杀监得脱。秦桧官至宰相，力主议和，暗助金国。当岳飞率领岳家军在前线大败兀术的铁浮图、拐子马时，秦桧按兀术密信的要求，诱宋高宗一日连下十二道金牌召回岳飞，罢兵讲和，使十年抗金成果，毁于一旦。秦桧夫妇又伙同张俊、万俟卨制造冤狱，以“莫须有”的罪名杀害岳飞、岳云父子及部将张宪。岳飞全家或自杀或被害，只有孙子岳珂由苍头保护逃脱。后来秦桧游玩西湖，遇到岳飞冤魂仗剑嗔骂，惊惧病死。太学生程宏图、岳珂为岳飞上朝辩冤，皇帝下诏为岳飞平反冤狱，追封鄂王，并将秦桧一伙罪恶布告天下。

第十五折《金牌伪召》，是全剧最动人的一场戏。这场戏设置了两条矛盾冲突的情节线索：一条是秦桧借皇帝的名义连发十二道金牌逼迫岳飞班师，断送了来之不易的大好抗金形势；一条是河洛人民与两河豪杰，痛哭挽留岳家军。前一条线索是紧张的戏剧冲突主线，它所展示的是尖锐激烈、不可调和的忠奸矛盾斗争；后一条线索是副线，是对主线的有力衬托。

岳飞出师以来，屡战屡胜，连破兀术铁浮图、拐子马，兀术只得退至汴京。岳飞进驻汴京以南四十五里的朱仙镇，一面差人修葺宋帝诸陵，安抚河洛父老，犒赏两河豪杰；一面哨探敌情，安排进兵。就在岳飞准备对金兵发起最后决战的关键时刻，秦桧收到兀术的密信，遂与其妻王氏定计，连发十二道金牌令岳飞班师。岳飞若再进兵，便以抗旨论罪。一号金牌随着朝使飞马送来圣旨，先对岳飞加官褒奖，随后便令即日班师回京。岳飞要求朝使讲清为何要在战争形势极为有利的情况下班师，朝使以“这是朝廷旨意，小官不过捧之而来”为说辞不予回答。岳飞心中明白是奸臣误了皇上，他不甘心让“十年之功，废于一旦”，便也以“容下官从容商议”为借口拖延班师。此时二号金牌又传来“即催岳飞班师”的圣旨，紧接着三号、四号金牌同时送来，措词已变成“速催岳飞回京，勿得逗留生事”。这时，兀术领兵复来交战，朝使不让岳飞迎敌，激起众将愤怒。岳飞率众将士刚击退兀术，又有二位朝使捧来五号、六号金牌“召取岳飞班师”，且威胁道：“如违，取罪未便。”岳飞此时只好说：“即便与众将商议班师。”说话之间，枢密院差官传来七号金牌，中书省差官传来八号金牌，“速召岳飞还朝，不许停缓片刻”，且声称“丞相吩咐我每，守着班师，暂住馆驿，专等太尉收拾回京。”话犹不及，九号、十号金牌又同时传来，韩世忠、刘锜等都已从前线撤兵，岳飞孤军难以独进，“催取回京，不得少延取罪”。岳飞无奈，同意“随后回兵就是”。接着十一道金牌令“守催岳飞回京，不得稍迟，有误大计”。岳飞意识到问题的严重，着手安排善后，请求再住五日，等待河洛父老妇孺束装随去。十二道金牌又到，声色俱厉地“勒取岳飞还朝，如再迟延，即以抗旨论罪”。随着金牌一道比一道紧急，催促班师的措辞一次比一次严厉，舞台的气氛也一刻比一刻紧张严峻。岳飞再也无力与朝廷发出的命令抗争，只得“分付大小三军，即刻班师”。至此，岳飞与秦桧之间的忠奸斗争，以金牌连召的戏剧情节所展开的矛盾冲突表现为秦桧的奸谋得逞，岳飞抗金十年的成果付之东流。

与秦桧一日连发十二道金牌催逼岳飞班师的矛盾主线相映衬，两河父老、豪杰则念念不忘故国旧君，积极支持岳家军抗击金兵，恢复河山。所以，他们听到班师的消息，便一齐赶来痛哭，挽留岳家军。他们请求岳飞别管“什么金牌”，“朝廷也是主上，二帝也是主上”，为迎归二帝切莫轻回。他们质问并要求朝廷使者：“今敌势屡败，二帝可回，如何频取岳爷回京，有误家国大事？老爷还与我每百姓做主，回奏朝廷。”但大势所迫，岳飞虽不愿收兵又难违君命，朝使虽深受感动也难以做主，岳飞想率领岳家军留下与两河父老、豪杰一同抗金又不能留下，不愿班师又不得不班师。正是从这一意义上说，父老的挽留与岳飞的不能停留也构成了一种矛盾冲突。但在与朝廷奸臣金牌催逼的矛盾冲突中，父老与岳飞又是完全目标一致的。父老的哭声引发了岳飞和将士们的哭声，一边是“痛哭人民泪”，一边是“飞来诏旨忙”。一片大哭声中，朝廷的金牌一道道飞传而来，严令威逼，戏剧冲突至此达到高潮，这一感人泣下的悲剧场面，形象地显示了岳家军抗击金兵、收复失地、迎回二帝的行动，是符合北方沦陷区人民利益和愿望的正义之举。在岳飞与秦桧的忠奸矛盾斗争中，广大人民是站在岳飞这一边，反对秦桧一伙的卖国投降政策的。两河父老豪杰挽留岳家军的殷切情意和动地哭声，正是对宋高宗、秦桧为代表的南宋小朝廷只顾一己私利，弃北方广大国土与人民于水深火热之中而不顾的投降罪行的有力控诉。

在两条情节线索构成的不同性质的矛盾冲突的深层，揭示的是人物心理的矛盾冲突。正是对人物心理层面的矛盾冲突的揭示，使这一出戏成为真正意义上的悲剧。人生都有自己的终极关怀，抗击金兵，收复失地，迎回二帝，就是岳飞的终极关怀。为此，他付出了十年非比寻常的心力，操练军马，招纳豪杰，血战沙场，才赢得了胜利进军朱仙镇的大好局势，两河父老豪杰“焚香迎候”，金国兵将纷纷投降，“自燕以南，金号令不行”①。深知胜利来之不易的岳飞，难抑心头的喜悦，曾豪情万丈地对众将士说：“直抵黄龙府，与诸君痛饮耳！”众将士也畅想着灭金之后“衣锦尽还乡”，整个“朱仙镇欢声闹嚷”，一派欢欣鼓舞景象。然而，“谁知造物心肠别”，在这民族的命运即将转变，历史的走向即将转折的关头，深体高宗“二圣既返，此身何属”之意而又暗通金人的权奸秦桧，连下十二道金牌，丧心病狂地勒逼岳飞班师回朝，“霎欢声成恨怏”，让岳飞十年奋斗眼看就要实现的“终极关怀”，顷刻化为泡影，使立志“让热血洒疆场”的忠臣，落得个“报国欲死无战场”的下场。在这紧张激烈、反差巨大的戏剧情节中，刻画出岳飞立志报国又不能违命、愧对两河父老、深憾功亏一篑的复杂矛盾、幻灭绝望的痛苦心理。这千古遗恨，是岳飞个人的悲剧，更是南宋一代所有抗金志士和整个民族的悲剧。剧作家对岳飞心理的深入刻画，有着深刻丰富的悲剧性内涵，产生了震撼千古的巨大艺术感染力。

---

① 《宋史·岳飞传》，《二十五史》八，上海古籍出版社1996年11月版，第1285页。

这出戏对场面、情节的处理，也颇具匠心。在十二道金牌或单上、或双双连上的间隙，插入诸将激愤、金兵来犯、两河父老豪杰苦留等场景，使得剧情波澜迭起，造成强烈的戏剧效果，演来决不单调平板。凡此足见“作者是深谙舞台艺术三昧的”[①]。

① 王起主编《中国戏曲选》中，人民文学出版社1985年12月版，第805页。

大奸大恶的大过人处

——李梅实《精忠旗·东窗画柑》解读

《精忠旗》传奇在集中笔墨主要描写精忠报国、蒙冤被杀的岳飞等忠臣义士形象的同时，也以相当大的戏剧篇幅，细致入微地刻画了以秦桧为代表的卖国求荣、陷害忠良的群丑形象。在全剧的三十七出戏里，作者用十三出戏再加上其他各出戏里的部分内容，来揭发秦桧一伙的奸邪歹毒行径和阴残丑恶心理，这占了全剧三分之一强的比例，也是剧中的重头戏。奸臣秦桧一伙作为忠奸矛盾斗争的一方，这些表现他们丑行的内容，不仅有力地对比衬托了忠臣的忠勇义烈，而且能够让广大观众和读者从中具体直观地看到，秦桧一伙是如何丧心病狂地通敌媚敌，破坏抗金，制造冤狱，残害忠良，出卖国家民族利益的，从而加深对人性、社会和历史的认识。第二十四折《东窗画柑》，在全剧所展示的忠奸矛盾冲突中占有重要地位，它具体描写了秦桧伙同其妻王氏，在相府小阁东窗之下密谋杀害岳飞的情形。“东窗”从此成为阴谋场所的代名词。岳飞父子遇害，忠烈一门遭难，抗金大业被毁，都是东窗毒计实施的直接后果。因此可以说，这出戏在刻画反面人物的形象上将奸臣之奸写到了极致，具有非比寻常的表现价值和认识意义。

岳飞被十二道金牌催逼班师回京之后，秦桧、张俊合计，先诱逼岳飞部将王俊、王贵二人控告张宪谋据襄阳，借此剥夺岳飞兵权。接着逮捕了岳飞及其子岳云和部将张宪。秦桧命大理寺丞李若朴审问岳飞，李不愿枉杀忠良，挂冠而去。秦桧又命御史中丞何铸问案，何推病不出。万俟卨为了讨好秦桧，对岳飞父子和张宪施以重刑，三人宁死不屈。万俟卨代写捏造招状，又代为画押，从而锻炼成了冤狱。枢密使韩世忠到丞相府诘问秦桧：岳飞一案有何证据？秦桧以岳飞与张宪有私书密谋兵权相答。韩又诘问书信上是怎么写的？秦桧说“书虽不明，其事体莫须有。”大理寺薛仁辅等官员认为岳飞无辜，宗正士㒟据理力争，韩世忠愤而乞休。在主持正义之士形成的压力下，秦桧开始考虑了结“莫须有”的岳飞谋反案。

这天，秦桧出了都堂，径入小阁，吩咐左右退下，一应大小事情，不许通报，他要独处静思。岳飞的事叫他颇费踌躇，一支［一江风］曲唱出了这老奸贼犹豫不决的心理。他当然不在乎岳飞的冤枉，他要的是既能除掉岳飞，又不被人拿住把柄的万全之策。秦桧和岳飞的斗争，是抗金还是投降（议和的实质是投降）的国策之争，是关乎国家利益和民族命运的大是大非之争，绝不是意气用事的同列争宠。对此，岳飞和秦桧都有清醒的认识。在金牌连召时，岳飞即明白是秦桧假传圣旨，贻误皇上。此刻，秦桧更清楚若不杀岳飞，不仅议和主张不能最后得逞，岳飞也不会善罢甘休。所以，他决意杀掉岳飞，只是“狱词还不停当”，让他计较再三。下人捧来闽中新献的柑子，他手拿柑子画来画去，手指把柑皮都画破了。这个细节正是秦桧为狱词犯难的心态的传神写照。

秦桧每逢疑难，总是王氏为秦桧出谋献策。此时此刻王氏来到小阁东窗下，只几句话就让秦桧茅塞顿开。她先以“捉虎易，放虎难”提醒秦桧，岳飞放不得；然后又针对秦桧的顾虑说道：“你这等怕人谈论，那个又饶你来？不如就把岳飞来杀了，谁人不怕死的？”并唱道：“教他每越在刀尖坐，你越把稳船儿舵。纵说冤说枉话儿多，有口奈伊何。”使秦桧最终消除了顾虑，下了要即刻处死岳飞的手谕。当秦桧准备分两步走，杀了岳飞再杀岳云、张宪时，王氏又主张一步到位：“一不做，二不休，不如就假写一道圣旨，把那两个押赴市曹处决，却不爽快？”比起秦桧来，王氏更为狠毒：秦桧是又想杀岳飞，又想叫众人无话可说；王氏则认为杀岳飞要紧，众人说什么随众人说去；秦桧对舆论尚存一丝理性的顾忌，所以要找借口；王氏则觉得无顾虑舆论之必要。秦桧想把岳云、张宪留待以后再杀，王氏则主张一起杀掉斩草除根，更加干脆不留余地。岳飞冤狱，秦桧是主谋，王氏是促成者。秦桧“千思万思”的事，只需王氏“一句两句”就帮助拿定了主意。王氏自我感觉良好地说：“我也算片言折狱。”秦桧恬不知耻地应和道：“我也算家有贤妻。”其狼狈为奸之情状，真不愧是两个狗男女，一双大奸佞。

然则王氏为什么在杀岳飞一事上表现得比秦桧还要积极呢？“最毒

莫过妇人心”的老话，恐怕没有多少说服力，那么看看，剧作者为我们提供了什么样的答案。原来，王氏随秦桧在金国时，曾与兀术私通，最初不过为苟且偷生，没想到蛮壮的兀术带给她极大的性的满足：“贱妾见中原男子，都是脆弱。及侍太子，始知人间有男子耳。”于是她倾心喜欢兀术，并打算“百年侍奉”。当兀术为议和遣归秦桧夫妇时，王氏竟不愿走。临别之时，兀术赠王氏明珠并嘱咐道：“议和若成，相见有日。”（第四折《逆桧南归》）王氏回到南宋，因“风情欠缺”而心念兀术，“思想便心焦”，抱怨自己“错嫁南朝”，并进而嗟叹“生不嫁左贤，空自偕婚媾”（第十三折《蜡丸密询》）。正是这种被精神分析学家称为“性之臣服”的心理[①]，使王氏尽心竭力、死心塌地地为兀术效劳，以期议和早成，得与兀术重叙旧欢。所以，当秦桧因议和遭众文武反对而气恼时，王氏阴狠地说：“相公少年多读了两行书，留着道理在胸中。如今把那些道理一齐撇下，放出毒手来，这班人（指岳飞等）的性命是铁铸的不成？”（第六折《奸臣商和》）首先提示用“杀人”来解决问题。当岳飞大败兀术的捷报传来，“深怕金家有失”的秦桧心情“极不快活”，寻思着“去心头病魔，有方儿么”时，王氏应声道：“除非杀却无知歪货。”（第十折《奸臣忿捷》）明白指出“非杀人不可”。正是王氏几次三番的挑诱教唆，激起了秦桧的杀机：“精忠二字偏生恼，杀却他每方恨消。”并最终导致了岳飞父子被害的结局。

秦桧无疑是中国历史上屈指可数的大奸大恶之一。《东窗画柑》一折开场的一长段道白，生动细致地展示了这个大奸大恶之人得以售其奸肆其恶的“大过人”之处。秦桧的力主议和，在金国时是为保全身家性命，回南宋后则完全是为个人的权势，他知道若主战的“诸将用事，那里用得我老秦”，所以想“用事”，就得“主和”，至于“二帝是赵家的二帝，河北是赵家的河北”，根本不关他秦桧什么事。这和将个人荣辱生死置之度外，念念不忘迎回“二帝”，时刻铭记“幽燕沉沦”的岳飞，恰成鲜明的对比。秦桧首先摸透了宋高宗惧怕金人，只图偏安的心理，斥主战为“行险侥幸”，拿“金人利害”，吓唬高宗，使之胆寒，同意与金人议和。这样，秦桧就把个人的意志转化为皇上的意志，谁再反对议和，便是和皇上“作对”，这就使秦桧在与岳飞等主战派的斗争中占据了极有利的地位。因为

---

① 参看弗洛伊德《梦的解析》，中国民间文艺出版社 1986 年 5 月版。

在封建君主专制体制下，忠奸斗争的胜败并不取决于正义邪恶之分，而取决于皇帝的态度。高宗既惧于“从战之难”，支持议和，秦桧等主和派就自然占了上风，可以“挟天子以令诸侯”了。高宗要倚重“和议”，维持偏安局面；金人也要靠“和议”继续占据淮河以北的土地；秦桧则借助双方对他的“和议”的倚恃，保位集权，排挤异己。为了彻底扫除“议和”道路上的最大障碍，秦桧又使出了最毒辣也是最奏效的一招，编造谎言，向高宗诬告岳飞想效法宋太祖陈桥兵变，黄袍加身。高宗听后“嘿然不言，颇颇相信”。秦桧以此达到了挑拨高宗与岳飞关系，动摇高宗对岳飞的信任的目的。正是高宗对岳飞的疑忌，给秦桧提供了除掉岳飞的可能。秦桧对岳飞使出的“杀手锏”，也是历朝历代忠奸斗争中，奸臣们惯用的伎俩，只不过时势不同，调拨的具体内容有别，但假手最高统治者除掉政敌的思路和做法都是一样的。比如靳尚对付屈原，李林甫对付张九龄等许许多多类似的事。在中国历史上的忠奸斗争中，正义常常败给邪恶。尽管事后由于真相大白或出于形势需要，有对忠臣的昭雪追赠，有对奸臣的夺官追贬，甚至有好事者造出忠臣在阴间惩罚奸臣的大快人心的故事，但这一切都无法改变忠奸斗争的历史真实。这也使描写忠奸斗争的文艺作品，往往充满一种悲剧之美。

结构全剧的关键

——路迪《鸳鸯绦·巧遘》解读

路迪所作《鸳鸯绦》传奇凡二卷三十八出，写杨直方与张淑儿的故事，本事见《醒世恒言·张淑儿巧智脱杨生》。全剧剧情如下：扬州人杨直方与友人焦如鹿、费元空送奚有贤往山东赴任，遇到从边地辞官南归的胡平。后杨与焦、费二人取道山东入京会试。山东女子张淑儿，父亡无兄弟，其母张妈领族人张小二在家为养子。小二不事生产，与宝华寺恶僧广智、广谋为非作歹。此时建州女真犯边，难民流离失所，杨等三人无处投宿，便来到宝华寺。不料焦、费二人竟被张小二伙同恶僧杀死。直方逾墙走脱，逃入民宅，谁知那却是张小二家。幸亏张淑儿深明大义，爱上直方，两人私定终身。直方在淑儿资助下上京赶考。广智、广谋因分赃不均与张小二起争执，小二被逼入水中淹死。二僧又哄骗张妈母女外出逃难。此时军情紧急，奚有贤奏请起用胡平，胡率军北上，路遇危难中的淑儿母女，乃收淑儿为义女。广智、广谋投靠建州军，为虎作伥，充当向导。胡平打退敌兵，将他们俘虏。班师南归，奚有贤设宴相迎。杨直方此时已中了探花，回乡省亲，三人相会于山东。广智、广谋由奚有贤问罪论死。胡平托媒，直方与淑儿欢喜成婚。此剧虽为才子佳人戏，但描写晚明建州女真（后称满洲）入侵、社会混乱的内容较多，故清初列为禁书。日人青木正儿在《中国近代戏曲史》中曾指出：作者撰此剧时，正值建州女真入侵，“而明之边将未能征讨之，作者忧国之愤，遂发为此剧也”。所论甚是。

《巧遘》为该剧上卷第十三出，是结构全剧的关键，也是点醒题目的剧眼。“遘”，遇也。人们好说遇合，有遇才能有合。直方与淑儿这一双生逢乱世、素昧平生的才子佳人，经过无数曲折，最终结为婚姻，全在有此“巧遇”。以后的剧情，全是由巧遇发展而来；最后的结局，正是这一出巧遇的结果，无巧不成书，无巧更不成戏，误会与巧合，乃是构成情节的基础。验之此剧，信然。

从情节的角度看，本出名曰《巧遘》，突出的正是一个“巧”字，全在“巧”字上做文章。上京赶考的杨直方在宝华寺遭劫，藏在荆棘丛中，攀树跳出寺院围墙。无处躲避之际，幸喜路边有一家人门儿半掩，杨生闪身进去，遇一老妇，听杨生诉说遭遇后，便说要去给杨生买酒解闷，遂叫自己的女儿出来相陪。这位少女就是此剧的女主角张淑儿。淑儿怜杨生之才，说出母亲借口打酒的真相，主动向杨生求婚。淑儿赠杨生鸳鸯白玉绦表达心意，作为来日鸳鸯成双的信物。此剧的题目也在此点出。赠绦定情之后，淑儿又设计放走杨生。设若杨生没有寺中的一番凶险，不在半夜逃命撞入淑儿家，一切便都不会发生了。这一出以前的所有情节，都是为这一出里杨生与淑儿的相遇做的铺垫。二人的相遇是偶然也是必然，是巧合也是缘分。

然而，福祸倚伏，原来仓皇逃命之际的杨生撞入的人家，正是与恶僧一起行凶的张小二家；淑儿不是别人，正是张小二的姐姐；老妇也不是去给杨生沽酒解闷，而是先让女儿稳住杨生，自己借口沽酒，好去寺中通风报信。祸不单行的杨生，才出狼窝，又入虎口。然幸遇淑儿慧心怜才，深明大义，并未与弟弟和母亲沆瀣一气，杨生才得以脱险。

从张家逃出的杨生，被花梢绊住受场虚惊，惶急中又掉了鸳鸯绦，冒死寻来，又撞上了剪径强盗缩项鳊鱼李三，这真是无巧不成书，紧张人偏遇紧张事，崇祯刻本眉批所谓“忙时凑忙”。还好李三只要买路钱，不要人命，杨生无钱，便被剥了衣服。李三穿起杨生的衣服，将自己的旧道袍给杨生穿了。广智、广谋与张小二追上来，误把李三当作杨生，斗杀之后，才发现弄错了。杨生因此得以死里逃生。日人青木正儿《中国近代戏曲史》评此剧说：“结构绵密，凑合复杂，事件甚巧，可见其手段不凡。”如上分析，《巧遘》就是全局中情节结构最巧的一出。

《巧遘》强化了戏剧情节的紧张、曲折、复杂性。围绕祸不单行的杨生，险象频生，但又均能逢凶化吉，使剧情在紧紧抓住人心的效果中得以发展下去，看看山重水复，却又柳暗花明。还有后半出的唱词，与杨生逃命、众人追赶的快速场次转换相适应，也多是短句复沓，给人以促迫、急骤之感，从唱腔与语言形式的角度，有效地烘托出紧张惊惶的氛围。

在中国古典戏曲作品塑造的众多光彩照人的女性形象系列中，张淑儿无疑是独具个性魅力的一个。虽然在第十三出前后，淑儿均有不俗的表现，但淑儿独特的个性魅力，即在爱情婚姻问题上显示出的面对命运的主动性和改变生活的勇气，则是最集中地体现在第十三出《巧遘》里。由于女性的性别弱势，更由于封建礼教的沉重压抑，传统社会的女性在爱情婚姻中总是处在被动受制的地位。即便在明清大量涌现的才子佳人小说戏曲中，香艳故事的女主角也没有完全摆脱被动的处境，而不免成为才子们追逐获取的对象。随着故事的进展，她们逐渐越礼逾矩终至以身相许的叛逆行为，也多是被神魂颠倒的男主角那如痴如醉苦求不已的一念精诚感动的结果，而不是出于自我的主动选择。因此，戏中的淑儿于仓促中初遇杨生，就大胆主动地提出订婚的要求，就具有独特的艺术魅力。

在一般的才子佳人戏里，男女主角的初遇，或在寺庙，或在林苑，或在陌上，或在水边，顾盼生情之后，都少不了一种“后花园”式的可人环境，为才子佳人弹琴吟诗、幽期密约提供足够的周旋空间。而此剧却将杨生与淑儿的相遇，安排在杨生仓皇逃命的途中，淑儿又是谋害杨生的凶手张小二的姐姐。揆以常理，淑儿对杨生有两种可能采取的做法：一是听凭母亲的安排，稳住杨生，成为帮凶；二是出于幼习诗书的明理和天性善良的同情，私自放走杨生。此时的杨生虽在难中，却仍是一派书生不谙世事、轻浮酸腐的可笑模样。杨生的否泰吉凶，全操于淑儿之手。淑儿出人意料地由同情生出爱慕，与杨生交拜立盟，再助杨生脱困。这里绝无习见的才子佳人式的缠绵悱恻，人命之危急迫在眉睫，机会稍纵即逝。大胆果断的淑儿一旦认准了就付诸行动，掌握主动。相比之下，须眉男儿杨生只顾逃命，稚拙可笑，其惊慌失措之状，与身为弱质女子的淑儿的胸有成竹从容不迫形成了强烈的反差。在私放杨生时，淑儿先送银两盘费，再赠鸳鸯玉绦，然后又拿出绳索，让杨生把自己捆缚在柱子上，伪造出杨生以力脱走的现场。这样做，不仅达到了放走杨生的目的，又免除了母亲弟弟和寺僧对自己的怀疑，从而有效地保护了自己。足见淑儿不仅多情、勇敢，而且富于智慧，虑事周全。在这一出戏中，淑儿处处主动，杨生处处被动，男性和女性在爱情婚姻关系中形成的角色定势被彻底颠覆。在人生命运的转折关头，淑儿勇敢地做出了自我选择，而杨生不过是一个随波逐流的受支配者。所以，前人称赞淑儿“识人于仓皇中，便许以姻娅。而慧识别胆，远虑深谋，高出常人万万”[①]。

淑儿的主动求婚，看似突然，实则契合人物的深层性格心理。第三出《劝弟》里首次出场的淑儿，在上场诗中自云：“幼读班姬训，乘闲偷习诗。岂云夸翰墨，聊以副芳资。天公殊薄劣，不遣做男儿。”又在说白中自道：“志慕幽贞，情怡书史。”可知淑儿是一个通诗书、明事理的淑女。所以，淑儿在仓促中对杨生产生爱慕，就不仅是悦其貌，怜其才，也有惺惺相惜的内涵。幼习诗书的淑儿，家道中落，父亡母老，弟性顽劣，为非作歹，不听劝告。心怀殷忧的淑儿，生活在一个十分恶劣的家庭环境中，内心孤寂，知音难遇，情怀难诉，身世无主。年青书生杨直方的偶然出现，无疑于在她枯燥郁闷的生活中照进一束亮光，吹来一缕清风，她不愿失去这仿佛天外飞来、稍纵即逝的偶然机遇，大胆果断地采取了行动，表现出古代女性罕见的争取改变生活的主动性和勇气。因此，淑儿的形象在古典戏曲中显得非常特出，值得好好研究。

① 崇祯刻本《鸳鸯绦》第十三出评语。

附录一

序跋六题

《婉约词精华评析》前言

一

有关词的体派之分，在词学界虽有多种说法，但影响广泛、深入人心的还是婉约、豪放二分法。婉约与豪放，是由作品的题材内容、表现手法所显示出来的不同艺术风格，其中渗透着作者的胸襟性情、阅历见识和审美好尚。由于作者不同，题材、手法不同，作品的风格呈现出差异就有其必然性。早在北宋时代，人们就已经意识到这种差别的存在，俞文豹《吹剑续录》载："东坡在玉堂日，有幕士善歌，因问：'我词何如耆卿？'对曰：'柳郎中词，只好十七八女子，执红牙板，歌杨柳岸晓风残月；学士词，须关西大汉，铜琵琶，铁绰板，唱大江东去。'公为之绝倒。"这位幕士对柳永和苏轼词风差异的感受是极为敏锐和准确的，他的这段生动风趣的话，遂成为后世论者区分词风之婉约、豪放的滥觞，吴灏《历朝名媛诗词题辞》就说："自宋人说部有铁板红牙之喻，词家乃分豪放婉约两派。"

第一次明确地使用"婉约""豪放"这两个概念对两大类型词风进行区分的，是明代词人、词学家张綖。他在《诗馀图谱》中说："词体大略有二：一婉约，一豪放。盖词情蕴藉，气象恢宏之谓耳。"明人徐师曾在《文体明辨》一书中也有类似的说法。此后，虽然有人认为词风可更细地分为多品多派，如孙麟趾说："高澹，婉约，艳丽，苍莽，各分门户。"[①]谢章铤也说："宋词三派：曰婉约，曰豪宕，曰醇雅。"[②]。现代词学家詹安泰在其《词学论集》中，更将宋词的艺术风格细分为"真率明朗、高旷清雄、

① 孙麟趾《词径》，唐圭璋《词话丛编》三，中华书局 1986 年 11 月版，第 2557 页。

② 谢章铤《赌棋山庄词话》，唐圭璋《词话丛编》四，中华书局 1986 年 11 月版，第 3443 页。

婉约清新、奇艳俊秀、琢丽精工、豪迈奔放、骚雅清劲、密丽险涩”八类，每类各有代表作家和附属作家。但是张綖所首倡的作为词风的基本分野之婉约、豪放之说，数百年来，得到了词学界和读者的广泛认同。

词初起于民间，敦煌曲子词的题材内容和美学风格较为丰富多样，并不主于一体一格。文人参加创作后，词开始向软媚香艳一路发展，从“晚唐五代以来”，即“以清切婉丽为宗”[①]。唐五代词的两个中心西蜀和南唐，基本上都是婉约词的天下，尤其是以温庭筠、韦庄为代表的西蜀《花间》词派，题材则取“绮宴公子”“绣幌佳人”之情爱，手法则极“镂玉雕琼、剪花裁叶”之能事，奠定了“词为艳科”的婉约类型风格。北宋晏殊、欧阳修、晏几道的词作基本上是五代词风的延续，张先、柳永的慢词虽在形式上多所拓展创新，但内容总的来说仍不外男欢女爱，绮梦艳思。有“词心”之誉的秦观和主“词别是一家”的李清照，向被视为婉约派之正宗。北宋末的周邦彦则集前此婉约词之大成，下开南宋姜夔、史达祖、吴文英、周密、王沂孙、张炎等人的格律词派。朱彝尊云：“词至南宋而始极其工，至宋季而始极其变。”[②]但除去继承北宋苏轼豪放词风的辛派爱国词，南宋词变来变去，大体上仍未变出周邦彦词之樊篱。婉约词人以外，两宋的豪放派词人亦有十分本色的婉约之作，仅以豪放派两大代表词人苏轼、辛弃疾为例，清人王士祯《花草蒙拾》就认为苏轼“‘枝上柳绵’，恐屯田缘情绮靡，未必能过”；南宋刘克庄《后村诗话》评辛词时也指出“其秾丽绵密处，亦不在小晏、秦郎之下”。

金代“苏学北行”，词风崇尚豪放，即况周颐所谓“金源人词伉爽清疏，自成格调”[③]，周、姜格律词派在金代词人中很少影响。元词内容和风格较为多样，婉约一路前期有张弘范，其令词具小晏风调；中叶的张翥，与宋末格律派诸子一脉相承，声誉颇著。明初词家刘基等人的词作“温雅芊丽，咀宫含商”[④]，格调与宋末词社诸家为近；中期词人杨慎、王世贞、汤显祖多逞才之作；明末陈子龙的《湘真阁词》，以婉丽深沉、绵邈凄恻著称，对清词影响很大。

---

① 永瑢、纪昀《四库全书总目提要》，海南出版社1999年5月版，第1084页。

② 朱彝尊《词综·发凡》，岳麓书社1995年3月版，第10页。

③ 况周颐《蕙风词话》卷三，人民文学出版社1960年4月版，第61页。

④ 朱彝尊《词综·发凡》，岳麓书社1995年3月版，第14页。

清词号称“中兴”，词人词作，多如繁星；风格流派，异彩纷呈。可纳入婉约一系的代表性词人词派，清初有纳兰性德，其词宗尚李煜，情致深婉，小令尤清丽真切，被王国维《人间词话》推为“北宋以来，一人而已”。以朱彝尊、厉鹗为首的浙西词派，推尊姜夔、张炎，主张“字琢句炼，归于醇雅”，远绍南宋风雅（格律）词派，影响几遍天下。与朱彝尊同时并驰于词坛的还有陈维崧的阳羡词派，则嗣响苏、辛豪放词风，此处不拟置论。嘉庆以后，张惠言、周济的常州词派继起，强调“意内言外”，比兴寄托，指示作词路径为“问涂碧山，历梦窗、稼轩以还清真之浑化”[①]，推崇周邦彦，转变了清中叶词风。清末内忧外患深重，王鹏运、朱祖谋等结社填词，伤于国运，哀感极深，俨然宋末词社诸子之家数。

二

婉约词的题材内容多为惜春悲秋、伤离恨别、男欢女爱，这是人性觉醒在文学中的表现，其实质是人对时光的珍惜，对生命的挚恋，对生活的热爱。缘于时代思潮、社会风气以及文载道、诗言志、词抒情的文体分工等原因，词比一般抒情诗更加强调情感性特质，即所谓“簸弄风月、陶写性情，词婉于诗。盖声出莺吭燕舌间，稍近乎情可也”[②]，“情有文不能达、诗不能道者，而独于长短句中可以委婉形容之”[③]。这里所说的“情”，主要指悲欢离合、聚散恩怨的儿女之情。从婉约词发展流变的实际来看，唐五代的《花间》词，宋初晏、欧的令词，其后柳永的慢词，秦观、李清照的“本色”词，周邦彦、姜夔、吴文英、张炎等的格律派词，以及元明清词人的婉约词作，莫不如此。在长期的封建宗法社会中，由于受儒家伦理观念的束缚和“发乎情，止乎礼义”的诗教的影响，男女之情始终是正统诗文中的禁区，即使少数敢于涉足此一禁区者，如元稹、杜牧、李商隐等，他们的这类诗作也多不作正面的展示，隐约深晦，难以索解。只有在婉约词里，久遭压抑的人性才终于找到了自己合适的宣泄载体，那些“文不能达，诗不能道”的个人性情感，才得到了空前集中充分的表现。婉约词也

① 周济《宋四家词选目录序论》，唐圭璋《词话丛编》二，中华书局1986年11月版，第1643页。

② 张炎《词源》，唐圭璋《词话丛编》一，中华书局1986年11月版，第263页。

③ 查礼《铜鼓书堂词话》，唐圭璋《词话丛编》二，中华书局1986年11月版，第1481页。

因此而与正统的言志载道的诗文划开了界限，它所抒写的较为纯粹的男女之情，具有以情反礼、以情抗理的社会进步意义。

除了男女之情，婉约词还对“闲情”和“逸情”多有表现。所谓“闲情”，是指那种与深广的社会内容没有明显联系的，触发于个人日常生活的心情意绪。这类题材主要反映在游赏、咏物、酬赠、应景之作中。所谓“逸情”，是指回避矛盾、退缩萧瑟的隐逸出世之想，主要反映在歌咏山水田园生活情趣的作品之中，以“别饶仙姿”、“远凡俗之念”为其基本特色。

从思想内容的角度审视婉约词，我们也应该进一步看到，在不少香艳婉娈之作中，还氤氲着比“艳情”更丰富复杂因而也更深刻凝重的情思。一是不少婉约词人在填词时“将身世之感打并入艳情”之中，表现出一种深切的人生悲感和家国忧患意识，如李璟的《摊破浣溪沙》“菡萏香销翠叶残”、冯延巳的《鹊踏枝》“谁道闲情抛掷久”、李煜的《相见欢》“林花谢了春红”、晏几道的《蝶恋花》“醉别西楼醒不记”、秦观的《踏莎行》“郴州旅舍”、纳兰性德的《采桑子》“谁翻乐府凄凉曲”、汪仁溥的《念奴娇》“咏浣纱石”、王国维的《虞美人》“碧苔深锁长门路”等；豪放词人的情词亦多如此，如苏轼的《蝶恋花》“花褪残红青杏小”、辛弃疾的《念奴娇》“野棠花落”等。二是在婉约词中抒写家国之思、世运之叹，末世词人多有此类作品，如李煜的《虞美人》“春花秋月何时了”、李清照的《声声慢》“寻寻觅觅”、姜夔的《扬州慢》“淮左名都”、《疏影》“苔枝缀玉”、王沂孙的《眉妩》“新月”、吴激的《人月圆》“南朝千古伤心事”、陈子龙的《点绛唇》“春日风雨有感”、王鹏运的《浪淘沙》“自题《庚子秋词》后”、文廷式的《祝英台近》“剪鲛绡”、朱祖谋的《声声慢》“咏落叶”等，这类作品忧念时事，感伤离乱，多充满浓郁的爱国情感和故国黍离之悲，这是婉约词人感应时代动荡变局的结果，只不过在表现上不像豪放词人那样悲歌慷慨，而取“别是一家”的婉约方式。这类作品丰富了婉约词的题材内容，扩大了婉约词的表现领域，并大大提高了婉约词的思想品位。

三

婉约词是中国古代文学优美风格的代表，其感人之切，入人之深，古代文学诸文体无出其右，至今仍拥有广大读者。婉约词历久不衰的诱人魅力，除了其题材选取所包蕴的人性内涵这一层因素外，更得力于其在语言、结构、意境、风格等艺术表现方面的讲求。

“词为艳科”，婉约词的语言受其内容的制约，一开始就表现出了与诗的语言的重大差异。由于婉约词多言儿女情事，多抒人生情思，所以它的语言要比诗的语言更晶莹玲珑，更绮丽柔婉。在具体的语言运用方式上，婉约词常常以吞为吐，欲言又止，婉曲抒情，仅以李清照《凤凰台上忆吹箫》中的几句为例略作分析：“生怕离愁别苦，多少事，欲说还休。新来瘦，非干病酒，不是悲秋”。其中“非干”两句，是对“瘦”的原因进行说明，但又不作正面说明。醉酒伤身，悲秋损性，都能致“瘦”；用“非干”“不是”对这两种情况进行否定，那么“新来瘦”究竟是为什么呢？答案虽已不言自明，但词中终无一字说破，这样不仅进一步丰富了“欲说还休”一句的含义，而且给读者留下赏玩回味的余地，“婉转曲折，煞是妙绝”[①]。这种欲言又止、欲说还休的语言方式，成了历代婉约词人的通用方式。

在中国古代各体抒情诗中，婉约词最讲究艺术结构的曲折迂回，递进层深。一是整体结构上的回环盘旋，时空转换。如晏几道《蝶恋花》“梦入江南烟水路”，短短几句即有数度曲折，写来“层层深入，节节顿挫”[②]；柳永《雨霖铃》仅“念去去千里烟波”以下即有四层曲折递进，把别离之情抒发得淋漓尽致。至于周邦彦《兰陵王》“柳阴直”的客中送客，姜夔《扬州慢》“淮左名都”在心里对比中展开怀古式联想，辛弃疾《摸鱼儿》“更能消几番风雨”的惜春与忧国、用典与写实的交错，项鸿祚《水龙吟》“秋声”之层层铺写诸般秋声臻于极致后，再以“无声”深入一层，若从结构的角度分析，则更为复杂。整体结构之外，婉约词在局部修辞上的衬跌翻转，也从结构技巧上增加了抒情的深曲婉美，如范仲淹《苏幕遮》“山映斜阳天接水，芳草无情，更在斜阳外”、欧阳修《浪淘沙》“今年花胜去年红。可惜明年花更好，知与谁同”。曲折层递，不仅是婉约词的结构艺术特点，更是婉约词深入抒情的利器。清江顺诒《词学集成》中说：“有韵之文，以词为极……夫至千曲万曲以赴”；清沈祥龙《论词随笔》指出：“词贵愈转愈深”；《古今词论》引毛先舒语曰：“词家意欲层深”；刘熙

① 陈廷焯《云韶集》卷十，转引自吴熊和《唐宋词汇评·两宋卷》二，浙江教育出版社2004年12月版，第1414页。

② 唐圭璋《唐宋词简释》，上海古籍出版社1981年7月版，第81页。

载《艺概》引毛稚黄语，也说词“一步一态，一态一变。一转一深，一深一妙”。上引诸家论说的都是婉约词的结构特点和它所产生的抒情效果。

婉约词的意境具有朦胧深隐的特征。在婉约词中，主客交炼，心物一体，情景关系确实达到了“妙合无垠”的程度。婉约词中的景物，决非客观物象的写实，景物已转化为意象，隐约于情思之中。婉约词中的人事，多是个人的隐情私事，但其间衍生的愁恨哀怨，却不专为一人一事而发，常笼罩着一层缥缈的纱雾，寓实于虚，似真却幻，形成所谓“如深岩曲径，丛筱幽花”般的朦胧深隐的意境，“隐美”之中包含着“复意”，蕴蓄着多义性，比兴寄托，多方感发，不主一义，婉约词精品皆是如此。除了“隐美”的多义性特征而外，婉约词意境还有若即若离的不确定性特征，这主要体现在咏物之作中。如苏轼的《水龙吟》咏杨花，姜夔的《暗香》、《疏影》咏梅，史达祖的《双双燕》咏燕，王沂孙的《眉妩》咏新月，张炎的《解连环》咏孤雁，以及元明清词人的大量咏物之作，皆是看似咏物而意在咏物之外，似非咏物又句句在咏物之中，深得比拟双关、不粘不脱之趣。正是这种以人类模糊认识为心理基础的朦胧深隐的意境，使得婉约词具有一种特殊形态的美感和魅力，吸引着欣赏者以创造性的想象、联想活动，在解读作品的过程中，获得审美再创造的无穷愉悦和享受。

婉约词的美感风格是忧伤执着的悲美。展读婉约词，如赏带雨娇花，如对伤春美人，如闻莺啭燕呢，如理愁丝恨缕，但见满纸泪痕。这些以男女情爱、离别相思、惜春悲秋或黍离麦秀之思为主要内容的作品，无不濡染浸润着或淡或浓的哀愁感伤色彩。在婉约词中出现最多的字眼是：愁、恨、怅、怨、泣、泪，在这爱情无边的哀怨中，又掺杂着青春流逝的伤感和身世命运的忧患。值得注意的是，爱情的失落煎熬和青春的迁逝虚掷、命运的沉重心酸，并没有击倒这些看似孱弱的婉约词人们，他们是执着的：“衣带渐宽终不悔，为伊消得人憔悴”（柳永《凤栖梧》）、“十分春易尽，一点情难改”（释惠洪《千秋岁》）、“若似月轮终皎洁，不辞冰雪为卿热”（纳兰性德《蝶恋花》）、“妾身但使分明在，肯把朱颜悔”（王国维《虞美人》）……这些词句就是他们执着情怀的写照。在婉约词满眼的“伤感语”中，我们看到的却是作者们对于美好人性、美好理想、美好生活的一片痴情。“忧伤而执着”，正是婉约词的典型美感风格，是这一类看似掩抑低沉的作品，能够给人以真切深长的艺术感染的关键所在。

四

这本《婉约词精华评析》共收历代有代表性的婉约词作 170 余首。选目初由胡益民、杨景龙提出，最后由胡益民、刘梦芙确定。前言由杨景龙执笔撰写。评析文字撰写者除胡、杨、刘外，另有郭瑶琴、章尚正、王印东，均署名于于文后。

考虑到本书的读者对象有解放军官兵，修订中特加重了以婉约之笔写家国之感的作品比例。自来选本众味难调，加之笔者目光如豆，难免有疏误和考虑未周处。解放军出版社峭岩先生在本书出版过程中给予热情的帮助，令人铭感，谨此致以深挚的谢意！

杨景龙

1999 年 12 月 18 日

《唐宋词佳句精赏》后记

“秀句所以照文苑”[1]。摘句，是古代文学批评鉴赏常用的方法之一，其渊源可以追溯到先秦的“赋《诗》”和“引《诗》”。春秋时各诸侯国使臣在外交场合赋《诗》的通例是“断章”,《左传》等典籍引《诗》则是以两句为多的“截句”。当然，先秦时代赋《诗》引《诗》的“断章”或“截句”，都是在实用的而非审美的意义上进行的。作为文学评赏意义上的“摘句褒贬”的方法，正式形成是在南朝。严羽《沧浪诗话·诗评》说：“汉魏古诗，气象混沌，难以句摘。晋以还方有佳句。”从总体上说，严氏的看法可以成立。魏晋以来，文学进入自觉时代，由于文学创作过程中艺术技巧的发展提高。逐渐在作品（主要是五言诗）中出现特别精彩的句子，意象完整，在韵律辞藻、描写抒情上给人以鲜明的美感享受，摘出后能够独立存在。这类出色的诗句引起了人们的高度重视，并形成一种遍及创作和欣赏领域的社会风气。在南朝文学批评著作和史书、子书及小说家

---

① 刘勰《文心雕龙·隐秀》，王利器《文心雕龙校证》，上海古籍出版社 1980 年 8 月版，第 244 页。

言中，“佳句”“秀句”“妙句”“美句”“迥句”“清句”“奇句”等词一再出现，那一时代无论是作者、读者，还是一般的社会舆论，评价诗品高低、诗人优劣的标准，往往是以有否“佳句”作为衡量尺度的。

降及唐代，人们对“佳句”的兴趣有增无减。从唐高宗显庆元年开始，朝廷召集文士陆续编成一批大型类书，计有《文馆词林》一千卷、《瑶山玉彩》五百卷、《芳林要览》三百卷等，重点搜集历代文章的名篇丽藻、美词佳句。尤其是元兢等人花费十年时间编纂的《古今诗人秀句》，作为第一部“秀句”专集，影响颇大，问世之后，仿效者甚多，如王起《文场秀句》一卷，黄滔《泉山秀句》三十卷，玄鉴《续古今诗人秀句》二卷，佚名《秀句集》一卷、《秀句录》一卷等。与“秀句集”盛行的同时，诗人创作十分注意佳句的营构，如杜甫自言：“为人性僻耽佳句”、“清词丽句必为邻”，贾岛尝云：“二句三年得”。称赏其他诗人也注目佳句，如杜甫称李白“李侯有佳句”，称王维“最传秀句寰区满”，称孟浩然“清诗句句尽堪传”。并有进一步拈出某句诗作为诗人代表之趋势，如李白于谢朓则说：“解道‘澄江静如练’，令人长忆谢玄晖”。郑谷于王湾亦云：“何如‘海日生残夜’，一句能令万古传。”这种倾向到宋代大为发展，一些词人往往因为笔下佳句而赢得别名雅号，如张先号“张三影”，贺铸号“贺梅子”，宋祁号“红杏枝头春意闹尚书”，柳永号“‘露花倒影’柳屯田”，秦观号“‘山抹微云’秦学士”等皆是。

在“秀句集”的基础上，晚唐两宋产生了许多“诗句图”，著名的有张为的《诗人主客图》、李洞的《集贾岛诗句图》、宋太宗、真宗的《御选句图》、僧崇惠的《崇惠句图》、高似孙的《选诗句图》等。句图的出现标志着摘句方法的独立，同时也直接催生了“诗话”类著作。诗话产生在宋代，最早为欧阳修的《六一诗话》。从《六一诗话》开始，下迄晚清的大量诗话著作中，在评论鉴赏历代诗人诗作时，运用最普遍的就是摘句的方法。这种情况，在词话著作中也是如此。

以上简略回顾一下摘句的历史，意在说明这种批评鉴赏方法似乎不像一些高尚之士所鄙视的那么末流。相反，一个相当清楚的历史事实是：摘句乃古代诗歌批评鉴赏的最基本最普遍的方法之一。这是因为，作者写诗注重“佳句”“秀句”，而读者争相传诵的也多是一篇作品中的“佳句”“秀句”，正如胡仔所说：“古今诗人，以诗名世者，或只一句，或只一联，或只一篇，其余虽别有好诗，不专在此，然传播于后世，脍炙于人口者，终不出此矣”①。评诗赏诗者的注意力自然也就集中于“名篇”“佳句”上了。佳句多是作品眼目，片言居要，一篇警策，或写景或抒情或寓意，在全篇中最为出色。遍览古今诗词作品，名篇总是和佳句连在一起的，名篇之所以能够千百年来脍炙人口，率皆因其有气韵天然或锤炼精工的佳句。佳句为全篇增色，或者干脆说，就是因为有了蜚声的佳句，作品才成为令人难忘的名篇——这样说恐怕不是过甚其辞。

现当代读者对精美绝伦的古代诗词佳句仍保有浓厚的兴趣。应运而生，便有了近年面世的多种古代诗词曲佳句辞典，但都不专于唐宋词。这类辞书规模既宏大，自然以存目为主，评赏文字十分简略，基本上是佳句的现代白话翻译，这对于一般读者的深入欣赏显然并无太大帮助。鉴于此，1990年冬天笔者再读《全唐五代词》和《全宋词》时，随读随辑佳句两千余，拟撰一册《唐宋词佳句萃编》。1991年4月中州古籍出版社同意接受这个选题，作为“古典文学小丛书”之一种，书名定为《唐宋词佳句精赏》，篇幅限在15万字左右。于是我便再从辑得的两千余佳句中精选220余句，这些佳句出自唐五代两宋词人70余家的190余首词中。然后分句撰写鉴赏文字，至1991年8月初交稿。便有了这本小册子。

本书所收佳句的排列以词人的生年先后为顺序。每句的赏析文字之后附有原作，既标示佳句的出处，又兼收唐宋词选本之功效。所选佳句多是一经写出便耸动词林、历代传诵已有定评者，也有一些是笔者有所会心、特加拈出以期与人共赏。选择标准是婉约与豪放并举，优美与壮美并重。同时注意吸收历代诗话词话对有关佳句的评点；以对佳句本身的分析为主，同时注意理清佳句对前代创作的继承借鉴和对后世创作的启示影响，并拿来相近可比的中外诗歌佳句展开比较；坚持句不离篇的原则，在充分重视佳句独立性的同时注意其与全篇的有机联系；知人论世，把对佳句的分析同词人的生活时代、生平思想、审美理想、风格流派等方面结合起来，以微观透视宏观，从对二百余佳句的分析中约略辨认出一条数百年词史的演进线索；具体行文上既追求古代词话印象式的片言只语的精要含蓄，更侧重现代理性逻辑的条分缕析的详切清晰，并尽可能将赏析文字写

① 胡仔《苕溪渔隐丛话》后集卷二，人民文学出版社1962年6月版，第10页。

得生动形象些，情感色彩浓郁些，也就是说尽可能写得美一些；至于对现代文艺学、美学、心理学知识的吸收和新批评方法的借鉴，目的是想对一些千古名句作出属于我们时代的新的观照和阐释。希望笔者的一番努力能对读者有所帮助，并被读者所认可。

本书从确定选题体例到具体写作定稿，始终得到中州古籍出版社孙鑫亭老师和袁健老师的热情指导大力支持，责任编辑张燕萍老师为本书付出了许多辛劳，成书之际，请允许我对他们表示最诚挚的谢意！

限于笔者的学识水平，评赏佳句时未契不中之处在所难免，欢迎读者朋友不吝赐教！

杨景龙

1991 年 8 月

《蒋捷词校注》后记

2004 年春天，我到华东师范大学中文系师从赵山林先生访学。感于词史上“宋末四大家”之一的蒋捷词集迄无校注本行世的薄弱研究状况，遂产生校注蒋捷《竹山词》的想法，得到赵山林先生和马兴荣先生、齐森华先生、高建中先生的肯定和支持。是年 4 月，参加复旦大学举办的中国文学古今演变研究国际学术研讨会，拙书《古典诗词曲与现当代新诗》受到章培恒先生和与会专家们的关注，德高望重的章先生拿出数小时的时间，专门约我到附近的上岛咖啡餐叙，对我尝试进行的古今诗歌传承研究勉励有加。章先生的一饭之恩，既使我倍感温暖，备受鼓舞，同时也为占有年高事繁的章先生大半天宝贵时间而深感不安。谈话间，章先生闻知我有校注《竹山词》的打算，也鼓励我动手去做。于是在访学期间，我开始着手搜集相关资料，为校注《竹山词》做初步准备。2005 年春夏间，我以《蒋捷〈竹山词〉校注》为题，申报了全国高校古籍整理研究工作委员会重点研究项目，获准立项并得到资助。2006 年秋，参加西南大学吕进先生主办的“华文诗学名家国际论坛”期间，幸遇南京师范大学钟振振先生，钟先生也勉励我做好《竹山词》的整理工作。

此后数年间，整个校注工作是在日常繁忙的教学和繁重的家务之余，陆续完成的。感谢八十高龄的马兴荣先生，他老人家从康熙十七年世经堂残本《词综》中发现数则蒋捷词批语，特为复印并亲笔赐函寄我。感谢北京大学安平秋先生、丁世良先生和图书馆古籍部的老师们，使我顺利查阅比勘了北大图书馆珍藏的海内孤本紫芝漫钞本《竹山词》。感谢在北京大学读研的同事代学田先生和北京师范大学图书馆葛瑞华老师，他们帮助我复印了部分资料。感谢武汉大学王兆鹏先生，向中华书局热情推荐拙稿。感谢中华书局文学编辑室主任俞国林先生，他对拙稿从体例到内容的悉心指导，使本书的质量有了保证。可以说，没有诸位先生的鼓励支持和指导帮助，就没有《蒋捷词校注》的成书。对此，我有深切的感知，并将永远铭感于心。

鉴于笔者学识浅陋，书中疏误之处在所难免，欢迎学界方家和读者朋友大力教正！

杨景龙

2009 年 12 月记于扬子居

“中国古典文学基本丛书”本《花间集校注》后记

这本《花间集校注》，是河南省高等学校哲学社会科学创新团队支持计划（2013—CXTD-02）的系列成果之一。

大约十年前，笔者完成一本《温韦词校注》稿，一直没有修订付梓。四年前，在京拜晤俞国林先生时，提及此稿，俞先生说何不在此基础上，下工夫把《花间集》好好整理一番，当有更大的价值和意义。笔者素嗜唐五代词，于是欣然接受俞先生的高议，暂时放下手头的研究任务，利用繁重的教务、家务之余的时间，转入《花间集》的校勘、笺注、疏解、集评工作。至 2012 年 11 月，这些工作基本完成，然后又用了将近一年的时间，对全书加以修订完善，这本书稿的模样至此基本定型。

整理《花间集》的过程中，所体验的种种甘苦，俱已过往。唯访求、比勘版本的劳累烦琐，似难忘却。看一个本子，把五百首词逐字认真校对一遍，大约需要三天的时间。各大图书馆古籍阅览室的惯例是开馆晚，闭馆早，为了抓紧时间看书，总是从上午九点开馆始，一直看到下午五点闭馆，往往连吃午饭的时间都舍不得浪费。这样一天下来，眼睛、颈椎、腰身可说是遍体酸疼，然后蹒跚着到读者餐厅吃点饭，为节省开支，找一处简陋的小旅馆住下来，倒头便睡。这种小旅馆多是地下室，床铺潮乎乎的，但睡眠质量竟是出奇得好，平时失眠的毛病竟然不治自愈。待一觉醒来，已是翌晨，简单洗漱一下，路边买杯米粥，便又往图书馆赶去。就这样，在几年内陆续挤出时间，遍跑国内藏有《花间集》的图书馆，看了几十个宋、明、清时期的《花间集》本子和重要选本。为了保证校勘的准确性，有些版本不止看过一遍。

若从做《温韦词校注》算起，整理《花间集》的工作，前后持续了十有余年。其间，马兴荣先生、赵山林先生、高建中先生、钟振振先生、王兆鹏先生等词学名家，曾赐予过许多宝贵的教导；俞国林先生更是始终关心工作的进展，随时给予专业和技术上的指导、关照；天津图书馆古籍部的李国庆先生，北京大学图书馆古籍部的丁世良先生，北京师范大学图书馆古籍部的葛瑞华先生，以及上海图书馆、国家图书馆古籍部的先生们，为我比勘版本提供了热情的帮助；李天飞先生在编辑拙书的过程中，付出了许多艰辛的劳动；刘颜涛先生欣然为拙书题写书名；李志远、刘冰杰、李津津等同学，帮我录入了部分文献资料；成书之际，一并向他们致以衷心的谢忱！

限于笔者的学识水平，书中疏误之处在所难免，热诚欢迎方家同好和读者朋友们大力教正！

杨景龙

2013 年 7 月

“中华国学文库”本《花间集校注》后记

2014 年 10 月，积十载时日成稿的《花间集校注》（全四册，135 万字），作为“中国古典文学基本丛书”之一种，由中华书局出版发行。犹记2014年整个暑期，病中的我和责任编辑李天飞先生夜以继日地“赶”看校样的情景：北京、河南两地，李先生和我同步校改清样，酷热难当，汗渍样纸，电话、短信、邮件，管道齐开，随时保持联系畅通。也不管是否工作时间，而经常会是在双休日的深夜或凌晨，为一条注释，一条书证，甚至一个字符，一个标点，打电话，发短信，寄邮件，反复商讨切磋斟酌，往往弄到手机和电脑热得发烫，必待敲定而后已。俞国林先生则全程关注书稿编校的进展情况。可以说，正是俞先生的关心支持，李先生的辛苦劳作，使得《花间集校注》的书稿质量和出版时间有了切实的保证。缘此，也进一步加深了编者和作者之间建立起的宝贵学术友谊。

值得一提的是，凝聚着编者和作者心血汗水的《花间集校注》出版后，即作为中华书局“十月好书”向读者推荐，年底获评2014年度中华书局“双十佳好书”，2015年1月作为中华书局总编辑推荐的重点图书参加北京书展，2015年2月获河南省高校人文社科优秀成果特等奖，2015年6月重印，2015年7月获全国优秀古籍图书奖，2015年8月出版精装典藏本，2016年8月3印，《中国韵文学刊》《唐代文学研究年鉴》《词学》《新京报·书评周刊》《中华读书报》《中国青年报》《光明日报》《解放日报》等国内知名报刊均刊发书评、书讯或消息，给予积极评介——这一切，正可视为对一段令我铭感难忘的学术友谊的最好纪念。

2015年初，承蒙中华书局的雅意厚爱，《花间集校注》入选“中华国学文库”丛书。由于个人身体等原因，“中华国学文库”本的校样，断断续续看了将近一年，拖延过久，深感抱歉！由繁体竖排的“中国古典文学基本丛书”本，转换为简体横排的“中华国学文库”本，繁简字的转换对版本校勘效果必然带来影响，“校记”部分随之进行了必要的调整，比如今次在“校记”中特别注明一些版本使用了“俗体”“别体”和“古字”等，用以标示转为简体字之后不同版本的用字特征，这是需要首先在此加以说明的。其次是体例调整。“中华国学文库”本去掉了“中国古典文学基本丛书”本的“疏解”部分，为了方便读者理解，原来“疏解”与“笺注”互见的一些内容，势必要适当补充到“笺注”里，所以今次对“笺注”部分做了一些必要的修补。这样就牵扯到“凡例”，今次也相应地去掉了凡例中“对《花间集》五百首词，均作意蕴和词艺之简要疏解”一条，并把“凡例”中所有涉及“疏解”的语词加以删除。第三是简化了总目录。原来总目录中每首词均列出词牌和首句，组词“其二”“其三”等全部详细列出，今次改为只列词牌。第四是改正了原来的个别文字疏误，如卷六和凝《小重山》“春入神京万木芳”一首，毛本《唐宋诸贤绝妙词选》注云:“和凝，名晋宰相。”原“校记”按曰:“‘名’或为‘后（後）’之误。”今次改为“‘名’或为‘石’之误”。毛本的“名晋”应为“石晋”，改“名”为“石”，似更接近正确。再如卷十李珣“总评”，据《词话丛编续编》本引《梦桐词话》云:“有词集曰《琼瑶集》。宋王灼《碧鸡漫志》引珣作《倒排甘州》《河满子》《长命女》三首，今宋人选本皆无之，是灼尤及见此书。”细按“尤”应作“犹”，今次即改“尤及”为“犹及”。

“中华国学文库”本《花间集校注》的责任编辑李碧玉老师，在审读校样时又提出了数条非常专业、中肯的修订意见，笔者均加采纳，并逐一改正。在此，特向李老师深表感谢！该书虽仍未臻尽善，但经过编者和作者的认真审读修订，书中的疏误应已减少到最低限度。由于该书是简体横排本，对于广大读者朋友来说，阅读时也肯定会感觉更为便捷些。

是为记。

杨景龙

2017年3月记于扬子居

“家藏文库”本《花间集注析》后记

2015年8月，中国词学研究会在河南大学举办国际学术研讨会。期间，与会的中州古籍出版社副总编辑卢欣欣老师、编辑高林如老师，约我编撰一部《花间集》的简明注析本，列入中州古籍出版社的“家藏文库”丛书。感念盛情，我欣然接受了她们的邀约。

就个人阅读趣味而言，从少年时代起，我就嗜读唐五代北宋词，虽不排斥南宋词，但总感觉两相比较，南宋词人工着力太多，不似唐五代北宋词有一种发自天然的“真色生香”。即此而论，在对待唐宋词的美感价值判断上，我一直赞同王国维先生的看法。在唐五代北宋词中，又格外喜欢那些蕴藉旖旎、含蓄入妙的令词，几乎不假思索，就能直觉地被令词特有的风致情韵所吸引。所以，20 世纪 80 年代中期考入华东师范大学中文系古典文学助教班进修诗词曲专业硕士课程时，在诸师的指导下，我就开始尝试着做了一些温韦词、小晏词、谢逸词的校注析论工作。正是在此基础之上，经过进一步细致深入的研习，才有了后来列入中华书局“中国古典文学基本丛书”和“中华国学文库”的《花间集校注》的出版，《晏几道词校注》亦将在近期修订完成并付梓，探讨谢逸生平创作的文章和其他一些唐宋词论文，也先后在《词学》《文史知识》《古籍研究》《文学遗产》《文艺研究》《中国韵文学刊》等期刊发表。此外，还大致完成了一本包括谢逸词、谢薖词、李之仪词、陈克词、吕本中词的《宋五家令词校注》的初稿，待将来有暇时完善定稿。中华书局“中国古典文学基本丛书”本《蒋捷词校注》，也是我后来又回到华东师范大学师从赵山林先生访学的收获之一。我的唐宋词学习研究之路，就是这样起步并慢慢走过来的。

这样，就很自然地又一次怀想起在华东师范大学进修时，接受诸师教诲的情景。卅余年前的华东师范大学中文系古典文学诗词曲专业助教班，共有 30 名学生，是从全国高校 450 余名报考的古典文学助教中，通过考试择优录取的。各省的考试，都集中安排在省教育厅举行。招生的华东师范大学更是认真对待，发放红字“录取通知书”的同时，给未被录取的考生发放了黑字的“不录取通知书”，以示郑重，这种做法似不多见。学校给助教班安排的导师阵容，可称豪华：徐中玉先生领衔并开讲首课，万云骏先生讲授诗词曲比较研究，马兴荣先生讲授词学概论，高建中先生讲授宋词研究，邓乔彬先生、方智范先生讲授词论，齐森华先生讲授曲论，蒋星煜先生讲授中国戏曲史，韩黎范先生讲授中国小说史。专题课则由华东师范大学的施蛰存先生、苏仲翔先生、郭豫适先生，复旦大学的王运熙先生、章培恒先生、蒋凡先生，上海社会科学院的陈伯海先生，上海古籍出版社的赵昌平先生等主讲。中山大学的王季思先生来沪看望万云骏先生时，也特为设坛传经。这些专题课时数不等，都赖班主任高建中先生、赵山林先生、方正耀先生延请安排。先生们的课全都精彩纷呈，对其中几位先生的课印象尤深。万云骏先生辨析诗词曲美感特质精致入微，讲课前必先右起竖排繁体写满黑板，然后坐下来，从旧中山装口袋里掏出一个巴掌大小的本子，贴眼细观有顷，再收起本子，面对黑板不停讲至下课。蒋星煜先生的《西厢记》版本研究独步学林，讲课富有激情，讲授《西厢记》《牡丹亭》诸剧时，请来上海昆剧院的梁谷音、岳美缇等名角课堂表演，虽未傅粉墨，而盼睐流波，一顾倾城。苏仲翔先生文史兼通，一派名士风度，即兴吟咏，随手板书，字如云烟，言及“文革”中曾被包围于楼上，造反派鼓噪着逼他跳楼的本极惨痛之往事，却潇洒如讲六朝逸事小说。章培恒先生治魏晋南北朝文学和元明清小说戏曲，是位思想深刻、观念超前的大学者，开讲前从书包里掏出写于三百字标准方格稿纸上的讲义，然后读下去，始终不看学生一眼，但内容太精彩，几乎每节课都赢得不止一次的掌声。陈伯海先生看上去清癯文弱，一讲起文学史之宏观研究，则高屋建瓴，气势宏大，这些讲稿后来陆续发表，在国内学术界引发了一场中国文学史宏观研究的热烈讨论。施蛰存先生乃现代派小说、新诗名家，又精通古典诗词与金石碑帖，为助教班讲授古籍版本专题。已届高龄的施先生白发萧疏，略透黄褐，披梳脑后，依稀可睹二三十年代之清越风神。先生每授课，古代文学教研室老师均来听讲，座位不足，有自带凳子者。可以说，当年授课诸先生无不学问渊湛，风采卓异，令我辈后学小子大开眼界。助教班的同学亦不负师教，而后各有所成，李昌集兄、张仲谋兄、张寅彭兄可作代表，他们在散曲学、明代词学、诗话学研究领域，取得了丰硕的成果，早已是国内古典文学界举足轻重的学者。我在班里年龄最小，因素无大志，不思进取，后来长期安处于小城小校，翱翔于蓬蒿之间，但也还能不忘书生本分，不断做一些力所能及的专业工作，主要就是得益于当年诸师的教导。当然，由于个人才性偏嗜，自感于讲授词曲学诸师的课程受益最大、获教尤多。马兴荣先生、齐森华先生、高建中先生、赵山林先生，和复旦的章培恒先生等师长，在后来的漫长岁月里，也一直关心我的学习、成长和进步，并给予我许多宝贵的指导和帮助。这一切都让我每每情不自禁地缅想诸师，长怀感激，并把缅想和感激化为动力，激励自己在唐宋词研究之路上持续走下去。

和我一同撰写本书的张幼良教授，是杨海明先生和钟振振先生的高足。与幼良兄相识虽晚，但一见有缘，亲如兄弟。共同完成这本《花间集注析》，正是对这份珍贵的兄弟情谊的最好存念。《花间集》收词500首，规模较大，为了控制书稿篇幅，我们只对每首词作加以简要的注释和解析，好在《花间》词本是当年的流行歌曲歌词，文不甚深，配以简明注析，读者理解即无障碍。但是和“家藏文库”其他篇目较少的选本相比，注析上就有了繁简之别，这是需要在此加以说明的。这本《花间集注析》虽是简体字版的普及读物，但对书中500首词作的文字歧异问题，我们还是慎重对待，择取南宋绍兴十八年建康郡斋本《花间集》作为底本，认真参校南宋淳熙鄂州册子纸本等各种传世版本，择善而从，最后确定文字取舍。因体例所限，未出校记，故而在此一并加以说明。

成书之际，诚挚感谢卢欣欣老师的热情约稿，感谢高林如老师的辛勤编校，感谢中州古籍出版社又一次赐我机会！早在20世纪90年代初，中州古籍出版社就出版过约我撰写的《唐宋词佳句》一书。1997年，中州古籍出版社又出版了由孙鑫亭先生、王立群先生和我共同主编的国内首部哲理诗鉴赏大型工具书《古今中外哲理诗鉴赏辞典》。如此说来，我也差不多算是中州古籍出版社的一名老作者了。前此和本次合作均极感愉快，期待今后还有机会与中州古籍出版社再度携手，续写新篇。

欢迎方家同好和读者朋友们批评指正！

杨景龙

2017年3月记于扬子居

诗教二题

中小学诗词教学中的几个问题

20世纪90年代末，在全国范围内展开了一场语文教育改革大讨论，这场讨论促使语文教育理念，从前此长期片面地突出工具性、实用性，转变为大力强调文学性、审美性，语文学科的人文化成作用得到了较为充分的认识和肯定。作为对这一全社会共识的政策表述，国家教育部制定的《语文课程标准》，于2001年7月颁布，"新课标"已将语文课程的性质明确界定为"工具性与人文性的统一"。与"新理念""新课标"相适应的多种版本新教材，均增加了文学名篇尤其是经典诗词的入编量。中华诗词学会重倡"诗教"，引导诗词进入大中小学校园的活动，也在世纪之交蓬勃开展并初见成效，与这场广泛深入的语文教育改革形成呼应之势。思想艺术传统深厚悠久的古典诗词，遂成为进行文学审美教育和人文素养培育的丰富资源，受到语文教育界的普遍欢迎和高度重视，诗词教学成了中小学语文教学的重点之一。因此，探讨中小学诗词教学中的有关问题，就显得相当紧迫和必要。本文拟就中小学诗词教学中的几个带有根本性而又为人们较少谈及的问题，略陈一得之见，就教于语文教育界诸同好。

一

在中小学诗词教学中，应抓住中小学生生理、心理发育的最佳时机，强化"时间/生命意识"的启蒙教育。

中小学生处于特定的年龄阶段，或由于幼稚无知，或仗恃富于青春，往往呈现出"时间/生命意识"匮乏的状况。他们常常只盼望一天天成长，一天天成熟，但从根本上忽略了成长与成熟的同时，也是在一天天接近消亡的事实。时间是伟大的造物，多情而又冷酷，它能成全一切，也能毁灭一切。世间万类，无不在时间过程中产生成长，也无不在时间过程中归于寂灭。在某一时刻诞生的生命，同时就遭受着时间的无情戕害；在时间过程中成熟的青春，同时就被时间残忍地废弃。生命正是在时间不易觉察的渐变中，一步步地趋向消失的。年少的中小学生受心智发育程度的限制，对此没有足够的理解和感知，不甚懂得惜时，学习和做事缺乏紧迫感，进而影响他们一生的习惯形成和事业成败。而那些贯注着饱满浓烈的“时间/生命意识”的古典诗词作品，正可作为对中小学生进行有效的教育和警示的好教材。

有没有时间意识，标志着人的生命是否走出蒙昧状态。时间意识的强弱，标志着人的生命意识觉醒程度。中国人对时间的敏感很早，文学史上第一部诗歌集《诗经》中的《蟋蟀》《蜉蝣》等诗，就是最早表现时间意识的文学作品。降及屈原的《离骚》、汉乐府《长歌行》、宋子侯的《董娇娆》、无名氏《古诗十九首》、曹操的《短歌行》、阮籍的《咏怀诗》之三十三、刘琨的《重赠卢谌》、陶潜的《杂诗》、刘希夷的《代悲白头翁》、陈子昂的《登幽州台歌》、李白的《将进酒》、杜秋娘的《金缕曲》、文嘉的《今日诗》《明日歌》等，都是文学史上表现或包含时间意识的名篇，这些诗篇抒写的共同主题是：惜时。生命是一个时间过程，认识到时间的一维流逝性和不可逆性，才能真正懂得生命的短暂性和一次性。有了时间意识，才会有生命意识，才会认识到人生的有限，从而爱惜时间，珍惜生命，抓紧有限的人生及时有为，建功立业，并充分地享受人生的快乐。“时间/生命意识”的价值和意义就在于此。时间意识的有无强弱，最能说明一个人的心智、理念和情感是否健全。进入现代社会，生活节奏的空前快捷，生存竞争的空前激烈，更使欲有所为的人们悠闲散漫不得。有意识地、经常性地、系统深入地教给青少年学生优秀的惜时名篇，用诸如“百川东到海，何时复西归。少壮不努力，老大徒伤悲”“盛年不重来，一日难再晨。及时当勉励，岁月不待人”“君不见黄河之水天上来，奔流到海不复回。君不见高堂明镜悲白发，朝如青丝暮成雪”“劝君莫惜金缕衣，劝君惜取少年时”“莫等闲白了少年头，空悲切”“我生待明日，万事成蹉跎”“今日又不为，此事何时了”等千古名句警醒中小学生，使他们及早具备明确的“时间/生命意识”，或捷足先登，或笨鸟先飞，以占有先机，着我先鞭，这对他们未来人生事业的发展都将泽惠无穷。

用古典诗词对中小学生进行“时间/生命意识”的启蒙教育，对培养青少年观生察物、触类兴感、爱物自爱、怜人自怜的体恤悲悯的人道情怀，也会收到良好的效果。古典诗人的心灵是极为敏感细腻的，一瓣花的飘零，一片叶的坠落，一茎草的枯黄，都会触发他们生命的悲情；日月的升沉，潮汐的起落，朝暮的更迭，季节的轮替，都会引发他们灵魂的悸动。“日月忽其不掩兮，春与秋其代序”“唯草木之零落兮，恐美人之迟暮”“年年岁岁花相似，岁岁年年人不同”“迟迟白日晚，袅袅秋风生。岁华尽摇落，芳意竟何成”“孤光未满先忧缺”“惜春长怕花开早”“惜春只惜年华晚”，便都是人与物之间异质同构关系的感人写照。当人们从草木的繁茂中看到青春生命的美好，从草木的凋谢中看到自我生命的衰败，从季节岁月的不停流逝中看到自我生命的消耗时，人才有可能去怜悯、珍惜、爱护自我、同类与万物，身心的和谐、人际的和谐、人与社会的和谐、人与自然的和谐才能真正实现。“李涉遇盗”的佳话才不会仅仅产生在唐朝，而类似“戴厚英之死”的悲剧，也才有可能不再重演。

二

在中小学诗词教学中，应注重培养一代青少年文质彬彬的高雅气质风貌，由此进一步改善中华民族的整体形象，达到提高全民族的人文综合素质的目的。

几十年极“左”路线对文化知识和知识分子的严重摧残，极大地破坏了文明社会的高尚优美风范，极大地助长了粗野低俗的痞子心理和痞子行为的泛滥。对文化知识和知识分子大规模的批判和惩罚性的体力改造，助成了社会大众蔑视甚至敌视知识文化的愚昧心态。清高被斥为孤芳自赏，优雅被视为酸腐可笑，文明被指责为贵族老爷习气，爱美被解释为资产阶级情调。是非美丑的混淆，到“文革”浩劫登峰造极，一切民族的人类的文化遗产，统统被定性为封资修、毒草糟粕而横遭扫荡，整个社会在人文精神丧失后，沦为一片粗糙的沙漠洪荒。极左政治的深重余毒未及肃清，商品经济大潮又起，拜金主义的流行和社会风气的腐败，境外低俗的消费娱乐文化和嬉皮士精神的大量输入，使得原本严峻的价值标准体系和社会文化心理状况更加恶化。美丑、是非、好坏、雅俗不分甚至被彻底颠倒。“文革”一代人成为人师人父人母，成为社会的中坚和主宰，他们先天营养不良必然带来恶性循环效应，粗俗被当成大方，放纵被当成潇洒，油滑被当成幽默，贫嘴被当成诙谐，挥霍被当成豪爽，市侩被当成聪明，奸诈被当成智慧。于是幼儿园的小朋友跟着阿姨大唱爱情歌曲，于是中小学生沉醉游戏歌舞吃穿玩乐，于是大学生的衣着仪容像陪侍的招待员和垮掉的小朋克，就连对全国青少年有着直接示范引导作用的某电视台少儿节目的主持人和小演员，也大多疯疯癫癫，张张狂狂，油腔滑调，歪三倒四，痞里痞气，对广大青少年的气质行为养成起到了严重的误导作用。整个教育工作所面临的社会大文化环境是如此不容乐观。因此，用高尚纯正优美的精神食粮来填充成长期的青少年那饥不择食的胃口，已是迫在眉睫，刻不容缓。

古典诗词在这方面大有可为。它可以在社会自然、理想现实、群体个人、观念情感等各个层面上，为广大青少年提供无数精美的名篇佳句，让广大青少年在审美愉悦中接受潜移默化的影响，从而改善形象，熏染气质，提高素质，完善自我。“致君尧舜上，再使风俗醇”可以培养青少年的远大理想志向，“路漫漫其修远兮，吾将上下而求索”可以培养青少年执着不倦的追求精神，“捐躯赴国难，视死忽如归”可以培养青少年的爱国主义思想感情，“朱门酒肉臭，路有冻死骨”可以培养青少年的社会公正意识，“长太息以掩涕兮，哀民生之多艰”可以培养青少年的现实人生关怀，“长风破浪会有时，直挂云帆济沧海”可以培养青少年的宏大人生自信，“零落成泥辗作尘，只有香如故”可以培养青少年的始终不渝的信念，“不知腐鼠成滋味，猜意鹓雏竟未休”可以培养青少年对功名利禄的鄙弃，“安能摧眉折腰事权贵，使我不得开心颜”可以培养青少年蔑视权贵的人格自尊，“凝霜殄异类，卓然见高枝”可以培养青少年坚贞不屈的品格节操，“不识庐山真面目，只缘身在此山中”可以培养青少年的思力和悟性，“黄河落天走东海，万里写入胸怀间”可以培养青少年恢宏豪迈的胸襟，“日暮乡关何处是，烟波江上使人愁”可以培养青少年浓挚的乡情，“独在异乡为异客，每逢佳节倍思亲”可以培养青少年深厚的亲情，“海内存知己，天涯若比邻”可以培养青少年深沉的友情，“落地为兄弟，何必骨肉亲”可以培养青少年的人际关爱同情，“春蚕到死丝方尽，蜡炬成灰泪始干”可以培养青少年深心专注的情感态度，“吟安五个字，捻断数茎须”可以培养青少年刻苦锤炼语言的习惯，“大漠孤烟直，长河落日圆”可以培养青少年观察欣赏景物的审美能力，“清水出芙蓉，天然去雕饰”可以培养青少年清新自然的审美趣味……

上举名篇佳句情理兼长，文质炳焕，趣味纯正，表现完美，以之长时期地熏陶濡染、沉浸滋润中小学生，就一定会在不知不觉之中渐渐变易他们的形象气质、精神风貌，使他们分清是非，明辨美丑，厌弃痞混，告别粗鄙，疏离低俗，健康成长为一代志远气清、格高韵扬、器大声宏、思锐情深、灵心善感的气质高雅、风神秀美的中华青年，从而在文化心理的深层次上，真正改善我们民族的素质结构，使我们民族在长期的极“左”政治和汹涌的拜金狂潮中一再沦丧的人文精神得以真正回归。一个心灵中蕴蓄着饱满诗意的人，一定是一个纯真向善爱美的人，是一个被诗美升华净化了的脱离了低级趣味的人，一个灵感飞扬、思维活跃、情怀激越的人，一个生命生存进入理想的创造状态的人。诗意的灵感最终激发的是强烈的创造渴望，一代青少年被说教灌输的议论文榨干的灵性才情，一定会在诗美的滋养下复活、勃兴，而我们民族未来的希望，正寄托在一代青少年创造力的诗意焕发之中。

三

在中小学诗词教学中，应当适度地引导学生辨析诗词曲的不同艺术风格，培养青少年细致准确地感受、分析作品的审美鉴赏能力。

宏观来看，诗词曲都是古典诗歌，具备许多思想和艺术上的共性。但唐诗衰而宋词兴，宋词衰而元曲兴，诗词曲各自作为一代文学的典型代表，它们之间的差异也是明显的。在作品的语言方面，“诗有诗之腔调，曲有曲之腔调；诗之腔调宜古雅，曲之腔调宜近俗，词之腔调则在雅俗相和之间”。清代李渔《窥词管见》中的这段话，即指出了诗词曲运用语言的不同。唐诗主要是案头文学，除五七言绝句作为“声诗”传唱外，其余各体皆供人阅读。所以不管是李白诗歌语言的高华，王维诗歌语言的清腴，还是杜甫诗歌语言的琢炼，韩愈诗歌语言的奇崛，抑或李商隐诗歌语言的丽密，基本上都是雅言而非口语。即使是中唐元白一派浅近诗人，他们的作品使用的亦是书面语言；唐以后的古典诗歌基本上也是如此。词初起于民间，语言的口语成分很重，转入文人之手后，由俗向雅过渡，所以广义地说词语言亦是雅言。但由于词作内容多言柔婉情事，多抒“人生情思”，词的语言就比诗更玲珑婉丽。元曲在剧场演唱，诉诸听觉，要使

"上而御前，下而愚民，取其一听而无不快意"[1]，浅俗的白话口语是其主要特点。在作品的境界方面，诗由于追求含蓄，运笔简括，提倡"句中有余味，篇中有余意"[2]，而又赋比兴并用，所以诗境显得浑厚、蕴藉、宽大，所谓"诗之境阔"。词多用比兴寄托，多写美人香草，而又运笔细腻，所以词境如"深岩曲径，丛筱幽花"[3]，显得精微、幽深、隐含、迷离。曲则赋比多于兴，直说明言，铺陈排比，痛快淋漓，穷形尽相，耸观耸听，所谓"宋词之所短，即元曲之所长也"，这使得曲境显豁直露。在作品的题旨方面，诗词曲表现出互不相同的思想倾向。唐诗立意正大，宋词相对狭小，元曲则追求熟中翻新，平中见奇。唐诗基本上是以社会生活为中心进行表现，宋词表现的中心主要是个人的心理意绪，元曲则是在社会与个人之间转换了一个新的表现视角。唐诗主题的主要特点是国家、功业、个人三者的高度结合，仿佛一阕交响，一曲和声，洋洋而皇皇，宏放而正大；宋词主题的突出特征则转向儿女情长的恩恩怨怨的发抒，由于文学传统的继承，文体的分工，社会生活、时代心理的变化等诸种因素综合作用的结果，形成了"词为艳科"的特点；元曲主题的引人瞩目在于叹世归隐和对市井人情的大胆表现，翻空出奇，让人见所未见，闻所未闻，立意尖新，表现纤巧，与诗词迥异其趣。在作品的风格方面，唐诗阔大雄浑，恢宏健劲，风骨惬称，真力弥满，显示出崇高壮美的格调，具有磅礴的阳刚之气。宋词以婉约为正宗，品读宋词，如赏带雨娇花，如对伤春美人，如闻莺啭燕呢，如理愁丝恨缕，其意象微细精美，玲珑幽约，无不显示出典型的柔媚婉转的优美风格。元曲或新巧，或村俗，或浑噩，或浪荡，或滑稽，或诙谐，或酸辣，与诗词情趣各异，显示出的是一种典型的豪泼风格。[4]

缘此，作一名中小学语文教师，就必须对诗词曲的主要艺术差异有着较为深入的了解，既不能拿欣赏唐诗的标准去看待宋词，也不能拿欣赏宋词的标准去看待元曲，正如前人所言："词之异于诗也，曲之异于词也，道迥不侔也"。在具体教学中，则应该把诗词曲之间的一些最基本的差异给

---

① 凌蒙初《谈曲杂札》，《中国古典戏曲论著集成》四，中国戏剧出版社 1959 年 7 月版，第 259 页。

② 姜夔《白石道人诗说》，何文焕辑《历代诗话》下，中华书局 1981 年 4 月版，第 681 页。

③ 清沈雄《古今词话·词评》，唐圭璋《词话丛编》一，中华书局 1986 年 11 月版，第 1035 页。

④ 参看杨景龙《诗词曲的艺术比较》，《大学文科园地》1987 年第 1 期、第 2 期。

学生讲解清楚，以帮助学生抓住特点，准确把握，细致辨析，深入鉴赏。

四

在中小学诗词教学中，应当有意识地帮助学生打通古典诗词与现当代白话新诗之间的壁垒，培养青少年丰富的审美趣味、宏通的文化视野和对优秀的民族文化传统进行创造性转化的能力。

正确处理古典诗词与白话新诗之间的关系，是中小学诗词教学中不容回避的问题。热爱古典诗词的人往往看不上新诗，以为其语言芜杂，意味寡淡，在形式的完美和内涵的深厚方面，难以望古典诗词项背。而喜欢新诗的人，又认为古典诗词观念陈旧，形式过时，类似长袍马褂，小脚辫子，不能适应表现时代生活情感的要求。这其实都是各拘一隅、各执一词的偏颇之见。[①]

事实上，20 世纪的中国白话新诗，从外在语言形式上看，是对古典诗词的反拨和取代，但在艺术手法和艺术精神上，仍然纵向继承了中国古典诗词的诸多优良传统。不过，这种继承不是亦步亦趋的墨守成规的仿效，而是在横向移植的外来参照下的创造性转化。文学史是一条流不断的河，上游之水总要往下游流淌。胡适的《尝试集》作为白话新诗的发轫，其秉承古典诗歌的遗传基因即至为明显。胡适之后，白话诗人的创作或强或弱、或显或隐、或多或少，都无法完全逃离古典诗歌的一脉血缘之外。小到一篇作品，像戴望舒的名篇《雨巷》，其中心意象即来自李璟《摊破浣溪沙》词句“丁香空结雨中愁”。郑愁予的名篇《错误》，其艺术构思借鉴了苏轼《蝶恋花》“花褪残红”下片的无焦点冲突。舒婷的名篇《船》表现的咫尺天涯的永恒阻隔，与《古诗十九首》中的《迢迢牵牛星》同一机杼。还有舒婷《春夜》中的名句：“我愿是那顺帆的风 / 伴你浪迹四方”，与宋代张先词句“愿身能似月亭亭，千里伴君行”活脱相似。卞之琳那首备受称颂的《断章》：“你站在桥上看风景 / 看风景的人在楼上看你 // 明月装饰了你的窗子 / 你装饰了别人的梦。”诗中意象的主客关联一如南宋杨万里诗句“偶见行人回头望，亦看老子立亭间”和清代厉鹗诗句“俯江亭上何人坐，看我扁舟望翠微”。而李瑛的《谒托马斯 · 曼墓》：“细雨刚停，

① 参看杨景龙《加强古今演变研究，拓展新的学科空间》，《文学遗产》2005 年第 1 期。

细雨刚停 / 雨水打湿了墓地的钟声。”也容易让人想起杜甫的诗句“晨钟云外湿”。大到一个诗人或一个诗歌流派，像李金发象征派诗与唐代李贺、卢仝的险怪诗风，戴望舒诗歌与晚唐李商隐、温庭筠诗词，郭小川诗歌与古代辞赋歌行，流沙河诗歌语言与古代诗词句式，余光中诗歌与屈骚李诗姜词，舒婷诗歌与唐宋婉约词，朦胧诗与古典诗词的意象化传统，新生代诗与元散曲，新边塞诗与盛唐边塞诗，新乡土诗与古代田园田家诗等，其间均有着千丝万缕的联系，笔者近年发表的古今诗歌比较研究的系列文章，对此进行了比较集中的探讨。如果说初期白话诗中的古典诗词因子，是那一代诗人深厚的旧诗功底的不自觉（或不情愿）流露；那么，晚近的新诗人则明确意识到，要想提高诗艺，必须向辉煌灿烂的古典诗歌艺术学习，在继承借鉴中创新发展，实现古典诗歌艺术在现当代新诗创作中的创造性转化①。

比较而言，现当代旧体诗注重对古典诗词的继承，新诗则更注重对古典诗词的创新；现当代旧体诗更多与古典诗词“形似”，新诗则更求与古典诗词“神似”。我们在诗词教学中必须清楚地认识到这一点，决不能出于私爱，失去公心，意气用事，在新诗已然做出创造性转化古典诗艺的巨大成绩之后，再用偏狭过时的二元对立的思路，人为地把旧体诗和新诗摆放到敌对的位置上。这样做既不符合诗坛的实际，也不利于当代旧体诗和新诗艺术质量的提高，更容易误导中小学生，造成他们艺术视野的狭隘和美学趣味的单调。因此，当代新、旧体诗人应该携起手来，优势互补，共同促进民族诗歌的复兴和繁荣，为广大青少年提供更多更优秀的各种形式、各种风格的诗歌作品，让诗教育人大见成效。

试谈诗词教育的人文化成作用

20 世纪 50 年代以后，文学家和文学学者从语文教育界淡出，语言学家在这一领域占据了支配地位。于是，片面强调语文学科的工具性、交际

① 参看杨景龙《古典诗词曲与现当代新诗》，河南文艺出版社 2004 年 3 月版；《中国古典诗学与新诗名家》，人民文学出版社 2012 年 11 月版。

性、实用性，忽略了语文学科的文学性、审美性、人文性。这种严重的偏颇，带来了两个突出的后果：一是缺乏文学审美性的语言文字知识讲授，机械、刻板、琐碎，很难引起学生对语文发自内心的兴趣和喜爱，不利于培养学生对语言文字魅力的灵动感悟，因而无法从根本上真正提高学生的听说读写能力，学生的语文水平普遍低下，语文教学劳而无功。二是停留在工具实用层面的语文教育，再加上生硬的政治实用性过强的灌输说教，遂使语文学科富含的人文精神流失殆尽，语文丧失了增富美感、陶冶情操、滋润心灵、塑造人格的人文化育功能。这样的语文教育所依托的社会文化背景，先是宣扬矛盾斗争、糟蹋文化知识的极左思潮的横行，后是拜金拜物、技术至上的实用主义的流行，导致不在少数的青少年学生不仅语文水平低下，而且行为失范，价值失衡，人格残缺，心灵扭曲。此种严峻状况，引起了社会各阶层的广泛不满和有识之士的深切忧虑，20 世纪 90 年代末，展开了一场全国性的语文教育改革大讨论，使语文教育的理念，从前此的片面突出工具性、实用性，矫正为大力强调文学性、审美性，语文学科的人文化成作用得到了较为充分的认识和肯定。与这种较为健全的语文教育理念相适应的新大纲、新教材，也在世纪之交问世。思想艺术传统深厚悠久的古典诗词，作为进行文学审美教育的丰富资源，在世纪之交这场语文教育改革大讨论中，受到语文教育界和文学文化界的高度重视。中华诗词学会抓住时机，重倡“诗教”，引导诗词进入校园，推动了诗词教育活动在大中小学校园里蓬勃开展并初见成效。本文试就诗词教育的人文化成作用，谈几点浅见，求正于方家同好。

一、时间意识与生命意识

有没有时间意识，标志着人的生命是否走出蒙昧状态；时间意识的强弱，标志着人的生命意识的觉醒程度。生命是一个时间过程，认识到时间的一维流逝性和不可逆性，才能真正懂得生命的短暂性和一次性。有了时间意识，才会有生命意识，才会认识到人生的有限，从而爱惜时间，珍惜生命，抓紧有限的人生及时有为，建功立业，并充分地享受人生的快乐。当代社会的生活节奏空前快速，生存竞争空前激烈，更使欲有所为的人们悠闲懒散不得。时间生命意识的价值和意义就在于此。时间生命意识的有无强弱，最能说明一个人的心智、理念和情感是否健全。

青少年学生处于特定的年龄阶段，受心智发育程度的限制，或由于年幼无知，或仗恃富于青春，往往呈现出“时间生命意识”匮乏的状况，他们常常只盼望一天天成长、成熟，而忽略了自身在成长与成熟的同时，也是在一天天接近消亡的事实。因此，他们不甚懂得惜时，学习和做事缺乏紧迫感，进而影响他们一生的习惯形成和事业成败。古典诗歌从《诗经》的《蟋蟀》《蜉蝣》开始，产生了无数表现时间生命意识的作品，屈原的《离骚》、汉乐府《长歌行》、宋子侯的《董娇娆》、无名氏《古诗十九首》、曹操的《短歌行》、阮籍的《咏怀诗》之三十三、刘琨的《重赠卢谌》、陶潜的《杂诗》、刘希夷的《代悲白头翁》、陈子昂的《登幽州台歌》、李白的《将进酒》、杜秋娘的《金缕曲》、文嘉的《今日诗》、《明日歌》等可为代表。

有意识地、经常性地、系统深入地教给青少年学生优秀的惜时名篇，用诸如“百川东到海，何时复西归。少壮不努力，老大徒伤悲”“盛年不重来，一日难再晨。及时当勉励，岁月不待人”“君不见黄河之水天上来，奔流到海不复回。君不见高堂明镜悲白发，朝如青丝暮成雪”“劝君莫惜金缕衣，劝君惜取少年时”“莫等闲白了少年头，空悲切”“我生待明日，万事成蹉跎”“今日又不为，此事何时了”等千古名句来启蒙、警醒青少年学生，使他们及早具备明确的时间生命意识，或捷足先登，或笨鸟先飞，以占有先机，着我先鞭，这对他们未来人生事业的发展都将泽惠无穷。

二、关爱同情与体恤悲悯

人性之中最为美好的部分，就是人际之间关爱同情、体恤悲悯的人道情怀。深受儒家仁学思想影响的古代诗人，总是用悲天悯人的眼光，关注着人间的痛苦、不幸，体贴着他人的境遇、遭际。他们认为，人与人既然都在同一时空中生存，生活和命运就是密不可分的，诚如陶渊明所说“落地为兄弟，何必骨肉亲”，所以，他们在诗词创作中表现出了深切的人际关爱同情和体恤悲悯。

曹操的《蒿里行》、王粲的《七哀诗》、陈琳的《饮马长城窟行》、曹植的《送应氏》之一、陶潜的《归园田居》其四、鲍照的《拟古》之六、李白的《丁都护歌》、杜甫的《兵车行》《三吏》《三别》《又呈吴郎》《茅屋为秋风所破歌》、顾况的《囝》、孟郊的《寒地百姓吟》、李绅的《悯农》、张籍的《野老歌》、元稹的《田家词》、白居易的《秦中吟》、《新乐府》《采地黄者》《新制布裘》、皮日休的《橡媪叹》、聂夷中的《咏田家》、杜荀鹤的《山中寡妇》、罗隐的《雪》、梅尧臣的《汝坟贫女》、王安石的《河北民》、苏轼的《吴中田妇叹》、杨万里的《农家叹》、范成大的《四时田园杂兴》、陆游的《太息》等，都是关心民生疾苦、同情下层人民不幸遭遇命运的名篇。

还有古典诗词中数量庞大的离别相思之作，饯行送别、间阻思念之际，无不溢满着对对方的关心、安慰、宽解、牵挂之情。那些出自男性作家之手的代言体的闺怨、宫怨类作品，哀婉凄恻，表现出对妇女遭受冷落遗弃、青春虚度、年华空耗、生命闲掷的不幸痛苦的真挚同情和细致体贴。而最令人感动的，是那些写于诗人患难之中的作品所流露出来的对他人对大众的同情悲悯。遭谗被毁、贬谪流放中的屈原，“长太息以掩涕兮，哀民生之多艰”；屋破漏雨、长夜难眠的杜甫，衷心祈愿“安得广厦千万间，大庇天下寒士俱欢颜，风雨不动安如山！呜呼，何时眼前突兀见此屋，吾庐独破受冻死亦足”；贬谪的白居易引琵琶女为同调知己，唱出了“同是天涯沦落人，相逢何必曾相识”的感人诗句。

用这些名篇佳句教育青少年，可以唤起他们关注民间疾苦的爱心，让他们学会同情体恤，变得良善慈悲，从而有效地矫治冷漠、自私的病态心理。

三、乡情亲情与友情爱情

早熟的农业文明，世世代代、父子祖孙生于斯长于斯终老于斯的定居生存方式，孕育了古代中国人深固难徙的根意识和家乡观念，“鸟飞返故乡兮，狐死必首丘”，“悲歌可以当泣，远望可以当归”，“有情知望乡，谁能鬓不变”，“日暮乡关何处是，烟波江上使人愁”，“露从今夜白，月是故乡明”，“人言落日是天涯，望极天涯不见家”，“白下有山皆绕郭，清明无客不思家”，浓挚的乡情在古代诗歌中弥漫为一派乡愁的汪洋。而乡情乡愁又总是和血缘亲情紧密相连，思乡的核心即是思亲。“陟彼岵兮，瞻望父兮”，“陟彼屺兮，瞻望母兮”，“陟彼岗兮，瞻望兄兮”，这是三千年前《诗经》里的征人，唱出的思念亲人的歌声。“独在异乡为异客，每逢佳节倍思亲”，这是少年王维异乡佳节的感受。苏轼思弟的词句“但愿人长久，千里共婵娟”，是多么暖人心意；而他写给弟弟的诗句“与君世世为兄弟，共结来生未了因”，深厚的同胞手足之情又是何等感人肺腑！

朋友在古代列“五伦”之一，多情重义的古人留下了许多金兰之好、刎颈之交的佳话。笃于友情的古代诗人，在《诗经·木瓜》里就讴歌过“永以为好”的友谊。像王勃的《送杜少府之任蜀川》、李白的《黄鹤楼送孟浩然之广陵》《闻王昌龄左迁龙标遥有此寄》、王维的《送元二使安西》、杜甫的《梦李白》均为抒发深沉友情的绝唱。尤为难能可贵的是，古代诗人看重道义之交，危难之时，忠于友谊，不计利害。南宋词人张元干在抗金名臣李纲、胡铨贬官除名之时，不顾奸相秦桧的熏天气焰，写下了大义凛然的《贺新郎》相送。清代词人顾贞观的《金缕曲》“寄吴汉槎宁古塔”，也是写给得罪充军的友人的倾吐肺腑之作。

至于爱情诗歌，从《诗经》国风、屈原《九歌》、汉乐府民歌、南北朝乐府民歌到李商隐《无题》诗、唐宋婉约词、元明清散曲民歌，其情感态度或美善兼重，如《关雎》所写“窈窕淑女，君子好逑”；或深心专注，如李商隐《无题》所写“春蚕到死丝方尽，蜡炬成灰泪始干”；或坚贞不渝，如汉乐府《上邪》、敦煌曲子词《菩萨蛮》“枕前发尽千般愿”；或生死不变，如元稹《遣悲怀》、苏轼《江城子》“乙卯正月二十日夜记梦”；或执着不倦，如柳永《凤栖梧》所写“衣带渐宽终不悔，为伊消得人憔悴”等。

上举几类作品，对改变当代青少年学生中不同程度上存在的生命无根感、亲情淡漠感、交友实用性、爱情随意游戏性的状况，将发挥应有的作用。

四、志向信念与责任使命

中国古代知识分子，走着一条“正心诚意修身齐家治国平天下”的人生道路。他们理想崇高，目光远大，胸怀宽广，慨然“以天下为己任”，服膺“天下兴亡，匹夫有责”，所谓“不为良相，则为良医”，志在经略匡扶，拯世济民。他们充满自信，从孔子的“天生德于予”，到孟子的“舍我其谁”，到宋儒的“为天地立心，为生民立命，为往圣继绝学，为万世开太平”，均流露出强烈的责任感、使命感和积极入世精神。

表现在诗歌中，像屈原的“乘骐骥以驰骋兮，来吾导夫先路”，志在辅佐楚王，振兴祖国，统一天下；像李白的“我志在删述，垂辉映千春。希圣如有立，绝笔于获麟”，志在继武先圣，褒贬当世，流芳万古；像杜甫的“自谓颇挺出，立登要路津。致君尧舜上，再使风俗醇”，志在宰执政柄，凌跨三代，达于大同。他们从不甘心于仅仅做一个舞文弄墨的文人，更不沾沾于无足轻重的一官半职，他们仰慕着鲁仲连，赞赏着张子房，心仪着诸葛亮，追摹着伊吕管乐萧曹。他们渴望着“奋其智能，愿为辅弼，使寰区大定，海县清一”，实现美政理想，致于太平盛世。政治上如此，在文学创作上，他们推崇风骚，师法魏晋，标榜“入门须正，立志须高”，决心“从最上乘，具正法眼，悟第一义”，认定“文必秦汉，诗必盛唐”，相诫“大历以下书勿读”，“不作开元天宝以下人物”。他们追求最上最高最正，追求卓越，追求第一。使中国诗歌四言五言七言，骚体古体近体，唐诗宋词元曲，互不相让，新变迭出，代领风骚，各臻极致。他们在立定志向、担负责任、承当使命、实现理想的过程中，放声歌唱“天生我材必有用”。他们志存高远，“欲上青天揽明月”；凌厉奋发，“会当凌绝顶，一览众山小”；一往无前，“长风破浪会有时，直挂云帆济沧海”；沉着坚定，“东山高卧时起来，大济苍生未应晚”；豪迈乐观，“仰天大笑出门去，我辈岂是蓬蒿人”；气度恢宏，“黄河落天走东海，万里写入胸怀间”；高度自信，“莫愁前路无知己，天下谁人不识君”；矢志不渝，“零落成泥辗作尘，只有香如故”。

古代诗人远大的理想，坚定的信念，强烈的责任感和使命感，可以用来矫正青少年中比较普遍存在的精神疲软、过于务实、世故滑头、缺乏责任感和使命感的不良状况。

五、蔑视富贵与淡泊超脱

古代诗人的文化心理结构是“儒道互补”，他们既要不负此生，热心现实，积极用世，追求政治理想的实现；但他们又决不为了目的而不择手段，决不枉尺直寻，降格以求。他们洁身自好，看重进退出处，择木而栖，爱惜羽毛。孔子“不义而富且贵，于我如浮云”的遗训，孟子“富贵不能淫，贫贱不能移，威武不能屈”的教诲，尤其是庄子“终身不仕，以快吾志”，蔑视富贵、酷爱自由的道家思想影响，培育了古代诗人鄙弃功名利禄、珍视人格尊严的高洁品质。

左思《咏史诗》写道："峨峨高门内，蔼蔼皆王侯。自非攀龙客，何为欻来游。披褐出阊阖，高步追许由。振衣千仞岗，濯足万里流。""高眄邈四海，豪右何足陈。贵者虽自贵，视之若埃尘。贱者虽自贱，重之若千钧。"高扬主体人格、平民意识，自成价值体系。陶渊明"不为五斗米折腰"，毅然挂冠归田，宁肯亲身辛勤耕作，"晨兴理荒秽，戴月荷锄归"，忍饥挨饿，卧病将死，对官府送来的米肉，仍然不屑一顾，"挥而去之"。李白"戏万乘若僚友，视俦列如草芥"，《江上吟》有句："屈平辞赋悬日月，楚王台榭空山丘。功名富贵若长在，汉水亦应西北流。"表达了他的价值判断。《梦游天姥吟留别》的结尾："安能摧眉折腰事权贵，使我不得开心颜。"更是唱出了人格自尊的最强音。苏轼一生处于新旧党争的夹缝之中，始终坚持自己独立的政见，既批评新法扰民的地方，又反对旧党尽废新法。虽被新旧两党视为异类，屡放外任，屡遭贬谪，乌台诗案，几至死命，也决不迎合权贵，趋附时会。许多古代诗人因看不惯世俗官场的黑暗龌龊，"远逝以自疏"，归隐山林田园，陶醉在清新洁净的大自然怀抱里，"和露摘黄花，带霜烹紫蟹，煮酒烧红叶"，赏花观鱼，看云玩月，饮酒赋诗，耕读自乐。他们"不知腐鼠成滋味"，不热衷，不恋栈，粪土王侯，浮云富贵，"诗万首，酒千觞，几曾着眼看侯王"。他们"遗世而独立"，"万事不关心"，淡泊名利，放达洒脱，持一种非功利的人生态度。他们的价值取向是："若使王谢诸郎在，未抵柴桑陌上尘。"

古代诗人、诗歌所表现出的蔑视富贵、淡泊超脱的品格，有助于青少年抵御名利权势、物欲享乐、繁华浮躁的诱惑，知耻好修，有所不为，不征逐钻营，不苟且沆瀣，把人格尊严和精神自由摆放在现实利益和物质欲望之上。

六、批判意识与追求情结

中国诗歌从《诗经》开始就奠定了批判和追求的传统。十五《国风》和二《雅》中反映剥削压迫、战争徭役、社会黑暗、政治腐败的诗，如《伐檀》《硕鼠》《鸨羽》《陟岵》《南山》《新台》《黄鸟》《正月》《民劳》《板》《荡》等，都是揭露批判性很强的作品。而《关雎》的"求之不得，寤寐思服。优哉游哉，辗转反侧"，《蒹葭》的"溯洄从之"、"溯游从之"，则表现了强烈的追求意向。《楚辞》亦是批判与追求并重，以《离骚》为例，屈原在这首杰出的长篇政治抒情诗中，揭露了楚国朝政的溷乱，指斥了怀王的昏庸糊涂，不辨美丑，群小的竞进贪婪，嫉贤妒能。同时，又充分地抒写了自己对完美人格、美政理想的九死不悔、体解不变的执着追求，“路漫漫其修远兮，吾将上下而求索”。

《诗》《骚》以下，汉代乐府诗歌反映了广阔的社会现实，暴露了各种社会矛盾，像《鸡鸣》《相逢行》描写统治阶级生活的豪华奢侈，《妇病行》《东门行》展示下层人民生活的悲惨艰难，《十五从军征》反映兵役制度的极端不合理，《陌上桑》揭露了上层人物的丑陋无耻，《孔雀东南飞》控诉了封建礼教、封建家长制迫害青年一代的罪恶。建安诗歌真实地表现了汉末战乱和人民的灾难。左思《咏史》之二：“世胄蹑高位，英俊沉下僚。地势使之然，由来非一朝”，批判垄断权力、压抑人才的“九品中正制”以及形成这种不合理制度的深刻历史根源。鲍照的《拟行路难》十八首，以“人生不能恒称意”为基调，抒发了诗人在门阀世族制度压抑下怀才不遇的悲愤不平。李白诗歌深刻批判上层统治集团，矛头直指“珠玉买歌笑，糟糠养贤才”的贤愚不分、荒淫无道的皇帝。杜甫的“朱门酒肉臭，路有冻死骨”，白居易的“一丛深色花，十户中人赋”，揭露了贫富悬殊的严酷现实，他们创作了大量关注现实的诗歌，广泛深入地暴露了各种社会问题。高适的“战士军前半死生，美人帐下犹歌舞”，则尖锐地触及了军中将士苦乐不均的矛盾对立。

可以说，历代正直的有良知的诗人，勇敢地揭露批判了历史和现实中一切不合理的现象。通过他们具有广泛深刻的批判意识的诗歌创作，实现他们对社会公正、理想政治的热情追求。而除了社会现实层面的追求之外，他们对心灵自由、人格尊严、艺术造诣、高远境界、美好爱情的追求，也是倾注毕生心血，渴望向往，孜孜不倦，始终不懈的。古代诗歌批判与追求并重的优良传统，可以培养青少年的社会公正意识、现实人生关怀和执着不倦的追求精神。

七、热爱祖国与热爱和平

爱国主义思想是贯穿中国诗歌史的一条红线，屈原、杜甫、陆游、辛弃疾都是诗歌史上伟大的爱国主义诗人，写下过爱国名篇的刘琨、岳飞、文天祥、于谦、陈子龙、夏完淳、瞿式耜、张煌言等诗人，都为祖国献出了自己的宝贵生命。历代诗人在他们的诗歌创作实践中表现出来的积极入世、热心济世、关心现实、忧国忧民的情怀，均可纳入广义的爱国主义思想范畴。

具体地说，“捐躯赴国难，誓死忽如归”的爱国思想，在反映民族矛盾、战争动乱题材的诗歌作品中，表现得更为集中强烈。《诗经》中的《无衣》慷慨激昂，生动地表现了战前士卒秣马厉兵、团结御侮的爱国激情。《小戎》《采薇》《六月》等也是《诗经》中的爱国名篇。屈原“眷顾楚国，系心怀王”，《离骚》抒写他为了振兴祖国、完成统一大业，“忽奔走以先后”，“岂余身之惮殃”，不计得失，不论荣辱，不顾安危，竭忠尽智，最后以身殉国，与祖国共存亡的一片赤诚。《国殇》热烈礼赞“诚既勇兮又以武，终刚强兮不可凌。身既死兮神以灵，魂魄毅兮为鬼雄”的英勇牺牲的卫国将士。杜甫“忠君爱国”，他写于安史之乱前后的《自京赴奉先县咏怀五百字》《悲陈陶》《哀江头》《春望》《北征》《三吏》《三别》《闻官军收河南河北》等有“诗史”之誉的作品，表现了对祖国和人民命运的深切忧虑关注。陆游“位卑未敢忘忧国”，他的诗歌最为突出的内容，就是呼吁抗金救国，收复中原，批判投降，抒发“报国欲死无战场”的悲愤。他不分壮岁暮年，前线后方，为官闲居，醒时梦中，念念不忘恢复，他的诗几乎无事不言恢复，直到临终“但悲不见九州同”，他关心的仍然是统一祖国的大业。南宋爱国词人辛弃疾的词，思想感情和陆游诗歌完全相同，抗金报国、收复失地是他们的人生终极关怀，为此他们可以泣之以泪，洒之以血，继之以死。文学史上的一些诗歌流派和诗歌类别，像以唐代边塞诗派为代表的历代边塞诗，南宋爱国词派，立功报国、抗敌御侮是其创作的主旋律。而产生过无数名篇的历代山水田园诗，在对大好河山壮丽景象的精彩描绘之中，字里行间洋溢着对祖国的热爱赞美之情。边塞题材、战争题材诗歌对侵略者残暴罪行的控诉，对拓边战争、穷兵黩武的批判，对社会生产和人民安定生活遭受严重破坏的描写，对将士流血牺牲和人民流离死亡的展示，则充分体现了反对不义战争、热爱安定和平的思想感情。

这类反映民族矛盾、战争动乱题材的诗作，所体现出的国家民族利益至上的价值观，爱国主义、英雄主义思想，舍生取义、勇于牺牲的精神，热爱和平安宁生活的感情，对于培养教育青少年无疑具有特殊的作用和重大的意义。

八、历史意识与忧患意识

中华民族是一个特别重视历史传统的民族，三代之时即置史官，“左史记言，右史记事”，分工明确。秦汉以下，官史与私史，正史与野史，朝代史与地方志，纪传体、编年体与纪事本末体、笔记体，各种历史著作卷帙浩繁，汉牛充栋。书分四部，史居其一。古代诗人从小就从蒙学读物和历史著作中，接受丰富的历史知识训练。他们的士大夫文人身份，肩负的实际政治社会责任，也使得他们的历史感、兴亡感特别强烈，“以古为镜，可以知兴替”，他们要从前人的成功失败、前代的治乱盛衰的历史中汲取经验教训，获得借鉴启示。吟咏之际，历史便往往成为他们关注的题材，咏史怀古诗的创作因此十分兴盛，成为古代诗歌史上一个重要的题材类别。

在班固首立《咏史》名目之前，历史的内容早已成为诗人创作的材料。《诗经》的《黍离》吊古，伤西周之衰亡；屈原的《离骚》等诗中，更是大量引证有关尧舜、桀纣的事迹以为楚国现实的戒鉴。此后，历代诗人有感于现实，或怀念古人，或咏叹古事，或凭吊古迹，写出了无数杰作，像左思的《咏史》、陶潜的《咏荆轲》、李白的《越台览古》、杜甫的《忆昔》、刘禹锡的《西塞山怀古》《金陵五题》、杜牧的《过华清宫》《过骊山作》《题乌江亭》《赤壁》《泊秦淮》、许浑的《金陵怀古》《咸阳城东楼》、李商隐的《齐宫词》《隋宫》《贾生》、王安石的《商鞅》《明妃曲》、苏轼的《荔枝叹》《念奴娇·赤壁怀古》、辛弃疾的《永遇乐·京口北固亭怀古》等。

这类作品的价值和意义在于，它们以精美的艺术形式承载了丰富的历史知识；同时，在丰富的历史知识之中有着关于国家、社会、政治、个人的兴亡盛衰、成败得失的深刻经验教训；在历史和现实对比的以古鉴今、借古讽今手法中，显示出诗人对社稷苍生的关怀和责任；在对历史上的志士仁人的赞美和对残暴奸邪的谴责中，表现出诗人的良知、正义感和批判精神；而在回首沧桑、纵览兴亡、感慨盛衰、叹惋成败、检点得失的过程中，又滋生出对历史现实、社会群体、个人生命浓郁的悲剧感和忧患意识。这种融化在诗性美感之中的历史知识和忧患意识，对于青少年理智和情感的成熟，无疑是一种极富滋补的营养。

九、创新出奇与悟性智力

一部中国诗歌史，就是一部诗歌思想艺术创新出奇、争艳斗妍的历史。才人辈出，杰构不穷，新变代雄，追赶超越。在诗歌的立意构思方面，厌弃凡庸，标新立异，不落窠臼，善用逆向思维，做翻案文章，如杜牧的《赤壁》“东风不与周郎便，铜雀春深锁二乔”，以双重假设之笔，“反说其事”，强调“天时”的重要，慨叹偶然性因素在历史进程中所起的决定性作用，表现了诗人独特的史识。王安石的《明妃曲》“意态由来画不成，当时枉杀毛延寿”，言昭君之美原非丹青可画，讽刺汉元帝以画求人的昏庸愚昧，一反前人对画工的指责，为之翻案，议论精警。秦观的《鹊桥仙》“两情若是久长时，又岂在朝朝暮暮”，突破“七夕”诗词纷纷为牛郎织女一年只能相会一次打抱不平的思维定势，认为情长不在朝暮，强调爱情的质量，收到了“化腐朽为神奇”的非凡效果。在诗歌的篇章结构上，不拘常法，追求奇变，像汉乐府《陌上桑》的结尾戛然而止，李白《蜀道难》的开头“发唱惊挺”，李贺诗、吴文英词的意识跳跃、怪异印象；卢照邻《长安古意》以六十四句铺写长安各色人等的豪华癫狂生活，以末节四句写扬雄的寂寞自守，对之加以否定；辛弃疾《破阵子》以前九句写梦中驰骋疆场、重整山河的豪情壮举，末句回到现实，抹倒前九句；均是奇特的“倒金字塔”结构。在诗歌的修辞技巧方面，注重炼意炼句炼字，像对“诗眼”“词眼”的讲求，对“险韵”的大胆使用，对“叠字”的巧妙安排，以及意象叠加、数量词和虚词妙用等，一向受人称道。“为人性僻耽佳句，语不惊人死不休”“二句三年得，一吟双泪流”“吟安五个字，捻断数茎须”等诗人的创作甘苦自白，还有王维走入醋瓮，孟浩然眉毫尽脱，贾岛驴背推敲等故事，都说明了古代诗人对语言的刻苦锤炼，对技巧的惨淡经营，对诗艺的锐意求新。在联想、想象方面，古代诗人思维活跃，联想丰富，想象超常，屈原的幻境远游，李白的想落天外，韩愈的笔补造化，李贺的异想天开，还有历代的游仙诗、记梦诗，匪夷所思，浮想联翩，辟开了超现实的崭新境界。古代诗歌字新句新意新韵新、思奇情奇趣奇格奇的全方位创新出奇，对培养青少年的创新意识和创新能力将大有裨益。

诗歌不能等同于哲学，但好诗总是离哲学不远，关键在于化哲理为情思和意趣，将其有机融入事景之中，又超逸于具体有限的事景之外，表现出诗人的卓识高见，使诗歌形象具含思想的力量。《诗经》的《鹤鸣》，屈原的《天问》，汉乐府《长歌行》，阮籍的《咏怀》，陶潜的《饮酒》，李白的《日出入行》，王之涣的《登鹳雀楼》，白居易的《放言》，李商隐的《乐游原》，苏轼的《题西林壁》，朱熹的《观书有感》，杨万里的《过松源晨炊漆公店》等，都是脍炙人口的哲理诗。东晋的玄言诗，重议论的宋诗，还有偈语禅诗，表现的重心即在说理。凡此，皆可用以启迪青少年的悟性，开发青少年的智力。

十、天人合一与物我同构

天人合一是中国哲学的最高境界，也是中国文学的最高境界。《周易》曰："天行健，君子以自强不息。"《老子》曰："人法地，地法天。"《庄子》曰："天地与我并生，万物与我为一"，"独与天地精神相往来。"董仲舒《春秋繁露》曰："人有三百六十节，偶天之数也；形体骨肉，偶地之厚也；上有耳目聪明，日月之象也；体有空窍理脉，川谷之象也……观人之体一，何高物之甚，而类于天也。"这种天人合一哲学思想的影响，加上农耕的生产生存方式，使得古代人对大自然有着一种天然的依赖与亲和。

在这样的生存背景、思想背景之中孕育产生的中国古代诗歌，创作主体与自然客体的关系臻于水乳交融的程度。它不仅决定了中国诗歌的意象诗性质，而且决定了它的情感抒发方式，即托之于客观对应物，借景抒情，借景言理。这种意象化的表现手法所形成的最高诗美境界就是意境，意境乃是诗人之心与自然之物的天人合一。王国维所谓的"无我之境"，亦即"采菊东篱下，悠然见南山"、"寒波淡淡起，白鸟悠悠下"一类诗句的意境，其间心与物、意与象、天与人已然融化为一，妙合无垠。《诗经》作品丰富的动植物种类，其实就是诗歌的自然意象，孔子认为读《诗》可以"多识于鸟兽草木之名"。《楚辞》中的"芳草"意象更是缤纷繁多。中国人的自然审美意识觉醒很早，魏晋时代已经成熟。陶渊明的田园诗，谢灵运的山水诗，影响下及隋唐，形成了以王维、孟浩然为代表的盛唐山水田园诗派，此后山水田园一直是古代诗人乐于归隐的净土，反复抒写的题材。他们仰观天地之大，俯察品类之盛，“笼天地于形内，挫万物于笔端”，写景咏物，寄意抒怀，“登山则情满于山，观海则意溢于海”。他们对自然景物的喜爱投入，已到了“膏肓之疾”的程度。苏轼面对海棠，竟然“只恐夜深花睡去，故烧高烛照红妆”。陆游面对梅花，痴想“此生化作身千亿，一树梅花一放翁”。还有李白的“相看两不厌，只有敬亭山”，杜甫的“江山如有待，花柳自无私”，“山鸟山花吾友于”，辛弃疾的“我见青山多妩媚，料青山见我亦如是。情与貌，略相似”，人与自然，没有拒斥、分离，只有亲和、融洽，自然就是诗人自身。所以，他们观生察物，触类兴感，惜春悲秋，爱物自爱，怜物自怜，一朵花的开落，一片叶的青黄，一茎草的荣枯，都会触发他们生命的悲情；日月的升沉，潮汐的涨退，朝暮的更迭，季节的轮替，都会引发他们心灵的悸动。“唯草木之零落兮，恐美人之迟暮”，“年年岁岁花相似，岁岁年年人不同”，“孤光未满先忧缺”，“惜春长怕花开早”，“惜春只惜年华晚”，便都是人与物之间异质同构关系的感人写照。

引导青少年进入古代诗词的天人合一物我同构境界，体验感悟，只有当他们能够从草木的繁茂中看到青春生命的美好，从草木的凋谢中看到自我生命的衰败，从季节岁月的不停流逝中看到自我生命的消耗时，他们才会去真正地怜悯、珍惜、爱护自我、同类与万物，身心的和谐，人际的和谐，人与社会的和谐，人与自然的和谐，才能够在他们身上真正实现。

十一、题材体裁与手法风格

古代诗歌的题材和形式林林总总，手法和风格多种多样。题材内容方面，触及了社会生活、思想情感和大自然的物物事事，方方面面。离别诗，怀人诗，咏物诗，咏怀诗，咏史诗，怀古诗，闺怨诗，弃妇诗，宫怨诗，纪行诗，记梦诗，游仙诗，艳情诗，宫体诗，玄言诗，禅悦诗，边塞诗，山水诗，田园诗，田家诗，节令诗，祝寿诗，应有尽有。体裁形式方面，有上古歌谣的二言，《诗经》的四言，《楚辞》的六言加“兮”字，汉魏的杂言、五言、七言；有古体诗，近体诗；古体中有《诗经》体，《楚辞》体，乐府体，歌行体，五古，七古；近体中有五绝，七绝，五律，七律，排律；在古体和近体之间，有转变标志的永明体；诗之外，有词曲，词有令引近慢、单调双调、三叠四叠，曲有只曲、套数；此外，还有陶体，初唐体，太白体，元和体，香山体，晚唐体，西昆体，花间体，易安体，诚斋体，铁崖体，拗体，回文体等。

表现手法方面，《诗经》首创的赋比兴三大手法之外，古代诗歌的意象化手法和使事用典手法最值得注意。意象化手法在上一节已经谈到，兹不复赘，这里只简单谈一谈使事用典。此种手法在西方庞德、艾略特诗中虽被使用，但在西方诗歌中并不普遍，不像唐宋以下的中国诗人诗歌，把使事用典作为创作时的常备方法加以普遍地运用。因此可以说，使事用典是具有中国民族特色的诗歌表现手法。一方面是诗人的学者化，遍读典籍，学问渊博，创作中信手拈来，为我所用，无不妥帖；另一方面，近体诗词形式精短，字数有限，要达到以有限传示无限的创作目的，嵌入典故不失为一种有效的做法。所以，使事用典为唐宋以来的诗人所共同喜爱。唐诗人中，杜甫诗号称“无一字无来历”，宋人“以学问为诗”，使事用典更为普及，尤其是以黄庭坚为代表的“夺胎换骨，点铁成金”的江西派诗。在词学领域，周、姜雅词喜欢化用唐人诗句增添书卷气，“驱遣经史，镕铸百家”的辛弃疾词，更有“掉书袋”之评。区区一个典故，几个字，往往包含着复杂漫长的历史人物故事，或是融化了前人作品的语言、意境，一以当十，以少总多，既能使诗歌文本显得典雅奥博，意蕴深厚，表情含蓄，又极大地增加了作品的知识量和信息密度，提高了文本的读解研究价值。因此，欣赏古诗不仅是一种审美享受，同时能使人接受大量的知识信息，变得见闻宽广，学识渊博。

在美感风格方面，不同内容、不同形式、不同时代、不同诗人、不同流派的作品，风格迥异，千姿百态，千差万别。仅以唐代几位大诗人的主导风格为例，王维清腴，孟浩然清淡，高适悲壮，岑参奇峭，李白飘逸，杜甫沉郁，韩愈险怪，孟郊寒酸，李贺冷艳，白居易浅切，杜牧俊爽，李商隐丽密，真个是互不雷同，各具风采。唐司空图《二十四诗品》，将诗歌风格总结归纳为“雄浑、冲淡、绮丽、自然”等二十四种，并各用一首精美的四言六韵诗对之加以描摹。而在多种多样的诗歌美感风格中，“清水出芙蓉，天然去雕饰”的清新自然风格，最受古人推崇。古典诗歌多样化的内容、形式和手法、风格，有助于青少年认识到人类生活情感的复杂性，艺术形式的多样性，开阔他们的眼界视野，增添他们的知识信息量，净化他们的心灵世界，丰富他们的审美趣味。

古典诗歌精致到近乎完美的艺术形式和历久弥新巨大深远的艺术魅力之中，蕴蓄着取之不尽用之不竭的人文精神富矿，等待着我们去勘探开采，充分利用。大力弘扬古典诗歌的人文精神，可以避免青少年学生在技术理性、工具理性、实用至上、利益至上的商品经济时代，沦为只有知识没有文化、心理残缺灵魂荒芜的可怜而又可怕的技术人、工具人。我们坚信，用古典诗歌长时期地熏陶濡染、沉浸滋润广大青少年，就一定能收潜移默化之功，渐渐变易他们的形象气质，精神风貌，知识结构，思想情感，人生观念，价值取向，审美趣味，使他们分清是非，明辨美丑，厌弃痞混，告别粗鄙，疏离低俗，健康成长为一代志远气清、格高韵扬、器大声宏、思锐情深、灵心善感的气质高雅、风神秀美、体魄茁壮、人格健全的新型公民，使诗词教育的人文化成作用，大见成效！

书评二篇

奇恣傲兀，沉厚奥博

——《吴昌硕诗集》读后

《吴昌硕诗集》，漓江出版社 2012 年 1 月版。该集所收作品分三辑：一辑《缶庐诗》八卷，共收各体诗 735 首，前有光绪癸巳作者自序；二辑为《缶庐集》增辑诗作篇目，系《缶庐集》五卷中不见于《缶庐诗》的作品，有各体诗 253 首，前有施浴升、谭献、郑孝胥、沈曾植、孙德谦、刘承干为《缶庐集》所作六序；三辑为《缶庐别存》题画诗，有各体诗 60 首，前有自序；三辑共收诗 1048 首。

吴昌硕（1844—1927），近代画家，诗人。浙江安吉人。幼时随父读书，后就学于邻村私塾。同治四年（1865 年）中秀才，曾任知县，仅一月即去职。为了谋生学艺，常远离乡井。先徙居苏州，后移居上海。平生阅览大量金石碑版、玺印、字画，广收博取，诗书画印并进。1913 年，被推为西泠印社首任社长，艺名益著。1927 年因中风病逝于上海，享年 84 岁。吴昌硕篆刻、书法、绘画皆造绝诣，其篆刻上取鼎彝，下挹秦汉，秀丽流畅，苍劲朴厚。书法工篆书、行草，不求形似，自出新意，雄浑精悍，刚柔相济。绘画以花卉木石为主，色墨并用，浑厚苍劲。是公认的近现代艺坛巨擘。

《吴昌硕诗集》第二辑前，有《缶庐集》六序，现将序中直接涉及缶庐诗品评的内容，迻录于此。施浴升光绪己丑（1889 年）仲春序云："吾友吴子仓硕，性孤峭，有才未遇。初为诗学王维，深入奥窔，既乃浩瀚恣肆，荡除畛畦，兴至揺笔，输泻胸臆，悄乎以思，旷乎以放，时而兀傲，时而愁悲，凡以自达其性情，不苟合于今，亦不强希于古，所谓克自树立者，殆庶几乎。”谭献光绪己丑（1889年）仲冬序云：“吴君湛湛游心于古初，虽性好文字，而不欲与缘饰绮靡者流骛旦夕之名，仡兴赋诗，寄其萧寥之心、浩荡之兴而已。拨弃凡近，而体素储洁。伊昔《箧中》《极玄》二集，由此其选也。献识其幽语而思则隽，险致而声则清，如古琴瑟不谐里耳。”郑孝胥乙卯（1915年）季冬序云：“缶庐先生诗格秀劲，比更乱世，节操凛然，近年所作，旷逸纵横，有加于昔。其诗之老而益进，譬则菊之凌秋而黄，枫之经霜而丹也。此岂与寻章摘句、嘲风弄月者同日语哉？”沈曾植序云：“其诗横逸如其画，余亦以为翁书画奇气发于诗，篆刻朴古自金文，其结构之华丽杳渺，抑未尝无资于诗者也。遭世不同，而其诗情纵放同，皆足以庄严吴兴山水。”孙德谦己未（1919年）十一月序云：“每诵先生诗，爱其虚籁自鸣，清标绝侣，至于孤月横笛，傲霜抚琴，老病无天，离乱回头之句，置身安地，苍茫晞发之吟，‘文章自娱，颇示己志’，不在斯与？世有仲伟，傥为题品，抑亦诗人隐逸之宗焉。”刘承干庚申（1920年）序云：“苕霅间诗人，吴君晚出，乃异军特起者。年高而诗日富，高古奥逸似孟云卿，清奇僻苦似孟东野。感时抚事，如冷云疏雨中时露电光。”六家序文，所谈缶庐诗特点，颇中肯綮，可供读者参酌。

吴昌硕诗，每有傲兀之态，多不平之气，寄兴亡之感，寓现实关怀，如组诗《庚辛纪事》，以及咏明季弘光朝事的一组乐府诗。但作者常以遗老自居，以满清为故国，视共和革命为乱党滋事，如《七十自寿》对辛亥革命的激烈反对：“事变复见辛亥冬，热血若沸摧心胸。”而且梦想复辟：“麒麟若再飞上天，坐观太平双眼悬。”这种不谙时代进步之大趋势的表现，则是彼一时期许多耆宿硕儒的通病，盖与从小接受的儒家君臣之义的教育有关，也与缺乏现代知识和世界眼光关系甚大，论者正不必挖空心思，以“殉文化”之说辞为彼等开脱也。

吴昌硕为诗初学王维，《题画》《寄家子常孝廉钟奇》《涂中杂题》《过枫桥》《耦园杂诗》《适园杂咏》诸作，皆得王孟一派淡远神韵。如《题画》云：“秋山无片云，一径拥红树。古道少人行，横飞见孤鹜。何处野人居，柴门临古渡。”颇有王维、裴迪辋川唱和之风味。《田家》一类作品，虽亦山林田园写生，但已不复王孟盛世气象，境入晚唐，这是需要注意区别对待的。《寄万东园表弟春涵》《芜园图自题》等作则近陶诗，如《芜园图自题》其一：“大钧无遗泽，万物遂其私。荣悴间不同，亦复得安之。芜园何所芜，人与芜园期。即此足容托，荒陋安足辞。遥遥望白云，慨然发长思。”理悟深厚而能出之以平淡自然，仿佛陶潜《杂诗》《饮酒》诸作。吴昌硕学杜亦用力颇勤，《缶庐诗》题咏圹中古缶，以之名庐，结意于慕杜。《忆昔》命意措辞，皆学杜甫《同谷七歌》，亦能得其精神面目。吴诗中经常流露出的忧国忧民情怀，主要得自杜诗。《坐雨和铁老先生》、《迟鸿轩呈藐翁先生》《冬夜》《饱饭》《赠复堂先生》《强饭》《北寺塔》《一雁》《淫雨》《和坡梦》等五言律诗，句法诗格都与老杜为近，《淫雨》可作代表：“淫雨天难补，穷秋谷不新。囊空乞米帖，饥聚告荒人。魑魅登楼喜，鼋鼍见日嗔。近闻下明诏，泽国赈灾民。”吴昌硕七律诗则多中晚唐风调，如《登北寺塔和壁间韵》云：“驿柳城鸦动暮哀，再登危塔望苏台。云霄千佛笑人老，风色一林惊雁来。范蠡船空秋水绿，支公巷古夕阳开。英雄极目今谁是，频仗狂歌劝酒杯。”与许浑、韦庄辈差似。他如《卫铸生铸将赴新加坡》仿太白，《正月廿日醵饮，是日为白香山生日》效香山，《潘燕池先生书问近况奉答》自谓“固穷东野吾”，吴诗中多啼饥号寒语，仿佛孟郊，《答紫明先生》句云“秋风梳肺肝”，即从孟郊《秋怀》“峭风梳骨寒”变来。《听一亭谈禅》有句“岛佛吟诗瘦亦夸”，五律《重过东园》云：“思悲翁独吟，虚籁得谐音。鹿柴山移浅，鱼窠草没深。题桥知第几，饮水笑犹今。蜗篆凭谁识，摩崖半雨淋。”尾联意象境界神似贾岛。吴诗字句学前人处，更是不一而足，如《坡公画像为高野侯》句云“雪堂春畹晚”，其中“春畹晚”三字，即来自义山《春雨》“远路应悲春畹晚”成词。该集中亦有近晚唐香奁体者，如《绝句》二首：“小溪深处阿谁家，人面胭脂水面霞。细语喃喃听未得，隔窗妒煞碧桃花。”“香生罗绮薄于云，人艳花妍腻不分。此是人间甚情绪，欲啼欲笑酒初醺。”可知作者诗路宽广，兼习众家诸体。

作者用力最大的模拟对象当数韩孟诗派，除了以“寒酸尉”自况，摹习孟郊以及贾岛的寒瘦之诗，作者更下大气力摹习长吉、昌黎、玉川子歌诗的僻涩幽怪、恣肆雄奇。《六三园樱花》大似李贺：“海天如镜天磨平，揭天排海飞长鲸。桑田幻出奔雷霆，麻姑数见吾何惊。春光如拭开林亭，花风凝白千树樱。琴声入耳风泠泠，鹤龟奏罢凄其鸣。年华坐失悲平生，似诉似泣传幽情。长公诗笔高峥嵘，王宰画竟促迫成。我画我诗无庸名，老矣冰炭心胸横。泪点泠合青衫青，句短却笑琵琶行。王翁善睡褚善听，谓琴不敌茶味清。何不罢弹试一烹，叶尔长技相兼并。谈天口渴还谈瀛，邹衍失笑太白醒，招之使来吾吹笙。"《水野疏梅索诗赋赠》《非园图甘君嘱题》《为香禅画梅》《六月二十四日俗传为雷祖生辰，戏赋长歌》《戊戌闰三月十三日于役阳羡，迂道访禅国山碑》等歌行，皆学长吉、昌黎、卢仝辈。而以学李贺为最勤，不仅学其篇法句法，亦学其字法，如《醉梦》"菊英留古芬"，即是对李贺诗中"古春"的模仿，类似的模仿还有《答鹭老》"为有故人怜古狂"中的"古狂"。吴诗多用李贺诗中的奇幻意象，仅李贺《杨生青花紫石砚歌》中"磨刀踏天割紫云"即数见，如《水野疏梅》有句"踏天李贺"，《辛酉元日》有句"我欲磨刀试踏天"。不仅古体学李贺，近体中亦多有李贺式的意象、境界，如《即目》有句"荒江浪溢蛟鼍舞"，《写书图为乐》有句"鼎奇系腕休疑鬼"，《寄符生》颔联"媚人花荡漾，迷鬼竹斑斓"等。而力大才雄，以怪奇恣肆为主。

吴昌硕《刻印》云："今人但侈摹古昔，古昔以上谁所宗。诗文书画有真意，贵能深造求其通。"确属深造有得之论，甘苦寸心之言。作者学诗从王维入手，摹陶学杜，上薄诗骚，旁通鼎彝铭刻，间习太白、香山，偶涉晚唐香奁，而出身苦寒，早丁世艰，生涯窘迫，于唐人集宗奉《箧中》《间气》，故而多有郊寒岛瘦之态，而又生遭乱世，负澄清志，有忧世心，力大才雄而无所适，胸中块垒，抑郁难平，于是转学长吉之奇幻森怖、退之之雄怪恣肆，而无长吉狭窄病态，无退之铺排无度，妙能于奇幻雄肆之中，每融入身世之感、生民之忧、家国之思，而不徒流于皮相形似某家某体。终于以自我"真意"为主，通融众家众体，自成奇恣傲兀、沉厚奥博的一家面目。作者在诗歌创作中的"深造求其通"，大约就体现在这些方面。

稀如星凤弥足珍

——梁基永辑"民国词学文献五种"读后

五四新文学运动之后，白话诗文登上文坛正场，旧体文学屈尊降贵，退居幕后。加之一般人的成见，认为旧体文学"现代性"严重缺失，所以现代文学史多不为旧体文学设立章节，基本上忽略了旧体文学的客观存在。在此大背景下，旧体文学文献自然得不到应有的重视保护、整理利用。近年来，随着国学热的持续升温，现代旧体文学开始进入研究者的视野，受到学界关注。一些大规模的现代诗词文献整理工作已全面铺开，现代诗词名家的个人著作整理也续有成帙。梁基永辑录的“民国词学文献五种”，即是其中足称珍稀的一部。这部由中华书局近期出版的民国词籍整理著作，包括《况周颐批点陈蒙庵填词月课》《陈蒙庵批校白石道人歌曲》、陈蒙庵《纫芳簃词》和《纫芳簃日记》《纫芳簃琐记》片段，均按原件尺寸大小彩色影印，墨香手泽，俱可闻见，赏读展摩之际，让人不禁心生喜乐。笔者初读一过，认为该书有以下几个方面的特色和价值。

一是让业内人士和一般读者得见珍稀“学词”文献。《况周颐批点陈蒙庵填词月课》，乃蒙庵随蕙风词隐学词之月课作业，现存癸亥（1923 年）四月到甲子（1924 年）正月词课所作二十三题二十六首，皆经蕙风精心批改。古近代词家课徒稿本，今已稀见，《月课》不仅让后学可以一睹课稿真容，而且为学者研究词稿修改和况氏词学，留下了宝贵的文献实录。蕙风为蒙庵月课习作修改字词，正误声律，指点作法，提升寓意。课稿的批改方式，圈改于行右，注释于页眉、页边或行间，恪守清代书院课稿批改制度，态度谨严。一字失律，皆不放过，必加更正。一篇改易，至数十字，几如重写。蒙庵曾在《日记》中记载一次馈师束脩二百金，以蕙风课徒的认真负责，是完全当得起的。蕙风不仅课词，且具人文关怀。如癸亥（1923 年）九月第一课咏重阳的《紫萸香慢》，词上下片共一一三字，蕙风亲改七十四字，把蒙庵原作词意过于冷落凄寒处，一一改写。上片五十六字，改动多至四十五字，差不多等于代蒙庵重作。页眉批语除指示填词声韵、作法，更叮嘱蒙庵：“少年人作文字，不拘何题，宜切戒衰飒语！”并加圈强调，其意殷殷。这让我们想起胡适在《文学改良刍议》中对没落颓废情调的批评：“作者将以促其年寿，读者亦将以短其志气。”把胡适的话拿来解释蕙风对蒙庵“切戒衰飒语”的叮嘱，便明白了老师关爱学生的一片良苦用心。看来，对于文学要抒发健康的思想情感，以利于人的健康成长这个大关节，新旧文学家的看法并无分歧。

二为治姜夔词的学者添一个罕见难得的版本。《陈蒙庵批校白石道人歌曲》，版本、文献价值极高。姜夔词版本系统复杂，传世约十余种，加上影抄本，多达三十余种，为宋代词人之冠。通行本为夏承焘《姜白石词编年笺注》本，系以彊村丛书所刻江炳炎抄本为底本，参校各本而成。

《陈蒙庵批校白石道人歌曲》，在通行的夏校本之外，汇集多家，精心批校，以绿、红、墨、胭脂、朱砂、蓝六色笔，分录各版本校记与各家评语。其中以姜抄本最具版本价值，郑文焯、况周颐二家白石词评语，亦为世所仅见。尤其是词学界羡称之“姜抄本”，乃姜夔二十世孙姜虬绿于清乾隆年间抄写的姜氏宗祠所传白石晚年手订本，为传世孤本。此本与通行的姜词版本歧异颇大，曾被夏承焘列举六证，论定为伪本。这个孤本原藏江标灵鹣阁，后归郑文焯，最后转入陈蒙庵之手。蒙庵20世纪50年代去世后，此本下落不明。其神秘珍稀程度，大致相当于李一氓所藏师古斋明刻本《花间集》，这个仅为李一氓所收藏的《花间集》版本，在李身后，也已杳如白云黄鹤，渺无踪影。姜抄本轶逸之后，其与通行本白石词的文字歧异情况，皆赖蒙庵批校得以保存，文献价值真不啻连城拱璧。至于姜抄本的真伪，则颇难推定。夏承焘指姜抄本作伪六证，辑录者一一予以辩驳，但又不遽断为真本，不失为一种审慎的态度。夏氏六证之三，曾指姜抄本将分记两次游赏的《阮郎归·为张平甫寿》二首合为一首，与词题不合，言下显系作伪。辑录者已加驳正，这里再为辑录者补一辩驳例证：姜夔名作《念奴娇》“闹红一舸”咏荷，亦是合写武陵、吴兴、杭州多地赏荷情事，可知姜夔有此创作习好。那么他晚年将两首性质相同的记游寿词改写合并为一首，可能性就是很大的。其实，作者在一生的不同时期反复修改自己的作品，在古今文学史上都是司空见惯之事，小改字词韵律，大改推倒重写，代不乏人，毋庸列举。所以，不能因姜抄本一些字句篇章与通行本有异，就断定其为伪本。或者白石晚年真有一手定本，传于家祠，也未可知。因此，在无确凿证据坐实版本的真伪时，辑录者不予按断的做法无疑是较为可取的。但辑录者在辩驳夏氏六证时，谓今本题为《赋牡丹》的两首《虞美人》，应以姜抄本作《赋梅》为是，却也偶留一处小小的疏漏:《虞美人》第一首结句云“唯有当时蝴蝶自飞来”，句中“当时”显指梅花开时，梅开腊月正月，其时天大寒，即苏杭间亦无蝴蝶。倒是二三月牡丹时，定有蝶飞蜂绕。《虞美人》咏牡丹抑或咏梅，从这一文本内证来看，还真让人推敲不定。

三是“发掘”出一个民国词人。《纫芳簃词》系蒙庵手稿首次影印，公之学界。蒙庵写于甲子乙丑（1924—1925年）间的四十来首词，其中多篇曾经乃师况周颐批改，可与《填词月课》相参看，作者誊录一以乃师所改为准。蒙庵词除《探芳信·题六舟上人画梅》一首刊于1925年第5期《野语》杂志，其余均未见发表。这些词大率为咏物、咏节令、题咏金石字画之作，用典恰切，下词雅驯，风度雍容，色藻敷腴。令词有蕴藉风致，如《蝶恋花》《鹊桥仙》；慢词能描画勾勒，如《绿意·新绿》《声声慢·秋声》。间于时令风物、书袋典故之中，引发词人轻微之感慨。其词有用柳屯田韵，用谢无逸韵，用刘潜夫韵，题云谣集，和珠玉词，题小山词，拟东坡作，效玉田体，题白石词，题纳兰词等，可知蒙庵学词不主一家，广摹众体。其词无典重质实语，无道学头巾语，无尖新儇薄语，大要当行本色，措置得体。但毋庸讳言，词中亦乏切肤入骨之个人生命体验，难窥20世纪初文明转型、风云激荡的时代精神。可知填词对于蒙庵这等富室子弟来说，不过陶情娱性，雅士雅玩之具，并无多少时代与个人的真疼痒、真歌哭。这在清末民初的旧体诗词界，当然不仅是蒙庵一个人的问题。

四是为“贵族”的意涵添加了一份感性的注解。《纫芳簃琐记》与《纫芳簃日记》的认识价值，即在于此，为读者提供了20世纪初沪上词坛交往的日常纪实。《日记》断续记载乙丑（1925年）6月至8月间共三十五天的交游酬酢、饮食起居情形，不外拜师访友、作诗填词、习字题画等。日记中人物，除况周颐父子外，尚及朱祖谋、赵叔雍、陈巨来、孟心史、褚礼堂等人。《琐记》在《日记》前，仅六则，涉及诗词画印掌故考据，及于况周颐夫人况卜娱等人。衣食无忧则游于艺事，所谓贵族，大抵指此具有丰富充实的精神生活和审美心灵的人，而非时下声色犬马之“土豪金”也。此外，《日记》《琐记》和批注中，有疵议师辈、直言其短的内容，不为尊者贤者讳，似此俱见蒙庵赤子之心。王国维云：“词人者，不失其赤子之心者也。”正缘蒙庵不失赤子之真心，方有其词学以及书法上的不俗造诣。

要之，这部影印辑本的价值和意义在于存文献之真，为业内研究者提供第一手文献资料，功莫大焉。但对于一般读者来说，可能还有不大方便处。比如月课、词稿、琐记、日记、白石道人歌曲批校，都是毛笔繁体，且多为行、草书，普通读者识读理解当有困难。将来可否出一排印注释本，以助于此稀见之“宝典秘籍”的广泛流传。

附录二

杨景龙《花间集校注》序

王兆鹏

或问：诗有《诗经》，词有《词经》乎？应之曰：无其名而有其实也。词史若举一经，舍《花间集》而莫属。盖《花间集》萃早期词作之菁华，词体定型于斯，词风亦肇基于斯。集中所录词人十八家，乃仿唐太宗故事。太宗初得天下，锐意经籍，于宫城之西开文学馆，以待四方之士，于是杜如晦、房玄龄、于志宁、苏世长、薛收、褚亮、姚思廉、陆德明、孔颖达、李元道、李守素、虞世南、蔡允恭、颜相时、许敬宗、薛元敬、盖文达、苏勖尽皆入选。阎立本图其状，题其爵里，褚亮为文赞，号曰"十八学士"，天下景慕，谓之"登瀛洲"。《花间集》仿其意，尽选当世并前代词坛之英哲，亦十八家，所取皆清丽之词、绝唱之什。宋人填词，无不奉为圭臬。北宋李之仪即力倡"以《花间集》中所载为宗"；南宋陈振孙则曰《花间集》为"近世倚声填词之祖"；陈善亦谓《花间集》"当为长短句之宗"；林景熙又称《花间集》"词家争慕效之"。主婉约者，固奉为典范，重豪放者，亦仿之效之，辛稼轩即有"效《花间集》"之作，刘克庄亦有"且教儿诵《花间集》"之句。两宋之世，《花间集》既可开蒙，亦堪贶赠。南宋绍兴间晁谦之序刻《花间集》，谓建康凡郡将、监司、僚幕离任，皆以《花间集》贶之。明清之世，《花间集》与《草堂诗余》盛行于世，并称"花草"，陈耀文有增广之《花草粹编》，王士禛有评论之《花草蒙拾》。嗣后词林诸集，无出《花间集》之右者，故目之为"词经"，谅非虚誉也夫。

自南宋以降，《花间集》传本甚夥，鲁鱼亥豕之误，时复见之。近代以来，校勘家多有瞩目，李一氓氏《花间集校》尤为精善，而失校、误校难免。至若笺注解析之本，坊间刊布者已不下十数种，李冰若氏《花间集评注》、华钟彦氏《花间集注》问世既早，精义亦多，最为学林所称，然或病其注释过简，不敷初学之需。其他注本笺解虽详，又或失于浅显，难惬大雅之意。景龙教授遍取海内外传藏诸本详加校勘，今哲未校之本取校之，前贤已校之本覆校之，订正失校、误校之处无虑数百，既校是非，兼校异同，诸本文字之出入异同遂了然矣。注释详赡，语典故事，无不追本溯源；句意章法，悉予诠释疏解，覃思精研，新意迭出；序跋评点，尽行搜采网罗。允称后出转精、集大成之作也。

余识景龙教授有年，爱其为人敦厚、治学谨严。前读《蒋捷词校注》，已知其学问根基深厚，今读《花间集校注》，愈益叹曰：其有功于词学岂浅哉！故乐为序引，冀广其传。

甲午立秋序于五大连池旅次

（作者简介：王兆鹏，武汉大学文学院教授，博士生导师，中国词学研究会会长。主要从事词学和唐宋文学研究。）

《花间集校注》的特色与价值

赵山林

成书于五代后蜀广政三年（940年）的《花间集》，是中国词史上第一部文人词总集，其在词史上的典范性地位仿佛诗史上的《诗经》，对历代词创作和批评产生了深远的影响。在此后千年的《花间集》传播史上，出现了较多版本，但迄无一个较为完善的整理研究性质的校注本行世，这对《花间集》的阅读，尤其是对于《花间集》和唐五代词的深入研究，造成了很大的不便。杨景龙教授的《花间集校注》一书，篇幅达一百三十余万言，萃校勘、笺注、疏解、集评为一编，弥补了词学研究领域的这一欠缺。王兆鹏先生在《花间集校注序》中，指出该书“有功于词学匪浅”，堪称“后出转精的集大成之作”。这里拟从校勘、笺注、疏解、集评四个方面，对该书的特色与价值略作评介。

先说“校勘”。《花间集校注》所采版本较全，比勘精细。此前被词学界推为权威精校本的李一氓先生《花间集校》，取校了七八种版本，华钟彦先生的《花间集注》、李冰若先生的《花间集评注》、萧继宗先生的《评点校注花间集》取校版本更少，其他普及性质的简体字评注本则无校勘。而景龙这部《花间集校注》共取校宋、明、清时期暨近代二十余个《花间集》版本，诸如宋绍兴十八年刊晁谦之跋本、宋淳熙刊鄂州册子纸本、明紫芝漫钞本、明吴讷辑《唐宋名贤百家词》钞本、明正德十六年陆元大覆晁本、明万历八年茅氏凌霞山房刊本、明万历三十年玄览斋刊巾箱本、明万历四十八年刊汤显祖评朱墨本、明万历间刊汤显祖评墨本、明文治堂刊汤显祖评本、明朱之蕃词坛合璧本、明天启四年刊钟人杰合刻花间草堂本、明张尚友刊本、明雪艳亭活字印本、明毛氏汲古阁刊本、明毛氏汲古阁刻后印本、明刻残本、清康熙十七年刻花间正集本、清四库全书本、清刻本、清光绪十四年邵武徐氏重刻本、清光绪十九年王鹏运四印斋所刻词本、吴氏双照楼景刊宋元本词本、《全唐诗》附词、王国维《唐五代二十一家词辑》本等，可谓规模空前。中国内地图书馆藏宋、明、清时期刊行的《花间集》主要版本，除吴勉学师古斋刻本未见外，其余均曾取校。其中紫芝漫钞本、钟人杰本、张尚友本、汤评墨本（二册本与四册本两种）、汲古阁后印本、明残本、文治堂本、词坛合璧本、花间正集本、清刻本等十余个明清版本，皆是此前校勘《花间集》的学者未曾取校的本子。著者在该书《前言》的第五部分，对上列诸本加以介绍，方便读者和研究者对于这些版本的总体了解。除上列诸本外，收录《花间》词的总集和历代重要词选，亦加参校。对于此前校勘《花间集》的学者取校过的版本，《花间集校注》一书皆重加校勘，共改正误校、补充失校数百处。仅以号称精校的李一氓先生《花间集校》为例，该书即改正、补充其误校、失校达一百五十余处，详参著者《〈花间集〉校勘拾零》一文（《二零一二年词学国际学术研讨会论文集》）。自宋迄清，《花间集》版本较多，《花间集校注》的校勘兼顾是非、异同，并作相应按断，一并写入校勘记中，方便读者和研究者一册在手，即可详知各本文字出入、歧异情况，免去手头版本不全之苦与四处访书的奔波翻检之劳。

次说“笺注”。《花间集》旧注，如华钟彦先生《花间集注》、李冰若先生《花间集评注》、萧继宗先生《评点校注花间集》等，都存在注释过简的问题，具体表现在两个方面：一是注释语词过少，如华注本薛昭蕴《喜迁莺》其二，于“白衫”、“杏园宴”未注；二是笺释不够到位，如牛峤《菩萨蛮》其五“故故坠金鞭”一句、和凝《河满子》“却爱蓝罗裙子，羡他长束纤腰”二句的注释，均未注出处语典；这两类问题在旧注本中较普遍。《花间集校注》于需要诠释的语词均详加笺注，每条语词注释都尽量做到征引例句，举出书证。《花间集》旧注，还存在内容过于陈旧的问题。如华注韦庄《思帝乡》其二，于“妾拟将身嫁与，一生休”句注曰：“《易恒卦》：‘妇人贞吉，从一而终也。’”于“纵被无情弃，不能羞”句注引《诗经·氓》“三岁为妇”章，曰：“风人之旨，与此同为自怨自艾之词。”显然与词意不切。此类显得陈旧的注释，在旧注中亦非仅见，《花间集校注》均注意对之加以改进。旧注或只笺释语意，或只征引文献；《花间集校注》既释语词意义，又笺语词出处。旧注征引例句，存在引用宋、元、明、清时期晚出文本的情况;《花间集校注》征引例句，尽量拣择时代早出者，至迟不晚于《花间集》成书的五代时期，五代以后文本例句一概不加征引。

《花间集》的当代普及性注本，于语词注解基本上不征引例句，且皆存在程度不等的注释错误问题。如注张泌《柳枝》“腻粉琼妆透碧纱”之“碧纱”为“碧纱窗”；注顾夐《酒泉子》其七“画罗襦。香粉污”，云“女子因流泪而弄污了脸上的脂粉”；注孙光宪《浣溪沙》其三“堕阶萦藓舞愁红”之“堕阶萦藓”，云“在台阶下萦回盘绕的藓类植物”等，显系错注。更有甚者，有注本可能为迁就所引例句“陇头流水，鸣声呜咽”，竟将温庭筠《清平乐》“桥下水流呜咽”一句中的“水流”改为“流水”。凡此种种,《花间集校注》在笺释时均予是正。

再说“疏解”。词学界对《花间集》的研究，宏观立论者多，对十卷五百首词作的细致扎实的微观剖析，似乎尚有相当大的空间。除数十名篇吸引众家反复谈论外，绝大多数《花间》词，迄今很难说有令人满意的文本解读。旧注本、评注本没有对《花间集》全部词作加以疏解的，即有部分作品的解说，也是评点式的，时有灼见，但又往往语焉不详，且不免随意、即兴之弊。当代普及性注本，出现过两三种对五百首词作全加“评析”的，但定位既是面向大众，用语显然过于浅俗，专业性和学术性不强，也就在所难免；这类注本对一些作品的“评析”，往往不得要领，不时还出现硬伤。《花间集校注》一书，于《花间集》五百首词作的疏解，用力至勤，可以说是《花间集》问世千余年后，第一部在严肃的专业层面上对五百首词作全部加以学术性批评的著作。该书对于五百首词作的微观“疏解”，与长达五万字的“前言”对《花间》词思想、艺术的宏观总论一起，加重了这部文献整理著作的理论含量，著者的汉学与宋学功夫交互为用，相得益彰。在我看来，该书的“疏解”具有以下几个特点：

一是深度与新意。如韦庄《菩萨蛮》“人人尽说江南好”的疏解，立“乡愁主题诗词”的“反题”一说，发人所未发；再如温庭筠《菩萨蛮》“玉楼明月长相忆”的疏解，引入自《诗经·陈风·月出》肇始的“望月怀思”的“原型心理模式”；还有对孙光宪《谒金门》“留不得”的疏解等。书中此类“疏解”甚多，均具深度与新意，俱见作者的才学与识力。二是将传统点评的笼统印象，落实为现代批评的详切具体。表现在文本解读和名句分析两个层面：前者如对欧阳炯《浣溪沙》“相见休言有泪珠”的疏解，后者如对温庭筠《菩萨蛮》“杨柳又如丝，驿桥春雨时”的分析；书中这类疏解和分析最多，对读者和研究者理解词意、鉴赏词艺的帮助也最大。三是在广泛运用中国传统诗学理论解读作品的同时，注重引入西方文艺美学理论和其他相关理论。如对母题原型理论、语义学与诠释学理论、心理分析理论、接受美学理论、互文性理论、信息论等的借鉴，均能盐溶于水般不落迹象地化入“疏解”的行文之中。如温庭筠《菩萨蛮》“南园满地堆轻絮”的疏解、《更漏子》“背江楼”的疏解，韦庄《归国遥》“春欲暮”的疏解，李珣《酒泉子》“秋月婵娟”的疏解等。“武器的批判”使“批判的武器”得以“更新换代”，有利于破解一些文本的龃龉之处，使长期以来存在的说不圆处，解读得更显圆通；更为重要的是，在借鉴化用这些外来理论解读文本的过程中，创生出仅靠本土传统理论无法生成的新意。四是注意文本自身存在的问题。缘于词人或刊布传抄者的原因，《花间集》文本存在一些前后矛盾或解释不清之处。一般注解者或未曾深究忽略了、或者故意回避了这类问题。如温庭筠《菩萨蛮》之十三起句“雨晴夜合玲珑日”与结句“春水渡溪桥，凭栏魂欲销”的时令矛盾；温庭筠《酒泉子》其三上片写“小河春水”“杏花稀”，显系春天，但结句却写“雁南飞”，大雁候鸟，春秋换季时南北迁徙，须知春天是“雁北归”而不可能是“雁南飞”的，这显然又是“类型化写作”时，信笔所之导致的又一处时令和景物的脱误舛错；温庭筠《更漏子》其四非写宫怨，却出现了“宫树暗”三字，结果导致一些说词者一见“宫树”即云“宫怨”，对词中至关重要的“待郎熏绣衾”一句视而不见，忘记了如是“宫怨”，宫女怎有可能在宫中“待郎”这一最基本也是最严重的问题；还有和凝《春光好》“苹叶软”一首中的“红粉相随南浦晚”一句，解者多释“相随”为“相送”，以便将句意和词旨说通，其实带来了更多的问题，等等。《花间集校注》的著者在疏解文本时，发现并正视了这些属于作品内部的问题，皆给出了相对妥帖的解释。五是疏解文字既遵从体例，要言不烦，又具体翔实，切中肯綮；既注重理性分析，又注意行文的形象生动和流畅可读，使不少篇章的疏解，颇富文采和诗意，较好地融合了传统诗话词话批评和西方逻辑分析批评之优长。如温庭筠《菩萨蛮》《更漏子》《梦江南》组词的疏解，韦庄《菩萨蛮》《思帝乡》组词的疏解，欧阳炯、李珣《南乡子》组词的疏解，孙光宪《浣溪沙》《渔歌子》组词的疏解，李珣《渔歌子》组词的疏解等；以及皇甫松《梦江南》“兰烬落”、韦庄《浣溪沙》“清晓妆成寒食天”、张泌《浣溪沙》“晚逐香车入凤城”、牛希济《生查子》“春山烟欲收”、欧阳炯《江城子》“晚日金陵岸草平”、顾敻《诉衷情》“永夜抛人何处去”、孙光宪《酒泉子》“空碛无边”、《风流子》“茅舍槿篱溪曲”、鹿虔扆《临江仙》“金锁重门荒苑静”、李珣《巫山一段云》“古庙依青嶂”等的疏解，读之均有齿香心餍之感。

末说“集评”与“附录”。《花间集校注》一书，对与《花间集》有关的文献材料，多方搜求采集，堪称完备，为《花间集》和唐五代词史的进一步研究提供了很大的方便。《花间集》旧注本与当代普及性注本大多无集评，或有，也是极不全面的。《花间集校注》的集评分篇评、词人总评、《花间集》总评三类，在利用已有文献的基础上，旁搜博采，扩大了择取范围和规模。《花间集校注》的“附录”部分，依次为温博《花间集补》、金介山等《花间续集目录》、《花间》词人传记资料、《花间》词人著述存目、《花间集》题跋叙录、《花间集》总评、历代重要词选词谱收录《花间》词篇目七大类。该书首次将温博的《花间集补》、金介山等的《花间续集》目录采入《花间集》校注本，《花间集》“总评”亦系首次萃集，题跋叙录则有大幅增补，传记资料、著述存目、词选词谱收录《花间》词篇目等，也在前修时贤已有搜辑的基础上，加以程度不同的增广。对于温庭筠等十八家词人的《花间集》未收词及存目词，该书亦皆分列于各家之后，读者可以借此对《花间》十八家词人的词作，有一个全面的了解和整体的把握。

总之，《花间集校注》一书，是迄今为止唯一较为完善的整理研究性质的《花间集》校注本，该书的出版，对于深化《花间集》和唐五代词研究，必将起到重要的促进作用。然而金无足赤，《花间集校注》也不可能臻于完美。关于此书存在的不足，这里谈三点，供著者参考。一是取校版本仍然未能尽全，海外传藏的《花间集》版本未见参校；二是个别语词的笺注还应进一步推敲；三是《花间集》“总评”似应采入现当代名家评语。凡此，都是著者在修订《花间集校注》时，应该注意加以改进的地方。

原载《中国韵文学刊》2015年第2期

（作者简介：赵山林，华东师范大学中文系教授，博士生导师，主要从事中国词曲史研究。）

《蒋捷词校注》简评

张　英

蒋捷，字胜欲，号竹山，阳羡（今江苏宜兴）人，宋度宗咸淳十年（1274 年）进士。宋元之际著名词人，与周密、王沂孙、张炎并称宋末四大家，有《竹山词》一卷，今存词作 93 首又一阕。蒋捷生于宋元易代之世，入元不仕，浪迹江湖，其人品、词作后人多有评点。据王兆鹏、刘尊明《宋代词人历史地位的定量分析》计算，自宋末开始，历代词话中共有品评 143 次，在宋代词人中排名 23 位，为宋词名家之一。然与其名家地位殊不相称的是，蒋捷词很久以来并无校注本行世，这给蒋捷词的爱好者和研究者都带来了不便。杨景龙先生有感于此，2004 年春天遂萌生校注蒋捷《竹山词》的想法，正式定题之后获得了全国高校古籍整理研究工作委员会的重点研究项目的立项资助。经过将近六年的不懈努力，终于在 2009 年完成《蒋捷词校注》一书，并于 2010 年 5 月入选“中国古典文学基本丛书”，由中华书局出版。全书三十二万字，不仅为蒋捷词提供了完备的校注，并且将蒋捷及蒋捷词的相关资料进行了全面的汇集，对蒋捷词研究做出了重大贡献。该书的特点主要体现在三个方面：

第一，体大思精，资料丰富。杨景龙先生的《蒋捷词校注》，虽云“校注”，但实际其内容含量远远超过单纯的“校”与“注”：前言以将近两万字的篇幅撰写《蒋捷和他的〈竹山词〉》一文，对蒋捷的家世、生平、思想进行了详细的介绍，并论析《竹山词》的题材内容和艺术特色，尤其对蒋捷词比兴手法的妙用、锤炼出新的语言、博采众长的开放词风进行了细致入微的分析，进而指出蒋捷词之于后世的深远影响。知人论世，全面而精准，纯然一篇高水平的研究论文。正文对于每一首词“校注”之外，另有“疏解”部分疏通词意，赏论全篇，剖析入微；“集评”部分汇集历代学者对该词之评价。附录四十五页，包括七大部分:《存目词》对吴讷《唐宋名贤百家词》本、毛晋《宋六十名家词》本、朱祖谋《彊村丛书》本、陶湘《涉园续刊影宋金元明本词》影元钞本、《续四库全书》本、黄明校点《竹山词》本所不收但出于他处的四首词列其调名、首句、出处，并在附注部分注明此词作者及出处证据;《蒋捷诗文辑佚》将以词名世的蒋捷的诗文由《全宋诗》、永乐《常州府志》、宜兴后村《周氏宗谱》等文献中辑佚而出，共诗八首，文二篇;《蒋捷传记资料》摘录永乐《常州府志》、万历《宜兴县志》、万历《重修常州府志》等自明代迄今19种重要文献中对蒋捷的介绍;《蒋捷〈竹山词〉题跋叙录》汇集吴讷本《唐宋名贤百家词》跋、毛晋汲古阁绣镌《竹山词》题跋、四库全书总目《竹山词》提要、朱祖谋《彊村丛书》本《竹山词跋》、陶湘《景宋金元明本词叙录·景元钞本竹山词叙录》、饶宗颐《词集考》卷六《宋代词集解题·竹山词》共六种题跋;《蒋捷〈竹山词〉总评》汇集79种历代文献对于《竹山词》的总评;《〈竹山词〉历代重要选本收录篇目》将31种历代重要选本中收录《竹山词》的数量、篇目名称一一列出;《〈竹山词〉研究论著目录》将1962年至2008年共119种《竹山词》研究的论文、论著按时间顺序列出作者、题目，发表于报纸上的论文列报名、年月日，期刊论文列期刊名、发表时间及页码，硕士论文列学校与年份，书籍列出版社、时间与书籍总页码，细致至极。综上种种，可以说，该书集论述、赏析、校注、资料汇编于一体，为蒋捷词的爱好者和研究者提供了丰富的资料。

第二，校勘精良，注释详备。杨景龙先生《蒋捷词校注》以唐圭璋《全宋词》本为底本，校以紫芝漫钞本、吴讷《唐宋名贤百家词》本、毛晋《宋六十名家词》本、朱祖谋《彊村丛书》本、陶湘《涉园续刊影宋金元明本词》影元钞本、《续四库全书》本、黄明校点本《竹山词》，并参校了杨慎《词林万选》，陈耀文《花草萃编》，万树《词律》，陈廷敬、王奕清《康熙词谱》，沈辰垣《御选历代诗余》等书所收蒋捷词作，所见《竹山词》版本较全，比黄明校点本《竹山词》参校版本为多。比勘异文，慎加按断，堪称精细。在注释方面，该书较为详备，从词牌、节序、地名、风土器物、典章故实乃至句意修辞都尽可能一一注解。其中对词牌的注释，每遇一新词牌即做一注，将该词牌的别名、词调出处、词调来历等义项交代清晰，如“沁园春”：“又名大圣乐、千春词、念离群、东仙、洞庭春色、寿明星。调见宋韦骧《韦先生词》。《能改斋漫录》卷一六云：‘今世乐府传《沁园春》词。按《后汉书》窦宪女弟立为皇后，宪恃宫掖声势，遂以县直请夺沁水公主园。然则沁水园者，公主之园也。故唐人类用之。”再如“女冠子”：“又名女冠子慢。唐教坊曲名。调见《花间集》卷一温庭筠词者为小令，双调四十一字。见柳永《乐章集》者为慢词，凡两首，双调---字、一一三字。蒋捷此词双调一一二字。《金奁集》注歇指调。《乐章集》注大石调、仙吕调。《填词名解》卷一云：‘唐薛昭蕴始撰此调云，求仙去也，翠钿金篦尽舍。以词咏女冠，故名。《词谱》援汉宫掖承恩者，赐芙蓉冠子，或绯或碧，然词名未必缘此事也，”对词中词语的注释不仅解释词义，而且尽可能提供该词义解释的证据以及该词语用于他处的例证，笺释所引例证，均系早于蒋捷之作者的文本例句，晚于蒋捷者一律不采，这样不仅增加了词语注释的准确性，也同样为读者提供了更加丰富的信息。如对《贺新郎·约友三月旦饮》中“宝钗楼”一词的解释：“唐宋时咸阳酒楼名。五代张泌《酒泉子》：‘咸阳沽酒宝钗空。’宋邵博《闻见后录》卷十九：‘予尝秋日饯客咸阳宝钗楼上，汉诸陵在晚照中，有歌此词（按指李白《忆秦娥》）者，一座凄然而罢。’南宋陆游《对酒》：‘但恨宝钗楼，胡沙隔咸阳。’自注：‘宝钗楼，咸阳旗亭也。’南宋刘克庄《沁园春·梦孚若》：‘何处相逢，登宝钗楼，访铜雀台。’此泛指酒楼。”再如《洞仙歌·对雨思友》中对“今雨”一词的解释：“新交。唐杜甫《秋述》：秋，杜子卧病长安旅次，多雨生鱼，青苔及埸，常时车马之客，旧雨来，今雨不来。’后以‘旧雨’指旧交老友，‘今雨’指新交朋友。”详备的注释充分体现了著者的博学与勤谨，为研究者提供了一个完善的注本。

第三，疏解词意，情采盎然。杨景龙先生《蒋捷词校注》特在每篇校注后设“疏解”部分，为该书的一大亮点。其篇幅较长，平均每篇800余字，几乎篇篇都可视为该词的精品赏析之作。言其“精品”，首先是因为其“准”，其疏解精准地把握住了每首词的脉络，逐句解读连缀，并在其中切中肯綮地指出其写作特点。如《沁园春·次强云卿韵》疏解的结尾：“诗言志，文载道，词抒情。宋词以言情为能事，涉笔男女之情，往往一派旖旎缠绵，香艳娇软。此词反其道而行之，以议论的利落刀剪斩断纷扰的情丝，重道崇理，无欲则刚，你可以说他无甚新意，有头巾气。但是，作为读者更应该看到词人的那番修为，那份操守，那种常人难到的生命境界。”再如对《女冠子·元夕》的评价：“全词今昔对比，脉理细密，虚实之中有抑扬，流利之中有转折，颇见吞吐之妙。”如果说精准的剖析是疏解的应有之义，那么杨先生之用“情”、用“辞”则是其更为卓越之处。其用“情”，不仅在于杨先生能够深切体会到蒋捷词中的词情词心，堪为蒋捷之异代知音，更在于其字里行间流露出来由蒋捷词中情感而引发的共鸣，否则就不会有如此浓墨重彩的文字：“词人晚岁常常寄迹于太湖岛屿之上，又值寒冷的秋晨，枯枝鸦啼，古道马嘶，兀坐通宵、凭几而寐的词人惊梦而起，搔首窥星，凭眺远天，送目五湖，在拂晓袭人的寒意之中感慨不已。”“词人望中所见，烟雾弥漫，楚山杳冥，家国何处，心事浩茫。”（《贺新郎·秋晓》）这既是对词中情景生动的演绎再现，但从中亦隐微可见著者本人“中年怀抱”之叹，读后令人感慨；其用“辞”，古雅而华美，流畅而生动，议论、抒情、摹景，均有酣畅淋漓之致。议论、抒情上文中可见例证，再以《燕归梁·风莲》一词的疏解为例证其摹景之华美精妙：“词人梦到唐宫，正值春日迟迟之际，宫内笙管叠奏，歌舞沉酣。翠云队仗鳞次栉比，绛霞舞衣飘雾曳烟。声色之娱，承平之乐，令人陶醉。突然，舞衣惊散，恰似彩凤乱飞。词人也从梦中遽然惊醒，唐宫、琼妃俱已化为烟云，眼前只见万顷风荷，一一飘举。”实为绝妙美文。总之，《竹山词》之疏解，情采盎然，不啻为二度创作，堪与蒋捷词作两相辉映，令读者有享受之感，足以见出杨景龙先生之功力与才情。

以上所谈三点，仅是对《蒋捷词校注》的粗略一瞥，读者如细读全书，必将有更多收获。当然，任何事物都不可能是完美的，《蒋捷词校注》一书也不例外。对于该书存在的不足之处，这里也略谈三点。一是对蒋捷词的作年考据似应加强，当然，由于缺乏蒋捷生平的详细记载资料，这方面的工作难度较大。二是集评仍未能尽全，尤其是近现代学者对蒋捷其人、其词的评骘，还应再加萃辑，以收全功。三是该书对于个别语词的笺释，似仍有进一步斟酌之余地。对这三个方面，希望作者修订《蒋捷词校注》时注意加以改进，以使该书更加完善。

原载《宋代文学研究年鉴》2010—2011 年卷

（作者简介：张英，苏州大学词学博士，副教授，主要从事古代词学研究。）

后　记

这是一本拖延过久的书稿，本来打算4月底校订完毕，身体原因，眼看着就要推迟到7月底了。其间，出版社方面数次催促，真是抱歉得很！不过还好，现在总算是能够交稿了。酷暑炎天，竟感觉从原本焦虑疲惫的心底，起了一丝淡淡的清凉。

书稿正编分五辑，收录笔者长短习作35篇；附录一收录笔者几种拙著的前言、后记6篇，诗教文章2篇，书评2篇；附录二收录师友为拙著撰写的序评3篇；书稿共收录文章48篇，其中笔者的习作45篇。正编五辑里的习作，最早的是《李白考论二题》，写于1980年冬天，曾转呈郑州大学耿元瑞先生指教，虽得到耿先生相当的鼓励，但是这类文章后来却是不敢写了。最晚的是《抒情与叙事的互动转换》，写于2016年春天，是笔者主持的国家社科基金项目的阶段成果之一，曾在2016年5月南开大学举办的中国韵文学国际学术讨论会上宣读交流，得到王伟勇先生等与会专家的关注肯定。其他习作，分别写于20世纪八九十年代和21世纪初的十几年里。这些习作，曾先后在《文学评论》《文学遗产》《文史知识》《古籍研究》《词学》《中国韵文学刊》《河北学刊》《河南社会科学》《大学文科园地》《中国诗学研究》《名作欣赏》《殷都学刊》《中华读书报》等学术报刊上发表。《诗词曲的艺术比较》一文，是笔者卅余年前呈交万云骏先生的课程作业，得万先生允许，投稿连载发表于《大学文科园地》1987年第1期和第2期，之后被《中华诗词年鉴》首卷收录。李梅实《精忠旗》和路迪《鸳鸯绦》的三篇鉴赏稿，则是应上海辞书出版社《明清传奇鉴赏辞典》编委会的约请而作。

20世纪八九十年代，对文章注释格式等方面尚无统一要求，引文不需要详细标注相关文献的版本和页码。书稿中将近半数写于那时的习作，现在皆需一一核对引文、补充详细注释，因此耗费了不少时间。由于笔者集书较多，叠床架屋，所以那时征引、参考的旧版书一时翻检不出，就得查阅顺手可以找到的比文章写作时间晚许多年出版的相关书籍，这样就出现了写于二三十年前的旧文，注释中使用了二三十年后的新版书的现象。其实这也无妨，书还是那本书，只不过出版时间不同，完全不影响笔者旧年习作的内容。再者就是有两三篇习作，内容上略有重叠，但由于各自独立成篇，所以决定保留原貌，不做修改。这些都是需要在此特别加以说明的。

这本书稿较为集中的研习对象是古典诗词曲，涉及唐宋词的文章篇数最多，主要是笔者已于中华书局出版的《花间集校注》《蒋捷词校注》和尚未刊印的《宋五家令词校注》等书的伴生物，即从文献整理研究延伸出的相关理论研究。也有两篇涉及诗文关系的习作，重心仍然在诗，这是不言而喻的。至于明清传奇，本身就属于“曲”的范围，所以三篇传奇鉴赏稿也收入书中。从几十年的文稿中挑选出这些篇子结集时，原定的书名叫《诗词曲散论》。后来听从社方的建议，改名为《诗词曲新论》。但是，书稿中的习作究竟有多少新意，还需读者朋友作出评鉴。

成书之际，衷心感谢教导我成长的父母和师长，感谢发表这些习作的报刊编辑先生，感谢长期关心、帮助、支持我读书写作的亲朋好友！尤其感谢中国文史出版社给予这本书稿宝贵的出版机会，感谢方云虎先生为拙书的出版付出的巨大辛劳！

欢迎方家同好和读者朋友们不吝赐教！

杨景龙

2017 年 7 月记于扬子居